La canción del mar

Una historia de amor en el dorado
comienzo de Mar del Plata
1880-1890

ILUSTRACIONES: NICOLÁS PRIOR

GLORIA V. CASAÑAS

La canción del mar

Una historia de amor en el dorado
comienzo de Mar del Plata
1880-1890

Ю

Casañas, Gloria
  La canción del mar - 4a ed. - Buenos Aires
: P&J, 2014.
  608 p. ; 23x16 cm. (Narrativa femenina)

  ISBN 978-950-644-286-6

  1. Narrativa Argentina. I. Título
  CDD A863

Primera edición: diciembre de 2013
Cuarta edición: Julio de 2014

IMPRESO EN LA ARGENTINA

Queda hecho el depósito
que previene la ley 11.723.
© 2013, Random House Mondadori S.A.
Humberto I 555, Buenos Aires.

www.megustaleer.com.ar

ISBN 978-950-644-286-6

Esta edición de 3.000 ejemplares se terminó de imprimir en Gráfica Shincal S.R.L.,
Chile 685, Avellaneda, Buenos Aires, en el mes de julio de 2014.

"Es muy galana costa y va corriendo una loma llana de campiña sobre la mar. Por algunas partes pueden llegar carretas hasta el agua. Es tierra muy buena para sementeras. Legua y media de la mar se acaba un tramo de cordillera que baxa de la tierra adentro. Muestra grandes peñascos y en lo alto campiñas y en la costa en algunas partes descubre pedazos de peñascos donde bate el agua y en aquellos peñascos ay gran cantidad de lobos marinos."

(Relación de Juan de Garay, vasco fundador de Buenos Aires, en una carta dirigida al Consejo de Indias para dar cuenta de su incursión en la zona de Mar del Plata, cuando todavía no se la conocía como tal, año de 1582).

A la ciudad escenario de todos mis veraneos
A mis tíos Francisco y Patricio Casañas,
fervorosos amantes de Mar del Plata

PRÓLOGO

La Flor del Lago

Mar del Plata, verano de 1914

El atardecer tiñe de rosa los acantilados que desafían al mar. Las olas baten ese risco barrido por los vientos, empeñadas en convertirlo en polvo y piedra.

En la cima del promontorio que las gaviotas sobrevuelan se alza un castillo con reminiscencias medievales. Las torres albergan en su interior un salón de té, y las dulces notas de una orquesta acompañan el murmullo de las conversaciones.

La temporada está en su apogeo.

Sentadas en un rincón próximo al ventanal que se abre sobre las aguas, dos hermosas mujeres se disputan la atención del único galán. Las capelinas blancas se inclinan al compás de las risas femeninas. Él es un dandi, su traje de lino hace juego con los vestidos de las damas. Y su sonrisa las cautiva.

Un camarero deja sobre la mesa el pedido: batido de alcohol para el caballero, té con galletitas Bubú para ellas, la clásica merienda del Torreón del Monje.

Afuera, pequeñas luces se encienden sobre las lomas de Mar del Plata, como estrellas caídas del firmamento. Poco a poco, la noche irá cubriendo el azul purísimo, para confundirse con la negrura del mar. Y será el momento de acudir a los bailes del Bristol, o de visitar alguno de los majestuosos chalets que salpican la loma con sus ventanas ojivales, sus torrecillas, sus escalinatas de piedra y su maderaje. Las familias de prestigio reciben en esas mansiones de inspiración europea con el *savoir faire* que las distingue.

—Hace siglos —dice el joven de pronto, con aire conspirativo— ocurrió aquí una tragedia.

—¿En serio? Ay, no, no quiero saberlo —se horroriza una de las damitas.

—Yo sí. Cuente, por favor.

La más audaz devora con sus ojos de avellana las facciones patricias del hombre. Ella y su hermana se lo disputan, aunque en franca camaradería.

—Es una leyenda, pero lo cierto es que hace diez años la cuadrilla de obreros que picaba la piedra que hay aquí debajo encontró un cofre con veinte monedas antiguas, el plano de una fortaleza y dicen que también un pliego con la historia de un amor perdido.

—¿Un amor perdido? Es tristísimo —se conduele la más joven.

—Cuente, Fernán, que usted sabe contar tan lindo…

Marela, la mayor, hace gala de un arte para seducir que su hermana aún no posee.

Fernán se echa hacia atrás para atrapar la atención de las muchachas y comienza a relatar en voz baja y profunda:

—Fue hace mucho, en el siglo diecisiete. Parece que aquí no había más que rocas desnudas, y un fraile de la Orden de los Calvos quiso levantar un fuerte para la defensa de una reducción de indios que los Jesuitas habían construido hacia el poniente.

—¡Indios! ¿Aquí mismo?

—Por cierto, Danila. Indios, y bien bravos. Como los frailes tenían una misión a orillas de un gran lago, querían protegerla de los posibles ataques y construyeron una torre, artillada con cañones y defendida por el español Alvar Rodríguez, que vivía dedicado a vigilar la costa.

—Qué vida tan aburrida —acota Marela con coquetería.

—Verá usted que no, que aun solitario el hombre supo conquistar el amor de una muchacha.

—¿Cómo es eso?

—Sucede que en la misión había una india acristianada muy hermosa, llamada Mariña.

—¡Qué nombre!

—Parecido al tuyo —dice Danila, molesta por el protagonismo de su hermana.

—Siga, Fernán, es apasionante lo que cuenta.

—¿El soldado era calvo también? —pregunta con inocencia Danila.

—Terminó siéndolo al final. Antes, fue un valiente defensor de la fortaleza.

—¡No interrumpas! Prosiga, Fernán —y Marela apoya con delicadeza su barbilla sobre la palma, en actitud soñadora.

Un pestañeo deja por un instante mudo al joven, que al fin continúa:

—El asunto fue que los Calvos y los Jesuitas avanzaron hacia el mar y rodearon esta fortaleza con sus caseríos. Aquella joven graciosa, y liberal como todas las indias, pronto atrajo las miradas de los hombres, que la llamaron "La Flor del Lago" en honor a su salvaje belleza. Uno de ellos era el cacique Rucamará, pero Mariña sólo tenía ojos para Alvar Rodríguez, el vigía del Fuerte. A escondidas, los amantes se encontraban, ora en la fortaleza, ora en la reducción. Iban y venían, fingiendo trabajos que les permitían verse.

—¡Qué desfachatez! —exclama la más joven, ruborizada.

—Calla, Danila. El amor es así, impetuoso.

Fernán, que cada vez se siente más atraído por la mayor de las hermanas, se atropella con las palabras:

—Celoso tanto de Mariña como de las posesiones de los frailes, Rucamará prepara un asalto. Quiere apoderarse de la mujer y de la fortaleza. Soborna a los indios fieles y una noche ataca el sitio y mata a todos los soldados.

—¿Al soldado español de los Calvos también?

—A ése casi lo despena, pero se salva por un pelo… quiero decir… por poco. Al final, Alvar Rodríguez huye hacia la misión en busca de refuerzos, y la encuentra dominada por los indios. Vencido, decide organizar su venganza con más tiempo. En la torre queda el cacique victorioso entre los muertos, con la india Mariña desmayada a sus pies. A partir de ese momento, la obliga a ser su mujer.

—¡Qué espanto!

—Pasan los meses y los años, y Alvar Rodríguez, que vive pensando en su amada, se refugia en el convento de los Calvos como penitente. Rucamará vigila a Mariña, que de todas sus esposas es la preferida, y la colma de regalos. La india cristiana, mientras, llora en secreto su amor perdido. Pero el que traiciona es a su vez traicionado, y una de las esposas del cacique, enferma de celos, los adormece a ambos con una droga y manda llamar al soldado Rodríguez para entregarle el Fuerte.

Ya Marela y Danila se toman de las manos, expectantes, dispuestas a escuchar un final feliz. Fernán, que sabe mantenerlas en vilo, se demora un momento antes de continuar.

—Rucamará despierta antes de lo previsto y, furioso al descubrir la traición, ordena preparar una hoguera para la infiel esposa. Justo en ese momento se escucha el salvaje galope de caballos que bajan de la colina. El cacique sólo atina a tomar en sus brazos a Mariña y huir, perseguido de cerca por Alvar Rodríguez, que está dispuesto a vengarse.

—Diga que Mariña fue rescatada, Fernán, se lo suplico —clama Danila con las manos juntas en actitud de oración.

Fernán sacude la cabeza con fingido desaliento.

—Ah, queridas mías, estamos bebiendo y tomando el té sobre un rastro de sangre y humo. La fortaleza ardiendo, los caballos galopando como furias por la orilla del risco, la noche trepidando con truenos y relámpagos…

—¿Y Mariña? ¿Y Alvar?

—Corren los jinetes en alas del viento nocturno, y cuando ya el soldado español está a punto de alcanzar al cacique que lleva sobre el lomo de su potro a la india dormida, Rucamará suelta un grito espantoso, de amor y dolor. "¡Malditos!", se le escucha decir, y se arroja al abismo con su preciosa carga en los brazos.

El silencio corona las últimas palabras del joven. Mudas, las hermanas miran los recovecos del torreón como si por primera vez notasen las piedras, las arcadas y las almenas sobre sus cabezas. Allí, en tiempos lejanos, había habido un drama del que sólo el mar quedaba como testigo.

—¿Qué… qué hizo Alvar Rodríguez, Fernán?

—El pobre hombre recuperó la fortaleza pero no a su amada, y a modo de penitencia se dedicó a meditar y a observar el cielo en esta misma torre. Dicen que desde entonces suele verse la fantasmal figura de un indio que salta sobre el risco, y en las noches oscuras se oyen cascos de caballos retumbando entre las rocas.

—Oh…

—Por eso existe esta torre, señoritas, en recuerdo de aquella otra donde ardió el fuego del amor y de la guerra. Y el señor Ernesto Tornquist decidió edificarlo según los planos hallados en el cofre, y así se explica también que a esta torre Belvedere se la llame "Torreón del Monje" en memoria de Ernesto Tornero, el fraile de los Calvos que ordenó su construcción. ¡Hace hoy diez años exactos!

Satisfecho de la impresión causada, el joven chasquea los dedos para llamar al camarero y escolta a las damas fuera de la confitería.

El crepúsculo los envuelve en fresca brisa y caminan por la orilla del Paseo General Paz, disfrutando de los floridos jardines y de la vista de los chalets a lo lejos, con sus puertas francesas de ricos cortinados.

—¿Qué haremos hoy? —se pregunta Marela, olvidada ya de la tragedia de la Flor del Lago.

—Lo que usted desee.

—Se me antoja escuchar el concierto que darán en la Rambla. Y luego podríamos reunirnos con Enriqueta Unzué y Laurita Hardy, que repartirán juguetes de París en el cotillón de los niños.

Danila se demora y mira hacia atrás la efigie del torreón iluminado en el sereno atardecer. ¿Será cierto que allí se vivió un amor desdichado? La imagen del bravo indio que muere sepultado entre las olas con su mujer en brazos la conmueve tanto como la del soldado que pelea por su amada.

—¡Vamos, Danila! ¿Qué estás pensando?

—En el significado de esta leyenda.

—¡Tonta! ¿Qué puede significar?

—Que todo amor nacido a la orilla del mar tendrá que sufrir mucho para llegar a buen puerto.

PRIMERA PARTE (1880-1886)

Marejada

❦

Invierno en Trenque Lauquen

La noche envolvía en sombras el campamento a las puertas del Fortín Pampero, apenas un cuadrado de tierra con dos ranchos de carrizo en su interior. Relevada la guardia y el corneta de órdenes en su puesto, los soldados podían relajarse y disfrutar de la hora ganada con el sudor y la sangre. Venían de largas jornadas acorralando al indio más allá de las salinas, su reducto sagrado. La comandancia había dispuesto asado con cuero y libertad para visitar la pulpería. Las risas, las chanzas, la guitarra y algún que otro grito de alarde, trepidaban en esa región del desierto. El frío invitaba a rodear el fogón y compartir el mate. El soldado Iriarte participaba de los festejos con su habitual mutismo, sólo sus ojos oscuros denotaban la alegría de haber vencido al salvaje y de sentirse parte de algo en los últimos años. El ejército, aun si se trataba de aquella tropa mal vestida y hambreada, fatigada de cabalgar los *patrios* y sin un real en la bolsa las más de las veces, se había convertido en su hogar. Allí nadie preguntaba nada. Casi todos tenían algo en su haber, y los que no, respetaban los secretos del otro. Ser soldado implicaba forjarse una identidad en la que cada regimiento podía reconocerse. A Iriarte le había tocado en suerte pertenecer al 2° de Infantería, comandado por el coronel Nicolás Levalle. "A la frontera", le habían dicho cuando se topó con aquella partida, varios años atrás, en su huida frenética hacia ninguna parte. Y le pareció un destino como cualquiera.

Allá fue, con el alma en pedazos y el coraje a flor de piel.

Manuel Iriarte se destacó enseguida por su arrojo y, sobre todo, por su fidelidad. Todo soldado saca su temple del ejemplo de su superior, y en Manuel aquel ejemplo llevó hasta el límite sus capacidades. "Iriarte", le dijo un día su sargento, "si sigue así, nos va a dejar atrás a todos. ¿Qué quiere, llegar a general?". Había sido broma, pero tenía su fondo de verdad. Manuel quería ser alguien, por primera vez en su vida. Y si no lo pudo lograr en su tierra correntina, lo lograría en esta otra, de pastos duros y horizontes en llamas. Hasta que el recuerdo que lo laceraba cada noche se hiciera cenizas en su pecho.

En medio de la algarabía reinante, una noticia cayó como la niebla al amanecer: "Novedad", se escuchó. Y la superioridad se reunió en el rancho más amplio, al que llamaban "despacho". ¿Qué podía empañar aquella justa alegría del deber cumplido? Nada. En esa certeza, los soldados continuaron festejando, jugando a los dados, bebiendo, apostando para cuando tuvieran su cédula de baja por fin, y saboreando por anticipado la carne que chorreaba jugo en las estacas.

—Mirenló al sargento, viene con cara de vinagre —dijo uno.

Antes de que se arrimara a la ronda del mate, ya circulaba el rumor: "levantamiento", "revolución", "la provincia en armas".

—Disfruten esta noche, muchachos —vociferó el sargento—, que mañana al clarear nos mandamos a Buenos Aires. Parece que las autoridades andan solicitando tropas de refuerzo para no sé qué revoltijo.

El soldado Iriarte sintió un peso de plomo en el pecho.

Buenos Aires, el sitio de su desgracia. Él no podía volver.

Fue el único que no vituperó ni abucheó la noticia. Su zozobra iba más allá del malestar por tener que emprender otra guerra, esa vez con un enemigo difuso, ya que el indio era el indio, mientras que las lealtades políticas pasaban de un lado al otro con facilidad.

—¿Y quién manda? —se atrevió un soldado que llevaba tantos costurones como huesos en el cuerpo.

—El coronel dice que Avellaneda lo llama, por no sé qué asunto de la capital del país. Tejedor rodeó la ciudad y hay que apuntalar a Roca.

—Ah... Entonces, no hay más que ir, carajo.

Así opinaban todos. Aquellos hombres de bravura épica no concebían desoír la voz de la patria si el presidente llamaba.

Manu no podía. Imposible. Pisar Buenos Aires equivalía a ponerse la soga al cuello, ya que allí había dejado un muerto y varios enemigos. Fue una contienda justa, pero aun así...

—Acérquese, Iriarte, o se quedará sin su pedazo —lo alentó el sargento al descubrirlo en las sombras.

El resplandor del fuego iluminó su expresión desencajada.

—¿Qué le pasa, hombre?

Manu callaba su terror.

—A ver, venga —y con paternal gesto el sargento lo invitó a seguirlo. Cuando se encontraron a diez metros del corrillo de soldados hambrientos, el sargento le dijo sin ambages:

—Usted anda escapando, Iriarte, no me lo niegue. Lo sospeché desde el primer día. Venimos juntos desde hace mucho, y hoy me va a decir por qué huye.

Manu luchó en su interior con la necesidad de mantener silencio y la debida honestidad al jefe. Transcurrieron algunos minutos hasta que triunfó, como siempre en él, la lealtad.

—Maté a un hombre.

—¿Uno? —y el sargento prorrumpió en carcajadas—. Por mi vida, que si es eso yo tengo que hacerme monje. Habrá matado al menos a veinte salvajes, Iriarte. Claro que si para usted no son hombres…

—Maté a un caudillo —se apuró a decir Manu.

El sargento guardó silencio. Meditaba sobre la magnitud del homicidio. Un caudillo podía ser desde un mandadero de poca monta hasta un personaje encumbrado de la política. Ya podía captar la dimensión del problema de su subordinado.

—¿Y hace cuánto?

—Tres años, más o menos.

—Ajá. Bueno, todavía estará fresca la cosa, aunque con estos otros líos que aparecen, quién sabe. ¿Tiene cigarros negros?

Manu sacó de su chaqueta uno aplastado y se lo tendió.

—Vamos a pensar —le dijo el sargento, y encendió su puro.

Fumaron un rato en silencio, cada uno sumido en sus propios pensamientos, hasta que por fin el sargento habló.

—Vea, Iriarte, usted me cae bien y le voy a hacer un favor. No le pido que deserte, porque eso ensuciaría su nombre.

—Yo no lo haría, señor.

—Si no lo hizo hasta ahora, sé que no va a hacerlo. Por eso voy a hablar con el coronel Levalle, para decirle que usted tiene asuntos que resolver. ¿Dónde podría ser eso?

Manu pensó con fuerza. A Corrientes no quería volver sin la mujer que robó su alma, y hasta que no supiese de ella no se animaba a alejarse. Tampoco deseaba enfrentar a su padre, al que sin duda habría decepcionado. Y como no podía pisar la ciudad, sólo le quedaba merodear por los alrededores. Recordó entonces la recomendación que el doctor Julián Zaldívar puso en su mano el día del suceso: una tarjeta personal con la dirección de su padre, el estanciero del Tandil. Don Julián le había prometido que allí estaría seguro. Manu nunca había utilizado esa ventaja porque antes de poder hacerlo se cruzó con la partida de milicos que lo llevó a la frontera. Sin embargo, aquel papel mugriento dormía siempre en su bolsillo, cerca del corazón.

Le había llegado la hora.

—En El Duraznillo —dijo con firmeza—. Allí me esperan.

—Muy bien. Donde sea que quede eso, le diré al coronel que un asunto urgente lo reclama. Él sabrá entender.

El sargento le echó una ojeada, receloso, y agregó:

—Puede que el coronel quiera hablarle en persona. ¿Está dispuesto?

—Sí, señor.

—Entonces vaya y disfrute del asado, que pasará mucho antes de que coma otro igual en ese sitio al que va.

El sargento lo palmeó con afecto, y Manu sintió que el plomo de su pecho se derretía y lágrimas de gratitud se agolpaban bajo sus párpados.

El ejército. Su hogar. Nunca olvidaría el gesto del sargento.

En esa noche sin luna, quizá una de las últimas que pasaría en compañía de sus camaradas, Manu brindó una de las pocas sonrisas que se le conocían, y ante el estupor de todos tomó la guitarra y rasgueó un valseadito que provocó un coro de voces masculinas.

Todavía ardían las brasas cuando se apagó el eco del último canto.

En la Ciudad de Venecia

El mar se elevó en una ola gigantesca que rozaba el cielo. Su cresta espumosa competía con la blancura de las gaviotas que surcaban ese azul purísimo. Era un bello día.

Algo siniestro se ocultaba sin embargo tras ese mar tempestuoso, algo indescifrable.

La ola ocupó de pronto todo el horizonte, y con un bramido aterrador quedó suspendida entre el cielo y el mar, hasta que cayó sobre ella con pesadez, arrastrándola hacia profundidades donde ya no escuchaba el fragor del oleaje ni el chillido de los cormoranes. ¡Cormoranes! ¿De dónde habían salido? Eran los mismos que ella dibujaba en sus primeros tiempos, cuando se sentaba descalza entre los pastizales, mientras las aguas del río lamían el ruedo de su vestido. Aturdida por ese silencio oprimente, comenzó a boquear. Se estaba ahogando. Justo ella, que solía bucear en el Paraná con su tío Bautista.

"Mamá", alcanzó a pensar desesperada. Y perdió la conciencia. Unos segundos antes, pudo ver el brillo del sol en la superficie, cada vez más pequeño, como un ojo que se cierra, antes de que la negrura del océano se la tragara para siempre.

Había encontrado su tumba donde menos lo esperaba.

Violeta despertó empapada en su bata de seda. En lugar de yacer bajo la masa líquida y fría, se encontró bajo el dosel bordado de su cama. Los pilastres de caoba tallada la aprisionaban en una celda de sábanas revueltas. Había conseguido enredarse en el edredón de raso hasta quedar inmovilizada, de ahí la sensación de ahogo.

Se trataba de un sueño, el primer sueño revelador en mucho tiempo.

Con el corazón agitado se levantó y atisbó el horizonte desde la ventana del cuarto de hotel donde se alojaba. ¡Los sueños habían vuelto! Aquella sorprendente magia que la acompañó desde que tuvo memoria y que de modo inexplicable se interrumpió cuando dejó la patria, había aparecido de nuevo, como una señal. Conmocionada por haber recuperado ese don con el que nació, Violeta se mantuvo asomada a la ventana hasta que su corazón volvió a latir con normalidad. "Es tiempo de volver", pensó, mientras contemplaba el crepúsculo.

Su ausencia se prolongaba demasiado. Sentía en las venas la urgencia de ver la planicie infinita, la anchura del Plata, el verdor de su tierra ribereña y, sobre todo, el rumor del padre de todos los ríos, el Paraná.

Las aguas del Gran Canal se tornaron iridiscentes bajo los últimos resplandores, y una melancolía profunda se adueñó de su alma. ¿Qué sentiría al regresar?

La partida de Buenos Aires había sido decidida al calor de acontecimientos que rasgaron su vida. Orquestada por su mentor, Julián Zaldívar, y por su padrastro, Rete Iriarte, que se habían confabulado para que ella cumpliese el sueño de conocer mundo y aprender lo que se convirtió en su principal pasatiempo: pintar aves. En aquel momento Violeta pensó que ese viaje sanaría su corazón. Y así fue al principio, mientras caminaba por vez primera sobre los mármoles de los palacios florentinos, y cuando avistó la cúpula de la Academia de Artes y Dibujo. Con el correr de los años, y a pesar de haberse convertido en una de las damas más solicitadas de la sociedad europea, descubrió que no podía huir del pasado y que ella jamás plantaría sus raíces en otra tierra.

Una góndola surcó el agua platinada y se perdió en el laberinto de canales. Damas con capelina y sombrilla de volados, escoltadas por caballeros enfundados en trajes claros, recorrían la rambla costera. Las notas de una melodía invadieron el aire, y Violeta supo que los gondoleros se reunían bajo su ventana para compartir unos tragos de vino al final de la jornada. Estaban felices, impregnados de esa dicha que brota como el agua surgente, sin motivo. La misma que ella solía sentir en la ribera y aun después, en Buenos Aires, antes de que sucediese aquello.

El cielo se tornó morado y la noche descendió sobre los muelles. Las lámparas de los barcos parpadeaban a lo lejos, como estrellas del cielo veneciano.

Una brisa impertinente removió las cuartillas que se amontonaban en su secreter, una serie de dibujos sombreados en los que se repetía una y otra vez la imagen de una garza en distintas posturas: rayando el agua con su pico, dormitando sobre una pata, volando hacia la copa de un sauce. En el otro extremo, una pila de hojas garabateadas con letra ligera, propia de un espíritu impaciente. Y un subrayado grueso en la parte superior: "Volando lejos", a modo de título general. Cada página llevaba una firma al pie: *Ypekû*. Sólo ella sabía que significaba "pájaro carpintero" en guaraní. Era el pseudónimo elegido para publicar sus notas, por lo de repicar en el tronco hasta horadarlo. Contempló el último escrito y tomó la pluma para tachar una palabra y agregar otra. Lo llevaría a la academia apenas pudiese. Allí en Europa, sus observaciones habían sido acogidas con beneplácito por damas que actuaban como mecenas del arte y de las ciencias. Una de aquellas señoras, *La Filémonne*, le tenía particular afecto, y la alentaba a continuar escribiendo. Por supuesto, doña Celina nada sabía. Violeta no deseaba causarle ninguna incomodidad a sus años, menos aún por la responsabilidad que la viuda sentía hacia ella. ¡Y pensar que fue la propia Celina la que la instó, tiempo atrás, a leer aquellos libros escritos por mujeres pioneras que dejaban huella!

Al terminar, se derrumbó otra vez sobre el edredón con un gemido.

"Volveré", se dijo con convicción. "Se lo diré hoy mismo a doña Celina".

Sintió la conocida humedad del hocico de Huentru. El perrito había trepado de un salto a la cama y hurgaba entre la seda de su bata, buscando un trozo de piel donde ocultar su trompa. Violeta interpretó esa intervención como otra señal. Huentru era sólo un cachorrito cuando su amigo lo dejó en sus manos al huir, y el único vínculo que la ligaba a su recuerdo. Había recorrido Europa junto a ella, y aunque era bodeguero de raza, se adaptaba a las alfombras turcas y a los colchones de hotel con facilidad. Violeta lo amaba.

—Estás triste, como yo —le dijo en un arrullo.

Huentru se estiró y le lamió la mejilla. Él la adoraba con más devoción aún. Sus ojos verdosos, entrecerrados, la contemplaron atentos. El animal adivinaba cuando la tristeza invadía el corazón de su ama. Violeta lo colocó sobre su pecho y permitió que la cabecita roma descansara en su cuello.

—No somos de aquí —le dijo en un susurro—. Nosotros somos del país de los sauces y los ceibos, somos del río y los juncos, y hasta que no veamos brillar el sol sobre las aguas castañas no podremos ser felices, Huentru.

Un suspiro le confirmó que él estaba de acuerdo. Se fueron quedando dormidos, arrullados por la canción que algún marinero achispado entonaba con intenciones románticas.

Así los encontró doña Celina de Bunge cuando regresó. Después de golpear repetidas veces, la viuda entró al cuarto y vio a su protegida enroscada en torno al perro, las sábanas por el piso y las ventanas abiertas, con las cortinas ondeando. Se inclinó para recoger los papeles que la brisa había arrancado del secreter.

Alcanzó a leer la última frase de una carta:

Te extraño, mamita. A vos y a Batú, al padrino y a Tití, también al pequeño Ignacio. Extraño todo lo que llevo adentro del cuerpo y que en esta tierra anciana no puedo mostrar. Dios y la Virgen nos permitan volver algún día.

—Pobre niña —murmuró doña Celina.

Ella se veía venir ese torrente de melancolía. Hacía tiempo que Violeta se mostraba apática ante las reuniones y los paseos que solían realizar; nada la conmovía ni parecía despertarle ese entusiasmo típico de ella. La viuda sabía que el tiempo del regreso llegaría, y lo aceptaba con fatalismo. Era lo que la vida mandaba. Y sus huesos también le reclamaban reposo. Dios había sido bueno con ella, le regaló en sus últimos años la compañía de una joven encantadora y le devolvió la postrer ráfaga de vitalidad que le quedaba. Todo acaba alguna vez, y doña Celina lamentó no haber propuesto el regreso antes de que Violeta tuviese que pedirlo. Sin duda, y conociendo su naturaleza compasiva, habría debido reprimirse bastante para no afligirla con reclamos.

Con decisión apoyó el pisapapeles de Murano sobre las cartas y se volvió para mirar a Violeta.

—Querida —susurró.

La joven abrió sus esplendorosos ojos de color añil y sonrió con inocencia.

—Doña Celina, me quedé dormida.

—Ya lo veo. Ambos se durmieron —y la dama hizo un guiño en dirección a Huentru, que la vigilaba.

—¿Es muy tarde?

—La hora de cenar. Abajo nos esperan los Paz y Lezica.

—Qué fastidio…

—Puedo decirles que estás indispuesta.

—No, no. Prefiero acabar de una vez con esta cita. Ya la cancelé anoche.

—Estabas escribiendo cartas.

—Sí —y Violeta lanzó un vistazo hacia el secreter—, y aún no las terminé.

—Creo —comenzó a decir la viuda con fingida indiferencia— que es tiempo de recobrar mis hábitos. Tengo que dejar en orden mis papeles, pues me aterra la idea de morirme lejos del país.

—Doña Celina, no hable de morirse.

—Es lógico que esa idea no ronde tu cabecita joven, pero los viejos no tememos dejar atrás lo que ya vivimos. Además, mis piernas no me sostienen tanto, y casi no queda rincón de la vieja Europa que no hayamos visto.

Violeta soltó una risa cantarina.

—Eso es cierto, nos hemos convertido en gitanas.

—¿No te importaría, entonces, acompañar a una pobre anciana en su viaje de regreso?

La joven saltó de la cama como si la hubiese impulsado un resorte.

—¡Claro que no! ¡Volveremos, Huentru! ¿Qué te había dicho? —y se puso a bailar descalza sobre la alfombra.

—Antes —aclaró la viuda carraspeando— debemos cumplir con un compromiso.

—El de los Paz y Lezica, sí.

—Otro, mi niña, al que no podemos negarnos. Es un baile de máscaras en el Palazzo Veneto.

—¿De carnaval?

Doña Celina hizo un gesto desdeñoso.

—Hace rato ya que Venecia no festeja sus famosos carnavales, sólo hace un remedo de ellos en las casas ricas de la ciudad. No podemos negarnos, sin embargo, pues se trata de la familia que con tanta amabilidad ofició de cicerone en nuestra visita, los Foscari.

—Ah, sí, Giovanna.

—Ella te aprecia mucho, Violeta, y deseará sin duda que honres su fiesta privada con tu presencia.

—¿Y cuándo será eso? —suspiró la joven, ansiosa por organizar su viaje de regreso.

—Dentro de seis meses.

—¡Seis meses!

—Se trata de un gran baile, ya que la primogénita se presentará en sociedad, y habrá que dar tiempo a los invitados para preparar sus disfraces. Ya sabemos que esta gente establece sus vínculos comerciales a través de los compromisos sociales.

Violeta se sentó con las piernas cruzadas sobre el edredón y apoyó su barbilla en la mano con gracioso gesto de resignación.

—Como todo el mundo. ¡Odio el comercio!

Doña Celina prorrumpió en una carcajada.

—Curiosa observación para la hijastra de un comerciante nato como Rete Iriarte.

—Mi padrino es más que eso, él es también un benefactor.

La viuda no objetó nada, aunque los largos años de trato con el "Emperador de los esteros", como le decían al vasco, le daban la razón. Rete había sido un puntal para la gente de la región, pero también un astuto negociante incluso durante la atroz guerra contra el Paraguay. El finado esposo de doña Celina había conocido a

Rete Iriarte en circunstancias de comercio, y con él había entablado negocios productivos. Más tarde, cuando la enfermedad de Ovidio Bunge consumió aquella fortuna, el vasco se convirtió en un protector de ella y de sus bienes, esquilmados por los acreedores. Celina Bunge le debía la subsistencia a Rete, y la dicha de cuidar de su hijastra desde que Violeta se instaló en Buenos Aires para estudiar con las Damas de la Sociedad de Beneficencia.

Y ahora también durante ese viaje que ambas compartían.

La viuda no se engañaba, era buena observadora y desde el principio supo que Violeta Garmendia, hija natural de Rosa, la esposa de Rete, tomaría de la educación esmerada que se le brindaba sólo aquello que le interesase, y todo lo demás resbalaría sobre ella como el agua sobre sus amados juncos de la ribera. La secreta ambición del padrastro había sido que Violeta hallase a algún noble poderoso que aportase más riqueza a la que ya tenían en el Iberá. Pulida por el roce social y educada en los círculos más exquisitos de la vieja Europa, Violeta se había convertido en un diamante que sólo los más audaces podían pretender.

Y para Rete, el mundo era de los audaces.

Violeta no aceptó sin embargo ningún cortejo en los años de la Academia de Artes de Florencia, ni se dejó engatusar por los halagos de los jóvenes emplumados de la sociedad italiana. Tampoco se fijó demasiado en los modales de los ingleses ni en los requiebros de los franceses. Mucho menos acusó interés por los pálidos noruegos y holandeses que bebían y reían, satisfechos de sus conquistas marítimas. A decir verdad, doña Celina estaba preocupada. Ella era una mujer astuta, y sabía que el destino de Violeta marcaba un rumbo distinto del esperado. Ya en tiempos del pensionado de Buenos Aires, donde comenzó a conocerla, la viuda entendió que la libertad era el bien más preciado de aquella jovencita todavía ignorante de las hipocresías de la sociedad. En aquel entonces, doña Bunge temió que el conocimiento arruinase la frescura de Violeta, que enturbiase ese carácter original que la volvía única. Al cabo de varios meses, entendió que ésa era la naturaleza de la muchacha, y que era más probable que ella modificase a los otros, antes de que los otros la cambiasen a ella. Tal era la fuerza de su espíritu. Debían velar por su futuro, no obstante. Una mujer sola e independiente tendría que recorrer un tortuoso camino, y doña Celina no deseaba esos sinsabores para su querida protegida. Tampoco verla "vestir santos". Era demasiado hermosa para desperdiciarse.

—Hay que pensar en el atuendo apropiado —comentó para levantar el ánimo de la joven—. ¿De qué te disfrazarás esta vez?

—Ya fui Artemisa y Polichinela.

—Ese último disfraz fue muy cuestionado.

—¡Era el que me permitía ir de un lado al otro sin que me invitasen a bailar!

—Tenemos que planear algo bello, como despedida —y antes de que Violeta abriese la boca, levantó una mano admonitoria—. ¡Y nada de vestirse de hombre! Giovanna Foscari quiere que adornes su fiesta, y no le daremos el disgusto de arruinar sus expectativas.

Violeta se divertía ante los fingidos desmayos de la viuda. Ella también la calaba hondo, y sabía que Celina Bunge había sido aventurera en su juventud, que acompañó a su esposo en muchos viajes de negocios y que supo abrir su mente ante lo exótico. Durante el tiempo que compartieron el pensionado de la calle Chacabuco en Buenos Aires, se había creado entre ambas un lazo de amistad que saltaba por encima de los años que las separaban. Por eso Violeta celebró que su padrino eligiese a la viuda para que oficiara de chaperona en Europa. Si en su lugar hubiese elegido a su madre Rosa, o a su tía Muriel, ella no habría disfrutado tanto del aprendizaje en el extranjero. Celina Bunge era la compañera ideal.

—Seré una sirena, entonces —repuso convencida.

—Un traje difícil, tomando en cuenta que debes ir vestida. No estarás pensando…

La risa truncó el comentario escandalizado.

—Antes de tomar el barco que me llevará de nuevo a mi país quiero ser sirena. Dicen que los marinos se arrojaban al agua por ellas.

—Espero que no hagan algo tan dramático en la fiesta de los Foscari.

—Sólo podrían ahogarse en champán o vino en esa fiesta —retrucó Violeta—. Los verdaderos amantes hacen cosas más audaces.

Doña Celina se sentó en el taburete descalzador y juntó las manos sobre su regazo de seda negra.

—Querida, sé que puede sonar anticuado y hasta ridículo, pero debes cuidar tu lenguaje en estas reuniones. No por ti ni por mí, sino por los anfitriones. Ya sabemos que hay modales, y que se espera que los conozcamos. Hablar de amantes, o mostrar partes del cuerpo que sólo deben imaginarse, provocaría un escándalo que no estamos en condiciones de afrontar. Nunca has dado lugar a ninguno, Violeta, y espero que podamos irnos de aquí dejando esa buena impresión.

—Por si algún príncipe me pretende —se burló ella.

—Por si acaso, claro está. Que el aburrimiento no te dicte diabluras, hija mía. Voy a llamar a la Piccolina para encargarle tu traje. No cobra demasiado y es buena con la aguja. Dicen que consigue telas de Oriente a muy bajo precio.

—¿Sabe quién me haría un traje fabuloso, doña Celina? Si pudiese estar acá, por supuesto.

—¿Quién?

—La esposa del doctor Julián Zaldívar.

—¿Brunilda? ¡Tienes razón, es un hada! Lástima que instaló su taller en Buenos Aires. Aquí tendría un éxito arrollador, pues posee el don de crear diseños, además de coser de maravillas. Julián la trajo en su luna de miel para que viese las mejores casas de moda de París, y al regresar la colocó en una *maison* propia. ¿Ves, Violeta? Un hombre así vale la pena de restringir un poco nuestra libertad. Julián Zaldívar es un corazón de oro. Tiene a la mujer que ama en bandeja de plata.

—Oro y plata —susurró Violeta—, de eso se trata todo.

—No me malentiendas. El oro de los hombres como Julián no se tasa, no se compra ni se vende, es del metal más excelso y brilla con un fulgor que no enceguece.

Violeta quedó pensativa ante ese comentario. Doña Celina, así como todos los que conocían a Julián Zaldívar, lo amaban y respetaban. Ella también, sobre todo porque en aquel momento pudo presentir las heridas sangrantes del pasado del hombre. Y comprobar que, pese a ellas, su alma seguía siendo pura y generosa. Tenía razón doña Celina, un hombre así valía la pena. Lástima que no había ninguno como él a la vista.

—Recurriré a la Piccolina entonces —dijo, para cambiar de tema—. Y mientras me dedicaré a terminar mis cartas.

—No olvides la cena de esta noche.

—¡Cierto! Ahora que sé que volveremos, no me resultará tan pesada.

Doña Celina cerró la puerta con una sonrisa dibujada en su rostro arrugado. Violeta Garmendia poseía la facultad de renacer, algo que valía mucho más que el oro en los tiempos que corrían.

Ella también tendría que escribir algunas cartas. Al entrar a su cuarto, contiguo al de Violeta, disipó las sombras encendiendo la lámpara y se sirvió agua de la jarra antes de empezar. Últimamente se le secaba mucho la boca.

Violeta mojó la pluma en el tintero de ébano y continuó la carta inconclusa:

> *¡Dios me ha escuchado, mamita! Acabo de saber que regresaremos pronto. Primero habrá que soportar algunos compromisos, pero desde este mismo momento seré feliz, porque ya me imagino abrazando a Ignacito, peleando con Dalila y huyendo de la tía Muriel cuando quiera que la acompañe en sus tertulias.*
>
> *Que Dalila no me guarde rencor por no haberla traído en este viaje. Yo sé bien que la negrita quería verlos a todos allá en Corrientes, que extrañaba a su antigua ama y que moría por ver crecer a Tití y a mi hermanito Ignacio. Ella pertenece a ese sitio, del mismo modo que yo.*
>
> *Dile a Batú que no le perdono que no me escriba. No es excusa estar ocupado cumpliendo con mi padrino. Mucho menos el pretexto de ser padre. ¡Si hasta Muriel tiene tiempo de mandarme figurines para que le compre ropa de acá, a pesar de sus dos hijitas! Refrésqueme la memoria, mamita. ¿Cuántos años tiene ya la pequeña Dorita? Sé que Elisa cumplió cinco. ¿La llevó su padre al río a contar estrellas? Si Batú no lo hizo, lo haré yo cuando vuelva. Elisa no puede perderse eso. Tampoco me dicen si le enseñaron a descubrir las golondrinas en su vuelo de primavera a Goya. ¡Esa niña no sabe nada, entonces! Tendré que ser yo, su prima mayor, la que la ilustre. Llevo cientos de dibujos para mostrarle. Claro que deberemos quedarnos en Buenos Aires unos días, hasta que se programe el viaje a la ribera.*
>
> *¡Qué alegría, mamita! Soy afortunada. Veré el cielo de mi tierra otra vez. Y ya nunca lo abandonaré. Lo juro.*

El comedor del hotel Cavalletto se iluminaba con pantallas de alabastro. En el centro de las mesas, globos de vidrio con orquídeas negras y cubiertos de plata maciza sobre los manteles de damasco. Las paredes revestidas de brocato hacían del recinto un cofre de joyas.

El capitán Leandro Paz aguardaba al pie de la escalera, las manos tras la espalda y el porte marcial. Violeta lo había conocido en

Buenos Aires, cuando él se comprometía con la hija mayor de los Lezica después de años de noviazgo. Era un rompecorazones.

Destacado soldado en la guerra contra el Paraguay que cambió la vida apacible de Corrientes cuando ella todavía era una niña, ya ostentaba el grado de capitán, pues había convencido a su familia de que lo suyo era la vida militar y no el despacho de abogado que le tenían preparado. Su matrimonio con Leticia Lezica lo había convertido además en hombre rico. Esas cualidades, unidas a un carácter impetuoso, ojos encantadores y abundante cabello castaño, completaban su atractivo. Violeta había aprendido a mantenerlo a raya, pues captaba la incomodidad de la esposa cada vez que se encontraban. Por eso no entendía la razón de que a cada rato tuviesen que cenar juntos, pasear por los muelles o beber limonada en los puentes de piedra que unían las laberínticas callejuelas de la ciudad *Serenissima*.

Él tendió una mano para ayudarla a descender, de modo innecesario.

—Hermosa, como siempre —la galanteó.

—No puedo decir lo mismo, con ese bigote que usted se empeña en dejar crecer —le retrucó ella con malicia, pues había aprendido a coquetear entre los europeos.

—Los años exigen cierta compostura —dijo él, divertido—. Y ya que no se me permite otra audacia…

La escoltó hacia la mesa donde aguardaba Leticia, gruesa de nuevo.

—Disculpe que no me levante, Violeta —dijo la muchacha con cierto empaque—. Este nuevo niño viene atravesado y me cuesta mucho todo.

Violeta se apresuró a ocupar un sitio entre Leticia y una columna corintia, para que Paz se viese obligado a quedar del otro lado.

—¿Y dónde está su tutora? —preguntó él, molesto por la jugarreta.

—Vendrá para los postres. Doña Celina acaba de decirme que desea regresar, y yo le he dicho que estoy muy dispuesta —agregó, sin poder contener su emoción.

El capitán tuvo otro desconcierto.

—¡Cómo! ¿Abandona usted los salones de Europa? No los encontrará mejores en ningún sitio. Hasta pensaba convencer a mi esposa de instalarnos aquí varios meses al año. Yo puedo viajar seguido.

34

"Y ella quedaría varada con los niños para que oficies de pica-flor", pensó Violeta.

—Yo no podría —se apresuró a aclarar Leticia—. Extraño a mi familia, si bien esto es hermoso. Veníamos con mis padres cuando era soltera, pero no es lo mismo.

Violeta observó el arrobo con que la joven esposa contemplaba al hombre y suspiró, pensando cuánto tenían algunos sin merecerlo. Los Paz y Lezica habían criado ya a tres niños, y el cuarto los pilló en pleno viaje de placer. Leticia se veía desmejorada, su cutis pálido resaltaba el color verdoso de sus ojos. El capitán Paz, en cambio, estaba rozagante en su uniforme de botones dorados.

—Ya veremos —anunció él— qué conviene más a nuestros intereses. ¿Y cuándo sería la partida, señorita Garmendia?

—Por desgracia hay otros compromisos antes, pero no pasará de los seis meses que ya estaremos arribando al Río de la Plata.

—Podrá asistir al baile de los Foscari, entonces.

Violeta creyó percibir un estremecimiento en Leticia al escuchar eso. Decidió no alentar al capitán y fingió complicaciones.

—Estamos invitadas, aunque no creo que vayamos. Doña Celina se encuentra algo cansada, y yo tengo mucho que hacer antes de mi partida. Visitar a mis profesores de arte y comprar algunos recuerdos para la familia.

—En seis meses se puede hacer todo eso y más —objetó el militar.

Violeta frunció el ceño.

—Soy un poco lenta para moverme —contestó.

Leandro Paz la contempló a través de las burbujas del champán. Violeta era una fierecilla que se le escapaba una y otra vez. Él había combatido en el Paraguay junto a su tío, Bautista Garmendia, y conservaba una buena impresión de aquel hombre sereno y callado, capaz de matar con sus propias manos y de salvar al enemigo en apuros al mismo tiempo. Un hombre que no se ataba a nada, salvo a su conciencia. Paz sabía cuánto valor tenía ese temple, y lo admiraba. Bautista debería haberse unido al ejército como hizo él, en lugar de regresar tierra adentro para vivir una existencia monótona junto al río. Y aquí estaba su sobrina, soñando con regresar para hacer lo mismo. ¿Cómo era posible que los atrajesen más la selva y los pajonales que el empedrado milenario de las calzadas romanas?

Tomaron salpicón de cangrejo y *carpaccio* con queso parmesano. Durante la cena, la conversación versó sobre los atractivos del Adriático y luego sobre temas más personales.

—¿Cómo es que acabó radicándose en Venecia para dibujar, señorita Garmendia? Entendía que era en Florencia donde se encontraban los verdaderos maestros.

—La escuela veneciana es lo que más me atrae: su colorido, su luz, son para mí superiores. Claro que primero debí pulir el dibujo, y eso lo logré en Florencia. Pero Venecia ha sido y será siempre cuna de artistas.

—O la tumba de ellos, por lo menos —completó Paz, refiriéndose a los talentosos que habían elegido ser sepultados en aquella tierra antigua.

—Yo jamás permitiría que me enterrasen en otro suelo que no fuera el correntino —dijo con énfasis la joven.

—Por favor, Violeta, no hable de muerte —suplicó Leticia, que se mantenía concentrada en las pinzas del cangrejo.

—Disculpe, tiene razón. Olvidé que los embarazos nos ponen sensibles. Mi madre estuvo así cuando esperaba a Ignacito. Lloraba seguido, y no le pasaba nada. ¡Era el mejor momento de su vida!

—Señorita Garmendia, no me haga pensar que sabe eso de su propia mano.

—¡Leandro! —susurró escandalizada Leticia.

Violeta rió con ganas.

—Toda mi vida la vivo a través de otros. Y si no, la sueño.

Los dejó para que se las arreglasen con el significado de esa expresión y salió al encuentro de Celina Bunge, que acababa de ingresar al comedor justo cuando la orquesta afinaba sus instrumentos.

—Tocarán Vivaldi —dijo la viuda entusiasmada.

Su esposo y ella habían sido asiduos concurrentes a la ópera y al teatro. Aquellos acordes le traían un remolino de recuerdos.

—Siéntese con nosotros para desviar las intenciones del capitán Paz —le sugirió con picardía la joven—. Después de un rato de música, le dará ganas de fumar un puro y nos dejará solas.

Mientras se encaminaban a la mesa, doña Celina pensó que si Violeta desplegaba esos ardides con todos los caballeros se cumpliría su mayor temor: que se quedase para vestir santos.

Después del turrón de almendras tomaron café turco en la terraza, bajo una cúpula estrellada y acunados por las piezas musicales. El viento frío que atravesaba el canal cubría la Piazza San Marco de una humedad pegajosa con olor a sardinas y a brea. Leandro Paz pidió un sorbete de limón y vodka para él, y refrescos con canela para las damas. Se mostró preocupado por el estado de su esposa, que se arrebujaba en el chal, hasta que por fin cedió a sus requerimientos y la acompañó a sus habitaciones.

—Pobre Leticia. Finita me decía que su hermana sufrió siempre por las infidelidades del capitán —comentó Violeta refiriéndose a su querida amiga, la menor de los Lezica.

—Ay, hija mía, esos dolores de amor nunca faltan. La propia Finita lo sabrá, ahora que ella también está casada.

—Yo no podría permanecer al lado de un hombre que me engañase, doña Celina, y no por celos, sino porque odio la mentira. Prefiero mil veces que me diga "fui infiel" antes que verlo arrastrándose como culebra para ocultar su pecado.

—¡Válgame! Te has puesto dramática hoy. ¿Y qué harías si ese supuesto hombre te confesase su "pecado"? ¡No pensarás en pagarle con la misma moneda! Eso sería el camino de tu perdición.

—Eso no se me había ocurrido —dijo la joven, pensativa—. Creo que lo abandonaría. O tal vez no, pero ya no existiría para mí, viviríamos vidas separadas.

—Entonces no ganaría mucho ese caballero confesándote la verdad. De todos modos, acabarías por dejarlo.

—Qué dilema —murmuró Violeta, como si recién se diese cuenta del conflicto.

Doña Celina se echó a reír, muy a su pesar.

—Querida mía, tienes el don de quitarle el hierro a todo, hasta a las cosas más graves. Entremos, que está refrescando mucho. Ojalá que la noche del baile puedas lucir tu traje de sirena sin cubrirlo con un chal de lana. Y no me refiero sólo al frío —la amonestó.

Esa vez le tocó a Violeta el turno de reír.

Costa atlántica argentina

El día que Manu Iriarte conoció el mar permaneció largo rato en lo alto del médano contemplando la inmensidad palpitante, mientras el viento salobre y la arena le azotaban el rostro curtido. Después de una temporada en El Duraznillo, había cabalgado sin descanso desde las sierras, inclinado sobre el lomo de su moro, deseoso de encontrar el destino que siempre le resultaba esquivo.

Pese a que era hombre de río y avezado pescador del Iberá, aquella masa de agua lo conmocionó hasta lo más profundo. Jamás imaginó que el horizonte fuera azul verdoso, ni que el cielo se desplomara sobre la espuma como lo hacía en ese instante. El sabor en sus labios agrietados le era desconocido, así como la sensación de pequeñez que lo abatía ante la desmesura del océano. Acostumbrado a lidiar desde la infancia con la salvaje naturaleza de los esteros, se creía capaz de enfrentarlo todo. Ese monstruo que bullía frente a sus ojos, sin embargo, le revelaba una verdad rotunda: el hombre jamás lograría imponerse, debía postrarse con humildad ante las fuerzas que no comprendía.

Hundió en la arena sus pies enfundados en botas de potro. Allá en su tierra, las aguas tostadas del Paraná lamían playas blancas donde brotaban como penachos las palmeras enanas y los arbustos repletos de frutos y de flores. Esta otra playa carecía de esa dulzura, poseía la propia fuerza del mar.

Ambos podían devorarlo.

El reflejo ardiente hirió sus ojos y se caló el chambergo. Un relincho tras el médano le recordó que su compañero lo aguardaba con sed e impaciencia. Se irguió y manoseó el papel que guardaba en la faja. Era su salvoconducto: la nota que don Armando Zaldívar, reconocido estanciero de la región del Tandil, había escrito a pedido de su hijo Julián, recomendándolo para un trabajo honesto en aquel paraje indómito. Manu se preguntaba qué podría hacer allí, donde el ímpetu de Dios se manifestaba en todo su apogeo. La ausencia de casas, la falta de ganado y otras señales de civilización, decían a las claras que cualquier empleo le arrancaría jirones de su cuerpo. Lo único familiar para él era el chillido de las gaviotas, pues en los lagunales de su tierra lo escuchaba con frecuencia.

Manu no se arredraba, había vivido más batallas de las que podía contar con ambas manos. Desde que se desgració en los suburbios de Buenos Aires al matar a un caudillo de los nacionalistas de Mitre, su vida se convirtió en una sucesión de huidas y enfrentamientos, hasta dar con un hombre que supo ver en él al correntino de ley, el que mata de frente y con motivo justificado. Manu no se arrepentía de haber mandado al infierno al tuerto. Sietemuertes había manchado el nombre de lo que él más amaba, sólo por hostigarlo y mancillar a su tierra amiga, a la que él protegía desde la infancia por mandato paterno. ¿Dónde estaba ella? El mismo graznido de las aves marinas se la recordaba.

Violeta amaba las aves. Juntos, habían revisado todos los escondrijos del Paraná en busca de nidos, y habían permanecido en silencio muchos atardeceres, aguardando el instante en que una cigüeña se posara en lo alto de un aliso para ahuecar las alas y despedir el día. Él, con sus propias manos, había construido la casa del árbol para que su pequeña amiga pudiese observar el vuelo de las golondrinas en su camino de regreso a Goya.

El regreso.

Jamás volvió a los esteros y era lo que más deseaba, pero se había prometido hacerlo con ella y cumpliría esa promesa. Aunque habían pasado años de aquel episodio funesto, pisar Buenos Aires era peligroso. Sin embargo, estaba dispuesto a merodear los alrededores con la intención de averiguar el paradero de Violeta. Lo último que supo fue que planeaba un viaje a Europa, don Armando se lo había confirmado ante su requerimiento.

¡Maldito el día en que decidieron enviarla a la ciudad para que estudiase con las Damas de la Beneficencia! ¿Acaso no sabía Violeta mucho más que las enclenques damiselas con las que se topó en Buenos Aires? Sobradas veces lo demostró. Y por más que él se empeñó en convencerla de emprender la vuelta, la joven, que ya no era tan niña como cuando se conocieron, se empecinó aun más en quedarse. Así era Violeta, curiosa y valiente. Le gustaban los desafíos, y la gran ciudad se convirtió en uno muy tentador.

Manu dio la espalda al mar y se encaramó de nuevo en la cima del médano.

Tierra adentro se avistaban tres lomas pétreas separadas por suaves valles. En alguna estaba el sitio donde el patrón de El Duraznillo le dijo que encontraría al paisano de su padre, don Pedro Luro. Si era vasco, podía vérselas con él. Conocía el paño, pues era hijo de Rete Iriarte, dueño de El Aguapé en los esteros del Iberá. De Rete heredaba Manu el físico duro, impermeable a las inclemencias, los ojos oscuros y los pómulos pronunciados. Hasta ahí llegaba el parecido, ya que su padre era un hombre poderoso en la tierra correntina, negociante implacable y un patrón capaz de desempeñar cualquiera de los oficios de sus peones. Manu no poseía la misma sagacidad, ni de lejos. Unas fiebres desconocidas le arrebataron la lucidez cuando niño, y desde entonces todos murmuraban a sus espaldas, compadeciéndose del hijo del señor, que se quedaba a medio camino con las entendederas embrolladas, según decía el ama de llaves que lo había criado. Manu aceptó con mansedumbre esa condición de tullido hasta que conoció a Violeta. La niña no parecía notar nada raro en él, jamás se rió de su parquedad ni dejó de compartir con su amigo todos sus secretos. Crecieron juntos. En ese camino de aventuras y confidencias, Manu desarrolló por Violeta un amor absoluto, que no dejaba lugar a ninguna otra cosa.

Y ahora Violeta no estaba a su lado, Buenos Aires se la había robado.

Entre las patas de su moro, noble animal que portaba con orgullo su sangre africana, lo aguardaba un cuzquito blanco y negro, con las orejas erguidas y el hocico oteando en su dirección.

—Vamos, Matrero —alentó al caballo—. ¡Arriba, Duende!

Montó de un salto y taloneó para alejar al moro de la blandura de la arena. El perrito se acomodó en la grupa, manteniendo el equilibrio como un eximio jinete.

El viento borró la huella que dejaron los cascos de su monta con la misma rapidez con que un corazón liviano olvida un amor efímero.

La tarde brillaba en su esplendor cuando Manu se aproximó por fin al sitio indicado. Había cabalgado todo el día, alternando los verdores del campo con el dorado de las arenas, ora contemplando las colinas de cimas planas, ora avistando el oleaje que rompía furioso contra los acantilados. Aquel paraje poseía el mismo espíritu agreste que su tierra correntina, donde el hombre nunca mandaba del todo.

Lo primero que vio fue un barco de vela que se acercaba a la marisma, luchando con denuedo para imponerse a las corrientes que lo zarandeaban. Cuando por fin lo logró, algunas lanchas se arrimaron a la quilla para el trasbordo de la carga, unas vigas de madera. Manu pensó que serían pilares de futuras construcciones, dado que más adentro se veían barracas en las que trabajaban varios operarios. Había también un muelle reforzado por el que iban y venían hombres duchos en cargar pesos sobre sus espaldas. Era el tipo de trabajo que él podía hacer con facilidad. Desde su puesto de vigía apreció también un galpón con molino harinero, en las márgenes de un arroyo atravesado por un puentecito de madera y sombreado de sauces. La construcción más destacada era un chalet de dos pisos, pues del otro lado del arroyo se veía un caserío de ranchos desperdigados y el cementerio. Por aquí y por allá, enormes montículos se alzaban como lomos de dromedario. Parvas de trigo, supuso Manu. Y no se equivocaba, ya que los campos circundantes estaban divididos en cuadrados donde ondeaban las espigas. Sudorosos labriegos se inclinaban sobre las sementeras, mientras el silbato de la máquina de trillar horadaba el aire puro. Frente a ese panorama agrícola, el océano representaba un desafío: habría que transportar los frutos del país a bordo, si se quería entablar un comercio rápido y económico. Manu entendía eso, no en vano era hijo del comerciante más poderoso de la región de los ríos.

A cada momento lo entusiasmaba más la idea de presentarse ante el hombre propulsor de toda esa actividad.

De pronto, unos gritos desviaron su atención. Del vientre de una de las parvas brotaba un corazón de fuego. Varios labradores corrían hacia el arroyo en busca de agua para apagarlo, antes de que se propagase hacia las otras. Vano intento. Por lo que Manu comprendió, el viento del sudeste atentaba contra la empresa. Desmontó con rapidez y ató a Matrero a una rama que sobresalía de un médano. El animal estaba acostumbrado a las correrías en el desierto, no iba a espantarse por unos hombres agitándose.

—Quédate —le ordenó a Duende, que ya se disponía a seguirlo.

Si iba a colaborar con aquella gente, no podía ocuparse también de la seguridad del perro, que era escurridizo y siempre se metía en líos. El cuzquito se sentó sobre sus cuartos traseros casi sin tocar el piso; parecía un resorte dispuesto a saltar en cualquier momento.

Manu corrió colina abajo hasta meterse de lleno en la confusión. El calor que desprendían las parvas, unido al peligro del viento que las llevaba de un lado al otro, le dieron la dimensión del desastre antes de que los labradores pudiesen comprenderlo. Bajo el cielo inconmovible, todo lo acumulado a lo largo de los meses ardió sin remedio. Manu acarreaba agua sin descanso, con el rostro tiznado y los brazos rasguñados. Llevaba y traía, entendiéndose con los desconocidos sin problema. A nadie le extrañó su presencia. Era uno más en la desgracia, tratando de sobrevivir y de salvar algo.

Al final, imperó la desolación. De la cosecha no quedó nada, sólo restos humeantes que el viento frío barrió, dejando a la vista el pasto chamuscado. Algunos se tomaban la cabeza y se dejaban caer al suelo, mientras que otros blasfemaban y levantaban sus rostros sudorosos al cielo. Se escuchaba el llanto de las mujeres.

Todo ese bullicio desconsolado fue engullido sin piedad por el fragor del océano.

Manu puso los brazos en jarras y contempló la miseria desde su papel de forastero. ¿Quedaría trabajo para él después de tremenda hecatombe?

—Hay que avisar al patrón —escuchó decir a su lado.

Un labriego de brazos nudosos movía la cabeza con fatalismo.

—¿Dónde está él? —quiso saber Manu.

El hombre lo miró sin sorpresa, tal vez porque a raíz de la conmoción no pudo advertir lo extraño de ignorar dónde se encontraba don Pedro Luro. Todos lo conocían, todos sabían dónde hallarlo siempre. El labriego señaló una dirección y hacia allí se encaminó Manu corriendo. Quería ser el portador de la noticia, para calibrar la reacción del que a partir de ese día podía ser su empleador. Corrió a todo lo que daban sus piernas y trepó la loma en la que se veía una casita solitaria. Salió a su encuentro un hombre mayor de aspecto fornido y campechano. Vestía bombachas de campo y botas, sin facón ni boleadoras, y un sombrero panamá. Manu percibió la raíz euskera en sus rasgos tallados con firmeza, en la claridad de la mirada que se clavó en él sin ambages, así como en lo estentóreo de la voz que le reclamó:

—¿Qué pasa?

—Se ha perdido todo, señor, a causa del fuego.

—¿Hay desgracias personales que lamentar?

—Ninguna que se sepa, sólo que la gente está desesperada.

—Está bien. Vaya y dígales que seguiré pagando su participación en la cosecha al precio del trigo en el mercado. Y que para la próxima estaremos prevenidos.

—¿Algo más?

—¡Vaya, hombre, que para un campesino la cosecha lo es todo!

Y cuando Manu emprendió la carrera desandando camino, de nuevo la voz de Pedro Luro le exigió:

—¿Y usted quién es?

—Manuel Iriarte, señor, de los esteros correntinos.

—¿Busca trabajo acá?

—Sí, señor.

—Veo que ha colaborado en apagar el fuego —dijo Luro, mirando la traza de Manu.

Sin duda, observaría también el temple del joven que se había acercado al Puerto de la Laguna de los Padres con las manos vacías y una voluntad de hierro. Pedro Luro podía captar eso de un hombre sin necesidad de hablarle. La mayoría de sus obreros eran vascos y gallegos, estaba acostumbrado a su manera de ser.

—Ya lo tiene —dijo, refiriéndose al trabajo.

Sin saber aún qué le tocaría en suerte, Manu sonrió con una felicidad que a don Pedro le pareció más propia de un niño que de un adulto.

—¡Gracias, señor! ¡A sus órdenes!

Al bajar la loma, y mientras avanzaba a zancadas para comunicar la nueva a los agricultores, arrojó lejos el papel donde figuraba la recomendación de Armando Zaldívar. Lo había conseguido solo, sin ayuda de nadie.

Don Pedro Luro cumplió su promesa y no hubo labriegos desahuciados. Todos compartían lo bueno o lo malo que les sucediera. Pronto descubrió Manu que la bonhomía del hombre que le había dado empleo no ocultaba el acero de su carácter, forjado en las adversidades.

Venerado por sus trabajadores, don Pedro actuaba como un padre atento a las necesidades del más insignificante de todos.

Los terrenos que Manu conoció como "el saladero de Meyrelles" continuaron cubriéndose de construcciones: al almacén de ramos generales La Proveedora se sumó un edificio destinado a escuela para los hijos de los empleados, con plata que don Luro puso de su bolsillo; se levantaron otros saladeros en zonas de cangrejales como la del Tuyú, sobre pilotes, a despecho de bañados y pantanos; una fonda, y más negocios para atender a las necesidades del personal, y hasta se pretendió instalar una sucursal bancaria.

Manu estaba junto a Luro cuando fracasó ese intento. El hombre se acariciaba la barba pensativo y dijo de pronto:

—No importa, emitiremos vales de diez pesos como moneda corriente. Manuel, serás el primero en empezar a construir la barraca con prensa.

Ésa era la talla del patrón al que Manu empezaba a admirar más aún que a su propio padre, ya que Rete jamás le había confiado nada relativo a sus negocios. Aunque sí le había encargado algo mucho más valioso una vez: la vida de Violeta. De eso respondió él con su sangre, y a eso deseaba volver a dedicarse cuando alcanzara a forjarse un futuro.

El jornal era bueno: cien pesos de la moneda nacional. Manu soñaba con levantar una casita propia en los esteros y convencer a Violeta de regresar allá para siempre.

En sus horas de descanso, solía cabalgar con Matrero y Duende en busca de rincones solitarios que esa tierra ofrecía a manos llenas. Uno de sus favoritos era el cabo que sobresalía de la costa, introduciéndose en el mar tumultuoso con osadía. Corrientes cruzadas se encontraban allí, donde las olas se estrellaban con estrépito y arrastraban todo lo que había a su paso. Manu caminaba descalzo sobre las rocas cubiertas de musgo y líquenes, y arrancaba mejillones incrustados en las paredes de los acantilados. Podría haberse roto la crisma de no haber sido un experto en terrenos acuáticos. En ese lugar se sentía como un marinero en la proa de su barco, de cara al océano y de espaldas a la tierra. Encaramado en la punta misma del cabo, Manu conducía una barca imaginaria. El carácter huraño del joven encontraba solaz en esos sitios donde no precisaba hablar con nadie. Sólo Duende y el caballo moro podían comprender su espíritu silvestre.

Y los lobos.

Uno de los motivos por los que Manu iba tan seguido a los peñascos del cabo era la vista de las manadas de lobos marinos que se apiñaban entre la playa y el mar, formando masas vivientes que gruñían y se pisoteaban, en un fragor sólo comparable al del oleaje tempestuoso. Pasaba horas contemplándolos. Esos cuerpos satinados, torpes e imponentes lo fascinaban. De alguna manera, se identificaba con ellos. Él también era torpe y grande, le costaba moverse con soltura, y prefería las soledades. Amaba tenderse al sol después de un baño de mar y dejar que la piel se cubriese de arena, como ellos. Lo curioso era que también los lobos marinos parecían aceptarlo como parte de su grupo, pues jamás se inhibían en su presencia, ni se mostraban hostiles hacia el humano que irrumpía en su mundo. El único que les arrancaba rugidos de rabia era Duende, que brincaba sobre las rocas y ladraba a la espuma. Por eso Manu lo mantenía alejado cuando bajaba a darse un baño y a contemplar el océano. En esos momentos de abstracción, su pensamiento volaba hacia el río y los esteros, a la casa de su padre en el Iberá, con su porche florido y su mirador redondo, y, más que nada, hacia el Palacio de las Aves, el edificio en el que había conocido la dicha de compartir las horas con Violeta, observando a los loros barranqueros, las cacatúas, los cardenales que entraban por las ventanas sin vidrios, o las discretas viuditas. Aquel refugio conservaba en su memoria el calor del sol reverberando sobre las aguas, y el centelleo de la luna sobre los camalotales.

Ese mundo que lo aguardaba no estaría completo sin Violeta.

En una de sus excursiones divisó a un jinete que cabalgaba en la orilla, a despecho del viento huracanado. El hombre se acercó y su caballo caracoleó a la vista de los lobos.

—¿Qué hace, amigo? —lo interpeló con familiaridad—. ¿Tomando sol?

Manu observó que vestía ropas elegantes y su acento era pulido. En nada se parecía a los rudos trabajadores del puerto con los que él convivía.

—Hace bien —siguió el otro, mirando hacia el horizonte que ya se teñía de naranja—. Este sitio será un día un paraíso, si se cumple el sueño de mi padre.

Manu permaneció callado, según su costumbre de estudiar al interlocutor antes de hablar.

—Soy Jacinto Peralta Ramos. Y mi padre es don Patricio, el fundador del pueblo de Mar del Plata. ¿Usted trabaja con los Luro?

Manu asintió, sorprendido. Mar del Plata, qué lindo sonaba.

—Buena gente. Amigos de nuestra familia que comparten el mismo sueño. Espero que algún día compre aquí un terreno para formar su hogar. Aunque parece duro el clima, resulta beneficioso para el cuerpo y el espíritu. No sé, será el mar... —y el hombre volvió a mirar hacia la lejanía—. Pensar que éstos eran los dominios de Cangapol. ¿Sabe usted quién era?

—No, señor.

—Un cacique serrano que tuvo en jaque a los Jesuitas que fundaron la reducción del Pilar. Por allá, a la vera de la Laguna de las Cabrillas y a siete leguas de la sierra del Vulcan.

Manu había conocido de primera mano la ferocidad de algunos caciques en la frontera, de modo que podía imaginar el pavor que causaría el tal Cangapol.

Don Jacinto se apoyó sobre la montura y comentó con aire distraído:

—A veces trato de imaginar cómo habrá sido esta región en aquella época, cuando las misiones jesuitas eran la única avanzada en el desierto. Dice mi padre que esto era un tremendo vacío, que sólo las caballadas o el rugir del mar contra los acantilados rompían el pesado silencio. Acá, en este cabo, había una rinconada donde se refugiaban los avestruces. Mi padre supo que los alaridos pampas los hacían huir, y eso alertaba a los frailes misioneros, que se aprestaban a defenderse. Pobres hombres.

Manu contempló la dirección que seguían los ojos de don Jacinto. El terreno ascendía en una pendiente escarpada hasta volver a la planicie absoluta. En la lejanía, sin embargo, donde el sol ya declinaba, se adivinaban otros promontorios rocosos. Los lobos comenzaron a gruñir y a resoplar, y las gaviotas los sobrevolaron en círculos, chillando.

—En fin, no se acerque demasiado a éstos —dijo Jacinto señalando a las bestias, que seguían topándose entre ellas— y véngase a misa, que allí nos encontramos todos los que nos queremos llamar marplatenses.

A Manu le interesó el dato. Se había criado en un medio espiritual, aunque su padre no insistió mucho en darle una educación religiosa. Allá en los esteros, todos los hombres y mujeres adoraban a la Virgen de Itatí. La casita de Violeta en la ribera tenía un nicho en la pared destinado a Ella, y Manu recordaba haber visto a Rosa rezando en el reclinatorio que le había construido Rete. En sus años de lucha en la frontera, Manu había compartido misas de campaña y algún que otro rezo desesperado antes de verse envuelto en una batalla. En cierto modo, había vivido huérfano de religión. Pensó que tal vez la Virgen lo escucharía mejor si le rezaba en una iglesia, y entonces podría pedirle que le regresara a Violeta. La idea lo entusiasmó.

—¿Dónde es la misa, señor?

Don Jacinto se admiraba de que alguien que vivía en las tierras del antiguo saladero no supiese que la capilla estaba situada en la loma. ¡Todos la conocían!

—Pregunte por Santa Cecilia, es la iglesia que mi padre construyó en homenaje a mi madre. Él mismo talló el altar y vistió a la Virgen, aunque las manos y la cara las hizo traer de Europa.

Manu quedó impresionado. Hacer algo con las manos era lo suyo, y si el padre de ese señor elegante era capaz de tallar el altar de la Virgen debía de ser alguien muy extraño, ya que él asociaba el trabajo manual a la condición humilde.

—Iré —afirmó con sencillez.

Don Jacinto siguió adelante con su galope. Sin duda, recorrería toda la costa hasta donde pudiese. Manu se quedó entre la soledad de la pampa y la inmensidad del mar. Él también cabalgaría así con Matrero, para descubrir otros rincones tan bellos como el cabo de los lobos.

Pronto pudo conocer a esos marplatenses que lidiaban con las contingencias del clima, las calamidades y las frustraciones. Don Patricio Peralta Ramos tenía una familia numerosa: doce hijos, de los catorce que parió doña Cecilia Robles. Tanto sus hijos varones como sus hijas amaban ese sitio en la costa, y contribuían a la labor que había comenzado su padre. Las mujeres de la familia no tenían miedo de aventurarse por los caminos embarrados que las conducían en carretas desde Chascomús a Puerto Plata, como se le decía. Una de ellas en especial, la que llevaba el nombre de la madre, cautivaba el interés de Manu, porque su temple le recordaba al de su Violeta.

El día que doña Cecilia Peralta Ramos arribó en tren hasta Chascomús, su hermano Jacinto acudió a su encuentro junto con una guardia de hombres armados y una tropilla, y la escoltó hacia la tierra que don Patricio trataba de domeñar. Una semana duró la travesía. Al llegar, Cecilia quiso probar el mar, del que se rumoreaba que tenía propiedades terapéuticas. El padre, solícito, ordenó levantar una carpa con un velamen y palos de un buque destruido, y en ese interior, como en un capullo de caracola, la joven pudo sumergirse en las aguas frías y espumosas con gran placer. A Manu no le había tocado en suerte presenciar ese bautismo de mar, pero sí pudo acompañar a doña Cecilia a la orilla más de una vez, por si la dama deseaba que le armasen de nuevo aquella tienda improvisada. Doña Cecilia era una mujer audaz y alegre, a la vez que piadosa y maternal con sus hermanos menores. Manu se encariñó con ella, y de a poco su presencia se hizo tan frecuente entre la familia de los fundadores de Mar del Plata como en la de los propulsores, los Luro. Era el hombre de confianza de todos. A él recurrían para vigilar las andanzas de los niños en la orilla, alambrar los terrenos que se loteaban, arrear las reses que precisaban los saladeros, y levantar los postes de las nuevas construcciones. Don Jacinto tenía muchas ideas para llevar a cabo, su continente agradable e ilustrado caía bien en todos los círculos. José, el hijo de don Pedro Luro, también poseía ideas y el temple de su padre, que se agrandaba ante las dificultades. Pronto pudo apreciar Manu las diferencias entre ambas familias: los Peralta Ramos eran austeros y discretos, y llevaban a cabo sus proyectos sin alardes. Los Luro, en cambio, eran audaces, y su entusiasmo contagioso, desde el pionero hasta el último de sus hijos. Entre unos y otros, Manu fue adquiriendo roce y seguridad. Ya no se sentía el pobre hijo tullido de un poderoso señor, sino Manuel Iriarte, vasco trabajador de la costa de Mar del Plata, que con sus brazos contribuía al crecimiento de todo un pueblo.

Fue así como Lucrecia, la hija del fondero, se fijó en él.

Junto a La Casa Amueblada, el pequeño hotel de Pedro Luro, se levantaba una fonda que abastecía las necesidades de los trabajadores. La regenteaba un matrimonio de gallegos que sudaban de sol a sol criando las gallinas del puchero, cocinando los pescados que les traían de la rada, arrancando cebollas y coles de la huerta, y atendiendo al personal que llevaba los vales para la comida. Macías y Bernalda eran laboriosos como hormigas, y su hija Lucrecia, la luz de sus ojos. Por ella trabajaban con tanto ahínco, con la ilusión de que en aquella tierra nueva encontrase un futuro mejor que el que les había tocado en suerte a ellos. En ese sueño cabía el deseo de casar a Lucrecia con un paisano y perpetuar la estirpe celta a través de la joven. Ella, en cambio, había puesto los ojos en un criollo, forastero además. Embelesada por el físico fornido de Manu, y sobre todo por la sensación de que ese hombre silencioso albergaba un corazón noble, Lucrecia lo vigilaba de reojo mientras ayudaba a su madre en la despensa, o cuando Manu aparecía con algún encargo de las familias principales. Si ella salía a tender la ropa del hotel, se demoraba bajo el sol entre los lienzos, tratando de pescarlo en una de las habituales salidas del joven hacia el saladero del Tuyú. También lo espiaba cuando escuchaba el tropel de los cascos al regresar, bajo el rocío de la noche. En esos momentos Lucrecia se sentía pecadora, pues atisbaba algo del pecho desnudo de Manu en los chapuzones que él se daba en el arroyo Las Chacras. Él era inconsciente de lo que despertaba en la muchacha, y ni siquiera parecía advertir su existencia, a pesar de que Lucrecia era hermosa: su rostro redondo de ojos celestes, luminosos bajo los rizos rubios, atraía las miradas de muchos obreros del puerto. Ella sólo veía a Manu.

Una tarde, al bajar el sol, se envolvió en su chal floreado y salió con sigilo por la puerta que daba al huerto, decidida a descubrir adónde iba el objeto de su deseo cada día, al terminar la jornada. Caminó con sus zuecos sobre la arena, torciéndose el tobillo y agachándose bajo los matorrales cuando pensaba que podrían verla, hasta que, muerta de cansancio, llegó a la Lobería Chica. Allí estaba él, nadando entre las olas. Una fuerza descomunal emanaba de su cuerpo en cada brazada; Lucrecia se relamió soñando con esos brazos acariciándola por todas partes. Era una muchacha recatada, jamás había dado que hablar en todo el tiempo que estaban allí; nadie podía impedir sin embargo que soñara con un amor, aunque fuera ilícito para sus padres. Le tenían destinado a otro, que Lucrecia no quería ni ver siquiera. Toñito no era mal muchacho, pero al lado de

Manuel parecía un niño de pecho. El sentimiento fue creciendo en su corazón hasta tornarse insoportable. Tenía que hacerse visible ante el peón de los Luro, era imperioso que él la conociese.

El tiempo haría el resto.

Se acercó, vigilando a los lobos marinos que dormitaban, y se quitó los zuecos para mojarse los pies. El mar estaba delicioso. De haber sabido nadar, quizá se habría atrevido a meterse bajo las olas y así llamar la atención de Manu. Sentada sobre una roca y protegida por otras más elevadas, podía disfrutar del espectáculo sin temor de ser arrastrada por la marea. Había habido casos de pescadores que fueron barridos por las olas y nunca se supo de ellos. Apenas divisó al nadador que braceaba hacia la orilla, bajó de su atalaya y corrió con los zuecos en la mano. Manu la vio y por un momento, enceguecido por la sal marina, creyó que era una aparición. "Violeta", pensó, aturdido. Después comprobó que la mujer era rubia, más regordeta que su amiga, y que en lugar de saltar a su encuentro como lo hubiera hecho ella, lo miraba indecisa y ruborizada. "No es", se dijo con desencanto.

Lucrecia le sonrió con timidez.

—¿Siempre vienes a nadar aquí? Es peligroso.

Manu se encogió de hombros y se echó de espaldas sobre una roca.

—Sé nadar.

—Qué pena, yo no. ¿Me enseñarías?

Él demoró la respuesta. Tenía el recuerdo de esa joven arremangada tras el mostrador de la fonda, amasando pan con el rostro colorado y sonriente. Recordaba también haberla visto balanceándose con la fuente de ropa encajada en sus caderas, mientras los silbidos de admiración cruzaban el aire. Los hombres hacían bromas sobre quién sería el afortunado que pudiese levantar la falda de Lucrecia con la autorización del padre. Manu no solía participar de esas bromas, ni de ninguna otra actividad que no fuese el trabajo que le encomendaban. Ya todos sabían que era de pocas pulgas, y la rapidez con que desenvainaba el facón los convencía de mantener distancia con aquel hombre que venía de un lugar donde todavía corrían rumores de indiada. La confianza que en él depositaban las dos familias principales de la región le creaba un aura de respeto.

Claro que Manu ignoraba todo eso, y sólo se ocupaba de lo que le mandaban hacer.

Y enseñar a nadar a aquella joven no estaba incluido.

—No puedo. Estoy ocupado.

En lugar de ofenderse, Lucrecia se sentó a poca distancia y miró hacia los lobos marinos que ya se disponían a dormir.

—Sería sólo un ratito, después de las tareas, parte del tiempo que empleas en nadar ahora.

Manu se irguió y apoyó un codo sobre la roca tibia para mirarla mejor.

—¿Y por qué quieres nadar en el mar? Es peligroso.

—¿Por qué lo haces, entonces? Creo que es más peligroso vivir junto al mar sin saber nadar. En mi familia ha habido muchos pescadores. Como mis padres me trajeron desde niña, me perdí de aprender allá, por eso quiero hacerlo aquí. Nadie tiene tiempo para enseñarme. Además, no sé si sabrán nadar tan bien como tú. ¿Dónde aprendiste?

Lo último que Manu deseaba era contar sobre su vida, ese tesoro lo compartía sólo con Violeta; sin embargo la pregunta era sincera y no poseía ninguna intención, de manera que optó por responder de modo simple:

—En una tierra donde todo es agua. El que no nada allá, no sobrevive.

—Qué lugar hermoso —murmuró extasiada Lucrecia—. Galicia también es una tierra de ríos. Tenemos algo en común.

Manu se levantó y se sacudió la arena de los pantalones. Luego se puso la camisa, dejando ver en sus movimientos la contundencia de sus pectorales.

—Me voy.

—Te estoy molestando.

Al joven le dio pena que la muchacha se mostrara contrita.

—No, es que debo cumplir con dos o tres mandados más.

—¿Trabajas para los Luro?

—Soy resero y alambrador, pero a veces hago otras cosas, según lo que haga falta.

—Mis padres trabajan en la fonda del hotel. Doña Juana, la esposa de don Pedro, es una mujer muy hacendosa, me ha enseñado un montón de tareas que mi madre no pudo explicarme a causa de su trabajo. Le estoy muy agradecida.

Manu asintió.

—Los Luro son buena gente.

—Me llamo Lucrecia.

—Yo soy Manuel.

—Vendré a verte nadar algunas veces, Manuel, si no te incomoda. A lo mejor aprendo con sólo mirarte.

Manu esbozó una sonrisa. Nadie aprendía a nadar mirando, era una de esas cosas que había que hacer a costa del miedo, como cabalgar o luchar en la frontera.

—No me molesta que me mires.

—Entonces hasta mañana —repuso ella, y se levantó también.

Manu permaneció con las manos en la cintura, viendo cómo Lucrecia iba descalza hasta los médanos, donde se inclinó para ponerse los zuecos, dejando ver sus pantorrillas redondeadas. Recordó las chanzas de los obreros y desvió la mirada, disgustado consigo mismo.

Construyó su propia casa alejada del círculo de las demás, arrinconada contra unos matorrales de curru-mamuil, un pasto serrano que proporcionaba abundante madera. Primero tuvo que lidiar con una jauría de perros cimarrones que le enseñaron los dientes y lo cercaron como lobos hambrientos. Los perros, que al principio eran necesarios para la salud del villorrio porque limpiaban los despojos de las reses que no se faenaban, ahora que el saladero elaboraba también tasajo y no dejaba desperdicios se habían constituido en un problema. Merodeaban por los cauces secos y se acercaban a los patios traseros de las casas. El primer dueño del saladero, José Coelho de Meyrelles, llegó a ofrecer recompensa por las colas de los perros en algún momento. Manu se valió de garrotes y de antorchas para mantenerlos a raya, además de los ladridos de Duende.

Una vez limpio el terreno de alimañas, delineó la zona del alero y comenzó a levantar los postes que sostendrían la techumbre al estilo correntino. Usó los materiales que se le ofrecían: totoras y piedras de las serranías, que fue acarreando a pulmón hasta quedar exhausto. El premio a tanto esfuerzo era contemplar las estrellas mientras cebaba mate en una fogata que mantenía encendida toda la noche. El mar era sólo un rugido lejano. Al clarear se lanzaba a su trabajo después de los primeros mates. Los del pueblo lo veían sólo durante la jornada, pues luego desaparecía y nadie volvía a saber de él hasta el día siguiente. Al principio eso fue una rareza, luego todo el mundo se acostumbró y ya nadie se ocupó de Manu Iriarte.

Había otras cosas en que pensar en aquellos días.

Corrió la voz de que el mismísimo gobernador de Buenos Aires, Dardo Rocha, visitaría Mar del Plata para ver con sus propios ojos ese pueblo con tanto ímpetu de progreso del que se estaba hablando.

Manu terminaba de arrear unas reses, tarea en la que lo había instruido el propio Luro. El vasco acumuló fortuna domando el ganado cimarrón que aquejaba a las estancias y que sus dueños vendían a precio vil, con tal de que se lo sacaran de encima. En eso estaba cuando escuchó el cornetín del postillón que señalaba la llegada de la diligencia.

El pueblo dormía. Era casi medianoche. En lo alto de la loma de Santa Cecilia se distinguía la vacilante luz de un farol colocado en la pared exterior de la capilla, única nota de calidez en esa noche fría. Manu taloneó a Matrero para llegar antes. Sospechaba que se trataba de la esperada visita del gobernador, cuando ya nada la hacía suponer. Cabalgó con Duende en la grupa hasta la plaza central, apenas un par de cuadras iluminadas con lámparas de querosén. En la oscuridad sonaban los cascabeles del carruaje y chirriaban los ejes de las ruedas. La vastedad del campo magnificaba esos sonidos, que pronto despertaron a la población entera. La galera apareció bamboleante bajo la débil iluminación, como salida de un cuento fantasma. Los pobladores se amontonaron para dar la bienvenida a tan ilustre personaje y la banda sacó a relucir su música, que acompañó con sones triunfales el descenso de la visita. Santiago, uno de los hijos de Luro, oficiaba de anfitrión. Frente al hotel de Urrutia, todos escucharon el estampido del cañón de los Peralta Ramos, una reliquia obtenida del naufragio de la barca inglesa *Alice*. La mayoría se había vestido a las apuradas, y Lucrecia no fue la excepción. Con el secreto anhelo de encontrar a Manu, se envolvió en una bata de lana azul que resaltaba el dorado de sus rizos y armonizaba con sus ojos. Él la vio desde la grupa de su caballo y le sonrió. La ocasión lo merecía. Radiante, Lucrecia contempló el despliegue a través de lágrimas de felicidad.

Al día siguiente hubo un banquete con los vecinos principales, entre los que se contaban, además de los Peralta Ramos y los Luro, los Nougués, los Gómara, Zubiaurre, Muguerza, pioneros todos en aquellas soledades. Hubo discursos, aplausos, mucho empaque y gran expectativa, porque el gobernador tenía fama de alentar el progreso, como lo había demostrado al fundar la ciudad de La Plata y, sobre todo, con su promesa de construir en la provincia un kilómetro de vía férrea por cada día de su mandato.

Dardo Rocha era un hombre afable, que no había acusado incomodidad alguna por el ajetreado viaje que tuvo que realizar, y también firme en sus propósitos. Desde el primer momento vio que el villorrio tenía posibilidades, y que la clave para desarrollarlas eran las comunicaciones. Esas playas desoladas, expuestas a las ráfagas del sudoeste, estaban demasiado apartadas de la civilización. Se llegaba en tren hasta las tierras de Monsalvo, y de ahí el recorrido obligado era en diligencia, vadeando arroyos y atravesando los malos pasos de la llanura desierta. Donde terminaba el ramal ferroviario y hasta arribar a Mar del Plata no existía ningún poblado. Pese a la precariedad de las condiciones, Dardo Rocha tuvo una visión que comunicó a los entusiastas anfitriones.

—Voy a gestionar en Buenos Aires la prolongación del telégrafo de la provincia —dijo en medio de un murmullo de aprobación—, y también el trazado de un nuevo ramal del Ferrocarril del Sud, porque para que los porteños vengan es necesario llevarles la playa a sus puertas. Ya es hora de avanzar hacia esta parte del territorio en lugar de seguir poblando de veraneantes las quintas de las afueras de la ciudad.

—¡Y de Pocitos! —gritó alguien, porque era sabido que las familias aristocráticas habían tomado la costumbre de pasar los días de calor en ese pueblo cercano a Montevideo.

—También procuraré que la Legislatura autorice la construcción de defensas para este puerto. Es indispensable proteger las operaciones de carga y descarga. No olvidemos que estamos en el mar, y las borrascas pueden ser fatales.

Mar del Plata se vistió de fiesta a partir de ese momento. El gobernador fue agasajado de todas las formas posibles, y hubo un júbilo general que quedó flotando en la bruma mucho después de su partida. Las primeras noticias que llegaron más tarde desde la ciudad fueron promisorias: aquellas palabras no habían sido dichas en vano, la obra estaba en marcha. Dardo Rocha había conseguido también el apoyo del capital inglés.

Manu se sentía parte de algo grande por primera vez en su vida. Cuando viajó a Buenos Aires acompañando a Violeta, años antes, creyó que podría forjarse un futuro en la ciudad del Plata, y encontró un medio hostil donde no acababa de encajar. Para Violeta las cosas habían sido distintas: protegida por la viuda de Bunge, mimada por la sociedad que se encandiló con su belleza, y sobre todo impulsada por la generosidad del doctor Julián Zaldívar, encontró un camino libre de obstáculos. A él le había tocado, en cambio, desgraciarse y huir para salvar el pellejo. Si bien no se quejaba, pues había actuado en buena ley, el dolor de la separación y el desengaño de verse repudiado y lejos del mundo conocido le habían dejado un sentimiento de frustración que no le permitía ser feliz en ninguna parte. De modo incipiente, aquel sitio salvaje comenzaba a congeniar con su espíritu huraño.

La visita del gobernador despertó una ola de proyectos entre los habitantes.

La Casa Amueblada se convirtió con el tiempo en el Grand Hotel, un edificio cuadrado y bajo, de porte criollo, con la pretensión de ser algo más que un alojamiento del camino. A pesar de su modestia, era un establecimiento cómodo en el que todas las habitaciones daban a la calle. Lo administraba Celesia, mayordomo y amigo personal de los Luro. Lucrecia ascendió de categoría al desempeñar el papel de asistente. La joven era trabajadora como sus padres, y muy honesta. Doña Juana Pradere de Luro la apreciaba y cuidaba como a una hija.

—Dios mediante, el año próximo tendremos listo el hotel para recibir a las primeras visitas que nos traerá el tren —le decía mientras la muchacha llevaba las cuentas a su lado—. Ya están listas las estaciones de Arbolito y Vivoratá.

—Habrá que traer más sábanas, doña Juana. Imagínese que si nos toca sudestada las que tenemos no alcanzarán a secarse.

—Buena observación, niña. Anota encargar géneros a la casa de paños que tiene don Patricio en Buenos Aires. Tu madre podrá bordarlas, espero.

—Y si ella no puede lo haré yo, señora. He aprendido a dar forma a las letras mayúsculas. ¿Qué le parece este diseño? —y la joven garabateó un monograma en el que las letras G y H se entrelazaban de manera enrevesada.

—Ni en París lo hubieran hecho mejor. Recuerda: blanco sobre blanco. La austeridad es madre de la distinción.

—Sí, doña Juana. Habrá que encargar los hilos también.

—Anota todo.

Lucrecia disfrutaba de su nuevo papel, que le permitía salir de la casa paterna y circular con libertad por los alrededores. Usaba un mandil que le otorgaba una categoría especial, en lugar de las blusas y dengues que le imponía su madre. Cada vez se distanciaba más de las costumbres paisanas y del candidato que anhelaban sus padres.

Un atardecer en que, como de costumbre, contemplaba nadar a Manu, decidió que ya era tiempo de hacer algo audaz para obligarlo a cambiar su trato hacia ella. Manu era tan corto que jamás le dirigía la palabra primero, ni la saludaba con deferencia si la tropezaba en el camino. Seguía siendo en extremo callado, y Lucrecia desesperaba por conseguir su atención. Al parecer, no lo había impresionado su nueva responsabilidad en el hotel, ni la encontraba más guapa con su uniforme. En cambio Toñito, con sus ojos de carnero degollado, la seguía a todas partes, mendigando una sonrisa que a ella le costaba cada vez más prodigarle. Quería alentar al vasco, no al gallego.

Se quitó la falda y el rebozo, dejó los zuecos en la orilla y con el cabello suelto como una ondina comenzó a caminar hacia adentro en el mar, temblando de frío y de miedo al recibir las olas impetuosas que rebotaban en sus pechos abundantes y la hacían trastabillar. Cerró los ojos a medida que el mar se adueñaba de ella, perdía pie y se abandonaba a esa fuerza primitiva que jamás había experimentado en su cuerpo.

—¡Qué hacés!

El grito le llegó distante, ajeno, mientras los oídos se llenaban de agua burbujeante y un helado pavor corría por su espalda. Una ola espumosa y rugiente la tumbó, y perdió la noción de sí misma; no sabía si estaba hacia arriba o hacia abajo, si conservaba los calzones de lienzo o se había quedado desnuda. Ni si estaba viva o muerta. Otra fuerza descomunal la alzó, y el calor volvió a pegar en su rostro. Tosía y escupía, en arcadas que le venían desde adentro, y la boca se le llenó de un sabor repugnante que casi le provocó vomitar. Por ventura se contuvo, pues el que la llevaba en brazos era Manuel, y al cabo de unos momentos Lucrecia pudo ver la señal de preocupación en su rostro moreno.

—¡Loca! ¿Qué hiciste? —le recriminó al ver que reaccionaba.

Se había pegado un susto mayúsculo al divisarla entre el oleaje, pálida y recta como una vara. Los ojos y la nariz empezaron a gotearle, y ella se cubrió con las manos. Esperaba no tener un aspecto repulsivo después de aquel arrebato.

—Te dije que no se podía nadar acá —seguía diciendo Manu con enojo.

—Que... quería ver si p... podía.

—Estás loca.

—T... tengo f... frío.

Manu miró a esa mujer tendida sobre la arena, semidesnuda, mojada y temblorosa, y sintió un tirón en las ingles que lo turbó. Ella era hermosa y lucía desamparada. Al tomarla en sus brazos para sacarla del agua había tanteado sin querer sus formas blandas y tibias, la había tocado en lugares a los que no tenía derecho. Su cuerpo reaccionaba en forma contraria a los deseos de su mente, como si un traidor se hubiese colado en su interior. Con delicadeza, apartó los cabellos mojados y le susurró palabras de aliento.

—Ya está, ya pasó. No lo vuelvas a hacer.

Lucrecia abrió sus ojos celestes y le dirigió una mirada apasionada.

—Me salvaste la vida —dijo con emoción.

Era cierto, aunque la que había provocado el peligro era ella. Manu trataba de entender la razón por la que aquella joven se había arrojado al mar sin saber nadar.

—No lo hagas más —repitió, sin saber qué otra cosa decir.

Entonces Lucrecia llevó adelante su plan desesperado. Se incorporó y echó los brazos al cuello de ese hombre que la mataba con su indiferencia. Oprimió sus labios húmedos contra los de él, y pegó sus pechos helados al masculino torso desnudo. Se frotó y aguardó a que la naturaleza dictara sus actos.

Manu estaba atónito. La única mujer que había rozado sus labios era Violeta, y lo había hecho de pura alegría, en un instante mágico que él atesoraba en su recuerdo desde entonces. Era un consuelo al que recurría en sus noches tristes y solitarias. Ya casi no recordaba cómo era aquel contacto, pues en sus años de frontera había tenido mujeres que no besaban ni murmuraban cosas tiernas, eran mujeres duras como la tierra que él recorría, secas por dentro y ásperas por fuera.

Poco a poco, a medida que el cuerpo de la muchacha se entibiaba, él empezó a sentir un cosquilleo entre las piernas y la sangre se agolpó, latiendo con fuerza bajo su piel. Abrió la boca y absorbió los labios de Lucrecia, que temblaban. Al escucharla gemir, toda su hombría se rebeló, indómita, con una pasión desconocida. Manu la tumbó de espaldas y la cubrió con su cuerpo mojado, presionando el de ella sin piedad, abriéndole las piernas con las suyas y uniendo sus pubis con brutalidad. Una mano tanteó los calzones y le hurgó la entrepierna hasta tocar la suavidad del vello femenino. Lucrecia, con los ojos cerrados, abandonada a sensaciones nuevas tan imaginadas en sus noches de desvelo, gemía y suplicaba, alentando al hombre a proseguir en sus exploraciones. Manu era como un potro desbocado que se liberaba del encierro y veía ante él una pradera de tiernos pastos.

Introdujo su miembro en la muchacha con su primer corcovo. Sin pausas ni preámbulos, comenzó a galoparla con frenesí. Lucrecia, azorada por el dolor y excitada por lo salvaje del acto, lloraba y reía al mismo tiempo. Manu nada escuchaba, salvo el rugir de las olas que se confundía con el de su sangre revuelta. Al liberar su energía acumulada, soltó un grito animal que reverberó entre las rocas. Los lobos marinos alzaron sus cabezas de gruesos cuellos y ondearon al viento marino, como si hubiesen percibido el llamado de un semejante. Manu se desplomó sobre el cuerpo femenino con un suspiro.

—Perdón —gimió.

Era lo último que Lucrecia deseaba escuchar. Peor aún, no entendía lo ocurrido, pues había estado a punto de sentir algo que de pronto se esfumó, como un hálito sagrado.

Permaneció aplastada bajo el fornido cuerpo mientras recuperaba la respiración, y luego comenzó a empujarlo para zafarse. Manu rodó a un lado y se cubrió los ojos con el antebrazo. Ya atardecía, y unas estrellas tempranas punteaban en el cielo violáceo.

—Debo irme —dijo ella con voz quebrada.

Manu la miró y comprendió la dimensión de lo sucedido. Había ultrajado a una joven virginal y buena, que no merecía ese trato. Para colmo, lo había hecho sin un propósito, dejándose llevar por su impulso, y en el último momento, cuando estalló en el interior de Lucrecia, su pensamiento había volado hacia Violeta. También se sentía sucio por eso.

Era un miserable.

—Te acompaño.

—No, prefiero ir sola —lo rechazó con aspereza—. Aunque estoy desastrosa.

Con los cabellos pegados a la cara, arena por todas partes y la ropa rasgada y sucia, Lucrecia parecía víctima de un naufragio.

—Yo te llevo —insistió él—, después de secar tu ropa y arreglarte un poco. Vamos a mi casa.

Esa idea tentó a la joven. Nadie sabía dónde quedaba la casa de Manu, pues él era muy reservado al respecto, y pensar que gozaría de esa intimidad la reconfortó. Aceptó en silencio y permitió que él la subiese a la grupa de Matrero. Esa vez, Duende tuvo que trotar todo el viaje hasta el sitio donde se levantaba el rancho.

Manu encendió la fogata y colgó las ropas mojadas de Lucrecia en las ramas espinosas que poblaban los médanos. El viento del noroeste colaboraría en secarlas.

—Te vas a enfermar —le dijo con parquedad, señalando la ropa interior que ella conservaba puesta.

Ni loca iba a desnudarse en su presencia. Ya bastante oprobio había sido permitirle libertades como una golfa, tirada en la arena y a la vista de cualquiera que pasase por allí. Aún no había reparado en eso, y la sola idea la llenó de angustia.

—Me secaré junto al fuego —repuso, y se acurrucó cerca de la hoguera.

Manu no sabía de qué modo salvar lo ocurrido. Entró al rancho y salió con la pavita y un jarro de lata.

—Acá hay buenas hierbas —le dijo—, y también agua de manantial. Te haré un poco de té.

En su ausencia, Lucrecia se abrazó para darse ánimos. Estaba perdida. Ahora nadie la querría: Manu, por considerarla una cualquiera; y Toñito, por haberse estropeado para él. Sólo le quedaba servir en el hotel y quizá, algún día, viajar en el nuevo tren a Buenos Aires, donde pudiese pasar inadvertida. Sus padres jamás sabrían qué le había sucedido; debía conservar el secreto, o les causaría la muerte. ¡Tanto que velaron por ella!

—Acá está, en un momento se calienta.

El hombre se arrodilló del otro lado de la fogata, apoyó la pavita y se dispuso a controlar el líquido, aunque en realidad su mente estaba en cualquier parte, tan angustiada como la de Lucrecia. Ella bebió el té de manzanilla y se sintió reconfortada al menos en su cuerpo, ya que el alma se le abría en dos.

—Tengo que hacer algo con mi pelo —dijo, más para sí que para él.

Manu se levantó, y con suavidad tomó la madeja rubia en su mano. Haría lo que fuera para reparar el daño, pero no sabía de qué modo lograrlo.

—Yo te lo peinaré —dijo resuelto.

Ella se lo permitió, exhausta. Él desenredó las guedejas que ya comenzaban a ondear al fresco de la noche, y armó rizos que fue acomodando tras las orejas de la joven. Sin peinetas ni broches, no podía hacer otra cosa. Ella se dio cuenta y extrajo una cinta del bolsillo de su falda. Entonces Manu recogió la mata de pelo en una cola tirante, que le recordó la de los baguales del desierto, y la envolvió con la cinta de modo que formase un rodete. A pesar de su tristeza, a Lucrecia le sorprendió que se diese maña, siendo hombre y tosco, además.

Se levantaron en silencio. Sabían que algo irremediable se había interpuesto entre ellos, que la amistad que podría haber existido estaba trunca, y sólo quedaban dos opciones: no verse más, o verse las caras toda la vida.

Manu cabalgó hacia el pueblo sintiendo el peso de Lucrecia en la grupa como un lastre que lo arrastraba al fondo del océano y le impedía respirar. Una única pregunta martilleaba en su mente mientras los cascos de Matrero resonaban en la arenisca. ¿Qué le diría a Violeta cuando por fin la viera?

☙❧

Los últimos meses en Venecia transcurrieron lánguidos, en una sucesión de paseos y discretas compras en las *rughetta* de la rambla. Poco a poco, el sol que entibiaba los muelles se fue haciendo más débil, hasta que el invierno cubrió con un manto helado la ciudad. La luz que doraba las cúpulas dio paso a las sombras siniestras de los canales traseros, donde flotaba un aire de misterio. La alta sociedad trocó los refrescos en las terrazas por cafés en los bazares, y los paseos bajo las sombrillas por largas tertulias en algún *palazzo* cuyos moradores afirmaban pertenecer a la prosapia del último *dux*.

Era imprescindible asistir, doña Celina se lo había dicho, si pretendía obtener alguna recomendación de los maestros de arte para poder trabajar en la ilustración de libros, como era su deseo. Ella ambicionaba también otra oportunidad de la que aún no hablaba con nadie: dar a conocer en un periódico las aspiraciones de las mujeres que no se resignaban.

Esa tarde, Violeta recorría el barrio del Rialto en compañía de una muchacha del servicio de habitaciones, ya que doña Celina evitaba salir por temor a resfriarse justo antes del largo viaje que las aguardaba. Habían arribado en góndola por el Gran Canal, sobre aguas oscuras y turbulentas, para poder comprar los accesorios del disfraz en uno de los sitios más antiguos de la ciudad.

—Volveremos por el puente, *signorina* —le advirtió la muchacha, que no había podido evitar descomponerse a bordo.

—Santa, deberías estar más acostumbrada que yo a los balanceos de un barco —protestó Violeta.

—Mi madre no me ha criado para que viva como un *pesce*, aun en la ciudad de los canales.

—Está bien, cruzaremos el Ponto Rialto después. Apurémonos, que esta noche habrá cena en el hotel y mi tutora quizá me necesite.

—Si quiere puedo ocuparme de ella, lo que pasa es que la *signora* no me deja.

—Doña Celina está acostumbrada a vestirse sola, ha quedado viuda hace años y le gusta saber que no depende de nadie. Eso es muy importante, Santa.

La muchacha asintió con un suspiro y ambas continuaron recorriendo las arcadas góticas que mostraban sus mercancías a la fría luz invernal. Había frutas, verduras, pescados frescos y también tiendas de lujo. Violeta buscaba un broche del color del mar para prenderlo en su traje de sirena. Sería su único adorno.

Fueron y vinieron de una tienda a otra sin dar con lo que tenía en mente. Santa ya cojeaba de un pie cuando Violeta se detuvo ante el escaparate de una boutique pequeña y deslucida, en la que las joyas se abarrotaban en sucio montón.

—*Ma questo* son baratijas, *signorina*... —comentó agotada la muchacha.

—Es lo que estoy buscando, Santa. No puedo permitirme el lujo de pagar una joya auténtica. Quiero que brille, nada más.

El dependiente, un hombre tan sucio como las piezas que ofrecía, las recibió frotándose las manos delante de un brasero. Los mostradores parecían guardar las reliquias de una momia en lugar de piedras preciosas.

—Muéstreme un broche verde o azul, *signore*.

El hombre torció el gesto al ver que debía ponerse a buscar algo especial, pues pensaba engatusar a las damas ofreciéndoles lo que tenía a la vista. Era un sujeto minúsculo de nariz afilada, mejillas hundidas y cabello ralo que sobresalía del gorro de terciopelo negro.

—*Verde, verde*... —masculló, mientras sus dedos huesudos revolvían el montón de piezas sin ningún cuidado—. *Non so... ma... blu...*

Hasta las baratijas más brillantes parecían opacas y anodinas al ser barridas de un lado a otro. Violeta se sintió desilusionada. Atenta a lo que buscaba, apenas percibió la campanilla de la puerta. El tendero se desvivió por ofrecer al recién llegado algo a su altura, pero el hombre al parecer se hallaba tan indeciso como las damas.

Al fin, Violeta se despidió con una sonrisa y arrastró a Santa fuera del negocio.

Habían caminado sólo unos pasos cuando la voz masculina rozó sus hombros:

—Si las señoras buscan algo de calidad, deben ir a la Ruga dei Oresi.

Violeta se volvió y encaró al desconocido, que admiró su belleza alabastrina.

—*Grazie, signore.*

Siguió andando, seguida de la trémula Santa, y el hombre se interpuso. Era un caballero apuesto, de cabello ensortijado, ojos risueños y nariz alargada.

—Por supuesto me lo merezco, por abordar a unas distinguidas damas sin presentarme antes. Soy Pedro de Alcántara, a sus órdenes. No quise perturbarlas, sólo aconsejarles el sitio indicado. La calle de los orfebres es, desde tiempo inmemorial, el lugar donde se lucen los mejores maestros de la Scuola veneciana de joyas. Y queda junto al Rialto.

Violeta encontró agradable el rostro del desconocido, y como iba acompañada y a plena luz del día, apreció el consejo de buen grado.

—*Grazie* —dijo de nuevo.

—Hablemos en castellano, señora, ya que soy natural de Sevilla, y sospecho que usted es extranjera también.

—Soy argentina, y Santa es veneciana. Me llamo Violeta Garmendia.

El hombre saludó a la asistente y luego dedicó toda su atención a la bella joven de ojos de zafiro. Ninguna de las joyas que encontrasen le haría justicia. Estaba embelesado.

—Por acá, señoras. Las llevaré a una *bottega* que cumple desde hace siglos todas las reglas de La Mariegola.

—¿Qué es La Mariegola?

—Un manuscrito del siglo trece donde constan las normas que deben seguir los orfebres de la ciudad para ser considerados dentro de la Scuola. ¿Entiende? Es una manera de salvaguardar los derechos y asegurar la tradición.

—Me parece muy bien preservar las tradiciones —observó Violeta.

—Por acá.

El caballero las escoltó, manteniendo prudente distancia y señalando la vía que debían seguir para encontrar el negocio en cuestión.

Mientras marchaba, palpaba su bolsillo para asegurarse de contar con recursos si se presentaba la necesidad.

—Ah, es ésta. Mírela, pasa desapercibida y es una de las más excelsas joyerías de esta calle.

En efecto, en poco se diferenciaba del negocio que Violeta y Santa habían visitado antes, salvo por la generosa luz que se desparramaba sobre la vidriera, en la que se exponía el alfiler más extraño que podía imaginarse: una cabeza tallada en ébano con finura, tocada con turbante cuajado de rubíes. El peto estaba calado en oro, y de las orejas pendían perlas como gotas. Violeta acercó su cara para apreciar mejor aquella exótica joya.

—Parece Dalila —murmuró asombrada.

—¿Quién?

—Una amiga, criada de la familia.

—Bueno, estas efigies se remontan a los tiempos antiguos, cuando el litoral de Dalmacia estaba azotado por piratas sarracenos. Dicen que los marinos llevaban estos *Moretto* como talismán protector y también como pago de rescate, por si acaso.

—Es bonito, pero no es lo que estoy buscando.

—¡Claro que no! Sólo le mostraba que esta tienda es de un orfebre consagrado, un *capomastro*.

El mencionado joyero los recibió con más simpatía que el anterior. Pensaría que iban en busca de un anillo de boda o algo así, pues cuando Violeta preguntó por un broche que simulase ser una ola se mostró desconcertado.

—Es para un disfraz —se justificó ella—. De sirena.

—No sé si tengo una joya semejante, *signorina*, aunque si me da un plazo...

—Sin duda habrá algo que se le parezca, Dino.

Ambas mujeres miraron sorprendidas a Pedro. Ignoraban que él y el orfebre se conocieran.

—Veremos. Aquí hay un alfiler de turquesas. Claro que no es una ola. Y aquí tenemos otro, de zafiro oscuro. Es un racimo de uvas —se lamentó el hombre.

Violeta se encontraba en un dilema, pues no podía pagar el precio que de seguro costaría la joya, fuera cual fuese; en esa tienda no había nada que pudiese comprar con lo que llevaba en la bolsa. Mientras deliberaba sobre cómo salir del enredo, Pedro exclamó:

—Bien hecho, Dino, ninguno mejor que éste para la dama.

Entre sus largos dedos hacía girar un exquisito broche que desbordaba de pétalos azules y verdes, entremezclados en la más delicada filigrana. Era una joya digna de Neptuno.

Santa soltó una exclamación y Violeta un suspiro. Estaba por decir que era hermoso y luego disculparse, cuando el hombre comenzó a envolverla en papel de seda.

—No, no —se apuró ella, conmocionada.

—¿*Ma per che?* Lucirá como una diosa del mar cuando lo lleve en su escote, *signorina*.

—Por favor, haga caso a Dino, él está habituado a elegir para las antiguas familias, señorita.

—Veinte liras —dijo el orfebre.

—¿Cómo?

—Veinte liras, *signorina*, una de éstas —y Dino mostró en su palma una moneda de oro con la efigie de Umberto I.

Era barato, Violeta lo sabía, y también sabía que los venecianos eran negociantes implacables que no perderían ni un gramo de oro, de modo que disimuló su confusión y aceptó pagar lo que le pedían. Quizá la joya no fuese auténtica y el vendedor la engañaba. De todas formas era bonita, serviría para su propósito y no resultaba cara.

Sonrió a Dino, agradeció a Pedro su intervención y salió a la calle, donde las luces del puente ya teñían las aguas del Gran Canal.

A sus espaldas, Dino recibía de manos de Pedro de Alcántara una abultada bolsa de cuero repleta de monedas.

—Tendré que responder por esto —murmuró Pedro mientras veía desaparecer a la joven bajo las primeras arcadas de piedra—. Pero sabrás entenderme, Cristóbal, mejor que nadie.

La noche del baile de los Foscari, Violeta se demoraba frente a la luna del ropero de su cuarto, enfundada en el famoso traje de sirena. La Piccolina había hecho un buen trabajo. Demasiado bueno, al decir de doña Celina, que arrugó el ceño al ver el escote y la estrechez de la falda que simulaba una cola de pez. Como se trataba de un disfraz, la viuda esperaba que no atrajese comentarios malévolos. Por si acaso, ocultó en su manguito de dama rusa un chal de cachemira. En la peor de las circunstancias, podría convencer a Violeta de cubrirse con él.

La sirena se contemplaba en el reflejo con serias dudas. ¿Podría caminar con esa falda ajustada? Quizá le sirviese de excusa para rechazar las invitaciones a bailar. El traje la envolvía en una deliciosa combinación de azules, verdes y rosados, y las mangas de seda dejaban al descubierto parte de los hombros. Violeta carecía de collares o diademas que pudiesen disimular esa desnudez, y el broche se destacaba como un faro que atraía todas las miradas hacia el escote. Intentó colocarlo en la cintura o en el cabello, pero parecía llamado a ser el centro de atención sobre su seno. Suspiró, derrotada, y aceptó lo inevitable. Si el traje se rasgaba, al menos le daría la oportunidad de salir de la fiesta más temprano.

Estaba fatigada de la vida social, que le resultaba opresiva. Las familias italianas alardeaban de su sangre noble y veían con buenos ojos que una *donna* se vendiese por un pasar holgado, aunque el pretendiente fuese un viejo que disimulaba con polvos su cutis macilento. Ya quería irse. Había cumplido su sueño de viajar y había adquirido el arte necesario para mantenerse, si es que a alguien le interesaba su trabajo. Recordaba el tiempo en que se fingió una viuda necesitada para solicitar empleo en la casa de fotografías de Ansaldi, en Buenos Aires. Si bien entonces sólo retocaba fotos, dando rubor a las damas y colorido a los cabellos de los niños, el señor Ansaldi, que era un artista, la había elogiado. Y de no haber sido porque quedó al descubierto su corta edad, quizá habría llegado a ser famosa como retocadora. Ella ambicionaba otra cosa, sin embargo; su pasión era ilustrar libros científicos, pintar aves en vuelo sobre el mar, suspendidas de una rama en el bosque, o bien pescando en un estanque. Las amaba de cualquier forma. Estaba ansiosa por mostrar a su familia cuánto había progresado en el dibujo y la pintura. Su otra pasión, el periodismo, se mantenía oculta por el momento.

También anhelaba que Julián Zaldívar fuese juez de su arte, pues él dibujaba muy bien, como tuvo oportunidad de comprobar ella al visitar su casa y ver sus libros.

Pensar en Julián la llevó por otros derroteros.

Su tierra estaba tan lejos que ya casi no recordaba el aroma del campo antes de la lluvia. Los canales exudaban olores repugnantes a veces, y aun en los mejores días, en el aire faltaban la menta y la albahaca, los jazmines y el tilo. ¡Si hasta en Buenos Aires había disfrutado de la brisa perfumada!

Se sacudió la nostalgia de un tirón. Faltaba poco para regresar. Después de ese baile de disfraces se dedicaría a llenar baúles y a envolver regalos, sin anotar nada en su agenda social.

—Querida, ¿estás lista?

Violeta se echó sobre los hombros la capa borgoña y sonrió a la imagen que le devolvía el espejo. Salió y contempló a la viuda, ataviada de dama rusa al estilo de Tolstoi.

—¡Doña Celina, usted no parece tener disfraz alguno!

—A mi edad, hija, ya me siento disfrazada de cualquier modo. Esto es lo más discreto que pude conseguir.

Violeta la tomó del brazo riendo, y emprendieron la marcha.

La anciana dama se maravillaba de que la belleza de Violeta se acentuara con los años, en lugar de empalidecer. Alta y delgada, de cintura pequeña, piel blanca, sedoso cabello oscuro, pómulos delicados y ojos del color de la lavanda, la joven era un dechado de hermosura que no había tenido rival en los años que llevaban recorriendo los salones de Europa. Lo extraordinario era que ese don natural no la hubiese conducido al amor. Esa puerta parecía cerrada para Violeta, y doña Celina no entendía la razón.

El carruaje traqueteó por las callejuelas sombrías hasta desembocar en una *piazzetta* donde el Veneto alzaba sus columnas egipcias rematadas con falsos leones de San Marco. Los Foscari eran una familia dramática que adoraba las excentricidades. Y la presentación en sociedad de Stella, la primogénita, debía ser inolvidable.

—Pensar que tenías su misma edad cuando te conocí en Buenos Aires —comentó la viuda al subir los peldaños de la escalinata del brazo de Violeta.

—Y yo me fingía mayor. No olvido el aspaviento que hizo Julián al saberlo.

—Lo recuerdo, mi niña, y me parece mentira que estemos aquí ahora, como dos intrusas.

—Pronto, doña Celina, volveremos a estar en nuestro mundo.

Los guardias del palacio abrieron las puertas y entraron en un ambiente mágico, un remedo de la Venecia de Petrarca, rica en oro y más rica en fama, la ciudad fantasmal que atrapó a Dickens, la de las máscaras y los espejos, la misteriosa y mercenaria *Serenissima*, ante la que se postraba todo el comercio, desde Constantinopla hasta los Alpes.

La ciudad vencida, tanto más seductora cuanto más decadente.

Habían arribado en góndola por el Gran Canal,
sobre aguas oscuras y turbulentas.

—¿Es ella?

Del otro lado del salón, iluminado con arañas de diez tentáculos, dos hombres bebían de incógnito junto al ventanal que daba al jardín de las estatuas. Un dominó de negro y un pirata. Ambos eran altos y, a pesar de que las máscaras ocultaban sus rasgos, cualquier dama perspicaz podía adivinar que se trataba de hombres apuestos. Sus cuerpos robustos y sus modales desenvueltos hablaban por sí mismos.

—Ella es. ¿Qué te parece?

El pirata tardó unos segundos en responder. Estaba evaluando a Violeta, que se desplazaba con la ligereza de una ninfa acuática entre la multitud ruidosa, esquivando los requiebros de los achispados, así como las intenciones de los caballeros de lograr un sitio en su carnet de baile. Caminaba erguida hacia el jardín, en busca del aire fragante de las rosas.

Era magnífica. Pocas veces se había quedado tan perplejo ante una mujer. Parecía una Venus recién salida del mar. Llevaba el cabello sujeto más arriba de la nuca, lo justo para que se apreciara su cuello de cisne, y los rizos se alborotaban alrededor del rostro oval. Su silueta se insinuaba bajo el traje tornasolado sin mostrar nada, sólo la parte superior del pecho, tersa y nacarada. Todos sus movimientos denotaban gracilidad y un físico acostumbrado al ejercicio, hábito poco común entre las damas, que vivían apoltronadas a la espera del galán que las sacase a pasear. Aquella sirena navegaba en sus propias aguas.

—Falta verle el rostro —comentó, sólo por no dar el gusto a su amigo.

—Eso sería demasiado, lo puedo asegurar.

La fanfarronería del otro hizo sonreír al pirata.

—Aun así, quisiera verlo antes —y atravesó la pista de baile a zancadas, sin cuidarse de los danzarines, procurando alcanzar a la sirena al pie de la veranda.

Violeta respiró hondo y contempló el cielo estrellado. Eran otras las constelaciones que centelleaban, más pálidas que aquellas que había aprendido a reconocer en las noches de la ribera correntina, junto a su tío Bautista.

—Creo que ha dejado muchos corazones frustrados allá adentro.

Ella se volvió y el pirata lamentó que el antifaz de pedrería le impidiese contemplar ese rostro que adivinaba perfecto. Tampoco él develaba el suyo, pues en lugar del típico parche sobre el ojo había optado por una máscara negra y dorada.

—Esos corazones encontrarán pronto quien los cure —respondió Violeta con desenfado—, no puedo hacerme cargo de las frustraciones de los demás.

—Palabras desencantadas para alguien tan joven. ¿Acaso lamenta un desengaño de amor? Resulta extraño en una dama como usted.

—¿Y cómo sabe qué clase de dama soy, señor?

La respuesta sonó desafiante a los oídos entrenados del pirata. Creyó que ella aceptaba el coqueteo, pero el tono y la intensidad de su mirada lo desarmaron.

—Mis disculpas. Soy un pobre juez de los corazones femeninos. Creí que buscaba la soledad para apaciguar su tristeza.

Violeta le dio la espalda y él captó la sutileza de su perfume nada pretencioso: agua de azahares.

—Concédame al menos algo de conversación, ya que se niega al baile. Tal vez yo sí necesite la paz nocturna para abrevar mi pena.

Esas palabras hicieron que Violeta se volviese de manera instantánea.

—¿Le ocurre algo? —inquirió.

El pirata casi se delató con una sonrisa. Un corazón tierno. Estaba descubriendo cosas a gran velocidad.

—¿A quién no? —murmuró enigmático—. La vida nos pesa a veces.

La joven indagó en ese rostro enmascarado como si pudiera leerlo, y el hombre se removió inquieto. Había algo en aquellos ojos, velados por los rasgos del antifaz, que lo hacía sentirse desnudo. Quizá su contramaestre tuviese razón, y la dama fuera de cuidado.

—Mejor sentémonos y hablemos de naderías —agregó—, así nadie sufrirá.

Violeta se echó a reír, haciendo vibrar las cuerdas del pirata hasta sus huecos más íntimos. Hermosa, tierna y alegre. Una dama peligrosa. Él deseaba tenerla por una noche o tal vez varias, hasta que su barco zarpase. Si la conquistaba se daría por victorioso, pues sospechaba que no sería como las demás.

—Celebro haberla divertido.

—Usted me recuerda a alguien que está representando un papel.

—Bueno, soy un pirata.

—No, el disfraz está bien. Lo que está fingiendo es una personalidad presuntuosa que no va con usted.

El hombre perdió la sonrisa al escuchar eso. Su mente se puso en guardia y casi lamentó haberse embarcado en esa seducción. Las armas de que disponía eran duras, no quería utilizarlas con aquella joven, ni tampoco ofrecer el pecho a las balas de ella, que al parecer eran certeras.

—¿Acaso estoy frente a una adivina?

Violeta se sobresaltó. Ésa era la marca de toda su vida, la propiedad de saber cosas que sucedían aun antes de que los mismos protagonistas lo supiesen. Era su don y su maldición. En tiempos de la guerra contra el Paraguay, cuando nadie tenía noticias de su tío Bautista, enrolado en el ejército, ella era la única que mantenía la calma, pues en su corazón latía la certeza de que Batú estaba vivo. Su madre Rosa había confiado en su palabra, y Violeta, apenas una niña, fue su soporte. Fueron muchas las ocasiones en que supo cosas de ese modo mágico y sin quererlo, hasta que ocurrió el hecho desgraciado en el suburbio de Buenos Aires. También aquel día anticipó lo malo, aunque no llegó a tiempo para impedirlo, y su amigo tuvo que huir al desierto. Todavía no había vuelto a saber de él. En las cartas que le llegaban desde la Argentina nadie podía darle razón de Manu Iriarte.

—Ojalá que no —fue la respuesta, que desconcertó aun más al pirata.

Decidido a conocer a fondo a la muchacha, el hombre arremetió.

—Dígame su nombre, al menos, ya que no podemos vernos las caras.

—Violeta Garmendia.

—Un nombre apropiado para la belleza que se esconde tras la máscara. ¿Ve que también yo soy adivino? —se burló.

—A ver si el suyo también es apropiado —lo desafió ella.

—Cristóbal de Casamayor.

—Un bonito nombre español. Mi padrino es vasco, de los Pirineos de España. Su apellido es Iriarte. Ahora vive en la Argentina. Hacia allá vuelvo en pocos días.

—¿Ah, sí? —el hombre pareció intrigado—. ¿Y por qué regresa usted? ¿Y con quién, si me permite saberlo?

—Me acompaña una amiga de la familia. Su esposo fue socio de mi padrino, y es una mujer muy viajada que sabe mucho. En cuanto a mi regreso, es natural, dado que no pertenezco aquí. Vine a estudiar ilustración con los maestros de la Academia de Artes y Dibujo de Florencia, y luego en Venecia, con los seguidores de Tiziano y Veronese. Lo que me atrae es el dibujo sobre todo.

—La escuela veneciana, sensual y adicta al lujo y los placeres.

—Nada de eso vine a buscar —objetó Violeta con rotundidad—. Lo mío es el arte aplicado a la ciencia. Quiero ilustrar los libros de los naturalistas, pintar aves en su entorno verdadero.

—¡*Chapeau*!

—No busco su admiración, señor.

—Pequeña sirena, ¿por qué me rechaza sin conocerme?

Violeta se tornó triste de pronto.

—Disculpe mi mal carácter. Yo no soy así, es que ya me pesa la distancia de mi país.

—¿Es tan bello, entonces?

—Mucho. Es la tierra donde tengo mi sentimiento. Usted no lo entendería.

—¿Por qué no? En algún lado eché raíces antes de lanzarme a la mar.

Esa vez le tocó a ella medir a su interlocutor.

—¿Es marino de verdad? ¿Por eso el disfraz?

—Soy marino, sí.

—Ah, entonces se me acercó debido a mi traje de sirena.

Él posó sus ojos sobre el broche que lanzaba destellos desde la tersura del seno de Violeta.

—Sí, quizá sea por eso —musitó pensativo.

Una voz conocida atravesó los pilastres y las enredaderas que se enroscaban en torno a la pareja. Violeta reconoció a doña Celina y, sobre todo, su preocupación por ella.

—Con su permiso, debo retirarme.

—Por favor, no se vaya así, sin más. Dígame dónde presentarle mis respetos.

—Ah, eso no será posible, señor Cristóbal. Nos vamos en pocos días y tengo muchos preparativos pendientes.

—¿En qué barco?

—En el *vaporetto*, y después…

—Después a Liverpool —dijo él con rapidez.

—Así lo creo, no estoy segura.

Violeta no deseaba dar ninguna información que la ligara a ese desconocido. Ya bastante tendría con el capitán Paz, que se había empecinado en acompañarlas en el regreso. Ella pudo captar el disgusto de su esposa Leticia, que sin duda soñaba con seguir disfrutando de los placeres de Venecia. Violeta anhelaba navegar sola, pensando mucho en ese don que se le había revelado de nuevo, después de tanto tiempo.

—¿Cuál es el nombre de ese terruño que tanto añora? Concédame eso, al menos.

—Soy de Corrientes, del litoral argentino. Mi padrino habita junto a una gran laguna, más azul y más brava que ésta. En la lengua de los nativos se la nombra Iberá, que significa "agua brillante".

—¿Su padrino es dueño de esa laguna?

—Nadie es dueño del paisaje, sólo puede habitarlo mientras viva. Él tiene unos campos para el cultivo y también ganado, aunque su actividad principal es el comercio. Allá hay muchos ríos. El Paraná es el más hermoso de todos —acabó diciendo en tono soñador.

—Interesante —y la postura del pirata cambió, como si estuviese en la proa de su nave y otease el horizonte para atisbar tormenta.

—Ahora me despido, señor. Le deseo suerte en el mar.

—Y a usted, señorita Violeta, ya que también navegará. Navegaremos juntos —agregó, misterioso.

—Aquí estás.

La viuda apareció bajo la pérgola con su sombrero de pieles y su largo tapado negro. Era una dama rusa sofocada, que había cubierto con rapidez el camino que separaba la glorieta del salón de baile. Su protegida era demasiado confiada a veces.

—Giovanna quiere agasajarte, querida —y echó una mirada severa hacia el hombre alto que la observaba con tranquilidad desde su máscara—. Te estuve buscando.

—Quise respirar aire fresco —se disculpó la joven—, y el caballero creyó que me pasaba algo. Espero no haber causado problemas.

—Señora, le aseguro que su pupila se encuentra bien. Me decía que están a punto de dejar esta ciudad maravillosa, y yo me lamentaba de eso. Con su permiso, me gustaría visitarla al menos una vez antes de su partida. Mi tatarabuelo estuvo en Sudamérica y me han quedado recuerdos que dejó escritos.

Violeta se sorprendió, pues él no lo había dicho antes. Celina Bunge se mostró más desconfiada aún.

—Me temo, señor, que será difícil retomar la vida social en los días que nos quedan. Nuestro viaje es inminente.

—En ese caso, sólo puedo desearles buena fortuna —y se inclinó con gracia ante ellas.

—¿En serio su tatarabuelo estuvo en mi país?

—Violeta querida, hace frío aquí. ¿Por qué no proseguimos esta conversación adentro?

—Por cierto, qué desconsiderada soy. Vamos, doña Celina, no vaya a enfermarse justo ahora.

Las dos volvieron al salón tomadas del brazo. A juzgar por el paso enérgico de la mujer mayor, era muy capaz de resistir el frío y muchas cosas más, se dijo Cristóbal.

La viuda respiró aliviada al encontrar a Violeta, pues la echaba en falta desde hacía media hora. A pesar de que el baile era en honor de una jovencita, algunos ya estaban dando la nota con sus comportamientos licenciosos. Era hora de volver al hotel.

El hombre quedó solo en la oscuridad, con su casaca escarlata, su sombrero de fieltro y sus botas bucaneras. Los azahares del perfume de Violeta aún flotaban en el aire, y desde el salón las notas del vals fluían como mariposas que se perdían en la fronda del jardín.

—Ilustrar libros y navegar ríos —se dijo en voz alta—. Una sirena muy audaz.

Volvió al rincón del ventanal para informar a su contramaestre de la conversación con la dama. Había descubierto interesante información vinculada a un comerciante poderoso de una tierra que no le resultaba por completo ajena.

Y de la mano de una insospechada mascarita.

"Qué más da, de todas formas ya era tiempo de partir", pensó satisfecho.

—Hiciste bien en no dar detalles, querida. No podemos confiar en un hombre que no se quitó la máscara para saludar.

—Pues yo tampoco lo hice, doña Celina. ¡Es un baile de máscaras!

—Es una orgía. Ven, vayamos por nuestros abrigos.

—Pero, ¿y Giovanna?

—Era sólo una excusa para buscarte. Dios sabrá dónde está ahora nuestra anfitriona. Lo último que hizo fue nadar en la fuente de los tritones.

—¿Con este frío?

—Le diré al lacayo que busque nuestro coche.

Para que doña Celina se escandalizase, la fiesta debía de haber desbordado de malas costumbres, de modo que Violeta no replicó. Esa noche tenía más deseos de acurrucarse en su edredón junto a Huentru y una taza de té que de aturdirse con la vana conversación y la música. Al dejar atrás el palacio de los Foscari, que brillaba como una antorcha en la lóbrega calle, le pareció ver un reflejo escarlata en la oscuridad.

De los buques que hacían el recorrido redondo hacia Sudamérica, Cristóbal pudo averiguar que la Compañía Transatlántica Española fletaba dos servicios: uno desde Liverpool rumbo a Valparaíso con escala en Montevideo, y el otro desde Barcelona con rumbo a Buenos Aires, pasando por Tenerife y Montevideo. Por las fechas de partida de cada uno, el que más probabilidades tenía de ser el que buscaba era el segundo. La ruta directa al Río de la Plata no era una alternativa rentable para las compañías. Un pálpito lo decidió a apostar por éste, pese a las protestas de Pedro.

—Vas a echarlo todo por la borda —le decía su contramaestre, fastidiado.

Pedro se encontraba de pésimo humor, y no sólo por tener que aparejar el barco a las apuradas, sino porque la apuesta que había hecho con su superior y amigo no resultó como esperaba. Cristóbal no había conquistado a la hermosa sirena, pero tampoco había renunciado a ella. Y Pedro se sintió burlado.

—No es así. Saldremos con la primera marea, como siempre lo hacemos. Qué más da unos días antes o después.

La naviera de Antonio López y López contaba con un servicio de dos buques mensuales desde que instaló su terminal en Barcelona. Cristóbal se jugaba el pellejo a que el recién bautizado *Buenos Aires* era el vapor que cubría el trayecto que seguiría Violeta Garmendia. Era una nave pionera del nuevo servicio, con quilla de acero, tres mástiles y una hélice. Le calculaba una velocidad de quince nudos.

Cristóbal se desplazaba por la dársena observando y pensando mucho, mientras las aguas aceitosas acunaban a los buques anclados. Se detuvo ante el *Buenos Aires* y apreció su fortaleza. Había hecho bien los cálculos, el jaleo de a bordo indicaba que zarparía al día siguiente. Con pericia contempló cómo fregaban la cubierta superior hasta blanquearla, y se preguntó en qué clase viajarían Violeta Garmendia y su chaperona. Se notaba que eran damas de calidad, aunque Pedro le dijo que había engatusado a Violeta para que comprara el broche, al darse cuenta de que ella no contaba con dinero suficiente. Quizá fuesen de una aristocracia venida a menos. La imagen de un padrino comerciante hablaba de una vida de esfuerzo y no regalada. Por lo que él sabía, en el país de donde ella provenía muchas familias patricias habían hecho sus fortunas con el comercio, y sobre todo con el contrabando. Esa idea le arrancó una sonrisa sesgada.

—Un chelín por tus pensamientos te diría yo, si fuese inglés.

Pedro caminaba a su lado.

—Por fin hablaste. Me tenías preocupado —dijo Cristóbal.

—No había nada que decir.

—O será que lo que tienes para decirme es demasiado grosero.

—Jugaste sucio —farfulló Pedro.

—Era una apuesta y ambos la perdimos, estamos emparejados. Además, todo este asunto comenzó gastando dinero de mi bolsa, como recordarás.

—Era el que tenía a mano, y si no hubiese hecho eso tampoco la habrías conocido. Fui yo el que te dio la clave de su disfraz.

Cristóbal se echó a reír, una risa franca que hizo levantar la cabeza a los estibadores del barco.

—*Touché.*

—Estás muy afrancesado últimamente —refunfuñó Pedro.

—Practico, mi amigo, por si descubro que eso excita a las damas. Jamás renegaría de mi origen español, por más que en mis venas se haya filtrado sangre inglesa.

—Nunca me dijiste cómo fue que ese tal Isaac Morris resultó ser tu tatarabuelo.

—Por parte de mi madre, era el abuelo de su padre.

—No entiendo nada.

—Es natural, tienes cabeza de alcornoque. El caso es que llegó a mis manos un diario que él escribió durante su desafortunado viaje a las Américas. Una odisea, si debo creer todo lo que dice. Y ahora resulta que muchos datos de ese diario me vienen bien para compenetrarme de la tierra donde nuestra sirena vive. Claro que no haremos todo el viaje sólo por ella, tenemos otros intereses que defender. Ya me estaba oxidando de tanto holgazanear, me hormiguea el deseo de echarme a la mar otra vez.

—Sin aviso.

—¿A quién más debo avisar? Somos nosotros y la tripulación, que hace lo que le digo.

Pedro miró unas gaviotas que se disputaban un pez en el agua y luego echó la cabeza hacia atrás, contemplando el cielo empañado por las nubes.

—Habrá tormenta.

—Como otras veces.

El contramaestre mantuvo silencio. Cuando Cristóbal de Casamayor tomaba una decisión, no había fuerza capaz de torcerla, y lo peor era que, pese a sus argumentos, estaba seguro de que su amigo tenía la mente puesta en aquellos ojos de zafiro que también a él habían hechizado. Mala suerte.

El pasado de Cristóbal era un libro cerrado hasta para Pedro, que llevaba años navegando con él. Sólo sabía que era oriundo de Cádiz, y que en la barca de su padre había aprendido todo lo que el mar reservaba a los que se aventuraban en sus dominios. Aquella cicatriz que afeaba su hermoso rostro, sin embargo, escondía turbulencias que Pedro sólo podía adivinar.

A la mañana siguiente, los pasajeros del *Buenos Aires* se apiñaban en torno a la escala del buque, rodeados de baúles y de rudos peones que subían y bajaban, trepando como monos por las lianas de una selva de mástiles. Las nubes plomizas anunciaban borrasca, y una pertinaz llovizna mojaba los abrigos de las damas.

Violeta protegía a Huentru con la solapa de su tapado de paño azul. Doña Celina se mostraba pálida y desmejorada. A Violeta le preocupaba que ese viaje de regreso fuese tan malo como el de la ida, en el que la anciana señora casi no había salido de su camarote.

—¿Lleva sus sales, doña Celina?

—Aquí están, hija mía, no te aflijas, que estoy acostumbrada a estos trances. Cuando mi finado esposo y yo viajábamos me ocurría lo mismo, sólo que entonces era mucho más joven y me reponía más rápido.

—Esta vez será distinto, ya verá, porque vamos de vuelta, sabemos que encontraremos caras amigas muy queridas.

—Dios te oiga, mi niña.

Violeta prestaba atención a las jarcias que se desplegaban sobre sus cabezas, a los gritos destemplados de los marineros y a los rostros de sus próximos compañeros de viaje, una multitud pintoresca que hablaba diversas lenguas. Aquel barco emprendería la ruta de las Américas cargado de sangre nueva.

El puerto de Barcelona era un hervidero. Los comerciantes catalanes, llamados *indianos* por gozar del tráfico directo con el Caribe, vigilaban sus cargas de manufacturas y vinos, en tanto recibían gruesas balas de algodón y café de las colonias. Su idioma era uno más de tantos que se escuchaban en la explanada, entre el Llobregat y el Montjuic. Con piedras de esta montaña se había esculpido la fachada de la rambla, figuras alegóricas del Comercio y de Ultramar, símbolos del poderío marítimo barcelonés. Desde allí, el Mediterráneo se abría con mansedumbre, repleto de barcos grandes y pequeños que aguardaban su turno.

El *Fortuna* se hallaba fondeado a tres millas del embarcadero. Era un hermoso clíper de los que se usaban para la Carrera del Té: largo y estrecho, podía recorrer miles de millas sin recargar carbón, lo que le otorgaba ventaja frente a las calderas voraces del *Buenos Aires*. Por eso a Cristóbal no le preocupaba zarpar horas después. Con un navío veloz e independiente, se sentía dueño de los mares.

—Déjame confirmar algo —le dijo a Pedro, y se mezcló entre los que ya empezaban a abordar.

Su altura le permitió mirar sin dificultad por sobre la marea de cabezas, tocados y sombreros. Por fin encontró lo que buscaba: una cabellera oscura y sedosa, que se destacaba del resto por la falta de artificios. Sonrió satisfecho mientras veía a la sirena trepar por la planchada con agilidad. La anciana chaperona la seguía, aferrada a la barandilla de cuerda, algo temblorosa pero decidida. La joven se volvía a cada momento para verificar que pusiese los pies en el lugar adecuado. Cristóbal observó que también se ocupaba de advertir a un marino que la contemplaba embelesado que uno de los cabos de cubierta se estaba desenrollando. El hombre salió a la carrera, entre confundido y avergonzado. Qué criatura extraordinaria. Esa expedición le resultaría refrescante, sin duda.

Entre gritos, lágrimas y silbatos, el *Buenos Aires* despegó del muelle con crujidos metálicos, bocanadas de humo condensadas en el aire húmedo, y gran vocinglería a bordo. La tripulación hacía lo suyo, indiferente a la emoción de la despedida, en tanto que los pasajeros alzaban sus sombreros y pañoletas para que aquellos a los que quizá no volverían a ver guardasen una imagen eufórica de los que partían con rumbo incierto.

"Todos los destinos son inciertos", pensó Cristóbal con amargura. Permaneció de pie hasta que ya no pudo distinguir a Violeta encaramada sobre la borda, como si ella también despidiese a alguien, aunque él sabía que no era así. Un chiquillo le tironeó la casaca para mendigar un duro. Cristóbal contempló su rostro sucio y sus ojos, que habían perdido la inocencia de la edad, y se estremeció. Jamás se acostumbraría al desamparo de un niño.

—Toma y lárgate —le dijo con aspereza, para ocultar su debilidad.

Cada vez se notaba más la distancia entre la rica burguesía que comerciaba y la gente baja que merodeaba en procura de un mendrugo.

—Vive el momento —pronunció para sí—, y no esperes nada.

Volvió donde Pedro lo aguardaba, atento a las órdenes que su capitán le impartiría para zarpar.

Poco tardó Leandro Paz en encontrar a Violeta sobre cubierta. La joven apenas había pasado por su camarote para dejar sus bultos, y ya se paseaba de la proa a la popa, dispuesta a disfrutar de esa travesía como no lo había hecho antes. El *Buenos Aires* era uno de los vapores de correos más modernos de la naviera española. Su potencia estaba garantizada por las calderas cilíndricas de alta presión, y su fortaleza por la solidez de su casco metálico. En lo alto del mástil mayor ondeaba el emblema de la compañía: una luna blanca sobre fondo azul.

—Qué máquina —dijo el capitán Paz mientras se acodaba junto a Violeta.

Ella ocultó su fastidio con un suspiro.

—Sí, es un barco enorme y hace un ruido espantoso. Me hubiese gustado cruzar el océano en un buque de vela.

—Eso ya pasó a la historia. Hoy en día las rutas marítimas son de estos monstruos. Pensar que… —y el entusiasmo del hombre pareció decaer.

—¿Qué?

—Nada, sólo me preguntaba cuánto tiempo más durarán los barcos de arboladura, como aquél —y señaló un bergantín que corcoveaba sobre las olas a la distancia.

Había estado a punto de comparar aquel vapor con los barquitos que constituían la flota paraguaya en la guerra librada años antes. En aquel tiempo, se la consideraba una armada de temer. Cuánta agua pasada bajo los puentes. Leandro Paz había conquistado sus galones en esa guerra y en otras posteriores, que nunca faltaban. Sin embargo, el recuerdo de la Triple Alianza era un pozo de tristeza en el que prefería no hurgar. Muchos de sus compañeros de armas y camaradas de colegio habían dejado su sangre derramada en aquellos esteros, y también había visto los horrores vividos por las familias paraguayas, que arrastraban a sus viejos y a sus niños por inconcebibles pantanos en medio de la miseria. Era cosa del destino cruel que la guerra más atroz fuese la que lo ligaba a Violeta Garmendia.

—Permiso —dijo ella de pronto, y le arrebató a Leandro Paz los binoculares que sostenía.

—¿Qué ve, Violeta?

—Un barco viaja lejos y a la par, como si quisiese pasar desapercibido.

—Ya no quedan piratas —contestó risueño el capitán.

—De eso no podemos estar seguros. Allá en el río hay bandidos que acechan a las barcas de pesca. Claro que no usan pabellones con calaveras, pero actúan como piratas.

—Piratas de río, como pirañas.

Violeta lo contempló divertida.

—¿Qué haría si nos atacase ese barco lejano, capitán Paz?

—Defenderla a capa y espada, por cierto.

—Y antes que a mí, a su esposa.

—Por supuesto. Las damas son mi especialidad.

Ella sacudió la cabeza y siguió mirando la lejanía con una sonrisa en los labios. El capitán Paz era incorregible. Ya se lo había advertido su tía Muriel, que lo conocía de antes.

—¿Y Leticia?

La pregunta desconcertó al hombre. Su mente se había perdido en fantasmagóricos derroteros.

—En el camarote. En su estado, prefiere no permanecer en cubierta, se marea más de la cuenta.

—Igual que doña Celina. Iré a ver si me necesita, porque en el viaje anterior lo pasó fatal.

Violeta aprovechó la excusa para escapar del acecho del militar. Esperaba que su presencia no la obligase a recluirse en su camarote también.

La viuda se encontraba recostada con un almohadón bajo la nuca y los pies en alto.

—Hija, este perrito tuyo extraña, me parece.

Huentru yacía con aire triste sobre la manta de la estrecha cama.

—Más vale que se acostumbre a embarcarse si quiere vivir en la ribera —bromeó Violeta, mientras lo levantaba y rozaba su hocico con ternura.

—Estás muy apurada por volver a Corrientes.

—Pues sí. Allá están todos los que amo.

No dijo que faltaría uno, entre todos. Tampoco comentó la extraña sensación que la embargaba desde aquel sueño que la sorprendió en Venecia.

Doña Celina, que no había vivido en balde, aventuró:

—¿Y hay alguien en especial a quien añores más que a ninguno?

La viuda recordaba bien que Violeta estaba muy unida al hijo de Rete Iriarte, y que en Buenos Aires él había cumplido el papel de escolta de la joven. A pesar de haberlo tratado poco, doña Celina intuía que entre esos dos había alguna atracción. Fue providencial, a su criterio, que el joven quedase implicado en un episodio de sangre y tuviese que partir. Eso dejaba a Violeta libre para el mercado matrimonial, sin sombras que la acechasen. Claro que tampoco lograron nada en ese sentido en Europa. La viuda se preguntaba si Violeta seguiría pensando en Manu después de tanto tiempo sin saber de él. Le extrañaba que la muchacha pudiese sentirse atraída por un hombre tan tosco, más cerca de parecer un sirviente que un amigo.

—Hija, a veces pienso en ese raro sueño que te acosa —comenzó con prudencia—. Me pregunto si lo has vuelto a tener.

Violeta se sentó junto a Huentru y se quitó las botitas para arrellanarse en la manta.

—No es un solo sueño, doña Celina, sino varios y bien distintos. Pero en el último tiempo se me aparece siempre una ola gigantesca, no sé por qué.

—Hemos cruzado antes el Atlántico, querida, es lógico que eso haya dejado huella en tu mente.

Violeta no parecía convencida.

—Cuando era niña, solía ver escenas que no sucedían más que en mi cabeza, y después averiguaba que eso había ocurrido en alguna otra parte. Mi madre me dice que debo rezar mucho para que estos sueños no sean una maldición.

Mujer práctica y sin lugar para el sobresalto, la viuda comprendió que en el mundo salvaje donde Violeta se había criado pululaban muchas leyendas y supersticiones, y que ese espíritu se habría adentrado en la imaginación de ella desde edad temprana.

—Cuando nos sugestionamos con una idea, creemos que lo que ocurre se debe a nuestro temor —comentó con sensatez.

—Me lo he preguntado. Pero mis sueños me llevan a lugares que no conozco, y con personas que nunca vi.

—¡Como si fueses adivina! —se sorprendió doña Celina.

—Es lo que me dijo el pirata del baile de los Foscari.

—¿Y qué sabe ese hombre de tus sueños? —se escandalizó la viuda.

—Creo que no deseaba que yo supiese cosas de él. ¿Ve usted, doña Celina? Mientras hablaba con el pirata me venían a la mente escenas donde él se quitaba la máscara.

—¿Y quién era?

—Esa parte no la vi, la máscara era lo que él quería que yo creyese. ¡Doña Celina! —exclamó de súbito—. Creo que el pirata es un impostor, pero no por su disfraz, sino por no haberse disfrazado. ¡Ese hombre es un verdadero pirata!

—¡Tonterías! Ya no hay piratas.

—Lo mismo dijo el capitán Paz.

La viuda de Bunge miró a Violeta con curiosidad. Para ser una joven que se mantenía célibe con el correr de los años, alternaba demasiado con el género masculino, sin reparar en el tendal de ilusiones que dejaba a su paso. Bien sabía ella que Leandro Paz era un picaflor, y el hombre del baile un seductor. Por algo había vivido junto a su esposo, viejo zorro pícaro que tiraba al aire sus buenas canas.

A medida que el *Buenos Aires* se adentraba en el océano, las turbulencias se acrecentaban. Hubo dos o tres noches de tempestad en las que la orden tajante fue permanecer en los camarotes; al cabo, la mar ofrecía su lado calmo, y un cielo cuajado de nubes acompañaba el avance firme del buque. La silueta borrosa del barco misterioso se mantuvo siempre a la misma distancia; desaparecía por momentos y luego volvía a dibujarse en el horizonte despejado. Violeta la vigilaba, provocando la diversión de Leandro Paz.

La noche en que atravesaron el Ecuador se organizó un festejo a bordo. Los pasajeros de primera clase, entre los que se contaban los Paz y Lezica, Violeta y la viuda de Bunge, gozaron de la recepción del capitán en el comedor festoneado de guirnaldas y flores. Los de más abajo hicieron su propio baile; hasta la cubierta principal subía el sonido de los violines, y el golpeteo apagado de unas castañuelas revelaba que los inmigrantes bailaban sevillanas. Violeta hubiera deseado compartir esa fiesta popular, en lugar de alternar con las esposas de los caballeros; sin embargo, no podía defraudar a Doña Celina.

Quizá más tarde, cuando la viuda durmiese.

La ocasión le llegó pintada al sentirse indispuesta Leticia Lezica. Ella se ofreció a acompañarla hasta su camarote, ya que el capitán departía con los oficiales de otra mesa.

—Es usted muy amable, Violeta —murmuró la joven madre al verse arropada junto a un brasero y con un vaso de leche tibia en las manos.

Siguiendo la costumbre de los argentinos en sus viajes, en el barco había una vaca lechera que satisfacía los caprichos de los viajeros.

—Es que por suerte no me mareo —replicó Violeta—. Los que nacimos en medio del agua estamos curados de espanto.

Leticia sonrió, muy a su pesar. Estaba celosa de esa muchacha a la que los hombres admiraban sin disimulo, incluido su propio esposo. Violeta no daba alas a ninguno, y aunque ella como mujer sentía envidia de tanta confianza en sí misma, no podía odiarla. Sospechaba que la joven no poseía un gramo de maldad en su sangre. Y era la mejor amiga de su hermana pequeña, Finita.

—Este bebé no es como los otros —siguió diciendo—. Lo tengo clavado en la boca del estómago. Leandro cree que soy medrosa, lo cierto es que por primera vez me cuesta el embarazo.

—El capitán piensa así porque no tiene que cargar un bulto de la mañana a la noche —repuso con frialdad Violeta—. Ya quisiera verlo vomitando al despertarse.

Leticia se atragantó con la leche y tosió un poco antes de decir, para salvar el honor de su marido:

—Bueno, él cuenta que en la guerra pasaron ésa y mil situaciones peores.

—Tiene razón, no debí burlarme. Después de todo, si las mujeres pasamos por estos trances es porque tenemos el coraje de hacerlo. Dios es sabio, le da a cada uno lo que puede soportar.

Leticia bebió en silencio unos momentos.

—Disculpe que sea indiscreta, Violeta, la amistad de nuestras familias me lo permite. ¿Cómo es que no ha encontrado todavía a un hombre de su agrado?

En lugar de ofenderse o turbarse, Violeta se dejó caer sobre un escabel, riendo.

—¡Son ellos los que no me encuentran! Y no lo lamento, la verdad. Mi padrino, que ama a mi madre más allá de toda razón, es tan celoso que apenas le permite salir a tomar el aire sola, y eso que vive en medio de la laguna, sin otros rivales que sus peones, que le temen como al tigre de la jungla. Y mi tío Bautista vive atormentado por las veleidades de mi tía Muriel, que es la mujer más bonita que conozco. Si ella se luce con un nuevo vestido, Batú refunfuña y sale a cortar leña, para descargar la rabia. Luego están los porteños, a los que tanto aprecio, pero son tan enamoradizos que mientras le besan la mano a una, le guiñan el ojo a la otra. Perdón, Leticia, sin ofender lo presente.

La mayor de los Lezica no pudo evitar una carcajada al escuchar semejante retahíla ingeniosa. ¡Bien sabía de los requiebros de su esposo! Ver que eran tomados como un mal general de los hombres de Buenos Aires, sin embargo, le infundía algo de consuelo.

—Siga usted, por favor —la alentó—, y dígame más. ¿Julián Zaldívar, que es su amigo?

—Ah, el bueno de Julián... Él es un caso aparte. Habrá sabido que tomó a Brunilda bajo su protección desde el momento en que la conoció en El Duraznillo. Claro que los cuidados de un hombre pueden ser la cárcel de la mujer. La pobre no podía hacer ni decir nada sin que él interviniese. ¡Hasta se atrevió a diseñarle un vestido en sus narices! Ella me lo contó.

—Pero Brunilda Marconi es feliz ahora.

—Lo es, y mucho. Pienso que ama a Julián más de lo que nos imaginamos, pues aceptó criar a un niño que es hijo de... —y Violeta se cortó, insegura del paso que daría contando esas intimidades ante los demás.

—Adolfito, sí. Todos sabemos que no es hijo de ellos, sino de una mujer china que huyó con un amigo del doctor Zaldívar.

—Ajá. Y me consta, por las cartas que recibo, que Brunilda es más madre de Dolfito de lo que sería jamás aquella mujer.

—Qué sorpresas reserva el corazón, Violeta —comentó soñadora Leticia, olvidada ya de su malestar—. Quién le hubiera dicho a don Armando Zaldívar que tendría un nieto de otra raza, y que le enseñaría orgulloso a montar sus criollos.

—¡Y su esposa, doña Inés, lo adora también! Lo extraordinario es que la señora torturó a Julián para que se casara y le diera herederos, y nada salió como ella creía. Él se casó con una inmigrante huérfana, y en lugar de tener sus propios hijos adoptó el de otros.

—Por eso digo que la vida es una caja de sorpresas.

—No nos olvidemos de Francisco Balcarce —apuntó Violeta, segura ya de que su cháchara entretenía a Leticia y le mejoraba el humor—. Él es el más celoso y cancerbero de todos.

—¿Ah, sí? —Leticia se enderezó sobre las almohadas, ansiosa

por saber intimidades de uno de los hombres más enigmáticos de Buenos Aires—. Y su esposa, Elizabeth O'Connor...

—Ella lo lleva de la nariz, como a un toro de rodeo —soltó Violeta sin tapujos.

—¡Dios mío!

—Sin que él lo advierta, por supuesto, ésa es la gracia.

—Una vez, doña Elizabeth me contó que su matrimonio no había sido fácil —recordó Leticia.

—Sólo con mirar a don Francisco una se da cuenta de eso. Ahora yo digo, Leticia, ¿por qué someterse a semejante lucha?

—Creo que se llama amor —sugirió con dulzura la otra.

—Pues yo reniego de un amor que saca canas antes de tiempo.

Leticia contempló la expresión decidida de Violeta, y un asomo de inquietud se pintó en su rostro delicado.

—Violeta, no me estará diciendo que prefiere vivir como esas mujeres... digo, con perdón de la palabra, las *demi-mondaines*.

En Europa se las conocía y a nadie llamaban demasiado la atención. En ciertas capas sociales, mantener a una querida aun a sabiendas de la esposa, que con disimulo la ignoraba, estaba bien visto. Los rioplatenses eran más provincianos en sus costumbres. Al menos, mientras vivieran en su propio país.

—¡Claro que no! Ellas tampoco ganan su propio dinero. Y ni siquiera tienen la bendición de criar a los hijos. Porque he visto que hay mujeres que encuentran su verdadera felicidad en los hijos, Leticia, cuando el esposo no se las proporciona. Yo, en su lugar...

—¿Sí? —quiso saber la de Lezica con curiosidad.

—En su lugar, dividiría las cosas: uno allá, el otro acá. ¡Y que se las arregle!

—Suena muy atrevido.

—Porque estamos acostumbradas a depender de los hombres, Leticia. Si aprendiéramos a valernos por nosotras mismas...

—¿Y cómo se aprende eso?

La joven madre parecía tan interesada que Violeta sintió una punzada de compasión. Mucho le costaría a una dama refinada romper las tradiciones con que la habían criado, a pesar de que los Lezica eran famosos por su amor filial y su paternalismo hogareño. Pensó que, de todos modos, era bueno que supiese lo que podía agregar a su vida.

—Hace tiempo que escribo unos artículos sobre estos temas —le confió—. Hasta ahora, los publiqué en revistas y folletines extranjeros, pero mi intención es continuar escribiendo donde quiera que vaya. En casa de Elizabeth O'Connor conocí hace tiempo a una señora muy culta, Juana Manuela Gorriti.

—Sí, he oído hablar de ella. Es una heroína de la resistencia contra España desde el Perú, donde vivía con sus hijas.

—Además, una defensora de los derechos de las mujeres. En su casa de Lima reunía a lo más granado de la sociedad para tratar ciertos temas y educar a las damas. Por eso doña Elizabeth la invitó, pues comparte sus ideas sobre educación. La señora Gorriti es también escritora, y lleva un diario, *La Alborada Argentina*, que yo he leído muchas veces.

—Y esa señora creo que vivió como usted dice, separada de su esposo, ¿no? —aventuró Leticia.

—Eso no le impidió ir a buscar su cadáver cuando lo asesinaron.

La expresión de Violeta decía a las claras que admiraba ese tipo de coraje que pocos poseen y causa impacto en la mayoría. Leticia se preguntó si la joven sería capaz de acciones semejantes. Le dio miedo pensarlo.

—La estoy cansando, me parece.

—Todo lo contrario, ya no me siento mareada. Estoy disfrutando de la charla. Dígame, Violeta, ¿sería capaz de organizar tertulias así, como las de Juana Manuela?

—Para conversaciones no soy tan buena. Prefiero la acción.

—¿Qué haría, entonces?

—No lo sé, lo estoy pensando ahora. Ya he viajado por Europa, vi todo lo que debía verse, y vuelvo a mi patria soñando con quedarme. Veré qué tiene para ofrecerme.

—Dichosa al poder soñar con cosas nuevas. Yo tendré que criar a mis cuatro hijos, algo a lo que estoy acostumbrada, pero no es nada emocionante.

—¿No? ¡Si cada hijo es una novedad! Mire lo que sucede con el último retoño de los Balcarce, que quiere a toda costa ser peón de estancia y no se separa de don Armando, que es como su abuelo postizo. ¡Y Juliana! Esa niña es una amazona completa. El más compuesto es Santos, el mayor. De ahí saldrá el doctorcito que todos quieren.

—Parece que los tiene bien estudiados, Violeta.

—No vaya a creer. Presumo que habrá sorpresas cuando vuelva. Nada es tan previsible, en todo hay algo para aprender.

—¿Y qué me dice de sus propios parientes?

Violeta adoptó un gesto dulce al rememorarlos.

—Tití es el mayor, el niño de la guerra que salvó Dalila.

—Ah, sí, dice mi madre que entre ella y doña Muriel lo sacaron bueno.

—¡Y cuánto! Pensar que no hablaba, el pobre. Quedó mudo de espanto. Eso ya pasó, ahora es una sabandija. Y se crió junto con mi hermanito, el hijo de mi madre y Rete. Ignacito es un sol, dice mi mamá que todos lo adoran, es tan bueno que hasta da pena que algo le suceda, porque ni siquiera se queja, se aguanta todo a pie firme. Muero por verlos a ambos. ¡Y a mis primitas!

—Son pequeñas todavía.

—Elisa es la viva imagen de mi tío Bautista: morena, de ojos oscuros y pelo lacio. Muy alta para su edad, me dicen. Y Dorita salió blanca como la leche, tiene ojos castaños y rulos rubios. Una muñequita. ¡Ya ve, mi tío se puso celoso del pelo de Dorita! Habrá pensado que mi tía le metió los cuernos.

—¡Eso no puede ser! —exclamó Leticia espantada, en gran medida por el lenguaje de Violeta.

—¡Claro que no! Muriel será coqueta, pero no desleal. Jamás se le ocurriría engañar a su esposo. Él, sin embargo, bebe la hiel de los celos a diario.

—Quién lo diría…

—Con su pan se lo coma.

—Violeta, el hombre que quiera cortejarla tendrá que cuidarse.

—¿Por qué?

—¡Porque lo despellejará vivo!

Las carcajadas de ambas traspasaron la puerta del camarote y Leandro Paz, que acudía para saber de la salud de su esposa, se hizo a un lado y volvió sobre sus pasos en silencio.

La cubierta de abajo estallaba de risas y canciones. Una vez que dejó a Leticia dormida bajo el influjo de la leche tibia, Violeta descendió al puente de segunda y se unió al bullicio de los que viajaban sentados sobre cajones de fruta, arropados con mantas de arpillera y tiritando en las noches húmedas. En aquel momento, sin embargo, todos se veían felices cantando, tocando guitarras y zapateando. Una mezcolanza de lenguas y de fisonomías. Allá, una madre italiana daba el pecho a su bebé cubierta tan sólo por su rebozo, mientras tarareaba una nana que se confundía con los sones del acordeón. Más acá, una familia de zíngaros se turnaba para bailar al compás de una guitarra pequeña de rasguido dulce, con una destreza que no parecía aprendida sino heredada. Había hombres solos que bebían en silencio, aunque sus ojos seguían el ritmo de los bailes. Eran gaditanos, o moros, y su aspecto de facinerosos los mantenía alejados del resto. Todos sabían que muchos pasajeros huían de crímenes cometidos en los puertos de amarre, y no querían tener que ver con ellos.

Violeta caminó entre las manzanas y los chiquillos que berreaban, colgados de las faldas de sus madres, hasta empinarse sobre una tarima desde la que podía abarcar toda la concurrencia. Se había formado una ronda y los de afuera batían palmas al compás de una tarantela, en tanto que un hombre fornido y una mujer rolliza que mostraba las pantorrillas desnudas giraban adentro, tomados del brazo. ¡Si la señora Leticia la viese!, pensó Violeta. Sacó su libretita de apuntes y con un lápiz escribió algunas impresiones. La luz era escasa, pues no se gastaba mucho en los pasajeros de segunda y de tercera, pero su vista era buena, así que escribió.

Heme aquí, en una torre de Babel donde nadie sabe cuál será su suerte, y sin embargo cantan y ríen, confiados en el destino. Los gitanos son los más afortunados, ya que son nómades, este ir y venir es natural en su raza. Pero estas mujeres españolas, que han dejado sus fincas en procura de mejores oportunidades para sus esposos, y quién sabe, habrán dejado también a sus padres sin la esperanza del reencuentro, es admirable la entereza que poseen para cortar el lazo de la patria y de la familia, y salir al descubierto sin más horizonte que el del mar, que a menudo es tempestuoso. Mujeres que han perdido su sombra. Mujeres que harán sombra en otro sitio.

—¿Qué tenemos aquí, una marisabidilla?

El hombre que se inclinaba sobre ella con voz pastosa y aliento a vino viejo la sobresaltó.

—¿De dónde saliste tú, chiquilla?

Apenas se sostenía sobre sus pies, y el balanceo del barco parecía a punto de arrojarlo contra el entarimado, pero se empecinaba en entablar conversación. Violeta decidió no ignorarlo, a ver si con eso se conformaba.

—Escribo un relato de lo que veo —le explicó—, para publicarlo cuando llegue.

El hombre intentó fijar su vista en el papel.

—¿Qué dice de mí? —quiso saber, muy serio.

—Todavía no lo he puesto en mi relato.

—¿Ah, no? ¿Y por qué? ¿No valgo lo suficiente?

Se tambaleaba, y se había aferrado al brazo de Violeta impidiéndole alejarse.

—Recién empiezo a escribir —le dijo ella, mientras retorcía el brazo para soltarse.

—Pon allí que soy maestre de la orden de los cofrades.

—¿Quiénes son esos?

—¡Los cofrades, niña! De la cofradía de los saeteros, los gitanos que llevamos al Cristo.

—¿Es usted gitano?

—¡De puritísima raza!

—¿En aquella familia? —y Violeta le señaló al grupo que seguía bailando, con el alma en el cuerpo.

—¡Quiá! Ellos son mis enemigos. Con que me den la espalda... —y el borracho mostró el cuchillo que guardaba en la alforja.

Violeta entendió que debía irse de allí, pero el hombre era pesado como mosca de verano, y con el ruido que había nadie se enteraba de la situación.

—Mire, buen hombre, usted sabe que no se mata a nadie por la espalda. Ahora, si me permite...

—¿Me llamas cobarde, chiquilla? ¿A mí, a Antonio del Palmar, hijo de Ginés y de Floriana?

—Suélteme.

—Vas a decirme lo que estás escribiendo ahí.

—¡Suélteme, digo!

El golpe vino de atrás, y arrojó a Antonio contra los tiestos que se amontonaban en la bodega. Al desplomarse, el borracho soltó un tremendo ronquido que tranquilizó a Violeta. No estaba muerto, sino durmiendo la mona.

El autor del salvataje la miraba con dureza desde su apostura de militar.

—Creo que va siendo hora de que siente cabeza, señorita Garmendia, y aprenda cuál es su sitio.

—Capitán Paz, le agradezco que haya intervenido, aunque no creo...

Lo que iba a decir quedó flotando en el aire, pues Leandro Paz la levantó y la sacó de allí con una facilidad pasmosa. Al depositarla en la cubierta de arriba, donde el fresco los despabiló a ambos, Violeta se volvió y descubrió en la mirada color miel del hombre un deseo tan descarnado que tuvo que retroceder.

—Tal parece que busca enredos, Violeta. Si es eso lo que quiere, le propongo uno menos peligroso para su salud.

—Yo sólo buscaba información.

—¿De qué clase?

—Para mi libro. Estoy escribiendo un manual de costumbres —mintió.

—De malas costumbres, por lo que veo.

—Ni buenas ni malas, sólo costumbres.

Leandro avanzó un paso y con la bota impidió que Violeta siguiese retrocediendo.

—Cuénteme un poco sobre ellas —le dijo en tono acariciador.

Atrás estaba la barandilla, que se le clavaba en la espalda con dureza. Delante, el pecho condecorado del capitán Paz, que ofrecía un refugio no menos duro que el hierro del barandal. Violeta volvió el rostro y contempló el mar oscuro y peligroso.

—Hoy estuve hablando con Leticia —comenzó a decir—, y comentábamos acerca de los maridos infieles.

Leandro se puso en guardia.

—¿Qué tengo yo que ver con eso?

—No sé, usted sabrá.

—Violeta, le gusta jugar con fuego, pero una mujer siempre acaba quemándose.

—Le aseguro que un hombre también se quema, capitán.

Él sonrió, una sonrisa cautivadora con la que compraba las voluntades femeninas.

—Adoraría calcinarme en esa llama —susurró.

La tomó de la cintura y la pegó a su cuerpo firme, con mayor fuerza que la que había ejercido el borracho. La oscuridad los envolvía. Buscó sus labios y oprimió en ellos los suyos, impidiéndole todo movimiento. Violeta se encontró atrapada de tal forma que sólo le quedaba un recurso. Abrió la boca, y cuando Leandro dejó escapar un suspiro de satisfacción, el triunfo del conquistador, lo mordió con fuerza y él la soltó al instante.

—¡Bruja! —exclamó, transido de dolor.

Sacó un pañuelo de su bolsillo y absorbió la sangre que manaba en abundancia, mientras su mente tramaba una explicación para la herida que ostentaría.

—Lo tengo merecido —admitió después—. Sólo dime algo, Violeta. ¿Para quién te reservas? ¿Para un marido que no existe?

—Yo no me reservo, capitán. No soy una sardina en lata, ni un vino embotellado.

A pesar del dolor y la humillación, Leandro soltó una carcajada.

—Sé cuándo me han vencido. Ven, te acompaño a tu camarote. Doña Celina no verá con buenos ojos que te hayas ausentado tanto tiempo, y no es hora de caminar sola por el barco.

Violeta aceptó el tuteo y el brazo que le ofrecía, y en amigable silencio volvieron al pasillo de los camarotes. En el horizonte, una luz intermitente se perdía en la bruma, como una estrella titilando. Sólo el capitán del *Buenos Aires* alcanzó a verla.

En el silencio de la noche, acunado por las olas que lamían la quilla, el capitán leía a la luz de un candil. Una lámpara suspendida de un cable en su cabina se balanceaba al compás de las aguas. El movimiento del barco le era tan familiar que no lo distraían las sombras que bailoteaban sobre las páginas amarillentas. Estaba absorto, hechizado por las palabras:

Éramos cincuenta y nueve hombres a bordo de la Speedwell *después del naufragio que se llevó al* Wager, *pero al dar la vuelta al cabo del fin del mundo, las heladas, el hambre y las fiebres quebraron la resistencia de varios. Ahora somos cuarenta y tres, de los que sólo quince gozamos de buena salud. Ojalá hubiéramos hecho como Byron, ojalá nos hubiésemos quedado al abrigo de las islas del Pacífico sur. Allí abundaban los mariscos y los indios eran benevolentes. Ya no tenemos qué comer, y las ropas se nos deshacen en harapos.*

En ese punto del diario las palabras se borroneaban, como si la espuma del mar batiéndose contra la precaria goleta del relato las hubiese salpicado.

En el estrecho de Magallanes tuvimos que dejar a doce. Era necesario, casi no cabemos en la goleta, y el alimento es escaso. Sólo hemos comido focas hediondas que cargamos en Puerto Deseado, y ya ni eso tenemos.

El capitán marcó un punto en el mapa desplegado bajo el libro. Iba siguiendo con precisión el trayecto de aquella desdichada balsa que los náufragos del barco corsario construyeron con sus propias manos para regresar a Inglaterra.

Avistamos de nuevo tierra, una bahía más recogida que las que la ribera nos deparó hasta ahora. La hemos denominado "Bahía del Bajío", porque echamos el áncora con gran bajamar. Cargamos armas y elementos de pesca. Pronto decidiremos quiénes desembarcarán.

En ese párrafo, Cristóbal levantó la vista y miró a través del ojo de buey de su camarote.

El mar era una sola masa oscura con la noche, un agujero amenazante en el que la única realidad sólida era el maderamen de su barco. Aquella otra nave, la *Speedwell*, habría provocado la misma incertidumbre en los marineros librados al capricho de las olas.

¿Qué habría hecho él en el lugar de su tatarabuelo?

¡Se ven caballos! Mis brazos me responden todavía. Al final, sólo ocho bajaremos.

Había un hueco en la narración, sin duda debido a la imposibilidad de registrar todos los detalles en medio de semejante odisea. El capitán imaginó lo que faltaba decir: los tripulantes escogidos habrían remado a brazo partido hasta caer exhaustos sobre la orilla arenosa de esa tierra hostil, y luego, repuestos del agotamiento, habrían deambulado en busca de alimento y de agua potable. Imaginó la impaciencia pintada en sus rostros, tratando de abarcar con la mirada el panorama que podía ser la salvación de sus vidas.

Había una referencia a los lobos marinos:

Esas bestias parecen llamarnos con sus bramidos, como diciendo: vengan, acá está lo que buscan. Ya cazamos algunos. Son confiados, sin duda no han visto humanos antes. Hay tantos, que se nos dificulta el paso desde la playa. Vimos otra colonia más al norte. Haremos vejigas con el cuero para transportar el agua, de la que encontramos buenas fuentes. Además de caballos, hay unos cerdos montaraces. Este sitio es un paraíso al lado de lo que tuvimos que pasar.

El relato cambiaba luego de tono:

Viento del sudeste y mar gruesa. El horizonte no nos permite ver la goleta. La balsa no resistirá la violencia del mar, tendremos que aguardar el momento favorable.

El capitán se levantó y tomó una botella del gabinete. Disfrutaba de esa crónica que de manera casual cayó en sus manos. A pesar de las desgracias, el cronista no podía disimular el ansia de aventura que lo embargaba. Cristóbal supo a quién debía el impulso de navegar que lo acunó desde la infancia. Bebió de un trago el jerez. Lo paladeó con la misma fruición con que leía el diario de Isaac Morris.

¡Los bastardos se han ido! Malditos… Nos han dejado varados en la costa, no se conmovieron ante nuestros gritos. Habrán creído que eran bramidos de los lobos, o eso es lo que dirán cuando les pregunten. Este golpe inesperado hará estragos entre nosotros. Íbamos a atracar en Brasil, país amigo de Inglaterra, para desde ahí emprender el largo viaje de regreso. Ahora, sólo Dios sabe cuál será nuestra suerte. Ocho ingleses perdidos en la tierra de nadie. Al menos, hay carne de caballo.

El capitán reflexionó sobre lo que habría sentido su tatarabuelo en ese momento. Entendía la decisión de los del barco. Cada nuevo tripulante muerto era un soplo de esperanza para los que seguían vivos. En un trance como ése, sólo contaba salvarse. El hombre saca a relucir la fiera que lleva dentro cuando está en juego la supervivencia.

Él lo sabía de primera mano.

Fabricamos ramadas con los arbustos y nos cobijamos en una caverna natural, cerca de un ojo de agua. Disponemos de las municiones y armas que trajimos al bajar. Por fortuna, hay abundantes peces. Algunos quieren caminar hacia el norte, pero la incertidumbre sobre el agua nos inquieta.

La letra del diario se tornó de pronto despareja, con trazos de conmoción:

¡Asesinados! Salimos de caza, y al volver encontramos sus ca-
dáveres y la cueva saqueada. Pensé en los indios que nos es-
pían desde las lomadas, pero también desaparecieron otros dos
compañeros. Temo que hayan sido ellos. Es una certeza, no
una sospecha. A menudo me pregunto si no habremos recibi-
do una maldición de los españoles de las colonias que ataca-
mos, aunque debo reconocer que no fuimos nunca un dechado
de disciplina a bordo del Wager. La anarquía reinaba en la
nave. Todos odiábamos al capitán Cheap. Aquellos desolados
y sombríos acantilados donde naufragamos estaban destinados
a servirnos de tumba. Ésa es la suerte de un barco sin timón:
el motín. ¿Qué somos nosotros, sino unos cuantos amotinados
sumidos en la desgracia? Quedamos cuatro: Samuel Cooper,
John Andrews, John Duck y yo. Ya no podemos confiar el uno
en el otro.

En esa frase se detuvo Cristóbal. Él era igual de desconfiado, a
pesar de que su tripulación le obedecía a pie juntillas. Sólo se relajaba en compañía de su contramaestre, y debido a la amistad que los
unía desde antes de embarcarse. La vida le enseñó a cuidarse solo, a
mantener distancia. Leyendo las memorias de su tatarabuelo, pensó
que podía deberse también a un rasgo heredado.

Esta meseta de arena y piedras, rodeada de médanos, es nues-
tro único mundo ahora. Y los lobos marinos, que nos recuerdan
su presencia con sus gruñidos. El lugar habitado más cercano
de que tenemos noticia es Buenos Aires, pero está demasiado
lejos. Trescientas millas al noroeste, un viaje azaroso en nues-
tra condición.

El capitán bebió otro jerez y adivinó lo que leería a continuación. Su tatarabuelo acabaría por emprender esa marcha rumbo a lo
desconocido porque, al igual que él, no soportaba la inacción. Él no
podría permanecer en un sitio inhóspito como aquél, vestido con
pieles de foca, hambreado y acechado por nativos, sin intentar algo.
   A manera de acertijo, dio vuelta la página y leyó:

Resolvimos partir. Perdido por perdido, nos queda la esperan-
za de hallar algo en el camino. Seguiremos la línea de la costa,
para no perdernos. Hacia el noreste.

*Es un infierno de cangrejales. Cooper quiere volver, al menos
allá teníamos la cueva.*

El relato se interrumpía, para retomar luego con una trágica
noticia.

*Cautivos de los indios. El tan temido asalto se produjo, y ahora
sí que no guardo ninguna esperanza de sobrevivir.*

Aquellos indios debían de ser muy distintos de los que los tripulantes conocieron en el sur del continente, y con los que mantuvieron vínculos amistosos. La aventura parecía haber tocado
fin, y sin embargo el diario proseguía. El capitán se admiraba del
temple de Isaac Morris, que relataba sus desgracias con la frialdad
del mero espectador. Por pura ansia, pasó las páginas con rapidez.
Habían transcurrido años desde el naufragio, en 1742. Su tatarabuelo vagó por las tolderías, conoció la picardía de los pampa, que
canjearon por yerba y tabaco la vida del único tripulante que poseía rasgos negroides, John Duck, y al fin, los tres restantes fueron
rescatados por un tal Grey, concesionario del Asiento de Negros
en Buenos Aires. Un inglés que se preciara de tal siempre rescata-
ba a sus semejantes.

Una crónica de desdichas con final feliz para Isaac Morris. Aunque los náufragos permanecieron engrillados en el entrepuente de
un buque durante un año, pues España estaba en guerra con Inglaterra, estar varados en Montevideo debió de haber sido mejor que
soportar a los salvajes.

El capitán encendió un puro y se recostó en su camastro.

Tal vez su tatarabuelo hubiera añorado la costa atlántica durante
ese nuevo cautiverio, quizá hubiese recapacitado sobre el destino y
el azar en la vida de un hombre.

Quedaba algo más por decir, sin embargo. Isaac Morris relató lo
sucedido a bordo del *Asia*.

*Son de la peor catadura. Esta tripulación no es más que una ca-
terva de contrabandistas, reos y convictos de las más variadas
nacionalidades. Ignoro por qué, pero han embarcado salvajes
de la tierra también. Diez u once desgraciados que no entienden nada de lo que sucede a bordo. Como no están acostumbrados a navegar, se descomponen y se espantan. El cacique*

trama algo. Después de tantos años, reconozco la rebelión con
sólo mirar un gesto. Espero que no volvamos a las andadas.

En efecto, la crueldad desplegada contra los indios aquellos promovió la venganza y, con facilidad pasmosa, once hombres desnudos, armados con improvisadas boleadoras, redujeron a la tripulación. Cuando por fin ésta reaccionó y consiguió matar al cacique, se aplacó la ferocidad de los insubordinados.

Faltaba ver esta especie para completar nuestra experiencia.
Nunca creí posible que once salvajes pudiesen obligar a cur-
tidos marinos a trepar a los palos, horrorizados de la manera
en que blandían sus cachiporras. En fin, ya han muerto a casi
todos los que no se arrojaron a las aguas antes. Lo importante
es que seguimos navegando.
¡Hacia Inglaterra!

El capitán apagó la mecha de la lámpara y siguió fumando, hundido en las sombras que la luna atravesaba. Había algo de locura en navegar así, sin saber cuándo acabaría el viaje, y sin querer que acabara tampoco. Una invitación a la muerte, que siempre acecha en el fondo del mar. En una noche como ésa, la furia de las olas podría borrar al *Fortuna* de un plumazo y cortar de cuajo las ambiciones de su capitán y de sus hombres. Y el mar volvería a quedar calmo, inocente de su vocación devoradora de aventureros como su tatarabuelo Morris y tantos otros que se atrevían a desafiarlo. ¿Por qué insistir en provocarlo, entonces?

"Porque no vamos a ninguna parte", se respondió en su mente. "Las personas como Isaac y como yo no tenemos hogar ni familia, el mar es nuestra casa y nuestra tumba."

Arrojó la colilla del cigarro por el ventanuco y dejó el libro sobre el entarimado.

Las imágenes de aquella costa desolada volvieron a su mente y poco a poco las nieblas del sueño tejieron una historia fantástica en la que el *Fortuna* tocaba tierra en una rocalla repleta de lobos marinos, guiado por los graznidos de las gaviotas. Un hilo plateado lo arrastraba. Estaba prisionero, como su tatarabuelo a bordo del *Asia*, pero una extraña alegría lo embargaba al sentir los grillos de plata que lo anclaban en la ribera espumosa.

Ya a merced de Orfeo, su rostro dibujó una sonrisa.

Al cabo de veinte días, el buque entró al Río de la Plata en una tarde calurosa. El sol se deshacía en miles de reflejos sobre las aguas, y las gaviotas acompañaban la estela de espuma como un cortejo de guardias alados que anunciaban la buena nueva a los moradores de Buenos Aires. La ciudad aún no contaba con el puerto deseado, aunque ya los trámites para construirlo estaban concluidos. Por fin, luego de una lucha de tres siglos, tendría un puerto a la altura de su importancia como capital del mundo.

El capitán del *Buenos Aires* se enteraba por boca de algunos pasajeros de que el presidente, autorizado por el Congreso de la Nación, estaba a punto de firmar el contrato con la compañía de Eduardo Madero. Ésta contrataría a ingenieros, constructores y proveedores ingleses, como lo había propuesto el comerciante en su última presentación.

Y mientras daba las órdenes para fondear en el canal de entrada del Riachuelo en Barracas, el capitán se informaba también del nivel de calado, ya que conducía un buque imponente.

—Entre tranquilo —le aseguraba uno de los caballeros porteños—, porque Roca encargó al ingeniero Huergo un dragado de veinte pies, hasta que se resuelva empezar con los trabajos.

Había a bordo comerciantes que participaban de la vida política del país, y que comentaban eufóricos las posibilidades que un puerto de envergadura traería aparejadas.

Violeta se había despojado del abrigo azul, y a duras penas contenía la emoción al ver en la lejanía la orilla de su tierra. Después de haber vivido en Buenos Aires tantas aventuras, su corazón le había hecho sitio a la ciudad porteña.

—A ver, Huentru, quién descubre primero un rostro conocido —susurraba en la oreja del perrito, que con sus ojos entornados por el efecto del sol en las aguas parecía un viejo y curtido marinero.

—¿Alguien vendrá a buscarlas, Violeta?

Leandro Paz de nuevo. Se había mantenido en reserva el resto del viaje, después de lo sucedido, aunque Violeta percibía sus ojos fijos en ella cada vez que se cruzaban en la cubierta. Por fortuna, en esas ocasiones iba acompañado de su esposa.

—No lo sé. Mandé cartas con anticipación, pero mi familia está en Corrientes. Quizá el doctor Zaldívar o los Balcarce envíen a algún criado.

—Cuente con nuestro carruaje —se apresuró a ofrecer—. Mi suegro no admitirá una negativa.

—Gracias, es muy amable. Ha dejado de tutearme.

—Por ahora —sonrió él con picardía, y Violeta supo que el capitán Paz era un hueso duro de roer.

El día anterior habían atracado en Montevideo, y desde entonces el vapor recorrió con rapidez las millas que faltaban. Ya se veían las torres y las cúpulas de Buenos Aires como fantasmales apariciones. Los pasajeros se inclinaban con ansiedad sobre las barandillas, haciendo visera sobre sus ojos, a pesar de que la mayoría no conocía a nadie en el país adonde llegaban para probar fortuna.

—Ahí tiene usted su barco pirata —bromeó Leandro, y le tendió su catalejo.

La bruma del río borroneaba los contornos de aquella embarcación misteriosa que aparecía y desaparecía.

—Quizá no sean piratas, después de todo, o nos habrían atacado durante el viaje.

—Tal vez sea un admirador suyo, Violeta, un corazón roto que no soportó quedarse en Venecia.

Ella se echó a reír y usó los binoculares para avistar la costa justo cuando la bocina del vapor atravesaba el aire húmedo. Un golpe seco anunció que el ancla tocaba el fondo arenoso, y pronto se dibujaron en la neblina los botes que acudían a desembarcar a los pasajeros.

—Han tenido suerte —tronó la voz del capitán—. La marea está alta, y hoy no se embarrarán tanto.

Era sabido que las barquitas llegaban sólo hasta cierto punto, y que había que hacer un nuevo trasbordo en carros tirados por mulas o bueyes hasta la costa. De la profundidad de las aguas dependía que ese último trayecto fuese llevadero o una pesadilla de fango y miseria. Al parecer, en esa ocasión contaban con la bendición del río.

Doña Celina aguardaba firme junto a los baúles, con su sombrilla de viuda en una mano y un pañuelo en la otra. Era una figura digna en medio del zafarrancho de levitas, moños, faldas ahuecadas, fajas de paisano, boinas, llantos de niños y gritos de marineros. Los que durante la travesía se habían mantenido en sus respectivas cubiertas, al momento del desembarco se agolpaban sobre el puente principal, presas de la impaciencia.

La viuda, con sus canas y su serena expresión, imponía respeto.

Los Paz y Lezica se despidieron antes de descender a su barca, pues suponían, y con razón, que tardarían en encontrarse de nuevo, aunque Leandro les recordó su oferta de llevarlos en la berlina de su suegro.

—Confío en que mi sobrina haya recibido mi carta —comentó doña Celina—. Si es así, vendrá a buscarnos y nos alojará en su casa.

Violeta hubiese preferido quedarse en otro sitio, pero no era el momento de discutir. La viuda de Bunge no tenía casa propia, y hasta que alquilase alguna pasaría algún tiempo, de modo que era natural buscar alojamiento en lo de un familiar. Mientras, ella podía visitar a sus amigos en tanto aguardaba el momento de viajar a Corrientes.

Compartieron la barca y el carro con algunos miembros de la familia Ramírez Aldao, a los que habían encontrado a bordo después de algunos días de navegación. Violeta simpatizaba con Benjamín, un muchacho alocado que en todo veía la ocasión de divertirse. Iba camino de convertirse en un dandi, pese a que apenas rozaba los dieciocho.

—Ya verás —le decía con familiaridad descarada— qué bien la pasaremos en Adrogué. ¡Tienes que venir! El verano recién empieza, y cuando apriete el calor sólo te quedará el río con las negras lavanderas o los atorrantes. No es lugar para una chica decente.

Sinforoso Ramírez Aldao había viajado a Europa con su único hijo varón, el menor de toda su prole, para mostrarle el mundo civilizado y con la esperanza de que aprendiese a usar la cabeza. A él le tocaría continuar con la empresa familiar, ya que su mujer le había dado tres hijas, las dos mayores muy bien casadas, gracias a Dios.

—Querida, ¿ves a mi sobrina en el muelle? —insistía doña Celina oprimiéndole el brazo.

La anciana dama parecía ansiosa, y Violeta sospechaba que su preocupación por la vivienda era la causa.

—Dígame usted cómo es, y yo la encontraré con éstos —y le señaló los binoculares que Leandro se empeñó en dejarle.

—Se parece a mi difunto hermano, que Dios lo tenga en su gloria. Es alta, delgada y un poco seca su expresión, aunque los hijos deben de haberla suavizado.

Los datos no eran muy precisos, tomando en cuenta que una multitud se apiñaba sobre el largo muelle de pasajeros y hacía señas desesperadas a los recién desembarcados. Violeta miraba a través de las lentes y vislumbró algo que le arrancó un grito de alegría.

—¡Muriel!

—¿Quién? ¿Dónde?

Se puso de pie en el carro y comenzó a sacudir un brazo, ya que en el otro sostenía a Huentru. La lentitud de los bueyes que les habían tocado en suerte era exasperante. Ella hubiese podido recorrer al tranco aquel lodazal que la separaba del único rostro familiar que veía.

—Abájese, señorita —gruñó el carrero—, o tendré que sacarla del barro con un guinche.

Con los últimos chapoteos llegaron a la escalera, donde ya decenas de peones se empujaban, voceando sus servicios. Alguien tiró de Violeta para subirla, y por poco no la arrojaron sobre los baúles amontonados. Hubo forcejeos y disputas en lenguas extrañas, hasta que uno de los porteadores ganó la pulseada y con una sonrisa de dientes manchados de tabaco las invitó a seguirlo.

—¿Carruaje? ¿Tren? —les iba proponiendo, como si fuese un mozo para todo servicio.

Violeta alcanzó a despedirse de Benjamín, luego de prometer que pasaría con ellos unos días en la casa de verano.

—¡Mamá te visitará! —le anunció él, alzando el sombrero en gracioso ademán.

—¡Todavía no sé dónde me quedaré! —respondió Violeta, también a los gritos.

—Hija, por Dios bendito, estás voceando como una vendedora de empanadas —se lamentó la viuda, compungida al no divisar a su sobrina aún.

—¿Dónde cree usted que iremos, doña Celina?

—Eso quisiera yo saber.

—Espere, tengo una idea —y antes de que la anciana atinase a nada, la joven se volvió hacia Benjamín y le dijo—: ¡En lo del doctor Zaldívar, ahí estaré!

A doña Celina casi le dio un desmayo, pero no tuvo tiempo de reponerse ya que Violeta se abrió paso hacia una hermosa mujer que le tendía los brazos desde la explanada. Ambas se fundieron en un apretón cariñoso, mezcla de lágrimas y risas.

—Querida, estás más alta que yo, no es justo —protestó Muriel Núñez Balboa, tía política de Violeta, mientras la separaba un poco para verla mejor.

Muriel se destacaba del resto por su vivacidad y su vestimenta elegante. Llevaba un traje de dos piezas de *moiré* verde con pechera de encaje, cinturón con hebilla de plata y primorosos zapatitos con polainas. Había recogido sus rizos oscuros con peinetas que dejaban al descubierto un rostro lozano de risueña expresión. Los ojos aterciopelados y la boca suave, circundada de hoyuelos, robaban miradas furtivas de los caballeros que acababan de poner un pie en el entablado de la ribera.

—¿Y Batú? —preguntó Violeta mirando por sobre el hombro de su tía—. ¿Ha venido también? ¿Está con las niñas?

—Querida, preséntame a tu amiga.

Muriel siempre se atendría a las convenciones sociales, pues estaba convertida en una dama de la alta sociedad de Corrientes, un sitial que disfrutaba con gran placer.

Violeta hizo las presentaciones y dejó a las dos mujeres cruzando las palabras de rigor, en tanto ella deambulaba en busca de su amado tío Bautista. Al no encontrarlo, regresó con un gesto de preocupación.

—Si hubieses esperado —la reconvino Muriel— te habría explicado que Bautista está asistiendo al desembarco de otro buque, uno que viene de Liverpool.

—¿Por qué?, ¿quién viene ahí?

—Dos maestras norteamericanas que irán a la Escuela Normal de Niñas en Corrientes. Llegan justo hoy.

La decepción se pintó en el rostro de Violeta.

—Entonces fue pura casualidad que estuviesen aquí.

—De ningún modo. Sabíamos que llegarías, y tu tío aprovechó el viaje para ofrecerse a esperar a las maestras. De lo contrario, habrían debido enviar a alguien más. Vinimos por ti, Violeta, pero no trajimos a las niñas; era un viaje engorroso y todavía son pequeñas. Quedaron con Rosa y los chicos.

Doña Celina podía entender las ansias de la joven, eran las mismas que su corazón padecía al no ver a nadie conocido en el muelle. Su sobrina era una mujer de carácter agrio que había vivido por años en el Brasil, debido al comercio de su esposo, y nunca acabó de aclimatarse a la sociedad porteña. Tendría que haber supuesto que no acusaría recibo de su mensaje. Enmascaró su desilusión para no empañar la alegría de aquellas otras dos mujeres que seguían besándose e intercambiando noticias, indiferentes al bullicio que se desplegaba en torno. Aprovechó el interludio para pensar con rapidez en su problema de habitación. Podía recurrir al pensionado de Lucero, la asturiana que atendía la casa de los Altamirano, aunque después de tanto tiempo era posible que la hubiesen demolido para edificar alguno de los palacetes que se veían en Buenos Aires, un derroche de lujo que los porteños que viajaban a Europa gustaban de ostentar a su regreso. Quién sabía qué habría sido de la portera asturiana entonces…

—Doña Celina, quédese con mi tía, que yo iré en busca de Batú.

—Él vendrá, Violeta, no te alejes —protestó Muriel.

En vano. La joven ya se alejaba, después de dejar a Huentru en brazos de la viuda.

El dragado del canal había surtido efecto, pues había barcos de gran calado fondeados a escasa distancia. Uno de ellos debía de ser el que traía a las nuevas maestras. Violeta aguzó la mirada en dirección hacia otro amontonamiento, un grupo de gente más serena que la que había descendido con ellas del *Buenos Aires*. Unos hombres atildados rodeaban un total de ocho baúles, mientras comentaban entre risas sobre lo que las damas necesitaban durante un viaje. Claro que esas damas en particular debían de ser bien originales, según el criterio masculino, ya que además de los baúles había dos cajones repletos de libros. El porteador que consiguió ese viaje resoplaba mientras arrastraba uno de los bultos.

Violeta distinguió entonces a un hombre que sobresalía por su fortaleza y que, pese a vestir como los otros, no tuvo reparos en empujar los baúles también. Como por obra de magia todos le hicieron sitio, pues él solo conseguía mover aquellas montañas de piedras.

—¡Batú! —gritó ella.

El aludido se enderezó en toda su altura, que era mucha, y permaneció inmóvil, la mirada clavada en la preciosidad que corría hacia él, levantando sus faldas. Abrió los brazos para darle cabida y recibió el impacto en conmovido silencio.

—Chiquita —murmuró.

Los otros contemplaban con curiosidad el encuentro. Eran comerciantes ingleses y norteamericanos que acudían a presentar sus respetos a las maestras de Boston, y a ofrecerles sus hogares mientras permaneciesen en la ciudad. Algunos intentarían también disuadirlas de viajar a Corrientes. Siempre era preferible vivir en un lugar como Buenos Aires, que poco a poco adquiría la fisonomía de las grandes capitales del mundo.

El fornido pecho de Bautista Garmendia absorbía los sollozos de su adorada sobrina.

—Batú… he vuelto.

—Mi linda niña, cuánto te extrañé, cuánto te extrañamos todos.

Las palabras varoniles eran un bálsamo para cualquier pesar que pudiese existir en el corazón de Violeta. Estaba en casa. Los brazos de su tío eran su hogar, como lo eran los retos de Muriel y lo sería el llanto de felicidad de su madre.

—No me iré nunca más, Batú, lo prometo.

Bautista soltó una carcajada y se echó hacia atrás para contemplar el rostro de la joven.

—Eso se dice fácil. A tu edad, pronto querrás otra aventura.

—No —dijo con rotundidad ella—. Ya no. Todo lo que amo está aquí. Y en Corrientes —agregó luego.

—Ven. Estas señoras esperan que las lleve a su alojamiento.

El brazo sólido de su tío la empujó hacia dos mujeres que con discreción se mantenían junto a los baúles, departiendo con los demás caballeros. Bautista presentó a Violeta como su "sobrina pródiga", lo que motivó las risas y los elogios de todos. Quisieron saber por qué lugares había paseado, qué le impresionó más de la vieja Europa, y si había dejado allí algún pretendiente. Esto lo preguntó con osadía un hombre que peinaba canas y veía en Violeta a quien podía ser su nieta. Ella respondía con soltura y miraba a las maestras con curiosidad. Elizabeth O'Connor, la esposa de Francisco Balcarce, había sido una de las primeras maestras que el presidente Sarmiento hizo venir desde el lejano país del norte, y haberla conocido años atrás le dio a Violeta la oportunidad de entablar un diálogo con las señoras.

Cuando Jennie Howard y Edith Howe supieron que la bella joven era amiga de la protegida de Mary Mann en Massachusetts, prorrumpieron en exclamaciones de contento. Y de asombro, al entender que el hombre moreno de ojos oscuros que las escoltaría a la provincia donde requerían sus servicios era el tío de Violeta. En vano sus compatriotas se esforzaban por disuadirlas e insistían en que visitaran sus casas. Ellas querían hablar con la maestra de la laguna, como se había hecho conocer Elizabeth en las cartas que envió a Boston.

—Necesitamos de su experiencia —dijo resuelta Jennie, la más pizpireta de las dos—, pues no sólo lleva años enseñando en esta tierra, sino que se ha casado con un nativo de ella. Nadie mejor para brindarnos su apoyo.

—Elizabeth querrá verlas también —aseveró Violeta, ante la sorpresa de Bautista.

—¿Estás segura de eso? —le murmuró mientras escoltaban a las damas bostonianas—. Porque acabas de llegar, querida mía.

—Si conocieses a la señora de Balcarce opinarías lo mismo —contestó Violeta.

En ese preciso momento, como por encanto, un cochero se presentó con la misión de escoltar a las maestras a la casa de los Balcarce antes de su destino definitivo.

—Faustino, a sus órdenes —dijo a las damas con seriedad.

Su uniforme impecable no alcanzaba a ocultar la traza de hombre de campo, acostumbrado a lidiar con reses y entreveros en lugar de conducir carruajes por el adoquinado.

—¿Viste, Batú? Te lo dije —le espetó Violeta con satisfacción.

Bautista se disculpó con los caballeros anglosajones que, entre protestas y cumplidos, aceptaron que las maestras pasaran primero por la casa de otra de ellas para ponerse al tanto de sus asuntos, antes de tomar alojamiento en la ciudad.

—Permítanme agasajarlas en mi chacra de San Isidro —les dijo el hombre mayor, que resultó ser el ministro de residentes norteamericanos en Buenos Aires—. Allí conocerán a otros compatriotas, pues somos varios los que elegimos vivir en las afueras.

Hubo promesas, intercambio de saludos y bendiciones, antes de que las maestras, sin ser revisadas por la Aduana, con Bautista y Violeta abriendo la marcha y seguidas por los porteadores, enderezasen sus pasos hacia los dos grandes kioscos que señalaban la entrada al puerto. Ya se había despejado la multitud, y quedaban Muriel y doña Celina rodeadas de marineros, de inmigrantes desorientados y de igual cantidad de bultos.

Mientras sus pasos retumbaban en el entarimado, Violeta miró a través de las hendijas de los tablones. En las aguas del Río de la Plata que danzaban debajo creyó ver por un momento las rubias ondas del Paraná.

Con la atención puesta en los buques transatlánticos, nadie reparó demasiado en el clíper que había anclado a la misma distancia y en el mismo río. Era un barco más entre otros.

Tras averiguar ciertos datos por medio de uno de los tripulantes y fingiéndose navegantes en procura de compradores de ultramarinos, Cristóbal y Pedro se dirigieron hacia la calle de 25 de Mayo. Allí, les habían asegurado, se hallaban los contactos más adecuados.

Antes de que la luna asomase sobre el mar, Manu tomó la decisión de rezar a la Virgen. Lo ocurrido con la muchacha del hotel le pesaba en el pecho y necesitaba descargarse. Emprendió la subida por un desdibujado camino de tierra bordeado de arbustos. A esa hora ya nadie recorría esas soledades, pues el pueblo crecía a los pies de la loma y sólo ascendía en las fiestas religiosas o para las misas. Bajo la pobre luz del farol, el edificio lucía fantasmal, con sus paredes lisas, su campanario y su techo colonial. Atravesó el pórtico con una sensación de congoja similar a la que sintió aquel día que huyó al desierto. En aquel momento no había podido mirar atrás; sabía que la figura de Violeta empequeñecida por la distancia le lancearía el corazón.

La capilla se encontraba sumida en la penumbra. Bajo el altar mayor, una corona de cirios titilaba sobre las paredes encaladas, agrandando la figura de Santa Cecilia, ataviada con una túnica de arpillera pintada de dorado. Desde donde Manu la contemplaba, la efigie lucía impactante, con el aura de falso oro y las sombras danzando a su alrededor.

Cayó de rodillas ahí mismo, en la nave central, y se persignó.

—Madre —murmuró—, perdóneme.

Permaneció unos minutos con la cabeza gacha y el alma contrita, hasta que un leve ruido procedente del ara lo puso en alerta. Por instinto, buscó su facón.

—Muchacho, ¿qué haces aquí a esta hora?

La voz de agradable acento lo tranquilizó. El hombre que lo contemplaba con expresión afable poseía una mirada serena, barba patriarcal y surcos de sufrimiento en torno a su boca.

—Es tarde y pasó la hora de misa —prosiguió—, pero si vienes a pedir una gracia, Ella te la concederá.

—Vengo a confesarme.

—Entonces deberás esperar a mañana, hijo. El párroco Mansueto se ha retirado ya, y aunque de seguro estará jugando al tute en lo de Posse, no creo que sea de buen tono hacerlo venir a toda prisa. ¿Acaso hay algo que te atormenta tanto que te impide dormir esta noche?

El hombre le hablaba como lo haría un sacerdote, y Manu tuvo la impresión de que era en extremo devoto. Además, él mismo estaba en la iglesia a deshoras.

—Hice algo de lo que me avergüenzo.

—Todos lo hacemos. Dios nos ve y nos oye, y si bien espera que nos confiemos a sus ministros, el que estés arrepentido ya te hace grato ante Él.

Después, al ver el rostro acongojado de Manu, le puso una mano sobre el hombro y lo instó a levantarse.

—Ven. Habla con Santa Cecilia. Doy fe de que me escucha.

Caminaron juntos hasta el altar, una quilla labrada con exquisito detalle. De pronto, Manu recordó el comentario del joven elegante de la lobería y tuvo la certeza de que se hallaba junto a su padre, don Patricio Peralta Ramos. Ese descubrimiento se pintó en su rostro.

—Veo que me reconoces. Vengo aquí todas las noches a encontrarme con el alma de mi amada esposa. La Virgen me permite comunicarme con ella y así recibo su bendición.

—¿Su esposa está muerta? —Manu no había entendido eso al hablar con don Jacinto.

—Todos moriremos, y a ella le tocó irse antes. Sus hijos la mantienen viva en su memoria, porque no ha habido mujer más virtuosa sobre la tierra. El día que encuentres al amor de tu vida, muchacho, lo sabrás de inmediato.

Manu quedó mirando la punta de sus botas, confundido entre la desazón y la esperanza. Había encontrado el amor muchos años antes, a los catorce y sin saberlo siquiera. El Cielo no le había otorgado la dicha de compartir su vida con ella, como a este hombre con su finada esposa.

—Verás que sí —insistió don Patricio—, aunque no te lo parezca. Eres joven aún, y este pueblo apenas empieza a progresar. Dios mediante, vendrán más hombres y mujeres a visitarlo, y también a establecerse. Entre las damas jóvenes vendrá la que buscas.

—Así lo espero, señor.

—Con fe.

Manu se persignó de nuevo, dirigió una última mirada a la Virgen, y advirtió que a sus pies había un ramillete de flores silvestres. El viudo debía de haberlas ofrendado un rato antes. Le impresionó la serenidad del hombre, su tranquila confianza en el futuro y la manera en que sobrellevaba su pérdida. Reflexionó en que él debía confiar así en la ventura que le deparara el destino. Hasta ese día había renegado de su suerte. A partir de ahora podía pensar de nuevo en lo que le aguardaba. Rezaría seguido, para que la Virgen le diese la posibilidad de conectarse con el alma de Violeta. Si ella poseía un don que le permitía adivinar algunas cosas, quizá pudiese percibir su tristeza y volviese a él.

Bajó por el sendero iluminado por la luna que ya campeaba sobre el mar. Otro sendero, hecho de espuma y de reflejos, flotaba sobre las olas. Manu pensó que si caminaba sobre él hallaría el sitio donde Violeta moraba. Decían que del otro lado del océano estaba Europa.

Al otro lado del Grand Hotel de Luro se hallaba la panadería de Venturino. El español tenía su vena anarquista, y trasladaba esa ideología a sus deliciosas confituras. Llamaba a los bollos fritos con azúcar *borlas de fraile* o *suspiros de monja*; a las masas coronadas de crema pastelera *vigilantes*, y en otras bandejas lucía sus famosos *sacramentos* y *cañones* con dulce de leche. Seguía así la costumbre impuesta en Buenos Aires por otro anarquista, el italiano Errico Malatesta, que había querido ridiculizar a la Iglesia, al Ejército y a la Policía, todo a un tiempo. Venturino ponía tanto énfasis en las ideas libertarias, que sus masas y facturas alcanzaron fama en los alrededores del pueblo. Claro que había que aguantar algo de cháchara a cambio de degustarlas.

A Manu le agradaba la compañía del panadero. Hablaba tanto que no se fijaba en que él permanecía callado, y le bastaba con asentir para que le obsequiase algún dulce. Además, el horno de la panadería despedía un calorcito aromado de vainilla que le brindaba sensación de hogar.

—Prueba, hombre, a ver si éste sale del agrado de toda esa gente.

Y Manu se daba el lujo de saborear una medialuna, o un trozo de ensaimada.

—Anda, y ¿qué te traes tú?

Manu se enderezó y quitó el codo del mostrador. Desde lo ocurrido con Lucrecia andaba sobresaltado por nada, siempre le parecía que le reprochaban algo.

—Digo, porque habrás venido por algún encargo, ¿no? No estarás ganduleando.

—No, señor. Me mandan a pedir una docena de éstas —y señaló los cañoncitos.

—Ah, ya sé para quién, entonces —comentó el panadero, satisfecho—. Para la niña de los Peralta.

Seguía llamando "niña" a doña Cecilia, a pesar de que ostentaba el título de mujer casada.

—Pues le llevas estos de yapa —y envolvió junto con los cañones un par de sus celebradas borlas de fraile—. Más vale que se vayan acostumbrando a mofarse de los chupacirios. ¡Ah! Y esto, para que te enteres —y le dio una papeleta donde se leían consignas de rebelión y proclamas de justicia.

Manu partió con el paquete tibio y enderezó sus pasos hacia el chalet de dos pisos que había visto el primer día que llegó a Mar del Plata.

Doña Cecilia tenía sólo diecinueve años cuando falleció su madre. En el afecto paterno, era la más parecida a la difunta. Había sabido lidiar con las necesidades de los más pequeños, así como con las tristezas que sumían a don Patricio en un ánimo mortuorio rayano en el culto. El viudo había tallado un mueble escritorio que representaba la fachada del Banco de la Provincia de Buenos Aires, con sus arcadas y columnas, y en cada abertura colocó los retratos de sus hijos: los varones de un lado, las mujeres del otro, reservando para él y para su amada esposa el centro del edificio. Abajo, en una columna truncada rezaba la leyenda: *En 1957, todos aquí*, augurando el momento en que la familia en pleno descansase en paz en el Cementerio del Norte de la capital. A pesar de su truculencia, la obra revelaba la fe profunda del fundador de Mar del Plata, así como su afición a las labores manuales, ya que el mueble era un dechado de perfección.

Su hija Cecilia heredaba las virtudes que don Patricio adoraba en su esposa, la caridad entre ellas. Por eso aquella mañana, al ver a Manu portando el paquete con seriedad, la joven mujer lo recibió con una sonrisa y le pidió que se quedara unos momentos.

—Manuel, eres servicial y buen trabajador, pero no sabemos dónde ni cómo vives. No me gustaría que pasaras necesidades.

—Estoy bien, señora, gracias.

—Aun así, quisiera ayudarte. ¿Sabes leer y escribir?

—Sí, señora.

—Porque me hace falta un secretario. Mi padre está lleno de proyectos, y don Luro le va a la par. Las dos familias estamos muy unidas en esto, y nos viene bien contar con gente capaz y dispuesta para todo. ¿Te agradaría trabajar para mí también?

Manu dudó. Él trabajaba a las órdenes de don Pedro y sus hijos, y a menudo cumplía encargos de don Jacinto Peralta Ramos, su hermano Eduardo y el cuñado de ambos, Juan Barreiro Bavío. Las propiedades de las dos familias estaban entrelazadas, como el almacén de ramos generales adonde muchas veces Manu acudía. Hasta el momento, no había penetrado en la sagrada intimidad del hogar de ninguno de ellos.

—Mis hermanas y yo tenemos algunos proyectos —le decía doña Cecilia con dulzura—, y no quiero distraer a los hombres de la casa. Debemos colaborar sin demandar nada. Ya sé que llevas las reses del saladero de don Pedro y que haces de alambrador. Mis requerimientos serían más modestos: un par de veces a la semana en casa, y algún paseo por los alrededores. ¿Te interesa? Por supuesto, recibirías una paga extra. Quizá albergues la idea de establecerte aquí, y es bueno que vayas ahorrando mientras.

Esas últimas palabras lo sobresaltaron más que ninguna otra cosa. Él había recalado allí en busca de trabajo, si bien la razón oculta era arrimarse al lugar donde había dejado a Violeta. Confiaba en que tarde o temprano aquella separación tocaría a su fin, y soñaba con poder ofrecerle algo más sólido que su espalda fornida y su cuchillo.

Defenderla para toda la vida.

—Todavía no lo sé, señora. Vine a conchabarme nomás.

—Entiendo. De todos modos, las cosas en este país han ido cambiando, y los tiempos de lucha en la frontera se acaban. Lo sabes, ¿verdad? Has estado en el desierto, según supe.

—A las órdenes del coronel Levalle.

Doña Cecilia asintió, midiendo a Manu mientras hablaba. Aquel hombre la intrigaba, era de la misma cepa que los Luro, pero sin la ilustración ni la chispa de aquella familia. Ella deseaba ayudarlo, no entendía bien por qué, quizá por su ternura maternal, que brotaba como agua de fuente de su corazón, o tal vez porque el entusiasmo de su padre por lograr que Mar del Plata se convirtiese en una ciudad pujante la llevaba a enfervorizar a los demás con la idea. También veía en Manu algo latente, una necesidad que él se esforzaba en mantener a raya. Era buena leyendo en los corazones de los demás, así que decidió que, aunque él no lo pidiese, se convertiría en su protectora. Lo primero que pensó fue en pulir un poco ese carácter hosco. Si sabía leer, tenía gran parte del trabajo resuelto, y se propuso brindarle otras herramientas para el futuro.

—Te doy este día para pensarlo. Si aceptas, preséntate en la casa y pregunta por mí. Lo más probable es que me halles con los niños. Que eso no te arredre.

Le sonrió cómplice, y Manu se sintió aliviado. Si la dama sólo deseaba un ayudante, bien podía desempeñar esa tarea.

—Ya lo pensé, señora, y acepto.

—¡Bienvenido a la familia, entonces! —aplaudió Cecilia—. Empezaremos hoy mismo. A las cinco te espero en la casilla de madera de mi padre, donde está el taller de carpintería.

—Allí estaré.

—Gracias, Manuel. Seremos buenos compañeros.

Con esa bendición partió Manu hacia el saladero, intuyendo que algo importante iba a sucederle. Al igual que aquella vez en que dejó los esteros para acompañar a Violeta en su estadía en Buenos Aires, sólo que en esta ocasión la ayuda venía de manos de una dama amable y sincera, que no le escondía los motivos para emplearlo. Y sumada al salario que recibía de manos de su empleador, la nueva paga le permitiría cumplir su sueño.

Claro que la diosa Fortuna, hija del océano, tan pronto da como quita.

Manu iba a saberlo en carne propia.

La tristeza de Lucrecia no pasó desapercibida a doña Juana de Luro. Acostumbrada a criar hijos y consentir nietos, la matrona adivinó que algo íntimo había apagado la natural alegría de la joven. Lucrecia pasaba muchas horas en su compañía, y la conocía mejor que su propia madre, que vivía atareada de la mañana a la noche.

—¿Qué tienes, niña? —le dijo un día en que la descubrió con la mirada perdida sobre un montón de papeles administrativos.

Lucrecia se sobresaltó y el rubor cubrió sus mejillas redondas.

—Disculpe, doña Juana, me distraje.

—Pues por eso te lo pregunto, que te noto distraída en estos días. ¿Acaso tu madre o tu padre están enfermos?

—No, no, ellos están muy bien, contentos de recibir a los primeros veraneantes. Mamá hizo conservas de sobra, y mi padre ya apalabró a los pescadores para la provisión de merluzas.

—Entonces, la que tiene cuitas eres tú —afirmó la mujer.

—Creo que estoy cansada, apenas empiece la actividad del verano me repondré.

—Todo lo contrario, entonces quedarás exhausta. Ve a recostarte un rato, que yo me ocupo de lo que falta, anda.

—Si no le molesta, doña Juana, prefiero seguir aquí, me distrae el trabajo.

Eso y reconocer que la afligía alguna preocupación era lo mismo. La esposa de Luro ordenó a un empleado del hotel que continuase con su tarea, y llevó a Lucrecia a la parte trasera, donde el último patio se abría bajo un techado de zinc. La obligó a sentarse en un banco junto al tapial, y la instó a confiarle sus problemas.

—Vamos, dime qué te está pasando, que a tu edad la vida debería sonreírte. No será mal de amores.

Doña Juana conocía al pretendiente que los padres de Lucrecia le habían destinado, y a pesar de que no le parecía muy lucido, no tenía nada contra el pobre muchacho. Supuso que la joven se sentiría presionada.

—Todavía puedes noviar por un tiempo —le aconsejó—, aunque en este sitio tan pequeño poco y nada hay para hacer, salvo bordar tu ajuar y acondicionar tu casa. ¿Ha hablado Toñito con tu padre ya? ¿Es eso lo que te tiene sobre ascuas?

Por toda respuesta, Lucrecia se echó a llorar. Alarmada, doña Juana se apresuró a consolarla, temiendo que la chica hubiese dado el mal paso. Ella era una mujer de moral intachable, y si aquel granuja había ensombrecido la vida de Lucrecia, se ocuparía de ponerlo con sus pies en la capilla en menos de lo que cantaba un gallo. ¡Faltaba más!

Palmeó con afecto los hombros acongojados de Lucrecia y dejó que se desahogara. Cuando la muchacha acabó de hipar y enjugó sus lágrimas, la buena mujer le habló con voz serena.

—Esto sólo puede significar dos cosas, hija mía: que tu candidato no te presta atención, o que te ha prestado demasiada y han hecho algo de lo que no se vuelve atrás. Si es así, deja en mis manos el asunto. Hablaré con tus padres para acelerar las cosas, y antes de que la temporada se inicie estarás casada como Dios manda. Techo y comida no te faltarán, y lo que ahora no tienes, de a poco lo conseguirás. Yo me encargo.

—No, doña Juana, usted no entiende. Toñito no tiene que ver con esto.

—¿Y entonces, hija, quién te arranca esas lágrimas?

—Es… es otro hombre.

Doña Juana se irguió como si opusiera el pecho a las balas y exigió la verdad.

—¿De quién se trata? ¿Y qué tiene que ver contigo?

Lucrecia dudó antes de mencionar a Manu. No sabía qué consecuencias podía tener, siendo él un empleado de don Luro, y de los más cercanos. Por otro lado, aquélla podía ser su única oportunidad para echarle el lazo al cuello. Pudo más su capricho, al fin de cuentas, y olvidando el papel que ella había tenido en la seducción, pronunció las palabras fatales.

—Usted lo conoce —dijo con un hilo de voz—. Es Manuel Iriarte.

—¡Manuel!

Doña Juana sabía del hombre al que su esposo confiaba los arreos y otras tareas, ya que don Pedro no ahorraba elogios a su fortaleza y fidelidad. ¡Bien les pagaba, deshonrando a la hija del matrimonio que trabajaba de sol a sol en beneficio del hotel!

—No se diga más —concluyó decidida—. Hablaré con mi esposo y este asunto quedará arreglado. Porque has pecado con él, hija, de eso no me cabe duda al verte en este estado.

—Por favor, doña Juana, no quiero que mis padres se enteren.

—Ya es tarde para lamentos, niña. Debemos actuar con sensatez. Dime antes una cosa: ¿te has dado a él por tu voluntad, o te ha atacado?

Acusar a Manu de haberla violado no cambiaba el resultado de su acción, de modo que Lucrecia prefirió no ensuciar su nombre.

—Fue algo sin pensar —murmuró.

—Como suceden siempre estas cosas —suspiró doña Juana—. Que si los jóvenes pensaran en las consecuencias, los padres no tendrían que padecer disgustos. Ahora está hecho, y sólo queda resolverlo. Vamos a tu casa, y déjame hablar a mí. Ya tendrás tiempo de escucharlos más tarde, pero la primera impresión cuenta mucho. Cálmate, hija. Manuel es un hombre trabajador, no te hará faltar nada, y si todavía no lo quieres, ya lo querrás a medida que lleguen los hijos y compartan la vida. Así son las cosas. Quien tiene esposo, tiene señor.

Con esa sentencia, la matrona se levantó y arrastró a Lucrecia hacia la fonda donde daría la noticia a los pobres gallegos.

Los encontró atareados como siempre, contentos de recibirla en su modesta tienda y con un atisbo de preocupación por el motivo de la inesperada visita, que creían relacionada con los preparativos de la recepción del turismo. La esposa de don Luro no ahorró palabras para decirles que su hija necesitaba casarse, y que ella se ocuparía de que todo se hiciese con discreción. Lucrecia, entre tanto, se mantenía a medias oculta por el voluminoso cuerpo de la matrona, espiando la reacción de sus padres.

Bernalda se dejó caer sobre una silla que crujió bajo el impacto, con el rostro enrojecido y las manos enharinadas sobre el regazo, mientras que los lagrimones rodaban por las curtidas mejillas de Macías. Doña Juana usó de todo su arsenal de palabras de consuelo para hacerles más llevadera la situación, aunque podía entender el dolor de aquellos padres al ver a su única hija desgraciada por un forastero. Lo único que obraba en su favor era que el causante del deshonor estaba bien sujeto, ya que si se le ocurría huir en la noche, ella misma enviaría a sus hijos a buscarlo al galope, a punta de escopeta.

Entonces Macías, que parecía una estatua de sufrimiento, balbuceó:

—Pero si no hay consecuencias, y mi hija no lo ama...

—¡Qué dices, hombre! —exclamó Bernalda—. Ella se casará y no se hable más. Estaría bueno que hubiese que esperar a que le engordase la barriga para luego casarla a las corridas y bajo un sayal. Antes debió pensarlo. ¡Ay, Virgen santa, que haya que vivir para sufrir estas cosas! —y la mujer se frotaba la harina en el rostro dejando manchones blancos.

—Mujer, que es peor obligarla si ha de ser infeliz —porfiaba el hombre, en un intento de salvar a su hija de un matrimonio desdichado. Bien sabía él lo difícil que era amoldarse al yugo, tanto más si no lo endulzaba el amor.

—¡Que se casa!

Doña Juana procuró calmar los ánimos, sobre todo por Lucrecia, que temía atraer la furia de su madre sobre ella.

—No es tan mala la situación —les dijo—. Podría ser peor si el hombre fuese mala entraña, que no lo es. Mi esposo lo tiene en gran estima, aunque bien no se ha portado, hay que decirlo.

—¡La que no se ha portado es... ésta! —bramó Bernalda, conteniéndose para no golpear a su hija—. Después de haberla criado con tanto cariño...

—Lucrecia sigue siendo nuestra hija, y yo la quiero igual que antes.

—¡Igual, no! Nos ha decepcionado. Ni tú ni yo nos merecíamos este disgusto.

—Aun así, es mi hija —insistió Macías con tozudez.

—¡Aquí tienes a tu hija, una perdida! Con un niño de quién sabe quién en sus entrañas.

—Ella no ha dicho…

Doña Juana se volvió hacia Lucrecia, esperando la confirmación o la negación, y la joven, expuesta y conmocionada, soltó la mentira que sellaría su suerte.

—Estoy encinta.

Un gemido se dejó oír, y luego el silencio, roto tan sólo por el cacareo de las gallinas en el patio y el viento que azotaba los postigos.

Esa noche, a Lucrecia le costó conciliar el sueño, ilusionada con la nueva vida que empezaría junto a Manu, el hombre que sería suyo para siempre.

Lo sorprendieron con la noticia cuando regresaba de cavar sementeras en un terreno alejado del caserío, por orden de uno de los hijos de Luro. Al principio creyó que se trataba de un error de los mensajeros, que no se referían a él, pero al ver el rostro entristecido de doña Cecilia comprendió que su peor temor se había cumplido. Lucrecia estaba aguardando un hijo suyo de la única vez que la tomó, y el honor le exigía compensarla. Aunque no se lo hubieran planteado como velada amenaza, entendía lo que debía hacer. Era un hombre simple; las cosas de la vida eran como eran y no podía cambiarlas. Había cometido un terrible error que tuvo consecuencias y debía pagar por eso.

Se presentó ante sus suegros recién el día de la boda. Macías le pareció un buen hombre, a pesar del mutismo que conservó durante la ceremonia y aun después, en el almuerzo que ofreció don Pedro en su casa. Bernalda, en cambio, lo fulminó con la mirada, y al despedirse escuchó que le decía a la hija, como epitafio de lo sucedido:

—Al final, te casas con un indio.

¿Sería cierto? El padre de Manu era vasco, tanto como los Luro y otros trabajadores del tajamar, aunque de su madre él no sabía nada. Ese comentario de su suegra le quedó adentro, como si hubiesen abierto una puerta secreta, enmohecida desde su niñez. Los rumores susurrados, los chismes de la gran cocina de El Aguapé, tomaron nueva forma a la luz de esas palabras. Rete Iriarte jamás habló con él de su madre, y a Manu lo habían criado las sirvientas de la casa, en especial Justina, el ama de llaves, aunque la mayor parte del tiempo creció solo, como un gamo salvaje en los esteros. En cierto modo había llevado la vida de un indio, corriendo por el monte, nadando en la laguna, durmiendo sobre las ramas de los sauces, pero ignoraba si todo eso se debía a que llevaba sangre nativa.

Lucrecia iba aferrada a su brazo mientras él la conducía hacia Matrero, que aguardaba al pie de la loma. Estaba distinta, con el cabello ensortijado alrededor del rostro, una blusa blanca de puntillas, falda azul y un rebozo de color marfil. Se la veía inusualmente alegre, o al menos con un ánimo inesperado, dada la situación. Parecía que se casaba con su prometido, contando con la bendición de todos y a punto de iniciar un soñado viaje de bodas. Manu apenas lograba disimular su tristeza. Todo cuanto esperaba de la vida acababa de truncarse. Aunque alguna vez encontrase a Violeta, ya nada podría hacer por ella, ni tampoco ella lograría aliviar con su sonrisa el peso del ancla que se había echado al cuello. Había un hijo, y eso lo cambiaba todo. Por él, debía multiplicar sus esfuerzos y mejorar, no quería que alguna vez se avergonzara de su padre. Sólo esperaba conservar el empleo de doña Cecilia. Iría a verla al día siguiente, después de las tareas rurales, para saber si las cosas habían cambiado después de lo acontecido.

—¿Viviremos siempre aquí? —dijo Lucrecia, mientras se quitaba el rebozo y se sacudía la arena de los zuecos.

—Ésta es mi casa.

—Pero alguna vez tendremos otra, más cerca del poblado.

Manu se encogió de hombros. Era la menor de sus preocupaciones en esos momentos. Gracias a que contaba con esa choza se habían salvado de compartir techo con los suegros, lo que habría sido un martirio mayor. Y sospechaba que Lucrecia pensaba lo mismo.

—Cuando ganes lo suficiente, construirás una casa nueva en la loma sur —insistió—. Nuestro hijo debe vivir rodeado de gente, no aislado en medio del arenal.

—¿Cuándo nacerá? —quiso saber Manu.

Lucrecia evitó responder. Fingió acomodarse la falda y pretendió recostarse un rato.

—Ahora que me encuentro en estado, me viene mucho sueño —mintió.

Manu nada dijo. Entró detrás de ella y le preparó un sitio en su cama. Contaba con una manta gruesa que lo había preservado del frío del desierto en la frontera. La dobló en dos, para armar una especie de funda en la que la joven pudiera envolverse. Luego encendió el brasero para calentar agua. A pesar de la estación, el viento marino enfriaba la tierra y se filtraba por los resquicios. Viéndose instalada y asistida por ese hombre al que por fin podía abrazar con derecho, Lucrecia experimentó una voluptuosidad que la llevó a rozarlo con intención. Manu se puso rígido. De todas las cosas que pensó desde que lo condenaron a desposarla, no se le había ocurrido que a partir de ese día debería satisfacerla también.

Su corazón estaba dormido.

—Ahora puedes besarme —sugirió ella, mimosa—. Ya somos marido y mujer —y rozó la boca de Manu con sus labios rojos.

—Debes descansar, por el niño.

—Oh, no le hará nada —protestó Lucrecia, impaciente—. Ven, acuéstate junto a mí.

Manu tuvo la desagradable impresión de que Lucrecia representaba un papel, como las mujeres de La Loba Roja, un lupanar que había en la ribera del Paraná en el que las cachorras de Delia Guzmán, "la Loba", sonreían y levantaban sus faldas cuando los hombres pasaban cerca. Una de ellas, Araceli, lo había acariciado fugazmente cuando él contaba apenas quince años. Ese recuerdo le produjo repugnancia, pero disimuló ante su esposa. Como hombre, debía responder a las insinuaciones de la mujer con la que acababa de contraer matrimonio. La despojó con suavidad de la falda, dejando al descubierto los calzones de lino, desató los lazos de la blusa y tocó con reverencia la camisola que velaba los pechos turgentes. Lucrecia contribuía quitándose los zuecos, las medias, y soltándose el cabello, ansiosa por entregarse a él. Cayeron ambos sobre el camastro, y ella lo aferró con cierta desesperación. Manu la poseyó como si él también representase un papel, con movimientos precisos, sin la pasión que hubiese debido sentir, aunque en el momento final se dejó ir con un gemido que encerraba toda su desdicha.

Afuera aullaba el viento y el mar rugía con insistencia, advirtiendo a los hombres que seguía ahí, atento, y que debían cuidarse de él.

⚭

El salón de los Balcarce se encontraba atestado de gente. Durante la tarde habían llegado sin cesar invitados ansiosos de participar de una velada con las maestras de Norteamérica. Cachila, la muchacha campesina que desde el principio había servido a Elizabeth como doncella, no perdía de vista a las criadas que trajinaban en la cocina, en el subsuelo de la gran casa, y subían al suntuoso comedor de la planta baja. Las bandejas con bizcocho de España, grisines y tortas fritas se alternaban con manjares refinados como budín del cielo y ambrosía en dulce de leche. Era una merienda a la criolla, aunque en honor a las homenajeadas habían servido té negro con la leche fría de rigor. Los hombres formaban corrillos en los que el mate pasaba de mano en mano, mientras que las mujeres degustaban el té en los sillones isabelinos. Una y otra vez se abrían las puertas dobles de la mansión para dejar entrar el rayo de sol de la tarde junto con el tendal de visitantes. Los percheros desbordaban de sombreros de paja, sombrillas y bastones. Reinaba la cordialidad, y el bullicio de las conversaciones traspasaba los gruesos muros para reverberar en el vestíbulo de grandes arcadas.

Violeta ocupaba un sitio junto a su tía Muriel, mientras que doña Celina se había visto acaparada por antiguas amigas que anhelaban conocer su visión de las tierras europeas.

Era la primera vez que el matrimonio Garmendia pisaba la mansión Balcarce, y Muriel estaba encantada de hacer nuevos amigos en Buenos Aires. Elizabeth apreciaba a Violeta, y conociendo la amistad que la ligaba a Brunilda quiso agasajar a sus familiares también. Apenas llegadas a la casa de los Balcarce, Muriel había insistido a Violeta para que abriese sus baúles y sacase algún traje más lucido para la ocasión. Por no contrariarla desde el principio, después de tanto tiempo, la joven accedió, y se encontraba enfundada en un precioso vestido de clarín con mangas de gasa y cinturón de seda rosada. "Un paquete de bombones", como dijo mientras se lo ponía con ayuda de Cachila y de la propia Muriel.

Las maestras bostonianas vestían chaquetas de seda labrada con cuellos altos, sellados con broches a pesar del calor, faldas de tonos oscuros y guantes cortos de cabritilla. Su atuendo no se diferenciaba mucho del de la dueña de casa, puesto que Elizabeth conservaba la austeridad de los vestidos que usó durante sus tiempos de maestra. Sólo cuando la ocasión lo requería, y para dar gusto a su marido, trocaba las blusas monacales y las faldas por vestidos de satén con escote y chales de seda. Violeta remarcaba ese parecido con la anfitriona, así como notaba las diferencias entre las dos maestras recién llegadas.

Jennie Howard era egresada de la Escuela Normal de Framingham. Su aspecto delicado disimulaba un espíritu de hierro.

Como ella misma contó en la intimidad de la reunión, había aceptado la propuesta de trabajo en Sudamérica para escapar de recuerdos dolorosos y cumplir su vocación donde más se la necesitara. Elizabeth oficiaba de traductora.

—Mi padre murió cuando yo tenía diez años —dijo Jennie con voz cultivada—, y la necesidad dirigió mis pasos hacia la enseñanza. Mi pequeño hermano debía estudiar también, y el trabajo me permitió costearle ese apredizaje.

—La vida fue dura contigo, Jennie querida —intervino Edith Howe, su compañera de andanzas—, pudiste haberte casado y seguir enseñando allá.

—Es cierto. Mi prometido falleció, y esta última desgracia me decidió a reclutarme. A veces, la vida nos pone por delante desafíos que nos llevan adonde debemos ir.

—Qué triste —opinó Muriel, acongojada—, aunque es usted una mujer joven. Podrá iniciar aquí una nueva vida.

Jennie le dirigió una sonrisa indulgente.

—Mi vocación ocupa hoy todas mis energías. Claro, nadie sabe lo que el destino le depara.

—Debemos decir que no todas quisieron venir esta vez, los estragos de la fiebre amarilla tuvieron allá mucha repercusión, y algunas de nuestras compatriotas fallecieron aquí.

—Así fue —corroboró Elizabeth, a la que le había tocado vivir la espantosa epidemia en Buenos Aires, y la muerte de Serena Frances Wood, una maestra que llegó pocos meses antes que ella—. Creo que la vocación es más fuerte que cualquier peligro que afrontemos. En eso, los maestros nos asemejamos a los sacerdotes.

—Coincido —dijo Jennie— en que vamos donde más falta hacemos.

—Y ustedes irán a Corrientes —dijo entonces Violeta.

—Dios sabe qué nos aguarda allá —rió Edith, que parecía más fuerte que su compañera debido al ceño espeso que sombreaba sus ojos.

—Es una tierra hermosa, cuando la vean se enamorarán de ella.

—¿Es usted oriunda de allí? —se interesó Jennie.

—Es donde nací, y adonde volveré apenas sepa... —y se cortó, pues no había pensado dar a conocer sus pensamientos ante la concurrencia.

Por fortuna para ella, una de las invitadas intervino con entusiasmo.

—Habrán notado que Buenos Aires está cambiando. El intendente Alvear hace una obra estupenda. Tiraron abajo la Vieja Recova y construirán jardines a la francesa. ¡Ya era hora!

—La ciudad que sus compatriotas conocieron no es ésta que las recibe ahora —agregó Cándida Quesada.

Jennie, que había notado en su recorrido hasta la calle San Martín algunos inconvenientes como el alto de las veredas, los guijarros desparejos y los charcos malolientes en el adoquinado, respondió con diplomacia:

—Los tiempos modernos, aunque sean resistidos, siempre nos traen algún beneficio.

—Pronto habrá agua corriente en toda la ciudad —insistió Laureana del Solar— y nuevas avenidas. Está en los proyectos del intendente.

—¿En qué hotel se alojarán? —quiso saber Elizabeth.

—¿Cómo dijeron que se llamaba, querida?

Edith respondió:

—Nacional, o algo así.

Elizabeth frunció el ceño, preocupada. Por lo que ella sabía no era de lo mejorcito, y aunque esas señoras estuviesen sólo de paso merecían algo superior. Hablaría con su esposo luego; él se ocuparía de mover influencias para brindarles otro alojamiento.

—Siempre pueden contar con mi casa —les dijo con simpatía—. Hay cuartos suficientes.

—Estamos acostumbradas a ir y venir a nuestro antojo —rió Jennie— y pareceríamos pensionadas. Además, no estamos solas, hay otras nueve que vinieron con nosotras y ya deben de estar aguardándonos en el hotel. Iremos todas hasta Paraná, para tomar el curso de castellano, y desde ahí saldremos rumbo a las ciudades que nos reclamen. Muy agradecidas igual, señora Balcarce.

La conversación siguió el rumbo del programa educativo. Las maestras ofrecerían un curso normal y otro de aplicación, como se había hecho hasta el momento, y esperaban ser bien recibidas por la población local. Aquella hermosa joven vestida de blanco y rosa así se los aseguraba, y tanto Jennie como Edith se sintieron reconfortadas por su seguridad.

En un grupo distante, Francisco Balcarce departía con Joaquín Carranza, periodista de opinión del diario *La Nación*, con el flamante diputado Marcelino Carrasco y con Bautista Garmendia. Éste se hallaba algo fuera de lugar en un ambiente tan mundano, pero con gusto soportaba la incomodidad si era en bien de su esposa y de su sobrina. Muriel estaba a sus anchas, trabando nuevas relaciones y luciendo su natural don de gentes, que le abría puertas dondequiera que iba. En cuanto a Violeta, Bautista le lanzó un vistazo y la descubrió mirándolo con picardía. Le devolvió la intención con un guiño que no pasó desapercibido a Joaquín.

—¿La señorita es algo suyo? —comentó.

—Mi sobrina.

—No se la ha visto en este tiempo en las tertulias.

—Viene de Europa —adujo Bautista, y Francisco agregó:

—Y viajará a Corrientes apenas pueda.

—Es una lástima —dijo Joaquín con sincero pesar—. Es una joven muy atractiva y se ve inteligente. Disculpe mi indiscreción. ¿Está comprometida?

—Por ahora, creo que no —contestó Fran, anticipándose a Bautista—, aunque ese estado será efímero no bien ponga un pie en los salones. Es una preciosidad, con permiso de su tío.

Bautista se sintió abrumado, si bien compartía todo lo dicho sobre Violeta. Se la veía bella como nunca y muy desenvuelta después de haber alternado en los mejores círculos europeos. Lo que más valoraba él era que nada había cambiado en su interior, pues ése fue su miedo al verla partir y por tanto tiempo.

—Mi hermana desea mucho verla, y por eso supongo que viajará cuanto antes —repuso.

—Puedo entenderlo, aunque me gustaría presentarla ante mis amigos y familiares —insistió Joaquín—. Quizá pueda usted interceder para que prolongue aquí su estadía.

Bautista volvió a mirar a Violeta, y pensó que junto a Muriel formaban un dúo de espléndida belleza y elegancia. En cierto modo, llevarla a Corrientes enseguida cortaría de cuajo cualquier oportunidad que tuviese, y pese a su deseo de retomar la vida familiar en la ribera, él entendía que el futuro de su sobrina estaba en juego. Ni ellos ni Rete vivían cerca de los sitios donde se paseaba la flor y nata de la sociedad correntina, y Violeta volvería a vivir de forma salvaje, tanto en los esteros como en la ribera. Tomó nota mental de hablar con su esposa sobre eso. Muriel de seguro sabría darle al asunto una solución apropiada.

Hubo un movimiento de simpatía en la concurrencia al percibirse la llegada del doctor Julián Zaldívar acompañado de su esposa, la dulce Brunilda Marconi. Varios de los asistentes se acercaron a presentarle sus respetos. Julián era el único descendiente de don

Armando Zaldívar, al que muchos de los presentes consideraban amigo, y su hijo se había granjeado su propio mérito como abogado defensor de las causas más humildes. Por otro lado, su esposa regenteaba una conocida *maison* de costura a la que acudían las damas más prestigiadas de la sociedad porteña.

Violeta divisó a Brunilda antes de darse cuenta de quién se trataba. Iba vestida con sencilla elegancia: un trajecito de cachemira color gris perla con vivos de gros negro. Su corte de cabello causó un murmullo de admiración y escándalo entre las damas presentes. El pelo rubio de Brunilda, largo y lacio, siempre había sido su sello distintivo. Ella solía llevarlo recogido, aunque en sus tiempos de rebeldía supo dar forma a un flequillo osado que resaltaba la vivacidad de sus ojos negros. Esa tarde, Brunilda había avanzado un paso al recortarlo sobre la nuca con una graciosa onda que enmarcaba su rostro pálido y fino.

Elizabeth acudió a su encuentro junto con Livia, una antigua discípula de la escuela de la laguna que ahora era también maestra, y de las buenas. Ambas condujeron a Brunilda hacia el círculo de señoras que compartían confidencias con las maestras bostonianas. Se hicieron las presentaciones, y al tomar asiento Brunilda enfrente de Violeta, ésta le dirigió una amplia sonrisa.

—¿Tan cambiada estoy que no me reconoces?

La otra enmudeció al comprobar que se hallaba frente a la chiquilla que frecuentaba la casa de los Zaldívar en los tiempos en que ella era sólo una huérfana protegida del doctor. Como una avalancha, volvió el recuerdo de los celos que sintió al principio, al creer que Violeta era la candidata que la familia Zaldívar le tenía destinada a Julián, y el alivio posterior al saber que la niña ofrecía una amistad sólida no sólo al hombre que luego sería su esposo, sino a ella misma, una mujer desamparada sin más estudios que la costura, ni otro talento que su imaginación para diseñar vestidos. Violeta había sabido penetrar en el corazón de Brunilda mucho antes que el propio Julián, gracias a un don que poseía para leer en el interior de las personas.

—Violeta —murmuró emocionada, y tomó las manos de la joven—. No sabía que te encontrabas en la ciudad.

—Llegamos hoy mismo. ¡Ojalá hubieses viajado, Brunilda!

—¿Te ha visto ya Julián?

—No, pero voy a sorprenderlo —y Violeta se levantó de su silloncito para ir en busca de aquel hombre que tanto hizo por su educación.

Se acercó por detrás, haciendo señas a su tío para que no la descubriese, y tapó los ojos del doctor Zaldívar con descaro. Él creyó que sería alguno de los hijos de su amigo Francisco Balcarce, y de todos, pensó en el más pequeño, frecuente huésped de su padre en El Duraznillo.

—Francisquito —dijo resuelto.

Una carcajada femenina lo desconcertó. Al volverse, quedó estupefacto ante la vista de Violeta. Ella lo desafiaba con sus ojos únicos, recordándole la primera vez que la vio en la calle Florida, en medio de un motín de costureras. Aquel primer encuentro marcó para siempre la relación que los unió: camaradería y ternura.

—¿Qué estás haciendo, criatura? —exclamó feliz—. ¿Ya te vio Brunilda?

—Bueno, parece que los esposos Zaldívar piensan siempre el uno en el otro —adujo la joven, risueña—. Sí, nos hemos visto, y espero que nos veamos seguido en estos días, antes de que viaje a la ribera.

—Fran, no me habías adelantado nada —protestó Julián.

Francisco Balcarce se encogió de hombros con inocencia.

—A mí me dan la misma información que a ti, es decir, ninguna.

—Yo puedo solucionar eso —repuso entonces Joaquín Carranza—, ya que soy periodista y me especializo en la información. Propongo anunciar en la columna de sociales la llegada de la señorita Garmendia.

—¿Es periodista? —se interesó ella.

—A sus órdenes.

Salvo Joaquín, los demás conocían a Violeta de los primeros tiempos de la muchacha en Buenos Aires, de modo que la conversación prosiguió entre los jóvenes.

—¿Y qué tipo de noticias escribe, señor?

—Mmm... hago una contribución semanal sobre temas de interés general. Se llama "La noticia del domingo" porque aparece ese día, pero se refiere a cualquier cosa que haya ocurrido durante esa semana. Hoy, por ejemplo, preparé algo sobre la llegada del nuevo contingente de maestras.

—Extraordinario.

—¿Le interesa, señorita Violeta?

—Sí, pero —y ella bajó la voz— no lo diga usted a nadie, quizá reprueben que una mujer se incline por estas cosas.

—¿Su tío, acaso?

—Mi tío sería el más condescendiente. En realidad, no me importa mucho que lo reprueben, pero saberlo me quitaría la libertad de decir lo que pienso.

Joaquín observó a Violeta con detenimiento. Bella y audaz, una combinación exquisita. Supo que no podía dejarla partir.

—Le propongo algo, con el permiso de su familia.

—¿Sí?

—Venga a visitar la redacción y compruebe si de verdad le atrae el trabajo periodístico. Nuestro diario se organiza bajo las directivas de Mitre, y hay libertad para decir lo que sea, siempre que guarde las formas.

—¿Hay mujeres que escriben?

—Bueno, eso no es tan común, pero siempre puede cambiar, ¿no?

El anzuelo estaba lanzado. Violeta se despidió del joven Carranza con aire cómplice, y antes de volver al círculo de las damas le dijo a Julián por lo bajo:

—No me gustan los bigotes.

Él prorrumpió en una carcajada que sorprendió a todos. Su protegida seguía siendo la chiquilla descarada que visitaba su casa y le arrancaba canas con sus impulsos.

Brunilda convenció a la viuda de Bunge de pernoctar en su casa, junto con Violeta. No se equivocaba la joven al suponer que hallaría en ellos a sus anfitriones. La señora de Zaldívar les presentó mil y una razones para aceptar, entre ellas, su propio interés en saber detalles del viaje, así como el deseo de que el hijastro de ambos, Adolfito, conociese a Violeta.

—Verás qué alto está —le dijo mientras recorrían las calles que separaban la mansión Balcarce de la de los Zaldívar—, y qué serio. Parece mayor de lo que es.

Antes de partir, Violeta había podido ver a los niños Balcarce y comprobar que seguían siendo tal como los recordaba de pequeños: Santos, compuesto y callado; Juliana, inquieta y locuaz; y Francisquito, el único del que no tenía formada opinión, era un gracioso chiquillo que vestía bombachas de campo y faja el día entero, pese al intento de los padres de civilizarlo un poco. A Violeta le gustó de inmediato. Percibió en el niño una voluntad que lo llevaría a cumplir sus designios contra viento y marea. Él quería ser peón y eso sería, aunque sus propios padres no tuviesen ninguna estancia que administrar.

Ahora se enfrentaría a otro niño muy diferente, de la misma edad que Francisquito.

Doña Celina desapareció con prontitud en las habitaciones ofrecidas, en parte por discreción, y también por agotamiento. El ajetreo del viaje y la posterior reunión se cobraban su precio en el anciano cuerpo.

Brunilda ordenó a su asistente encender las lámparas, y condujo a Violeta hacia su costurero, donde recibía a las visitas de confianza, mientras los baúles de las viajeras eran depositados en los cuartos por un sobrino de Severo, el cochero de su suegra Inés Durand.

—Qué bella estás —le dijo mirándola de arriba abajo—, no puedo creer que seas la misma jovencita que me encontraba a solas en la biblioteca. Violeta querida, me hiciste falta.

—Extrañé mucho también, aunque el ansia de conocer mundo me lo hizo más fácil.

—Estoy encantada de que te quedes —adujo Brunilda con entusiasmo— y me cuentes sobre tu vida en Europa. Quiero saberlo todo: si aprendiste lo que deseabas, y si te enamoraste de algún sitio. También si te cortejaron. Seguro que así fue, cuéntame.

Las dos estaban sentadas muy juntas en un canapé francés, como cuando miraban las estampas de los libros de Julián en la mansión Zaldívar. Parecía que los años no habían transcurrido desde entonces. Durante su estadía en el viejo continente, Violeta había escrito cartas a Brunilda, pues la consideraba su amiga, pero en las cartas se disimulaban a veces los malos momentos, y si entre una y otra mediaban muchos meses, la respuesta solía desencajar con el estado de ánimo del presente. La prueba de fuego era el reencuentro cara a cara, y en eso había triunfado el cariño, no cabía duda.

—Completé los estudios que quería, aunque a decir verdad hubo un momento en que me cansé de tanta exactitud y tanto equilibrio. Me hacía falta un poco de garabato. Me desquitaba luego, con mis propios dibujos.

—¿Los trajiste?

—¡Claro! Pensaba siempre en lo que diría Julián al verlos. Hay pavos reales, faisanes dorados y cuervos.

—¡Cuervos!

—No te gustarían, son impresionantes y parecen de mal agüero, aunque no los consideran así por allá. Prefiero a nuestros torditos.

—Habrás conocido artistas estupendos.

—Mis maestros eran verdaderos genios. Una cosa que noté en Europa es que las mujeres se ocupan de cultivar su espíritu, al menos las que disponen de tiempo y dinero. Hay damas de alcurnia que mantienen a los artistas pobres con tal de que trabajen en provecho de sus villas o de las iglesias de la zona.

—Y quieres hacer algo así —intentó adivinar Brunilda.

—En verdad tengo ganas de hacer algo, pero no está relacionado con el dibujo —y ante la mirada atenta de Brunilda, Violeta le confió su nueva pasión—. Me gusta escribir notas sobre asuntos particulares. He publicado algunas en folletos, y me gustaría poder hacerlo aquí también.

—Será difícil.

—Lo sé. Hoy hablé con un periodista que me invitó a conocer la redacción de su diario. Lástima que debo partir enseguida.

—Violeta —y Brunilda le tomó una mano para transmitirle su preocupación—, he hablado con Julián, y él me dijo que más de una vez don Rete…

—¿Mi padrino? —se extrañó la joven.

—Sí. Él se mostró contrariado por el hecho de que pasaras allá tanto tiempo sin… digamos, conseguir un compromiso.

—¿Mi padrino quería que me casara en Europa?

—Bueno, quizá no esperaba que lo hicieses allá, pero de seguro querría que viniese tu prometido, o que mandase a buscar a la familia para celebrar el compromiso. Te lo digo porque tal vez te convenga quedarte en Buenos Aires unos días más, ahora que empieza el verano, para dar oportunidad a que los muchachos te conozcan.

—¡Yo no soy una oferta de temporada!

—Por supuesto que no, sin embargo entiendo que todos deseen verte bien ubicada para aliviar sus preocupaciones.

—Cuando nos conocimos pensabas vivir sola —le reprochó Violeta.

—Es cierto. Y ya ves qué mal me fue en el primer trabajo que obtuve.

Violeta se arrepintió de haber tocado el tema. Brunilda había sido tentada, al llegar a Buenos Aires, con un trabajo de costurera en una importante casa de la calle Florida que resultó ser un burdel disfrazado. Aquel episodio había ocasionado un gran revuelo en la ciudad, y puso en peligro la salud y la reputación de la joven. Por fortuna para ella, el mismo Julián acudió en su rescate. A raíz del escándalo, el doctor Zaldívar se había orientado a la defensa de los más débiles, entre ellos las mujeres prostituidas, muchas de las cuales eran inmigrantes que llegaban al país engañadas con falsas promesas, en ocasiones de sus propios compatriotas.

—Perdona, Brunilda, no quise recordarte eso.

—No importa. Fue una lección, y además me permitió conocer a mi esposo en profundidad y medir su valía como hombre. Jamás me lamento de esa experiencia. Eres joven aún, Violeta, pero el tiempo pasa y es bueno tener un compañero que te apoye y te reconforte. Mira a doña Celina, la pobre vive sola y ni siquiera hubo alguien en el muelle esperándola.

—Sí, me dio mucha tristeza ver su cara de ansiedad. Esa sobrina suya debe de ser una bruja si después de saber que su única tía venía al país no quiso recibirla. ¿Ves? Puedo vivir con doña Celina. Allá nos llevábamos muy bien, es una aliada estupenda, sabe mucho y no se amilana ante las aventuras.

—¿Por cuánto tiempo, Violeta?

La pregunta de Brunilda la devolvió a la realidad. Doña Celina había soportado con entereza los avatares de un viaje prolongado, aunque Violeta pudo comprobar que en los últimos meses se cansaba bastante. Los años se le notaban, y era injusto pretender que se hiciese cargo de su propia independencia.

—Tienes razón. En todo caso, debería ser yo la que la acogiese en mi hogar y no al revés.

—Lo último que deseo es abrumarte con estas cuestiones, Violeta —se disculpó Brunilda—, quizá lo mejor sea posponer el regreso sólo hasta que nos pongamos al día con nuestras charlas, y luego volverías a Corrientes, donde tu madre debe de estar ansiosa por verte.

—Mi madre y mi padrino —dijo entonces Violeta, pensativa.

Ahora que conocía las intenciones de Rete Iriarte no veía con tanto agrado el regreso inmediato. Su padrino era un hombre porfiado y muy capaz de buscarle un novio si ella no lo hacía. Tal vez Brunilda estuviese en lo cierto, y fuese mejor permanecer un tiempo corto en Buenos Aires, donde la vida social convencería a Rete de que estaba haciendo lo que se esperaba de ella: pescar un marido. Mientras, podía introducirse en el mundo de la tipografía y, quién podía decirlo, hasta era posible que…

—Te has quedado con la mirada perdida. ¿Acaso tuviste alguna visión?

Brunilda no olvidaba el don de Violeta.

—Todavía no. ¡Recién llegué a Buenos Aires!

Ambas rieron, y en ese momento apareció Adolfo Agustín Mariano Zaldívar, al que todos llamaban Dolfito. Violeta se levantó y fue a su encuentro. Era apenas un bebé cuando lo conoció, y lo único que supo de él entonces fue que su madre, una joven china a la que Julián salvó de la explotación en un burdel de Shangai, lo abandonó recién nacido en un cajón de fruta. La historia de Pétalo era muy triste, sobre todo porque se había enamorado de su salvador con un amor tan intenso como perverso, y si bien aquel hijo fue concebido con otro, ella prefirió dejárselo al hombre que amaba antes que llevarlo con su verdadero padre. Violeta sabía que muchos condenaban la adopción del niño chino por parte de los Zaldívar. Les resultaba inconcebible que iniciasen su vida de casados con un hijo ajeno y de otra raza, además. Para ella, en cambio, era un acto de amor tan natural como el del pájaro que cría a un polluelo de tordo como propio.

Dolfito era un niño bello y extraño: delgado como junco, su rostro triangular aunaba los ojos oblicuos de la madre con el fulgor de la mirada del padre; el pelo lacio, bien cortado atrás de las orejas, los pómulos agudos y unos labios más gruesos y sensuales que los de Pétalo. Lo que llamaba la atención en él era su andar, pausado y elástico, como si caminara sin dejar huella.

—Adolfo, encantada de conocerte —le dijo tendiéndole la mano.

El niño se inclinó un poco y ofreció la suya, delicada como la de una damisela.

—¿Estabas remontando un barrilete?

La mirada de Dolfito se volvió penetrante y una pequeña sonrisa curvó su labio.

—Hoy no —repuso.

—Entonces lo harás mañana. Si me dejas, te acompaño.

—Como lo desee.

—Será un placer. Si quieres, puedo dibujar en la parte de abajo una cigüeña, para que la veas volar cada vez que lo remontes.

Otra vez el niño amagó sonreír y brilló su mirada. Brunilda intervino con dulzura:

—Violeta se quedará con nosotros algunos días, así que podrás enseñarle tus juguetes. Y Julián nos llevará al río para que te luzcas con tu barrilete.

Dolfito asintió con gravedad y luego se retiró, tan silencioso como había llegado.

—¿Siempre es tan serio? —comentó Violeta.

—Temo que haya heredado el carácter dramático del padre. Recordarás que el poeta Adolfo Alexander era un hombre torturado.

—Espero que no, pobre niño. Supongo que al vivir entre ustedes esa mala influencia se atenuará.

—Tratamos de que se sienta feliz en familia, incluidos los niños de Fran y Elizabeth. Francisquito y él son muy compinches. Mi miedo —agregó Brunilda bajando la voz— es que alguna vez la madre aparezca y quiera llevárselo.

—¡No puede hacer eso! —se ofuscó Violeta.

—Quién sabe. Julián me lee a veces la misiva que ella dejó antes de abandonarlo. Allí dice muy claro que no piensa arrebatárselo porque quiere que esté con él, pero es la madre, Violeta, nadie puede asegurar lo que su corazón le dirá después de un tiempo. ¿Y si se arrepiente de lo que hizo?

—Dudo que él quiera irse del hogar donde le dieron tanto cariño para seguir a una desconocida.

—Eso me digo y me repito cada noche —murmuró Brunilda, acongojada.

Violeta contempló la angustia pintada en el rostro de su amiga, y entendió que toda la felicidad alcanzada con su matrimonio podría ser opacada por la pérdida de Adolfito.

En su pecho, sintió una opresión que la asustó.

—No pensemos en cosas malas —la tranquilizó—. A ver, Brunilda. ¿Qué te parece este celofán que me pusieron? —y le señaló el vestido de clarín blanco con gesto de resignación.

La esposa de Zaldívar adoptó de inmediato una postura profesional y respondió, a sabiendas de que su opinión divertiría a Violeta en lugar de ofenderla:

—Nada de lazos rosas para una joven que ha estado en París. Yo quitaría las mangas y con ellas haría una faja hasta aquí —y le señaló el principio de las caderas—, para afinar la silueta sin que se note. Luego aplicaría dos triángulos sobre los hombros, simulando mangas cortas.

—Mejor me lo quito y uso otro —rió Violeta.

—Si me lo das, en un santiamén lo arreglo.

—Mi tía Muriel pondrá el grito en el cielo. Ella se cree una autoridad de la moda.

—Y lo es, en lo que a ella se refiere. En la moda no debe haber reglas, sino elecciones atinadas. Y la clave es saber lo que le queda a cada una. Si me permites ver lo que trajiste de Europa puedo señalarte lo que mejor te va.

—Todo tuyo. Ahora, muéstrame la casa. ¡Pensar que Julián vivía antes en el suburbio!

La casa que los Zaldívar habitaban en el corazón de la ciudad, cercana a la Catedral, era de las antiguas viviendas con columnas, estucos, artesonados y mármoles. En el primer patio reinaba una palmera monumental que compartía el embaldosado de barro con geranios en macetas. En el segundo el rey era el aljibe, con brocal de mármol italiano y una verja de hierro de la que pendían campanillas de bronce. Las corrientes de aire tocaban una música exquisita en ese ámbito cerrado. Violeta dio un grito de alegría al encontrar a un gato gris que se pavoneaba entre las begonias.

—¡Fígaro!

—Es su hijo —aclaró Brunilda con nostalgia—. Fígaro nos dejó este regalo antes de partir.

El animal se detuvo y las miró con un destello de comprensión en sus ojos ambarinos. Una vez que satisfizo la curiosidad de la invitada, desapareció en el interior de una de las habitaciones.

—Refucilo duerme a los pies de nuestra cama. Julián lo acepta, pobre, sabe que me causó mucha tristeza perder a Fígaro.

—Yo creo que a él le gusta también. ¿No fue quien rescató a Fígaro en Tandil?

—Así fue. Nos hemos acostumbrado a compartir nuestra vida con un gato.

Al pasar ante el dormitorio, Violeta atisbó pesados muebles de jacarandá y dos enormes cuadros en la cabecera: el Corazón de Jesús y el de María.

—Estamos haciendo reformas —explicó Brunilda mientras atravesaban el último patio, que daba a un jardín con glorieta—. Julián hizo traer de Inglaterra un servicio de baño completo, con lluvia y bañera de estaño. Quiere que tengamos todas las comodidades, ya que no vivimos en un palacete como los que se están construyendo ahora. Así será más fácil disponer de agua en el invierno.

—Son felices aquí —afirmó Violeta, deteniéndose junto al banco de la glorieta.

—Más de lo que podía imaginar. Mi esposo es un hombre que me sorprende cada día, tiene siempre la palabra justa para confortarme. Y no sólo a mí, es así con todos.

—Yo sabía que entre ustedes crecería ese sentimiento.

—Creo que lo supiste cuando ni yo misma podía sospecharlo. Ven, ésta será tu habitación mientras estés con nosotros. ¿Te gusta?

El cuarto que le reservaban se hallaba en el sector más íntimo de la casa, compartiendo el patio del aljibe y la vista al jardín trasero. Una cama entre dos mesas de luz, un ropero con espejo y un tocador con sobre de mármol rosa. El detalle luminoso estaba dado por el cobertor, hecho con cientos de retazos de lana de colores.

—Lo tejió la madre de Elizabeth —le dijo Brunilda—. Ya está muy viejita y no puede hacer estas labores, pero tuvo tiempo de regalar colchas y fundas a todas las amistades de los Balcarce. Prefirió quedarse en la Argentina, y la verdad es que ha sido de mucha ayuda para ella, con los tres niños, las escuelas, y ahora la presidencia de la Sociedad de Damas.

—¡No lo sabía!

—La han elegido por unanimidad y nadie levantó la voz a pesar de ser ella extranjera, tanta es la simpatía que despierta y la autoridad moral que ejerce en el ámbito de la educación.

—¿Y tu *maison* de costura, Brunilda?

—Va viento en popa —se entusiasmó la señora de Zaldívar—. Cuento con dos asistentes extraordinarias: Carmina y Rini, mis antiguas compañeras del taller. Sobre todo Carmina, pues la polaquita se ha casado con Dalmacio, el domador de El Duraznillo, y reparte su tiempo entre la casa, los niños y la costura.

—Todos tienen su sueño cumplido —murmuró ensimismada Violeta.

Brunilda percibió el tono melancólico, y se preguntó si habría algún entripado en la vida de aquella joven a la que el mundo parecía sonreír. Ya tendría tiempo de saberlo, si se cumplía su deseo de que permaneciese en Buenos Aires.

—Puedes traer aquí a tu perrito —le dijo para alegrarla—, aunque sería mejor mantenerlo lejos de Refucilo. ¿Lo has dejado con los Balcarce?

—Batú prometió cuidarlo mientras él y Muriel permanezcan en la ciudad. Se hospedan en la casa de un socio de mi padrino. Luego veré qué hago. No puedo separarme de Huentru, es muy importante para mí.

Brunilda sabía la razón, y creyó vislumbrar la punta del ovillo en esa respuesta.

—Ya están aquí tus baúles. Te dejo a solas para que te refresques. No olvides mostrarme los vestidos más tarde, quiero que seas la reina de la temporada.

—Una reina sin corona —susurró Violeta antes de cerrar las puertas.

La vida en la casita del arenal se había convertido en fuente de tristeza para los esposos. Manu estaba más taciturno que nunca, y Lucrecia se resentía al pensar que había sacrificado su honor en un altar que no le daba beneficio ni consuelo. Por otro lado, en algún momento tenía que desempeñar el papel de víctima, ya que el tiempo pasaba inexorable y su vientre estaba más seco que las dunas que el viento azotaba.

Decidió jugar esa carta una noche en que su esposo se retrasaba con los trabajos en el Tuyú.

Manu llegó cansado, ató a Matrero al espino, se quitó las botas y entró al rancho. Duende se acurrucó bajo el alero, custodiando la puerta.

—Lucrecia.

Adentro reinaba la oscuridad tanto como afuera, y a Manu le extrañó que ella no mantuviese una lámpara esperando su regreso. Los Luro solían desviarse de su camino para alcanzarla hasta la casa en su carruaje. Si algo anduviese mal… Preocupado por la salud de su esposa, Manu caminó a ciegas hasta chocar con el catre.

—Mierda.

Se había lastimado los dedos de los pies. Al apoyarse, su mano tanteó las formas de Lucrecia. Asustado, tropezó hasta dar con el quinqué y agrandó el pabilo para encender la mecha. La luz parpadeante iluminó el cabello rubio sobre los cojines y los grandes ojos que lo miraban. Manu respiró, aliviado. Había temido lo peor.

—¿Qué pasa? ¿Por qué estás a oscuras? ¿Ya comiste?

Ni siquiera había restos de brasas en la cocina. Por toda respuesta, Lucrecia escondió el rostro en las manos y gimió.

—Qué… qué pasa, qué andás teniendo.

Era lo que Lucrecia anhelaba, despertar su interés y su ternura.

—No puedo decírtelo —murmuró.

—¿Por qué? —y Manu tragó saliva antes de preguntar—. ¿El niño?

Lucrecia asintió, con la cara arrugada por el llanto.

—¿Qué le pasa? ¿Te duele?

—Manuel, hemos perdido al bebé.

Él se quedó mirándola absorto. Lucrecia se enderezó y, tomándolo por los hombros, lo sacudió.

—¿Entendiste, Manuel? No habrá bebé. Lo perdimos, se murió.

Manu miró el vientre plano bajo la manta, tratando de confirmar la verdad de lo dicho, y luego a ella, consternado.

—Pero, ¿cómo fue? ¿Qué hiciste? Estabas bien…

—¡Yo no hice nada malo! Estas cosas pasan, son comunes. Doña Juana me lo dijo.

—¿Ella lo sabe?

—¡Pues claro! Fue la primera en saberlo, como trabajamos juntas…

Al igual que muchos hombres, Manu era ignorante en asuntos femeninos, pero tal vez por haberse criado en un medio salvaje había cosas que entendía mejor.

—¿Dónde está?

—¿Dónde está qué?

—El niño, el que murió.

Lucrecia puso una mueca de horror.

—¡No pensarás que iba a guardártelo! Ya limpié todo.

—¿Sola?

Ella pareció cortada ante el interrogatorio.

—¿Qué te pasa, Manuel? ¡Estoy diciendo que perdí a mi bebé! ¿Cómo me preguntas si limpié la sangre? ¡Eso ya no importa! ¡Importo yo, que estoy convaleciente!

Su enojo la alejó del llanto, y Manu se sintió reconfortado. Al menos ella no estaba mal.

—Debiste haber dejado que lo viese.

—Es repugnante. No era nada, no era un niño, sino un montón de…. —y Lucrecia calló, asustada de sus propias palabras.

Hubo un silencio prolongado, en el que Manu pensaba con insistencia en una sola cosa: Lucrecia no se había cuidado en ese tiempo, iba y venía sin sentir el cansancio típico de las mujeres preñadas ni tomar las precauciones lógicas en su estado. Era una imprudente. La desazón lo invadió. El único motivo por el que se había casado con ella era aquel hijo que ya no existía, y ahora quedaba ligado a una mujer que no amaba y que constituía un obstáculo insalvable para que pudiera encontrarse con la que sí amaba.

Lucrecia lo miraba incrédula. Las cosas no salían como ella esperaba. Creía que Manu la abrazaría consolándola, que le murmuraría palabras tiernas y le prometería que tendrían otro hijo en el futuro. Nada de eso ocurría. Al igual que la vez en que se arrojó a sus brazos, de nuevo tomó ella la iniciativa.

—Ya tendremos otro, Manuel. Ahora déjame descansar —y se volvió de espaldas en el catre.

Manu salió al fresco y se sentó bajo el alero, junto a Duende. El perrito saltó sobre su regazo y apoyó el hocico en el pecho del hombre. Lo miraba con sus ojos de carbón, titilantes como estrellas. Manu lo acarició con aire distraído.

—Tranquilo —le dijo—. Pase lo que pase, estaremos juntos.

Dejó caer la cabeza contra la pared de adobe y cerró los ojos. A su mente acudió la imagen de Violeta cuando él le entregó a Huentru, antes de irse a la reunión en aquella pulpería que marcó su destino. La joven le había prometido cuidarlo hasta que volviesen a verse. ¿Lo habría hecho? La vida de Manu estaba signada por abandonos: su padre, Violeta, Huentru, ahora ese hijo al que no pudo conocer… Tal vez fuese su herencia india, si es que estaba en lo cierto la gallega, lo que le impedía echar raíces.

—Manuel.

La voz de su esposa lo sacó del ensimismamiento.

—Ven, necesito que me abraces.

Con parsimonia, Manu depositó a Duende otra vez en el suelo y miró hacia el horizonte, donde la luna plateaba las aguas. *Mar del Plata*. Por primera vez supo Manu la razón del nombre de aquel sitio. Luego, entró al rancho con la cabeza baja.

La noche entera se iluminaba como un escenario fantástico. Una lechuza amarilla de grandes alas pasó en raudo vuelo que despabiló a Duende y alteró a Matrero.

Su grito agorero se multiplicó en los ecos del viento.

A la casa de los Zaldívar acudieron un día Josefina Aldao y sus hijos, Martita y Benjamín, para visitar a Violeta. El muchacho cumplía así la promesa de invitar a su nueva amiga a compartir el veraneo porteño de la familia en Adrogué.

Los recibieron en la sala donde Brunilda solía agasajar a los amigos y colegas de su esposo. Mientras bebían el té y degustaban finas masas de hojaldre, doña Josefina escrutaba a la joven que sería su huésped si aceptaba acompañarlos ese verano.

La prosapia de los Ramírez Aldao provenía de la esposa, emparentada con los Cullen de Santa Fe, ya que don Sinforoso era un comerciante que había hecho su fortuna fabricando suelas de zapatos. Hombre industrioso y tenaz, consiguió casar a sus dos hijas mayores con herederos de destacadas familias extranjeras, y sólo le quedaba pendiente de ubicación Martita, una muchacha fantasiosa que hablaba hasta por los codos y cambiaba de parecer a cada momento. Desde que Esteban Adrogué había decidido forestar esos terrenos en el sur, don Sinforoso tomó la iniciativa de construir allí su casa de verano. En medio de la alta y copuda arboleda, su familia encontraba solaz en los días bochornosos del estío.

—Verás qué lindas reuniones se arman —decía Benjamín para tentar a Violeta—. Si te quedas hasta el carnaval, podrás participar de los bailes también.

—El hotel La Delicia organiza uno muy lindo —agregó Martita.

La joven miraba a Violeta con admiración y deseo de intimar. Desde que sus hermanas se casaron, se hallaba ansiosa por compartir con alguien más sus alocados sueños. Su hermano menor no contaba para eso.

—Tendría que hablar con doña Celina —aventuró Violeta, sin estar segura de querer irse a otro sitio durante su estadía.

—Ella será bienvenida también —repuso Josefina.

Brunilda notaba la indecisión de Violeta, y en su fuero interno deseaba que aceptase para que frecuentara a gente de su edad y se distrajese. Después de la partida de sus parientes, la joven se había dedicado a salir con Dolfito y a intentar que Huentru y Refucilo congeniaran, tarea en la que había fracasado con estrépito.

—Le preguntaremos a la señora de Bunge apenas regrese de su visita —dijo, para darle un respiro a Violeta.

—Entonces, quedamos a la espera —y doña Josefina se levantó, dando a sus hijos la tácita orden de hacer lo mismo—, y encantadas de recibirlas en nuestra humilde villa veraniega.

Violeta pudo comprobar tiempo después que la "humilde villa" era una señorial mansión que se alzaba al final de un sendero bordeado de eucaliptos.

Llegaron en el Ferrocarril del Sud hasta la rústica estación de madera, desde donde partieron en simpáticos cochecitos descubiertos, tirados por petisos de largas colas. Formaba parte de la diversión ese primer viaje, traqueteando por la llanura impregnada de madreselvas. Doña Celina había declinado la invitación con elegancia, y tomando en cuenta que Violeta no era una debutante y que iba acompañaba de una de las familias más respetables, no resultaba indecoroso que fuese sola.

—Ella estará más cómoda y tranquila entre nosotros —le había dicho Brunilda para animarla a salir sin la viuda—. Después de tan largo viaje, no tendrá aliento para otro, aunque sea a los suburbios. No te afanes por el perrito, lo mantendré en el segundo patio, para que no haya lío.

Así fue como Violeta partió rumbo a un nuevo destino, confiando en sus amigos.

Bien pronto fue presentada a la sociedad que apaciguaba en ese oasis de frescura los calores del verano porteño. Las primas de los Ramírez Aldao, un enjambre de muchachas de edades dispares, se convirtieron en la corte habitual de la joven. A pesar de ser la mayor, Violeta no se quedaba atrás en cabalgar a la vera de un arroyuelo, ni en atravesarlo con la falda arremangada para arrancar rosas silvestres en la otra orilla. Benji la seguía a sol y a sombra, aunque su interés no era romántico, sino de pura camaradería y euforia por tener una compañera a la que podía tratar de igual a igual, sin fingir galanterías ni cuidarse en las formas. Martita les iba a la zaga, poco acostumbrada a las correrías y temerosa de quedar afuera del círculo si se negaba a seguirlos.

Celebraban almuerzos sobre la alfombra de pétalos que el viento arrancaba a los paraísos, recorrían la hondonada de un cauce seco que se perdía entre los ombúes, recogían ciruelas e higos para que las criadas de la casa hicieran dulces, y ensillaban matungos para visitar los puestos de las quintas cercanas, desde donde volvían siempre apurados, espantando perdices y teros, para llegar antes de la oración. Lita, Felisa, Alba y Matilde eran las primas más coquetas, que aguardaban con ansias el momento de reunirse con los mozos de las otras casas. Entonces se armaban improvisados bailes a la luz de las farolas, con servicio de comida al aire libre, o se jugaba a la baraja formando ronda sobre el tapiz de yuyos.

Eran jornadas de diversión sin pretensiones, que apaciguaron el corazón de Violeta poco a poco. En aquel sitio reposado su espíritu se embalsamaba con los aromas silvestres, y recuperaba sensaciones con las que había crecido. Los muchachos de más edad aparecían con sus trajes de brin, sombreros de ala ancha, botas y camisas arremangadas, luciendo su soltura de jinetes sobre pingos de mayor alzada. José María Lastra, un moreno de porte varonil, era el más requerido por las damitas. Los mellizos Mariano y Agustín Ayerza competían por la atención de Violeta, y ella se vengaba de su acoso fingiendo que los confundía. Formaban un grupo alegre y despreocupado que cada mañana gozaba de la leche recién ordeñada en la puerta de la despensa, y luego se alejaba en pos de la aventura del día, sin más propósito que reír y holgazanear.

Una tarde, al regresar de un paseo por los maizales con los brazos repletos de choclos tiernos, Violeta, Benji y Martita encontraron al matrimonio Ramírez Aldao en compañía de un desconocido. El hombre era alto y elegante, vestía levita pese al calor, y sostenía sobre su regazo un sombrero panamá con cinta negra. Su mirada se clavó en los tres jóvenes y Violeta experimentó un estremecimiento. No fue por sus penetrantes ojos grises, ni por la dureza de la mandíbula, sino por el surco que rasgaba su mejilla de arriba a abajo. Un rostro apuesto que con esa cicatriz horrenda quedaba casi desfigurado. Aun así, ella pudo captar la armonía de la nariz recta, las cejas oscuras y la firmeza de los labios.

—Acérquense —los invitó Josefina, como si hubieran sido chiquillos que interrumpían una reunión de adultos—. Saluden a Christopher Morris, un marino que acaba de llegar al puerto de Buenos Aires.

El aludido se puso de pie e inclinó la cabeza con cortesía. Violeta percibió que, antes, la había mirado. Sólo a ella. Un poco confusos ante ese personaje al que sus padres parecían otorgar importancia, Benji y Martita saludaron y se excusaron para ir a la cocina a dejar los choclos. Violeta iba a seguirlos cuando Josefina la detuvo.

—Querida, quédate a escuchar las noticias. El señor Morris dice que desea visitar la tierra donde vive tu familia.

La joven se sentó al otro lado de la mesa para ocultar sus medias llenas de abrojos. Estaba gozando de una libertad parecida a la que tenía en los esteros, cuando corría descalza entre los pajonales.

—¿Va a remontar el río? —preguntó, para entablar conversación con la enigmática visita.

—Así lo creo. Quiero conocer la región de más arriba, donde dicen que hay una laguna inmensa.

La voz del sujeto era grave y profunda, y a Violeta le repercutió en la mente como un eco.

—Iberá —dijo, hipnotizada.

—La misma.

La contemplaba con cierto descaro, y Violeta echó un vistazo al matrimonio para ver si les sorprendía el interés del desconocido, pero ellos parecían arrobados ante la visita.

—Tengo entendido que es una región de gran comercio —siguió diciendo él—, y tal vez usted sepa mencionarme algún apellido vinculado. En mi barco llevo valiosa carga de ultramarinos, y supongo que habrá gente interesada.

—No será fácil —repuso Sinforoso—, a menos que cuente con un guía. Llegará hasta el puerto del Rosario primero, y desde allí deberá tener un práctico a bordo, por los bancos de arena del río.

—Eso me han dicho. Quizá la señorita conozca a alguien capaz, puesto que es de la zona.

Sin duda, los Ramírez Aldao se lo habrían dicho. Violeta continuaba confundida, el sujeto le resultaba familiar y a la vez, extraño.

—Mi tío es un buen navegante —le confió—, aunque ahora está ocupado con otras cosas en Corrientes. Si usted se queda más tiempo, quizá pueda acompañarlo cuando él regrese.

—Me temo que tengo algún apuro. Hay mercaderías que pueden echarse a perder.

La insistencia la puso en guardia. Ella no era experta en cuestiones de navegación, sólo había vivido en la ribera del Paraná durante su infancia, y luego en los esteros. De las canoas y los barquitos se ocupaban Bautista y Rete. ¿Qué pretendía ese hombre que le dijese?

—Lamento no ser de gran ayuda, señor. Con su permiso, debo cambiarme.

Algo indefinible la atravesó al pasar cerca del recién llegado, un aroma sutil, quizá una vibración. Para el espíritu sensible de Violeta, era una señal. Mientras subía los escalones de madera rumbo a su cuarto, supo que la mirada gris estaba fija en su espalda.

Christopher Morris permaneció en Adrogué al otro día, y al otro, y en los que siguieron. Su presencia enturbió de algún modo la tranquila camaradería de la pandilla, ya que se esperaba que Violeta, la mayor de las niñas casaderas, cumpliese el papel de entretener al invitado. En vano ella intentó levantarse más temprano para escapar antes de que él despertase; al parecer, estaba acostumbrado a madrugar, pues lo encontraba sentado en el comedor de diario con sus papeles y una taza de café negro. Él la saludaba con ceremonia, y siempre ella percibía un tono burlón tras el saludo, como si el individuo estuviese representando un papel en una comedia de la que sólo él conocía el final.

—Violeta, ese hombre del feo costurón te sigue con la mirada a todas partes —le confió un día Martita, entre asombrada y excitada—. Yo creo que mis padres lo trajeron para que te despose.

—¡Qué decís, che! —la cortaba Benji, fastidiado.

Había perdido a su compinche, y ya odiaba al tipo.

—Pues yo también pienso que hay gato encerrado, aunque todavía no sé cuál es.

La duda de Violeta se aclaró una noche en que los vecinos acudieron a celebrar un baile de máscaras. Cada uno llevaba un disfraz de su autoría, sencillos trajes hurtados de los baúles de las familias, con los que improvisaban personajes literarios o dramas históricos.

—¿Quién soy? —bromeaba Agustín Ayerza mientras se paseaba envuelto en una sábana a la que había aplicado hojas de parra y racimos de uvas.

—¡Nerón! ¿Quién más? —lo deschavaba su hermano a las carcajadas.

Lita y Matilde compartían un mismo traje dividido en dos partes: a una le tocaba el sombrero con pluma de avestruz teñida de azul, mientras que la otra contaba con los guantes y una boa de piel al tono.

—Somos de la comedia francesa —se burlaban, meciéndose como bataclanas y fingiendo que fumaban en boquilla.

Las más pequeñas llevaban bonetes y faldas con volados de alguna tía solterona, mientras que Benji y Violeta habían ideado disfrazarse de piratas. Él llevaba un cuchillo de la cocina oculto bajo la faja de puntillas de su madre, y un sombrero viejo al que había deformado la copa, en tanto que Violeta recogió su cabello en una trenza y se cruzó el pecho con el famoso lazo rosa del vestido de clarín. Al menos, le daría un uso. Completó el atuendo con un parche que fabricó con la cinta de terciopelo de su camafeo. Así, ridículos y felices, los jóvenes danzaron sobre el césped húmedo de rocío, bajo el revoloteo de las mariposas nocturnas, acompañados por la música de una guitarra que José María sabía tocar de maravillas. Ninguno esperaba que a esa reunión se agregase el invitado de la cicatriz.

Apareció como un filibustero en su isla, con una camisa de mangas anchas abierta en el cuello, pantalones y botas. Una verdadera faja con su cuchillo adornaba su cintura. Benji quedó mudo, Martita ahogó un gemido de dudosa sinceridad, y Violeta entendió de pronto por qué aquel sujeto le producía escozor. El recuerdo del barco fantasma la golpeó.

—Usted —dijo, atónita.

—Quería saber dónde estaba el castillo de la sirena —repuso él, seductor.

Ninguno de los presentes entendía el giro de la conversación, aunque sí captaron que entre la joven y el extraño había habido algún conocimiento anterior. La guitarra de José María se detuvo con un rasguido altisonante, y la noche adquirió visos de misterio.

Un poco molesta, Violeta se acercó al hombre para evitar que los demás escuchasen.

—Podría haber dicho quién era —le reprochó—. ¿A qué viene tanto secreto?

—Creo que la razón de mi ocultamiento está a la vista.

Ella miró la cicatriz espantosa y lamentó el reproche.

—Me había parecido reconocer su voz —dijo, para derivar la atención de él hacia otra cosa.

—Yo la habría reconocido en cualquier circunstancia.

—Eso es porque mi antifaz era más pequeño.

Cristóbal sonrió a medias.

—Eso es porque verla y olvidarla es imposible.

Benji se estaba cansando de oírlos conversar en voz baja, así que intervino.

—¿Vamos, Violeta?

Cristóbal miró a la concurrencia por sobre el hombro de ella.

—Vaya con ellos. Más tarde la reclamaré para un paseo bajo la luna.

—Eso está por verse —respondió muy suelta Violeta, aunque en su pecho el corazón le latía alocado.

Cristóbal la miró mientras se alejaba y notó las peligrosas señales del encantamiento en su cuerpo. La había seguido en su clíper sin certeza sobre sus verdaderos motivos; ella le gustaba, y a la vez quería explorar aquel rincón del mundo del que hablaba su tatarabuelo.

El *Fortuna* nunca tuvo un rumbo preciso, iba y venía según las contingencias del momento. Tanto podía permanecer fondeado en una bahía protegida como lanzarse a las corrientes salvajes del Mar del Norte. Sus marineros sabían que siempre tendrían sustento a su lado, y hasta ahora jamás los había defraudado. En cuanto a él, todo lo que anhelaba era vivir aventuras, sin recalar de manera definitiva en ninguna parte. Los puertos eran un sitio para cosechar ganancias, nada más. Luego estaba el mar infinito, donde la monotonía era imposible. De esas sensaciones se alimentaba Cristóbal. De su pasado conservaba sólo la marca en el rostro, pues todos los recuerdos estaban ahogados. Era cierto que había usado el ardid de presentarse con un nombre ficticio para evitar el impacto en la joven. A pesar de sus años y de su cinismo, debía reconocer que la idea de repugnar a Violeta con su deformidad lo asustaba. Ella se había mostrado serena, sin embargo, como si aquel surco violáceo que hundía su mejilla no fuese un estigma. Esa muchacha lo intrigaba, la deseaba como nunca antes le había ocurrido con ninguna. Suspiró mientras se apoyaba contra el muro del palacete. Era fácil encandilar a personas como los Ramírez Aldao, provincianos de mente. Los cuentos de la navegación y el comercio los atraían con la promesa de riquezas, y Cristóbal supo que querían presumir de un invitado extranjero. Si hubiesen sabido que era la verdad a medias...

—Aquí estoy.

Violeta ante él, despojada de su disfraz, con el cabello suelto sobre la espalda y un simple vestido celeste rameado de florecillas blancas. Cristóbal se enderezó.

—Pensé que no vendría. Como me dijo...

—Sí, pero decidí venir.

—¿Puedo tutearte? Tus amigos lo hacen.

—En ese caso, yo también lo haré.

—Encantado.

Se sentaron en un banco de piedra bajo una de las farolas del jardín, a la vista de cualquiera que pasara ante los ventanales.

—Eres leal, Violeta. Por más que indagué, no soltaste prenda sobre tu padrino en el Iberá.

—¿Y para qué preguntaste, si ya sabías que tarde o temprano te descubriría?

Cristóbal se encogió de hombros.

—Para ponerte a prueba, y porque un hombre como tu padrino, que vive en un sitio tan aislado pero a tiro de piedra de las vías de comunicación con varios países, no puede dedicarse sino a una sola cosa.

Ante la mirada inquisitiva de Violeta, agregó:

—El contrabando.

—¡Mi padrino es negociante!

—Es una forma de hacer negocios —repuso él con tranquilidad—, y no lo estoy criticando, al contrario, me parece estupendo para mis intereses. Yo soy marino, y el comercio me viene de perlas para subsistir. En todas partes soy bien recibido, nadie cierra las puertas al oro, venga de donde venga.

—Es usted cínico.

—Tutéame, por favor.

—Ahora no sé si quiero.

—Te lo ruego.

Algo en la súplica le sonó sincero a Violeta, y depuso su hostilidad.

—¿Y qué piensas hacer, ahora que sabes que mi padrino es un contrabandista?

—Supongo que visitarlo, exponerle mis propuestas. ¿Me acompañarías? Iríamos en el clíper.

La aventura sonaba atrayente, con el añadido de que irían en la dirección correcta: a su casa. No obstante, Violeta aún no estaba decidida sobre su futuro. Tenía muchas cosas pendientes.

—Mis amigos en Buenos Aires me piden que me quede por un tiempo, y no deseo desairarlos.

—Yo también puedo esperar.

—Ayer dijiste que no.

—Bueno, ahora veo que las cosas valiosas piden su sacrificio.

—Me quedaré aquí hasta pasado el carnaval, y después volveré a la ciudad.

—¿Dónde pasarán el carnaval? ¿Aquí?

Sin duda, Cristóbal compararía el baile de máscaras de los Foscari con ese sitio campestre de vida retirada. Violeta levantó la barbilla, desafiante.

—Habrá baile en el hotel La Delicia.

—Eso suena bien —dijo él—. ¿Te vestirás de sirena?

—Aquí sería más apropiado de árbol que de pez.

—Lo que te pongas te quedará delicioso.

El diálogo entre ambos era fluido, pese a no haberse visto en más de dos ocasiones. A Violeta le extrañaba comprobar que gozaba del intercambio. Cristóbal era un hombre con recursos, y ella entreveía capas ocultas bajo la cortesía. Su espíritu inquieto disfrutaba del misterio y los desafíos. Dejando de lado que gran parte de las fortunas de Buenos Aires se habían cimentado en el contrabando en otros tiempos, a Violeta no la escandalizaban los negocios turbios ni las vidas airadas. El haber compartido vivienda en su infancia con las cachorras de La Loba Roja, por causa de la guerra, quizá había ayudado a forjar ese espíritu libre. Lo cierto era que la joven hacía gala de una visión particular de la vida. Cristóbal percibía algo de eso en la sencillez de las respuestas, en la espontaneidad de sus gestos, a pesar de ser adulta. Había un núcleo cristalino en el ser profundo de Violeta, algo intocado que se alimentaba de su propio fuego interno.

Y a ese fondo quería llegar él.

El pueblo de Almirante Brown, como gustaba llamarlo su fundador, fue el sueño de un visionario que llevó hasta allí los rieles desde Ciudad de la Paz. El original trazado de sus calles y plazas, formando una cruz, había sido la obra conjunta de Esteban Adrogué y los arquitectos Canale, que pensaron en un sitio arbolado para expandir la población de Buenos Aires. Las pasadas epidemias de fiebre amarilla y de cólera influían en esa búsqueda de espacios aireados y retirados del hacinamiento.

El hotel La Delicia obedecía también a un anhelo de esplendor. Después de haber servido de vivienda al propio Adrogué y a su familia, las mejoras y el ensanche lo convirtieron en un hotel confortable en el que los aires umbrosos de los jardines en torno constituían su mayor lujo. Violeta viviría allí un baile de carnaval muy diferente al de Venecia.

Acudieron los primos en tropel, junto con vecinos y amigos de los Ramírez Aldao. Todos esperaban encontrarse con la parte de la sociedad que no veraneaba en la villa, sino que viajaba en tren para gozar de la fiesta y regresar después a Buenos Aires, en el convoy de las dos de la madrugada. La distancia no era mucha.

Martita y Violeta iban envueltas en chales de seda porque en las noches refrescaba. Esa brisa agradable había sido la razón del nombre "La Delicia".

—¿Sabías que Sarmiento venía a este hotel cuando era presidente?

—No lo sabía —se admiró Violeta—. Tengo que decírselo a Elizabeth, le encantará.

—Quizá venga ella también, aquí se dan cita muchas familias ilustres.

Tomadas del brazo, las muchachas rodearon la fuente cercada de frondosa vegetación, para atravesar la galería de las columnas. Ya se habían dispuesto mesas de largos manteles para tomar el fresco a la hora de los postres. Desde adentro, los sones de la orquesta invitaban al encuentro. Doña Josefina estaba exultante.

—¡Dicen que vino Pellegrini! —exclamó después de intercambiar palabras con una amiga.

Aquello daba al baile un nivel extraordinario. Aunque no sería la primera vez, dado que Carlos Pellegrini acostumbraba a hospedarse allí con su esposa, el hecho de poder compartir con él una fiesta otorgaba una categoría especial. Era el hombre que acababa de fundar el Jockey Club de Buenos Aires, un sitio de prestigio comparable a los de Londres y París. El club funcionaba en los altos de la confitería El Águila, aunque estaba entre los planes de su fundador darle un edificio acorde a su pretensión de reunir a toda la burguesía culta y progresista de la ciudad. Violeta sabía que Julián y Francisco solían encontrarse allí, y que Brunilda había asistido al baile de inauguración junto con otras esposas e hijas de los socios. "Espero que hagan una invitación mientras estés aquí, para que lo conozcas", le había dicho Brunilda. "Las mujeres no van al club, a menos que las inviten en ocasiones."

Violeta se empinó sobre sus zapatitos de raso para ver mejor.

—¿Dónde está Pellegrini?

Martita no tenía mejor oportunidad de avistarlo, pues al ser baja y redondeada, su cuerpo solía perderse en la multitud. La troupe se distribuyó en diferentes mesas. A Violeta le tocó compartir la de Josefina, con Martita y otras damas que ocupaban un ala. Enfrente fueron a parar don Sinforoso y Benji, junto a Mariano Ayerza y otros caballeros.

Habría cotillón.

—Por suerte, hemos traído serpentinas y escarapelas —susurró Martita.

A los postres, la concurrencia juvenil se dividió en sectores, para que el animador del cotillón repartiese los objetos escogidos y armase las cuadrillas. Para sorpresa de Violeta, el propio Pellegrini formó parte de la contradanza.

Era un hombre imponente. Su fortaleza no era sólo física, sino que trasuntaba un espíritu a prueba de todo. Alto y elegante, llevaba con garbo enormes bigotes que le conferían fiereza, aunque en sus ojos sonreía el galante caballero, dispuesto a coquetear. Martita se ruborizó entera cuando le tocó intercambiar cintas con él. Y en un giro del baile, Violeta se lo encontró de frente. El hombre le sonrió, divertido, y siguió las órdenes del bastonero rumbo a otra pareja. Desde las sillas, su esposa, Carolina Lagos, observaba todo con complacencia. Los que la conocían la consideraban una santa, mujer abnegada que sabía vivir a la sombra de un esposo que atraía todas las miradas, en especial las femeninas.

Estallaron los aplausos al final del último cuadro y los grupos danzantes, acalorados y eufóricos, comenzaron a dispersarse en todas direcciones. De la multitud surgió un joven apuesto y sonriente que se dirigió a Violeta.

—¡Ven! —exclamó con apremio—. Ven, que te lo presento.

Era Joaquín Carranza, a quien ella no había visto entre los invitados. Y la prisa era para que conociese en persona a Carlos Pellegrini, que ya volvía a su sitio en la mesa con su esposa.

—El "gringo" ama el periodismo —le decía Joaquín mientras la arrastraba por la pista, desierta ya—. Cuéntale de tus ambiciones.

Violeta se encontró de pronto junto al hombre que minutos atrás bailaba como el mejor de los jóvenes, y que al verla se puso de pie de inmediato.

—Señorita, es un placer.

—Es usted un gran bailarín, doctor.

—Me lo han dicho, pero soy más bien un audaz —refutó él con picardía—. Aquí me dice el doctor Carranza que practica el periodismo de opinión.

A Violeta le faltó el piso al escuchar eso, pues ella apenas llamaba "notas" a su trabajo, y las hacía más que nada con criterio de observador naturalista. A su lado, Joaquín contemplaba su hazaña, satisfecho.

—Creo que en esto soy tan audaz como usted, doctor —respondió ella, y Pellegrini soltó una sonora carcajada al escucharla.

Carolina Lagos, que se hallaba departiendo con una amiga, puso atención al ver a su esposo interesado en tan hermosa joven. Dios sabía que su vida no era fácil, atenta siempre a los peligros de la seducción.

—Mira, querida, esta niña pretende escribir en un diario, y a fe mía que lo logrará. ¿Cuáles son sus temas preferidos, señorita Garmendia? —pues ya sabía el nombre de Violeta por medio de Joaquín.

Violeta se escuchó decir:

—Las aves. Pero últimamente me dedico a observar la conducta de las mujeres que, si lo pienso, se parece en mucho a la de las aves.

—¿Cómo es eso? —intervino Carolina, sorprendida.

—Hacen su nido para recibir a los pichones y en eso reside toda su vida, pero también juzgan al compañero para saber si es capaz de sustentarlo. Y si no, lo rechazan.

Hubo un silencio y luego un murmullo que fue creciendo hasta transformarse en risas.

—No, no, un momento, esta dama está diciendo algo muy cierto. Percibo que usted se fía más de la naturaleza que de los humanos, señorita Garmendia.

La intervención de Pellegrini le dio alas para seguir.

—Es que me criaron en medio de la naturaleza, doctor, y lo que sé lo aprendí de ella.

El doctor se volvió hacia Joaquín y los demás comensales, y sentenció con firmeza:

—Sabias palabras en boca de una joven de nuestro tiempo. Ojalá todos tuviesen tanto tino para responder. Es un placer conocerla, señorita Garmendia, no dude en acercarse para mostrarme sus papeles. Aunque mis temas favoritos son la política y la economía, sobre todo, presumo que observando la naturaleza quizá aprendería más de todo eso.

Se inclinó con galantería exquisita ante ella, y Joaquín la acompañó hasta su mesa.

—Le has gustado —le dijo, orgulloso—. No sólo como mujer, le ha gustado tu pensamiento.

—¿Y eso es bueno para mí?

—Pequeña Violeta, no te imaginas cuánto. ¡El doctor no habla, manda!

Él también se inclinó y le besó la mano antes de despedirse. Era uno de los que volverían a Buenos Aires en el tren de la madrugada, así que debía prepararse, pero estaba dispuesto a continuar el trato con aquella belleza en lo sucesivo.

—¡El vicepresidente te habló! ¿Qué te dijo? —la abrumó Martita cuando quedaron a solas.

—Parece que también le interesan las aves —fue la respuesta de Violeta, que dejó a su amiga consternada.

❧

El tren inaugural de la temporada, que había prometido Dardo Rocha tres años antes, arribaba a la Terminal del Norte con gran expectativa de todos. Cuando el humo de la locomotora se dejó ver en la vasta llanura, silbidos y gritos de ansiedad poblaron el terraplén. Hubo pañuelos en el aire de la mañana, sombreros al viento y aplausos. El poblado entero se había dado cita para presenciar el primer desembarco de pasajeros. La "locomotiva", como le decían, venía sopleteando por los ollares como un caballo en el desierto, rugiendo y abriéndose paso entre los cardos. La multitud tomó prudente distancia a medida que se acercaba, pues aunque no era el primer tren que se conocía, causaba impresión el estallido de humo y llamas. Algunos hasta se persignaron.

Manu había acudido, al igual que otros trabajadores, para ponerse al servicio de los que llegaban. Vio al maquinista asomarse y medir la distancia que lo separaba de la gente, para asegurarse de que no hubiese accidentes. Siempre había algún desaforado. También M. Stuart, jefe de la estación, presenciaba el arribo secundado por el personal uniformado con guantes blancos. Adentro de los vagones reinaba idéntico entusiasmo.

—Quién hubiera dicho que en estas costas desoladas podría haber un rincón tan grato a la vista. Esas serranías que se pierden en el mar… una delicia.

El que hablaba era un hombre de aguda mirada y acento francés. Paul Groussac encomiaba así la belleza indómita del paisaje que se abría ante sus ojos al dejar atrás la monótona llanura.

—Esos tonos ricos y variados —seguía diciendo con fervor— en nada recuerdan al desierto inmóvil. Y conste que he vivido allá también.

El francés, como buen europeo, buscaba con obstinación puntos de referencia en el paisaje chato de la pampa. A pesar de conocer bastante el país, no acababa de digerir la inmensidad sin límite. Y dicho por él, que solía ser crítico de todo, casi lapidario, el elogio tenía mucho peso. El asombro de los viajeros creció cuando comprobaron que desde tres hoteles habían enviado diez o quince carruajes que los llevarían desde la estación hacia la costa.

—¿Y bien, dónde está la playa? —tronó Pellegrini apenas puso el pie en el andén.

A Manu le cayó bien ese hombre fornido de bigote brioso y maneras llanas. Lejos estaba de imaginar que se trataba del vicepresidente de la República. Recién cuando se ocupó de sus baúles para clasificarlos entre los que irían al Grand Hotel, descubrió la identidad del pasajero. Aturdido y orgulloso, lo escoltó por la ancha avenida central, despojada de árboles y salpicada de casitas de piedra y ladrillo, fábricas, talleres, negocios y alguna quinta sembrada de frutales, álamos y eucaliptos. Esto arrancó una nueva exclamación al francés, que asomó su frente amplia por la ventanilla:

—Está visto que cuando haya quien plante y cuide los árboles no faltarán parques ni jardines tampoco. ¡Incluso hasta llegar a la playa!

El viento hacía de las suyas al apearse los pasajeros a las puertas del hotel. Ninguno objetó la sencillez del mobiliario ni se mostró desencantado ante el robusto estilo, que contrastaba con la elegancia de las ropas de los recién llegados.

Entre la arena y la loma, el hotel de Luro ocupaba toda una manzana circundada por un tapial. De pie en la acera de tosca del portal, Lucrecia los recibió con gran aparatosidad, haciendo gala de su papel de asistente. Dirigió la asignación de habitaciones y dispuso que hubiese a todas horas un mozo de servicio en la galería, por si los pasajeros necesitaban algo. Estaba orgullosa de su tarea. Doña Juana la vigilaba de cerca, pues le parecía impropio que se exigiese tanto, sobre todo si pensaba encargar de nuevo, pero ella había conseguido convencerla de que se encontraba bien y que más melancólica se sentiría en el arenal de su casa que allí, donde ocurrían tantos sucesos.

Esa noche hubo una cena especial, ofrecida en honor de los ilustres visitantes. La algarabía reflejaba el buen humor de los "locos de la arena", como los habían llamado en Buenos Aires al saber que se expondrían al crudo clima de la costa atlántica.

El vicepresidente ocupó una esquina privilegiada junto a la ventana que daba al mar, muy cerca de un piano que aguardaba las manos de una doncella para animar la velada. Las voces colmaban ese cuarto de paredes encaladas y modestas sillas. Todo el lujo del hotel eran la brisa marina y aquel ventanal abierto al infinito, lujo que compartían con euforia otros dos hombres en la mesa de Pellegrini: Roque Sáenz Peña, que venía de participar en una guerra ajena que le costó muchas críticas entre sus compatriotas, y Miguel Cané, su amigo y camarada de la pluma y de los viajes. El "muchacho Roque", como le decían para diferenciarlo de su padre, formaba parte de la troupe que redactaba la revista *Sud-América*, junto a Groussac y Lucio López. Y Cané ya era conocido por sus colaboraciones en periódicos y su obra literaria. Se los veía contentos, estaban a gusto junto a esos otros miembros del autonomismo, en especial de la facción que seguía a Pellegrini. La juventud no impedía en ellos el aire mundano y cosmopolita de quien ha aprendido en corto tiempo lo que a otros lleva añares. Se divertían, y aunque contrastaba el aire desgarbado de uno con la malicia chispeante del otro, formaban un dúo armonioso.

—Habrás cenado caviar en otros hoteles —bromeó Roque al ver cómo Miguel trinchaba la carne con vivo apetito.

—Sí, pero en ninguno contemplaba una espalda tan bella al mismo tiempo —contestó el aludido señalando la silueta de la niña que se dirigía hacia el piano.

Los invitados escucharon atentos las piezas que con brío ejecutó la intérprete voluntaria, y al aplauso siguió un brindis que el propio vicepresidente se ocupó de sellar con su entusiasmo característico.

—Por esta magnífica ciudad en ciernes, que nos ofrece la paz de la pampa con la turbulencia del mar. A partir de mañana, iremos a explorar, pero hoy… la noche nos espera. ¿Quién viene a recorrer conmigo los alrededores del hotel?

Varios vocearon sus propuestas, y Santiago, el hijo de Luro que había acompañado a los pasajeros en el tren desde Buenos Aires, levantó su copa en tácita aceptación de la primera aventura.

Salieron en tropel, como niños traviesos, y a la escasa luz de las farolas doblaron la esquina. Avanzaban en fila india, hombres y mujeres sonrientes y admirados de cuanto veían.

—Hace frío —susurró una señora a su marido mientras pisaba la última tosca para meterse de lleno en la oscuridad—, aunque es un frío sano. ¿Lo notaste, querido?

El hombre asentía, un poco incómodo con su vestimenta en medio de la tierra. La luz del interior del edificio apenas iluminaba ese corredor demarcado por ladrillos de canto.

Atrás, el mar ocupaba toda la noche. Adelante, el campo se adivinaba en las tinieblas.

Poco a poco, las conversaciones se hicieron murmullos, y los paseantes cayeron en ese temor reverencial que provoca la naturaleza cuando demuestra su poderío. La caravana dio la vuelta completa, envuelta en luciérnagas y bajo la concavidad estrellada.

Manu permaneció un rato más, a la espera de alguna indicación de sus patrones. Don Jacinto se dedicaba a comentar con José Luro el proyecto de un nuevo alojamiento más amplio y de mayor categoría que el Grand Hotel. Al ver que no lo precisaban, Manu emprendió el regreso hasta su casa más allá de la loma, bien lejos del poblado.

Cabalgó siguiendo senderos que sólo él conocía, y pensando en su vida pasada.

El sufrimiento en la frontera había tenido visos de penitencia, y como tal lo había aceptado. Matar a un hombre, aunque fuera en lucha justificada, hizo mella en su espíritu. Deambuló por mucho tiempo sin saber dónde recalar, hasta que el destino lo enfrentó a una partida que iba rumbo a los dominios de Namuncurá. Era del regimiento de infantería al mando del coronel Nicolás Levalle, que había sido designado comandante en la frontera Sud. Aquél fue el hombre que salvó a Manu de la desesperación, el que supo ver en el joven fugitivo el temple del guerrero, el que confió en su pericia con las armas, premió su fidelidad y apreció su silencio. Nadie conoció a Manu como Levalle, ni siquiera su propio padre. Recordar el ejemplo de su superior, su gallardía y el arrojo en las batallas provocó lágrimas traidoras en los ojos del correntino. Se las enjugó con rabia. Si había abandonado al coronel era porque temía que lo capturaran al regresar a Buenos Aires. Poco y nada entendía Manu de los avatares políticos, pero no bien supo del levantamiento que exigió la presencia de Levalle en el puente de Barracas pensó en desertar. De no haber mediado el sargento con su propuesta, quizá lo habría hecho de todos modos. Algo debía de maliciarse su superior cuando lo visitó en el campamento con la excusa de pedirle un cigarro "de los de Goya", según le dijo, y así, como al acaso, le habló del destino de un hombre y de las vueltas de la vida. Manu lo tomó como un consejo y una advertencia. Partió llevándose sólo la manta india que lo abrigaba por las noches. Nunca más vio al coronel, pero su recuerdo se erguía nítido en su mente, como si lo estuviese viendo.

Iba enredado en esos pensamientos cuando Duende saltó de la grupa de Matrero y comenzó a ladrar frenético en dirección a la orilla. En la oscuridad, el mar era una mancha tenebrosa. Aguzando la mirada, Manu descubrió la figura de un hombre sentado sobre la arena, de cara al océano. Su cuerpo fornido vestía chaqueta militar hecha jirones, calzoncillos y chiripá. Iba descalzo. Él había vivido en la frontera tiempo suficiente como para notar que se trataba de un indio. A pesar de que continuaba clavando sus ojos en la lejanía borrosa, sin duda el hombre había advertido su presencia desde mucho antes. Duende descendió del promontorio brincando sobre el musgo de los peñones y olisqueó al intruso. Su piel debía de oler a grasa de potro. Manu desmontó y se acercó en silencio. Al ver que el indio no daba señales de inquietud se sentó cerca, con las piernas cruzadas también. Así permanecieron un buen rato, mecidos sus pensamientos por el ruido de las olas que se entrechocaban y deshacían en espuma.

Hasta que la voz del indio emergió, grave y cascada:

—*Aiviñ inalco.*

Ante la mudez de Manu, agregó:

—Agua plateada, tierra de nosotros. Venir por yeguas y lobos antes, cuando ser los dueños de todo. Ahora, seguir al río de los puelches —y la mano señaló con vaguedad hacia el sur.

Manu comprendió que el indio había ido a despedirse de aquella región que habría recorrido en otro tiempo con su tribu, cuando sólo la habitaban ñandúes y guanacos. Se iría rumbo al desierto que quedaba al sur del río Colorado. Él conocía los últimos refugios del salvaje, pues había llegado hasta Carhué a las órdenes de Levalle. Y sabía también que ya no habría un malón que estremeciese la tierra con el retumbar de los cascos y los alaridos pampas. Apenas un grito agónico de tanto en tanto.

Lo invadió una extraña afinidad con el desconocido. Insólito, tomando en cuenta que había matado indios mientras combatía en los fortines. En aquella soledad, sin embargo, al lado de ese hombre que rumiaba recuerdos frente al mar, Manu tuvo tal sentimiento de simpatía que su cuerpo vibró entero. Duende advirtió el cambio y ladró, asustado. Entonces, el indio volvió la cabeza para contemplar al perrito y una sonrisa resquebrajó su rostro curtido.

—Lindo —fue todo lo que dijo.

Se puso de pie y emprendió el regreso hacia el escarpado peñón que anticipaba la planicie.

Quién podía saber cuánto caminaría hasta encontrar a su gente. Su raza se destacaba por la resistencia, aunque contaban con caballos desde los tiempos de la conquista española.

Manu lo miró hasta que el último peñasco se tragó su figura y sólo quedaron las estrellas.

—Adiós —gritó, y su voz la capturó el viento.

De algún modo, supo que el indio lo había oído.

El encuentro le dejó un sabor amargo. Las palabras de su suegra volvieron a su mente: *al final, te casas con un indio*. Eran un reproche para la hija, y un insulto dirigido a él.

Un indio. ¿Sería por la sangre que se había sentido en comunión con aquel pampa que se despedía del mar?

Al llegar al rancho, Manu quiso contar a su esposa lo ocurrido. El asunto de su origen nunca había sido tema de conversación entre ellos. En realidad casi no hablaban salvo lo indispensable, o para reprocharse algún descuido. Lucrecia no lo miraba con arrobamiento como al principio, ni se le acercaba en las noches para tentarlo con su piel tibia, y aunque él le agradecía esa distancia, también lo intrigaba la actitud.

—Hoy vi a un indio en la orilla —le dijo sin preámbulos, como acostumbraba a hacer.

Lucrecia doblaba con minuciosidad el uniforme que usaría al día siguiente. Hacía de cada gesto una ceremonia. No respondió.

—Me parece que es un serrano de los que bajaban antes.

—¿Qué estupidez dices? —estalló de pronto la joven, con los brazos en jarras—. Ya no quedan indios. Habrás visto visiones.

—No, era un indio, los conozco bien.

Lucrecia le echó un vistazo torcido antes de decir con calculada ironía:

—Será porque son tus parientes.

Manu la miró sorprendido.

—¿Lo sabías?

Ella se quedó de una pieza.

—¡Qué! ¿Lo admites? ¿Tienes sangre de indio? ¡Nunca lo dijiste!

—No estaba seguro. ¿Quién te lo dijo?

Lucrecia soltó la ropa y pateó el suelo como una niña.

—¡Estoy harta! —bramó— ¡No puedo creer que seas tan… obtuso! ¿Cómo voy a saberlo yo, si ni siquiera lo sabes tú? ¿Qué clase de hombre eres que no sabe de dónde viene?

Manu apretó los dientes.

—Vengo del Iberá. Y mi padre es Rete Iriarte.

—Sí, sí, la misma cantinela de siempre. Tu padre, y esa laguna que Dios sabrá dónde queda. Con que no sea otro de tus delirios…

Ella volvió a doblar el uniforme. Manu se quedó viendo esas manos rosadas que con tanto amor lo habían acariciado, provocándole placer a pesar de su resistencia inicial, y sintió tal desolación que las palabras brotaron de sus labios sin control:

—Estás enojada conmigo por lo del bebé. Ya pasó eso, Lucrecia, Dios y la Virgen lo quisieron.

Lucrecia se enderezó como lanceada por una chuza. Se volvió con la cara congestionada de rabia, y le escupió:

—Dios y la Virgen quisieron castigar mi pecado con un esposo que sólo sirve para arrear vacas y levantar postes como si fuese un gigante sin cerebro. Dios y la Virgen me condenaron a no tener hijos, ni marido que valga un rábano. Por mi vida que jamás pisaré una iglesia —y besó los dedos en cruz para reforzar lo dicho.

Manu estaba horrorizado. Le parecía que el demonio hablaba por boca de su esposa, y por primera vez vio en ella una maldad que nunca antes se le había revelado. Apretó los puños y salió al sereno para calmarse. De nada valía que contestase esas injurias, la relación con Lucrecia estaba rota. Y su corazón también.

En los días que siguieron, los viajeros fueron incansables en su exploración del sitio. Carlos Pellegrini era el guía de todas las excursiones, su alta figura y su carácter llano obraban cual un faro en el espíritu de todos. Por las mañanas, caminaban por la orilla hasta la gruta Egaña, en la que reverberaban los gritos de admiración ante la fosforescencia de las conchillas; después del almuerzo solían remontar barriletes en la arena, riendo ante los destrozos del viento marino; trepaban sobre las rocas de los acantilados, las señoras sujetando sus velos, y los hombres ofreciendo su brazo con gentil atención. Eran días de sencilla alegría. Por las noches, se jugaba al gallito ciego en una gran ronda, hombres y mujeres en amistoso grupo, y después de la cena, si el viento lo permitía, se daba la consabida vuelta al Grand Hotel, en un camino ya marcado por el continuo paso de los porteños. Pocos se animaron al baño de mar. Los primeros bañistas habían sido los mismos habitantes de la zona, muchos de ellos pescadores que, sin conocer las bondades terapéuticas del agua marina, se atrevían a desafiar las olas fuera de su barco. En Buenos Aires se hablaba de las propiedades benéficas del mar, pues las familias que viajaban por Europa las habían conocido en Trouville, Biarritz o Brighton. Por eso, los más osados quisieron comprobar si el Atlántico tenía allí iguales efectos.

Había diminutas casillas de madera levantadas sobre la arena para que se cambiaran las damas: trocaban los velos por una cofia negra, y se cubrían enteras con una capa que ocultaba el enorme traje de sarga oscura hasta llegar a la orilla. Allí, olvidadas del recato, saltaban en la espuma, ayudadas por el bañero o por sus maridos y hermanos. Formaban un conjunto despreocupado y feliz.

Manu acudía a vigilar esos efluvios por orden de doña Cecilia, pues su destreza en el agua era por todos conocida. Las más jóvenes fingían desmayos para captar su atención, y las señoras le confiaban sus hijos pequeños. Esos ratos apacibles mitigaron en algo su tristeza, aunque también lo mantuvieron alejado de la casa más horas de lo habitual. Lucrecia se mantenía en una actitud fría y distante después de aquel enfrentamiento.

—Manuel —le dijo un día doña Cecilia al verlo ensimismado—. Como diría mi padre, estás en el mejor de los mundos. ¿Ocurre algo?

Manu se sobresaltó. Había estado pensando en sus orígenes. Él fue criado entre guaraníes, y si su madre había sido una de ellos, nadie lo supo o no quisieron decírselo. La idea de haber sido engendrado por una india ocupaba su mente y lo distraía de los quehaceres diarios.

—Nada, señora.

—Puedes confiarme lo que sea. Estoy enterada de la pérdida del bebé y lo lamento, pero le dije a tu esposa que son jóvenes y Dios les enviará otro hijo que llegará a ver la luz.

Manu no estaba seguro de querer eso, aunque no lo dijo.

—Así será, señora.

—Dentro de poco, toda esta gente volverá a Buenos Aires, y llevarán noticias de Mar del Plata. Esperamos que atraigan a más turistas el próximo verano. A juzgar por el entusiasmo del vicepresidente, la temporada ha sido un éxito. ¿Sabes, Manuel? No sé si mi padre tenía esto en mente cuando fundó Mar del Plata. A fe mía que pensaba en un puerto comercial de importancia, quizá el mayor de toda Sudamérica, pero la decadencia del saladero lo cambió todo. Don Pedro supo entender ese cambio mejor que mi padre, que es un hombre de sueños elevados.

—Don Pedro compró el saladero.

—Sí, lo sacó del pozo, podría decirse, aunque puso la mira en otra cosa. Los tiempos cambian más rápido de lo que podemos asimilar, Manuel, y ahora es el momento de satisfacer el ánimo cosmopolita de los porteños. Ellos ambicionan un balneario como los de Europa, y los hijos de Luro se lo van a dar. Mis hermanos Jacinto y Eduardo se han comprometido con Pedro y José Luro para terminar el nuevo hotel y embellecer la costa de arena. Lástima que el pobre de don Pedro no verá eso, y quizá tampoco mi padre —suspiró.

Manu se volvió consternado hacia ella.

—¿No lo verán?

—La vida es cruel a veces. En estos días, doña Juana se embarcará con su esposo hacia Europa para tratar la salud quebrantada de don Pedro. Dicen que en Francia están los mejores médicos. Y mi padre está agotado, cansado también de la lucha. Estos dimes y diretes con las autoridades de Balcarce, que disputaban la autonomía de Mar del Plata, lo han agobiado mucho. Pero es natural que los jóvenes tomen la antorcha del progreso. Mis hermanos lo hacen con gusto y yo los apoyo, aunque debo acompañar a mi padre también. Te digo esto, Manuel, porque quizá regrese a Buenos Aires en este tiempo. Sé que te prometí más de lo que pude ofrecerte, sin embargo confío en que las cosas que has aprendido, y esta ciudad, te brinden la oportunidad de progresar. Tienes muchas cualidades, Manuel, no debes desperdiciarlas. Está bien que uses tu fuerza en las tareas rurales, pero eres inteligente y hay otras actividades que puedes desempeñar bien.

Doña Cecilia, por delicadeza, había aludido a la enfermedad de Pedro Luro sin referirse al delirio que lo aquejaba desde hacía un tiempo. Manu notaba que el hombre enérgico que lo había contratado parecía divagar, llevado quién sabía por qué ímpetus desconocidos. Quizá tanto esfuerzo hubiera deteriorado su mente. Manu caviló sobre eso. Recordaba que el vasco se empeñaba en agasajar a sus invitados como si estuviese viviendo en un palacio, y sus criados llevaban librea y peluca. Por fortuna, a él no le había tocado desempeñar ese rol.

Después de asimilar la noticia de que los dos hombres que él había conocido a su llegada muy pronto no estarían allí, las palabras serenas de Cecilia Peralta Ramos fueron cayendo como gotas de almíbar en la conciencia de Manu. ¿Inteligente él? ¡Si su propio padre lo marginaba de sus asuntos por lerdo! ¡Si se habían reído en Buenos Aires al punto de hacerlo caer en una trampa! Sólo Violeta podía apreciarlo. Y el coronel. Y ahora doña Cecilia, poco menos que una santa.

—Mucho no me ando, señora. Tengo la mollera dura.

Doña Cecilia soltó una risa leve.

—No me refiero a la velocidad del pensamiento. Hay otros tipos de inteligencia. Mis hermanos son hábiles para los negocios y los números, y poseen un espíritu de lucha heredado de mi padre. Él me habló de ti, ¿sabes? —y ante la sorpresa de Manu, prosiguió con dulzura—. Me dijo que veía una bondad natural y un valor del que va quedando poco en esta época vertiginosa. A pesar de no tratarte mucho, mi padre, que es un hombre espiritual, captó tu esencia, Manuel. Lucrecia es afortunada de tenerte como esposo.

Manu apretó los dientes y al final respondió:

—Ella también es buena.

—Sí.

La brevedad de la respuesta de doña Cecilia fue llamativa. La hija de don Patricio poseía una serenidad que a Manu le parecía de origen divino, y todo cuanto salía de sus labios adquiría la virtud de una premonición. Por eso, el "sí" a secas le resultó curioso, y quedó repiqueteando en su mente un tiempo.

—Hoy habrá un almuerzo al aire libre, frente al hotel. Pondrán manteles y el servicio, porque es la despedida de la temporada. Dile a Lucrecia que la necesitaremos para entonces. Supongo que estará descansando en la casa, pues esta mañana no la he visto.

Manu tampoco la había visto al salir, y supuso que ella habría subido al carruaje de doña Juana, aunque ahora que doña Cecilia le sembraba la duda decidió volver y cerciorarse. Se sentía responsable de Lucrecia, a pesar de su mal carácter y de la distancia que mediaba entre ellos.

La encontró preparándose para partir.

—¿Dónde estabas? Doña Cecilia te busca.

La joven lo miró fastidiada.

—Doña Cecilia de aquí, doña Cecilia de allá. Qué se cree… Yo trabajo para doña Juana, no para ella. Eso de mandarme llamar para sus asuntos personales no me gusta.

—No fuiste al hotel.

—Porque tuve que hacer otras cosas. Ahora iba a ir, me pasan a buscar.

—¿Quién? ¿Los Luro? ¡Si ya están allá! Yo te llevo con Matrero.

—Lo que me faltaba, llegar deslomada al galope. No, yo voy en carruaje, porque ahora soy la asistente del hotel, no una criada cualquiera.

Lucrecia se ajustó el lazo y retocó sus cabellos, que había levantado en un peinado más distinguido que el del común de las mozas, y se encaminó hacia la bajada del médano.

—Te esperan para el almuerzo de los viajeros.

Ella se detuvo, indecisa.

—¿Para atender al vicepresidente?

Meditó unos momentos, y al cabo dijo, resuelta:

—Entonces llévame, Manuel, o no llegaré a tiempo.

Manu ignoraba de qué otro modo bajaría ella al pueblo, pero no comentó nada y la ayudó a montar sobre Matrero, que caracoleó un poco al sentir el peso de Lucrecia.

—Maldito animal —murmuró ella, disgustada—. Y este perro, ¿tiene que venir conmigo a cuestas? ¿Por qué no trota, como otros?

Manu obligó a Duende a seguirlos de a pie, y emprendieron el descenso bajo el sol abrasador de media mañana. Lucrecia le rodeó la cintura con sus brazos, y él se sorprendió de la repugnancia que ese gesto le produjo.

Un rato después, de la parte trasera del rancho se desprendió la figura de un hombre que se perdió entre los matorrales de currumamuil.

❧

Violeta se encontró envuelta en una intensa vida social promovida por sus amigos en gran parte, aunque impulsada también por el espíritu porteño, que no dormía ni siquiera en las noches. Se sentía más tranquila debido a que Rosa Garmendia había conseguido de Rete el permiso para visitarla en la ciudad. ¡Una madre no podía esperar tanto para abrazar a su hija llegada de Europa! Los Zaldívar la habían recibido en su casa con el mismo amor que prodigaban a Violeta. Rosa, con su natural sereno, conquistó el corazón de Brunilda.

Desde que la esposa de Julián se había hecho cargo de su guardarropa, Violeta contaba con atuendos originales que no se veían en ninguna vitrina a la moda de la calle Florida.

Los cuerpos femeninos habían cambiado, las mujeres ya no amaban enfundarse en bolsas de tela, por suntuosas que fuesen; preferían los diseños de Worth y los colores que se tenían por discretos: marfil, borravino, gris o plata vieja. Violeta dijo adiós a los vestidos rosados y a las pecheras de encaje.

—Tienes un cutis espléndido —comentó un día Brunilda, a través de los alfileres presos en sus labios— y no sería atinado ocultarlo con puntillas. Un escote sugerente vale más que mil aderezos.

La joven estuvo de acuerdo en todo, ya que mientras menos género usase, más liviana se sentiría. Rosa se maravillaba del cambio operado en su hija. La contemplaba con ternura y admiración. Desde pequeña se destacó por su belleza, y era lógico que resaltara en el ambiente agreste donde se crió. Viéndola rodeada de damas elegantes, en una ciudad sorprendente y manteniendo conversaciones cultivadas con personas desconocidas se daba cuenta del diamante en bruto que moraba en su interior.

—Su hija es toda una beldad —le había comentado una tarde Brunilda, mientras compartían el té en el costurero.

—Me da hasta miedo —le confesó Rosa—, porque no sé si encontrará un hombre que le permita vivir como ella lo hace.

—Hombres así hay, aunque no son comunes. Violeta es inteligente, no se fijará en alguien que no la comprenda.

—Eso le ruego a la Virgen —repuso la madre, con las manos cruzadas sobre el regazo.

La casa de los Zaldívar se había poblado de gente. Rosa viajaba acompañada por Justina, el ama de llaves de El Aguapé, y un mozo de la hacienda, ya que Rete Iriarte no había querido que fueran solas a la gran ciudad; y por Ignacito, el hijo de ambos. Era un niño hermoso que heredaba la dulzura de su madre y sus bellos ojos. Violeta estaba encantada de compartir los días con su hermanito y el pequeño Adolfo. Por las tardes acudían al Paseo de Julio en bandada, escoltados por Justina y el cochero. Tendían mantas sobre el césped, de cara al río, y mientras la joven dibujaba las gaviotas que chillaban en el muelle, los niños desafiaban a Faustino a mantener el barrilete por más tiempo sobre sus cabezas. Esos momentos de apacible diversión eran un remanso comparados con las invitaciones que a diario se amontonaban en la mesa de recibo de los Zaldívar.

El paseo más frecuente era recorrer Palermo en carruaje, un tronco tirado por caballos de pelaje reluciente. Faustino enseñó a Violeta el arte de conducirlo, y eso agregó un toque de audacia a la presencia de la joven en el parque. En aquel sitio donde hacía cinco años los revolucionarios bonaerenses habían disparado sus armas contra el ejército nacional, dejando tres mil cadáveres, los elegantes se paseaban emperifollados, confiados en el futuro a pesar de los rumores y los evidentes desaciertos del gobierno. *Flâner* era la consigna, y a ese indolente "no hacer nada" se dedicaban los porteños con obstinación.

¿Quién hubiese dicho que, por debajo del esplendor de una ciudad que se volvía más mundana cada día, corrían turbulencias capaces de hacer tambalear el palacio encantado?

Benjamín y Martita se habían convertido en acompañantes permanentes de Violeta, y acostumbraban a ir con los Zaldívar al Hipódromo Nacional.

En lo que había sido el alfalfar de Rosas, solían encontrarse hombres de la escena pública del país. Allí vieron al "Zorro", como le decían a Roca, que acababa de entregar el mando a Juárez Celman, y comentaron en voz baja la marcialidad de su porte. Se paraba taconeando, como lo haría en un desfile. Jamás faltaba el flamante vicepresidente Carlos Pellegrini, que amaba los caballos y era miembro de la junta directiva que administraba el hipódromo. Benji estaba encantado de poder farolear. Las carreras eran el delirio y la pasión de los porteños. Rara mezcla de coraje gauchesco y distinción inglesa, el circuito reunía a miles de espectadores y concentraba millonarias apuestas. Violeta contemplaba ese despliegue con su típica curiosidad. Desde la tribuna del palco oficial, bajo la cúpula que los protegía del ardiente sol, observaba con sus pequeños binoculares el tapiz verde por el que desfilaban levitas y miriñaques. Luego, Julián los invitaba a tomar el té en la confitería De la Paix. En el amontonamiento de tranvías y carruajes sobre la avenida Vértiz, continuaba la vida social: presentaciones, saludos y compromisos. La misma vorágine iniciada en Europa, aunque con el matiz ya conocido de Buenos Aires. Violeta se sentía a gusto. Podía disfrutar de su familia, de los amigos, y de las posibilidades que le brindaba una ciudad en ebullición.

Con el tiempo, las situaciones se fueron acomodando. Doña Celina de Bunge encontró una casa discreta para alquilar, y allí se mudó en compañía de una muchacha indígena que había sido repartida junto con otras de su raza después de la última campaña del desierto. Violeta solía visitarla seguido, y siempre alegraba sus horas con relatos pintorescos de sus andanzas. La viuda veía menguar sus fuerzas, y agradecía poder contar con el apoyo de los amigos, ya que se hallaba sola. La sobrina jamás apareció.

Rosa encontró en Brunilda a una amiga y confidente. Ambas mujeres tejieron un vínculo inesperado. Compartían ratos de costura, ya que a Rosa le gustaba bordar, y de animada charla, en especial sobre sus respectivos vástagos. Rosa sabía escuchar, y cuando Brunilda le confiaba sus temores tenía siempre una palabra adecuada a flor de labios. El tema de Adolfito, pese a la seguridad que Julián le transmitía, se había convertido en una obsesión para la joven madre. Rosa podía comprender muy bien esos sentimientos, ya que ella había vivido atemorizada por la suerte de Violeta, temor aumentado por los vaticinios del brujo del Iberá al que había acudido cuando la niña nació. Al final, aquella profecía de dolor se había cumplido con la guerra y la separación, pero gracias a Dios no había significado la pérdida de las personas amadas.

En cuanto a la propia Violeta, llevaba una agitada vida que le impedía reflexionar sobre las cuitas de su corazón. Joaquín Carranza se convirtió en su adalid en esa ciudad bullente, y las jóvenes damas de las familias distinguidas la buscaban por su carácter alegre y porque contaba con el aval de los Zaldívar, muy valorado por todos. Violeta hizo nuevos amigos y olvidó, por un tiempo, su meta de ilustrar libros de ciencia. El día no alcanzaba para todo lo que se le ofrecía.

Una tarde, luego de regresar del río, la joven encontró a Julián leyendo en su salón de biblioteca, minúsculo comparado con el de su padre en la mansión Zaldívar. La claridad del ventanal iluminaba su cabello rubio. Desde el marco de la entrada, parecía un ángel inclinado sobre el libro. Violeta se asomó con sigilo.

Julián levantó la cabeza y fijó la vista en los anaqueles que tenía enfrente.

—Entra —dijo al cabo de un momento.

Ella penetró en la estancia con los ojos agrandados por la sorpresa.

—¿Cómo supiste que estaba aquí? —quiso saber.

—Yo también tengo mis facultades —bromeó él—, aunque algo tuvo que ver éste —y señaló a Huentru, ovillado a sus pies.

Violeta se sentó en un taburete abrazada a sus piernas, dándose tiempo para ir al grano.

El doctor Zaldívar giró en su asiento y la encaró, apoyando los codos en las rodillas, en franco gesto de camaradería.

—A ver, pequeña, intuyo con mis dotes ocultas que vienes a preguntar algo que desde hace mucho te perturba.

—Adivinaste.

—¿Has visto? Soy buen aprendiz de brujo.

—No sé cómo empezar.

—Por el principio.

—Me da miedo la respuesta.

—Querida Violeta, nunca tuviste miedo de nada, ni siquiera durante la guerra.

—Esto es distinto. Mis sueños no me dicen nada.

Julián se recostó sobre el respaldo del sillón, pensativo.

—¿Sigues creyendo en esos sueños mágicos?

—Es inevitable, vienen a mí sin que los llame.

Los ojos celestes, tan fríos cuando la situación lo requería, la envolvieron en un cálido amparo.

—Ha de ser porque no los dejas, entonces. Lo que temes saber te impide soñar.

—¡Es cierto, debe de ser eso! —se maravilló Violeta—. Empiezo a creer que eres brujo también.

Julián soltó una carcajada y luego se puso serio.

—Quieres saber si tengo noticias de Manu.

Ella asintió. Había tal remolino de sentimientos en su mirada añil, que el doctor Zaldívar sintió remordimiento por lo que iba a decirle.

—Pequeña, lo único que sé es que tu amigo recurrió a mi padre, como le sugerí, para que lo pusiese a salvo.

—¿Pero cuándo fue eso?

—Bien, tengo entendido que no lo hizo de entrada, cuando huyó, sino después de un tiempo. Ignoro qué pasó antes, pero Manu visitó a mi padre en El Duraznillo hace tres años, más o menos.

—¡Tres años! Entonces, yo estaba a punto de volver de Europa. Por eso tuve el sueño de la ola gigantesca.

—¿Qué es eso?

—No sé aún, pero por primera vez en mucho tiempo volví a soñar con esa sensación de vivir adentro del sueño. Es difícil de explicar.

—Quizá fue por eso, sí. Violeta, la vida te ha puesto en una encrucijada, y debes tomar una decisión.

La joven escuchaba con los ojos muy abiertos, expectante de las palabras que salían de boca de su mentor.

—A veces suceden cosas —siguió diciendo Julián— que nos parecen injustas porque no conocemos lo que vendrá después. Y nos rebelamos.

—Como te pasó al conocer a Elizabeth.

—Bueno, sí —reconoció él.

Lo había tomado con la guardia baja, no pensaba sacar a relucir ese tema, pero si a Violeta le servía para entender mejor su situación, lo usaría. Haberse enamorado de Elizabeth O'Connor al mismo tiempo que Francisco Balcarce tuvo mucho que ver en sus designios.

—Ya ves, me fui del país por despecho y también porque me sucedieron desgracias muy grandes que no estaba en condiciones de compartir con mi familia.

—El ataque indio.

—Sí. No siempre tomamos las decisiones correctas. Quizá debí permanecer, acompañar a mis padres, que sufrieron durante mi ausencia… no lo sé. De todas maneras, lo ocurrido me puso en el camino de Brunilda, y es el día en que sigo agradeciendo a Dios que la haya reservado para mí. Muchas veces me pregunto qué habría ocurrido de no haberme ido, si hubiese sido yo el mismo hombre al quedarme. ¿Entiendes, Violeta? El destino puede ser el que uno decide también.

La joven permaneció meditando. Apoyó la barbilla sobre las piernas encogidas e hizo sitio a Huentru, que gustaba de cobijarse entre ellas. El sol garabateaba sombras sobre los papeles del escritorio, y un chingolo saltaba en el alféizar de la ventana. Su canto musical llenó el silencio. Al cabo de un rato, Violeta dijo:

—No puedo decidir si los sueños me marcan un camino. Ellos deciden por mí.

—¿Y qué crees que te dice este sueño de la gran ola, entonces?

—Tal vez que algo grande va a suceder, algo que nos envolverá a todos. En ese sueño, yo me ahogaba.

Julián sintió un estremecimiento. A pesar de su actitud racional, ese don de Violeta siempre lo había inquietado. Era cierto que sucedían cosas que ella anticipaba de extrañas maneras. Él pudo comprobarlo cuando su amigo, Adolfo Alexander, quedó involucrado en un crimen que no había cometido. En el presente, él podía justificar aquello, pero si debía ser sincero, en el pasado se había sentido incapaz de saber por qué confiaba en lo que aquella niña le decía. Era su deber protegerla de todo mal, empero, y guiarla hacia donde el futuro le sonriese.

—Volver de Europa te ha dado un brillo que en nuestra sociedad es difícil de emular, Violeta. Habrás notado que todos se disputan tu compañía.

—Sí, es agobiante.

—Bueno, no lo vería de ese modo. Es la oportunidad de hacer una buena elección. ¿Acaso no hay caballeros que te rondan?

Violeta le dirigió una mirada asesina.

—¿Vas a colgarme el cartelito de temporada también?

Julián se quedó con la boca abierta. Se quitó los quevedos y se frotó los ojos, para darse tiempo. A veces, Violeta lo desarmaba de tal modo que le quitaba las respuestas convencionales.

—Debo de parecerte un viejo anticuado —dijo, en son de broma y no tanto.

—Entonces, no finjas que lo eres. Brunilda me explicó lo que se pretende de mí.

—¿Ah, sí?

—Sí, y se lo agradezco. Ella no hace sino aclararme el panorama. Yo tengo otras cosas en vista, sin embargo, mal que le pese a mi padrino.

—Rete no dijo…

—No hace falta que lo diga. Mi padrino ordena con la mirada. Me pregunto si él sabrá por dónde anda su hijo.

Era un tema peliagudo. También Julián se preguntaba por qué Iriarte no consultaba sobre el paradero de Manu, o si lo hacía en secreto para no demostrar debilidad. La relación del padre con su hijo no parecía ser la tradicional. Claro que de esas cosas no hablaban cuando tenían la oportunidad de intercambiar cartas. Todo se relacionaba con negocios o asuntos de familia menos comprometedores, como la llegada de Rosa con su niño.

—En fin, eso no lo sabemos. Lo que quiero decirte, Violeta, es que tendrás oportunidades de oro en estos días, y que tu vida quizá dependa de ellas.

—Oro y plata —repitió ella, como le había dicho a la viuda de Bunge tiempo atrás.

—Oro, plata y amor. No te confundas, pequeña, no te estoy arrojando a un matrimonio interesado. Si no amas al hombre que te corteje, recházalo.

Por fin Violeta escuchaba al verdadero Julián. Por un momento temió que él se hubiese convertido en un hombre como muchos, que buscaban en el matrimonio la solución a sus problemas económicos.

—Nadie me ama tanto todavía —rió.

—Permítame dudarlo.

—Voy a ver si mamá me necesita. Ignacito siempre se embarra cuando vamos al río.

—No dejes de pensar en lo que te dije.

—Lo haré.

—Nos vemos a la hora de la cena.

Esa noche, mucho más tarde, Julián daba vueltas en el dormitorio, mientras Brunilda se cepillaba el recién cortado cabello frente al tocador.

—No estoy seguro de haber obrado bien hoy —dijo, por fin.

Brunilda le echó una mirada a través del espejo.

—Es raro, viniendo de ti —repuso.

—Me refiero a que no fui preciso, oculté parte de la verdad. Le dije a Violeta que nada sabía de la suerte de Manu.

—¿Y no es así?

—Sé más de lo que aparenté. Mi padre lo recibió hace un tiempo y, tal como le pedí, le dio cobijo y luego una carta de recomendación.

—¿Hacia dónde?

Julián se masajeó la nuca mientras continuaba paseando sobre la alfombra.

—A pocas leguas de El Duraznillo se ha levantado un poblado costero en torno a una fábrica de tasajo. Mi padre conoció a un vasco que tenía una estancia en Dolores, y luego se instaló en ese pueblo para continuar con el saladero. Creo que lo mandó allí.

Brunilda se volvió hacia su esposo con el cepillo en la mano.

—¿Y por qué no se lo dijiste a Violeta?

—Me pareció imprudente. Es capaz de salir en su busca, y no es lo adecuado. Le expliqué que tiene oportunidad de elegir entre los solteros más codiciados.

—¡Dios mío, debe de haberte odiado!

Julián miró a su esposa con curiosidad.

—¿Tanto como eso? ¿Acaso no desea formar una familia algún día?

—Querido, sospecho que Violeta no alberga los mismos intereses que cualquier mujer. Ya es más que casadera, y no tuvo compromiso. Eso debe de decir algo. Sin duda, en Europa ha tenido pretendientes.

—Según doña Celina, a montones.

—Y a todos rechazó. Ella sigue otro camino, querido esposo, uno que ni tú ni yo conocemos.

—A veces no entiendo lo que piensan las mujeres.

—Es que no pensamos todas igual.

Julián contempló a su esposa con amor rebosante en sus ojos claros.

—A que sé lo que estás pensando en este momento —y caminó hacia ella con aviesas intenciones.

Brunilda fingió indiferencia.

—Lo dudo mucho.

Sin embargo, cuando las manos del hombre rodearon su cuello y los labios acariciaron su oreja, no pudo evitar estremecerse. Julián hizo caer los hombros de la bata de espumilla con destreza de prestidigitador, y antes de que Brunilda pudiese impedirlo bajó los breteles del camisón y acarició con ternura los senos rosados. Ella quiso recuperar sus prendas, pero él la sorprendió alzándola con rapidez y llevándola a la cama.

—Julián, la lámpara…

—Déjala, quiero verte.

La depositó con cuidado sobre el edredón y levantó la falda de satén para contemplar ese cuerpo delicado que tanto placer le brindaba. Brunilda poseía piernas largas y bien formadas.

—Buenos corvejones.

—¡Julián! —exclamó ella con enojo.

Él rió por lo bajo y la cubrió con su cuerpo. Le alegraba que su esposa estuviese tan a la moda siempre y no usase incómodas prendas interiores que complicaban todo. La acarició con movimientos ascendentes hasta tocar el pubis, y allí demoró sus dedos ágiles, provocando sensaciones exquisitas. Cuando los ojos de Brunilda se nublaron de pasión, se quitó la bata y la penetró con lentitud, disfrutando de su interior cálido y sedoso. Cerró los ojos y rememoró la primera vez, a bordo de un carruaje. Ella era una mujer mancillada entonces, temerosa de caer en manos de un hombre. Con paciencia, Julián logró conquistarla. El amor que se profesaban les había dado nueva vida a ambos. Él pudo renacer de las cenizas, y ella convertirse en una mujer independiente y segura, capaz de entregarse sin reservas. Brunilda le había ofrendado un amor generoso al punto de aceptar que él no podía darle hijos, y de criar como propio al bebé que una amante suya había tenido con otro hombre. Si Violeta encontrase sólo la mitad de un amor como ése podía darse por satisfecha.

Las palabras de Julián retumbaron mucho tiempo en la mente de Violeta. Ella sabía que tanto él como Brunilda albergaban las mejores intenciones, lo mismo que su madre y su padrino. Todos velaban por ella, y habían sacrificado su compañía con tal de brindarle esmerada educación. Violeta no era ingenua, entendía las cuestiones que se movían bajo las relaciones sociales. Y sabía que, aun con toda su voluntad, que era mucha, no alcanzaría a enfrentar la tozudez de Rete Iriarte, ni podría sobrevivir sola en Buenos Aires. Tendría que ser como las maestras de Sarmiento, mujeres con profesión educadas por una sociedad más libertaria. Comenzó a pensar, entonces, en los hombres que la rodeaban. Benji estaba descartado, era apenas un niño grande. Joaquín Carranza se perfilaba como el paladín de sus ambiciones periodísticas, y además era simpático, elegante, educado y gentil. Ya podía escuchar la sentencia de doña Celina: "Un joven encantador". Luego estaba aquel hombre de la cicatriz, al que no había vuelto a ver. ¿Seguiría morando en Buenos Aires? En cierto modo, le recordaba a su padrino. Hombres fuertes y decididos, capaces de todo, aun de lo malo, si ello convenía a sus intereses.

Había también otros: porteños buenos mozos y divertidos, con los que ella amaba departir. Ninguno sobresalía, sin embargo. Sólo Joaquín y Cristóbal tenían identidad para ella.

Se arrodilló a los pies de su cama para orar, como lo había hecho siempre desde niña.

—Madre mía, Virgen santa, envíame uno de los sueños, algo que me diga qué debo hacer.

Huentru saltó sobre la colcha de retazos y movió la cola, aguardando el momento de meterse bajo las cobijas.

—Vamos, bandido —le dijo risueña—. A ver si al final resultas el candidato perfecto.

Dejó abierta la ventana que daba al jardín para que la frescura de la noche entrara al cuarto. El reloj del Cabildo dio las doce cuando sus ojos se cerraron. Añoraba tanto los dulces aromas de su tierra…

Esa misma noche, en el bajo de un hotelucho del centro, Cristóbal intercambiaba información con un hombre embozado en un grueso saco de paño. Llevaba traza de estibador, con sus hombros fornidos y sus bíceps que sobresalían del abrigo. Hablaban en voz baja, pocas palabras y miradas significativas. A nadie llamaban la atención, sin embargo. La mayoría de los que bebían en ese antro tenían el mismo aspecto dudoso.

—Entonces —decía el estibador— queda claro lo que debe hacer.

Cristóbal aparentó indiferencia.

—Me pide mucho para tan poca paga.

—Es lo que me permite el partido. Si quiere más, ofrezca algo interesante.

—¿Le parece poco soliviantar a la gente contra el poder establecido?

El hombre se encogió de hombros.

—Cualquiera con agallas lo puede hacer, están todos descontentos.

—Hay mucha gente buscando trabajo. Podrían echarlos a todos y sanseacabó.

—¡Que lo hagan! —bramó el otro con furia, y acompañó el dicho con un puñetazo sobre la enclenque mesita. Los vasos tintinearon.

A Cristóbal no le importaban los motivos ni las consecuencias, sólo la recompensa y permanecer vigilante de los pasos de la bella sirena que lo había conmovido. Pedro de Alcántara estaba apostado desde hacía tiempo frente a la casa donde vivía, y lo ponía al tanto de sus movimientos.

—En fin, dígame cuándo debo empezar.

—Ahora mismo. Mézclese entre ellos y hable, hable mucho. Demuestre descontento, murmure, lo que sea para sembrar dudas y temores. Diga que los echarán a todos, que se viene la reforma del puerto, y con eso saltarán por el aire. Que contratarán a otros extranjeros por menor paga.

—¿Y eso es cierto?

—Da igual. Tarde o temprano nos joderán la vida.

Cristóbal bebió lo que quedaba de su vaso y meditó lo que haría. La propuesta era simple: generar enjundia contra el gobierno, favorecer las ideas anarquistas de los obreros del puerto y crear un mal clima. Era capaz de eso y mucho más. Sus actividades comerciales solían completarse con encargos de cualquier tipo; era una forma de vida a la que se había acostumbrado en todos los idiomas. Para él no estaba mal ni bien, había que subsistir de algún modo, y el suyo consistía en aprovechar las circunstancias. Se preguntaba si la bella se horrorizaría al saberlo. Ese pensamiento le arrancó una sonrisa que en la oscuridad del tugurio pasó desapercibida al revoltoso.

—Hecho —contestó Cristóbal—. Mañana empiezo.

—Otra cosa. No se precipite. Hay que provocar, pero la acción recién vendrá cuando el presidente se exponga.

—¿Habíamos hablado de actuar contra su persona? No lo recuerdo —comentó con astucia Cristóbal.

—Recibirá el resto cuando atente contra su vida. Ahora no —lo atajó al ver que Cristóbal se ponía en guardia—, sino más adelante, cuando viaje.

—¿Y adónde irá ese hombre tan molesto? —se burló Cristóbal.

—A Mar del Plata. Ahí estará más indefenso.

Al contrario de lo que suponían y temían los porteños cuando se alzaron en armas contra el gobierno nacional para impedir la federalización de Buenos Aires, la ciudad no fue saqueada, sino que floreció como una magnolia. Roca tuvo el tino de elegir a un hombre progresista de la talla de Alvear para la intendencia, y la modernización se puso en marcha a todo vapor. Fue ese esplendor el que encandiló a los extranjeros y atrajo a los provincianos como la luz a las polillas, y esos mismos reflejos iridiscentes disimularon las sombras que se gestaban bajo el progreso.

La noticia de la llegada de la afamada Sarah Bernhardt produjo un revuelo de curiosidad, no sólo por el talento de la actriz, sino por las excentricidades que acompañaban su vida. Se decía que viajaba con un circo de animales, que dormía adentro de un ataúd de palisandro, y que hasta se fotografiaba en él, a menudo con su amigo íntimo de turno. Verdad o no, aquellos rumores crearon gran expectativa la noche que estrenó su obra en el Politeama.

Martita Ramírez Aldao no cabía en sí de emoción.

—Yo quisiera ser artista como ella —decía, mientras giraba con su nuevo vestido frente al espejo del tocador de Violeta—. Usaría esas pieles que se enrollan así —y alzaba la barbilla como si en efecto tuviese una boa alrededor del cuello.

A Violeta también le entusiasmaba la profesión, aunque sospechaba que sería cansador repetir siempre la misma letra, noche tras noche.

—Es una función de gala, dicen que irán las autoridades nacionales.

—¿Qué te parece si te presto esto? —dijo de pronto Violeta, y sacó de su ropero un *foulard* de marta cibelina que le había regalado un admirador en Italia.

—¡Oh!

Martita quedó pasmada. Con reverencia tomó el chal y lo colocó sobre sus hombros, buscando el efecto que deseaba.

—Parezco una *prima donna* —murmuró extasiada.

Violeta no veía la hora de deshacerse de ese molesto presente que había sacrificado la vida de un animal.

—Te lo regalo.

—¿En serio? Violeta, eres tan…

—No importa, a mí no me gustaba mucho.

—Gracias, no lo olvidaré nunca.

Salieron al encuentro del resto y tomaron los carruajes que las conducirían hasta la calle Corrientes, donde ya se concentraba el mundillo artístico.

El Politeama acababa de estrenar *Juan Moreira*, una pantomima de los hermanos Podestá con gran éxito, y la presencia de la actriz internacional prometía ser la consagración del teatro. Los Zaldívar ocuparon un palco abierto sobre el gran proscenio, en medio de la rumorosa concurrencia. Muchos políticos se encontraban allí, y gran parte de la algarabía y confusión provenía del deseo del público de verlos, aplaudirlos o abuchearlos, según el caso. Violeta desplegó sus anteojos de teatro y barrió con ellos la platea en movimiento.

Pudo ver a Pellegrini en primera fila con su esposa, a Sarmiento recién llegado del Tucumán, y a… Cristóbal de Casamayor, acompañado por una mujer de agresiva belleza y dudosa reputación. Ese descubrimiento la paralizó. Era la primera vez que lo veía luego de tanto tiempo, y saber que ya la había olvidado le causó malestar. Un poco perturbada, cerró los binoculares y se conformó con mirar lo que sucedía a su alrededor.

Cuando las luces parpadearon y se acalló el clamor del público, el telón dejó al descubierto la espléndida figura de la dama del teatro. Interpretaba *Fedora*, la obra de Sardou. El magnetismo que irradiaba hizo vibrar a Violeta. Ella nunca había visto semejante actuación. En Europa se disfrutaba de las obras satíricas y en la campaña argentina se gozaba de los sainetes camperos, pero aquella magia que brotaba de una mujer hermosa y distante era por completo diferente. La Bernhardt poseía un timbre de voz cautivante, con inflexiones para nada artificiosas, y se movía como si nadie la estuviese mirando. Martita le clavó el codo en las costillas para decirle:

—¡Usa un chal parecido al mío! ¿De qué color tendrá los ojos?

Violeta volvió a abrir el lente y escudriñó la rara belleza de la actriz. Su cabello rubio oscuro, peinado en aras del personaje, enmarcaba un rostro de carácter y unos ojos azul cobalto. Era hermosa, no con la hermosura de la armonía sino con la magnificencia de los rasgos únicos. Luego, impulsada por algo indefinible, dirigió los binoculares hacia la *partenaire* de Cristóbal. Sonrió al ver que se desmerecía en la comparación. Cristóbal también debía de saberlo. De pronto, sus lentes captaron un guiño, un gesto de complicidad que la sobresaltó. ¡Él la estaba mirando! Guardó los anteojos en la bolsa y no separó la vista de Sarah desde entonces y hasta el final del acto.

A la salida se vieron inmersos en el mismo bullicio que a la entrada. Julián las dejó bajo la protección del vano de una escalera.

—Aguarden aquí, iré por el cochero —les dijo.

Brunilda había disfrutado de la actuación. Aquella mujer que se agrandaba en el escenario le dio muchas ideas de futuros diseños de vestuario, y estaba ansiosa por dibujarlos al llegar a casa. Mientras esperaban y saludaban a los conocidos que se cruzaban en la búsqueda de sus respectivos carruajes, recibieron unos volantes donde se anunciaba la inauguración de un gran hotel en la nueva Biarritz de los argentinos. Violeta tomó uno y leyó en alta voz para Martita:

—*Conozca el verdadero lujo en un sitio de primera categoría. Bristol Hotel lo aguarda en un paraje de inmensurable belleza para ofrecerle el mejor de los cócteles: las bondades del mar junto a la comodidad de sus instalaciones, en Mar del Plata.*

—¿Y eso?

—Es un hotel que acaba de inaugurarse junto al mar. ¿Lo conoces, Brunilda?

—No se habla de otra cosa. Todos dicen que el vicepresidente le dio el visto bueno al balneario, y ahora construyeron un hotel más grande y más lujoso que los que había. Julián desea ir, pero no podré ausentarme esta temporada, tengo muchísimos encargos. Carmina sola no da abasto.

Martita contempló la imagen que ilustraba el volante.

—Es hermoso. Le diré a mamita que nos lleve. ¿Vendrías, Violeta? Anda, sé buena, no sería lo mismo sin tu compañía. Benji es un papanatas.

Ante semejante invitación, Violeta no pudo menos que reír. En cierto modo le intrigaba la postal que tenía en sus manos. Y el recuerdo del ingrato Cristóbal, que tan pronto cambiaba de amores, le dio un súbito impulso de aventura.

—Sí, ¿por qué no? Mi mamá se irá pronto, y antes de regresar me gustaría visitar una playa como ésta. ¿Qué dices, Brunilda?

La esposa de Zaldívar no supo qué responder. La confesión de Julián de la otra noche, referida al destino probable de Manu, tallaba en su mente, y aunque nadie podía asegurar que el fugitivo se encontrase ahí, era una posibilidad. Por otro lado, ella no deseaba colocarse en un bando contrario a los deseos de Violeta.

—Sí, querida —contestó al fin—, parece un buen programa. Veremos si se puede realizar.

A punto de subir al coche que Julián les traía alcanzaron a vislumbrar la sólida figura de Pellegrini saludando a la Bernhardt con efusivo interés. La dama se dejaba adular con el gesto de quien recibe elogios a diario. Nadie supo que, antes de salir del teatro para entrevistarse con las autoridades, la actriz había murmurado a su asistente:

—Parece que a los indios les gustó la obra.

Al regresar a la casa del centro, luego de dejar a Martita en la suya, Violeta se sentía presa de una extraña emoción. Haber visto de nuevo a Cristóbal, vivir la pasión del teatro a través de una mujer dueña de su vida y de su carrera, recibir la sincera invitación de su amiga para conocer un sitio atractivo, todo se amontonaba en su mente. Parecía que Buenos Aires la bombardeaba con lo que tenía para ofrecer. Se refugió en su cuarto, y escuchó cómo Julián y Brunilda conversaban en el vestíbulo, antes de que la puerta de calle se volviese a abrir. Sin duda él saldría otra vez, iría al Club del Progreso o al Jockey Club. Era habitual que la noche se prolongara en esas idas y venidas después de una función o una tertulia.

Violeta tampoco quería dormir. Se descalzó, y con una bata sobre los hombros salió al encuentro de Brunilda. La halló en la cocina preparando una leche tibia.

—¿Quieres? —la invitó aquélla con picardía, al verla de pie en la puerta.

—Con miel, sí.

—¿Has visto a Refucilo?

El gato gris no aparecía, y Brunilda estaba inquieta.

—Si estuviese en mi habitación, ya habríamos escuchado a Huentru —repuso Violeta.

—Eso es lo que me preocupa. Es raro que no venga a buscarme cuando me dispongo a dormir. Lo que más desea es entrar a nuestro cuarto.

—Iré a buscarlo.

—No salgas, Violeta, es muy tarde.

Ya la joven atravesaba la sala y tiraba de la pesada aldaba del portón.

Afuera, las torres de San Francisco se coronaban con el resplandor lunar, y una guía de parpadeantes luces conducía al puerto. La noche estaba tranquila. Violeta miró en ambas direcciones y silbó para atraer la atención del gato, que solía ocultarse entre los yuyos. Por un momento, añoró la libertad que tenía cuando vivían todos juntos en la Punta del Tigre. El rocío nocturno y el aroma de los jazmines en los patios le recordaron esa existencia apacible de la ribera. Se detuvo junto al muro blanqueado y miró al cielo. Estrellas pálidas punteaban la negrura de la noche.

Violeta padecía un conflicto en su corazón. Ella anhelaba amar. Como cualquier mujer, soñaba con caricias y miradas cómplices, adivinaba la dicha que supondría tomarse de la mano, compartir el silencio y apaciguar las ansias. Los ejemplos que la rodeaban, tanto el de los Balcarce como el de los Zaldívar, a pesar de las jocosas críticas que les había dedicado, le confirmaban que aquel amor era posible, que se podía beber en la fuente de un sentimiento profundo sin saciar jamás su sed, y condenarse a permanecer para siempre junto a ese pozo de felicidad. Eran sueños inconfesados, que sólo aparecían en momentos como ése, de soledad absoluta, casi desamparo.

—Aquí estás.

Refucilo se restregó contra sus piernas. Venía de revolcarse en un baldío, a juzgar por su olor.

—Pícaro desobediente, te van a castigar. Hoy dormirás en el patio.

Estaba a punto de entrar con el gato en brazos cuando una sombra se dibujó sobre la tapia vecina. Violeta miró con rapidez, mas no llegó a verla. Fue una aparición que no dejó rastros. "Qué raro", se dijo. Estaba segura de haber visto algo, no una rama ni un murciélago, algo distinto. Entró, por fin, y dejó a Refucilo en el pasillo; él sabría adónde dirigirse.

—¿Lo hallaste?

Brunilda no había querido retirarse sin antes ver que Violeta regresaba.

—Creo que hoy no podrá dormir sobre la manta —le advirtió la joven.

—Bandido. Eso es porque busca gatitas inocentes. Aquí está tu leche, Violeta. Buenas noches.

—Buenas noches, Brunilda.

Violeta se encaminó con el vaso a su cuarto del fondo.

Al final, los machos eran iguales en todas las especies. Salían a cazar hembras descuidadas. Tendría que tener ojo, entonces. Como le había dicho el vicepresidente, seguir observando la naturaleza, la mejor de las maestras.

Pedro de Alcántara estaba tan sorprendido como Violeta. Hacía rato que vigilaba la puerta de los Zaldívar, después de haber visto entrar al carruaje. Descubrir que la sirena volvía a salir le pareció inusitado, y aquella sombra furtiva casi le hizo pensar en un encuentro clandestino. Sin duda ese hombre camuflado bajo un albornoz no estaba destinado a ser el amante de una joven bella y mimada por la sociedad. Debía de estar espiando, o bien era un ladrón que aguardaba su oportunidad. Se preguntó si cabría informar a Cristóbal. El capitán le había dado claras órdenes de no dejar ni a sol ni a sombra a la niña de sus ojos. La quería para él, aunque no tenía reparos en divertirse con otras mientras tanto.

Pedro rumiaba su descontento. ¡Él la había visto primero!

Para sorpresa de Violeta, a la casa de los Zaldívar llegó una invitación personal desde el mismísimo hotel Bristol de Mar del Plata. Lo mismo ocurrió en la mansión Balcarce, y quién sabía en cuántas otras casas de apellido. Se habían cursado más de cien, para que la *haute* conociese las delicias de un veraneo junto al mar.

Martita Ramírez Aldao fue a visitarla en compañía de Benji, para asegurarse de que Violeta aceptase ir con ellos, y se encontró con las noticias. Un poco desilusionada, comentó:

—Entonces irás con los Zaldívar.

—Todavía no han respondido. Brunilda me dijo que tenía mucho trabajo pendiente, aunque ahora que Julián está invitado no lo sé.

—Vayas con quien vayas, allá estaremos juntos —repuso Benji, entusiasta como siempre—. ¡Van todos, Violeta! Será una temporada fantástica. ¡Por fin algo distinto!

—No seas ingrato. Papá hace mucho esfuerzo para mantener la casa de Adrogué, y nunca te has quejado hasta ahora.

—Sí, hermanita, pero un hombre tiene que alternar más. Y este hotel parece ser el sitio indicado para divertirse. Al final, los que viajan a Brighton o a Biarritz vuelven encantados de los aires de mar.

—Nuestras hermanas mayores han ido a Deauville y hablan maravillas.

Violeta imaginó lo que sentiría al sumergirse en ese océano que había cruzado dos veces, y se ilusionó con el viaje. Al mismo tiempo, el recuerdo del inquietante sueño le causó zozobra. Aguardaría la decisión de los Zaldívar, y si optaban por quedarse, podría aceptar el convite de los Ramírez Aldao. Algo en su interior latía cada vez que se mencionaba el mar.

En el dormitorio, los esposos sostenían una conversación parecida, aunque el talante de Julián era de preocupación en lugar de entusiasmo.

—Podemos ir más adelante —intentó Brunilda para no negarse de plano, en vista de los reparos de su marido a permitir el viaje de Violeta.

—Es demasiada coincidencia haberme enterado del destino de Manu y ahora recibir esta invitación. Algo me dice que debemos acompañarla, Brunilda. Me siento responsable de su suerte.

—Quizá si ella viaja con los Ramírez Aldao, y nosotros nos unimos dentro de un tiempo... La temporada es larga. Dicen que el tren sale de Constitución todos los sábados.

Julián barruntaba posibilidades, y al cabo de un momento, cedió:

—Me parece bien. Estará segura con esa familia, y luego viajaremos nosotros para completar el séquito. Veré si los Balcarce van también, eso me mantendría más tranquilo.

Brunilda sonrió al comprobar que su esposo seguía siendo tan protector como cuando lo conoció. Estaba en la naturaleza de Julián Zaldívar hacerse cargo de las personas, actuaba como un caballero andante dispuesto a dar la vida por los demás. Bien lo sabía ella, que había sobrevivido gracias a él.

En cada casa, los preparativos del viaje consumían todas las horas. Se cubrieron los muebles con fundas de brin, se cerraron a cal y canto puertas y ventanas, se armaron baúles, cofres y valijas rebosantes de trajes encargados en París y que bien podían estrenarse en esa ocasión, y por fin se cursaron tarjetas de despedida a las amistades, para asegurarse de que la ausencia fuese por todos conocida.

La noche de la partida, el andén de la estación del Ferrocarril del Sud desbordaba de público. Viajeros y parientes formaban un coro bullicioso. La locomotora escupía bocanadas de humo mientras los guardas se aprestaban a recoger el equipaje de manos de los criados, que constituían un ejército más numeroso que el de sus patrones. A pesar de que la mayor parte de los bultos viajaban en los carros amarillos de la empresa Villalonga, era imprescindible llevar a mano lo suficiente, ya que en Mar del Plata, según se decía, aún no había tantos comercios, y las necesidades de las niñas eran muchas. Institutrices, peinadoras, mucamas, costureras y manicuras se disputaban un sitio con los valets y los cocheros. Cada familia era el centro de una pequeña tertulia, y los abrazos y besos efusivos parecían sugerir que aquel tren nocturno atravesaría la estepa rusa.

—No olvides dar de comer a los gatos —decía una señora entre lagrimones, al despedirse de su hija mayor casada.

—Padre, abríguese por las noches, que el viento marino es nocivo —se escuchaba a otra hija, solícita.

—Queridos, manden aviso cuando estén instalados. A lo mejor, su padre y yo nos animamos, aunque al viejo es difícil sacarlo de la casa.

—¡Felices vacaciones!

—¿Cuándo es el regreso? ¿Cómo, se quedan los tres meses? ¿Y el carnaval, lo pasan allá?

—Cuidado con las comidas.

—¡Miren, están los Olazábal! ¡Eh, Mecha!

Benji parecía un bastonero de fiesta, yendo y viniendo para confirmar que los amigos más divertidos hubiesen aceptado la invitación.

—¡Mamá, estamos todos! —exclamó Martita, gozosa.

Aquella primera gran temporada había convocado a la porteñería al completo.

Violeta tomaba de la mano a Dolfito, que conservaba su grave talante de costumbre. Por un milagro, Brunilda había aceptado que su hijo la acompañase, con la condición de que Julián viajara en el primer tren que surcara el desierto durante la temporada. Había influido bastante en la decisión la partida de Ignacito Iriarte con su mamá, ya que el niño quedaría solo en Buenos Aires. Eso, y el contar con la presencia de Fran y Elizabeth, que en ese momento lidiaban con Cachila, los baúles y sus propios hijos. Desde lejos, Juliana saludaba con ímpetu. Dolfito apenas sonrió.

—Serás bueno —le dijo por cuarta vez su madre, mientras le acomodaba el cuello del saco y aprovechaba para acariciarlo—. Harás lo que digan los mayores, en especial atenderás las órdenes de Misely. ¿Entendiste?

Adolfito acostumbraba llamar a Elizabeth como lo habían hecho desde siempre sus alumnos, "Misely"; y a sabiendas de que el niño confiaba en su maestra, Brunilda acentuaba ese vínculo para tranquilizarse. La madre temía que, una vez allá, el hijo se tentase con locuras de las que sabía muy capaz a Violeta. La joven siempre había sido audaz, si bien no podía reprocharle ningún mal causado.

—Quédate tranquila, mujer —le dijo Julián tomándola de la cintura—, que nuestro hijo ya es lo bastante serio como para que lo agobiemos. Un poco de travesura no le hará daño.

—¡Julián, no alientes desobediencia en él!

—Brunilda, no lo separaré de mi vista, a menos que esté jugando con Francisquito bajo el cuidado de Elizabeth —le aseguró Violeta.

Nuevos abrazos, y ya el tren entraba en formación. Tras la locomotora, el vagón de primera, el coche dormitorio y el vagón de segunda, seguido por los de carga.

La atmósfera era asfixiante, y truenos lejanos acompañaron las últimas efusividades de la despedida. Bajo un cielo electrizado, los viajeros emprendieron la aventura de cruzar el desierto hacia el mar.

La tormenta se desató no bien comenzado el viaje. Por las ventanillas se veía el campo anegado y los relámpagos iluminaban el interior de los vagones, donde los turistas apenas podían mantenerse quietos, tanto era el entusiasmo. Ávidos ante la novedad, iban y venían sin descanso por los pasillos, mientras los vidrios tableteaban a causa del viento que se colaba por las rendijas. Debían saludar a las familias que en la confusión del andén no pudieron encontrar. Los caballeros acudían al vagón donde los mozos del ferrocarril les servían un aperitivo haciendo malabares, mientras que las señoras preferían visitarse en los camarotes, comentando las incomodidades del viaje local.

—Estos andurriales eran intransitables cuando se hacían en diligencia.

—Y con esta lluvia… no quiero ni pensar.

—Por suerte, el vicepresidente viaja también. Él ya estuvo en Mar del Plata, así que nos guiará por lugares seguros.

—¡Quién nos lo hubiera dicho! ¡De la Europa al campo!

—Sí, pero a una estación balnearia. Es el Atlántico, al fin y al cabo, y sus propiedades medicinales serán las mismas aquí que allá.

Violeta miraba la pampa través de los cristales arrasados por la lluvia con una extraña sensación en el pecho. Aquella tormenta monstruosa parecía la cristalización de su sueño veneciano. Había aceptado el viaje guiada por un impulso. Aun a sabiendas de que su madre regresaría a los esteros con Ignacito, ella había preferido quedarse. Esas sensaciones que aparecían de manera misteriosa marcaban su vida contra su voluntad. Trataba de alejar de su mente la imagen de Cristóbal con la dama del teatro, y de olvidarse de la galantería de Joaquín. Debía vivir esas vacaciones a fondo y no pensar en nada ni en nadie.

A medida que la noche avanzaba y la lluvia continuaba azotando los campos, los viajeros fueron agotándose y cabeceando en sus asientos. Los que habían comprado pasaje en coche dormitorio se retiraban, despidiéndose como de una tertulia, y las horas siguientes transcurrieron entre el traqueteo del tren y el retumbar de los truenos.

Adolfito dormía con los niños Balcarce, y Violeta, que compartía el camarote de Josefina Aldao y Martita, comenzó a soñar de nuevo.

Una ola se alzaba ante ella, siniestra, coronada de espuma oscura y mostrando revueltas profundidades en su interior. Gigantesca y temible, alcanzaba proporciones de pesadilla, aunque esa vez ella no se encontraba en el agua sino en una playa desierta, con un acantilado a sus espaldas. La ola la aplastaría de modo inevitable contra las rocas. Cerró los ojos y esperó el impacto. El corazón le galopaba en el pecho con el sonido del mar. La ola estalló y millones de gotas salpicaron su rostro. Cuando el mar se retiró, la costa quedó cubierta de caracolas y almejas, musgos y algas. En el medio de esos desechos, un lobo marino intentaba volver al mar, pero la marea había retrocedido tanto que ya no se distinguía en el horizonte. El animal pugnaba por sumergirse, y Violeta extendió una mano para ayudarlo. Un sacudón la arrojó fuera de su camastro.

—¿Chocamos? —murmuró soñolienta Martita.

—Paramos —contestó Violeta, que miraba por la ventana con la amarga sensación de haber dejado morir al lobo marino.

—Ah, llegamos entonces.

—No, estamos en medio del campo, quizá haya algún problema.

—Duerman, niñas. Es la parada de Maipú.

La voz sensata de Josefina las acalló, y cada una volvió a su lecho.

El vendaval inundaba los arroyuelos y creaba fantasmales figuras en las lagunas y aguazales que los relámpagos desnudaban, en una efímera muestra del poder de la naturaleza. El traqueteo de los vagones acunaba los sueños de todos con su arrullo ensordecedor, y parecía anticipar el destino de la ciudad que todos deseaban conocer.

"Más allá, más allá, más allá", decían los rieles, y en la mente de Violeta esa letanía sonaba: "pasará, pasará, pasará".

SEGUNDA PARTE (1886-1888)

El abismo

Mar del Plata recibió a la oleada de turistas bajo condiciones inclementes. El mal tiempo persistía, y se escuchaban las voces desilusionadas de los que pretendían darse un chapuzón no bien llegaran a la playa. Más de doscientas familias descendieron del tren ansiosas por conocer el lugar de destino. La estación, apenas un galpón alargado con techo de madera y forma de casilla, pronto se vio colmada de gente. La excitación desbordaba los intentos de los maleteros y cocheros de los hoteles, y hubo que aguardar a que la marea de sombrillas y paraguas se despejase para poner un poco de orden en la multitud. Enseguida se advirtió la escasez de carruajes, lo que motivó nueva algarabía. El Ferrocarril confiaba el traslado a la empresa de transportes de Balerdi, y veinte volantas americanas vinieron a resolver la necesidad. La confusión aumentaba por la presencia de los proveedores con sus carritos: el lechero, el carnicero, el panadero y el almacenero ofrecían sus servicios a los recién llegados. Los seguían en procesión hasta la puerta misma del hotel, y esperanzados les dejaban sus tarjetas. Por fin, al novísimo Bristol fueron los pasajeros de mayor rango, con su corte de sirvientes y su lastre de baúles; al Grand Hotel, las familias que ya habían vivido la temporada anterior y quedaron conformes con la sencilla residencia; también aquellos que no podían costearse los precios del hotel de lujo. Y todavía quedaban turistas suficientes para distribuirse en los hoteles más modestos: el Victoria, el Progreso o el Nacional.

Uno de los últimos en retirarse de la Terminal del Norte fue un hombre que ocultaba su delgadez bajo una capa negra y llevaba un pequeño cofre. Desdeñó subir a los coches que se ofrecían, y decidió caminar bajo la lluvia, con la única protección de la capucha de su albornoz.

Los Ramírez Aldao entraron por la puerta grande del hotel, admirados de la elegancia del vestíbulo. El Bristol era un espléndido chalet con tejados de pizarra que se interponía entre el mar y el Grand Hotel, empequeñecido a su lado. Se abría ante la bahía con una graciosa curva de su balaustrada.

—¿En qué piso nos alojaremos? —se preguntó Martita mirando hacia lo alto, asombrada ante ese edificio de tonos ocre y marrón que en pleno campo alzaba su cresta normanda.

—Yo quisiera que fuera el último, el tercero —afirmó Benji—. ¡Desde allí avistaremos hasta el África!

Su hermana le propinó un coscorrón que motivó una sonrisa de Dolfito. El niño no soltaba la mano de Violeta, aunque sabía que quedaría con los niños Balcarce al cuidado de Cachila, que viajaba como niñera, pues era la persona en la que más confiaba Elizabeth. El Bristol disponía que los niños comieran aparte, una medida acorde a la vida mundana que el hotel ofrecía.

—Ya me siento eufórico —clamó Benji, aspirando con fuerza—. ¡Es cierto que el aire tiene propiedades terapéuticas!

—Mamá, por favor, dile al tonto de mi hermano que deje de pavonearse, o nos avergonzará a todos.

Violeta intercedió en favor de Benjamín.

—Déjalo, Martita, si todo el mundo está diciendo más o menos lo mismo.

Los comentarios de la mayoría de los pasajeros que se desplazaban en procesión en busca de sus habitaciones se referían a las bondades del mar, o a los paseos que ofrecía el lugar. Se esperaba de la temporada un sinfín de actividades placenteras, sobre todo por la confianza que inspiraba el *savoir faire* de Carlos Pellegrini. Su presencia garantizaba la diversión.

Pellegrini era un hombre sólido, una fortaleza de piedra, como le gustaba decir. Amigo de sus amigos hasta el sacrificio, recibía de ellos idéntica devoción. Su carácter impetuoso le había granjeado adversarios también, aunque todos apreciaban su honestidad. La vicepresidencia era la oportunidad que había acariciado desde que ocupó la cartera de Guerra y Marina durante el gobierno de Roca, y sin embargo se estaba convirtiendo en su mortaja debido a la mala política financiera de Juárez Celman, con la que él no comulgaba y a la que debía al menos silencio. Tomaba distancia de la segura hecatombe porque su intuición le decía que nada torcería el empecinado rumbo del presidente, cortejado por una juventud ilusa que veía en él al nuevo líder del autonomismo porteño. "Niños que juegan a conducir un país", se le escuchó decir un día. Estaba transitando un camino que no le gustaba. Advirtió a Juárez Celman y no fue escuchado. Su única salida era aguardar y sujetar al toro por las astas, si hacía falta. Habían susurrado en su oído propuestas conspiratorias a las que no hizo caso. Detestaba los motines. Su estrategia favorita era la negociación pacífica, por eso lo apodaban "gran muñeca", y por eso el propio Juárez Celman quería enviarlo a contratar de nuevo un empréstito con la banca extranjera, como en su momento lo mandó Roca. Pero aquellos eran otros tiempos, de crecimiento y prosperidad. El horizonte argentino se había enturbiado, del mismo modo que aquel horizonte marítimo gestaba nubes bajas de tormenta.

—¿Hasta cuándo cree que lloverá, doctor?

Cándida Quesada le sonreía bajo el ala de su capelina blanca.

—Señora mía, ¿quién puede predecir lo que depara el mar?

La dama sacudió sus rizos y golpeó con coquetería su abanico sobre la palma de la mano. Todas ansiaban conversar con el vicepresidente, su verba florida era proverbial.

—Aunque llueva, doctor, hallaremos la manera de matar el tiempo —concluyó.

Por cierto, el ánimo de los veraneantes se encontraba en su punto más alto, y los miembros de la Sociedad Anónima Bristol Hotel, que en tiempo récord lo habían edificado, no iban a defraudarlos.

La velada inaugural se organizó con toda la pompa. Las comparaciones con los salones europeos no podían faltar, y aun así la magnificencia del comedor del Bristol resistía con holgura aquellos comentarios. Bajo las bóvedas del cielo raso, pintadas con frescos clásicos e iluminadas con arañas de globos de vidrio, un mar de mesas cubiertas con manteles de granité aguardaba a los comensales, cada una custodiada por su camarero particular, de uniforme y guantes blancos. El personal había sido entrenado en Europa, y el menú que los pasajeros degustarían provenía de afamadas recetas de cocineros europeos también.

Menos hubiese sido inconcebible, si se quería cautivar al público acostumbrado a moverse en esos círculos.

Los jóvenes bajaron en tumulto por las escaleras, luego de saludarse en las galerías de los pisos altos, y un enjambre de trajes de *soirée* se desparramó entre las mesas, que ya ostentaban en tarjetas de opalina azul las letras doradas del menú.

Violeta se vio arrastrada por las niñas Lezica.

—¡Querida, estaremos en la misma mesa! —se alegró Finita.

También Violeta se sentía eufórica ante tanta algarabía. Poco y nada había podido ver en esa tarde de lluvia, pero la expectativa creada era inmensa, y tenían largos meses por delante. Antes de ocupar su sitio, buscó al matrimonio Balcarce con la mirada. Francisco se destacaba entre los hombres de esmoquin por su talla, y por ese inconfundible rasgo de los párpados pesados, que ocultaban el dorado refulgente de sus ojos. La única de sus hijos que los había heredado era Juliana. Al ver a Violeta, Fran tocó el hombro de su esposa para indicarle que mirara en su dirección. Elizabeth llevaba un elegante vestido de tafeta color malva que resaltaba sus ojos verdiazules. Saludó a la joven con una radiante sonrisa, y señaló una sala contigua, separada de la principal por una cortina de terciopelo, para hacerle saber que allí cenaba Dolfito en compañía de Cachila y los otros niños. Bendita Elizabeth, siempre se podía contar con ella.

—Pásame el melón si no lo quieres —susurró Benji a su hermana, al ver que ella comía sólo el jamón.

—Grosero.

Martita dejó las tajadas, no obstante, pendiente del plato que seguiría: consomé y langostino.

—Me parece que voy a saltear éste también —repuso resignada—. ¿Qué viene luego?

—Dice *suprême* de chapona a la Bristol. ¿Qué será eso?

Los camareros iban y venían, satisfaciendo dudas y pedidos, en una actitud profesional un poco intimidante.

—El último plato, hermanita, te gustará: *médaillon de boeuf grillé*. Suena bien, ¿eh?

—Al menos es carne.

La sucesión de platos obedecía al rango del banquete, aunque muchos comensales se abstenían de probar aquellos que no conocían. Violeta observó que los menúes estaban decorados con mariposas, pájaros y flores, y se le ocurrió una idea. Tomó de su bolsa un grafito de los que llevaba siempre para dibujar y trazó la silueta de una golondrina, tal como las recordaba de los tiempos felices en que su tío y ella las aguardaban, al comenzar la primavera.

—¡No hagas eso, Violeta, te van a reprender!

—¿Por qué? —desafió Benji, encantado—. ¡Si es la más linda de todas!

Unas jóvenes damas cuchichearon sobre ellos desde otra mesa. Martita se mortificó.

—¿Has visto? Atraen la atención de todos, pensarán que somos unos niños malcriados.

—Bah, son unas estrechas.

—¡Benjamín! ¡Mamá! —y Martita se volvió hacia la mesa de sus padres en busca de rigor para meter en cintura a su hermano.

Violeta, que reía de tales aspavientos, miró también y descubrió algo que la paralizó.

Un joven esbelto, con uniforme de marino bordado en hilos de oro, la observaba risueño desde su mesa. Los ojos claros desbordaban de simpatía, y sus rasgos aristocráticos resaltaban con un inconfundible matiz extranjero. Él inclinó la cabeza en amable reconocimiento, y Violeta no pudo sino sonreírle.

—Se dice que es ruso —acotó Finita al advertir el intercambio—, y que vino en un buque escuela que atracó en Buenos Aires. Es tan apuesto… aunque mi esposo cree que es afeminado.

Finita Lezica se había casado con un hombre rubicundo amante de la caza y de la buena mesa, que solía despreciar a todo el que no compartiese esas aficiones, de modo que era de esperar la burla sobre aquel joven elegante. Sin hacer comentarios, Violeta repuso:

—A mí me parece muy educado.

—¡Lo es! Tendrías que haberlo visto cuando le presentaban a las esposas de los caballeros principales. ¡Les besó la mano!

El mencionado concitaba la atención de varias damitas a su alrededor. Era el único rostro novedoso en medio de tantos conocidos. Él parecía tímido, aunque su apostura militar lo mantenía erguido y algo distante. Se había fijado en Violeta porque percibió en ella una actitud traviesa que lo hechizó. Estaba acostumbrado a las formalidades y la disciplina, y su espíritu sufría a veces, pues su natural era más relajado. Hubiese preferido compartir la mesa de aquellos jóvenes dicharacheros en lugar de soportar los comentarios de los caballeros que le tocaron en suerte.

Después de los biscuits y el café, la velada se animó con la orquesta de Ulivi, en la que descolló la cantante Ducaseau y se lució el arpista Lévano. El público estaba arrobado. El banquete inaugural del Bristol había sido un éxito. Carlos Pellegrini lo presidía, como era de esperarse, y dedicó unas palabras a los músicos, a la gerencia del hotel y a los anfitriones de la temporada. José Luro y su socio Sansinena sonreían, satisfechos.

El programa para los días siguientes prometía saraos, cotillones y conciertos. Sin contar con las expediciones que ya corrían de boca en boca, recogiendo adeptos para cuando parase de llover.

Esa noche, excitada por las emociones del viaje y por las expectativas forjadas, Violeta se sumió en un sueño profundo y agradable. Navegaba en una barca con velamen celeste, acompañada por un joven militar de rasgos rusos que le señalaba las gaviotas y le comentaba sobre los urogallos de la nieve. Un sueño feliz, lleno de promesas.

A poco de inaugurarse el Bristol, arribó a Mar del Plata el presidente Miguel Juárez Celman con su esposa. Una repentina frialdad se esparció por todo el balneario ante la presencia del "Burrito Cordobés", como lo llamaban sus oponentes. Sólo el tacto de Pellegrini pudo disolver esa coraza de hielo y lograr que se aceptara sin reservas al visitante. Juárez Celman era un hombre tolerante que evitaba las ofensas, y por ello se hacía querer con facilidad. Con su barba de perilla rubia y sus ojos claros resultaba simpático; su principal defecto residía en consentir lo que le pidieran, sin advertir la malicia de sus propios partidarios. Para el grueso de los que allí estaban, la verdadera autoridad residía en el vicepresidente, en cuya pericia confiaban para resolver las cuestiones financieras que aquejaban al país. Todos esperaban milagros de la "gran muñeca", capaz de negociar lo imposible. Al fin, Juárez Celman pudo disfrutar junto a su esposa de las delicias de algún que otro paseo marítimo, y llevarse de recuerdo la primera carta de menú del Bristol. Aun así, sólo cuando partieron de regreso a Buenos Aires se dispuso la fecha de inauguración oficial de la Rambla, para que pudiese presidirla Pellegrini.

El sol asomó entre las nubes y fue el comienzo de las aventuras del verano.

Salir de las habitaciones después del desayuno era una odisea. Primero había que dar órdenes a las mucamas, retocarse el cabello con las peinadoras, recurrir a las manicuras, discutir los atuendos con que se desfilaría a lo largo de la jornada y, por último, esperar en los pasillos a que saliesen las amigas para comentar los chismes. Martita cumplía a rajatabla todos esos pasos y Violeta la secundaba, respetuosa de los deseos de su amiga. Era la única que le quedaba sin casar y, a menos que corretease con Benji, constituía su compañía constante.

—Hoy iremos a ramblear —le dijo Martita entusiamada, mientras sujetaba los velos de su sombrero—. Antes debo ver si Mecha Olazábal se puso la misma capelina. ¡La compró en lo de Noa también!

—Ponle un detalle distinto, para que sea exclusiva —le recomendó Violeta.

—¿Te parece? ¡Ay, no tengo cabeza para los diseños! Deberíamos contar con tu amiga, la de la *maison Bruni*, para esto.

Violeta sonrió y con paciencia tomó el lazo de su propio sombrero y formó un moño que ajustó bajo la pretina del de Martita. Ella se miró del derecho y del revés con el ceño fruncido.

—Está un poco grande. Aunque también me hace más alta. ¿Qué opinas?

—Si lo llevas convencida, te quedará bien.

—Bueno, te haré caso porque no queda tiempo de probar otras ideas. Mecha y las demás estarán ya en el pasillo. Vamos, Violeta, pero… ¿qué sombrero llevarás, ahora que le quitaste el lazo?

—Ninguno.

—¡No, no puedes hacer eso! Será una terrible *gaffe*. ¿No ves que todas se cuidan el cutis? Y no es apropiado dejar la cabeza al viento.

—Si hace falta, me pondré esto —y Violeta le mostró una chalina azul que ató con rapidez a su cintura.

Martita no estaba convencida, y Violeta sabía que era una excusa para tranquilizarla. La tomó del brazo y la instó a mezclarse con los grupos bulliciosos que ya se aprestaban a bajar. Benji se alojaba en el tercer piso, como él deseaba, y una vez que su valet le acomodó el traje bajó a los saltos los escalones, dispuesto a ser el primero en pisar la Rambla.

Las casillas de la playa de la temporada anterior habían sido unidas por una plataforma de madera que creaba un paseo costero frente al hotel. Los pasajeros se arrojaron sobre el entarimado entre risas y gritos de admiración ante el oleaje bravío luego de la tormenta.

Violeta permaneció unos momentos cautiva, aspirando el aire picante y deleitándose con los chillidos de las gaviotas. Un cielo diamantino acunaba esas aguas que tanto la agobiaban en sus sueños y que ahora, a la luz del día, resultaban hechiceras.

¡Qué distinto al caudaloso río de sus amores! Aquél lucía dorado bajo el sol, mientras que el océano lanzaba destellos de esmeralda y rugía con la furia del que no conoce descanso. Al cerrar los ojos, le pareció que el mar cantaba una canción, una especie de lamento que provenía de las profundidades y que la espuma no permitía escuchar con claridad. Había que aguzar bien el oído.

—¿Qué haces? ¡Vamos!

Martita la arrastró para iniciar el paseo de punta a punta.

El ritual comenzaba. Las señoras del brazo de sus maridos, los jóvenes en bandada risueña, los niños saltando delante de las institutrices, todos se cruzaban en un ir y venir perpetuo, deteniéndose, inclinando las cabezas para reconocerse, curioseando de reojo los trajes del otro.

—¡Niños! Vengan, no se junten con ésos.

El llamado de las niñeras alejaba a los chiquillos de la compañía de esos otros niños, sucios y desharrapados, que cavaban pozos en la arena o hurgaban entre los recovecos que se formaban bajo la rambla. Eran hijos de pescadores, o de peones del saladero de Luro, que atraídos por la animación del nuevo hotel medraban en los alrededores. La reconvención obligaba a los hijos de la aristocracia a reprimir sus ansias de cavar pozos también, y de jugar a las escondidas bajo el techado de madera.

Violeta podría haberse desanimado ante aquellos endebles tablones, después de conocer Biarritz o Brighton, pero su espíritu silvestre armonizaba mejor con esa precaria civilización que con el lujo decadente de los balnearios europeos. Le llamó la atención que sobre la Rambla hubiera algunas casillas que ostentaban letreros de los periódicos de Buenos Aires: *La Nación*, *La Prensa*, *Caras y Caretas*, ningún diario quería perderse los chismes y acontecimientos sociales de esa primera temporada. Violeta contempló los anuncios que figuraban en las vitrinas, aunque no pudo quedarse mucho tiempo, ya que Martita la tironeaba en otra dirección.

—¡Está todo preparado! Van a inaugurar la Rambla esta tarde, con la presencia del vicepresidente. ¿Sabías que él vino antes, Violeta?

—Me lo contó Brunilda.

—Si él ya estuvo y volvió, es que este sitio ha de ser espléndido. Lamento que mamá no me haya encargado otros trajes.

La cháchara de Martita encontró pronto otros interlocutores, y Violeta pudo desprenderse para curiosear a su gusto. La Rambla ondulaba bajo el sol, con las capelinas airosas de las damas, y las galeras de los caballeros en continuo movimiento. ¡Todo el mundo era conocido! Hasta Violeta, que había vivido lejos de Buenos Aires por un tiempo, sabía los nombres de las caras que le dirigían sonrisas. Salvo una, la del militar ruso que conversaba en apretado montón de damitas ataviadas de seda, en un entrechocar de sombrillas y altos sombreros de amazona. Él sobresalía por su altura y por el rubio cabello reluciente al sol. Llevaba la gorra bajo un brazo, y mantenía el otro plegado a su espalda, en marcial postura. Los ojos claros descubrieron a Violeta en medio de la multitud, debido a que su cabello sin sombrero despedía chispas de azabache. Cuando se acercó, las otras se hicieron a un lado, molestas por tener que compartir con otra soltera más las atenciones del joven.

Era casi veinteañero, y su tez se sonrosaba por la animación de la charla.

—Encantado —chapurreó en un castellano que parecía de circo.

—Es Nikolai Romanoff —aclaró una niña en beneficio de Violeta, chapurreando también la pronunciación del nombre.

—¿Ha venido usted en barco hasta aquí?

—Oh, es mi destino navegar por el mundo, ya que estoy en viaje de estudios. Hasta que regrese a mi tierra, conoceré estos lugares exóticos.

Violeta sonrió ante la denominación de "exótico", aunque entendía que así le pareciese al joven ruso.

—Yo también amo navegar, pero en canoa.

—¿Canoa?

—Para remontar el río. Son barcos que hacen los indios con cortezas de árbol.

El ruso quedó maravillado.

—Ya veo. ¿Como los de los vikingos, quizá?

—Un poco más sencillos, pero con la misma intención. Los que viven rodeados de agua deben aguzar el ingenio.

A Nikolai le gustó el tema, y lamentó no poder dedicarse a esa dama sin desairar a las otras. Martita solucionó el problema al recuperar a Violeta.

—Ven, que quiero mostrarte algo.

Se despidieron del militar sabiendo que más tarde volverían a verlo, ya que las actividades que se organizaran concitarían el interés de todo el mundo, y caminaron hasta una casilla de madera que miraba al mar.

—Ésta es. Papá va a alquilarla para que tengamos un sitio donde descansar y cambiarnos si queremos pisar el agua.

La caseta era una habitación donde habían colocado sillas de mimbre y un macetero con helechos en la puerta. Las maderas dejaban pasar el chiflete del viento, pero brindaban protección frente al rayo partido de sol.

—Es preciosa —dijo Violeta, imaginando ya las delicias del baño de mar.

—Mamá no está convencida. Dice que vamos a arruinarnos la piel si permanecemos en la arena, pero con esto estaremos a resguardo. ¿No te parece? El tonto de Benji quiere invitar a sus amigos a jugar a los naipes. No se lo permitiremos, estas casillas son para las damas.

La Rambla ofrecía varias de esas construcciones, algunas más grandes que la de los Ramírez Aldao, con un tabique que separaba dos habitaciones: una para la intimidad, otra para la vida social. En las horas que siguieron, los turistas pudieron reservar la suya y planear cómo decorarla a su gusto. Cuando el reloj del hotel dio la una, todos en masa regresaron para cambiarse y disfrutar del almuerzo.

La tarde dio paso al festejo de la inauguración. Pellegrini y su esposa encabezaban las comitivas que se dirigieron desde el Bristol y el Grand Hotel hacia la costa en solemne procesión, en medio de bombas de estruendo y los sones de una marcha que una banda llegada de Buenos Aires ejecutaba con fervor. La fanfarria ahuyentó a las gaviotas y atrajo a los pobladores fijos de la zona, que se acercaron con timidez y formaron un corrillo endomingado en torno a la fiesta, que continuó con un banquete en el comedor del hotel.

Las puertas abiertas dejaban escapar los sones de la orquesta en ese atardecer sereno. Adentro, desde su mesa del fondo, el vicepresidente pronunció un encendido discurso prometiendo un esplendor sin límite en esa villa que por primera vez conocía el verdadero lujo. Al terminar, en medio de aplausos y vítores, Pellegrini hizo ademán de lanzar flores a la concurrencia femenina. Todas abrieron sus brazos, entre risas, para recibir ese gesto galante del hombre más prominente de la temporada. El champán corría con generosidad, y el broche de oro fue el espectáculo de los fuegos artificiales, que deleitaron a niños y adultos por igual.

Entre los espectadores había uno que no demostraba admiración ni contento. Era un hombre de tez demacrada y expresión condenatoria. Había llegado mezclado con los pasajeros del Grand

Hotel, aunque en realidad se alojaba en otro mucho más modesto. Su atención estaba dirigida hacia el público, más que a los fuegos. Parecía buscar a alguien con desesperación. Al fin, sus ojos dieron con el objeto de su búsqueda, y algo se suavizó en ellos, un relámpago de ternura que pronto se convirtió en rabia. Miraba hacia donde un grupo familiar compartía la alegría del estallido de los artificios. Francisco Balcarce, de rigurosa etiqueta, sujetaba del hombro a una mujercita de enrulada cabellera y hermosos ojos, que reía y batía palmas junto con los cuatro niños que la rodeaban. La atención del siniestro personaje se enfocó en uno solo de ellos, el único que parecía no heredar rasgos del matrimonio: el niño delgado, de cabellos lacios y ojos oblicuos, que miraba los fuegos sin manifestar sus emociones, con apenas una sonrisa en su rostro delicado y pálido.

Lucrecia trabajaba como nunca esa temporada. La ausencia de su protectora, Juana Pradere, pesaba en su ánimo, aunque la esposa de Luro había dejado instrucciones sobre el papel que desempeñaría la joven en el Grand Hotel, así como recomendaciones a sus nueras para que velaran por ella. Es que Lucrecia evitaba recurrir a sus padres. Después de su matrimonio, Bernalda había ido a verla una sola vez, y huyó con precipitación de esa "tapera", como denominaba con desprecio al rancho. Su padre fue más consecuente, pasaba a verla durante las horas de trabajo, si bien en esas ocasiones poco y nada podían conversar. Se limitaba a mirarla hasta que se convencía de que su hija podía subsistir sin su ayuda. Manu no le dejaba faltar nada, ya que ganaba lo suficiente para los pocos gastos que requería la vida en el lugar, y sin embargo Lucrecia estaba insatisfecha. La vida junto a Manu no era como la había imaginado. Él, de por sí callado, desde lo del niño se mostraba más taciturno aún. Lucrecia sospechaba que se demoraba más de lo necesario en su trabajo para hallarla dormida cuando llegara. Jamás la maltrataba, y si ella le pedía algún favor estaba dispuesto, pero aun en esos casos percibía que actuaba por obligación. Y lo peor de todo era que la rehuía en la cama. Esa faceta de Manu que tanto la había cautivado desde la primera vez ahora se le negaba.

Fue justo cuando Toñito empezó a rondarla. Al principio se lo topaba en las calles por casualidad, y él la ayudaba a atravesar los aguazales; otras veces, si él iba por encargos de sus propios patrones a la fonda, averiguaba los horarios en que Lucrecia bajaba al hotel. Pasado un tiempo, abandonó el disimulo y comenzó a merodear el arenal donde se alzaba el rancho de los Iriarte, y supo las horas en que Manu faltaba del hogar. Lucrecia se sintió halagada y reconfortada en su soledad. Al fin y al cabo, Toñito era un buen muchacho, sus padres lo habían elegido para ella, de modo que no hacía mal en frecuentarlo. Qué mujer joven no deseaba un poco de charla, sobre todo si tenía un esposo que la arrumbaba en el desierto de arena y piedras. Los encuentros eran inocentes: un cocido en el fogón a veces, y otras, chismorreo sobre los turistas. Mientras Lucrecia tendía al sol la ropa del hotel, Toñito le refería anécdotas de su trabajo en el Victoria.

—Pintaron la mitad de rosa y la otra mitad de blanco —le decía en tono conspirativo—, y todo para poder separar a la gente distinguida de la otra. Los más copetudos al rosado, los de medio pelo, al blanco.

Lucrecia fingía horrorizarse, aunque ella bien sabía que esas discriminaciones eran las mismas que había entre las familias sin etiqueta del Grand Hotel, y la *haute* que se alojaba en el Bristol. En su interior sentía rabia, pues aquel nuevo hotel le había robado algo del prestigio alcanzado como asistente en el suyo. Los veraneantes de Mar del Plata se segregaban en las arenas del mismo modo que lo hacían en los salones de Buenos Aires.

Toñito avanzaba en su seducción, fustigado por el rencor hacia Manuel Iriarte y también por puro despecho masculino. Al igual que todos, incluido el marido, creía la farsa del bebé abortado, y en su fuero interno se alegraba de que Lucrecia no hubiese tenido un hijo de otro hombre. ¡Él la quería! Y los padres estaban de acuerdo. En su pensamiento, Manu le había robado la novia. Olvidaba que la elección había sido de Lucrecia, y que nunca ella dio alas a ese amor desafortunado.

Una tarde calurosa en que la joven volvió más temprano, lo encontró parado bajo la sombra del alero, con la confianza de quien se siente dueño de casa. El viento del noroeste revolvía su hirsuto cabello castaño y hacía flamear los faldones de su camisa arremangada.

—¿Qué haces? —le espetó ella, un poco turbada.

La sobresaltó saber que era capaz de visitar la casa en su ausencia; nunca antes lo había hecho.

—Vine para verte. Y te traje un regalo.

—¿Ah, sí? ¿Qué es?

—Ven que te lo muestro.

Lucrecia terminó de subir la cuesta y se acercó. Toñito exudaba un olor extraño, como de ajenjo.

—Mira —le dijo orgulloso, y le tendió un frasco con un líquido rosado.

—¿Un perfume?

—Y de marca francesa. Lee aquí.

—¿Quién te lo dio?

El muchacho se encogió de hombros. Inútil era fingir que lo había comprado, ambos sabían que eso era imposible. Perfumes así no se vendían en ningún comercio, y Toñito no tenía dinero para comprarlo tampoco.

—Lo olvidaron en la habitación —repuso sin reparos—, y la mucama me lo ofreció. El otro se lo quedó ella.

—¿Y el que llevas encima? Porque hueles terrible —rió Lucrecia.

—¿No te gusta? Éste se lo echaba el pituco que dormía con la fulana.

Un poco disgustada por la manera en que Toñito aludía a los pasajeros, Lucrecia tomó el frasquito y aspiró el aroma florido.

—Es dulce.

—Como tú. Anda, póntelo.

Mujer al fin, Lucrecia mojó sus dedos en el líquido y tocó con ellos el hueco de sus orejas y el de la garganta, que latía apresurado. Toñito se fijó en ese lugar cálido y su voz se tornó ronca.

—Déjame que te lo ponga yo.

Sin esperar aquiescencia, le quitó el frasco y comenzó a rociar con el perfume todos los rincones donde la piel de Lucrecia se exponía al sol.

—¡Basta, lo vas a terminar enseguida!

Toñito rió, y con audacia posó sus labios sobre el hombro, bajo la manga.

—Toñito, qué haces…

—Hueles tan bien… y no es el perfume, es tu cuerpo.

—No digas esas cosas.

—¿Por qué, Lucrecia? ¿Acaso no sabes que siempre te he amado? Ese palurdo se interpuso entre nosotros. Pudimos estar casados ahora mismo.

Lucrecia se imaginó por un momento esa posibilidad, y un ramalazo de angustia la sacudió. Nunca se hubiese inclinado por Toñito, a pesar de que le gustaba saberse deseada por él. Manu seguía siendo el hombre al que ella había echado el ojo, aunque no le dedicase una mirada. Estaba siendo castigada por la mentira que había urdido, eso era todo. Quizá, cuando pasase más tiempo y lograsen tener un hijo de verdad...

Toñito ya le lamía la oreja, enardecido.

—Basta, nos verán —protestó ella débilmente.

—Vamos adentro.

—Puede llegar mi esposo.

—Está en los campos del Vulcan, lo averigüé antes de venir.

El hombre la empujaba, y ella se dejaba empujar. Entraron acariciándose con frenesí. Toñito la apretó contra la pared y se frotó en el suave vestido camisero de Lucrecia. Estaba lista para él. Palpó sus abundantes carnes y hundió sus manos en el escote. Lucrecia se quejaba, pero en el fondo gozaba con las arremetidas. Hacía mucho que Manu no la tocaba, y ella ardía de excitación.

—Date vuelta —le ordenó.

La apoyó sobre la mesa de madera lavada y le levantó la falda. La visión del trasero redondo y carnoso lo enardeció hasta el límite.

—Yo te amo —repitió para tranquilizarla y acallar cualquier reproche—, y así debimos estar juntos.

La penetró desde atrás, y Lucrecia se sorprendió ante su propio gemido de placer. Ignoraba que se pudiese hacer el amor de ese modo, como si fuesen animales, y la idea la llevó al paroxismo. Se hamacaron juntos hasta quedar sofocados y exhaustos. Toñito la acarició antes de separarse, y luego besó sus labios húmedos.

—Eres mi mujer, no importa que estés casada con otro.

Lucrecia lo miraba con grandes ojos asombrados. No lo había creído capaz de un acto semejante, y la idea de tener a Toñito como amante la sedujo. Después de todo, qué podía importarle a Manu, que salía al amanecer y regresaba casi a medianoche.

Esa vez, cuando su esposo volvió, no tuvo que fingirse dormida como lo hacía siempre, mascando la rabia de sentirse ignorada y despreciada.

Durmió toda la noche como una bendita.

Antes del mediodía nadie bajaba a la playa. Era de mal tono llegar a la hora temprana de las sirvientas y criados. Primero se tomaban baños de sales en el hotel, se desayunaba, luego venía la odisea de elegir la ropa, y por fin los pasajeros se animaban a pisar la arena, vestidos de pies a cabeza: los caballeros con galera y cuello duro, las damas con trajes de muselina, sombreros de paja de Italia o copas altas con velos blancos, botitas y medias largas. Las más audaces ya usaban los trajes de baño de sarga azul, que tapaban por completo con una capa no bien salían de la caseta, para correr hacia la orilla sin ser vistas. Sólo cuando el bañero, solícito, recibía de sus manos la capa, las señoras jugaban en el agua tomadas de la mano, formando ronda y fingiendo que estaban en peligro.

Para disgusto de Martita, Benji era cómplice de los atrevidos jóvenes que intentaban vislumbrar un tobillo o un antebrazo en esas carreras alocadas.

—No lo soporto —le dijo un día a Violeta, mientras lo observaba fingir que miraba el mar cuando en realidad estaba clavando la vista en una muchacha que llevaba de la mano a su hermanita.

—Le das demasiada importancia. Él hace lo que los demás.

—¡Es que nos avergüenza, Violeta! ¿No te das cuenta? Mi hermano es un botarate, se da aires de dandi y no le llega a los talones a ninguno de los caballeros que hemos conocido.

—Benji es muy joven —repuso Violeta, condescendiente—. Cuando le interese alguna muchacha, verás cómo cambia, no querrá hacer el ridículo.

—Pues que sea pronto, antes de que termine la temporada. A todo esto, Violeta, ¿qué te parece Nikolai?

Martita esperaba ansiosa la respuesta.

—Es un hombre agradable, tiene sensibilidad.

—¿Lo ves como para mí?

Sorprendida, Violeta contempló a su amiga. Martita era mayor que Benji y menor que ella. Se parecía a don Sinforoso, un hombre rechoncho de facciones redondeadas, aunque por fortuna había heredado de su madre los hermosos ojos castaños y la cabellera rizada. Esos atributos, más la simpatía natural, la volvían atractiva. Los jóvenes no se fijaban mucho en ella debido a que la propia Martita los desconcertaba con su ropa aniñada y sus prejuicios. Que si había que saludar así, que si convenía sentarse, o pararse, o torcer el ala del sombrero, o dar la mano bajando los ojos… Martita creaba reglas donde no las había, y por más que Violeta actuase con naturalidad, eso a ella no se le pegaba, continuaba con sus remilgos.

—¿Él te ha insinuado algo?

—No en forma directa, pero ya sabes, hay miradas, gestos… —y la joven imitaba los presuntos síntomas de interés del cadete ruso.

—Podríamos invitarlo a merendar sobre la arena y así ver sus actitudes —propuso Violeta.

A decir verdad, a ella le gustaba también el cadete, tenía un no sé qué de inocencia que la había cautivado, pero por sobre todo percibía en él un sino trágico, y un absurdo deseo de protegerlo la animaba desde entonces.

—¿Qué pensaría? No, no podemos hacer algo así.

—¿Por qué no? ¡Si está alternando con todos! Además, iríamos con Benji.

—Ese tonto…

En ese instante, el objeto de las críticas avanzaba hacia ellas con aire contrito, escoltado por un bañero musculoso, un negro de la isla de San Vicente que imponía respeto y hasta miedo.

—¿Ésta es su familia? —dijo el hombre en tono admonitorio.

—¿Qué pasa, señor?

Violeta ya se levantaba y sacudía la arena de sus manos en la falda de su vestido.

—El señorito ha estado infringiendo el reglamento de baños.

Se escuchó el gemido involuntario de Martita. Violeta conservó la sangre fría.

—¿Y qué dice ese reglamento, señor? No lo conocemos.

—Los que deben conocerlo son estos jóvenes atrevidos que no respetan a las damas.

—Ay, Dios…

—Cállate, Martita. Señor, Benjamín Ramírez Aldao es mi primo —mintió Violeta—, y si ha hecho algo que merezca un castigo debo saberlo.

—Cuide entonces que su pariente siga estas reglas —y el bañero le extendió un folleto donde constaba un decálogo de prohibiciones.

—Y guarde esto —agregó—. Por hoy, no se lo confiscaré.

Violeta recibió un catalejo con el que Benji debía de estar espiando a las chicas en su baño de mar.

—Yo me haré cargo, señor. Gracias por acompañarlo.

—A su servicio, señorita.

Cuando el bañero les dio la espalda, Violeta le sacó la lengua, ante el horror de Martita y la risa sofocada de Benji.

—¡Tenías que dar la nota! —le recriminó su hermana—. ¡Se lo diré a mamá!

—No vamos a decir nada si Benji promete comportarse durante el resto de la temporada.

—¿Vas a creerle?

—A ver qué dice el reglamento.

Violeta se sentó de nuevo y desplegó el impreso sobre su falda. Era, en efecto, una lista de conductas prohibidas que le arrancaron una sonrisa.

—Me parece, Benji, que deberás poner en práctica tus cálculos. Acá dice que los varones deben guardar una distancia de treinta metros con las damas.

—¡Treinta metros! —bufó él.

—Y sólo puedes bañarte en el mar si es con tu hermana.

—¡Puaj!

—¡Ni loca! —gruñó Martita.

—Dice también que hombres y mujeres deben bañarse separados, salvo que sean parientes, y con la ropa puesta. Y que está prohibido pararse en la orilla cuando las damas toman su baño. ¿De dónde sacaste el catalejo, Benji?

El aludido se encogió de hombros.

—Lo están vendiendo por ahí. ¡Yo no invento las cosas! Otros también lo compraron. Un cambalachero los ofrecía por pocas monedas.

—Eres repugnante.

—Martita, no lo tomes tan en serio —la apaciguó Violeta—. Benji ya sabe lo que le espera si reincide.

—¿Qué? ¿Qué me harán, me colgarán del palo mayor de algún barco? —se mofó el joven.

Violeta leyó la letra pequeña y dijo muy seria:

—Te cobrarán una multa de cinco a diez pesos de la moneda nacional, o te arrestarán por dos a cuatro días. Es la pena para los reincidentes.

—¡Dame eso!

Benji le arrebató el papel y leyó con los ojos desorbitados.

—¡Y me expulsarían a la tercera vez! ¡Es inaudito! ¿Qué es esto, una cárcel? —bramó.

—Un lugar decente, so tonto. Vamos, Violeta, sigamos nuestra conversación en la caseta.

Benji quedó refunfuñando en la arena mientras las jóvenes se encaminaban hacia la Rambla.

Josefina Aldao se hallaba en compañía de Cándida Quesada y dos damas encargadas de la reunión de beneficencia que se organizaría en el salón comedor. Al ver a su hija y a Violeta, aprovechó para comprometerlas.

—Queridas, acá las señoras me comentan que esta tarde habrá una actividad muy loable en el hotel. Necesitan toda la ayuda que podamos brindarles, pues habrá que fabricar guirnaldas, envolver regalos y recibir a los invitados.

A Violeta se le nubló el gesto, pero Martita aceptó con entusiasmo.

—Mamá, estamos dispuestas.

Encantada, Josefina les hizo un sitio entre las sillas de mimbre para acordar los detalles.

La señora bajaba a la playa sin su marido, ya que don Sinforoso prefería los aperitivos de media mañana del Bristol antes que los rigores del clima costero. Eso sí, ella nunca salía de la casilla de madera, salvo para vigilar a su hija cuando se aventuraba en la orilla, como ese día. Doña Josefina censuraba la moda de caminar por la playa, pues era cosa de gitanos. El viento frío, la arena que se metía por todas partes y luego el sol, que dañaba la piel fina, eran motivos suficientes para mantenerla lejos. Sus hijas frecuentaban una playa francesa, y nunca habían hablado de semejantes padecimientos.

Violeta anhelaba meterse en el mar. Desde que llegaron, la vida se parecía mucho a la de Buenos Aires. ¡Incluso allá le resultaba más fácil acercarse al río! Doña Josefina llenaba la cabeza de Martita de prevenciones, y su amiga, que no necesitaba ayuda para encorsetarse, había inventado mil pretextos para eludir el agua.

—Doña Josefina —dijo Violeta en una decisión heroica—, creo que hoy tomaré un baño.

Las señoras la miraron con espanto. Sólo Cándida Quesada sonreía, divertida. Para ella Violeta era algo así como un mono de feria, una muchacha original que resultaba refrescante, aunque nunca la hubiese aceptado como amiga íntima.

Demasiado bella y audaz.

—Está por descomponerse el clima, Violeta —advirtió Martita.

—Ahora está soleado. Si después llueve, al menos nos habremos divertido antes. ¿Vienes?

Martita arrugó el ceño, confusa.

—No sé. Mamá, ¿qué dices?

—A mí no me miren. Eso de desvestirse para luego vestirse sin la comodidad de la doncella y sin espejo…

—Cuelguen uno en el fondo de la caseta —sugirió Cándida—. Nosotras lo hicimos, y resultó un alivio.

—Lo tomaré en cuenta. Violeta querida, creo que alejarte sin compañía no es adecuado.

—Le diré a Benji.

—¡Mamá! —exclamó Martita escandalizada—. Benji no es para nada la compañía que Violeta necesita. Yo iré.

Violeta aceptó el sacrificio de su amiga con alegría, ya que pensaba que ella también lo disfrutaría.

—Nosotras haremos una barrera para que ustedes puedan cambiarse —y doña Josefina corrió el tabique de lona tras las sillas para ocultarlas de la vista de los paseantes. Martita y Violeta comenzaron la ardua tarea de quitarse lo que luego deberían echarse encima de nuevo. Cándida Quesada se sentó a observarlas sobre el banco de madera donde dejaban la camisa, el corsé, el corpiño, los calzones, las enaguas, el viso de seda, toda una maraña de prendas. Salieron por fin de la mano, enfundadas en largos trajes de baño que las cubrían desde el cuello. Las sufragistas inglesas habían impuesto la moda de las medias y las zapatillas con cintas para el mar, así que ambas llevaban ese detalle muy criticado, que dejaba ver los tobillos.

—¡Corre, Violeta, corre! —gritaba Martita, temerosa de que algún hombre las viese.

Violeta no se lo hizo repetir. Arrastró a su amiga a toda velocidad por el balneario. Sus pies tenían alas, y la capa que doña Josefina le había obligado a ponerse flameaba a su espalda.

El mar se abría ante ella como un horizonte mágico que la tentaba con su balanceo y le advertía que no todo era lo que aparentaba, que bajo aquella espuma serena había torrentes que podían zarandearla de un lado al otro. Y era eso lo que más la atraía, ese peligro insinuado que le plantaba un desafío.

Al llegar a la orilla, Martita empezó a tironear en sentido contrario.

—¡Espera! Ya no quiero, está fría.

Benji reía a carcajadas desde un punto distante. Se había tomado en serio lo de los treinta metros. Violeta continuó enfrentando las olas, indiferente a los gritos de su amiga y sin soltarla. Todas las bañistas gritaban, a nadie llamaba demasiado la atención. Un grupito cercano formaba una ronda ante la mirada controladora del bañero, listo para rescatar a la que perdiese pie.

—¡Violeta, para!

Se les acercó otro bañero. Era Fernando Catuogno, apodado "Negro Pescador" por el mismísimo Pellegrini en la temporada anterior. Su apodo terminó por dar nombre al balneario más *chic*, el que disfrutaban los Ramírez Aldao por derecho de doña Josefina.

El hombre amagó recoger las capas de las muchachas, pero Violeta la había lanzado al aire antes de zambullirse en una ola. Martita quedó pasmada. Mojada de pies a cabeza de manera ignominiosa, no sabía adónde huir de las miradas que la cercaban. Temblando como hoja seca, la joven casi se puso a llorar. Por fortuna para ella, el Negro Pescador le alcanzó la capa de Violeta y así, cubierta por partida doble, Martita pudo ocultar el rostro de la curiosidad ajena. Violeta danzaba en las aguas. Se sumergía y salía a la superficie con la facilidad de un pez. Los pocos bañistas que se habían aventurado la contemplaban hechizados. Nadie nadaba así, salvo los bañeros, que entrenaban todos los días. Y, en secreto, los hombres anhelaban el momento en que aquella muchacha imprudente emergiese del mar con el traje de sarga pegado al cuerpo. Al haberse alejado tanto, tardaría bastante en recuperar su capa. Catuogno también observaba, atento al rescate si hacía falta, aunque aquella muchacha no parecía necesitada de ayuda. Después de retozar unos minutos, Violeta cayó en la cuenta de que había soltado la mano de Martita y su corazón se encogió de miedo. Nadó de regreso y una ola la depositó en la orilla con suavidad.

—¡Martita!

La joven tiritaba. Sin atinar a nada, ni siquiera a volverse a la casilla, semejaba un mástil a merced del viento.

—Martita, perdóname.

Violeta le pasó el brazo por los hombros y la atrajo hacia ella, sin cuidarse de su traje mojado.

—T… t…. te vas a resfriar —balbuceaba su amiga.

En realidad, lo que Martita quería decirle era que aquel atuendo empapado delineaba sus formas a la vista de todos. El Negro Pescador se ocupó de la situación. Los bañeros eran toda una institución en Mar del Plata, se confiaba en ellos como en un padre o un tutor, y las señoras aceptaban que las sostuviesen de la mano en el oleaje tempestuoso. Eran los que guardaban las ropas, cuidaban de los niños y vigilaban las audacias de los varones.

—Deme la otra capa, señorita —sugirió, y al tomarla la puso él mismo sobre el cuerpo de Violeta, que seguía compungida por la suerte de su amiga.

Volvieron en silencio acongojado. Martita lloriqueaba y Violeta se maldecía por haber sido desconsiderada. Se prometió seguirle la corriente en todo lo que su amiga quisiera, para purgar su error.

❧

Otro hombre contemplaba la singular escena desde lejos, uno que disponía de un catalejo más poderoso que el de Benji.

—Sirena de las profundidades, sin duda —comentó para sí, sonriendo.

Por un momento, temió tener que arrojarse al agua para salvar a Violeta, pero al ver sus brazadas serenas y las volteretas que daba se tranquilizó. Era natural que, si se había criado entre aguas, no les temiese. Aun así, era arriesgada. El mar era harina de otro costal, él lo sabía bien.

—¡Pedro!

El contramaestre se presentó de inmediato.

—Bajarás a la costa. Quiero saber si mi contacto está en el hotel, como me dijeron.

—¿Qué harás, presentarte como un huésped?

—Es tarde para eso. Buscaré el modo de filtrarme entre los invitados al cotillón. Lo que me importa es conocer los sitios adonde va el presidente, si está acompañado y por quién, cuáles son sus horarios de paseo, lo que sea.

—¿No nos estamos arriesgando demasiado por algo que no nos importa?

—El riesgo es lo que cobramos, Pedro.

—Aun así…

Cristóbal se volvió y le dirigió una mirada penetrante que lo hizo callar. En los últimos tiempos, Pedro de Alcántara obedecía a disgusto, él se daba cuenta, y a pesar de que eran amigos no iba a permitir ninguna insubordinación. Las cuentas estaban claras desde el principio. La autoridad del *Fortuna* era él, dueño de la vida de sus hombres, responsable de todos y primero en lanzarse a la aventura. El que navegaba a su lado aceptaba las reglas.

Pedro volvió sobre sus pasos y Cristóbal quedó mirando el mar un rato más.

Se preguntaba qué fuerza misteriosa lo impulsaba. Sus andanzas lo habían hecho rico, de modo que sus actos obedecían a otra inspiración. El peligro lo seducía, por supuesto, aunque había algo más que no siempre se le revelaba. La decisión de seguir a Violeta Garmendia era todavía oscura. Si bien era hermosa, él podía tener las mujeres que quisiera, todas caían bajo su influjo pese a la cicatriz, y algunas atraídas por ella.

Las damas eran un enigma. El temor podía actuar como afrodisíaco. No era el caso de Violeta, que se había mostrado calma frente al descubrimiento de su rostro desfigurado. Si hubo compasión, supo disimularla, algo que Cristóbal agradecía. Quizá fuese que él no admitía desafíos, que estaba compelido a aceptarlos todos y salir victorioso. Tal vez no pudiese soportar que una joven buena continuase siéndolo después de haberlo conocido. Ese trasfondo perverso latía en su interior. Una dama despechada se lo dijo un día: "Eres cruel, Cristóbal. Todo lo que tocas queda manchado. Y lo haces a propósito".

Aquellas palabras fueron su talismán desde entonces. Tocar y manchar fue su sino.

—Todo listo.

Pedro, impertérrito, le transmitía su informe.

—Bien. Tomemos unos tragos entonces, amigo mío.

Entraron en silencio a la cabina del capitán. El intento de Cristóbal de suavizar el talante de Pedro no dio resultado. El contramaestre estaba fastidiado por algo que no dependía del asunto que tenían entre manos.

La reunión de beneficencia contaba con el auspicio de las familias pioneras de Mar del Plata. Bajo el artesonado del salón, se convocaron las señoras de Ramos Mexía y las de Ezeiza, descendientes de antiguos hacendados de la región, así como las de Zubiaurre y Sansinena, acostumbradas a esos cotillones en Buenos Aires. Pronto se produjo la natural separación entre las más encumbradas damas y las que pertenecían a la burguesía adinerada sin demasiado lustre. Josefina Ramírez Aldao estaba entre ambos grupos, y Martita sufría las consecuencias.

Ella y Violeta, vestidas con trajes de temporada, preparaban canastitas con regalos que se sortearían antes del baile. Brunilda había aconsejado bien a Violeta sobre lo que debía usar en cada ocasión, previniéndola ante los excesos que sin duda habría. La tendencia natural de la joven hacia la sencillez combinaba a la perfección con los diseños de la esposa de Julián Zaldívar. Martita, en cambio, amaba los adornos. Todo le parecía poco. Y la vida se había complicado con la aparición del Bristol. Antes, los veraneantes olvidaban las convenciones y usaban cómodos *tailleurs* y holgadas *matinées* de seda. Aquella temporada campestre y sin pretensiones del año anterior quedaba restringida ahora a los pasajeros del Grand Hotel, que amaban vivir sin etiqueta. La *haute* acentuaba las reglas y se complacía en señalar a los que no las cumplían.

—Venir así, en *demi toilette* —decía una de las más estrictas mientras doblaba en dos los carnets de baile—. Por lo menos, que traiga un traje de la temporada de invierno en Buenos Aires, ya que no de estreno.

Martita escuchó y empalideció.

—Odio que hagan comentarios —le susurró a Violeta—. Creen que no las oyen, pero hablan lo bastante alto.

—No las escuches, Martita. Son críticas vanas.

—Es que me molesta. Mamá pudo haberme comprado algo también. Papá viajó a Europa con Benji y no me trajo ninguna novedad de París. Pretenden que me las arregle con remiendos de los vestidos que ya usé.

—Pues yo hago lo mismo. Brunilda desarmó todo mi guardarropa y cosió trajes nuevos con pedazos de otros.

—Es distinto, ella es una modista de alto vuelo, sabe lo que hace. Yo debo conformarme con parches caseros. Me gustaría poder presumir de algo que éstas no tengan.

—Puedes presumir de ignorar la moda. Si lo haces, no tendrán argumentos para molestarte.

Martita quedó callada, no muy convencida. Violeta observaba que aquella reunión de caridad tenía mucho de lucimiento personal. Las damas competían entre sí por los trapos que se ponían, las donaciones que hacían, las ideas que proponían. Una anciana copetuda se fue, indignada porque su propuesta no fue aprobada, pues se lo tomó como una afrenta. Y las otras continuaron con los preparativos, comentando sobre el mal carácter de la señora. La mente de Violeta comenzó a elaborar una nota periodística sobre ese tipo de acontecimientos, donde la puja por hacer valer las opiniones desplazaba al motivo que los convocaba.

Pedro de Alcántara observaba desde la reja el ir y venir de la belleza femenina en pos del cotillón. Cristóbal pretendía que le informase de la vida social también, para conocer las andanzas de Violeta. Pedro no digería el papel secundario al que lo había relegado el capitán, aunque más le valía obedecer que porfiar, ya que Cristóbal de Casamayor era hombre de temer. Había otras beldades que él podía abordar sin problemas. Esa muchacha bajita y graciosa, por ejemplo, que por obra del destino resultaba ser amiga inseparable de la sirena, le gustaba bastante. Redondita donde convenía, joven y desenvuelta, se ajustaba bien a sus pretensiones. Habría que preparar ese terreno. Podría presentarse como invitado y contar con la ayuda del soplón del hotel para fraguar la tarjeta, ya que nadie que no formara parte de la sociedad de buen tono lograba traspasar el umbral. Por fortuna, en aquella ocasión habían recurrido al artilugio de las máscaras, y en eso él se movía como pez en el agua.

Los fotógrafos se mezclaban entre la gente al igual que los cronistas sociales, ávidos de retratar el mundillo veraniego. Sabían de memoria a qué personajes buscar y qué detalles destacar. Valentina Santoro, la periodista que *La Nación* enviaba a las playas, era la más temida por las jóvenes, que la agasajaban con la intención de que fuese benevolente con ellas. Poseía una lengua picante y un ingenio crítico que solía volcar en sus crónicas. Nadie deseaba quedar marcado por una ironía o verse en situación desfavorable, de modo que Valentina gozaba de los privilegios que a otros periodistas se les negaban. En aquel cotillón, era el centro de los homenajes: ocupaba la mesa principal, le habían obsequiado un canasto repleto, y las muchachas encargadas de dirigir el servicio indicaban la frecuencia con que debían ofrecérsele los sándwiches de miga cortados en cuadraditos, una fineza ya clásica en las recepciones del Bristol.

Valentina, empero, no había logrado lo que más deseaba en esa temporada: pillar a Violeta Garmendia en una *gaffe*. Y no porque la joven hiciese buena letra, al contrario: con sus propios ojos la había visto arrojarse al mar y mostrarse más tiempo del adecuado en traje de baño. El problema consistía en que Violeta actuaba con tal naturalidad que sus actos pasaban desapercibidos. Si se sentaba sobre la arena, caminaba sin chaperona por la Rambla o dejaba que la capa se deslizara sobre sus hombros, a nadie llamaba demasiado la atención, pese a tratarse de asuntos delicados que en otras hubiesen sido falta grave de decoro. Había que bucear más profundo, estar atenta y descubrir la falla que de seguro tendría aquella beldad tan proclive a saltearse las convenciones.

Y que no integraba la corte de aduladoras que la rodeaba.

Violeta, en cambio, admiraba a esa mujer que trabajaba para un diario de tanta importancia, y soñaba con hacer lo mismo algún día. Sin saberlo, ese anhelo le jugó una mala pasada, y dio a la periodista el cabo del hilo que necesitaba para la urdimbre.

A la hora de los bailes, dejó a Martita a cargo de las tarjetas que formarían las parejas y se retiró a su habitación para escribir un artículo. Lo había memorizado una y otra vez antes de redactarlo, de modo que la pluma corrió veloz, llevada por la ligereza del pensamiento de la joven. Una vez terminado, lo firmó con su pseudónimo *Ypekû*.

—¿Te gusta, Huentru?

El perrito levantó su cabeza y la miró con ojos adormilados. Llevaba una buena vida en el Bristol, las mucamas lo mimaban y Violeta solía sacarlo para que corretease por la arena bien temprano, cuando nadie bajaba a la playa.

Leyó en voz alta lo escrito, paseándose por el cuarto y haciendo ademanes que enfatizaban el sentido de la nota. Aplicó el secante de plata sobre la tinta, dobló la hoja y la metió en un sobre que llevaba las iniciales del Bristol Hotel.

—Ahora, deséame suerte —dijo a Huentru, pellizcándole la trompa con cariño.

Bajó las escaleras llena de esperanza. El día anterior había entrado a los locales de diarios en la Rambla, pero los dependientes se habían burlado de su pretensión. Sólo el de *Caras y Caretas* la había mirado con interés, sin asegurarle que su revista llegase a publicarle nada.

Violeta pensaba que una mujer como Valentina podría comprender mejor sus ansias. Habría leído a Mary Wollstonecraft de seguro, y comulgaría con las ideas sobre la libertad de las mujeres para tomar decisiones.

Encontró a la periodista rodeada de un ramillete de muchachas y riendo de quién sabía qué frase ingeniosa. La saludó con amabilidad y respeto. Valentina se sorprendió al ver que Violeta se dirigía a ella, pero se repuso enseguida y le ofreció un sitio a su lado. Era una mujer joven aún, que cultivaba un aire intelectual algo mundano. Bonita sin ser llamativa, sabía sacar provecho de sus rasgos acentuando aquello que no podía disimular, una sabia estrategia.

—¿Y me dice usted que escribe artículos?

—Apenas son notas sobre lo que veo. Me gustaría mucho que se publicaran en alguna página algún día. Joaquín Carranza me dijo...

—¿El doctor Joaquín Carranza? —se admiró Valentina, arqueando una ceja.

—Sí, el mismo. Me invitó a conocer la redacción de su diario y dijo que tal vez podría familiarizarme con el mundo de la tipografía. En verdad es lo que me gusta hacer, además de dibujar.

—Así que también dibuja.

Cada vez le intrigaba más la personalidad de esa muchacha, y la mención del doctor Carranza le produjo algo de inquina, ya que a ella nunca la habían favorecido. Escribir en el diario le costó mucho esfuerzo, y todavía periódicos como *El Mundo* despreciaban su labor y se jactaban de no tener columnas de sociales en sus páginas.

Estaba visto que la belleza abría hasta las puertas más enmohecidas.

—Deme lo que tenga, veré qué puedo hacer.

Encantada, Violeta sacó el sobre de su bolsito y se lo entregó con una sonrisa.

—Lleva un pseudónimo, espero que no importe.

—Ah, quiere pasar desapercibida.

—Es que así tengo más libertad para observar a mi antojo.

—Quédese tranquila, que si la nota es buena es probable que se publique.

Violeta se despidió de Valentina Santoro y fue en busca de Martita para contarle la novedad. La encontró recostada sobre la verja de hierro con aire soñador.

La muchacha soltó un suspiro y miró a Violeta arrobada.

—He conocido al hombre de mi vida —le confesó.

—¿Dónde está, quién es? —y Violeta se volvió hacia el salón repleto de sillas vienesas, donde todavía las parejas danzaban y conversaban.

—Ya se fue. Bailamos lanceros y cuadrillas.

—¿No era el cadete ruso?

—No. Él estuvo, aunque ya no me interesa tanto, creo que no le gusto.

Violeta sintió alivio ante esa confesión, pero todavía le intrigaba la identidad del compañero de baile de Martita.

—Se ha ido, entonces.

—Sí, porque no se aloja en el hotel.

—¿Cómo que no? ¿Y pudo entrar? Creí que…

—Guárdame el secreto, Violeta. No quiero que mamá se entere.

—Martita, dime quién es el caballero que conociste. Si se aloja en el otro hotel no habrá problemas, a tu madre no le importará.

—Oh, sí, le importará mucho, porque no será de la crema batida entonces.

—¿Crema batida?

—Ya sabes, de la *haute* más rancia. Mamá quiere que me case con un baronet, como mis hermanas. Seamos honestas, Violeta, mi mamá descendió de categoría al casarse con mi padre. Y ahora tiene que remontar eso con los matrimonios de sus hijos. Mis hermanas la ayudaron bastante, falta que Benji y yo hagamos lo mismo. Pero Benji todavía no sienta cabeza, y yo… acabo de enamorarme de la crema sin batir.

Violeta estalló en una carcajada.

—¡Se me abrió el apetito al escucharte! Vamos por los postres, que aún no comí nada.

Martita siguió los pasos de Violeta y antes de entrar de nuevo al salón tocó con reverencia los labios que Pedro de Alcántara había besado al despedirse, ocultos ambos en las sombras del porche.

☙❧

—¿Cómo que se ha ido? —rugió Cristóbal.

Pedro le refería que el presidente de los argentinos ya había pasado por aquellas costas, y por muy poco tiempo. Que el que acaparaba todas las atenciones era el vicepresidente, hombre apreciado por los veraneantes.

A Cristóbal se lo llevaba el diablo. Odiaba fallar en sus propósitos, se sentía burlado. Buscó alguien en quien desahogar su rabia.

—¡Debiste haberte informado mejor! —bramó.

Pedro enrojeció de furia.

—Debiste haberle sonsacado más al deslenguado que te untó las manos en la capital —le retrucó—. Nosotros no conocemos a estos personajes.

Cristóbal lo atravesó con sus ojos grises. La cicatriz se inflamaba en su mejilla cuando le ardía la sangre bajo la piel. Se había desatado la fiera que llevaba adentro, pero Pedro se juró no retroceder.

—Somos buenos en lo que hacemos porque no pasamos por alto esos inconvenientes —dijo el capitán con voz suave que destilaba veneno—. Si fallamos hoy, fallaremos mañana. Y nuestra fortuna se irá al garete. No podemos permitirnos el error, Pedro, lo sabes bien. Ahora deberás buscarle remedio.

—No sé cómo.

—Allá tú. Ingéniate como puedas. Algo más habrá que se pueda hacer para justificar el dinero que nos falta cobrar. Que es mucho, te lo advierto.

—Si ellos querían atentar contra el presidente, ya no hay nada que hacer, a menos que volvamos a Buenos Aires y lo intentemos en su propia casa.

—Eso alteraría mis otros planes.

Pedro supo que se refería a Violeta Garmendia.

—Yo también tengo planes —afirmó con rebeldía.

De nuevo Cristóbal le dirigió una mirada de hielo.

—¿Acaso te los he preguntado?

Y luego, como si no hubiesen sostenido un diálogo tenso, encendió un puro y comentó con indiferencia.

—¿Qué hay del otro mandatario? ¿Es posible que interese que desaparezca también?

—No lo creo. A éste lo quieren, si debo fiarme de mi instinto. Es algo así como un rey sin corona entre su gente. Además, es un tipo duro de pelar, seguro que sobrevive y ordena nuestra captura.

Cristóbal sonrió con frialdad.

—No sería la primera vez que huimos, Pedro, te estás ablandando.

El contramaestre se mordió la mejilla antes de responder que en todo caso se estaban ablandando juntos, ya que el capitán torcía sus designios para permanecer al lado de una joven de la que nada sabía, salvo que era hermosa y veraneaba en ese sitio.

—Vete, déjame solo, debo pensar.

La tripulación del *Fortuna* era reducida, apenas ocho hombres de los cuales sólo tres podían mantener una conversación fluida. Esos eran los que aguardaban a Pedro de Alcántara en cubierta, luego de la entrevista con su capitán.

—¿Y? —preguntó un marinero que reunía todos los mestizajes posibles en su rostro.

—Sigamos adelante —respondió Pedro.

Trataba de no revelar su disgusto para no soliviantar a la gente. Era necesario que confiasen en la autoridad.

—Pero el tipo voló —insistió "el Sueco", un mozo alto y rubio como barba de maíz.

—Debemos encontrar otra veta. Hoy bajaremos Paquito y yo para husmear en la zona. Hay pescadores en la bahía que pueden servirnos de ayuda.

Los otros se miraron y callaron. Comerciar y contrabandear era lo habitual; liquidar por encargo no tanto, aunque no le hacían asco si había oro de por medio. Lo que provocaba dudas era ir a la deriva, sin saber con certeza cuál sería el beneficio de lo que hacían. Pedro lo entendía, pero debía fingir resolución. No sólo el cuello de Cristóbal peligraba, sino el propio. Esos hombres eran reclutados en las peores tabernas europeas, despojos humanos que Cristóbal volvió a la vida a fuerza de órdenes y castigos, amenizados con diversiones y riquezas. El tacto fino era esencial para la supervivencia.

—¡A sus puestos! El capitán dará las órdenes cuando lo juzgue oportuno.

Cristóbal meditaba, envuelto en el humo perfumado de su cigarro caribeño.

En momentos así, el pasado volvía. Trataba de mantenerlo a raya y lo conseguía casi siempre, mas cuando sentía que su coraza se resquebrajaba quería estar solo hasta machacar ese interior blando y hacerlo papilla. Abrió la gaveta de su cabina y sacó el manoseado diario de su tatarabuelo. Adentro había dos fotografías deslucidas. En una se veía a un niño rubio de la mano de una mujer delgada que miraba con ojos sin vida. En la otra, un hombre de aspecto cerril empuñaba un remo y un látigo como atributos de poder y virilidad. En su mirada encontró Cristóbal los mismos ojos del niño de la foto. Sintió asco.

Dos golpes en la puerta lo obligaron a guardar todo con rapidez y echar llave.

—¿Qué pasa?

—Bajaré con Paquito a ver qué hay.

—Ve.

Al apagarse los pasos de Pedro en la cubierta, Cristóbal desenvainó el pequeño puñal que llevaba oculto entre sus ropas y jugueteó con él sobre la carpeta del escritorio. Luego desnudó su brazo y con el filo rasgó la piel hasta sangrar.

—No olvides, Cristóbal —murmuró.

Desde el Bristol y el Grand Hotel partían contingentes de turistas ansiosos por desparramarse en todas direcciones. Unos iban montados en jardineras hacia el arroyo de los pagos de Camet, otros tomaban la dirección opuesta rumbo a la lobería; había quienes gustaban de una merienda campestre en la gruta de Egaña, y los que se aventuraban hasta Punta de Piedras, una restinga que desafiaba al mar después de la ensenada. Hacia allí quiso caminar Violeta por la playa. Prefería la arena antes que la concurrida Rambla. Martita se encontraba indispuesta y Benji parecía tener ocultos propósitos, de modo que alzó a Huentru, lo metió en un canasto y, sin pensarlo dos veces, salió sola. Era algo que las jóvenes no hacían, sobre todo al atardecer y sin escolta protectora.

Nada que arredrase demasiado a Violeta.

El mar acariciaba con mansedumbre la orilla. El viento barría la espuma que las olas dejaban como ofrenda y llevaba de vuelta los copos adonde pertenecían, cuando ya el cielo se teñía de rosa. Era una tarde magnífica.

Violeta sintió que pertenecía a esa naturaleza salvaje tanto como a la de su ribera amada. Todo era parte de lo mismo, en todo comulgaba un espíritu que se manifestaba ante los ojos que supiesen verlo. Y los de ella reflejaban el azul violáceo que ya se adueñaba del mar. Permitió que Huentru corretease a su gusto y dejara sus huellas sobre la arena mojada. El perrito iba y venía eufórico, ladrando como pocas veces lo hacía.

—¡Mira allá! —le gritó Violeta, y señaló unos chorlitos que picoteaban cerca de las cuevas.

Huentru quiso atraparlos y chapoteó en la espuma, enloquecido. Luego echó a correr en sentido opuesto, para volver a mojarse. Había inventado un juego. Violeta se sentó sobre la arena, tibia aún, para disfrutar del panorama.

De a poco fueron apareciendo en el horizonte las barquitas de los pescadores, con sus velas triangulares color azafrán, capturando el rayo de sol que se derrumbaba tras la loma. Las primeras en arribar fueron arrastradas por caballos hasta donde Violeta se encontraba. Un timonel saltó para ayudar en la empresa. La quilla dejaba hondo surco en la arena, a medida que el caballo de tiro pisaba la playa. Había que preservar a las lanchas de la creciente, ya que no se contaba con un puerto para abrigarlas. Los músculos de la gente de mar se dibujaban bajo las camisetas mojadas. Eran hombre rudos que se comunicaban a los gritos, pero que supieron quitarse la gorra ante Violeta y esbozar una sonrisa galante al ver su hermosura.

—Huentru, ven.

El cuzco seguía brincando, azuzado por los graznidos de las gaviotas que preveían el festín atrapado en las redes. Pronto empezó la maniobra y con ella la algarabía. Había que espantar a las atrevidas aves, que procuraban ahorrarse el esfuerzo de pescar ellas mismas su comida. Violeta se alejó un poco, a fin de no perturbar el oficio.

Un marinero morrudo de pelo hirsuto le hizo señas.

—Acá, señorita, esto es para usted.

Le mostró un balde repleto de peces brillantes que todavía coleaban. Compadecida, Violeta, dijo:

—Perdone, señor, no puedo llevarlos, vivo en el hotel.

—Ah, entonces lleve esto, que le servirá para escuchar el mar donde usted esté —y le regaló una caracola nacarada que Violeta colocó de inmediato sobre su oreja.

—Es cierto, ya lo escucho.

—Mientras más lejos esté usted, más fuerte será el ruido —afirmó el hombre, y se retiró a continuar con su trabajo.

Violeta emprendió el camino de regreso porque anochecía y no quería que la echaran en falta. Huentru rebotaba como pelota a uno y otro lado, sin perderle pisada.

Detrás de ella quedaban los pescadores alineando las barcas a lo largo de la ensenada, y colocando travesaños de madera delante de la proa para evitar que se hundiesen. La playa se oscurecía, y los marineros eran apenas sombras que se movían entre las velas y los toneles, algunos cantando romanzas en su lengua materna. Le recordó la alegría sencilla de los venecianos al retornar de sus viajes en góndola. Esa sencillez era lo que ella extrañaba, lo que estaba deseosa de recuperar allí, en ese abrazo eterno entre la tierra y las aguas.

—Debí suponer que harías algo como esto.

La voz surgía de la penumbra, pero Violeta conoció de inmediato el timbre de Cristóbal de Casamayor. ¿Cuánto haría que la observaba desde su atalaya en la roca?

—Creí que el mar se lo había tragado.

—Por favor, llámame Cristóbal.

—Está bien, Cristóbal, pensé que te habrías esfumado. Vi tu barco.

—Ah, entonces reconociste mi espíritu, pues mi barco es un reflejo de él.

A Violeta le gustó la idea.

—¿Y dónde está ahora?

—Oculto, para que nadie se atreva a abordarlo.

Ella contempló el mar en ambas direcciones.

—No hay muchos lugares donde esconderlo —repuso.

—Un marino sabe que sí. Te asombraría descubrir en cuántos sitios inverosímiles he dormido, pequeña sirena. ¿Caminamos? —y le tendió el brazo, solícito.

Algo indefinible animaba al capitán esa tarde, Violeta podía presentirlo hasta sin la ayuda de su don. Sus ojos grises refulgían con brillo metálico, y se concentraban en ella.

—Te han abandonado —dijo, pensativo.

—Yo misma me fui. Estaban ocupados, y además prefería caminar sola.

—Estorbo, entonces.

—No, no —y Violeta se asombró del énfasis que puso en la negativa—. Ahora prefiero que me acompañes, o será peor.

—¿Peor? Ah, sí, el qué dirán.

—No es que me importe tanto, pero…

—Debe importarte, sirena, en el mundo en que vives. Hombres como yo no somos los escoltas más indicados, de todas formas, aunque es mejor que haya venido al rescate antes de que sea demasiado tarde.

—Los pescadores son gente honesta.

—Sí, aunque la tentación es mala consejera. Preferiría que caminases a la vista de la Rambla. La ensenada, la lobería, la gruta, son sitios demasiado salvajes.

—A la gruta van todos todo el tiempo —refutó Violeta.

—Me refiero a otra gruta, una que hay bajo las rocas de la barranca de los lobos marinos.

Esa noticia atrapó la atención de Violeta.

—¡No he visto lobos marinos hasta ahora! —y recordó su sueño.

—Pues procura que te lleven tus anfitriones. Han ido carruajes en esa dirección hoy mismo.

—Me lo perdí —lamentó la joven—. Voy a proponerlo mañana o pasado.

—Ve siempre acompañada.

—Sí, sí —respondió ella con aire distraído—. ¿Qué puede pasarme? —agregó.

—Esto —y Cristóbal la empujó de pronto contra una rústica escalera de piedra.

Violeta se sintió transportada por el abrazo que la envolvía, cálido y potente. Cristóbal buscó sus labios sin preámbulos, ansioso por probarlos, y ella entreabrió los propios, curiosa por las sensaciones que le prometían. El beso, anhelante al principio, fue dando paso a una dulzura inusitada en el capitán. La lengua voraz que penetró en la boca de Violeta como una proa conquistadora se detuvo en ella para acariciar las suavidades interiores, degustar la tersura de sus dientes, rozar la blandura de la lengua femenina. Violeta jamás se había dejado besar. En otra ocasión habría reaccionado con violencia, como ocurrió con Leandro Paz. Esta vez fue distinto, ella gozaba del contacto con Cristóbal. Él le transmitía una fuerza interior que la protegía, del mismo modo que su cuerpo vigoroso la preservaba de la fresca brisa del mar. Cristóbal era una fortaleza a la que podía aferrarse en tiempos de zozobra. Poseía el espíritu intrépido de su padrino, Rete Iriarte, que jamás se doblegaba y que del golpe de mala suerte sacaba el impulso para seguir adelante.

Devolvió los avances con idéntica pasión, lo que enardeció al capitán. Sin embargo, cuando ella levantó una mano para acariciar la mejilla cortada y sus dedos finos rozaron la línea bulbosa de la cicatriz el hombre experimentó un súbito arrebato que nada tenía que ver con el ardor sensual. Una oleada de sentimientos confusos invadió su pecho, y el beso terminó, dejándolos lánguidos y envueltos en un éxtasis sin nombre.

—Te ha gustado —dijo él con voz tierna y algo ronca.

Era una afirmación que no aguardaba respuesta. Para Cristóbal había sido un descubrimiento la plenitud que lo embargó. Era experto en besos, y nunca había sentido que se le fuera el alma en ellos hasta ese momento. Violeta Garmendia estaba destinada a romper todos los moldes conocidos.

—Vamos, que hace frío. Y no deberías estar acá conmigo a solas.

Caminaron de la mano hasta que pisaron terreno visible desde la Rambla. Huentru aguardaba unos pasos adelante, incitando a su ama a seguirlo por el sendero.

—Ahora ve, corre.

Ella se demoró unos segundos, indecisa. Cristóbal la miró con calidez antes de dar la media vuelta, y Violeta tuvo la insólita certeza de que ese hombre acababa de dejar caer la máscara con la que se había presentado ante ella.

Martita le salió al cruce no bien la vio subiendo los escalones del vestíbulo.

—¿Dónde estabas? —la acorraló, y de inmediato tiró de su brazo rumbo a la habitación.

—¿Por qué, qué pasa?

Violeta parecía una gitana, con el cabello suelto, el *matinée* de seda arrugado y Huentru bajo su brazo, pues se había olvidado el canasto en la playa. Supuso que su amiga estaría espantada por su aspecto, y con una mano intentó adecentarse.

—Es Benji, otra vez causando disgustos. Papá está que vuela. Parece que contrajo una deuda de juego, y ahora papá debe pagarla para que no le cuelguen el estigma. Mamá debería mandarlo de regreso a casa.

—¿Jugó a las cartas?

—Ay, Violeta, qué inocente. Hay una ruleta en la Rambla, ¿no lo sabías? Justo en la caseta del extremo. Dicen que están intentando armar un salón de juegos en el propio hotel, pero por lo pronto se las arreglan con esa ruleta, y todos los caballeros van ahí a probar suerte.

—¿Las señoras no?

—¡Claro que no! ¡Dónde se ha visto que una señora bien se dé a tales cosas!

—Si es un juego permitido…

—Aun así, Violeta, qué cosas dices. Ven, que estás a la miseria. Mamá hizo preparar un baño de sales. Creo que te cederé el mío, lo necesitas más que yo. No deberías caminar a estas horas. Además, a mamá le disgusta que el perro vuelva de la calle con las patas embarradas.

Esa vez le tocó a Violeta seguir a su amiga recordando el beso de Cristóbal, duro y suave al mismo tiempo. El hombre entero se le revelaba en ese contacto de doble faz. Ella había sentido la aspereza de la cicatriz en su mejilla, el aliento ardiente sobre su boca, la dureza de sus manos en torno a la cintura. ¿Dónde estaría ese barco que lo albergaba?

La cabeza le daba vueltas cuando salió de la tina de estaño, enfundada en una bata de espuma con el monograma del hotel. Las sales perfumadas obraban el efecto de hacerle sentir que pisaba sobre algodones.

—Creo que me dormiré temprano —anunció, al ver que Martita se vestía frente al espejo de la cómoda. Entre los muebles y los baúles del equipaje no había sitio para moverse en la habitación.

—¡Cómo! ¿No vas a cenar? Habrá concierto y luego vals, según me dijeron.

—Por eso mismo, estoy cansada. El aire de mar me fatiga.

—Bueno, en ese caso le diré a tu festejante que estás enferma.

—¿Qué festejante? No tengo ninguno —se alarmó la joven.

—Violeta, estoy por pensar que te ha dado un pasmo de frío. Me refiero al que dejó estas flores para ti.

Sobre la repisa de caoba lucía un jarrón de opalina negra con un gran ramo de camelias blancas, un detalle sugerente y a la vez exótico. Violeta se aproximó y metió la nariz entre las corolas.

—No huelen a nada —repuso Martita—. Ya las probé.

—Eso es porque son de invernadero. Las camelias son flores de invierno —dijo Violeta.

—Bueno, tu festejante las ha cultivado, entonces.

Violeta leyó la tarjeta que las acompañaba adentro de un sobre de manila.

Suyo, con el mayor de los respetos, Nikolai Romanoff.

De un momento al otro, dos caballeros se disputaban sus atenciones, uno de ellos con mayor libertad, por cierto. Era una sensación vertiginosa que no se había permitido sentir en sus años en Europa. ¿Por qué? No lo sabía. Quizá el destino estuviese ahí, en su patria, y por eso huyeron de ella los sueños cuando se alejó. De pronto, sintió la necesidad de buscar refugio en el silencio del monte, donde su corazón pudiese aquietarse y entender la razón de sus latidos.

—Martita, hazme un favor. Si ves a los Balcarce en el comedor diles que mañana deseo bajar a la playa con los niños. Hace días que no veo a Dolfito, y le prometí a Brunilda estar al tanto.

Cuando Martita salió, Violeta sacó de uno de sus baúles una imagen pintada de la Virgen de Itatí y la puso sobre el alféizar, bajo el cono de luz de la lámpara, junto a la caracola que le habían regalado. Se arrodilló y juntó las manos.

—Madrecita —musitó—, deja que entienda lo que pasa por mi mente y mi corazón.

La vida de Manu no podía ser más desdichada. Aunque no amara a su esposa, podría haber tenido en ella a una compañera, compartir las noches estrelladas tomando mate bajo el alero, o contarle algunas impresiones que arrastraba con él a lo largo de los días. Lucrecia se mostraba tan fría que Manu rehuía todo contacto, hasta el más elemental roce de las manos. La partida de Juana Pradere por un lado, y la de Cecilia Peralta Ramos por el otro, habían creado entre ellos un abismo mayor. Antes satisfacían su necesidad de conversar con aquellas personas, en tanto que ahora se veían obligados a enmudecer, ya que no podían confiarse el uno al otro. Además, la ausencia de los propulsores de Mar del Plata por razones de salud dejó en manos de la descendencia todas las cuestiones por hacer, y aunque tanto los Luro como los Peralta Ramos apreciaban a Manu, el vínculo de trabajo se hizo más impersonal. Fue así que Manu comenzó a aislarse, y como no podía encontrar refugio en su propia casa lo buscaba en aquellos sitios que desde el principio le habían resultado acogedores. La gruta de los lobos era uno de ellos.

La panadería de Venturino era el otro. Allí, entre horneada y horneada, el hombre repartía folletos donde en gruesos caracteres convocaba a un estado de alerta perpetuo, en aras de la libertad. Mezclaba esos panfletos con las bandejas de pasteles, y cada cliente debía soportar una filípica si quería llevarse alguna exquisitez. Manu gozaba de una paciencia infinita, de manera que solía ser el interlocutor más fiel.

—Cómo ha de ser —decía Venturino, aporreando la masa— que los señores curas viven como parásitos, sin hacer más que hablar, y al final se quedan con lo poco que tienen los humildes, los mismos que ellos deberían proteger. ¡Buenas limosnas les daría yo, por donde no les entra el sol!

O si no, arremetía contra las familias burguesas:

—Vamos, que no hay peor tirano que el que se cree benefactor y obliga al oprimido a aceptar con gracia sus mendrugos, para así acallar el rugir de sus tripas, que no el de su corazón. ¡Ya tendrán esos también su final de fiesta!

Y así, no quedaba segmento de la sociedad sin caer bajo la picota verbal de Venturino. Claro que no todos los clientes tenían la mansedumbre de Manu.

Una tarde se allegó hasta la panadería el padre de Martita y Benji, llevado quién sabía por qué deseo repentino de alegrar la vida de su mujer con alguna confitura.

—¿Suspiros quiere usted? Pues bien, vaya suspirando desde ahora, señor, para que se le haga costumbre el día que se acabe el *Diosbuenodelosricos*.

—¿Qué dice, hombre?

—Lo que oye. El estado de las cosas no es eterno, señor. Si es que hay justicia en alguna parte. Pero tenga usted sus suspiritos por ahora, que los cobro al precio que ellos merecen.

—Haga el favor de atenderme sin discursos, que para eso sobran los políticos.

—¡Ah, llegamos al punto ideal de la crema! La política. ¿Para qué sirve, sino para confirmar lo malo que hay y evitar lo bueno por venir? Quisiera ver yo un solo político que hable de reformas en serio. Eso no, claro, ya que debería caer él mismo de su pedestal entonces. ¡A la porra los políticos!

—Ya veo —replicó don Sinforoso mordiendo las palabras— que es usted uno de esos envenenados que quiere envenenar a otros. ¡Despácheme, que estoy apurado!

—¡Cómo no! Acá van sus suspiros de monja.

—¡Blasfemo!

—¡A mucha honra!

Don Sinforoso se fue reventando de indignación, y Venturino quedó fingiendo que se solazaba con la escena cuando en realidad le palpitaban las arterias. Manu, que masticaba con lentitud una rosca a un costado del mostrador, comentó:

—Se le van a agriar los pasteles, don.

—¿Qué estupidez es ésa?

—Donde yo me crié, Justina decía que había que cocinar con el alma en paz para que la comida cayese bien al estómago. Ella sabe mucho de eso, es *payé* también.

Venturino se quedó perplejo contemplando el rostro serio de Manu. Si no le estaba jugando una broma, el hombre debía de haberse chiflado. Tomó un trapo y comenzó a limpiar las migas de la mesa para enfriar la sangre. Al cabo de unos momentos, soltó:

—Tanto vivir para morir al fin.

Manu tragó el último bocado y se santiguó.

—¿Por qué lo dice, don?

—Por don Peralta Ramos, el padre. Parece que está entre la tierra y el cielo en estos días.

Manu se paralizó y de modo automático se quitó la boina.

—Jesús.

—Anda, Manuel, no lo tomes a la tremenda. El hombre ya hizo lo que tenía para hacer en este mundo. A cada uno nos toca algo, pero no todo.

—Es que yo aprecio mucho al señor.

—Y yo también, para qué te voy a engañar. Él encarna lo que mis ideas combaten, pero qué le va uno a hacer… Nos encariñamos con los que conocimos en los buenos tiempos. Don Patricio es un hombre que cree en lo que cree, vaya a saber por qué, y es sincero. Dentro de poco dirán que se juntó con su finada esposa. ¿Qué sabemos, en definitiva? No sabemos nada —y Venturino fregó con fuerza la mesa para disimular que se le nublaba la vista al hablar del fundador.

Manu salió al fresco del atardecer, un poco atontado por la noticia. Si bien doña Cecilia le había confiado que su padre andaba mal de salud, él no había medido la dimensión del problema, ni pensado en la muerte. Ahora se preguntaba qué sería de su otro patrón, Pedro Luro, del que no había vuelto a saber nada. Miró hacia la loma y decidió subir a la capilla. En esos momentos, la soledad de los altares lo consolaba. Y siendo la Virgencita obra de las manos de don Patricio, sería como un homenaje al moribundo.

Soplaba fuerte viento del mar que traía el olor salado de la espuma y los peces. Hacía frío, y los pocos árboles se arqueaban con un crujido que daba miedo. Manu se inclinó para trepar la loma, y cuando arribó al final se irguió para aspirar ese aire puro y vivificante. Con los brazos extendidos, la camisa abierta y los pantalones flameando, recibió el latigazo de las ráfagas en pleno pecho. Cerró los ojos y por un instante se sintió parte del mar, de las dunas, de las rocas donde los lobos se abandonaban al sueño. Al abrirlos, distinguió a lo lejos una figura que se alejaba por la playa con rapidez. Muy tarde para ser pescador, pensó. Lo que más le llamó la atención fue la actitud furtiva.

Se encogió de hombros y entró al templo. Matrero y Duende lo aguardaban como siempre del otro lado, listos para emprender el regreso a la casa.

Lucrecia se acicalaba delante del espejito que Manu había colgado en el muro de afuera para afeitarse. Esa vez Toñito se había excedido visitándola a horas tardías. Corrían un gran riesgo si los encuentros rozaban el horario de su esposo. Por más lerdo que fuese Manuel, no se tragaría la visita de su antiguo pretendiente al anochecer. Además, la facha la vendía. Cada día Toñito se mostraba más fogoso, y a ella le costaba enderezar el peinado y las ropas. Tenían que buscar otro sitio donde guarecerse, porque ella no estaba dispuesta a cargar con la tacha de adúltera. El pueblo era pequeño, y cuando los turistas volviesen a sus casas quedarían los que la señalarían con el dedo. Empezando por su madre, que ya la había condenado desde el vamos. Se enjugó una lágrima con rabia.

—Maldito —dijo entre dientes.

Y no se refería a su amante.

Antes y después del almuerzo eran los momentos apropiados para bajar a la playa. Violeta prefirió dejar que los niños tuviesen tiempo de tomar sus comidas temprano. Había amanecido con una extraña opresión en la boca del estómago, ese hueco donde el corazón se hacía oír, pero no quiso suspender el paseo. Cumpliría su promesa de dedicar esa tarde a los niños, en especial a Dolfito.

A la hora indicada, Cachila la aguardaba en la galería, formal y compuesta en su uniforme de niñera, portando un canasto con la merienda. Santos se mantenía apartado, pues consideraba vejatorio para su condición de muchacho formar parte de un grupo infantil; en cambio Juliana, que tampoco era tan niña ya, se ilusionaba con la idea de un chapuzón clandestino; Francisquito estaba impaciente por gastar sus energías.

—¿Dónde está Adolfo? —inquirió Violeta.

—Allá, señorita —y Cachila le señaló la baranda del hotel, donde el niño permanecía ajeno al bullicio, hechizado al parecer por el vaivén de las aguas.

—Vamos entonces, si ya estamos todos.

—¿Vendrá el perrito?

—¡Por supuesto! Lo llevo aquí —y Violeta señaló a Juliana su nuevo canasto, que le permitía disimular la presencia de Huentru en el hotel.

Se encaminaron hacia la entrada de la Rambla y descendieron a la arena. Era una tarde apacible, aunque soplaba viento suficiente para la cometa que Dolfito llevaba bajo el brazo, y por la que manifestaba una notable afición. Buscaron un sitio bien alejado de la mirada de los paseantes, y Cachila extendió un mantel sobre la arena, con la ayuda de Juliana. Mientras Santos se echaba de lado con un libro, Francisquito disparó hacia la orilla, encantado de salpicarse la ropa.

—¡Niño —le gritó Cachila—, cuidadito con los zapatos!

Huentru corría a la par del más pequeño de los Balcarce, incitándolo a pisar la espuma. Violeta caminó junto a Dolfito. Ambos buscaban el lugar propicio para remontar el nuevo barrilete. Las nubes que corrían, deshilachadas, señalaban la presencia de fuertes vientos más arriba.

—Tal vez puedas remontarlo bien alto —sugirió Violeta.

Dolfito volvió a sonreír de esa manera tan suya, y comenzó a desenrollar la madeja del hilo sobre sus pies. Bandadas de cormoranes surcaban el azul entre el cielo y el mar, como saetas oscuras. Violeta recordó su sueño veneciano, en el que había cormoranes, y se estremeció.

—Dame el ovillo y aléjate —ordenó a Dolfito.

El niño hizo lo que le decía, y empezó a caminar de espaldas, sosteniendo con mano firme el hilo y con la vista fija en el barrilete que se elevaba. Violeta había dibujado la figura de una cigüeña, y la transparencia de sus alas creaba la ilusión de que en realidad era el ave la que volaba sobre sus cabezas en lugar de un rombo de papel y cintas engomadas.

—¡Más arriba! —gritó Violeta, pero el viento que arreciaba impidió que Dolfito la escuchara. Estaban bastante lejos el uno del otro. Francisquito, desde la orilla, hacía visera con la mano para indicar que había perdido de vista la cometa, tan alta estaba. Pronto los ladridos excitados de Huentru se fundieron con el rugido del océano. Violeta cerró los ojos para que el sol acariciara su rostro. Gozaba de esos momentos de abandono que la retrotraían a su infancia salvaje y a los gustos sencillos. Ella nunca había dejado de ser la niña de la ribera. Cuando los abrió, no vio a Dolfito. Todavía conservaba el ovillo en sus manos, pero el hilo ya no se tensaba en el aire. Un poco más lejos, unas rocas formaban una barrera natural contra las olas. Hacia allá se dirigió, suponiendo que el barrilete habría caído detrás, y que Dolfito estaría intentando remontarlo de nuevo.

Parecía que el hilo derrumbado no tenía fin.

—¡Adolfito! —llamó.

Sólo las gaviotas, y el rumor de la marejada entre las rocas. Inquieta, trepó sin dificultad y atisbó desde arriba la otra extensión de playa. El hilo ya no se veía, como si alguien lo hubiese cortado.

—¡Adolfo!

Ante ese nuevo llamado, un hombre al que ella no había advertido, a causa del ropaje oscuro contra la muralla, se volvió y mostró su faz pálida. Violeta no alcanzaba a distinguir sus facciones desde allí, pero sí pudo ver que Dolfito se encontraba junto a él, y un temor helado le recorrió la espina.

—¡Dolfito, ven!

Ambos la miraban en silencio. Había una extraña inmovilidad en el niño, y Violeta no lo pensó más. Soltó el ovillo, se recogió la falda y descendió como una tromba por las rocas, sin importarle que sus piernas se lastimaran con las aristas duras. Al llegar a la playa, corrió a todo lo que daban sus pies, y en ese instante el desconocido le dio la espalda y huyó. Adolfito la aguardaba, serio y callado.

—¿Qué pasa, quién es ese hombre? ¡No debes hablar con gente extraña! —lo reprendió.

Y como el niño se mostraba sereno e inconmovible, ella lo sacudió por los hombros.

—¿Y tu barrilete?

Eso pareció ayudarlo a reaccionar. Se inclinó bajo la roca y extrajo la cometa hecha pedazos. Violeta vio que la cigüeña estaba decapitada.

—Él te estaba ayudando a sacarlo de ahí —le dijo, intentando adivinar lo ocurrido.

Dolfito la miró y una tristeza repentina oscureció su semblante.

—Si ese hombre te hizo algo, puedes decírmelo. No se lo contaré a nadie, y te explicaré lo que sea. ¿Quién era?, ¿alguien del hotel?

—No.

—Bueno, entonces será mejor que no vuelva a acercarse, porque si deseaba algo podía haberlo preguntado a los mayores. Tu madre te habrá prevenido contra los extraños. Ven, volvamos, que Cachila estará preocupada. Y Francisquito pensará que al barrilete se lo tragó el mar.

Fueron recogiendo el hilo cortado a medida que caminaban de regreso. Al trasponer la barrera rocosa, vieron a Huentru que corría como loco buscando a su ama. Violeta le hizo señas y el perrito se detuvo.

—Míralo, quiere obligarme a correr —le comentó a Dolfito—. ¿Le damos el gusto?

Así desafiado, el niño corrió tras la joven. Sus piernas largas le permitieron adelantarla, y al llegar junto a Huentru se volvió hacia ella con una sonrisa más franca.

—Te he ganado.

—Es cierto —resopló Violeta—. Pareces un ciervo de los pantanos. ¿Nunca viste uno?

Y al ver que Dolfito negaba, Violeta resolvió:

—Te lo dibujaré en el próximo barrilete. Claro que nadie ha visto nunca un ciervo volador.

Ese comentario provocó la primera risa que ella escuchó de Dolfito.

Merendaron, jugaron a la gallina ciega, Santos leyó unas fábulas, y luego intentaron adivinar formas en las nubes. Al rato, Cachila observó que los niños debían cambiarse para la cena y levantaron los restos de la merienda cantando viejas rondas infantiles que perturbaban a Santos. Juliana gustaba de azuzar a su hermano mayor. Ya estaban caminando hacia la Rambla cuando Violeta sintió la necesidad de prolongar el paseo.

Algo inexplicable la retenía en el lugar.

—Ve con los niños, Cachila, que me quedaré un rato más.

—Ay, señorita, no me haga eso. Miselizabét no me perdonará que la deje aquí.

—¿Por qué no, si aún es de día?

—Porque una dama no debe caminar sola, con el perdón de usté.

—Sola no voy, sino con Huentru.

—¡Linda compañía! —bufó la doncella.

Compadecida ante el apuro de Cachila, Violeta la tranquilizó con la promesa de que solamente se mojaría los pies.

—Iré enseguida. Seguro que los alcanzo antes de que pisen el vestíbulo. Con el peso de la arena que llevan puesta tardarán más que antes.

Cachila no estaba convencida, pero tampoco podía prolongar la estadía de los niños. La señora de Balcarce era muy estricta con los horarios, una costumbre aprendida en Boston. Además, ella estaba agotada.

—Ve preparando el material para el nuevo barrilete —dijo Violeta, revolviendo el pelo de Dolfito.

Huentru salió disparado hacia el mar, encantado de proseguir la aventura, y la joven tras él. Por eso no vio a Dolfito mirando un trozo de papel que guardó después en el bolsillo.

Tras haber acarreado mercaderías hasta el fondeadero del muelle, Manu decidió refugiarse en su gruta, la que aún no habían descubierto los turistas que cada tarde salían a recorrer la zona en sus carros. Él huía de esos grupos excitados que trepaban por las rocas y bailaban pericones en la playa. Lo único que le gustaba era que recurriesen a él como bañero, algo que sucedía a menudo cuando las familias del Grand Hotel bajaban a las playas de la barriada de La Perla. Allí se vivía una temporada más tranquila, sin tanta etiqueta, y Manu disfrutaba cuidando de los más pequeños mientras sus madres tomaban el baño en grupos. Era también una forma de mantenerse alejado de Lucrecia, ya que ella continuaba atendiendo al público del hotel y rara vez se aventuraba fuera de las instalaciones. Manu podía pensar mientras miraba el océano.

Como en ese momento, desde el interior fosforescente de la gruta, mientras el gruñido de los lobos que se recostaban sobre las piedras reverberaba en sus oídos con la misma fuerza que el mar. Duende iba y venía, buscando escarabajos y chapaleando en la espuma que se formaba en la orilla. Esas hondonadas naturales guardaban los ecos del pasado, y en sus paredes yacía incrustada la historia de la tierra. A Manu le gustaba mirar de cerca esos restos, pasar el dedo sobre la roca erizada de conchillas y moluscos, imaginar cómo habría sido ese mismo sitio cuando todavía nadie lo había pisado. La humedad mojaba su cabello duro y pegaba su camisa al pecho y a la espalda. Se sentía vivo en el interior de la gruta, uno más entre los seres que poblaban la playa y habitaban las aguas. Esa tarde soplaba viento y un encaje de espuma coronaba las olas antes de volar en copos hasta donde él estaba. Algunas nubes iban de prisa en el cielo. Manu miró hacia arriba y sonrió. El cielo estaba en todas partes: en el desierto donde le tocó luchar, en los esteros que lo vieron nacer, en la ribera donde conoció a Violeta...

Un ladrido lejano lo distrajo. Hacía rato que Duende se había apartado, y él se asomó para llamarlo. Temía que se acercase más de la cuenta a los lobos marinos. Por encima de su cabeza, la gruta recortaba un alero de piedra de donde colgaban algas y helechos.

Silbó. Otro ladrido fue la respuesta. Suspiró, resignado, y salió de la caverna. El viento había arreciado y las gaviotas lidiaban con las corrientes para poder aproximarse a la costa.

Silbó de nuevo, y nada. Manu se afirmó con sus manos callosas a la piedra y se alzó para trepar. Duende no estaba solo. Junto a él, un perrito del mismo tamaño lo husmeaba sin cesar, como hacen los perros cuando se encuentran, para reconocerse en su olor y saber a qué atenerse. Manu se quedó mirando la escena, perplejo. Poco a poco, una madeja de sentimientos se fue desenrollando en su pecho. Ese animalito blanco y marrón de trompa chata... tan parecido a...

—¡Huentru! —gritó sin pensarlo.

Ambos cuzcos respondieron al llamado y corrieron hacia él, ladrando. Duende brincó primero y miró al otro, invitándolo a seguirlo. Huentru dudó, y al fin pudo más su audacia y saltó también. Manu los recibió atónito. Por su cabeza pasaban oleadas de recuerdos y en su pecho latían emociones que no podía controlar. Aquel perro no podía ser el mismo, y sin embargo lo era. Idénticos ojos verdes, su hocico arrugado y corto, sus manchas de color té con leche. Y su manera de mirarlo, como si él también recordara.

Manu cayó de rodillas.

Violeta corría en pos de Huentru. Lo había perdido de vista cuando salió detrás de una gaviota que picoteaba la arena mojada en busca de almejas. El viento la obligó a entrecerrar los ojos, y el muy bandido desapareció. Había recorrido más trecho del pensado; sin duda Cachila ya se habría apercibido de que no los alcanzaría antes de llegar al vestíbulo. Confiaba en que Elizabeth no reprendiese a la doncella por dejarla en la playa. Después de todo, bastante tenía la pobre con los cuatro niños.

Le pareció oír un ladrido bajo las rocas, y hacia allá fue. Era divertido explorar esos rincones aún salvajes. Se preguntaba si Cristóbal amarraría su barco en alguno de esos cabos. Recordar al marino le oprimió el estómago, sensación ya familiar que la perturbaba. Se le escapó un grito de admiración al descubrir una colonia de lobos marinos que se amontonaban sobre las piedras, sin importarles que el mar estallase muy cerca, bañándolos con su espuma. Una ráfaga la empujó hacia el borde de lo que parecía una gruta escondida bajo la barranca. El ladrido provenía de allí.

—¡Huentru!

El viento se llevó su voz. Violeta se balanceó sobre el alero rocoso, mirando hacia abajo.

Un perrito blanco y negro retozaba junto al suyo. Jugaban como si se conociesen de toda la vida. Violeta se sentó con las piernas colgando, dispuesta a disfrutar del momento. Aquel sitio era espléndido. ¡Por fin veía a los lobos! Todos hablaban de la lobería en el hotel, y planeaban excursiones para avistar esos animales grotescos que tan imponentes lucían junto al elemento que les daba vida. Dejó a un lado el canasto que llevaba y formó bocina con las manos, tratando de copiar el graznido de las gaviotas.

Era buena imitando el canto de las aves, y pretendía engañar a los lobos con ése.

Un rayo atravesó su cuerpo de repente, un latigazo de dolor. Alguien la miraba. Sus ojos volvieron hacia donde los perros jugaban, y vio a un hombre de rodillas, petrificado como una más de aquellas rocas castigadas por el mar. El viento sacudía sus cabellos y las olas arrojaban sobre él cascadas de agua que no lo conmovían. Violeta sintió un vahído. Todo desapareció: el mar, las gaviotas, los lobos, Huentru... sólo quedaba ese instante suspendido en el tiempo durante el cual la vida entera se derramó ante ella.

Manu.

No podía ser. Nadie sabía de él, Julián se lo dijo. Y hacía tanto que se había marchado...

Violeta comenzó a desgranar sensaciones vividas en su interior: la urgencia del regreso, el deseo de quedarse en Buenos Aires primero, luego la decisión de partir con los Ramírez Aldao y conocer Mar del Plata, y el llamado de la playa, que la llevaba caminando por la orilla. ¡Era cierto, entonces! Manu, Manu, Manu, Manu...

—¡Manu!

Se arrojó desde el alero como si fuese una pluma que el viento barre, sin medir la altura ni las consecuencias. Cayó blanda, casi en un desmayo, y entrevió apenas que el hombre, presa de la misma emoción que ella, corría para atajarla antes de que tocase tierra.

Luego no supo más.

Cristóbal se sentía aliviado ante la partida del presidente de la Nación. Aunque jamás se lo confesaría a Pedro, prefería abstenerse de matar a un hombre al que no conocía y del que le importaba un rábano. Era mercenario y contrabandista, pero tenía sus límites. En lugar de atentar contra la vida del mandatario, aceptaría lo que el contacto de Pedro en el hotel Bristol les había proporcionado como alternativa para justificar el dinero que cobraban: confusión en pleno paseo de la Rambla con un disparo al aire. Para ello, les había brindado el dato de un pescador que solía frecuentar la trastienda de Venturino y participaba de las reuniones secretas que allí se organizaban por las noches.

—Es hombre de palabra —les aseguró—. Hará lo que le pidan por convicción, sin necesidad de paga, aunque si la hay, no la rechazará. Son tiempos duros.

Cristóbal había sonreído con cinismo. ¡Si lo sabría él!

Así fue como Pedro salió en busca de Marcos Salvi, ofreciéndole que ejercitase un poco esas ideas que tomaban forma en su cabeza calenturienta.

Las críticas a la sociedad elegante habían llegado a Mar del Plata junto con los turistas y los inmigrantes que buscaban empleo. La mayoría de los trabajadores provenía de los pagos del vasco Luro, pero había otros que vivían al amparo del trabajo ocasional, y no compartían la estirpe ni los intereses de progreso que don Pedro impuso a todo. Más en esos tiempos, cuando ya el propio Luro se hallaba ausente y las actividades eran regidas por sus hijos y yernos. Gran parte de los pescadores eran napolitanos o genoveses llegados con el anhelo de vivir del mar, como lo habían hecho en su terruño. La pobreza y la necesidad eran pasto fértil para las ideas levantiscas, que algunos se encargaban de sembrar favorecidos por la mala administración del gobierno, que propiciaba las quejas. Hombres sin instrucción ni norte adonde ir se inclinaban por las soluciones violentas antes que por la prédica reflexiva, y Marcos Salvi era un fervoroso promotor de la libertad a cualquier precio. Libertad para hacer lo que le viniese en gana, sin que una caterva de funcionarios le exigiese nada a cambio. Sus ideas eran precarias, no tenían fundamento filosófico, pero su carácter fogoso se imponía entre los suyos. Unos por miedo, otros por convicción, se mostraban partidarios de hacerse oír ante esos pitucos que desfilaban todos los días por la Rambla sin fijarse en los harapos de los niños ni en la dureza de la vida de los trabajadores.

Marcos vio en la oferta de Pedro de Alcántara una oportunidad de ser héroe ante la plebe.

Cristóbal lo recibió en el *Fortuna*, barco que el pescador miró con envidia, y lo instruyó sobre lo que debía hacer.

—Sin víctimas —le aclaró el capitán con firmeza.

No iba a sustituir el atentado que tanto le disgustaba por la bajeza de matar inocentes.

Marcos accedió a todo, tomó el dinero y el arma, y sonrió para sus adentros cuando regresó a su casilla. Ya vería él cómo se las ingeniaba, no precisaba de mentores para algo que su mente había acariciado durante un tiempo. Hasta Venturino, que era pura labia, quedaría admirado.

A pesar de la recomendación, Cristóbal indicó a Pedro que vigilase al hombre.

—Síguelo, no me fío de él.

En su fuero íntimo pensaba en Violeta, se le helaba la sangre al imaginar que podría resultar herida en la confusión que de seguro produciría el disparo. Sentirla vibrar entre sus brazos le hizo comprender que se estaba engañando, que aquella atracción no era un simple amorío. Ese descubrimiento lo asustaba, y a la vez se sentía incapaz de resistirse.

La cita era a las seis de la tarde, la hora en que los veraneantes se arrojaban sobre la Rambla para iniciar la consabida procesión de ida y vuelta. Ningún otro sitio ni momento podían ser mejor elegidos que esos, que reunían a la lacra social que Marcos detestaba. Cubierto por una capa impermeable que ocultaba el bulto de la pistola, el pescador se acercó a la baranda del paseo como si sintiese curiosidad por la gente que desfilaba.

La tarde se presentaba espléndida para caminar. Hacía fresco, de modo que las damas podían lucir sin riesgo de sofoco los cuellos de piel, y los caballeros sus sombreros de castor. La marea humana pronto fue infernal, había que acomodar el paso al escasísimo espacio que quedaba entre unos y otros, y más de una vez los saludos interrumpían ese discurrir bullicioso, formándose grupos efusivos que se preguntaban banalidades como si no se hubiesen visto antes, en el hotel o en algún otro paseo. Todos sabían qué rol desempeñar en la Rambla, y lo hacían con gusto y a conciencia. Ver y ser visto era la consigna. Ya habría tiempo luego de desmenuzar los detalles: qué llevaba quién, y si alguien tomó el brazo de otro. A menudo, la Rambla era escenario de algún compromiso repentino, y entonces las familias, que aguardaban ese momento, estallaban en risas y besos, felicitándose y alabando a los novios, que a partir de ese instante estaban autorizados a caminar juntos y solos.

Marcos observaba con desprecio y esperaba su oportunidad. Le resultaba difícil discernir dónde podía causar mayor daño. Por momentos, le parecía que había poca gente en el tramo en el que se había parado, y se corría un trecho en procura de multitud más abigarrada. Luego, ese grupo se dispersaba y volvía a correrse, inseguro. La incertidumbre lo carcomía. Era la primera vez que tomaba una decisión por sí mismo, y eso lo abrumaba.

¿Si salía mal y lo capturaban? ¿Y si el tiro fallaba y quedaba en ridículo ante sus amigos? Infinitas posibilidades le martilleaban el cerebro.

Al fin, un detalle inesperado lo cambió todo.

A cierta distancia, donde el Bristol había desplegado sillas y mesas vienesas sobre una terraza, se encontraba Carlos Pellegrini tomando un aperitivo en compañía de otros dos hombres con los que mantenía encendida conversación. Aunque Marcos lo avistó de lejos, le resultó inconfundible el porte del vicepresidente, una combinación de aire campechano y distinguidos modales. Ya estaba. Tenía el blanco perfecto.

El capitán extranjero no le había dado orden de disparar contra el doctor Pellegrini, sin embargo ése era el golpe que reclamaban los hechos. Cualquier otra cosa resultaría nimia en comparación, pensaba él. Hacia allí se encaminó con paso casual, como si estuviese buscando a alguien perdido. Su mano derecha palpaba el costado del abrigo.

El vicepresidente hablaba con sus compañeros y saludaba a los paseantes, que se detenían para intercambiar alguna impresión, o inclinaban sus cabezas con simpatía, compartiendo el gozo de disfrutar de la temporada.

—No hay caso, Mar del Plata es de lo más civilizado que tenemos —decía Pellegrini—. Si hay un defecto en esta sociedad, es el de ser demasiado honesta, por eso cunde a veces la chismografía.

—Está en lo cierto, doctor —repuso un hombre de letras que dirigía un importante diario—. Sin embargo, me resisto a incorporar columnas sociales en mis páginas, me resulta un tanto… cursi, podría decir. Y no hay que alentar morbosidades en las mentes jóvenes.

—Todos queremos saber vida y obra de los otros —terció un caballero español, vehemente y aristocrático—. El que diga lo contrario, miente. Está en la naturaleza humana.

—Aun así, mi estimado bachiller, no es loable propiciar esas tendencias. Usted, como periodista acostumbrado a estas lides, habrá notado que en el mundo del papel se puede hacer buena letra.

—Dígame, doctor Pellegrini —dijo entonces Justo López de Gomara, pues de él se trataba—, si debo mochar mis columnas en aras del intelectualismo, cuando estamos en tan espléndida compañía —y el español mostró con un ademán la presencia de jóvenes y bellas damas.

Pellegrini tronó con su risa, llamando la atención de los paseantes. Era mandado a hacer para lidiar con voluntades contrapuestas, se hallaba en su elemento.

Marcos Salvi clavaba sus ojos en aquella concurrencia. La Rambla había desaparecido para él, sólo las tres figuras masculinas ocupaban su atención. Con lentitud caminó hacia la terraza, planeando el modo certero de disparar el tiro, pues fallar significaría su tumba. Si acertaba, la República se desmoronaría, ya que la figura del vicepresidente la sostenía como el pilar de un templo sostiene el dintel resquebrajado. Si fallaba, acabaría con la vida y la pluma de un notable republicano propietario de *El Correo Español*, López de Gomara; o bien troncharía la de su oponente, Adolfo Dávila, director de *La Prensa*.

—No me venga con ésas —dijo este último, amoscado por la broma—. Hablemos en serio. Digamos, por ejemplo, que los periodistas de su diario comulgan con ideas extremas que se están sosteniendo por estos días en Buenos Aires.

—Si se refiere usted a la ética y a la moral que deben imperar en las decisiones políticas, estoy de acuerdo con ellas —refutó Gomara.

—Me refiero a soliviantar los ánimos de los trabajadores con promesas que no pueden cumplirse.

—Mi amigo, todas esas promesas podrían cumplirse bajo un régimen liberal republicano, falta que los encargados del asunto las pongan en práctica.

Hubo un estallido, y la réplica del otro quedó trunca.

Las mesas de la terraza se sacudieron ante la impresión recibida por el público, cayeron los vasos y las botellas, y los gritos de los caminantes colmaron el aire. Corridas, sombreros pisoteados en el suelo, llanto de niños sacudidos por sus madres, y gruesos epítetos dirigidos a quienes osaban interrumpir de ese modo la pacífica tarde de sol. Nadie entendía lo sucedido. "¡Un atentado!", gritó alguien, y el desparramo fue mayor aún.

Marcos contempló con estupor que había fallado. De manera ignominiosa, pues no dio en ningún blanco. Su bala debía encontrarse en la marquesina de la terraza, a lo sumo, si es que no había ido a parar al cielo. Presa del terror, empezó a confundirse entre la gente fingiendo pánico, algo que no le resultó difícil, y acabó perdiéndose en la arena. Corrió a todo lo que daban sus pies, y casi chocó de frente con una joven que también corría hacia el pandemónium de la Rambla, ignorante de lo ocurrido.

La esquivó con un juramento y desapareció.

Violeta se hallaba inmersa en una conmoción profunda. Miraba sin ver las nubes de tierra que se levantaban desde la Rambla, producto de las corridas y del viento que soplaba cada vez más fuerte. Los gritos, el silbato de la policía, la inusual agitación que se veía desde la playa no significaban nada para ella. Tenía en su mente sólo una cosa: había encontrado a Manu. Saberlo vivo, gracias al don particular que poseía, no le bastaba; ella anhelaba verlo, y de manera inesperada, el mar que se había interpuesto entre ellos fue el escenario del encuentro. Mientras caía del techo de la gruta, apenas alcanzó a ver que Manu corría hacia ella con los brazos en alto, listo para recibirla. Violeta nunca supo si la había atajado a tiempo. Al recobrar el conocimiento, el rostro tan querido proyectaba su sombra sobre ella, y los ojos oscuros, nublados de preocupación, la contemplaban sin pestañear.

—Manu…

—Violeta, ¿sos vos...?

Ella se incorporó para dar énfasis a su respuesta.

—Querido Manu… estás aquí ahora —y tocó con suavidad la mejilla curtida para asegurarse de que ése no era uno de sus sueños, tan vívidos siempre.

—¿Te duele? —quiso saber él ante todo, atento a su seguridad.

—Sólo el corazón me dolía, pero ya no.

—Violeta —Manu la contemplaba con reverencia y duda, como si aquello no fuese real.

Hubo unos segundos de conmovido silencio, en los que ambos se devoraron con los ojos, escudriñando detalles, buscando el ayer que los había unido tanto. Por fin, la curiosidad típica de Violeta se abrió paso y arremetió con las preguntas.

—Manu, tengo que saber lo que te ocurrió. ¿Estuviste en El Duraznillo? Julián me dijo que sí.

—Sólo de paso. El patrón es buena gente, me dio una recomendación para trabajar a las órdenes de don Pedro Luro, y acá estoy.

—Trabajando. ¿En qué?

Él se encogió de hombros. Nada importante, no valía la pena hablar de ello. Miraba el rostro de la joven que había dejado atrás, sin consuelo para su pérdida, y por su mente atribulada corrían imágenes pasadas y presentes sin cesar, atropellándose en una confusión que le nublaba la vista.

—No llores, Manu, o lloraremos los dos. Dame un abrazo.

Ambos se fundieron en un apretón que quitaba el aliento. ¿Cuántas veces se habían abrazado así? Siempre en ocasiones difíciles: la guerra, la despedida.

Habían pasado interminables años en que las vidas de ambos se desenvolvieron en forma paralela y divergente, cada uno arrastrado por vivencias distintas, obligados a no recordar para evitar la angustia. Manu veía a una mujer que ya no le llegaba al pecho sino al mentón, más bella de lo que la recordaba. En la febril imaginación de su soledad, Violeta conservaba el risueño rostro de niña, mientras que esta otra Violeta que lo contemplaba con emoción era una dama esbelta y refinada.

De pronto, el recuerdo de Lucrecia le desfiguró la expresión.

—¿Qué pasa, Manu, qué pensaste?

Iba a ser arduo ocultarle la verdad. Violeta poseía una percepción que sólo los brujos tenían. Sin embargo, él no podía decirle que se había casado. Justo cuando ella iba hacia él, cuando la vida los reunía.

—Nada. Estoy contento de verte.

—¿Y de quién es este perrito? Porque yo cuidé de Huentru, como me lo pediste. ¡Huentru!

Los dos cuzcos brincaron alrededor de la pareja. El encuentro los alegraba también.

—Se llama Duende, lo recogí de un gaucho que murió en el desierto.

Violeta tomó en brazos al susodicho y lo acunó como hacía con Huentru.

—Son iguales, pero de pelaje distinto. Manu, estos perritos nos unieron. ¿Te das cuenta?

Él asentía, maravillado. Apenas podía pensar con claridad.

—Huentru viajó conmigo por toda Europa. Creo que si pudiese hablar te sorprendería en francés, italiano o inglés. Es muy versado. ¿Y éste, qué idioma hablará? —y se frotó contra el hocico húmedo de Duende, que amagó morderle la nariz.

"El de los brutos", pensó Manu, el que hizo falta para defenderse en la frontera.

De pronto, se abrió entre Violeta y él un abismo tan profundo que a punto estuvo de levantarse y huir de allí. Ya no se trataba sólo de verse atado a una mujer que no amaba, sino de las diferencias que la vida había marcado entre ambos. Violeta era una dama culta, hablaba con un lenguaje expresivo, y a pesar de encontrarse con el pelo revuelto y la ropa desastrada, sus maneras y su porte denunciaban a la joven de aire mundano.

Manu seguía siendo un peón tosco y rudo. Había progresado, sí, tenía jornal y casa propia; aprendió oficios, y también supo desenvolverse con las cuentas gracias a doña Cecilia, que lo instruyó, pero estaba muy lejos de alcanzar la calidad de una mujer como Violeta. ¡Hasta Lucrecia estaba por encima de él! Y no dejaba de demostrárselo en los últimos tiempos.

—¿Dónde vives? —decía ella, precipitándose en su deseo de saberlo todo.

—Lejos, donde ya no hay poblado.

—Me lo imaginé. Yo estoy en el hotel con una familia amiga, y los Balcarce.

—¿Cuál hotel?

Por un momento, Manu temió que Lucrecia y Violeta se encontrasen en el Grand Hotel.

Al saber que se alojaba en el Bristol, respiró aliviado. Ella jamás debía enterarse. Nunca.

—Manu, tenemos que recuperar el tiempo perdido. Te contaré muchas cosas de mi padrino y de mamá. Ella estuvo en Buenos Aires hace poco, con Ignacito. ¡Si vieras qué mozo está! Me hubiese gustado viajar enseguida, pero mis amigos deseaban que me quedase un tiempo, y como se inauguraba la temporada de verano aquí... ¿Te gusta el mar, Manu? A mí me subyuga.

Una palabra que él no conocía. Se mantuvo callado.

—¿Pensabas volver a los esteros alguna vez? Me lo pregunté cuando estaba en Europa.

Él tardó en responder, era una pregunta que también se hacía. ¿Por qué no había regresado después de lo sucedido en la pulpería? Cierto era que aquella partida lo interceptó, y aun así podría haber huido en algún momento. Nadie habría podido hallarlo si se guarecía en el Iberá. Era un maestro del escondite. Si no lo había hecho, la razón se encontraba en El Aguapé. Manu no estaba seguro del recibimiento que le hubiese dado su padre. Rete era un hombre duro, lo había sido con él, aunque no con la dureza requerida para llevar a un hijo por la senda correcta, sin deslices, sino con otro tipo de rigor, rayano en la indiferencia.

Casi la misma que podía despertarle un peón. Dar de comer, abrigo, vivienda, y exigir obediencia. Así había vivido Manu en El Aguapé desde que podía recordar. Volver con un muerto en su haber, perseguido por la policía, dejando atrás a Violeta, eran culpas difíciles de digerir para Rete Iriarte. Y tampoco el padre lo había buscado, que él supiera. Ni siquiera en El Duraznillo se mencionó el nombre de Iriarte cuando Manu se apersonó para hablar con don Armando Zaldívar.

—¡Manu! —lo sacudió Violeta—. Estás muy distraído. No me escuchaste cuando dije que debemos vernos mañana.

—¿Mañana?

—¡Claro, tonto! Debo irme ya, o saldrán en mi busca. Le dije a la niñera de los chicos que le pisaría los talones y ella ya debe de estar trepando por las paredes. Se siente responsable de mí, la pobre. Y Martita, mi amiga, también estará preocupada. Pero tenemos que volver a vernos, Manu, no alcanzarán los días que faltan para contarnos todas nuestras cosas. Lo de Europa puede esperar. Yo quiero saber lo tuyo, adónde fuiste, qué hiciste, qué viste, todo.

La congoja de Manu era inmensa. Él no podía contar casi nada. Apenas referir sus aventuras en el desierto, callando lo que Violeta pudiese reprobar, como la muerte de los indios a mansalva. Lo otro era un tema prohibido. Aun así, a pesar del dolor de saber que la había perdido para siempre, la felicidad de verla de nuevo lo inundaba.

—Nos veremos aquí —dijo, convencido de que ese sitio serviría de refugio mejor que ninguno.

—¡Manu querido! —y Violeta le echó los brazos al cuello, emocionada.

Se despidieron bajo las largas sombras del atardecer. Violeta caminaba volviéndose a cada momento y Manu la miraba desde la orilla, envuelto en la bruma grisácea y con Duende a su lado, atento a la partida de su nuevo amigo. Huentru trotaba feliz.

Así fue como Violeta llegó a la Rambla, envuelta en un nimbo de dicha que le impidió reparar al principio en la confusión. Hasta que ese hombre casi la llevó por delante, y luego, mientras se reponía de la sorpresa, otro hombre le salió al encuentro con el semblante descompuesto.

—¡Señorita! ¿Está usted bien?

—¡Claro que sí! ¿Y usted? —preguntó asombrada Violeta, que acababa de reconocer en el caballero al cadete Nikolai Romanoff.

—Digo por lo sucedido allá arriba, la bomba.

—¿Una bomba?

—Afortunada, si no estuvo presente. Hay gente lastimada por tropezarse y correr, antes que por el estallido. No se sabe nada, la policía está averiguando.

El cadete la tomó del brazo, pues Violeta parecía algo perdida, y supuso que se debería a que la preocupaba la suerte de las personas queridas.

—Venga, la acompañaré hasta el hotel.

Caminaron por la Rambla desierta, recorrida sólo por algunos hombres que se unían a la pesquisa policial, y luego se mezclaron con la multitud que se agolpaba en el vestíbulo del Bristol, conmocionada por el brutal hecho.

—Hay que colgarlos en la Plaza Mayor, como se hizo en los viejos tiempos —se oía decir.

—¡Qué barbarie! Y en un sitio como éste, donde vienen los niños con sus madres.

—La culpa la tienen los gobiernos que propician la llegada de extranjeros de cualquier parte. Ya le daría yo a Avellaneda con su cacareada colonización. ¡Éste es el resultado!

—¿Y por qué está tan seguro de que el culpable no es argentino?

Nikolai la contemplaba con amable atención. La depositó junto al *toilette*, suponiendo que ella necesitaría arreglarse un poco, y en verdad lo necesitaba, dado su aspecto, aunque otras mujeres tenían también el sombrero torcido, las faldas rasgadas y el cabello revuelto.

En el tumulto, nadie reparó en su condición.

—¡Violeta!

Martita la capturó antes de que entrase al reservado.

—Nos tenías en vilo con tu ausencia. Dijo doña Elizabeth que habías bajado a la playa con los niños. ¿Dónde estuviste?

—En la playa, pues. Me salvé de la bomba gracias a eso.

—¿Qué bomba? ¡Fue un disparo! Parece que quisieron matar al vicepresidente. Por fortuna, el canalla tenía mala puntería. Dicen que debió de ser un anarquista. Están buscándolo por todas partes, muy lejos no ha de ir. Mi papá dice —y Martita bajó la voz, cautelosa— que el panadero del pueblo es sospechoso. Tiene una imprenta en los fondos de la tienda, parece.

—¿Una imprenta?

A Violeta le interesó el detalle. Pensaba en sus artículos.

—Para difundir ideas alborotadoras, claro. Pero ven, subamos al cuarto, que con todo esto se pasará el momento de cambiarnos para la cena. Estás hecha un desastre, Violeta. ¿Y el perro?

¡Se había olvidado de Huentru! Violeta se lanzó en su busca. Por fortuna, el pequeño animal pasaba desapercibido detrás del cortinado del comedor. Lo alzó y siguió a su amiga escaleras arriba.

Josefina las aguardaba con cara de pocos amigos.

—Acá están. Por fin.

—La encontré abajo, mamá. La pobre no se enteró de nada.

—Déjanos solas, Martita, necesito hablar con Violeta.

—Pero mamá, la cena…

La mirada de Josefina Aldao detuvo la protesta, y Martita obedeció. Cuando quedaron solas, la mujer tomó la palabra con autoridad.

—Sé que eres mayor, y que no es nuestra responsabilidad lo que hagas o dejes de hacer. Sin embargo, considero poco delicado que nos mezcles con ciertas actitudes que nos rozan, al haber venido a Mar del Plata con nuestra familia.

—Doña Josefina, no sé qué habrá ocurrido —comenzó Violeta, pero la mano imperiosa de la mujer la detuvo, como a Martita.

—Lo que se dice es que anduviste caminando por la playa, y no sólo hoy, sino otras veces antes. Que te has visto con alguien.

Violeta abrió mucho los ojos. ¿Ya estaban al tanto del encuentro con Manu? Ella pensaba guardar silencio al respecto, dadas las circunstancias de la desaparición del joven.

—Un amigo…

—No me interesa el tipo de relación que tengas. Entiende lo que quiero decir, Violeta. Mi único temor es que mi familia, y en especial mi hija, que es joven y casadera, se vea envuelta en los turbios encuentros de su amiga.

—Yo no sostengo encuentros turbios, señora.

—Para mí lo son, desde que no pueden llevarse a cabo a la luz del día en la Rambla, o en los salones del hotel.

Violeta recordó el momento en que Cristóbal la había tomado en sus brazos, y los colores subieron a sus mejillas.

—Veo que te das por aludida. Entonces, no hay que decir nada más. Puedes tomar otro cuarto si lo deseas, pero mientras compartas el de Martita tu conducta debe ser honrada. Espero que no quepan dudas sobre lo que digo, Violeta.

—Ninguna, señora.

—Bien. Ahora, arréglense para la cena, que se demorará más de la cuenta por este suceso despreciable. Y esconde ese perro.

Josefina salió de la habitación como una reina, sin cerrar la puerta. Martita se apresuró a entrar al ver a su madre desaparecer en su propio dormitorio.

—Lo escuché todo, y no puedo creer que tengas un amorío, Violeta. ¡No me dijiste nada!

—Eso es porque no lo tengo.

—Mamá dice…

—Lo que otros dicen. Alguien debió de suponer eso al verme hoy en la playa, porque un hombre se acercó a Dolfito y yo lo increpé.

—¿Un hombre? ¡Ay, Dios, si será el anarquista!

—Puede ser. No tiene que ver conmigo.

—¿Y quién inventaría semejante historia?

Violeta quedó en suspenso. La especie podía provenir de cualquier dama amante del corrillo; lo que la preocupaba era que tuvieran algo de razón, si es que habían espiado el encuentro con el capitán del *Fortuna*. Ella tampoco deseaba perjudicar a nadie, mucho menos a la familia que la había acogido en su seno desde que llegó. Quizá no fuese mala idea alquilar un dormitorio. Si iba a encontrarse con Manu en lo sucesivo, sería más cómodo para entrar y salir a su gusto. Pensó en comentárselo a Elizabeth Balcarce, que era una mujer discreta y le guardaría el secreto. Esa noche lo haría, con la excusa de contarle el extraño encuentro de Dolfito con el hombre del capote.

Pedro decidió guardar silencio sobre el suceso. Lo importante ya se había logrado: sembrar la confusión y crear zozobra sobre las intenciones de los descontentos contra el gobierno. Inútil era que Cristóbal supiese que el infeliz de Marcos Salvi había optado por apuntar en lugar de tirar al aire. Conociéndolo, Pedro temía que Cristóbal saliese en persona a practicar puntería con el cráneo del desdichado. Y al fin de cuentas, no había pasado de un susto. Él mismo se había ocupado de verificar que Martita y Violeta estuviesen a salvo. La pequeña amiga de la sirena estaba metiéndosele por los ojos. En cuanto a la otra joven, lo único que lo inquietaba era que, en lugar de encontrarse en la Rambla a esas horas, venía del mar y en un estado bastante deplorable. A menos que una ola la hubiese arrastrado…

En el pueblo existía una antigua pulpería donde los paisanos solían beber ginebra, jugar a los dados y apostar en las cuadreras. Se dirigió hacia allí. Esos sitios eran ideales para ponerse al tanto de todo.

Cristóbal se paseaba inquieto por su cabina, que al ser pequeña lo ponía más nervioso. Había obrado en contra de sus costumbres al dejar en manos de otros un encargo, y temía que algo hubiese salido mal. Por el ojo de buey ya entraba la noche, y el balanceo del barco le indicaba mar gruesa. ¡Al diablo con todo! Si no podía dormir, al menos ejercitaría las piernas. Se echó encima el capote marino, tomó su pistola y se calzó el puñal bajo la bota. En noches así, lo mejor que podía hacer era pelear con alguien. Sólo navegar aquietaba su espíritu, y ya llevaba días de inacción en la escondida bahía.

La chalupa lo dejó lejos de la zona Bristol, junto a una barranca que en la oscuridad semejaba un monstruo que batallaba con las olas. Cerca de allí, el resoplido acompasado de los lobos marinos formaba un coro de extrañas voces, que a los supersticiosos les parecería provenir del averno. Cristóbal descendió de un salto y arrastró la barca hasta dejarla en tierra. Se sacudió la arena y comenzó a caminar. Los demonios que latían en su cuerpo no lo dejaban en paz. Había sólo dos cosas que podían devolverle la serenidad: un cuerpo tibio de mujer y una buena pelea. Al parecer, ninguna de las dos estaba próxima, ya que la soledad del sitio, dejando a salvo los lobos marinos, era absoluta. Encontró una gruta y se cobijó bajo el alero, mirando el mar desde ese interior húmedo e iridiscente. La luna comenzaba a asomar, y su claridad jugaba con el nácar de las conchillas. Cristóbal tendió el capote en el suelo y se echó en él, dispuesto a soñar. Un objeto llamó de repente su atención: un canasto que yacía sobre la arena. Miró en su interior y vio un pañuelo azul, sucio de tierra y mojado. Alguna dama indiscreta habría tenido en esa gruta un encuentro secreto. Sonrió, apesadumbrado. Suerte que habría tenido el amante. En esos momentos, la única mujer capaz de inspirarlo se hallaba protegida en el hotel Bristol, acompañada de una multitud de burgueses engreídos. Sus ojos descubrieron unas iniciales en el pañuelo: V.G. Qué rara coincidencia. Lo enrolló en su mano, y un aroma sutil e inconfundible le saltó al rostro. Azahares. Cristóbal recobró de pronto toda su astucia. Dejó de ser el hombre melancólico para transformarse en el sabueso sediento de sangre, olfateando su presa. ¡La dama indiscreta… era Violeta Garmendia! Había acudido a ese rincón alejado y no sola, el olvido de su canasto la denunciaba. Habría merendado en compañía de alguien, o le habría llevado algún obsequio; ya la imaginación de Cristóbal desbordaba de posibilidades. Apretó la tela con tal fuerza que el pañuelo se desgarró. ¡Qué idiota había sido! Creer que la sirena no cantaría su canto de amor cuando se encontrase en un hotel lujoso, rodeada de pretendientes, danzando y fingiendo cortesías. ¡Qué iluso pretender que lo que a él le había dado no se lo diese a otro en cualquier momento! ¿Acaso ella le prometió algo? Sólo su boca, y alguna caricia. Cristóbal maldijo. La noche estaba arruinada. Ya no quedaba otro recurso para calmarse que la pelea. Se cubrió de nuevo con el capote, y con el pañuelo azul anudado en el puño se encaminó al pueblo, ávido de vérselas con alguno.

Manu distraía sus últimas horas en la taberna.

Aunque no solía frecuentarla, a veces bebía en compañía de otros peones, lo justo para no desairar, ni perderse tampoco. Recordaba muy bien el episodio de la pulpería porteña en el que la bebida lo había mareado un poco. Esa noche, luego del encuentro con Violeta, necesitaba pensar antes de verle la cara a su esposa, y seguro de que ella no lo echaría de menos se demoró degustando una caña.

El pulpero contaba la historia de su establecimiento, remontándola con orgullo a los tiempos en que los padres jesuitas instalaron allí la misión Nuestra Señora del Pilar de los Puelches. Él decía que la pulpería había sido heredada por varias generaciones hasta él, y que por aquel piso de tierra habían pasado los padres José Cardiel y Tomás Falkner para intimar a sus ancestros a que dejasen de vender aguardiente a los indios serranos. Se golpeaba la pierna con el trapo y reía groseramente, diciendo que serían de imaginar las caras de los propios indios al ver que sus protectores los privaban de lo que más les gustaba. ¡Con razón cada tanto se iban de la misión y se llevaban sus toldos!

La concurrencia, medio alegre después de empinar durante la tarde, secundaba al pulpero en la juerga sin entender demasiado. Manu ya estaba por irse cuando entró un hombre alto y enjuto, vestido con un capote negro. Sus ojos destilaban veneno. Alguno se santiguó, quizá viendo en el sujeto una aparición, pues su tez era en extremo pálida. El silencio acompañó la instalación del desconocido en una mesa aislada. Al rato nadie le prestó atención, una vez que se limitó a beber como los demás. De nuevo Manu atinaba a irse cuando se presentó otro extraño, marcado con una cicatriz y con aire furibundo. Esa vez el silencio reinante no fue de temor religioso sino de otro bien carnal, ya que el nuevo iba armado y sus ojos grises despedían fuego. Se sentó con desafiante ostentación, miró en derredor y pidió licor a los gritos. Manu podía captar ese estado de ánimo; lo había visto en muchos soldados después de la batalla, cuando por un pelo de caballo salvaban la vida luego de ver caer despedazado a un compañero. Allá él. Cada uno tenía sus cuitas. Y las de Manu eran bien hondas.

—¿Adónde va? —lo increpó el recién llegado—. Yo invito.

Manu se tocó la boina.

—Se agradece, pero ya me voy.

—¿Me desaira, entonces?

Un murmullo y un roce de botas que iban de salida. Manu estaba por ceder para evitar un lance cuando se escuchó desde el fondo:

—Un bravucón más. Como si hiciera falta en este antro de perdición.

El pulpero recobró la templanza y se colocó detrás del mostrador.

—¿Qué ha dicho usted?

Cristóbal se volvió hacia la voz y vio al hombre de negro acurrucado en un rincón. De no haber hablado, ni lo habría mirado, tan insignificante le pareció. El otro, el grandote, era más adecuado a su idea de pelea, pero ya que este otro se la buscaba....

—Le ruego que repita lo dicho, señor.

—Lo ha escuchado perfectamente. Si desea regodearse, puedo decirlo de otro modo: sitios como éste, donde las gentes vienen a lucir sus plumas a falta de otras virtudes, producen especímenes como usted, que buscan incautos para desafiar, otra manera de lucimiento igual de despreciable.

Cristóbal trató de calar al hombre. Hablaba con propiedad, aunque no entendía un corno de lo que decía. Si el sitio al que se refería era esa pulpería, estaba de acuerdo, pero tenía la impresión de que hablaba de otra cosa, y que en eso él no tenía mucho que ver tampoco.

Manu observaba perplejo al sujeto pálido. Algo en él lo atraía, una sensación familiar, aunque no recordaba haberlo visto antes. Ofrecía un aspecto triste y desolado allí metido contra la pared, bebiendo ginebra barata cuando se notaba por su lenguaje que era un tipo acostumbrado a otros gustos. Sintió lástima por él. Imaginó que si Violeta estuviese allí abogaría por el sujeto más débil, como era su costumbre, y decidió quedarse por las dudas.

Cristóbal se puso de pie y caminó con lentitud hacia la mesa del fondo. El otro lo miraba, impávido.

—Dígnese pararse, ya que se pone tan alto por sobre los demás.

El encapotado se paró, y Manu vio que a pesar de su altura era de contextura liviana. Esos ojos torturados, esa frente alta, los labios finos removieron las telarañas de su mente, y se le presentó una imagen borrosa que lo hizo trastabillar.

De un salto se plantó entre los dos hombres y exclamó:

—Tío, ¿qué hacés acá? Vení que te están esperando.

Tomó al encapotado del brazo y lo arrastró hacia afuera, ante la mirada incrédula de los demás. Los que conocían a Manu sabían que no tenía parientes en Mar del Plata, fuera de la esposa. El pulpero estuvo a punto de decirlo, y un parroquiano lo llamó a silencio. Los hombres preferían que el flaco pálido se fuese porque su suerte estaba echada.

Cristóbal vio cómo Manu tiraba del de la capa, y antes de que desapareciese en la oscuridad le gritó:

—Si tanto le disgusta mi presencia, lo invito a que me borre de la faz de la tierra al amanecer, junto a la barranca de los lobos.

—Dispénselo, señor —contestó Manu—. Está loco, no sabe lo que dice.

Eso desató un torbellino de comentarios. Cristóbal se quedó mirándolos salir, seguro de que en esa escena había gato encerrado.

Una vez en el fresco de la noche, Manu empujó al sujeto hacia el sector iluminado del pueblo, diciéndole:

—Váyase y no vuelva a poner un pie en este sitio.

—¿Quién eres, muchacho? No pareces de la misma catadura que todos los que vienen al balneario.

—Yo vivo acá.

—Ah, es eso. Entonces, eres un hombre de trabajo. He ahí la diferencia.

—Váyase, le digo.

—Sí, sí, me iré. Cuando haga lo que he venido a hacer. Todo terminará después. Gracias, muchacho, que Dios te bendiga. Aunque no por haberme salvado, sino por haberlo hecho antes de lo que debo hacer aquí.

Con esas enigmáticas palabras, el hombre se perdió en la penumbra.

Manu estaba por hacer lo mismo cuando percibió que el sujeto peleador salía también. Iba en dirección al Bristol, que a lo lejos era un faro titilante en la oscuridad. Luego observó que otro hombre, al que no había visto antes, lo seguía a la distancia. Ambos vestían como marinos de cierto rango. Se trataría sin duda de tripulantes trasnochados de algún barco. "Que se arreglen con Dios", pensó. Ignoraba qué demonio lo había acometido para salir en defensa del encapotado. La imagen que minutos antes bullía en su mente se había vuelto confusa, ya no sabía qué recuerdos había agitado.

Pesaroso por tener que regresar, salió en busca de Matrero, atado al palenque de la pulpería.

A Cristóbal se lo llevaba el demonio de la pasión frustrada. Llegó hasta el hotel, y vio que había baile después de la cena. Estaba descartado entrar sin tarjeta. Dio la vuelta y contempló las posibilidades de escalar las paredes. Algunas habitaciones contaban con balcones, de modo que, amparado por la noche, intentó alcanzar las primeras barandillas.

Pedro miraba la escena desde lejos, y suspiró. Cuando el capitán perdía la chaveta era imposible predecir lo que haría. Otras veces le había sucedido y se metieron en problemas. Él hubiera deseado dormir tranquilo esa noche a bordo del *Fortuna*, después de una tarde agitada como la que habían tenido, pero estaba visto que Cristóbal padecía un mal sueño, y habría que conformarse con vigilar y actuar si era necesario.

El capitán llegó hasta un balcón con postigos abiertos y entró con sigilo. Miró con rapidez los muebles y supo que la habitación era de mujer por las chucherías del tocador, pero un vistazo le bastó para saber que no se trataba de la de Violeta. Por fortuna para él, no echaban llave a la puerta, así que salió al corredor dispuesto a descubrir dónde estaba su sirena. Desde abajo subían los acordes de un cuarteto que tocaba valses ligeros. El roce de los vestidos, el murmullo de las conversaciones, las risas, el entrechocar de las copas y el retintín de la vajilla lo fueron guiando. Se encontró ante un salón decorado con frisos y cortinados espesos que ocultaban la vista de la playa, aunque la puerta de entrada permanecía abierta, según la costumbre de derramar la algarabía de la fiesta hasta la calle.

Algunas parejas danzaban mientras que otras paseaban por el lugar tomadas del brazo, observadas por matronas que reían y se abanicaban en grupo. Nada quedaba del episodio de esa tarde, al parecer, ya que Cristóbal no escuchó ningún comentario. Las frases que caían en sus oídos eran banales, abundaban las risas y el champán corría generoso. Su mirada sagaz recorrió todos los rincones en busca de su presa y por fin la encontró, en una pose mucho más tranquila de la que esperaba. En lugar de volar en brazos de algún jovenzuelo inexperto y audaz, como la había imaginado, Violeta se encontraba sentada junto a una dama bonita que la escuchaba con atención. Cerca de ellas, un caballero de gran porte miraba por sobre sus cabezas en actitud vigilante, por más que allí no corriesen ningún peligro. A Cristóbal lo tranquilizó ver que el hombre contemplaba con dulzura a la dama y ella le correspondía con una sonrisa que hablaba por sí misma. Por ese lado no había nada que temer, entonces. Tomó un ponche que le ofrecieron al pasar y permaneció oculto a medias, observando.

Eizabeth O'Connor acababa de escuchar el relato de Violeta sobre el desconocido que acechó a Dolfito y se mostró preocupada.

—Después de lo que ocurrió esta tarde podría pensarse que tiene relación, aunque no veo qué le puede interesar un niño a un agitador.

—Yo pienso igual. Lo raro es que Dolfito no me ha dicho nada, es un niño extraño.

—Su madre está inquieta por él. Es más serio de lo que corresponde a su edad. ¡Más serio que Santos, y eso que él hace honor a su nombre!

—Dolfito es muy pequeño para mostrarse tan concentrado.

—Estoy de acuerdo. Los niños deben ser expansivos. Ya tendrán tiempo para comportarse. Vigilaremos a Dolfito en estos días. Si el caballero ha hecho algo que lo comprometa, saldrá a la luz ahora. Es importante que no lo atosiguemos con preguntas. Sé por experiencia que los niños se cierran como ostras cuando un mayor quiere interrogarlos.

—Cuento con su ayuda. Hay algo más que quiero decirle.

—Sí, querida, puedes confiarme lo que sea.

—Es algo… privado.

Elizabeth se volvió hacia Fran y le tocó el brazo con el abanico. Él de inmediato se inclinó para oír lo que su esposa le murmuraba al oído. Sonrió y salió en busca del pedido para satisfacerla.

—Le he dicho que me traiga un poco de ponche. Con suerte, en el camino lo entretendrán y nos dará tiempo de conversar a solas.

Violeta le refirió con rapidez la situación de Manu.

—¿Es ese muchacho que te acompañaba cuando te instalaste en Buenos Aires? Brunilda me contó lo sucedido. Pobre, ha de ser duro para él haber vivido tan lejos durante tanto tiempo.

—Manu es fuerte, pero yo no quiero separarme de él ahora, y doña Josefina Aldao verá con malos ojos que lo trate. Parece que han corrido chismes, y me sugirió que me buscase un cuarto para mí sola.

—Válgame —exclamó sorprendida Elizabeth—. ¿Y qué quieres hacer al respecto?

—Me daría pena por Martita, nos llevamos muy bien, pero si eso sirve para que no haya roces con su madre lo prefiero así.

Elizabeth pensó un momento. Leía sinceridad en los ojos de Violeta; no se trataba de un ardid de joven disoluta sino de un deseo de no provocar problemas. Sabía que ella haría lo que quisiese, de todos modos, pues se daba cuenta del carácter que tenía enfrente y de que su noble corazón le impedía tomar decisiones que causasen daño a otros. Aun así, se permitió darle un consejo.

—Querida, si ése es tu deseo, puedes usar la habitación que le destinaron a Juliana y ella no quiso. Prefirió dormir en la de su amiga Monona. Ya sabes cómo son las niñas a esa edad, quieren hablar y hablar. Está a tu disposición, puedes mudarte cuando quieras. Espero que Martita no se ofenda.

—Yo también lo espero. Hablaré con ella, le diré que de ese modo Huentru no la molestará. A ella no le gustan los perros.

—Me imagino —sonrió Elizabeth.

—¿Dónde queda? ¿Puedo verla ya mismo?

—Desde luego. Es la tercera de la izquierda del primer piso. Escucha, Violeta, te digo esto en nombre de doña Cecilia Bunge, que te quiere como una madre puede hacerlo.

—Sí, ella es mi amiga. Yo también la quiero.

—Ya ves cómo es la sociedad, y más cuando está ociosa, como en los veraneos. Busca temas y personas con los que ensañarse. Un hombre de bien aceptaría visitarte en la Rambla, donde podrías hablar con él acompañada por otros. Nadie lo objetaría, aunque no lo conocieran. De lo contrario, podrían circular rumores que te causarían tristeza. Sé de lo que hablo, ya que al llegar a la Argentina tuve que enfrentarlos debido a mi condición de maestra extranjera. Eran otros tiempos, aunque los chismes siempre encuentran un camino que recorrer.

—Es que yo no deseo que Manu se exponga, debido a...

—A su huida de años atrás.

—Sí, aunque yo sé que es inocente, que mató en buena ley.

Elizabeth calló su parecer. Para una dama educada en las reglas de la sociedad bostoniana, de rígido respeto a las normas, aquello de "matar en buena ley" no cuadraba. Los años vividos en las pampas, sin embargo, la ponían al tanto de cómo se interpretaban allí los hechos. De nada valdría discutirlo en ese instante.

—Aun así, eso es algo que le toca resolver a él, querida. Tu situación de joven soltera de buena familia nos atañe a todos, que deseamos tu bien.

—Lo tendré en cuenta, Elizabeth, gracias.

Violeta sonrió, feliz de saberse comprendida por una mujer capaz a la que ella admiraba.

Se levantó justo cuando Francisco volvía llevando dos copas de ponche en las manos. Al ver que la joven se marchaba conservó una que hizo tintinear con la de su esposa en un renovado brindis de amor.

Cristóbal siguió con la mirada la dirección que llevaba Violeta y subió los escalones un momento después. El ruido de una puerta lo llevó hacia la tercera de la izquierda. Antes de que ella pudiese cerrarla, interpuso su bota y abrió de un golpe, cerrándola tras de él.

Violeta lo contemplaba atónita.

—¿Qué hace usted?

—Veo que hemos regresado al trato formal. Es lógico, tomando en cuenta que has decidido entregarte a otro. Después de ofrecerme un aperitivo, claro.

La pose de Cristóbal era combativa. Y Violeta no tenía idea de lo que estaba diciendo, a menos que hubiese llegado hasta sus oídos el encuentro con Manu. ¿Cómo era que todos sabían algo que acababa de pasar? ¡Y se suponía que era ella la cronista de sucesos!

—En todo caso —le contestó con altivez—, si decido algo así es una cuestión que no le incumbe. Retírese.

—Bueno, bueno. La sirena mostró al fin su pérfido canto, el que lleva a los hombres al abismo. Excelente jugada la de presentarte con la pureza de una ninfa hasta ver caer a los incautos a tus pies. A tu cola de pez, debería decir.

A pesar del enojo, a Violeta le resultaba cómica la comparación, y esbozó una sonrisa que trastornó al capitán. Con rudeza, él la tomó del codo y la acercó a su cuerpo.

—Te burlas. Pues bien, no tengo sentido del humor.

La estrechó entre sus brazos, buscándole los labios como la primera vez. En realidad no quería lastimarla sino demostrarle que era dueño de sus caricias, como se lo había hecho creer ella en la playa. Por eso lo sorprendió sentir la mano de la joven palpando el cañón de la pistola. Le capturó la muñeca y la apretó entre sus dedos.

—Cuidado, las armas llevan la carga del diablo.

—Lo sé. Si soy una pérfida, se supone que puedo manejarlas.

—Violeta, nunca has disparado en tu vida. ¿O sí?

Ya Cristóbal no estaba seguro de nada.

—Jamás. Sin embargo, debe de ser fácil. Pongo el dedo aquí...

—¡Basta! Todavía no ha nacido el que pueda arrebatarme el arma. Ve despacio, Violeta. A pesar de lo que dices, dudo que tengas la pasta para jugar juegos peligrosos. Te conviene mantenerte del lado femenino.

—Me disculpo si te di una falsa impresión el otro día. Yo... bueno, me sentí rara entonces. Ahora debo pensar en todo esto, y no puedo hacerlo contigo en mi habitación. Te ruego que salgas.

—¿Prometes acudir adonde yo diga la próxima vez?

—Lo prometo.

Por alguna razón ajena a su conocimiento, Cristóbal le creyó. Violeta poseía la rara cualidad de convencerlo de lo más inverosímil, a él, un marino curtido que había padecido las peores torturas y las había infligido también.

—Dime quién es el caballero que te desvela y me iré —mintió.

—Por ahora no me desvelo —mintió ella también—, pero mis sueños no me dicen lo que necesito saber. Más adelante quizá se revele lo que estoy buscando.

—Hablas en enigma.

—Cristóbal, si te ven aquí tendré que volver a Buenos Aires y de allí a mi provincia. Mi vida social se acabará y, aunque mucho no me importa, también se terminará mi deseo de escribir y trabajar en un periódico.

Cristóbal la contempló unos momentos, embrujado por palabras tan discordantes en una situación como ésa, palabras que ninguna otra mujer diría, y retrocedió hacia la puerta. Antes de abrir verificó que no hubiese fisgones en el pasillo y extendió el brazo solicitando la mano de Violeta. Posó sus labios en la palma abierta y luego la cerró con suavidad.

Eso fue todo. Un beso robado, un ruego, y él cumpliendo a rajatabla el pedido sin recibir nada a cambio. Si no era para volverse loco, le andaba cerca.

Al salir por la parte trasera del edificio del mismo modo furtivo en que entró se topó con la silueta de Pedro, apostada tras un cantero.

—Era hora. Estaba por entrar a buscarte.

—¿Qué haces? ¿Tengo niñera, acaso?

—Cristóbal, volvamos al barco por esta noche. Lo que sea que te haya poseído, no quiero saberlo. Mañana pensaremos con claridad.

Cristóbal siguió a su contramaestre con el ánimo contrariado. Violeta Garmendia se había convertido en su obsesión. Si no podía conquistarla como acostumbraba él, lo haría a la antigua usanza, cultivando el interés de su familia. Cristóbal era un hombre paciente y calculador. Sabía aguardar su oportunidad, y sabía también que le convenía labrar el terreno donde pensaba arar su surco: iría a Corrientes, entablaría negocios con Rete Iriarte y, más adelante, conquistaría a la ahijada contando ya con su aval. El nombre de Christopher Morris le abría muchas puertas, y lo gracioso era que se trataba de él mismo.

Su propio *alter ego*.

Violeta se quedó mirando la mano que aquel hombre subyugante había besado, y un remolino de sensaciones le nubló la mente. Cristóbal de Casamayor era un desafío. Ella lo encontraba atractivo, aunque no del modo tradicional, sino con una oscura identidad que no le mostraba y que sin embargo podía presentir. Del mismo modo que en otras épocas había presentido la tristeza de Adolfo Alexander, amigo de Julián, o la desgracia de Manu.

Era su sino, su magia particular. Su condena.

En los salones, en la terraza, en la Rambla o en la playa no se hablaba de otra cosa. Esa tarde se inauguraba el deporte del Tiro a la Paloma, como se lo llamaba en París, de donde venía la costumbre. El entusiasmo colmaba todas las conversaciones, olvidadas ya del episodio siniestro del disparo, aunque la policía proseguía sus pesquisas por el territorio.

Los participantes se habían dividido en dos bandos que se distinguían por el color de sus boinas, que además traslucía las diferencias políticas de los jugadores: azul y rojo. Desparramados por el campo, los veraneantes se dirigían al sitio donde su crueldad contrastaría con la bucólica caminata. Un grupo de gentiles excursionistas que no tenían reparo en matar, a sangre fría y sin otro motivo que divertirse y ganar apuestas, a las inocentes palomas que se denunciaban con sus arrullos. Un ejemplo de civilización con resabios de barbarie.

El ánimo era excelente. El clima, inmejorable. El sol brillaba desde temprano, bañando con cálida luz la cresta de las olas y las gotas que aún humedecían el pasto. El opulento esposo de Finita Lezica encabezaba una columna, y Carlos Pellegrini la otra. Se lanzaban al aire desafíos y se escuchaban bravatas: algunos prometían hacer saltar el ojo de una tórtola a mil metros de distancia, otros aseguraban que podían atravesar dos aves con la misma bala. A pesar de las exageraciones, corrían las apuestas. Los tenderos se beneficiaban con la venta de balas y cartuchos, y así todo el pueblo participaba de lo que se convirtió en el asunto capital de la villa veraniega.

Pronto se multiplicaron en el aire campestre los ecos de los primeros disparos, que llegaron a oídos de Manu, refugiado en la gruta y aguardando a Violeta. Su ánimo era extraño: por una parte anhelaba verla de nuevo, para asegurarse de que su presencia era real; por la otra, esa misma certeza le corroía el alma, porque debía fingir ante ella, ya que no se atrevía a confesarle el motivo de su casamiento. Los lobos marinos, alertados por aquellos tiros, alzaban sus cuellos y ondulaban gruñendo sobre las rocas. Algunos se arrojaron al mar, y el ruido de los chapuzones aumentaba el fragor que llenaba la cueva. También las gaviotas huían de los estampidos y pasaban raudas sobre los peñascos para posarse sobre las aguas, único lugar que parecía seguro. Manu atrajo a Duende y lo acarició entre las orejas.

—Bonito.

Un ladrido distante hizo saltar al cuzco, que brincó fuera de la gruta. ¡Llegaban!

Violeta apareció momentos después, con el cabello revuelto y el dolor en los ojos.

—¡Manu!

Lo abrazó, temblando, y él la separó para mirarla con detenimiento.

—¿Pasó algo?

—¡Están matando palomas! —gimió ella.

Conque ésa era la razón de los estampidos. Manu había creído que alguien espantaba a los perros cimarrones disparando al aire, método bastante efectivo.

—Tenemos que hacer algo, hay que detenerlos.

Pobre Violeta, seguía siendo una niña en el fondo de su alma. Si ella supiera que él había matado hombres en la frontera... La muerte de las inocentes torcazas ya no le afectaba como antes, cuando retozaban en la laguna y espiaban a los loros en el Palacio de las Aves.

—¿Quiénes están?

—¡Todos! Hasta el vicepresidente participa, Manu. Le dije a Martita que me acompañara para impedirlo, y me contestó que era muy *chic* ese deporte. ¡Y Finita no quiso contrariar al esposo, que es un cazador nato!

Violeta parecía a punto de llorar. Manu sintió su congoja como si la bebiese de un manantial; se hizo sangre en sus venas. No había entendido ni la mitad de las palabras, sólo sabía que matar aves dañaba la sensibilidad de su amiga, y eso le bastaba para revolverse contra los culpables.

—Dejame pensar.

Miró hacia el mar y puso su mente a funcionar con toda la rapidez que pudo.

El sol reverberaba entre las olas, lanzando chispas de luz que dañaban la vista. Entrecerró los ojos y recorrió el horizonte sin nubes, hasta que una idea tomó forma en su cabeza. Se volvió hacia Violeta con una sonrisa amplia.

—Ya sé. Vamos a espantarlas primero.

La tomó de la mano, y juntos subieron la cresta de rocas hasta alcanzar a Matrero, que pastaba a la distancia. Manu alzó a Violeta por la cintura y la depositó en la grupa. Un momento antes de montar, la contempló orgulloso. ¡Cuántas veces soñó con verla así, a lomos de su caballo, recorriendo los verdores correntinos! De un salto se ubicó detrás y tomó las riendas con pericia.

—Hermoso animal —decía ella, acariciando las crines oscuras de Matrero.

Salieron al galope, esquivando vizcacheras y con los perritos a la zaga, hasta encontrar los árboles donde los turistas ejercitaban la puntería.

—Agachate —le ordenó Manu.

Hizo un hueco con sus manos y posó los labios en él. Un silbido estridente que horadaba los oídos salió de su boca y se amplificó hasta resultar insoportable. Las torcazas salieron en bandadas de los árboles y, luego de girar desorientadas en uno y otro sentido, huyeron en vuelo rasante hacia donde no llegaban los rifles.

Hubo un coro de exclamaciones y protestas, y luego carcajadas, porque todo era diversión. Matrero se mantuvo quieto entre los arbustos hasta que su jinete consideró que ya no corrían peligro de ser vistos y lo acicateó para volver a la orilla. Cabalgaron a la vera del mar durante un buen rato, y por fin el moro se detuvo ante un chistido de su dueño. Manu ayudó a Violeta a desmontar y su premio fue la sonrisa de felicidad y orgullo que ella le dirigió.

—¿Cómo lograste ese sonido espantoso, Manu? ¡Casi me quedo sorda!

—Lo aprendí en la frontera, cuando no teníamos otra cosa para alertar a nuestros compañeros de un ataque indio.

Ella indagó en su rostro con atención.

—Estuviste luchando contra los indios, entonces. Tuviste que matarlos.

"Tuviste que matarlos." Ella comprendía, lo conocía bien y sabía que no estaba en su naturaleza matar, pese a lo ocurrido en la pulpería años antes. Bendita Violeta.

En silencio caminaron rodeados de espuma, con Matrero siguiendo sus huellas en la arena y los cuzquitos trotando de un lado al otro, hasta que un abrigo entre las rocas les ofreció su protección. Se sentaron frente al mar.

—¿Qué otras cosas te pasaron, Manu? Necesito saberlo. Mis sueños se borraron cuando me fui de acá. Ahora vuelven, aunque me desconciertan, no sé bien qué me están diciendo.

De a poco, midiendo las palabras, Manu fue desgranando ante ella los avatares de su existencia. Eran cosas simples e intensas. El encuentro con los soldados del regimiento, la relación con su superior, los campamentos, el primer entrevero, los fortines, la vida de soldado, la muerte de los amigos de campaña. Manu calló lo que podía impresionarla, como el rostro del primer indio que atravesó con la bayoneta, el odio y el espanto reflejados en sus ojos rasgados, la sangre que le salpicó el rostro, y esa sensación que lo acompañó siempre, mezcla de furor y de horror. Violeta no tenía que saber que aquel episodio de la pulpería había desatado una serie de muertes que Manu llevaba en su haber.

Ella posó su mano sobre la de él.

—Pobre Manu —murmuró—. Y yo viajando por países extraños mientras pasabas tantas penurias. No me lo perdono.

Manu sintió latir la sangre en sus venas y temió que ella lo notara. Interrumpió el contacto con la excusa de llamar a Huentru.

Recobrar aquel animalito que fue su primer amigo verdadero en la ciudad lo conmovía. Quizá el perro lo recordase, o tal vez no, pero lo aceptaba como parte del mundo de Duende, como si el encuentro de Violeta y Manu se completase a través de ellos.

—No puedo creer que esté vivo —dijo.

—Prometí cuidarlo, Manu.

—Sí, pero pasó tanto tiempo... yo no sabía.

—¿Cuánto tiempo, Manu? —y Violeta tomó entre las suyas las manos ásperas de su amigo.

Él rehuyó ese contacto tierno.

—Es increíble lo bien que se llevan —comentó ella, leyendo su pensamiento.

—Son amigos.

—Igual que nosotros. Aunque nos hayan separado los años y las leguas. Yo te pensaba, Manu, y aunque sabía que estabas vivo, ignoraba tu suerte. Eso me preocupó durante mucho tiempo, hasta que decidimos regresar. Entonces supe que estaba escrito que tarde o temprano nos veríamos de nuevo, si bien nadie podía darme razón de tu paradero, ni siquiera Julián Zaldívar.

—¡Si el padre del doctor fue quien me recomendó!

—Sí, pero Julián no supo adónde fuiste, o me lo hubiese dicho.

Manu calló. Podía ser. Después de todo, Armando Zaldívar vivía en su estancia del Tandil, y su hijo era un prominente abogado de la ciudad. A Manu le dio la impresión, sin embargo, de que entre padre e hijo había una relación íntima, no como la que su padre mantenía con él. Muchas veces, durante las noches frías del desierto, mientras contemplaba las cenizas incandescentes del fogón, recordó a ese Rete autoritario y distante que se comportaba distinto con Rosa, o con Violeta misma. Para todos fue padre, menos para él. Manu no le reprochaba nada hasta que conoció el trato que le dispensó Nicolás Levalle, siempre atento a las necesidades de sus hombres, trasuntando interés bajo la férrea autoridad que les imponía. Ese recuerdo lo obligó a apretar los dientes con fuerza.

—¿Estás pensando en el pasado?

Ojalá Violeta no fuese tan sensitiva. Manu temía que alguna vez descubriese la existencia de Lucrecia.

—¿No tuviste pretendientes? —le dijo él de pronto, asustándose de su atrevimiento.

Ella se encogió de hombros, un poco turbada, y miró hacia las olas.

—Sí, pero no tenía ganas de comprometerme con nadie. Allá en Europa la gente es muy complicada, Manu, no son como nosotros. Hay demasiadas convenciones y sobran los modales. Se dicen cosas que no se piensan, y hay otras que se piensan y no se dicen. Bueno, acá también sucede, pero como es terreno conocido... Además, al principio me miraban como si fuese una curiosidad. ¡No sabían nada de nuestro país, mucho menos del litoral! Para ellos, el mundo es aquél, con sus palacios, sus cortes, sus escuelas y sus fiestas.

—Es el mundo que conocen.

—Pero hay otros, y yo viajé para ver cosas nuevas. ¿Por qué no sienten la misma curiosidad?

—Acá vinieron viajeros. Don Jacinto me contó que esto era antes un saladero en manos de un portugués de Brasil, un tal Meyrelles, que levantó una industria hasta que se fundió y cayó enfermo. Ahí vino el padre de él, don Patricio, a comprarlo. Lástima que ahora también él está enfermo. Los hijos son los que mantienen el progreso acá. Ellos y los hijos de don Pedro Luro, que también tuvo que irse.

—¿El que te contrató?

—Sí, un hombre que confió en mí.

—Ha de ser buena persona.

—También confió la hija de don Patricio. Me recuerda mucho a vos.

—¿Se parece a mí?

—Sólo en el carácter. Es atrevida, y fue la primera en meterse al mar cuando nadie lo hacía.

—Eso me gusta. Háblame de ella.

Manu le refirió su amistad con Cecilia Peralta Ramos en términos sencillos que dejaban entrever su admiración y el orgullo de haber sido su ayudante personal. Violeta reposaba su mirada soñadora en el mar, mientras tanto, tratando de imaginar a Manu entre personas extrañas, aprendiendo oficios, cumpliendo con las expectativas de todos como sólo él sabía hacerlo. Cada nuevo encuentro los acercaba más al recuerdo de lo que habían sido antes de la separación.

—Has hecho una vida acá, Manu. ¿Volverías a los esteros?

La mirada que él le dirigió fue un torrente de pena. ¡Si la hubiese esperado! ¡Si no hubiese caído bajo el influjo de una mujer! Las cosas se fueron enredando de tal forma que quedó atrapado como los peces en la red, y ya fue imposible escapar. Él se ahogaba.

—Vamos, te estarán esperando —dijo, para cambiar de tema.

—Pero volveremos a encontrarnos. Cada día, Manu, hasta que nos contemos todo lo que vivimos. Yo también tengo anécdotas, te parecerá mentira lo que conocimos doña Celina y yo. Y quiero que veas mis nuevos dibujos, lo que aprendí en las escuelas de arte de Italia.

Volvieron a montar como la vez anterior, Violeta cercada por los brazos fuertes de Manu, envuelta en su calor. La joven apoyó su espalda contra el pecho del hombre y así cabalgaron hasta el sitio de la despedida. Manu sentía el corazón a punto de estallar.

Permaneció largo rato mirándola en su ascenso hacia la playa del hotel, con la falda arremolinada entre sus piernas, el cabello flameando y el sonido de su risa perdiéndose en el viento. Huentru la seguía con la misma fidelidad que le había demostrado él cuando la tuvo a su cargo.

—¡Por fin viniste! Te estuvieron buscando.

Lucrecia lo recibió arremangada detrás de una fuente de ropa. El contraste entre la dulzura de Violeta y la fiereza de aquella mujer, que ya era una desconocida para él, lo golpeó sin piedad.

—Quieren que organices un paseo de cacería —siguió diciendo.

—¿Qué quieren cazar?

Ella ni lo miró cuando respondió, indiferente:

—Lobos marinos.

Manu retrocedió espantado.

—¡No pueden!

—Ah, ¿y por qué no? Ellos son dueños de sus excursiones. Y nadie es dueño de los lobos.

—No pueden —insistió Manu.

—¿Vas a empezar a repetir todo como siempre? Te recuerdo que son nuestros patrones. Yo, al menos, cumplo con sus pedidos. Esa gente quiere diversión, se aburren en estos campos. Pocos se meten en el mar, y el resto del tiempo es para bailes y paseos. En esos paseos debe haber novedad, no van a merendar todos los días junto al arroyo.

Manu sentía un martillo en las sienes. Acababa de frustrar el tiro a la paloma, y ya se veía frente a otro nuevo problema. Si Violeta lo supiera…

—Pareces más pasmado que de costumbre. ¿Pasó algo?

—No van a matar a los lobos, eso no.

—Ah, empezamos a delirar. Pareces olvidar que no es tu decisión, ni son tus malditos lobos. Hay de sobra, por otra parte, y si no entendí mal lo que se dijo hoy en el hotel, ya los cazaban los indios de por acá mucho tiempo antes.

—Eso es distinto, necesitarían sus pieles, como los indios del desierto las de los guanacos.

—¡Qué asco! De todos modos, no tienes arte ni parte, debes obedecer.

—Las malas órdenes no se obedecen.

—¿Eso te enseñaron en el ejército? Lo dudo.

Manu apretó los dientes y los puños. Lucrecia sacaba a relucir el pasado de Manu cuando intentaba zaherirlo. Ella se mostraba despiadada a propósito, pues sabía que él no deseaba hablar de la frontera e intuía que algo turbio escondía en ese silencio empecinado. Sabía también que él odiaba la matanza de animales. Hasta prefería espantar a los perros cimarrones antes que matarlos. Se complacía en ridiculizarlo.

—No iré.

La joven mujer se irguió con el rostro lívido de furia.

—¡Eres capaz de hundirnos con tu comportamiento! Si desobedeces, ya no te emplearán, y yo sola no puedo hacerlo todo. ¿Qué harás, entonces, dormir entre los lobos marinos? Ya bastante tiempo pasas allí con ellos.

Manu quedó de una pieza. Ella sabía. Había descubierto que se refugiaba entre las rocas. Aunque ignoraba de qué modo lo supo, fingió que no le importaba.

—Hablaré con don Jacinto.

—¡Tan luego él! No es de los que aman ver correr la sangre. Deberás ir más bien al Bristol, a ver a un tal Burmeyer, o Brumeyer, no sé. Es un alemanote que se prende en todas las excursiones.

Manu recordó la imagen de un hombre entre los cazadores de la paloma, un tipo rubicundo de voz gruesa y ademanes ampulosos. Él sólo conocía a los grupos que solicitaban su ayuda como bañero de los niños, y por lo general eran pasajeros del Grand Hotel, más reposados en sus costumbres. Ir al Bristol implicaba el riesgo de toparse con Violeta, y quizá despertar sospechas en alguien que observara. Era imposible negarse, aunque más no fuera por parlamentar. Quizá pudiese disuadir a esa gente de ensañarse con los lobos. Suspiró, resignado, y se encaminó hacia la playa otra vez.

Lucrecia lo miraba desde el alero con el ceño fruncido. Su esposo estaba raro, lo había notado desde el otro día, cuando regresó tarde a la noche. Llevaba un peso en el corazón, y si bien ambos sufrían la presencia del otro, hasta el momento él se había mostrado inconmovible como una roca, lo que ella le reprochaba. Por primera vez notó una rajadura en esa coraza de piedra, y eso le intrigó. ¿Qué haría Manuel cada vez que se iba a su trabajo? Lucrecia sabía que las tareas que le endilgaban eran muchas y variadas, que tanto podía cabalgar arreando reses como rellenar pozos o levantar cercos, sin contar con que a menudo hacía de bañero en La Perla. Sin embargo, entre una y otra cosa mediaba un tiempo muerto que ella no dominaba. La vida de Lucrecia en el hotel era de absoluta dedicación a los pasajeros, y no le permitía deambular como antes lo hacía. En ese sentido, Manuel era más afortunado, gozaba de mayor libertad. ¿En qué la emplearía? Lucrecia se quedó mirando el punto donde su silueta se diluyó en el horizonte, y se prometió averiguarlo.

Si ella no podía ser feliz, él tampoco lo sería.

El Bristol se encontraba en la conmoción previa al almuerzo. Iban y venían los camareros, cruzándose con los *maîtres* que fiscalizaban todo. Desde el vestíbulo se percibía la animación del comedor. Violeta llegó a tiempo de refugiarse en su nuevo cuarto para adecentar su aspecto y bajar como si no hubiese estado correteando por la playa. Su ventaja era que salía muy temprano, cuando todos dormían los excesos de la trasnochada, y salvo los sirvientes, que desde las siete estaban en pie, nadie más la veía partir con rumbo incierto en compañía de su perro. Ese día, sin embargo, notó un ambiente enrarecido a su alrededor. Los corrillos que solían formarse en el descanso de la escalera la eludieron, y hasta Martita la miró de modo extraño cuando se topó con ella en la puerta de la habitación. La joven había aceptado el cambio de cuarto de su amiga en aras de la convivencia con su madre, de manera que entre ellas no hubo disputa. Por eso a Violeta le sorprendió la actitud esquiva.

Al entrar al salón donde ya las mesas ostentaban sus búcaros con flores y su vajilla blanca, un aire helado la envolvió. Hasta el saludo de Elizabeth O'Connor le resultó raro, como si la maestra la contemplase con preocupación. No podía ser que sus encuentros con Manu tuviesen un espía, y que fuese tan rápido como para informar a todo el mundo antes de su regreso. Violeta ocupó su sitio en la mesa y ahí se le reveló el motivo de la frialdad reinante.

—¿Cómo pudiste? —la increpó Finita Lezica.

La expresión desconcertada de la joven la alentó a proseguir.

—Violeta, creía que éramos amigas. Y que todas las personas que te aprecian merecían la misma consideración de tu parte. No entiendo cómo pudiste.

—Finita, no sé qué hice para molestarte. Si recién llego... —y calló, por prudencia.

—Lo que me molesta es que tú también gozas de las prerrogativas que tanto te disgustan. Es una hipocresía pretender ser mejor que los demás cuando se está viviendo en comunión con el estilo de vida que se critica. Creo que el viaje a Europa se te subió a la cabeza.

Violeta quedó muda, por primera vez en su vida. Sentía que le hablaban de otra persona. Hipocresía, soberbia... eran defectos que ella aborrecía, y ahora resultaba culpable de poseerlos a los ojos de los demás.

—Finita, te juro que no entiendo.

—¡Acabemos con esto! —exclamó Martita, y extendió ante ella una hoja arrancada de *La Nación*.

En el diario se leía una columna titulada "Por caridad", y Violeta reconoció sus propias palabras, escritas a los apurones en medio del cotillón de beneficencia. Las palabras que entregó en un sobre cerrado a Valentina Santoro aquella noche, confiando en que la cronista respetaría su deseo de publicar bajo el pseudónimo de *Ypekû*. Leyó como en trance el artículo, y reconoció la dureza con que había criticado las intenciones caritativas de las damas porteñas.

Una fiesta que se viste de caridad, y a la mitad queda desnuda, despojada de ese traje que tan mal le sienta. Porque la caridad verdadera no necesita de lujos para derrochar. Mal puede llamarse caritativo el que gasta cien para regalar uno, como ocurre en los círculos donde la excusa para el baile y el lujo es ayudar a los pobres. ¿Sabrán los pobres que tantos hombres y mujeres han reído, bebido y bailado gracias a sus miserias? Sólo así se entiende que puedan organizarse festivales donde ser rifan objetos caros y se cobra entrada bajo el lema de la caridad. ¡Cuánto mejor les valdría que alguna de las señoras que se visten de seda acudiesen a sus casas miserables a ver cómo viven, qué comen, y si sus niños tienen escuela! Aunque nadie hurte el precio de lo recaudado, es bien poco comparado con lo que podría hacerse si las personas uniesen sus voluntades en procura de un bien mayor. Algo que los políticos debieran hacer, por su parte, ya que a ellos les incumbe más que a nadie.

La vanidad nunca es buena, menos cuando se viste de caridad.

Violeta Garmendia.

La prueba de la traición. La de ella, que criticaba a las personas con las que compartía los meses de verano en la villa, y la de la cronista, que mintió cuando le prometió resguardar su identidad. Violeta no sabía cuál de las cosas le pesaba más. Dobló la hoja del periódico y la devolvió a Martita en silencio. Su amiga en el fondo se compadecía de lo ocurrido. Ahora no le sería permitido compartir sus horas con Violeta, pues la joven se convertiría en una paria a los ojos de la *haute*, al haberse atrevido a criticar a las señoras más encumbradas, que practicaban en Mar del Plata una actividad en la que eran más que duchas en Buenos Aires. ¿Acaso no sabía Violeta cuántas buenas obras hacía la Sociedad de Damas de la Beneficencia porteña?

—Menos mal que yo voy poco a esas reuniones —comentó Benji, tratando de quitarle gravedad a la situación—. Eso sí, no te metas con la ruleta, porque ahí me vas a hundir del todo.

Nadie rió del comentario, y menos que nadie la propia Violeta.

—Disculpen —dijo con un hilo de voz, y se levantó para regresar a su habitación.

Cientos de ojos la siguieron, y cuando desapareció tras el cortinado un murmullo se elevó de todas las mesas, como un zumbido de abejas gigantes.

Desde la ventana de su cuarto contemplaba los jardines del hotel con lágrimas en los ojos. Los canteros temblaban en sus párpados, y ni siquiera las caricias húmedas de Huentru la consolaban. Había traicionado a sus amigos creyendo hacer un bien a la conciencia de la sociedad. Qué pretenciosa. Razón tenían en tildarla de soberbia. ¿Quién era ella para juzgar a los otros? ¿Y si aquellas mujeres ociosas encontraban solaz en juntar fondos para regalar a los que menos tenían? ¿Por qué había creído que era una acción reprobable? Mucho le quedaba por aprender, y ningún viaje a Europa le enseñaría lo que debía saber. Esas cosas se aprendían con la vida misma, y Violeta sentía que sus años fuera del país la habían enturbiado en lugar de aclararla.

—Soy una tonta —tragó entre lágrimas.

Su desconsuelo no le impidió avistar la silueta de Manu caminando hacia el hotel. Se enjugó los ojos y asomó medio cuerpo fuera de la ventana. En efecto, era él. Caminaba con decisión, aunque Violeta percibió que no iba despreocupado, sino ceñudo. ¿Habría sucedido algo? Presurosa, se lavó la cara con el agua de la jofaina y se retocó el cabello antes de bajar. Pasó como un rayo frente a la cortina del comedor, para no ser vista, y salió al porche.

—¡Manu! ¿Qué haces acá?, ¿qué pasó?

Él, que no esperaba encontrarla tan pronto, se paró en seco.

—Me mandan llamar para organizar un viaje, y necesito hablar con alguien.

—¿Un viaje? ¿Es que te irás a alguna otra parte?

—No, sólo es una excursión y debo acompañarlos. Violeta, ¿estás llorando? —Manu la sujetó por los brazos—. ¿Qué te hicieron?

De algún modo, él suponía que el mal de Violeta provenía de afuera. Entre ellos no podía haber mal alguno.

—Nada, nada. Es que metí la pata y ahora nadie me querrá hablar. Eso no importa, Manu, mientras estemos juntos. ¿Verdad?

La expresión de sus ojos era tan suplicante que el hombre sintió flaquear sus rodillas. Nadie hacía daño a Violeta. Nadie. Había matado por eso, y volvería a hacerlo.

—¿Quién te hizo llorar? Tengo que saberlo.

Violeta desdeñó el asunto con un ademán.

—Todos, pero eso ya pasó. Ahora dime a quién quieres ver.

—Un pasajero llamado Burmeyer, algo así.

—El marido de Finita.

—¿Lo conocés?

—Sí, aunque ahora no sé si querrá escucharme. ¿Qué hay que decirle?

Manu no iba a contarle lo de los lobos marinos, pero adivinó que ocuparse de un tema como ese haría olvidar a Violeta sus propias cuitas, y soltó de un borbotón:

—Quieren matar a los lobos en una excursión de caza.

El horror se pintó en el rostro de la joven y su tez empalideció más aún de lo que estaba.

—¡No pueden!

—Es lo que yo dije… *Me* dije —rectificó—, y quiero decírselo ahora a ese señor a ver si pueden elegir otro modo de divertirse.

—Manu, tenemos que unirnos para evitar esa masacre. Si descubren que matar lobos marinos les divierte lo harán año tras año, y las pobres bestias vivirán acosadas siempre. Como las palomas. Es terrible sólo pensarlo —y Violeta se llevó una mano a la frente, desolada.

—Yo me ocupo, Violeta. Vuelve a comer.

—No, no vuelvo al comedor por nada del mundo. Ni tengo apetito tampoco. Te acompaño para hablar con Burmeyer.

Manu intentó disuadirla. Él no deseaba verla involucrada en una discusión, pues ella pertenecía a ese sitio y no podía enemistarse con la gente que la acompañaba. Se encontraban porfiando sobre ese tema cuando un hombre se les acercó. Era el encapotado al que Manu había salvado del duelo con el marino la otra noche. Al parecer rondaba el hotel, quién sabía con qué intenciones.

—Es un gusto encontrar a personas amables en lugar de los hipócritas habituales —fue su saludo.

Violeta lo miró angustiada. Ella era una de esos hipócritas a los que el hombre se refería. Al mismo tiempo, se inquietó al verlo. El tipo era refinado, aunque se lo notaba venido a menos, su ropa estaba raída y su barba descuidada. En sus ojos chispeaba algo cercano al desequilibrio mental. Su imagen le resultaba familiar y no entendía por qué. Usaba palabras cultivadas y un poco arcaicas que parecían sacadas de un libro.

—Es tiempo ya de que la sociedad mercenaria caiga bajo la picota de la virtud. Un sitio como éste no es sino reflejo de las malas artes de la extranjería, que vomita sus huestes sobre el mundo para que no quede rincón sin contaminar.

Manu comprendió que aquel sujeto volvía a delirar. Ya pensaba en sacárselo de encima cuando de pronto escuchó decir a Violeta:

—¿No es usted el hombre de la playa?

El sujeto retrocedió y tropezó con una piedra. Levantó las manos para atajar la mirada de Violeta, que lo hipnotizaba.

—No conozco a nadie de la alta y despreciable sociedad. Lamento desilusionarla, señorita. Soy un vagabundo que intenta poner un poco de orden en la decadencia mundana. Sólo unos pocos estamos llamados a esa sagrada misión. Lea mis artículos —y el hombre sacó de su capa un papel arrugado que extendió a Violeta.

Ella leyó con rapidez un alegato contra la temporada marplatense.

La elite que se cree francesa hace peligrar a la moral argentina toda, y en mala ley priva a las mujeres de su honra y a los

hombres de su inocencia. El vicio, el juego, la bebida, el bur-
del disfrazado de baile social, son las lacras de la moderni-
dad. La playa es el escenario decadente de nuestras pampas,
que por imitación burda de lo extranjero hace de la crónica
un libro abierto de modales a seguir. Vana existencia plaga-
da de venenos que nos quieren obligar a aceptar como cosa
natural. El dios de la moneda es el nuevo vellocino de oro en
estos tiempos.

Lo firmaba un nombre extravagante, propio de un hidalgo de otro siglo: Guzmán Claramonte y Albariños.

"Este caballero fue más lejos que yo", pensó Violeta. El libelo era un folleto impreso que no había aparecido en ningún diario, por lo que podía observar. Al pie de las páginas, un membrete decía "imprenta Venturino". Aquel hombre era más astuto que ella. ¿Por qué no había usado ese ardid en lugar de recurrir a una cronista que bebía de las fuentes sociales? Se había granjeado una enemiga en uno de los diarios más prominentes del país, y todos estaban ahora en su contra. Levantó la vista para descubrir que el sujeto había desaparecido.

Manu la miraba extrañado.

—¿Lo conocés de alguna parte?

—Me pareció. Hay algo en sus ojos…

—Es un loco. Estuvo anoche en una fonda. Tuve que sacarlo antes de que un marinero armado hasta los dientes lo partiese en dos. Iba en busca de bronca, y este tipo parecía un pez que busca el anzuelo para tragárselo.

Violeta sonrió.

—Ya hablas como pescador. Me gusta eso, es un lindo oficio, me trae recuerdos de la laguna.

Se miraron, cómplices. Compartían mucho más que las aventuras en el Iberá. Ambos provenían de familias incompletas: Manu no tenía madre, y Violeta carecía de padre. Ni el uno ni la otra conocían la identidad de esos progenitores; convivían con esa orfandad a medias y con el estigma de ser hijos naturales, que allá en sus pagos y en medio de la guerra no importaba mucho, pero en los tiempos que corrían era un mal presagio para la vida social. Existía, además, un lazo que la vida había anudado en torno a ellos: el matrimonio de Rete y Rosa. Un niño nacido de esa unión, el pequeño Ignacio, al que Manu casi no conocía y al que Violeta había visto poco y nada, reunía en su sangre la de los dos amigos criados como salvajes entre los pajonales de los esteros. Por si hubiera pocas semejanzas, el río, el monte y las aves de la laguna los habían reunido en una alianza espiritual profunda. Ese vínculo era un hilo tejido por las Magas del Iberá, las que moran en las profundidades y velan por todo cuanto existe.

El encantamiento se rompió cuando salió al porche Francisco Balcarce. Su presencia no los acobardó, ambos sabían que era amigo leal de Julián Zaldívar y que jamás haría nada en su contra.

—Mi esposa quiere hablarte, Violeta. ¿Será posible que subas a verla ahora?

La joven asintió, obediente. Echó una mirada significativa a Manu, recordándole su compromiso con los lobos marinos, y entró al hotel.

Quedaron los dos hombres frente a frente.

—Eres Manuel, el hijo de Rete Iriarte.

—Así es, señor.

—Y vives cerca de aquí.

—Más o menos. Mi rancho está detrás de la loma, más allá de los primeros médanos.

—Entonces, vienes por trabajo.

—Sí, soy peón de los Luro y de los Peralta Ramos, para lo que ordenen.

Fran sopesó las palabras que le diría. Era un hombre elegante, aunque la ropa fina resultaba incongruente en su cuerpo fornido de gran altura. Manu, que no en vano había convivido con indios, descubrió un rasgo interesante en sus párpados plegados.

—Sé que aprecias mucho a Violeta y que en un momento dado fuiste algo así como su adalid —y ante el silencio de él, aclaró—: su escolta.

—Así es.

—Lo que voy a decirte es cosa mía, nadie me ha mandado, debes saberlo. Violeta acaba de llegar de un viaje que la encumbra en la posición social y la hace merecedora de propuestas de matrimonio interesantes. Hasta el momento todo marchó sobre ruedas, pero un infortunado incidente en un periódico de los que publican crónicas sociales en el balneario la ha alcanzado, y su reputación ha ido en desmedro de esas oportunidades que tanto su padrino como su gran amigo Julián Zaldívar desean para ella. Sé que es alguien importante para ti, y entenderás que es preciso ayudarla a recuperarse de esta caída. Agregar otro motivo de repudio social acabaría con su futuro.

—Quiere que me aleje.

A pesar de no haber comprendido del todo las palabras, la intención de ese caballero estaba clara para Manu. Desde un principio supo que su presencia en el porche obedecería a una finalidad. Bien, él estaba dispuesto a cualquier sacrificio por Violeta, y ahora que tampoco podía ofrecerle nada debido a su propia estupidez, con mayor razón.

—No la veré más —dijo con rotundidad, y en su pecho sintió una punzada al decirlo.

Francisco lo miró con sus ojos dorados y algo en ellos relumbró, quizá el recuerdo de su historia personal, que tampoco había sido aceptada en su momento.

—Quizá no haga falta tal extremo. Sólo en estos días, en que el daño está más presente en las cabezas de todos. Pronto la gente olvida, y nuevas noticias vendrán a reemplazar a ésta. Ella te aprecia y no querrá perderte. Mantente a distancia hasta que aclare. ¿Está entendido?

—Entendido, señor.

—¿Venías sólo a verla, o por algo más?

—Venía por otro motivo.

—Dime qué es. Quizá pueda ayudarte.

❧

El sábado a la noche salió de Buenos Aires "el tren de los maridos", como llamaban al convoy que partía para reunir a los caballeros con sus familias en Mar del Plata. Lo usual era que al empezar la temporada viajasen todos juntos, y que una vez instalados mujeres y niños con los criados en sus alojamientos, los hombres fuesen y viniesen para continuar sus asuntos en la capital, a pesar de que también solían amasarse negocios y conciliarse alianzas en la Rambla y en las mesas del Bristol. El tren de los maridos era muy esperado por las solteras, y no sólo por las esposas, ya que se colaban los jóvenes de la sociedad que aparentaban buen partido, y que por razones de trabajo o estudio no podían dedicar tres meses a holgazanear.

Era el caso de Joaquín Carranza.

Joaquín se destacaba en los círculos porteños por su porte gentil y por cualidades que lo llevarían de seguro a una banca de diputado. Julián lo apreciaba, y en su fuero íntimo veía en él un candidato ideal para Violeta. El doctor Carranza era de buena familia, poseía sensibilidad artística, trabajo promisorio y un carácter afable que congeniaría bien con la audacia de la joven. Julián se había tomado muy en serio su papel de representante de la autoridad paterna en ausencia del padrino de Violeta.

Por otro lado, se alegraba de contar con Joaquín en ese viaje, ya que Brunilda no había podido acompañarlo, ocupada como estaba con los nuevos catálogos de la colección parisina. Ella le había prometido ir días después con Dalmacio y la polaquita. El antiguo domador estaba bien colocado en el Hipódromo, donde el propio Pellegrini lo había distinguido en una de sus frecuentes visitas.

—Menos mal que no llueve como el día que empezó la temporada —comentó Joaquín mirando las estrellas por la ventanilla.

—¿Estuviste en el andén?

—¡Claro! Media familia viajaba esa noche. Mi tío, mis dos hermanas, mis primos paternos, creo que los Carranza habrán copado el balneario.

—Habrás visto a mi protegida, entonces, que iba con los Ramírez Aldao.

—Cierto, no puedo negar que mis ojos la descubrieron enseguida. Esa niña es inconfundible.

A Julián le agradó la deferencia.

—Violeta es una joven muy valiosa, aunque debo reconocer que se ha criado de un modo peculiar. Doña Celina Bunge la aprecia mucho. Y Brunilda la quiere como a una hermana. Violeta fue de gran ayuda en otros tiempos, cuando mi esposa era más tímida que ahora.

Joaquín nada sabía del trauma de la esposa de Zaldívar, de modo que atribuyó el comentario a la natural inhibición de una mujer que se ha criado en el campo.

Se repantigó en su asiento y comentó:

—Las mujeres son como bombones, cada una tiene su sabor, y todos son deliciosos.

Luego, pensando que había ido demasiado lejos, agregó:

—Con el debido respeto.

Julián sonrió y pensó que la juventud sería siempre igual, algo desaforada y deseosa de ser tenida en cuenta por los adultos, pese a las diferencias. Él había sido un joven afectuoso y a su modo también rebelde y, al final, repetía con su esposa y con su hijo aquellas conductas que una vez criticó en sus progenitores. "Los círculos que traza la vida", pensó.

—Doctor, espero que no me tome por un imprudente por lo que voy a preguntarle. Usted ha hecho sus lides políticas entre los autonomistas, ¿no es cierto?

—Desde los tiempos de Alsina, aunque reconozco que en principio llegué a Buenos Aires con el mandato de aliarme a los nacionalistas. Mi padre simpatizaba con Mitre.

—¿Y qué opinión le merece, digamos, la política económica de Juárez Celman?

—Dados los resultados, una no muy auspiciosa. Estamos endeudados hasta el tuétano, y no veo que podamos negociar un empréstito, aunque todos cifran su esperanza en la influencia conciliadora del vicepresidente. ¿Por qué lo preguntas? Es un secreto a voces.

—Porque he tenido ofertas que me dejan pensando.

Julián guardó silencio, pues sabía por dónde venía la cosa. Los desaciertos de la política habían reunido a fuerzas que parecían destinadas a no rozarse nunca, y sin embargo esa vez coincidían en poner freno al juarismo. El pueblo porteño ya no soportaba a ese presidente que consideraba ofensivo.

—Algunos amigos me han pedido asesoramiento —continuaba Joaquín— en asuntos de Estado. El doctor Alem tiene ideas fuertes sobre cómo deben ser las cosas, me gusta su discurso. El pueblo es el que debe actuar, dice él, la multitud. Yo sé que habrá quienes desconfíen de una idea semejante, pero me gusta pensar que puede cambiarse la situación. Además, si su padre fue partidario de Mitre, debe de saber que don Bartolo comulga con Alem en esto.

—A mi entender, casi todos comparten la preocupación, sin importar qué hayan sido antes.

—Sí, pero se trata de organizar algo, una fuerza —tentó Joaquín con tacto—, y ya que hablamos de esto, le contaré todo. He resuelto unirme a los Cívicos.

Julián suspiró. ¿Qué podía decirle a ese joven que abrazaba ideales puros en principio, como la transparencia del sufragio? Él, como hombre que había vivido decepciones, desconfiaba de tanto fervor, y aun así, su sangre todavía se inflamaba pensando en batallas honorables.

—Haz lo que te pida el corazón, Joaquín. Y no traiciones la honestidad que te enseñaron tus padres. Si supiésemos de antemano la suerte de nuestros actos jamás nos equivocaríamos.

—Muy cierto, doctor. Tomaré esto como un consejo y una aceptación.

—Ve con mesura. Por sobre todo, que prevalezca la negociación antes que la sangre.

—Como dice Pellegrini.

—Toma su ejemplo.

Joaquín permaneció callado unos segundos antes de arremeter con otro tema, más arduo todavía.

—También me preguntaba…

—¿Sí?

—A quién debo solicitar el permiso para cortejar a Violeta Garmendia.

La barriada de los pescadores se extendía hacia el sur, a la izquierda de la loma. Era un puñado de casitas de adobe desperdigadas entre rocas y chamizas, rodeadas de hileras de barcazas. Desde allí se vislumbraba la flota de pailebotes que había comprado Luro, y que hacían la carrera entre Mar del Plata y Buenos Aires cargados con frutos del país. También se avistaban, en lo alto de la loma, algunos molinos de viento. El barrio pobre gozaba del mismo paisaje y bebía los mismos aires que la sociedad elegante, aunque a la hora de poner un plato sobre la mesa las diferencias se convertían en un abismo.

Manu comenzó a frecuentar aquel sitio después de su breve intercambio con Francisco Balcarce. Si iba a apartarse para felicidad de Violeta, le convenía alejarse de los lugares de trabajo habituales. En los nuevos tiempos que corrían, los proyectos que se barajaban para la villa balnearia no requerían tanto de su fuerza como de la capacidad para organizar y negociar. Se planeaba ampliar el Bristol, construir un pabellón de dormitorios del otro lado de la calle, galería de por medio. Mientras se discutían los planos y se efectuaban las mediciones, Manu gozaba de algo de libertad en su trabajo. Fue por eso que, siguiendo su natural inclinación, eligió probarse en la pesca con red, a la que no estaba acostumbrado, ya que su método en el Iberá había sido siempre la fija.

La mayoría de los que vivían de la provisión de pescado a los hoteles eran italianos que hacían el trabajo "golondrina" y luego de la temporada regresaban a La Boca o al Tigre, a continuar el oficio. Como Marcos Salvi. Su situación en Mar del Plata cambió después del atentado, pues ya no pudo ingresar a las despensas con su canasto repleto de pescado, ni deambular entre la proveeduría y la taberna. Mucho menos acudir a las reuniones levantiscas de Venturino. Por fortuna para él, la barriada era un lugar con muchos escondrijos que le permitía pasar desapercibido cambiando de sitio cada dos o tres días. Otro escondite era el propio mar. Podía perderse con su barcaza, regresar por las noches y usar el guinche del muelle Luro para izarla cuando nadie lo veía.

Manu lo encontró una tarde cosiendo las redes.

—¿Qué quiere? —lo atajó Marcos con brusquedad.

—Mirar nomás. Para aprender.

El italiano midió al hombre que tenía enfrente, y aunque desconfiaba de todos, le creyó. El peón de los Luro era un tipo conocido entre los trabajadores del lugar.

—Mire, entonces. Eso sí, se va a aburrir. Es cosa de vieja coser redes.

Manu se sentó y guardó silencio mientras acariciaba a Duende, que pugnaba por olisquear el fondo de la barca amarrada. A Marcos pareció divertirle el esfuerzo del perrito, y le arrojó un trozo de corvina que el cuzco atrapó en el aire. Ambos hombres rieron, y el hielo entre ellos se quebró.

—Yo lo he visto en lo de Venturino —arriesgó de pronto Marcos.

—Hago los mandados de mis patrones, y me quedo un rato a veces.

—Le gusta la parla al viejo. A mí también, pero... —y dejó en el aire la frase.

Marcos no sabía cuán enterado estaba Manu de lo ocurrido en la confitería del Bristol, así que nada dijo de sus andanzas en la trastienda de la panadería. Continuó concentrado en su tarea, echándole miradas de reojo de tanto en tanto.

—Así que quiere probarse en el mar.

—Me gustaría, sí. Navegué mucho en otro tipo de bote.

—¡Ah! Es hombre de río. Vea, el mar es harina de otro costal. Es una criatura viva, respira y siente. ¿Oye? —y Marcos detuvo su labor para erguir la cabeza y mirar hacia el horizonte, de donde venía el bramido del oleaje impetuoso.

Manu también paró la oreja. Le pareció distinguir una queja en medio del fragor de la espuma, un sonido triste que le erizó el vello en la nuca.

—¿Lo ha oído? Es el lamento de los ahogados. Siempre se escucha al atardecer, cuando el viento sopla desde el fondo. Las viudas y los huérfanos vienen a la orilla para distinguir la voz del que se quedó allá, en la tumba de agua —y Marcos volvió a sus redes.

Acostumbrado a los misterios del monte y del río, Manu asumió con naturalidad aquella confesión. En algún lado —pensaba— debía de quedar atrapado el espíritu de los náufragos hasta que se soltara para siempre. Tal vez hasta que dejaran de llorarlos.

—Esta noche me embarco —le dijo el pescador, y arrojó las redes al piso del bote—. Si le gusta la idea, vamos.

Manu pensó en Lucrecia; no deseaba dejarla sola, prefería salir de día al principio y probar suerte por las noches más adelante, cuando hubiera mucho pique. Así se lo dijo a Marcos, que aceptó con indiferencia el argumento.

—Será cuando el mar lo llame —sentenció.

El hombre soltó la cuerda que sujetaba su barca, y con fuerza descomunal la arrastró hasta la arena mojada. Manu corrió a ayudarlo, y entre ambos pudieron hacerla a la mar sin usar guinches ni caballos. Ya anochecía cuando el bote se adentró cortando las olas, bajo una techumbre de nubes que se amontonaron de pronto, presagio de una jornada tempestuosa.

Largo rato permaneció Manu mirando cómo lidiaba el pescador con los vientos nocturnos, ayudado por la débil luz de una farola de querosén. Pronto fue un punto amarillo que el mar engulló en su oscuridad fragorosa. Recién entonces emprendió el regreso, cabizbajo como siempre que debía enfrentar su triste realidad.

Lucrecia había cocinado un guiso de legumbres y lo recibió malhumorada.

—Menos mal, creí que irías a nadar con los tiburones.

Manu pasó por alto el comentario y se lavó las manos en una fuente de latón.

—Huele rico —dijo, por decir algo.

—Espero que con esto te llenes. Es difícil alimentar a un hombre que come por dos.

—No lo dije por el guiso. Huele bien un perfume en la casa.

—Ah... —y Lucrecia se volvió para que él no viese la rojez de sus mejillas—. Debe de ser la loción que me dieron a probar en el hotel. Siéntate.

Comieron en silencio, igual que siempre, la vista fija en el plato para evitar mirarse, aunque esa vez la mujer le echó dos o tres miradas furtivas, evaluando el talante de Manu. Seguía apreciando el corpachón de su esposo, ese que él le negaba cada noche, y la falta de sus caricias la tornaba agresiva.

—¿Qué hiciste hoy?

Manu dejó la cuchara y se echó hacia atrás.

—Visité a los pescadores.

—¿Y para qué? ¿Vas a hacerte a la mar, acaso?

—Podría, lo estoy pensando.

—¿Te quitaron trabajo en los campos? Éstos no son tiempos de andar jugando, Manuel, necesitamos el dinero para pasar el invierno.

—Por ahora no me precisan, están agrandando el hotel y cuando aprueben la obra de seguro me llamarán.

—Ah, sí, lo mismo pasa en el Grand Hotel, están planeando reformas. Es que viene más gente cada vez y no pueden quedarse atrás. Al fin y al cabo, nuestro hotel fue pionero. Además, los pitucos del Bristol son insoportables, creen que todos están a su servicio. ¿Has visto los aires de las señoritas que pasean por la Rambla? La nariz se les queda en las nubes.

La cháchara de Lucrecia distrajo a Manu, que comenzó a pensar en Violeta. Había prometido a Francisco Balcarce mantenerse a distancia hasta que pasara el torbellino de rumores en torno a ella, pero de todas formas, ¿qué iba a hacer él después? Seguiría casado con esa mujer de la que jamás había hablado a su amiga. Tarde o temprano saldría a la luz la mentira, y sería el hombre más desdichado del mundo.

Lucrecia advirtió su ensimismamiento y renovó sus sospechas.

—Estás en la luna, más que de costumbre. Empiezo a pensar que pasó algo allá abajo que no me cuentas, Manuel. Cuidado con andar revoloteando entre las damas, que a la primera te verás despedido con una patada, pues no somos de esa clase de gente, debemos mantener nuestro lugar. Yo ya no tengo la protección de doña Juana, y a ti no te ampara nadie, estando muerto don Patricio y a punto de morir don Pedro.

El comentario despejó las brumas de la mente de Manu. ¡Había muerto don Peralta Ramos!

—¿Te dijo algo la familia de don Luro? —indagó con tristeza.

Lucrecia se alzó de hombros, despechada.

—Los hijos no son como la madre, ellos apenas me ven. Pero tengo presente que doña Juana les recomendó que mantuvieran mi puesto en el hotel. Valgo mucho como asistente, y lo saben.

—Me hubiera gustado ver a don Pedro una vez más.

—Ellos debieron de visitarlo en Europa. Son gente bien, que viaja, y tienen amistad de años. Cuando don Patricio iba de su estancia Cabo Corrientes a la ciudad en su carruaje pasaba por la chacra de Luro, que lo esperaba en la tranquera para conversar. Así me lo contó doña Juana, que apreciaba a don Patricio.

—Entonces, don Pedro no volverá a Mar del Plata.

Lucrecia miró a su esposo con fastidio.

—Por todos te apenas y preocupas, salvo por mí. Extrañas a las familias pitucas que no se les importa nada de ti, pero de tu esposa, que te espera cada noche con un plato de comida, no te condueles.

—¿Por qué, te pasa algo?

—¡Cínico! Bastante tengo con mis penas. Un hijo perdido, y mis padres que me retiran el saludo por haberme casado contigo.

—Tus padres hacen mal en apartarte. Aunque no comulguen conmigo, el cariño por un hijo no se pierde.

Lucrecia le dirigió una mirada rabiosa.

—¿Es que tu padre te quiere mucho, acaso? Que yo sepa, ni sabe dónde estás.

El dardo, bien lanzado, dio de lleno en el pecho de Manu. Era cierto, no podía negarlo. Tampoco quería. Que las cosas fuesen como las dispusiese Dios, ésa era su consigna.

—Es distinto —alegó—, porque te tienen cerca y estaban acostumbrados a consentirte.

—Algo que al parecer no obtengo de mi esposo, que me deja sola día y noche para volver agotado y dormirse como un cerdo.

Manu respiró hondo.

—Permiso, voy a fumar afuera.

Se levantó y salió antes de que el desagrado por el lenguaje y el tono de su esposa le subieran al rostro. Parecía cosa del destino que ahora que había encontrado a Violeta Lucrecia se manifestase en su costado más virulento, el que más rechazo le producía. Si hubiese sido una mujer cariñosa y compasiva, al menos él podría intentar la felicidad a medias, pues sabía que la dicha completa le estaba negada.

Las nubes que vio antes en la orilla navegaban ya sobre su cabeza, formando turbios remolinos que auguraban tormenta. Se preguntó si el pescador estaría a salvo, o su lamento iría a parar al fondo del mar junto al de los otros que él le había mencionado. Aguzó el oído. Le pareció escuchar los bramidos de los lobos, aunque ellos estaban lejos. Quizá el viento obrase la magia de llevar esos mugidos hasta donde él vivía.

Don Francisco Balcarce le había prometido hablar con los turistas que preparaban la cacería, para disuadirlos. Sólo eso, pues no podía garantizar que en lo sucesivo no volviesen a la carga. Era gente que anhelaba diversión, y en lugar de gozar del paisaje creaban entretenimientos para ampliar su mundo social. Esa parte de la vida en Mar del Plata le era por completo ajena. Él podía trabajar hasta molerse en cavar sementeras, pozos, levantar cercos y llevar las reses, pero alternar con los señores y señoras que habían trasladado su circo de costumbres a la orilla del mar no era lo suyo, así se lo pidiera el propio Luro convertido en espíritu.

El balanceo de una luz parpadeante lo atrajo y buscó su catalejo, el que usaba cuando oficiaba de bañero de los niños. Al apuntar hacia el horizonte descubrió un barco solitario, oculto en una de las entradas de la bahía, alejado de la zona Bristol. Por sus mástiles advirtió que era más grande que las barcazas pesqueras, y le extrañó que no estuviese amarrado a leguas del muelle, como hacían los buques que comerciaban con Buenos Aires y el extranjero. "Qué raro", pensó, y al tiempo le vino al recuerdo la imagen del marino enfebrecido que retó a duelo al sujeto pálido. El hombre no había aparecido en ninguna de las tiendas, ni en las excursiones de los pasajeros de los distintos hoteles. Claro que él no veía a todos los que estaban en el balneario. Se decía que el propio Bartolomé Mitre se alojaba en un modesto hotel fuera de los circuitos sociales, siguiendo su natural discreto, y Manu jamás lo había topado en ninguna salida.

La imagen de aquella nave perduró en su mente cuando se echó sobre el catre, alejado del cuerpo tibio de su esposa. Los barcos fantasmas, se decía por ahí, solían aparecerse de tanto en tanto, vaticinando tormentas, naufragios o desgracias.

Un vaho de perfume le inundó la nariz. Era el mismo aroma que había sentido un rato antes al entrar. En ese momento el olor le resultó empalagoso.

Lo curioso era que también los lobos marinos
parecían aceptarlo como parte de su grupo.

El arribo del tren a la mañana siguiente aumentó el revuelo en el Bristol, ya que que las familias recibían pletóricas de novedades a los recién llegados, y las niñas prometían organizar tés danzantes en las tardes, para agasajar a los caballeros.

Martita y Benji acaparaban el entusiasmo.

—¡Por fin llegan mis amigos! —exclamaba el joven, eufórico por compartir andanzas con sus camaradas del colegio.

—Mechita me ha pedido que la acompañe en el cotillón de esta tarde —anunciaba Martita, sin advertir que la repentina invitación se debía al ostracismo al que habían condenado a Violeta.

Después del suceso del artículo en *La Nación*, la marea de jóvenes amigas se había retirado con prudencia. Violeta era una compañía poco deseable, ya que su afición de observar y escribir lo observado podía incluir a cualquiera de ellas, peor que si las tomara de punto la mismísima Valentina, ya que ésta, al menos, era una cronista autorizada de un diario reconocido, y no una traidora que se aprovechaba de la intimidad para sacar los trapos al sol. Por primera vez desde que regresaba a la Argentina, Violeta conocía el rechazo social.

—Quizá en el próximo seas mi ayudante —decía Martita, dándose cuenta de pronto.

—Para carnavales —agregaba Benji, compadecido de la suerte de su amiga.

Para él, lo ocurrido no tenía gollete. ¿Qué más daba lo que se dijera en un trozo de papel, cuando saltaba a la vista que Violeta era de lejos la más bella e interesante compañera de baile de cualquier varón que se preciara de tal? Los muchachos no daban crédito a los chismes de las damas, para ellos sólo contaba lo que sus ojos veían. Y en eso no podían mentir: Violeta estaba muy por encima de todas. Lástima que ahora se reprimiese en su participación social.

—Esta tarde paso por la ruleta —le insinuó con ojos brillantes—. Si me acompañas, podremos dar el batacazo.

—¡Benji! Voy a decirle a mamá que estás tentando a Violeta con otro escándalo. Perdona, amiga, tengo que advertirte. Hay un límite para la cuerda de la sociedad. Si la tensas mucho se rompe, y para siempre.

Violeta, sentada sobre la butaca del saloncito de la recámara de Martita con Huentru en brazos, le contestó con frialdad:

—Quizá sea lo mejor, así me voy al garete.

—¡Así se habla! —bramó Benji—. Vamos, Violeta, algunas damas incursionan en la ruleta, hacen la parada de que las invitan con un trago y luego se marchan. Me darás suerte si te quedas a mi lado mientras apuesto.

Un remolino de emociones subió a la garganta de la joven. Por un instante comprendió a su tía Muriel, que se destacaba por el capricho y la audacia. Claro que Muriel tenía a su lado a Bautista, que era un remanso donde las pasiones se aquietaban. En cambio, ella...

—¿Qué dices? —la apuraba Benji.

Violeta eludió la mirada admonitoria de Martita y devolvió a Benji una sonrisa luminosa.

—Vamos. Voy en busca de mi bolsa y algunos dineros para apostar.

—Eh... Violeta, no sé si debas, a tanto no llegan las damas, sólo beben y miran, pero si quieres...

—Como gustes. Voy por mi bolsa, de todos modos.

Salieron rumbo a la Rambla al mediodía, cuando ya se iniciaba el primer paseo diario. Decidida a no dejarse abatir por la indiferencia de las miradas altivas que le quitaban el saludo, Violeta marchó junto a Benjamín con la frente alta y luciendo su atuendo más llamativo, un traje azul pavo real que profundizaba el tono de sus ojos magníficos. Como concesión a la formalidad, llevaba un sombrero con un lazo que caía sobre el hombro en graciosa inclinación. Ella no usaba artimañas para seducir, y en esa inconsciencia de la propia belleza radicaba su principal atractivo. Las mujeres podrían volverle el rostro, que los hombres no escatimaban miradas apreciativas, así tuviesen que soportar los codazos de sus compañeras en las costillas.

La Rambla estaba abarrotada en ese día nublado, poco propicio para bajar a la arena. Las casillas de baños reunían en su porche a las familias que preferían conversar al aire libre, y los que buscaban el abrigo de los toldos bebían cócteles de huevo y jerez en las mesas desparramadas por las terrazas. La ruleta funcionaba en una de las casetas, la primera de la entrada. Justo antes de que traspusieran la puerta, un fotógrafo que acechaba los abordó.

—¡Fuera! —gritó Benji, dispuesto a protagonizar una escena de pugilato si hacía falta.

Superada la conmoción, entraron al antro del vicio con los corazones agitados.

Una concurrencia tumultuosa y ávida, envuelta en el aroma de las lociones masculinas, los recibió con tintineos de monedas, batir de cubiletes y exclamaciones de diversa índole. Benji se dirigió sin vacilar hacia una mesa donde el 30 y 40 desplumaba a los incautos. Alegre como un colegial, dejó sobre el tapete cien pesos al colorado. Y fue el negro el que empezó a salir. Lejos de retirarse o medirse, el joven se vio alentado por los habituales que lo acuciaban para seguir intentándolo. Violeta contemplaba todo con interés, ajena al fervor que despertaba el juego. Otra vez el negro desplazó las esperanzas de Benji, y una vez más el joven dejó dinero sobre la mesa.

—Ahora sí, la suerte tiene que quebrarse —decía.

Las cabezas amontonadas observaban las continuas pérdidas, y aun así insistían en que la fortuna debía de sonreírles en la siguiente ronda.

—¿No te gastaste ya todo? —le dijo en un susurro Violeta, al ver que Benji tenía las mejillas rojas y la mirada vidriosa.

—Espera, ésta será la vencida —le contestó él sin mirarla.

Violeta comenzó a preocuparse. Había tomado con ligereza la pasión de su amigo por el juego, y ahora se daba cuenta de que el vicio arraigaba en sus venas y que podía ser su perdición. Miró a su alrededor en busca de ayuda, pero todos estaban presos del mismo afán, la vista fija en las mesas de bacarat o veintiuno, redoblando sus apuestas a pesar de encontrarse secos. Corrían los préstamos y las promesas de rápida devolución.

Benji acababa de apostar sus últimos cien.

—Gana color —gritó el tallador, mientras con el rastrillo se llevaba los billetes de los triángulos pintados en la mesa.

El joven porfiaba, y sus amigos cabuleros ya se alejaban, temiendo que la mala suerte se les contagiase. Pronto quedó solo, con la única compañía de Violeta.

—Vamos, Benji —le dijo ella con dulzura, pues ya el muchacho estaba fuera de toda razón.

—¡Déjame! Alguien podrá prestarme una vuelta más —y en ese momento pareció reparar en su presencia—. Dame tu bolso, Violeta. Trajiste dinero, ¿no?

De nada valió que ella lo hurtase a su vista, Benji tiró de la cadena que lo sujetaba a la cintura y se hizo de los billetes que Violeta guardaba. Consciente de la gravedad de la situación, Violeta salió en busca de cualquiera que pudiese compadecerse de un joven cabeza hueca que obraba irresponsablemente. Al volverse hacia otra de las mesas dio contra la espalda de un caballero que se apresuró a disculparse.

—¡Violeta!

Ella contempló como si fuese una aparición el rostro de Joaquín Carranza, conmocionado por el encuentro inesperado.

—¿Qué haces aquí? ¿Estás sola? —y el hombre miró en todas direcciones temiendo lo peor.

—Por favor, Joaquín, ayúdame, necesito sacar de acá a Benjamín Ramírez Aldao, está como loco apostando un dinero que no tiene, y no es la primera vez.

Muy capaz de amoldarse a cualquier situación, Joaquín cambió unas palabras con su compañero de mesa y salió detrás de Violeta, dispuesto a auxiliarla.

Encontraron a Benji enzarzado en una discusión con el tallador, que le explicaba el límite de las apuestas.

—¡Claro, justo cuando empezaba a ganar! —gritaba el joven, fuera de sí—. Qué conveniente para la banca.

El acaloramiento del rostro había sido reemplazado por una palidez enfermiza pues, con el resto de criterio que le quedaba, Benji captaba que ya no tenía cómo devolver el dinero de las apuestas. Apenas había recuperado la centésima parte.

—Una más y me voy —casi rogó al guardia que se había acercado, atento a los disturbios.

Joaquín obró con rapidez. Tomó a Benji por el cuello como lo haría un viejo amigo, y oprimió con fuerza sus dedos para obligarlo a volverse.

—Vamos con tu padre —le dijo en voz baja y firme—. Si te niegas, deberá buscarte en la comisaría.

Atontado, Benji siguió a Joaquín, que no lo soltaba, y a Violeta, que les abría el paso como una cuña para evitar que los presentes reparasen demasiado en el joven alocado, aunque lo que los hombres miraban era a la beldad que protagonizaba una escena en la ruleta.

El aire fresco dio en la cara de Benji como un sopapo. En sus manos todavía apretaba el bolsito vacío de su amiga.

—Toma —le dijo con sencillez infantil.

Violeta miró a Joaquín con la pena desbordando sus ojos, y el hombre se sintió derrotado.

—Vamos, los acompaño hasta el hotel, quizá haga falta suavizar el genio de su padre.

Caminaron un corto trecho con Benji en el medio de los dos, la cabeza baja, ajeno al mundo que lo rodeaba. Joaquín actuó de nuevo con rapidez. Al divisar a una familia patricia, se les acercó con una sonrisa.

—Don Vicente, qué gusto verlo por aquí. No me diga que viajamos juntos sin saberlo anoche.

Vicente Casares estrechó con afabilidad la mano de aquel joven simpático que tanto le mencionaba siempre su amigo Pellegrini.

—Un gustazo, doctor Carranza. Mire, he venido hoy y me iré el lunes, qué le voy a hacer. Tengo previsto un viaje a Europa por asuntos de mi interés y, aunque la familia proteste, debo cumplirlo.

—Dichoso usted, que tiene una familia que lo sigue a todas partes.

Casares miró a Violeta, y tuvo el tino de no felicitarlo por la elección de tan hermosa novia, ya que la joven lo acompañaba sin más escolta que aquel muchachito de aspecto lastimoso. La prudencia le aconsejó aguardar y Joaquín no lo defraudó.

—He venido a buscar a mi amigo, pues su padre lo requiere en el hotel. La señorita Garmendia tuvo el acierto de indicarme dónde estaba. La dejaría en sus manos mientras tanto, así regresa al Bristol en buena compañía.

—Por supuesto, faltaba más. Un placer conocerla, señorita. Mi esposa tendrá por fin con quién hablar de pilchas, ya que me considera un ignorante en esas cosas.

Joaquín le dirigió una mirada que prometía un encuentro, y Violeta le sonrió con gratitud. Apretó con fuerza su bolsito y encaró las presentaciones.

Los Casares provenían de una de las estancias más prósperas de Buenos Aires, y a pesar de ser de la *haute*, sus modales eran francos y cordiales. Si ellos conocía el episodio del artículo de *La Nación*, en ningún momento se lo hicieron notar.

Aquella noche, el salón del Bristol rebosaba de nuevos comensales. Las niñas se disputaban la atención de los jóvenes recién llegados, y las familias comentaban entre sí las noticias que los esposos traían de la capital.

—Ahora sí están todos los que deben estar —dijo Josefina Aldao a su marido mientras ocupaba su sitial.

Algunos lugares se habían modificado, y el de Violeta quedó de pronto en la mesa de los Balcarce, a la que se agregaron Julián Zaldívar y Joaquín Carranza. La joven ignoraba por qué ya no ocupaba su sitio entre sus amigos, pero en ese momento se sintió reconfortada al poder conversar con los conocidos que no la juzgaban.

Al otro lado del mantel de damasco de lino y por sobre el *bouquet* de flores, la sonrisa de Joaquín le devolvió la confianza. Sus ojos

color café parecían decirle "no te apures, lo sé y no me importa".
Julián abrió la conversación, al enviarle saludos de Brunilda y comentar su preocupación por Adolfito.

—Le dije que lo peor que podría ocurrirle en tu compañía sería divertirse. Ya ves, hasta eso es peligroso para una madre.

Elizabeth intervino con su habitual sentido práctico.

—Las madres no abandonamos el miedo por nuestros hijos ni siquiera cuando ellos se casan, y los renovamos con los nietos. Dolfito está muy a gusto, ella misma podrá verlo cuando llegue. A propósito, ¿cuándo será eso? Ya es tiempo de que se tome un descanso.

Julián se lanzó a referir los planes de Brunilda, ocasión que Joaquín aprovechó para un aparte con Violeta.

—El hijo pródigo fue puesto en cintura. Lo que no sé es cuánto le costará eso al padre.

—Lamento lo ocurrido —repuso Violeta—. Es mi culpa, no debí aceptar acompañarlo.

—Al contrario, creo que fue providencial que estuvieses allí. Pudiste pedirme ayuda y me diste la oportunidad de ser tu acreedor.

Y como ella lo miraba sin entender, el hombre repuso sin pudor:

—Me debes una, como diría un bandido.

La risa de Violeta desbordó la mesa y algunos rostros se volvieron hacia ellos. Ya habían observado con incredulidad que la nueva paria social cenaba en la más conspicua compañía esa noche, y no podían entender que la familia Balcarce, los doctores Zaldívar y Carranza ignorasen la falta cometida por Violeta Garmendia. Sobre todo que Joaquín, un buen partido por todas codiciado, mantuviese una charla distendida con aquella sabandija.

En cierta forma, el desliz de la joven brindaba más oportunidades a las casaderas, pues era una competencia menos, y una muy poderosa.

—Voy a cobrarme esta deuda en el próximo baile —seguía diciendo Joaquín—. Supongo que no has traído tu carnet, para anotarme el primero.

—Creo que debe de haberlo jugado Benji en la mesa de la ruleta.

Esa vez le tocó al hombre el turno de reír.

—Entonces voy a inaugurar la primera página en blanco, antes de que se llene.

—Dudo mucho que pueda llenarse ahora.

—¿Cómo es eso?

—Nadie querrá bailar conmigo después del suceso del periódico, y aunque no me importe mucho…

Joaquín quiso saber el detalle de lo ocurrido. Al cabo del breve relato de Violeta, frunció el ceño disgustado.

—Me avergüenza que esa cronista trabaje en el mismo diario que yo. Ha cometido una falta de decoro imperdonable al traicionar a su fuente de información. Sólo una mente mediocre y vengativa obraría de esa manera.

—¡Pero si yo casi no la conozco!

—Ella a ti sí, ya que es su misión conocer a todos los que visitan el balneario, para llenar las páginas sociales. Nadie es inocente, Violeta, y menos un periodista que sabe de antemano lo que va a redactar. Publicaste un artículo de opinión, una crítica social tan valedera como cualquier otra, y nuestro diario se enorgullece de aceptar todas las doctrinas. Si Valentina Santoro puso tu nombre en la nota, en lugar del pseudónimo con que se la entregaste, sus motivos tendría. Nada buenos, por cierto. Espero que podamos dar vuelta la situación.

"Podamos", había dicho Joaquín, uniéndose a ella en ese entuerto en el que estaba metida.

—Tanto no me afecta —empezó a decir Violeta.

—Sí te afecta. Fue tu primera experiencia con un diario "de verdad" y resultó nefasta. Es mi responsabilidad que te redimas de ella. Ya pensaré la manera de hacerlo. Pero lo del baile es otra cosa, de eso no te escaparás. ¿Habrá uno al final de la cena?

Violeta compuso una expresión resignada.

—Siempre hay.

—Entonces —dijo el joven ahogando la risa— anótame como tu primera pareja. Aunque no podamos escribirlo, confío en tu palabra. De hombre a hombre —se burló.

Violeta estalló en otra carcajada que obligó a todos los de la mesa a imponerse del motivo, y Julián tuvo la satisfacción de comprobar que Joaquín Carranza avanzaba en sus designios.

Para el baile se dispusieron las sillas en derredor, como otras veces, y la orquesta ejecutó los valses de moda. Los abanicos de las matronas se agitaban, y los bailarines improvisaban coreografías entre risas. Las ventanas abiertas dejaban entrar la brisa marina que enfriaba un poco los vapores que la cena y la bebida habían creado entre la concurrencia. Era una noche especial para todos, se recuperaba a los varones, tanto a los casados como a los solteros, y se renovaban las expectativas de las familias. Joaquín cumplió su promesa y tomó a Violeta en sus brazos al son de los primeros compases. Era un bailarín experto y ella, que no amaba demasiado la danza cortesana, se sintió embargada por la música y el perfume salado del océano. La reacción de los presentes no se hizo esperar. Si Joaquín Carranza bailaba tan a gusto con la señorita Garmendia, más valía no malquistarse con ella, sobre todo cuando en medio de la danza la vieron saludar con sonrisas a la matrona de la familia Casares, otro apellido valorado. A medida que transcurría la noche, el recuerdo del episodio del diario se fue diluyendo en importancia, del mismo modo que los vapores etílicos se disipaban con el aire frío que entraba desde afuera. Ese momento en compañía de un hombre como los que ella respetaba fue el primero de sincera felicidad que conoció Violeta en esos días. La ausencia inexplicable de Manu en la gruta la tenía a maltraer. Él no había acudido a nuevos encuentros, y a pesar de que entendía que su trabajo podía obligarlo a viajar por una o dos jornadas, ellos se habían hecho una promesa, sabían que aquel húmedo rincón barrido por los vientos marinos era su refugio.

Algo debía de haber sucedido para que él faltase a su palabra.

Manu miraba el brillo del baile en el hotel como la luciérnaga atraída por el resplandor de la lumbre. Sin lograr dormir, había decidido salir a lomos de Matrero rumbo a cualquier parte, pero su corazón lo llevó adonde se encontraba Violeta, sólo para mostrarle que estaba en brazos de otro. Reía, giraba, y parecía feliz. Tenía motivos que él no podía discutir. ¿Por qué no iba a sentirse feliz después de volver al país y verse agasajada por la sociedad? ¿Quién era él para pedirle que renunciara a todo eso? Sobre todo si no tenía derecho. La única mujer que él podía tocar estaba durmiendo en el rancho, ajada por el encono que había hecho presa de ella. Parte de culpa la tenía él, se daba cuenta. Le resultaba imposible fingir que la quería. Era su esposa, no una ramera que conocía su papel. Aun así, si Lucrecia fuese menos dura, menos venenosa su lengua…

—Veo que nos encontramos siempre en el mismo sitio, el umbral de la decadencia.

Otra vez el sujeto del capote, con su palidez y su mirada sombría.

—Yo trabajo para estos patrones —se defendió Manu, deseoso de quitárselo de encima.

—Eso no se lo reprocho. Vea, sin embargo, cómo se ha perdido la discreción que debe acompañar a la riqueza. Ser rico no es el pecado, sino presumir de serlo.

Lo último que quería Manu era discutir con aquel hombre insoportable. Su dolor por la pérdida de Violeta era demasiado hondo para soterrarlo bajo una charla insustancial.

—Señor, no puedo quedarme.

—Tampoco yo, tengo una cita.

Esa confidencia despertó inquietud en Manu. ¿Quién podía citarse con aquel espectro deprimente? Nadie del Bristol, por cierto. Ellos tenían ahí dentro toda la compañía que deseaban. El hombre consultó su reloj de bolsillo.

—Falta poco. ¿Sabe usted por dónde se entra al pabellón de los niños?

Manu supuso que la cita sería con alguna de las niñeras que las familias patricias llevaban para que se hicieran cargo de los hijos mientras ellos bailaban o celebraban convites.

Era algo que no le incumbía.

—Creo que por allá —le señaló sin mucha certeza.

El sujeto inclinó la cabeza en agradecimiento y se perdió en la oscuridad.

Manu permaneció unos momentos más, sufriendo cada vez que Violeta y su pareja pasaban delante de alguna de las ventanas que daban al mar. Hubo un instante en que le pareció que ella adivinaba su presencia, pues giró la cabeza en su dirección, y, aunque desde esa distancia nadie podía distinguirlo, a Manu le vibró el pecho con un latido profundo.

Violeta tuvo una sensación de disgusto que a Joaquín no le pasó desapercibida.

—¿Estás cansada? Espero no haberte pisado.

—Me siento un poco rara.

—Ven, vamos a sentarnos, te traeré algo fresco.

Joaquín la condujo hacia una silla desocupada y con gentileza le ofreció su pañuelo perfumado, pues Violeta había empalidecido. Regresó de inmediato con una copa de sangría.

—Bebe despacio, está helada.

Violeta bebía pequeños sorbos y analizaba su extraño malestar. Ella no se engañaba, se trataba de una de esas premoniciones que la asaltaban sin darle más aviso que un fogonazo. Se le había presentado el hombre de la playa, mirándola con ojos hundidos y señalando con una mano hacia el mar. Una imagen desoladora que le causó pavor.

—Por favor, Joaquín, discúlpame con los demás.

—Me dejas preocupado, Violeta. Debería avisar a Elizabeth Balcarce.

—No, no es necesario, a veces me pasa si no descanso lo suficiente. Por favor, no les digas nada, se alarmarán sin motivo.

Dejó a Joaquín con rapidez y subió las escaleras rumbo al cuarto que desde hacía días compartía sólo con Huentru. Una vez adentro, y luego de saludar al perrito con unas cosquillas, abrió la ventana y miró hacia la playa en sombras. Estaba desierta, y las aguas reflejaban el brillo metálico de algunos relámpagos. La figura que creyó ver mientras bailaba ya no estaba allí. Nada hacía presumir que ocurriese algo anormal. Suspiró, resignada. Debía encontrarles algún sentido a sus percepciones o se volvería loca.

Un golpeteo bajo la ventana la distrajo.

—¡Manu!

—Shhh… Violeta, no digas nada. Creo que hice algo malo.

Helada hasta la médula, la joven se arropó en un chal y volvió a salir. Pudo esquivar la atención de la gente de la fiesta gracias al cortinado que los aislaba del personal y de los fisgones que solían acercarse a las puertas dobles del hotel. Cubierta hasta la cabeza por el chal, se arrojó al porche y dio la vuelta hasta quedar bajo la ventana de su cuarto, donde Manu la aguardaba.

—¡Manu! ¿Qué pasó?, ¿qué hiciste?

El fantasma del muerto en la pulpería de Buenos Aires flotaba entre ambos.

—Creo que di un informe a la persona equivocada.

—¿A quién?

—No lo sé, pensé que podrías ayudarme con eso. Me preguntaron por el pabellón de los niños.

Sin esperar otra referencia, Violeta tomó del brazo a su amigo y lo arrastró por los canteros hasta desembocar en el pabellón. Ya entendía la imagen que había penetrado en su mente durante el baile. Se trataba del hombre misterioso, el que concitó la atención de Dolfito. Aunque no cuajaba que Manu pudiera saberlo, no era el momento de averiguarlo. Justo en ese instante, la puerta del anexo se entreabrió y apareció el niño de los Zaldívar, con su faz delgada y triste, mirando hacia uno y otro lado.

—¡Dolfito!

Violeta tiró de él y lo sacudió.

—¿Adónde ibas? ¿Y Cachila? ¡No debes salir solo en las noches!

El pequeño la miraba con sus ojos inescrutables. La joven sintió una pena infinita al verlo tan apocado para su edad. ¿Tendría razón Brunilda al preocuparse tanto por él?

Manu, que observaba desde atrás, la tocó en el hombro.

—Dejame a mí —le dijo con suavidad.

Se agachó frente a Dolfito y lo miró con firmeza.

—Queremos ayudarte, tenés que decirnos qué buscabas.

Adolfito clavó sus ojos en los de aquel hombre desconocido que sin embargo le inspiraba confianza, y balbuceó algo ininteligible. Manu percibió su melancolía como si pudiese absorberla y lo tomó por los hombros.

—Si estás triste podés llorar, hermano.

Las lágrimas brotaron de los ojos de Dolfito a borbotones, fijas las pupilas en las de Manu, prendiéndose de esa mirada como de una tabla salvadora. El hombre hizo que apoyara la cabeza sobre su pecho y lo alentó a desahogarse. Violeta contemplaba la escena sostenida por un hilo de emoción. Sólo Manu era capaz de entregarse a alguien así, sin vueltas.

—¿Qué está pasando aquí?

La silueta de Joaquín Carranza se dibujó a contraluz de las farolas que iluminaban el jardín.

Se había quedado inquieto ante la partida repentina de Violeta, y decidió montar guardia por las dudas. Aunque la deseaba y estaba dispuesto a cortejarla, algo en la joven lo ponía sobre alerta, pues una intuición le decía que ella era más de lo que aparentaba.

—Espero respuesta —insistió, y su exigencia iba tanto hacia Manu como hacia Violeta.

—Es por Dolfito, el hijo de Julián, creímos que estaba en peligro y por eso vinimos.

—¿Vinimos? ¿Quiénes? ¿Este hombre y tú?

—Manu es mi amigo.

—Ya veo. Un amigo que no puede mostrarse a la luz del día.

Las mismas palabras que doña Josefina. Violeta se mordió el labio, mortificada.

—Pensé que lo entenderías. Si no hubiera sido por él, Dolfito estaría perdido a estas horas.

Joaquín contempló al niño lloroso y decidió que de todas maneras lo primordial era restituirlo a su cuarto, de modo que ordenó a Violeta:

—Llévalo, y que no vuelva a salir. Aquí te espero.

Ella accedió, deseosa de poner a resguardo a Dolfito. Rezaba por que no hubiese ninguna discusión mientras tanto. Cuando los dos hombres quedaron solos, Manu sostuvo la mirada de Joaquín con tranquila aceptación. Era la pareja de baile de Violeta, lo reconocía, y también apreciaba el porte de caballero, ideal para un matrimonio por todo lo alto, como el que habían celebrado Julián Zaldívar y Brunilda Marconi.

—Yo sólo ayudaba, señor —dijo con mansedumbre—, porque entendí que había peligro por culpa de un hombre que merodeaba.

—¿Un hombre merodeando?

—Un tipo que se aparece siempre donde menos se lo espera.

—¿Y qué tiene que ver Dolfito con ese hombre?

Manu se encogió de hombros.

—Dice Violeta que lo vio en la playa con él, y que no puede sacarle la verdad al niño.

Joaquín meditó unos momentos.

—Lo razonable es informar al padre, que acaba de llegar a la villa. Esto no puede quedar así, en manos de unos aficionados. ¿Qué vínculo te une a la señorita Garmendia?

—Somos amigos.

—Ya lo dijo ella, pero quiero saber qué tipo de amistad tienen.

—Nos conocemos desde niños, cuando vivíamos en el Iberá.

—Ah, eso… —y Joaquín imaginó que ese hombre tosco sería una especie de criado de la casa de Violeta.

—En todo caso, no debes encontrarte con ella de noche y en secreto, pues comprometerás su reputación si un caballero la requiere. ¿Has venido con ella a Mar del Plata?

—No, señor, trabajo aquí desde hace tiempo.

—Bien —y Joaquín respiró aliviado—. Entonces puedes irte, que yo me ocupo de escoltarla.

Manu se marchó sin decir nada más, sintiéndose frío por dentro. Era la segunda vez que lo corrían con la firme decisión de alejarlo de Violeta. ¿Acaso podía esperar otra cosa?

Minutos más tarde, mientras galopaba a lomos de su moro, los relámpagos hicieron brillar los surcos que dejaron las lágrimas en sus mejillas curtidas.

Violeta caminaba callada y pensativa junto a Joaquín Carranza. Descubrir que Manu se había marchado sin discutir la aliviaba en parte, aunque lamentaba no poder comentarle lo que Dolfito le había dicho. Si el niño abrió su corazón fue gracias a él. Lamentaba también no gozar de la soledad para poner en orden sus sentimientos, cada vez más confusos. La alegría de recobrar a Manu se mezclaba por momentos con una inquietud que la alarmaba. Las cosas eran y no eran como siempre entre ellos. Manu le ocultaba algo que no alcanzaba a desentrañar, y también ella escondía su sentir, tanto que a veces pensaba si no estaría actuando ante sí misma, para engañarse. Ambos fingían, y eso era inadmisible.

Al llegar a la baranda del porche, Joaquín rompió el silencio.

—Violeta, asumo que tienes secretos y que por alguna razón no te atreves a compartirlos. Quiero que sepas que no debes temer nada de mí, ni infidencias ni juicios. El doctor Zaldívar te aprecia y eso me basta para valorarte, aunque tengo mi propia opinión, que me he formado en las pocas ocasiones en que nos vimos. Me interesa tu amistad y, si me lo permites, la cultivaré en estos meses de verano. ¿Qué dices, Violeta?

Ella lo miró con ojos dilatados por la sorpresa. ¡El doctor Carranza pensaba en ella de ese modo! Sin quererlo, entreabrió los labios y él fijó su mirada en ellos con avidez. De buena gana habría estrujado en sus brazos a esa niña descarriada y besado aquella boca deliciosa hasta agotarla. Debía comportarse, sin embargo, ya que estaba exigiendo de ella lo mismo. En cambio, tomó sus manos y las rozó con sus labios.

—Puedes contestarme mañana, cuando hayas descansado. Es mejor así. Ve arriba, que yo aguardaré a que subas y enciendas la lámpara.

—Mi cuarto ahora es…

—Ya lo sé. Doña Elizabeth me contó que te cambiaste para estar más tranquila.

Joaquín permaneció un rato más observando la luz tras los postigos, y caminó luego hacia la entrada del hotel, por donde ya salían los jóvenes danzantes tomados de la mano, en fila india hacia la playa. Era una costumbre que practicaban en rebeldía a la vigilancia paterna. Cantaban y seguían los pasos del baile, riendo y disfrutando de la juventud que creían eterna, bajaban por la Rambla y se atrevían a pisar la arena en plena noche, desafiando el viento y la furia marina. Él ya había sobrepasado esa etapa, no tanto por la edad como por sus responsabilidades. Se encontraba soñando con un hogar cálido adonde regresar cada noche, una esposa que fuese madre de sus hijos, que compartiese sus inquietudes y tuviese la mente despierta para confiarle sus más íntimas ideas. Muchas de las niñas que bailaban frente a sus ojos con aire despreocupado sólo pensaban en atrapar a un marido para cumplir con el papel social que se esperaba de ellas; incluso si la idea las aburría eran incapaces de pensar por sí mismas o preguntarse qué querían para sus vidas. Violeta, en cambio, no cedía a esos requerimientos, por más que los otros sí los tuviesen con respecto a ella. Joaquín captaba su independencia como un don de su espíritu, no como un arrebato feminista de los que había ya algunos ejemplos. Fue sincero cuando le pidió a Julián Zaldívar permiso para cortejarla.

Su corazón había sido conquistado por Violeta Garmendia.

Debajo del entarimado de la Rambla, el encapotado respiraba en forma entrecortada mientras repasaba las emociones de esa noche. Había estado a punto de lograr su propósito, y esa joven metida que acompañaba al niño lo había frustrado. La conocía de Buenos Aires, pues él solía merodear la casa de los Zaldívar para espiarlos. Una vez casi lo descubrió al salir a la vereda en busca del gato, pero él fue más rápido y logró esquivarla.

Acababa de ver, oculto en las sombras, que intentaban sonsacarle la verdad al pequeño, y con orgullo comprobó que él se resistía. Sonrió. Era su única esperanza, pues ya lo demás se había hecho trizas. Nadie podía negarle su último derecho cuando la vida se los había negado todos. Reflexionaba sobre el pasado y las desdichas del amor, y un gemido lo sobresaltó de pronto. A pocos pasos, una pareja se prodigaba arrumacos. Eran dos pasajeros del hotel que se escabullían para tocarse de modo íntimo. La mujer fingía recato y el audaz cortejante avanzaba, a sabiendas de que era eso lo que ella anhelaba. Patéticos. Como si nunca antes otros hubiesen jugado al mismo juego con idéntico resultado. Casi podía prever lo que ocurriría. En efecto, al cabo de unos forcejeos, la pareja bajó a la arena y se ocultó tras unas rocas, lejos de las miradas de otros enamorados que buscaban idéntico escondrijo. El hombre se deslizó furtivo hacia allí. Los gemidos se multiplicaron y luego hubo jadeos nada delicados, hasta que los espasmos que siguieron le provocaron náuseas. Al cabo de un rato, la mujer salió componiéndose las ropas, y el joven un momento después, con alegre desparpajo. Él podía reconocer ese andar suelto del que ha satisfecho sus necesidades. ¡Infelices! Poco les duraría el entusiasmo. Si se casaban, moriría la pasión en unos meses, ahogada por las obligaciones que se debían el uno al otro; y si no lo hacían, recordarían ese momento en la playa como la única verdadera felicidad en sus vidas, y se opacaría cualquier intento posterior de encontrar el amor verdadero.

"El amor verdadero no existe", pensó, "pues siempre hay uno que ama y otro que sufre". Antes de volver al hotel con su amargura a cuestas, pasó por el sitio del fugaz encuentro y sonrió con cinismo al descubrir una prenda íntima olvidada entre las rocas.

—Putas. Son todas putas.

Se envolvió en su capote y avanzó contra el viento, que arrastraba el sonido de truenos lejanos.

Llovió durante la noche y el domingo amaneció fresco, con un cielo salpicado de nubes que rodaban con rapidez. El aire húmedo olía a tierra mojada de los campos circundantes.

La misa más concurrida en la capilla era la de once, pues con la vida que se llevaba en el balneario nadie estaba para madrugones.

Violeta acudió, llevada por las turbulencias de su alma. Una vez adentro, buscó su devoción particular, el altar de la Virgen, y allí oró, confiándole su desazón. Ella no sabía qué la acongojaba tanto, si lo que había sucedido o lo que estaba por venir. Ni Benji ni Martita conocían su don, y ella tampoco deseaba contárselos. La temporada de verano no era el momento propicio y, además, Violeta desconfiaba de lo que pudieran opinar sobre sus sueños y premoniciones. Por otra parte, ella misma dudaba: ¿soñaba cosas que ocurrirían o las provocaba al soñarlas? Era una terrible posibilidad que no la dejaba en paz.

A nadie podía recurrir para saberlo, sólo le cabía desahogarse con alguien que le brindase apoyo. Manu podía ser esa persona, pues aunque él no experimentaba esas mismas percepciones, había convivido con ellas y, lejos de asustarse, las aceptaba con facilidad. Tenía que verlo en la gruta, era imperioso explicarle lo ocurrido con Dolfito antes de hablar con Julián. Necesitaba reflexionar mucho. Había nuevas sensaciones revoloteando en su pecho.

El sacerdote comenzó su homilía y Violeta abrió su devocionario.

Más tarde, cuando las familias bajaron de la loma y retomaron la vida social, la Rambla se tornó concurridísima. En el día festivo, los pobladores de Mar del Plata reclamaban su derecho al paseo y se mezclaban con la sociedad elegante. Enfundados en sus trajes y al compás de una banda, recorrían los mismos negocios, miraban las mismas caras y tropezaban con los mismos fotógrafos que los restantes días eran patrimonio exclusivo de los turistas. A manera de revancha, la procesión dominguera era más bulliciosa y los varones más atrevidos en su contemplación de las bellezas femeninas. Los cronistas aprovechaban para sorprender a los veraneantes, y los fotógrafos voceaban sus propuestas. Violeta caminaba junto a Elizabeth y los niños, que gozaban con las golosinas de los vendedores ambulantes. Unos pasos atrás, Francisco y Julián conversaban mientras sus miradas protectoras vigilaban a la prole.

—Debiste de tener una buena razón para venir sin tu esposa —decía Fran, que conocía a su amigo desde la niñez.

—Para qué negarlo, hice el sacrificio para tranquilizar a Brunilda. Ella estaba muy angustiada por Dolfito, pese a que confía a ciegas en los cuidados de Lizzie y también en la promesa que le hizo Violeta de velar por él. A decir verdad, Fran, yo también estoy algo inquieto. El niño no es predecible como otros. A veces me pregunto si la sangre tira más que los cuidados y el cariño.

—¿Te refieres a su padre natural, Adolfo Alexander?

—Pues sí. Que Dios lo ampare, siempre fue un sujeto raro. Desde que lo conozco he visto cómo sufría sin tener verdadero motivo. Su familia lo adoraba, hasta que empezó a mostrarse rebelde y a esgrimir ideas extravagantes.

—No olvides que es un poeta. Algo distinto tendrá para mostrar tamaña sensibilidad.

—Por eso quise emparejarlo con Pétalo. Lo que nunca imaginé es que me dejarían a su hijo como regalo y se mandarían a mudar.

—Esa porcelana china que trajiste de tu viaje por el mundo te sacó canas prematuras, debo decir. ¿Crees que habrán sido felices juntos?

—Mi temor es que el abandono del niño los haya separado. Conozco a Adolfo, no es un hombre desalmado. En cambio, Pétalo…

—Era demasiado calculadora.

—Pues sí. Tuvo sus razones la pobre, con su pasado escabroso, y sé que las mujeres no le perdonan el pecado de deshacerse de su hijo. Fíjate que para Brunilda esa acción es peor que la de haberme seducido durante tanto tiempo.

—Amigo mío, el día que comprendamos del todo a las mujeres será porque nos habremos convertido en una de ellas.

Ambos rieron de la ocurrencia, y Elizabeth se volvió para sonreír también, aunque no había escuchado la conversación.

Después del aperitivo previo al almuerzo, Violeta se refugió en su cuarto para alimentar a Huentru con los restos de la cena anterior y quedarse a solas con sus pensamientos. Al entrar, encontró un billete doblado bajo la puerta, en el que se leía con letra puntiaguda y enérgica:

> *Me voy en busca de nuevas rutas de comercio. Mi mente me obliga a desear que no me añores, y mi corazón ruega que sí. Volveré cuando lo que busco me lo permita, y espero que estés donde te he dejado, pequeña Sirena.*
>
> *Cristóbal*

El mensaje íntimo era un atrevimiento, pero ella conocía el tipo de hombre que era Cristóbal. Al igual que Rete Iriarte, iba tras metas fijadas de antemano y nada se interpondría entre él y sus objetivos. Guardó la nota entre sus cosas y reflexionó sobre la encrucijada que se le ofrecía en esos días. De haber flirteado sin compromiso en los salones europeos había pasado a enfrentar propuestas de cortejo más o menos serias en las pampas argentinas. La de Cristóbal la más audaz, aunque Violeta no estaba segura de que su oferta fuese del todo decente. El marino debía de arrastrar historias sórdidas, ella podía percibirlo incluso al tocar la cicatriz que rasgaba su bello rostro.

El cadete ruso, por su parte, era un hombre melancólico que la admiraba, y Violeta se sentía a gusto en su compañía. Claro que su buque partiría, y su país era demasiado inhóspito y lejano como para que pensara en algo más serio junto a él. De todos modos, su intuición le decía que él albergaba alguna esperanza.

En cuanto al doctor Carranza, era de todos el que mejor congeniaba con su espíritu. Violeta presentía en él a un hombre recto y a la vez compasivo, como lo demostró al preocuparse por su situación y luego por la seguridad de Dolfito en primer lugar. Poseía el oficio que a ella le gustaba, y la valoraba en su ilusión de dedicarse a escribir. Más allá de las convenciones, Joaquín podía ser ambas cosas: amigo y amante.

—¿Qué estoy pensando? —se alarmó de pronto—. Ya parezco una vieja solterona calculando.

Enojada, se levantó y buscó en el ropero el ajuar con que bajaría a almorzar.

Después saldría con la excusa de tomar el aire y buscaría a Manu en la gruta. Tenía el presentimiento de que él la esquivaba. Además, un cosquilleo la perturbaba cuando se encontraban juntos, como si hubiese algo invisible entre ellos. De eso también quería hablarle.

Manu abandonó el rancho luego de que su esposa se despidió diciendo que pasaría por la casa de sus padres para intentar reconciliarse. Quizá las palabras de la otra noche habían calado en ella. Se alegró. Si Lucrecia resolvía ese entripado, la vida familiar se soportaría.

Se dirigió hacia la gruta donde encontraba la paz que en otros sitios se le negaba, y permaneció ensimismado mirando el horizonte. La compañía del pescador le resultaba beneficiosa, iba aprendiendo gajes del oficio y ya había salido en la barcaza con éxito. Marcos elogió su destreza y lo animó a construir su propio bote. Era algo que él podía hacer, no en vano vivió tantos años entre el monte y el río.

—Hay madera suficiente para tu barco —le había dicho—, y aquí tienes a un maestro para enseñarte la técnica.

La oferta lo tentaba. Convertirse en pescador significaba lograr independencia y vivir a su modo, pese a los peligros que entrañaba y a la oposición de Lucrecia. Para ella, trabajar en los hoteles era la mejor oportunidad que tendrían nunca, pero ahora que los fundadores de Mar del Plata ya no estaban y sus hijos continuaban la labor, quizá no precisaran tanto de la fuerza de Manu, pues muchas de las obras estaban cumplidas. Él debía velar por su futuro. Un futuro sin Violeta.

Los ladridos en el viento lo volvieron a la realidad.

Huentru fue el primero en aparecer y tras él, el objeto de sus pensamientos, agitada y sonriente bajo la capelina de paja que protegía su rostro adorable. Manu sintió un latido desacompasado en el pecho, y la conocida vibración en las entrañas.

—¡Aquí estás! Un día van a descubrir esta gruta y tendremos que buscar otro lugar donde escondernos.

¿Cómo decirle que era él quien debería buscar otro lugar para mantenerse apartado?

—Viniste sola.

—Sí, están todos entretenidos con los planes de la excursión al arroyo. Ya que no soy bienvenida, puedo alejarme sin que me extrañen.

—Violeta, no deberías venir sola. El señor Balcarce dijo…

—¿Qué? ¿Qué te dijo Fran? ¿Hablaron a mis espaldas? Te advierto que no dejaré que otros decidan por mí. Soy adulta y sé lo que me conviene.

Manu desvió la vista para ocultar su desazón.

—Yo también soy adulto —protestó, dejando entrever por primera vez cuál era el peligro en esos encuentros clandestinos.

Lo ofendía que ella no percibiese el ardor que lo consumía cada vez que la veía.

—Manu, ¿vas a reprenderme? Te recuerdo que tenemos entre manos una misión. Cuéntame qué pasó con la cacería de lobos marinos. No se ha vuelto a hablar de eso hasta hoy.

—El señor Balcarce cumplió su promesa, entonces. Me dijo que los convencería.

—Si es así, lo logró. El marido de Finita está apostando a la nueva competencia del tiro a la paloma, así que tendremos que intervenir de nuevo.

Ella jugaba a las aventuras, como cuando era niña. Y jugaba con fuego, alentando su pasión. Ya Manu no podía negarla. Cada vez que pensaba en ella lo hacía como hombre, no como amigo de la infancia. Mientras la tuvo lejos, Violeta era un recuerdo latente en sus emociones, mezclado con esa fidelidad que se engendró en la niñez y fue la causa de su desgracia. En las noches del desierto, durante la vigilia en los fortines, ella había sido su sostén, y aunque en su recuerdo la veía como la había dejado, una jovencita apenas, la marea que lo ahogaba entonces le decía que su sentir ya no era el mismo. Su cuerpo de hombre reclamaba el de una Violeta mujer, la que había encontrado a orillas del mar.

—No sé si puedo ir esta vez —le contestó, turbado por el giro de sus pensamientos.

—¿Cómo que no? Manu, la vida de las palomas depende de nosotros.

—Violeta, cuando te vayas las palomas volverán, y otros turistas querrán dispararles.

Ella lo contempló con detenimiento, escudriñando su rostro.

—Manu, ¿qué pasa? Te noto distinto, enojado. Nunca renunciarías a proteger a las aves, ¿no?

Él respiró hondo.

—No, nunca.

—Bien. Entonces, te mostraré lo que he aprendido a hacer sobre ellas —y Violeta desplegó ante sus ojos una carpeta llena de dibujos. Manu contempló los trazos que tan bien reflejaban el vuelo de la garza mora, la nidada del chajá o el aleteo del martín pescador. Eran imágenes que guardaba vívidas en su mente, del tiempo en los esteros. Violeta había sabido crearlas de nuevo para no olvidar esa época feliz.

—Parecen vivas —se admiró.

Ella se echó a reír y se quitó los zapatitos. Llevaba medias de seda blancas.

—Mis condiscípulos decían que estas aves eran imaginarias, y yo les contaba de otras que ellos no hubieran podido imaginar siquiera. Pero acá están éstas, que no conoces —y le mostraba con apuro los dibujos de cuervos y halcones reales.

La joven estaba ansiosa por saber la opinión de su amigo, pues lo consideraba un experto; nadie mejor que él para dictaminar si había podido captar a las aves en toda su dimensión.

—Dibujás muy bien —fue todo lo que dijo Manu.

Violeta no se amilanó. Conocía su parquedad y sabía que le habían gustado las estampas.

—Traje también mis carbones para dibujar ahora.

Sacó de un cartapacio una hoja en blanco e intentó mantenerla en el suelo de la gruta sin éxito. Manu tomó dos grandes piedras y las afirmó en las esquinas para inmovilizar la hoja frente al viento que se filtraba entre las rocas.

—Gracias. Ahora espera y verás.

Con rápidos giros de su muñeca, Violeta delineó las formas de un cormorán que flotaba sobre las aguas, atento a su pesca. Manu seguía con la vista la delicada mano que danzaba sobre la hoja.

—¿Qué te parece? Falta rellenar las partes en sombra, pero eso lo haré luego, más tranquila y sin arena. Mira cómo se pegaron los granitos a la pasta. Manu, esto me gusta, pero también ansío escribir en algún periódico. Hay muchos temas que me interesan, y temo que por ser mujer no me tomen en serio. Joaquín dice que me dará una oportunidad.

Joaquín.

El hombre de la otra noche, el que bailaba con ella. Manu sintió la quemazón trepándole el pecho.

—Él trabaja en *La Nación*, y me invitó a conocer la redacción en Buenos Aires. ¡No te imaginas lo excitante que es!

Excitante.

El hombre se movió, incómodo. Prefería no saber de las andanzas de ella cuando no la tenía ante sus ojos.

—Pienso que puedo hacer las dos cosas: ilustrar libros de ciencia, como soñaba antes, y publicar mis ideas en la prensa.

—Don Luro decía que se podía hacer cualquier cosa que uno quisiera.

—Ese hombre te enseñó mucho, ¿no es así?

—Era un hombre bueno.

—¿Era? ¿Se ha muerto, acaso?

Manu desvió la mirada. Si bien no lo sabía con certeza, intuía que sí, que aquella vida arrasadora había desembocado en su último cauce.

—De cualquier modo —siguió diciendo Violeta—, no ha muerto si sus palabras quedaron en ti.

Esa idea dio vueltas en la mente del hombre hasta tranquilizarlo. Era el efecto que ella le producía, un bálsamo para el espíritu.

—Quisiera ver los lobos marinos de cerca.

Manu se opuso.

—Es peligroso.

—Estoy segura de que te has acercado lo suficiente más de una vez y nada pasó. Ellos sabrán que no queremos hacerles daño. Lo único que debemos cuidar es que los perros no nos sigan.

—Duende los irrita.

—Por eso vine bien provista. Mira —y Violeta descubrió la servilleta del canasto que traía, mostrando trozos de carne envueltos en papel encerado. Los dispuso bajo las rocas y los disimuló con helechos y caracolas.

—Tardarán en descubrir que nos fuimos, y el olor los atraerá aquí primero. Mientras tanto, iremos a la barranca.

Lo tenía todo calculado, se dio cuenta Manu. Era como antes, cuando ella lo sonsacaba para obtener lo que quería. Saberlo le arrancó sentimientos encontrados: rabia por verse manipulado y ternura por volver a sentirse indispensable para ella. Prevaleció lo último, y Manu se incorporó para guiarla por el camino más fácil rumbo a la lobería.

Un macho se erguía imponente en la restinga, con el cuello hinchado y bramando amenazador. Entre restos de cangrejos y de peces, las hembras lo rodeaban sumisas, intentando proteger a sus crías, que parecían diminutas junto a los corpachones de los adultos. Manu frunció el ceño. Notó que un par de machos jóvenes se atrevían a merodear en actitud pandillera. Era lo que fastidiaba al dueño del harén, y por eso se balanceaba con aire intimidatorio. Al igual que en la especie humana, los más jóvenes desoían el llamado de la prudencia y probaban suerte con audacia. El mar ahogaba los gruñidos con su rugir permanente, aunque la voz del gran lobo marino sobresalía por su intensidad. Era impresionante la furia de un animal de ese tamaño.

—Están enojados —anunció, para prevenir a su compañera, tan audaz como los jóvenes lobos.

—¡Ya lo creo! Tienen que proteger a sus cachorros. Mira, Manu, qué hermosos.

Las crías eran graciosas, dentro de su tosquedad. Los lobos marinos adquirían belleza cuando buceaban o chapoteaban en el mar porque allí se veían ágiles, mientras que su cola gruesa y sus aletas cortas los hacían parecer tullidos fuera del agua. Los cuerpos rollizos se apretujaban bajo la espuma que saltaba sobre las rocas. Los lobitos recién nacidos, cubiertos de suaves pelos negros, mamaban ansiosos, y aquél era otro ruido que se unía al fragor de las olas y las voces de advertencia del macho dominante. Uno de los jóvenes se atrevió a invadir el círculo y ardió Troya. Pisoteando a sus propias hembras y aun a las crías indefensas, el enorme lobo marino se abalanzó con ferocidad sobre el intruso, lanzando aullidos y golpeándolo con su cuello.

—¡Cuidado!

Manu tiró del brazo de Violeta, que contemplaba la escena como hechizada. Ambos retrocedieron y vieron cómo un lobito pequeño desaparecía bajo la mole de su padre.

—No mires.

Manu le tapó la cara con su mano, pero Violeta lo eludió.

—¡No! Déjame, debo sacarlo de ahí.

—¡Estás loca! No se puede. Vamos ya.

La arrastró, a tiempo de evitar la visión de la feroz pelea entre machos, el choque de cuerpos que se escuchó por sobre el oleaje, y los bramidos aterradores que coronaban la lucha. La sangre corría por la piel aceitosa de ambos animales, formando regueros sobre el verdín. Las hembras se alejaban, patinando con torpeza. Era una escena dantesca que Manu quiso ahorrarle. La joven mantenía una expresión demudada, y él comprendió que su sensibilidad estaba a punto de quebrarla. La alzó sobre el hombro y corrió barranca abajo, escuchando el ensordecedor enfrentamiento mezclado con los graznidos de las gaviotas. A medida que se acercaban al refugio, aquel estrépito fue amainando, quizá porque la pelea se había definido en favor de uno o de otro. Manu ya había presenciado situaciones parecidas, incluso durante la monta sexual, y se alegraba de que no hubiera sido ése el caso esa tarde.

Depositó a Violeta sobre el suelo húmedo y le apartó el cabello de los ojos, puesto que había viajado cabeza abajo. El sombrero de paja había quedado en las piedras.

—Ya pasó —le dijo con suavidad.

Violeta tiritaba.

—Ese lobito, Manu. ¿Murió?

Él pensó en ampararla como cuando eran niños, y un súbito instinto de conservación le dictó otra cosa. Mentir equivalía a prolongar la agonía de la separación inevitable. Aunque don Francisco no se lo hubiese pedido, Manu sabía que permanecer junto a Violeta sólo podría perjudicarla. Y causarle a él una herida más profunda que las que había recibido de las chuzas en la frontera. Se juró partir después de verla recomponerse.

—Murió, sí, pero su madre parirá otro —le dijo.

Violeta alzó hacia él sus ojos temblorosos de lágrimas.

—¿Cómo puedes decir eso? Ése era único.

—Don Pedro y don Patricio eran únicos, y murieron. Yo también moriré un día.

—Eso no será ahora, Manu, lo sé. Siento acá la muerte del lobito —y se tocó la cabeza, como si tuviera fiebre—. ¿Crees que yo la provoqué?

Él se arrodilló a su lado y la tomó por los hombros.

—No. Nadie tiene culpa. Son cosas que pasan.

—Pero pasó cuando nos acercamos.

—Pasa a cada rato, pero no lo ves.

Violeta respiró hondo y miró hacia el mar.

—Estoy asustada, Manu. Estos pensamientos míos tienen vida propia, yo no los domino. Vienen cuando quieren, y antes de que ocurran las cosas. Yo quise ver a los lobos marinos porque tenía miedo de que los cazaran como habían dicho, quería asegurarme de que estaban bien. Manu, no sé a quién recurrir para quitarme estos malos pensamientos.

—A veces no son malos.

—Sí lo son, siempre.

Manu dudó unos momentos, hurgó en su mente para hallar el consuelo, y recordó:

—Cuando la guerra, soñabas que Batú estaba vivo, ¿te acordás?

Una sonrisa se dibujó en el rostro de ella, cubriéndolo de hoyuelos.

—Tienes razón —contestó emocionada—. Y mamá confiaba en eso.

—¿Has visto?

—Manu, no sé qué haría si de nuevo te separaras de mí.

Le echó los brazos al cuello antes de que él pudiera reaccionar y, como aquella vez hacía tantos años, le estampó un beso. Sus labios ya no eran de niña, ni la suya era la boca inexperta de un muchachito. Manu probó sin querer la suavidad de Violeta, y su instinto posesivo se reveló con la misma furia que la de aquel lobo marino capaz de matar.

La recostó de espaldas contra el frío suelo y la cubrió con su cuerpo, sin separarse del beso. Poco a poco, ella se dejaba invadir, recibía la lengua voraz de Manu en su boca, la acunaba con dulzura y salía a su encuentro, acariciándola. Si la sorprendió aquel avance, no lo demostró. Su falta de experiencia no le impedía responder con naturalidad a las caricias del hombre que formaba parte de su vida tanto como su propia madre. Violeta hundió los dedos en el cabello espeso de Manu y lo aferró para sentirlo más cerca aún, buscando en el calor de él un refugio y un consuelo. El beso se tornaba profundo, exploraba rincones desconocidos entre ambos. Manu suavizó el embate de su lengua para hacerse perdonar el ímpetu inicial, y se movió para darle espacio, pero Violeta se adhirió más a él y enredó sus piernas en torno a su cintura como un mono salvaje. El contacto enardeció a Manu, que sentía la calidez del vientre de la joven contra su propio pubis ardoroso. La pelvis se le movía en un balanceo rítmico al que Violeta se acopló con facilidad. Ella no sabía qué otra cosa hacer, salvo frotarse contra él, despedazando el poco control que aún poseía. Ese atisbo de cordura lo salvó. El ladrido de Duende, quizá reclamando más de la carne que habían encontrado de manera insólita entre las piedras, lo volvió a la realidad. Se alejó abruptamente y se volvió, mesándose el cabello con desesperación.

—Perdoname.

Era lo mismo que le había dicho a Lucrecia la primera vez, y darse cuenta de eso lo golpeó tan hondo que se sintió falto de aire.

—¿Por qué, Manu? No hicimos nada malo.

Violeta gateó hasta él, con las medias rotas y el pelo revuelto. Manu no quería ni mirarla.

—Está mal. Nunca más nos veremos en la cueva. Violeta, prometeme no volver.

—Me gusta estar aquí contigo. Ya te dije que no quiero que nos separemos.

Manu giró hacia ella con el rostro congestionado.

—¡No entendés, carajo! ¡No puedo verte más!

Violeta casi se cayó sentada ante el estallido. No obstante, insistió con tozudez. Ella sabía que algo andaba mal, el beso de Manu había sido desesperado, el de un hombre que siente que va a morir. Y sobre eso estaba tranquila, a Manu no le tocaba morirse. ¿Qué le pasaba entonces? Con ese empecinamiento tan propio de su carácter, porfió:

—Me escondes algo, Manu, lo sé. Como aquella vez, cuando te fuiste a la pulpería. Ocultarme cosas trajo desgracia, porque yo podría haberte ayudado. Debes decírmelo.

—¡No!

—Mírame.

Violeta fue hacia él y con todas sus fuerzas intentó volverlo para mirar en sus ojos, pero Manu era un hombre capaz de aguantar eso y mucho más. Entonces, indiferente a los ladridos asustados de los cuzcos, que no entendían ese forcejeo entre sus amos, trepó a la espalda de Manu valiéndose de las rocas como soporte y le rodeó el cuello. Si se hubiese tratado de otra persona, él se la habría sacudido de encima con pasmosa facilidad, sólo moviendo el cuerpo o apretándola contra la pared de la gruta. Pero era Violeta, "su" Violeta, por la que habría dado la vida.

Resignado, giró el rostro y quedó a un palmo de su sonrisa triunfal.

—Me gustó que me besaras, Manu. Hazlo de nuevo —y frunció los labios para alcanzar los agrietados del hombre.

—¡Basta! Bajá, que debo decirte algo.

Con esa promesa, ella se dejó resbalar y tocó el suelo. Aguardó paciente a que él se acomodara la camisa y se sentara sobre una saliente en las rocas.

—Violeta, pasó mucho tiempo.

—Sí. Demasiado tiempo.

—Vos sos otra, y yo también.

—Eso no, Manu, yo soy la misma. Sin embargo, te noto distinto.

Él carraspeó, inseguro sobre cómo abordar el tema. Las mentiras, si se dejaban crecer, se tornaban espantosas. Empezó por lo menos comprometedor.

—Fui al desierto y luché contra los indios. Eso me cambió un poco.

—Entiendo.

—No entendés nada —y él volvió a mesarse los cabellos.

Violeta se mantuvo callada, a la expectativa. No quería forzar su mente ni su corazón para descubrir el secreto de Manu, quería que él fuera capaz de confiar en ella, deseaba que los años de ausencia no hubieran cavado un foso profundo entre ambos, ansiaba recuperar la confianza y la intimidad que tenían, ahora enriquecida por los besos y quién sabía qué otras cosas más.

El viento del atardecer se coló en la gruta, y Manu encontró una excusa para postergar la confesión.

—Oscurece y hace frío, hay que irse.

—Ibas a decirme algo.

—Puedo esperar.

—Entonces nos veremos mañana.

Él suspiró abatido.

—Una sola vez más. Pero la semana que viene.

—El mismo día, a la misma hora.

Debería haber recordado la persistencia de la que era capaz Violeta. Sintiéndose el más desgraciado entre los mortales, Manu la ayudó a recoger sus cosas y a disimular el zafarrancho de sus ropas. Era el mismo cuidado que había tenido con Lucrecia, y esa similitud lo torturaba. ¿Cómo había caído tan bajo? La acompañó un trecho, hasta que juzgó que podía seguir sola, y mientras la contemplaba caminar hacia la Rambla grabó en su mente la imagen de ese cuerpo delgado, del cabello ondulando sobre la espalda, y de la última mirada que ella le dedicó y que se le clavó en lo más hondo del alma. Lo más sensato habría sido no volver a la gruta, dejarla que se desilusionara, pero tratándose de Violeta, cualquier sufrimiento que ella tuviera lo padecía él con creces. Prefería culparse de todo y recibir el enojo o el desprecio para que Violeta pudiese seguir adelante sin recordarlo con nostalgia o cariño. Después debía desaparecer de su vida, como si Manuel Iriarte nunca hubiese existido.

🦋

Se preparaba el baile de carnaval, que tendría un matiz melancólico, pues con él se despedía Carlos Pellegrini de la temporada. Por fin había aceptado el pedido de Juárez Celman, y viajaría a

Europa a solicitar empréstitos para la bancarrota argentina. Aunque el vicepresidente no tenía demasiadas esperanzas, no era hombre de echarse atrás cuando las papas quemaban, de modo que decidió partir. Claro que el viaje también le serviría para endulzar el enojo de su esposa, causado por los rumores sobre su *affaire* con la Bernhardt.

En eso tampoco escatimaría esfuerzos Pellegrini.

La compañía de Joaquín y de los Balcarce, así como la presencia de Julián Zaldívar, determinaron que Violeta fuera incluida pese a todo en los planes del cotillón. Martita, eufórica por poder contar con el ingenio de su amiga, descartaba que sus figuras serían las más aplaudidas. Era necesario planearlo bien, de modo que comenzó a importunar a Violeta desde el primer momento en que recibió el encargo.

—Como no estabas conmigo cuando hicimos el anuncio, tuve que hacerme acompañar de Benji, que es un inútil, así que por mi cuenta propuse tres figuras, pero si quieres podemos hacer más. Yo hubiese necesitado un acompañante varón más lucido —se lamentaba.

—Tres figuras estará bien —respondía Violeta, con la cabeza tan alejada del cotillón como podía estarlo la luna del sol.

—Eso se dice fácil, pero no sabemos qué opinarán las presuntuosas Zemborini, que ya han estado hablando.

—Hagamos lo que desees, Martita.

—¡No y no! Debemos esforzarnos, Violeta, y tú más que nadie, para reivindicarte ante todos. Este cotillón debe ser de impacto.

—Un golpe de timón —se burló Benji, que escuchaba a medias mientras contaba sus últimos billetes.

—Si no te callas…

Violeta decidió a toda prisa las tres figuras, para acabar con la discusión.

—Ya está: castillo normando, jardín de mariposas y góndola veneciana.

Martita quedó boquiabierta.

—¿Así, tan rápido, sin cambiar opiniones?

—Si no te gusta…

—No, no, así estará bien —se apresuró a decir, pues confiaba en el criterio de Violeta más que en el propio—. De seguro sabrás más que yo de esas cosas. Preparemos las máscaras y los adornos.

Disponían de pocos días para la fabricación de los elementos, pero para fortuna de ambas, Elizabeth O'Connor les dio una buena noticia:

—El sábado llegará Brunilda. Será de mucha ayuda para lo que necesitan, y estará encantada de participar, estoy segura.

Puesta la esperanza en eso, Violeta se sintió más tranquila para pensar en lo ocurrido en la gruta. Amaba a Manu, de eso estaba segura. Lo que ignoraba era si el sentimiento que la ataba a él era el amor del que hablaban los libros de romance que a escondidas circulaban entre las niñas. Ese mismo amor que con los ojos le prometía Nikolai, el que podía entrever en los actos de Cristóbal, o el que la sonrisa de Joaquín le sugería. ¿Era amor la arrebatadora sensación que la invadió cuando Manu pegó sus labios a los de ella? ¡Cómo hubiese querido abrir su corazón a alguien que supiese decírselo! De todas las damas presentes, sólo con Brunilda era capaz de sincerarse, aunque para saberlo todo, absolutamente todo, la persona ideal era su tía Muriel. Imaginaba que no tendría reparos en contarle hasta los detalles íntimos. Y Muriel conocía a Manu desde antes, mientras que los demás lo habían visto sólo como su escolta en los tiempos de Buenos Aires. Nadie, empero, podía jactarse de haber entrado en el corazón de Manu como ella. Ni siquiera su padrino.

—Violeta, ¿me escuchas? Te decía que las coronas de rey las haremos de papel espolvoreado de oro, no hay otra cosa en el hotel.

—Muy bien.

—No eres de gran ayuda.

—Perdona, Martita, estoy distraída. Si quieres, hago todos los dibujos para que puedas sacar los moldes.

—¡Eso sería estupendo! —batió palmas la joven.

En las horas que siguieron, Violeta se dedicó a dibujar coronas, cetros, almenas, mariposas, cúpulas y estrellas. Todo lo que hacía era de inmediato confiscado por Martita, que recortaba sobre cartón cada pieza. Mientras, aguardaban la llegada de la esposa de Zaldívar como un hada salvadora.

Las noticias de Buenos Aires eran alarmantes, y a pesar del ánimo festivo la Rambla se convertía en escenario de alianzas convenidas entre aperitivos y café con leche. Los hombres de negocios, inquietos por el rumbo de la cuestión económica, se codeaban con los políticos durante el desfile social. A todos preocupaba la contradicción entre la especulación financiera y el descontrol de las inversiones. Se vivía en la opulencia, mientras que las cuentas hablaban de desorden en la balanza de pagos y aumento de la deuda pública.

—Es un espejismo —comentó Fran un día, mientras bebían un cóctel vespertino.

—Me pregunto si esta vez el gringo podrá hacer milagros —le respondió pensativo Julián.

Ya se sabía que Pellegrini acudiría al rescate, como durante el gobierno de Roca, aunque se sabía también que la situación había empeorado. Preocupaba, más que nada, el optimismo del presidente y sus acólitos, que no atinaban más que a emitir papel moneda para reparar el mal. Algo debía de advertir Juárez Celman, sin embargo, si mandaba llamar a su vicepresidente para que gestionase ante los banqueros de Europa con urgencia.

Desde que ocupó su cargo en la fórmula, Carlos Pellegrini había mantenido por decisión propia un papel decorativo, incongruente con su carácter de hombre de acción. Esa actitud lo ponía a resguardo de las críticas y sospechas que recaían sobre el Poder Ejecutivo. Los periódicos solían ironizar sobre el silencio de uno de los oradores más brillantes del país, pero la opinión pública lo sostenía, pues su presencia tranquilizaba a las fuerzas conservadoras, tanto de la República como del extranjero.

—Hasta cuándo aguantará sin tomar partido —seguía diciendo Francisco—. Me consta que no aprueba las medidas económicas.

—Ya viste que es un diplomático —respondió Julián—, y si no se aparta de sus funciones en el Senado es porque no tiene cabida en el círculo del juarismo.

—Están locos.

—Yo creo que están perdidos —repuso Julián, al recordar los comentarios de su padre en la estancia—, y creo que es peor eso. A decir verdad, Juárez Celman es un tipo que se hace querer. Es gentil, educado, incapaz de causar daño a sabiendas. Lo malo es que cuando cese el falso bienestar que nos rodea su cabeza será la primera que reclame el pueblo.

—Te refieres a Leandro Alem.

—Y tantos otros. Por lo que supe antes de venir, hay un hervidero de conspiradores. En cada sombra, cada zaguán, podemos hallar un mitin. Este sitio es un remanso comparado con la Buenos Aires que dejé hace días. Mucho me temo, amigo, que la bomba estalle antes de que finalice el verano.

—Hablas como anarquista —bromeó Fran—. Ten cuidado, después del atentado que hubo.

—Ésa es otra llaga. La chispa que prendió allá, entre los estibadores, al parecer se encendió también acá, en la playa de las barcas.

—Estos movimientos son corrientes subterráneas que brotan cuando menos se las espera.

Julián permaneció callado, fijos sus ojos claros en la barandilla de la rambla.

—¿Qué hay?

—Nada, me pareció...

Sacudió la cabeza como queriendo espantar una idea, y prosiguió:

—Es una insensatez, vemos crecer la industria, la producción del campo y la obra pública del gobierno anterior. ¿A qué jugar a la Bolsa de este modo alocado, entonces?

—Las malas lenguas dicen que el propio Pellegrini anda detrás de esos motines.

—En absoluto —y Julián acompañó su afirmación con un brusco ademán—. Lo conozco muy bien, y sé que prefiere un gobierno débil antes que uno revolucionario. No hay gobierno que pueda ser tan malo como para preferir la anarquía, se lo escuché decir. Y a esta altura de mi vida, Fran, estoy de acuerdo. Al revés de mi querido amigo Joaquín Carranza.

—Los pichones quieren probar sus alas —dijo Fran echándose hacia atrás.

Ambos habían sido jóvenes e impetuosos, se habían jugado por causas perdidas, y en el arrojo habían dejado jirones, de modo que en la medianía de sus vidas podían hablar con cierto aplomo del idealismo de los otros.

—Le aconsejé bien a Joaquín, espero que me haya atendido. Sobre todo porque le tengo echado el ojo para el casorio con Violeta.

—¡Epa! No me habías dicho nada. Y lo más grave es que no le dijiste tampoco a Lizzie. Sabes cómo son de casamenteras las mujeres. Creo que deberías participarle tus propósitos, o no te lo perdonará.

—Cuento contigo para eso. Ya bastante tendré con mi esposa cuando lo sepa.

Bebieron riendo el último sorbo y se levantaron justo cuando la Rambla se encontraba en su esplendor, con el *tout* Buenos Aires lanzado a recorrerla de cabo a rabo.

Los niños festejaban por anticipado el carnaval, arrojaban papel confeti y se echaban agua con pomos. Era la hora del bullicio, las seis de la tarde.

—Vamos a reunirnos con Santiago Luro —lo alentó Fran con una palmada en el hombro—. Nos espera para comentar los planes de construir un casino anexo al hotel. Sospecho que también para interesarnos en la inversión.

—Lo que faltaba, otra rueda de la fortuna.

Sobre la mesa que dejaron vacía, unas manos furtivas depositaron un libelo que criticaba en letra de molde:

¡BUFONES! DEJAN A SUS NIÑOS EN MANOS AJENAS
PORQUE ESTORBAN A SUS VICIOS.

Manu era un barco escorado, con el alma a punto de naufragar.

Al llegar aquella tarde a su rancho, apenas notó el nerviosismo de su esposa. Ella no lo esperaba, pues él acostumbraba a regresar entrada la noche, aun en domingo.

Toñito había salido por atrás como un ladrón, y Lucrecia intentaba adecentar su aspecto a toda prisa.

—Viniste pronto —se le ocurrió decir mientras ponía la pava al fuego.

Supuso que si lo contentaba con unos mates él no notaría el arrebol en sus mejillas ni la ligereza de sus ropas. Tuvo razón, ya que Manu se hallaba en trance. Obrar mal con las dos mujeres castigaba su conciencia. De haber estado más atento, habría advertido que Lucrecia tenía toda la pinta de una mujerzuela que acababa de revolcarse con otro: el cabello alborotado, los ojos brillantes, los labios amoratados y la blusa abierta en el pecho, dejando entrever la ausencia de enagua.

—Está refrescando —dijo ella, como excusa para cubrirse con un poncho y esconder los moretones de amor que salpicaban su piel.

Toñito era fogoso, y aunque ella evitaba las marcas, a él le complacía dejárselas. Era más audaz cada vez, parecía desafiar a la suerte que hasta el momento los había acompañado.

—¿Estuviste en los festejos de carnaval?

Manu la miró por fin, y respondió con aire ausente.

—Fui a ver a los lobos marinos.

—Ah, debí suponerlo. Ya casi son tus parientes.

De pronto, Lucrecia se sintió poderosa. Tenía a un hombre a sus pies y podía vapulear a otro a su antojo.

—¿Qué te dijeron tus padres?

La pregunta de Manu la desconcertó. ¡Había olvidado su mentira!

—Lo de siempre. Madre no quiere ceder, y padre intenta reconciliarnos. Habrá que esperar.

—Lo lamento.

—Yo no. Si no me quieren por haber elegido a otro marido, allá ellos.

Esa respuesta llamó la atención de Manu. Él se había casado con ella por el niño, sintiéndose culpable por haberla desvirgado. Ignoraba que hubiese otros planes antes.

—¿Otro?

Lucrecia se dio cuenta del desliz y trató de restarle importancia.

—Sí, porque mis padres siempre soñaron con casarme con alguien de la colectividad. Un gallego como ellos.

—¿Quién?

—Nadie en especial, sólo con que fuera de Galicia les bastaba. Acá hay algunos paisanos que vinieron a instalarse. Toñito, por ejemplo.

—¿El mandadero?

—Lo dices como si su oficio fuera menos que el tuyo.

—Todos los oficios son buenos.

Lucrecia resopló. La mansedumbre de su esposo la sacaba de las casillas. Ella quería pelear, desahogar su frustración con él.

—¿Vas a darme la razón hasta cuando te ofendo?

Manu volvió a mirarla antes de retirar la pava de las brasas.

—Mujer, no me siento ofendido.

Salió para matear bajo las estrellas, libre del acoso de su esposa, dueño de sus pensamientos y de sus cuitas.

—¡Palurdo! —masculló ella entre dientes, reprimiendo las lágrimas.

En su interior, se juró meterle los cuernos a cualquier hora, de día y de noche, hasta agonizar de placer.

Muy lejos de adivinar la ruindad de las intenciones de su esposa, Manu recordaba cada segundo del breve interludio con Violeta. En otros tiempos no se habría atrevido a tocarla de ese modo. Fueron los años en soledad, la dureza del desierto, la angustia apurada entre mates y galleta los que forjaron su carácter de adulto. También la manera en que ella se había desarrollado. Ya no necesitaba que la protegiera como antes, podía relacionarse con él de otro modo. Esas diferencias lo habían perdido. Él no podía tenerla, era un hombre casado y ella una muchacha con ambiciones. Ya se lo dijo: quería escribir en los diarios. Atrás quedaron las guaridas para espiar a las aves de la laguna, o la casita del árbol que él le había construido para satisfacer sus deseos salvajes de dormir al raso. Aquella Violeta niña era la de los esteros. La Violeta de Buenos Aires, que viajaba al extranjero, hablaba otras lenguas y sabía bailar era inalcanzable. Tocarla había sido una bajeza. Sorbió el último mate y se echó de espaldas sobre el suelo pedregoso.

Duende, ovillado a sus pies, estaba listo para ir adonde él fuese. Era su única compañía.

—Estamos solos, *kompi*.

Cerró los ojos y se durmió en el rocío de la noche.

Toñito tascaba el freno con furia. Huir de ese modo vergonzoso le producía tirria. Cada vez que tomaba a Lucrecia sentía un desenfreno mezcla de pasión y venganza. Ella le gustaba, se hubiera casado con esa rubia contando con la aprobación de los padres. Él ya se imaginaba manejando la fonda cuando se pusieran viejos, haciéndose cargo de todo, Lucrecia atendiendo la casa y criando a sus hijos. La jugarreta de casarse embarazada de otro lo había despedazado al principio, y después había alimentado sus deseos de revancha. Por eso la buscó, y se sorprendió al ver con qué liviandad ella lo recibía. Calculó que entre el peón de los Luro y su esposa no pasaría nada, quizá el tipo fuese raro, pues no se le conocía mujer. Eso lo favorecía, aunque en el fondo le molestaba que ella fuese capaz de entregarse a otro con facilidad. ¿Acaso lo hubiera hecho de ser él el marido? Claro que no, se decía para conformarse, porque él la hubiera mantenido bien caliente. Sabía qué le gustaba y se lo daba con creces, para que lo extrañara y anduviera de cabeza por él. Toñito tenía ambiciones también, y a pesar de haber visto frustrados sus planes podía aún sacar ventaja. Todo consistía en esperar y calcular. Manuel Iriarte lo irritaba, además, porque era un tipo apreciado en el puerto. Tanto los Luro como los Peralta Ramos lo solicitaban, y entre los peones gozaba de un respeto que no era fácil ganarse. Jamás intervenía en parrandas ni se le conocían vicios. Toñito había querido descubrirle alguna debilidad para ensañarse con ella, y nada. El hombre se mostraba distante, como si estuviese ahí de paso.

—Pero se quedó, para robarme la novia —murmuró, entre trago y trago, en la Fonda del Huevo.

El hotel era llamado así por la piedra que hacía las veces de cartel en la entrada. Allí se reunían los peones después de la faena, se bailaba milonga y habanera, pues venían también de las estancias vecinas. Era un sitio concurrido que Toñito frecuentaba para estar al tanto de todo. Las noticias recorrían los campos, y eran la comidilla de los gauchos durante toda la semana. Esa noche, mientras recordaba el humillante papel que debió desempeñar al huir por la retaguardia, escuchó algo que llamó su atención.

—Ansina es, nomás —decía un paisano viejo que parecía un perro pulguiento—. Lo despachó como si fuera un queso, lo ensartó de lado a lado.

—¿Y dice usté que es el mismo?

—Yo diría que sí, por la facha, ¿vio? De guaraní.

—¡Bah! Hace tanto ya, qué se va a acordar, si está más ciego que mi abuela.

—¡Momentito, señor! No le voy a permitir. No sé cómo será su abuela, pero estos que ve acá —y se tocaba los ojos con el índice y el pulgar— entoavía me dan la hora. Es el mismo y no se hable más.

—Si usté lo dice...

No habría pasado de ahí la charla si el viejo paisano no hubiese continuado arremetiendo con la historia, como hacen los que bebieron más de la cuenta.

—Iriarte. Ése es el nombre, ahura me acuerdo. Diz que se rajó a tiempo que si no... El caudillo aquel tenía muchos amigos, y desiguro querrían verlo estaqueado al indio.

El interlocutor se cansó y abandonó el sitio, pero Toñito quería cerciorarse de lo que había oído y arrimó su silla al viejo balbuceante. Era un milico de los que nunca olvidan que pelearon por la patria, aunque la patria los olvide a ellos, así que, alentado por la oferta de más ginebra y el interés de ese joven ansioso, volvió a relatar con pelos y señales la historia del tipo que mandó al infierno al caudillo nacionalista apodado Sietemuertes de una certera puñalada y "dispués de darle güeltas como gallo é riña".

Brunilda Marconi llegó a Mar del Plata acompañada por su amiga Rini, el esposo Dalmacio, y los tres hijos de la pareja, las dos primeras niñas tan rubias como ella, y el tercero más morenito que un tordo. Dalmacio se enorgullecía de ese único varón que tanto se le parecía. Formaban un matrimonio tan desparejo como unido. La polaquita era una muñeca de cabello platinado, ojos de azul cristalino y boca de fresa. Los años la habían rellenado en sus partes femeninas volviéndola más apetitosa, y el amor de su marido le había hecho olvidar las penurias del inmigrante, al punto de que ya ni recordaba que en un tiempo su madre había debido raparle la cabeza por haber contraído tiña en el barco que los trajo a América. Ahora Rini recogía su cabellera en coquetos *chignons*, o bien la sujetaba con peinetas. Dalmacio era un hombre de campo, orgulloso de llevar del brazo a esa beldad por la que todavía se desviaban las miradas masculinas. Conoció a Rini en un momento crítico, cuando Brunilda y ella cayeron víctimas de una red de proxenetas que las mantenía cautivas en una falsa casa de modas. Verla y sentirse atraído fue todo uno. Más adelante solicitó permiso para cortejarla y descubrió que bajo la belleza exterior de la polaquita había una niña dulce deseosa de ser amada. El resultado de ese amor eran los tres chiquillos que reían y disputaban a bordo del cabriolé que los llevaba al hotel.

La instalación en los cuartos, el intercambio de noticias, las exclamaciones ante el descubrimiento de las comodidades del Bristol ocuparon buena parte de la mañana.

Brunilda pudo por fin abrazar a Dolfito, que se dejó acariciar con cierta frialdad que no pasó desapercibida a la madre. Cuando por fin pudieron sentarse las damas en torno a la mesa del té, Brunilda confesó que lo extrañaba mucho y, por supuesto, también a su esposo Julián, aunque no se lo diría para que no se ufanase.

—Hay que ver cómo se ponen de orondos cuando se sienten indispensables —acordó Elizabeth, que vigilaba a Francisquito para evitar que fuese brusco con Betty, una de las niñas rubias.

—Dolfito se halla a gusto —comentó Brunilda.

—Así es, pero mi hijo no lo deja a sol ni a sombra, y creo que el tuyo necesita un tiempo a solas, su temperamento se lo pide.

—Lo noto callado, sí.

Elizabeth no quiso alarmarla todavía con las sospechas del hombre desconocido; prefirió aguardar. Si bien al estar ambos padres presentes cualquier decisión les concernía, ella sabía de los temores a veces infundados de Brunilda. Tiempo habría de verificar si la inquietud se justificaba. Y el misterioso hombre no se atrevería a mostrarse ante la familia en pleno.

—Aquí te requieren con cierta urgencia —le dijo con sonrisa pícara—. Parece que las niñas se han hecho cargo del cotillón de carnaval, y cuentan contigo para los diseños. Quieren salir airosas del reto.

—¡Eso me encantaría! Y sé que a Rini también. La pobre está más cansada que yo, con los tres niños... Al menos, Dolfito es serio y no me da tanto trabajo.

Elizabeth pensó que mejor sería que pudiese expresar sus sentimientos haciendo travesuras, pero una vez más no quiso afligir a Brunilda, que tan pendiente estaba de ese hijo.

—A propósito, hay otra cuestión que deseo tratar contigo. ¡Cachila, ven, por favor!, fíjate dónde está Francisco, que ya no lo veo, y tampoco a Betty.

—Ya va, Miselizabét, enseguida.

La doncella salió en pos de los niños, y Elizabeth se inclinó hacia adelante.

—Violeta necesitará todo nuestro apoyo. Es tan impetuosa que obra por su cuenta, y a veces comete errores que pueden resultar peligrosos. Nada que no se pueda reparar —agregó enseguida, al ver que Brunilda palidecía—. Cosas de joven sincera, pero saltearse las convenciones suele traer inconvenientes, más si se aspira al matrimonio.

Le contó sin mucho aspaviento el asunto del artículo en *La Nación* y sus consecuencias, y le dijo que poco a poco esos efectos se iban diluyendo, en gran medida por la protección de los apellidos que la rodeaban.

—Por eso te decía que el cotillón deberá ser sublime.

—Cuenten conmigo para que así sea. No veo la hora de poner manos a la obra. ¿Dónde está Violeta?

—De seguro con su íntima amiga, la hija de los Ramírez Aldao. Son inseparables. ¡Ay, Brunilda, cuánto me alegra que estés aquí por fin! Tendremos un final de temporada maravilloso.

—Dios te oiga, Elizabeth.

Antes de zarpar rumbo a los esteros, Cristóbal quiso llevarse un último recuerdo de la sirena que le quitaba el sueño, y encargó a Pedro que consiguiese máscaras y entradas para el baile de la noche siguiente. Era un encargo difícil, tomando en cuenta la precariedad de los comercios de la región y la estrictez del Bristol, sin embargo el contramaestre sorteó las dificultades recurriendo a una pulpería de mala muerte que en los fondos funcionaba como hotel donde los pasajeros pagaban horas de placer en sus viajes hacia el interior del país. Llevó a bordo del *Fortuna* vinchas, antifaces, plumas y fajas de colores chillones que provocaron una mueca en el capitán.

—¿Qué se supone que seremos, huríes?

—Es todo lo que pude conseguir, y a precio de oro. Las chicas no estaban felices de verse despojadas de sus oropeles.

—Está bien, lo principal es ocultar el rostro, lo demás puede pasar. ¿Y las tarjetas?

—Aquí están —y con aire triunfal Pedro hizo bailar ante él dos billetes.

No iba a decirle cómo los había conseguido, era una información que se reservaba. Al igual que su jefe, se aprestaba a gozar de la compañía de su enamorada, quizá con mayor suerte que el propio capitán. Sonrió al recordar la expresión arrobada de Martita cuando le entregó las tarjetas.

—Por fortuna para usted, señor, soy la encargada del cotillón —le había dicho ella ruborosa.

Esa noche, Cristóbal se encerró en su camarote con una botella de ron y una baraja de naipes. Le gustaba jugar solitarios cuando se encontraba de ese humor especial. Barajó sobre el tapete de la mesa y se sirvió la primera copa. Levantó los pies y los colocó sobre el mueble de manera irreverente. Mientras comenzaba su juego, sacó de la gaveta las deslucidas fotografías y las puso delante, como en un altar de observación.

Quería mantener viva la llama del odio, por si alguna vez le flaqueaba la conciencia.

༒

La velada de carnaval se había organizado con lujo de detalles. Se esperaba que fuese un éxito, y no sólo porque con ella se despedía Pellegrini, sino también porque se iniciaba la etapa final de la temporada, y todos querían llevarse un recuerdo imborrable. El clima era propicio para disfrutar la terraza del Bristol; allí se dispusieron gradas para la orquesta, mesas de cóctel y un tul plateado que cubría la explanada como un velo gigantesco que ondulaba bajo la luna. Ese ambiente romántico y distinguido pronto fue invadido por grupos de jóvenes risueños que avanzaban de la mano para dar comienzo al cotillón. Martita quedó extasiada al saber que el papel masculino se le había otorgado a Nikolai Romanoff. Todos aplaudieron encantados al ver las carrozas que arrastraban las figuras del castillo. Violeta, montada sobre una de ellas, repartía con gracia las coronas doradas. El ruso y Martita la seguían en otra, sonrientes y tomados del brazo, entregando los números para formar las parejas. Era imprescindible usar máscara, y para eso se había pedido con anterioridad a los invitados que confeccionasen una a su gusto. Ocultar la identidad, al menos al principio, constituía un motivo más de atracción durante el baile.

Cristóbal frunció el ceño tras el antifaz. Allí, merodeando a Violeta, había un mequetrefe ruso de aspecto refinado que sin duda llevaría sangre noble en sus venas, un caballero porteño que parecía a propósito para secundar a la sirena en sus aventuras, y una docena de mozos pescando herederas que circulaban por la pista de baile. Los que competían por las atenciones de Violeta recibían siempre la misma respuesta: sonrisas. Menos de lo que le había dado a él, aunque por alguna razón aquello no lo hacía sentirse seguro de nada. ¿Cuánta verdad había en el beso que ella le permitió? ¿Cuánto de auténtica pasión y cuánto de curiosidad femenina? Cristóbal no se engañaba. Las mujeres anhelaban conocer las delicias del amor carnal, algunas de manera más desenfadada que otras, a todas las corroía el deseo de recibir al menos unos cuantos besos antes del matrimonio al que las empujaba la sociedad. Violeta, a pesar de ser distinta en muchos aspectos, seguía siendo mujer, y, por ende, arrastrada por los mismos impulsos.

La primera ronda de baile fue un éxito. Cristóbal eludió acercársele en esa oportunidad; prefería aguardar las otras figuras por si le daban mejor excusa para invitarla al vals.

El segundo cuadro causó más impacto aún, ya que las mariposas diseñadas por Violeta eran gigantescas, y Brunilda había tenido la idea de coserles ganchos que pudieran prenderse a las ropas. Las muchachas parecían ninfas del bosque, con sus alas de celofán desplegadas bajo el velo de plata, mientras que los varones recibían como cotillón un polvo de oro con el que debían marcar a su pareja preferida. Esa ocurrencia dio lugar a más de un malentendido y motivó las risas de los espectadores.

La tercera figura tuvo visos de misterio. Violeta quiso recobrar la magia de las cúpulas venecianas con sus canales silenciosos, y preparó una carroza semejante al Duomo, de la que brotaban flores multicolores y conos de estrellas. Todas las damas querían quedarse con ambas ofrendas, y hubo que ceder más de una vez al capricho. Los caballeros tuvieron oportunidad de actuar con galantería al solicitar de los directores del cotillón esa ventaja para su pareja favorita. Entre tanto, la orquesta se lucía con sus compases que se perdían en la brisa marina hasta llegar a la playa.

El estruendo de los aplausos fue el premio a la labor de los organizadores del cotillón. La marcha Radetzky coronó ese final apoteótico, y marcó el momento de entrar al comedor para la cena.

El cuadro veneciano fue la ocasión que aprovechó Cristóbal para su último interludio con Violeta. Debido a que el antifaz que le procuró Pedro no cubría del todo el tajo de su cara, lo completó con el género del pañuelo azul que ella había dejado en la arena. Fue ese detalle lo que la alertó cuando aquel hombre alto se le acercó para solicitarla.

—He recuperado a mi sirena por una noche —murmuró él, mirando el broche prendido en el escote de Violeta.

—Es usted muy arrogante, señor pirata —bromeó ella—, si piensa que puede recuperarme con un baile.

—Es todo lo que me queda antes de partir.

—Entonces, llévese esto —y desprendiendo el broche en rápido movimiento, lo introdujo en el bolsillo del saco del hombre.

Era un gesto osado que agradó a Cristóbal.

—Prenda de amor.

—De amistad —retrucó Violeta.

La campanita que anunciaba el cambio de parejas los separó, no sin que antes Cristóbal oprimiese la mano de la joven y la mirase directo a los ojos.

—Tomo muy en serio los besos, señorita Garmendia.

Violeta también lo miró, con una intensidad rara, como evaluando el alcance de sus palabras.

—Quizá no debamos tomarnos tan en serio —musitó.

Él, que a pesar del barullo había logrado escuchar, respondió con dureza:

—Espero que la filosofía cínica de estos tiempos no se te haya infiltrado en el corazón.

Los sones de la orquesta los llevaron por otros rumbos, aunque de tanto en tanto sus miradas se encontraban. El intercambio no pasó desapercibido a Joaquín, que al reclamar su turno de baile le dijo en tono de reconvención:

—Si ese hombre desconocido te ha molestado, Violeta, debes decírmelo.

—Como bien dijiste, es un desconocido, no tiene por qué molestarme.

En cierto modo no mentía. ¿Acaso sabía algo de aquel marino que le había arrancado el primer beso de su vida? Sólo intuía que él guardaba una caja de Pandora, y que abrirla resultaría fatal.

Los manteles de encaje, la vajilla de plata y la cristalería fina centelleaban bajo las bujías cuando los grupos se desparramaron entre las mesas buscando sus lugares. El cotillón había creado nuevos vínculos, y los rostros sonrosados de las niñas y las miradas intencionadas de los jóvenes eran augurio de promesas futuras. Hubo mucho tintinear de joyas y roce de vestidos hasta que dio comienzo el festín de carnaval.

Carlos Pellegrini tenía reservada una sorpresa: habría juego de agua a la medianoche, algo que él disfrutaba con infantil pasión, y que siempre despertaba risas entre las damas conocidas, su blanco perfecto.

Martita hablaba hasta por los codos, orgullosa por el resultado del cotillón.

—Después de esto, ya quisiera ver si me dan vuelta la cara esas chismosas —dijo por lo bajo a Violeta, que por esa noche había ocupado de nuevo su sitio entre los jóvenes.

Los camareros se veían en figurillas para satisfacer a la agitada concurrencia. Un espíritu irreverente se había apoderado de los comensales, como si el diablo del carnaval anduviera suelto en Mar del Plata. Las risas subían de tono, y a menudo alguien osaba aplaudir o intentar un recitado, alentado por las burbujas del champán. Aquel comedor engalanado podía jactarse de reunir a las bellezas más llamativas y a lo mejor de la sociedad argentina del momento. La jarana se explicaba también porque en realidad todos los pasajeros del Bristol se conocían de antes, solían verse en el Jockey Club, en el Progreso, en el Hipódromo o en los jardines de Palermo cada semana, y hallarse reunidos a la orilla del mar era una consecuencia natural de la vida ciudadana. Allá o aquí, formaban una crema compacta, como bien había dicho Martita; sabían bien el lugar que ocupaba cada uno y las posibilidades que tenían de arribar a mejor situación. Nada quedaba librado al azar.

Salvo, tal vez, los efluvios del amor, que derribaban los muros mejor construidos y salteaban las normas más rígidas.

El Bristol poseía su propia fábrica de hielo, así que el postre helado fue una maravilla artesanal que colmó las expectativas del más exigente paladar. Después de los licores, se permitió a las damas unos minutos para cambiar sus trajes de gala por otros que pudiesen sufrir la mojadura. Las niñas reían mientras subían las escaleras comentando lo sucedido un rato antes en el baile. Desfilaban por los pasillos los vestidos Liberty con volados, las gasas Pompadour con hilos de plata, y los turbantes de tul salpicados de cristales y rosetas, junto a un remolino de carteritas de perlas sujetas con cadenas.

En ese momento, Elizabeth O'Connor recibió la apresurada visita de Cachila. La mujer gesticulaba, nerviosa, sin poder evitar que su presencia llamase la atención de los más cercanos. Ajena al espectáculo que estaban dando, la señora de Balcarce se levantó y fue tras la criada. Violeta se percató de la confusión casi al tiempo que ocurría, y sus ojos contemplaron la partida apresurada de las dos mujeres.

—Ve arriba —dijo a Martita en un susurro—, que luego te alcanzo.

—Violeta, no puedes tardar mucho o el doctor Pellegrini te arruinará el vestido. Dicen que hasta levanta una palangana llena para mojar a las señoras. ¡Y no tiene piedad de ninguna!

Benji soltó una risotada y bebió de su copita con ademán estudiado. Estaba creciendo a toda prisa en el balneario, ya conocía casi todos los vicios masculinos, sólo le faltaba el debut amoroso para completar su educación acelerada. Mientras digería el trago miraba en derredor en busca de una destinataria para sus ardores.

Violeta descubrió a Elizabeth conmocionada junto al pabellón de los niños.

Se esperaba que a la hora de los juegos de agua la gente menuda permaneciese en su cuarto, por miedo a que saliesen lastimados. Por lo tanto, que Cachila fuese en busca de su patrona sólo podía significar problemas.

—Estaba acá, Miselizabét, lo juro. Le di permiso para mirar los globos que están preparando para el final de la fiesta. ¿Vio que a él le gustan las cosas que vuelan? Ay, Dios mío, qué será de mí… ¿Y qué será de él, en la noche y solo?

—Cachila, seamos sensatas —respondía Elizabeth intentando controlarse—. Si estuvo hace unos segundos aquí mismo asomado no puede andar lejos. Llama a mi esposo, por favor, que yo me quedaré con los niños por si están asustados.

Al ver a Violeta, la señora de Balcarce suspiró aliviada.

—Querida, me vienes de maravilla. Quédate con ellos, así puedo ir en busca de Julián y de Brunilda. Deben saber que Dolfito ha desaparecido.

Manu se encontraba a orillas del mar, mirando el horizonte delineado bajo la luna. Era una noche apacible, aunque su olfato certero le decía que pronto ese cielo estrellado se cubriría de nubes y las aguas se encresparían bajo el viento del sudeste. Había fiesta en el hotel. El Bristol era una luciérnaga gigantesca que batía sus alas sin temor a quemarse.

Sintió el primer ramalazo de humedad revolviéndole los cabellos y volvió sus ojos hacia el océano. La masa de agua oscura lo atraía de manera alarmante. Si hubiese podido expresarse mejor habría dicho que eran las Magas del mar, así como las había en la laguna del Iberá, las que se agitaban bajo las olas y clamaban por los cuerpos de los hombres desolados. Como él. Marcos Salvi le había contado que existían mujeres hermosas con cola de pez que vivían sobre las rocas y bajo la espuma, y que cuando veían pasar un barco cargado de marineros usaban de sus malas artes para tentarlos a nadar junto a ellas; con sus voces de ángel y sus cabellos flotando los inducían a olvidar la prudencia y los devoraban luego en el abismo, donde la luz del sol no entraba jamás. Era una fábula que Manu podía creer, dado que en el monte correntino abundaban los faunos y los seres que acechaban a la hora de la siesta, cuando el tiempo se aquietaba y los rayos calcinaban.

Aguzó el oído y escuchó el bramido de las olas para ver si captaba el canto de esas sirenas. En lugar de voces marinas escuchó otras, bien terrenales, que susurraban desde una barrera de rocas que había a su espalda. Una de ellas le resultó familiar, y se volvió en la oscuridad para atisbar desde allí.

—Lo que te digo es cierto. Tus padres no son tus verdaderos padres, sino unos impostores. Ellos no te dijeron la verdad, y no los culpo. Hay verdades dolorosas para un niño de tus años. ¿Cuántos tienes ya? ¿Nueve? ¿Diez?

Manu creyó oír una vocecita suave y se puso en guardia. ¿Qué era aquello, un adulto sonsacando a una niña? Se acercó con sigilo y pegó la oreja a un hueco abierto entre las piedras.

—Ya puedes saberlo, entonces. A tu edad mi padre, es decir tu abuelo, exigía que me decidiera por una profesión. Claro que no le gustó mi decisión —decía la voz adulta con sorna— y halló motivo para rechazarme. Eso no te ocurrirá si vienes conmigo. Me crees, ¿no?

Manu captó la vacilación en el otro personaje del encuentro, que él suponía una niña inocente. Trepó en silencio la muralla, y lo que vio del otro lado le heló la sangre.

Sentado sobre una roca, un niño delgado juntaba sus manos en el regazo. Manu no podía ver su expresión, pero esos dedos apretados hablaban de temor. Frente a él, de pie y envuelto en un capote negro, el sujeto que él había salvado del duelo se erguía con tenebrosa autoridad. Sus cabellos flameaban al viento, y sus ojos eran carbones encendidos por la furia y una emoción que a Manu le recordó la historia de las sirenas y los marinos de almas perdidas. El niño levantó su rostro y dirigió al hombre una mirada demasiado madura para su tamaño.

"¡Dolfito!", murmuró Manu.

El sujeto lo zamarreaba aferrándolo por los hombros.

—¡Mírate! Eres un apéndice de esta sociedad corrupta, descompuesta como cadáver comido por los gusanos. Debes huir de aquí, conocer la luz de la verdad, leer a los clásicos y, sobre todo, acercarte a la llama de los poetas. Ellos perciben el dolor humano porque lo han sentido carcomiendo sus huesos.

Aquel discurso tan inapropiado para un niño repugnó a Manu. Su padre había sido autoritario, pero jamás usó esas imágenes aterradoras con él, ni pretendió infundirle el temor del mundo como lo intentaba ese hombre. Estaba por arrojarse en medio de ambos cuando un repentino relámpago de lucidez lo detuvo. ¡Él conocía a ese sujeto! Recién ahora se daba cuenta. Era el mismo al que años antes el doctor Zaldívar salvó de la prisión y llevó a su casa para brindarle apoyo. El amigo poeta de Julián. ¿Qué hacía en Mar del Plata seduciendo a Dolfito para alejarlo de sus padres?

—¡Alto! —gritó desde su puesto de observación.

El niño levantó los ojos y creyó ver una aparición en la silueta de Manu.

Había acudido al llamado de aquel extraño llevado por una fatal curiosidad. Las palabras que le escribió en un trozo de papel: *tu verdadero padre soy yo*, fueron el anzuelo. Ahora ya no se sentía seguro en su compañía. El hombre que decía ser de su sangre tenía la mirada desencajada, y si bien le dijo cosas que podían ser ciertas, eran también espantosas. Dolfito ya estaba extrañando la tibieza del regazo de Brunilda y la mirada comprensiva de Julián. Aun cuando ellos nunca pudieron explicarle por qué no heredaba los ojos celestes de su padre ni el cabello rubio de su madre, jamás lo hicieron sentir tan miserable. Dolfito sentía frío, y no provenía del mar sino de su propio corazón, helado por el temor y el arrepentimiento. Más de una vez había sentido rabia cuando sus padres lo abrazaban, sobre todo cuando su madre lo protegía tanto. Una oleada de ira subía hasta su garganta, y aprendió a disimularla para no mostrar debilidad ante ellos. Intuía con extraordinaria madurez que Julián Zaldívar y Brunilda le guardaban un secreto. En ocasiones había descubierto miradas entre ambos, justo cuando alguna de sus infantiles preguntas salía a relucir. Luego venían las respuestas dulces y complacientes. Dolfito fue alimentando una rabia sorda hacia esas actuaciones. Sin embargo, los amaba. Adoraba despertarse con el beso de su madre y salir a la calle de la mano de su padre, visitar el Zoológico de Buenos Aires y degustar las castañas que Julián compraba antes de entrar, o jugar con los hijos de los Balcarce, que eran invitados a merendar para que él tuviese amigos de su edad. Amaba su buena vida, y al mismo tiempo detestaba sentir que no la merecía, que formaba parte de algo destinado a otros. Pese a sus pocos años, Adolfito poseía una sagacidad que le permitía intuir la falsedad en las personas. Sabía que lo amaban, pero hubiese querido que alguien le dijese, de una vez y para siempre, si sus padres de verdad estaban muertos y por eso jamás lo habían reclamado. Dolfito deseaba entregar su corazón sin temor a que se le partiese en dos.

—¿Qué demonios hace usted aquí? —gritaba Adolfo Alexander, ofuscado al ver que tenía testigos.

—Deje a este *mitãí*, señor, que vaya con sus padres.

—Ése es el asunto, mi amigo, que el padre soy yo, y nadie se lo ha dicho.

—Deje pues que se lo digan los que corresponde.

Manu había bajado del promontorio y enfrentaba al encapotado con firmeza.

—Hágase a un lado. Nadie me impedirá recuperar a mi hijo, ni siquiera un siervo del doctor Zaldívar.

Dolfito miraba a Manu con sus ojos negros bien abiertos. Era el hombre que lo había ayudado a llorar, el amigo de la señorita Violeta, una buena persona.

Se puso de pie y de manera sutil se volvió hacia él.

—Quieto —dijo con voz áspera Adolfo—. Te vienes conmigo. Voy a pedir que enganchen un vagón a una máquina para llegar a Buenos Aires mañana, donde podrás comprobar que soy tu padre. El hombre que te crió te ha engañado, hijo. Está en nuestro destino ser embaucados. Yo también fui víctima de un engaño cruel, pero ahora que estamos juntos seremos fuertes.

—No hable así al niño —dijo entonces Manu—. Dolfito, dame tu mano.

Escuchar su propio nombre en diminutivo desconcertó a Adolfo Alexander. Él nunca imaginó que lo bautizarían con el nombre paterno, supuso que Zaldívar borraría cualquier rastro de su ascendencia. Saberlo no lo hizo desistir de su propósito, sin embargo.

—¡Vamos! —lo apuró.

En rápido ademán, Manu colocó al niño detrás de él, protegiéndolo con su cuerpo. El otro estaba preparado, y de su capa extrajo una pistola. La reservaba para un caso extremo y, si todo fallaba, para volarse los sesos.

El viento había empezado a aullar y les arrojaba puñados de arena a los ojos, en tanto que el océano se revolvía sobre su seno, ensordecedor. El frío calaba hasta los huesos, las ráfagas filtraban la humedad entre las ropas. Dolfito tiritaba. Era tan delgado...

El poeta comenzó a farfullar, molesto por la interrupción que no conducía a ninguna parte. El hombre que lo desafiaba no constituía un obstáculo, sólo se trataba de un palurdo, alguien que no portaba armas ni tenía habilidades pugilísticas. No era un caballero, aunque se hubiese comportado de modo decente días atrás. Era un pobre tipo.

En su delirio, lo único que Adolfo calculaba era el tiempo que demorarían en advertir la ausencia del niño, y el que le restaba para conseguir un boleto en el próximo tren. Por supuesto que no se quedaría en Buenos Aires, sería el primer lugar que revolvería Julián en busca de su hijo, y como era un abogado con muchas relaciones tendría un ejército de voluntarios a su disposición. Su intención era cruzar el río hacia Montevideo, y de allí partir en barco de carga a

Europa. ¿Qué otra cosa le quedaba? La puta de su esposa, la ladina Pétalo, que lo había engatusado al punto de hacerle creer que era mejor para ambos abandonar al recién nacido al cuidado de sus amigos, ya debía de estar otra vez abriéndose de piernas en algún burdel. Tarde comprendió Adolfo que la cabra al monte tira, y que por mucho que Julián Zaldívar hubiese hecho por enderezar a la prostituta china, ella volvería a su naturaleza apenas pudiese. Otra cosa para reprocharle, el haberlo emparejado con aquella falsa moneda.

—Puedo disparar sin temor de ser oído con este viento —dijo entre dientes, tiritando también.

—Hágalo, y morirá su hijo.

Era cierto. Manu se interponía como una muralla, Dolfito ni se veía detrás de él.

En ese instante de duda, un griterío se fue abriendo paso a través del silbido enloquecedor del viento.

"¡Vienen!"

Adolfo contempló a Manu con desesperación. Si no podía llevarse al niño, nada le quedaba. Cumpliría el designio que desde mucho tiempo atrás se había tramado para él en los cielos. O en el infierno. Llevó el cañón de la pistola a su boca.

Manu estaba preparado para hacer frente al disparo del hombre, no al intento de suicidio. Tardó un segundo en advertir hacia dónde apuntaba el arma, y con el reflejo de quien ha debido salvarse día a día de arteros ataques por la espalda, de una patada descomunal arrojó la pistola varios metros hacia atrás, hacia el mar. Adolfo quedó tan perplejo que por un instante casi sonrió ante la ironía del destino. Luego miró hacia donde el pequeño lo contemplaba con el estupor reflejado en su cara pálida.

—Que él te cuente —dijo, enigmático.

Y echó a correr hacia la orilla, atravesando las ráfagas de arena que lo enceguecían.

Elizabeth se retorcía las manos mientras caminaba a los tropezones tras los pasos de Fran. Por nada del mundo quiso quedarse, pensaba que sus ojos podían ver lo que otros no. Ella había sostenido a ese niño cuando era sólo un bebé indefenso adentro de un cajón de fruta, recién nacido y abandonado por sus padres al cuidado de Julián. Lo había arrullado, le había dado agua azucarada para calmar su llanto mientras se preparaba su traslado a la casa de los Zaldívar, y había sido testigo del amor con que Brunilda, todavía soltera, decidió hacerse cargo de él. La joven aceptó al hombre y al niño con la misma naturalidad. Era injusto que ahora, tantos años después, alguien irrumpiese en esa armonía para llevárselo, por más que saltase a las claras que Dolfito no podía ser hijo de los padres que lo habían criado. ¡Hasta su propio esposo seguía llamándolo "el pequeño mandarín"!

Qué importaba, lo único que contaba era el amor de esa familia por su niño.

Cuando Violeta les refirió por fin los encuentros de aquella noche con el desconocido misterioso de la capa, la expresión de Julián se había desfigurado. Era el miedo que tanto él como Brunilda habían intentado desterrar de sus pensamientos. La vuelta del padre. Aunque, a decir verdad, el temor siempre había sido que volviese la madre, Pétalo, la joven china que amó a Julián con locura y al saberlo perdido para siempre consintió en unirse a un poeta desdichado. Julián creyó hacerles un bien. Se daba cuenta ahora de que había almas atormentadas que no podían ser padres ni esposos. De seguro Adolfo habría huido del lado de Pétalo, o ella lo habría echado, y con su mente siempre dispuesta al sufrimiento encaró la búsqueda del pequeño que ella había concebido en una noche de pasión. ¡Infeliz!

¿Por qué no acudió a él, que sin dudarlo le hubiese permitido visitar al niño cuantas veces quisiera, e incluso hasta convivir en la casa, si ése era su deseo? Él hubiera podido convencer a Brunilda. No había nada que con amor no se pudiese lograr, la vida se lo había enseñado. Pero no, Adolfo tenía que embarrarlo todo, para luego revolcarse en el fango de su infelicidad.

—¡No veo nada! —gemía Brunilda en medio de la playa oscura, con aire desolado.

—Tranquila, que los ojos se te acostumbrarán —la consolaba Elizabeth—. Y lo hallaremos.

Se sentía culpable de no haber hablado a tiempo, de haber confiado en que los sucesos podrían evitarse. Miró hacia atrás, y vio que Violeta avanzaba por su propio camino, alejada del resto de la comitiva. Cuando se corrió la voz de que había desaparecido un niño, las familias se arrojaron sobre el pabellón, presas del pánico, y recién al comprobar que no se trataba de ninguno propio acudieron a prestar ayuda a los atribulados padres. Ya el gerente del hotel había organizado una tropa de búsqueda mientras llegaban los refuerzos policiales. El propio Pellegrini integraba una de las cohortes. Munidos de linternas y a caballo algunos, la gente de Mar del Plata se unió al rastreo de los alrededores. Los más avezados conocían escondrijos y sugerían dividirse en rumbos.

Violeta marchaba con absoluta serenidad. Se había distanciado de los otros para poder mantener la mente fría. Su pensamiento era claro: Dolfito estaba bien, protegido. Ella no sabía cómo, pero sentía en sus huesos que el niño gozaba de una protección absoluta. Lo que la atemorizaba era esa sombra que pasaba ante sus ojos cuando los cerraba, un velo de dolor que le resultaba familiar. Había tenido esa sensación antes, recién llegada a Buenos Aires. Fue la vez en que el poeta amigo de Julián entró al conventillo donde se labraría su desgracia. ¿Cómo no lo había reconocido al verlo en la playa primero, y luego en el porche del hotel? Era cierto que habían pasado años, sin embargo aquel rostro afilado y ceniciento, esos ojos hundidos... ¿Por qué ese recuerdo no acudió a su mente? La única respuesta aceptable era que ella rehuía esas sensaciones que la acechaban. Después de haberlas padecido desde niña, y luego del intervalo que significó la vida en Europa, Violeta rechazaba ese don que le había sido otorgado, como si fuera maldición. Por eso su mente se negó a abrirse, desechó las señales, como también evitó ahondar en la pena de Manu. Porque él sufría, se daba cuenta. Y ella no quiso que su mente tocase ese dolor. Se forzó a no verlo.

—¡Allá! —gritó alguien.

Cerca de una barrera de rocas recortada sobre un extraño resplandor se movían dos figuras. Parecían avanzar juntas, aunque una de ellas se desvió y echó a correr hacia la orilla. Violeta corrió también. Estaba segura de que la figura que se mantenía quieta era Dolfito.

—¡Brunilda, es él, es él! —gritó, haciendo bocina con las manos.

Pasó por delante de los demás con velocidad más propia de un venado, y logró llamar la atención del niño.

Dolfito miraba hacia el mar, anonadado. Al escuchar su nombre entre los embates del viento volvió el rostro, y por primera vez una sonrisa de niño lo surcó de lado a lado.

—¡Mamá!

Violeta se hizo a un lado para dejarlo pasar hacia los amorosos brazos de Brunilda. Ella siguió avanzando, pues en la orilla sucedía algo que los remolinos de arena no permitían ver con claridad.

Adolfo se arrojó al suelo en busca del arma. La oscuridad no era completa, pero la arena y el agua lo enturbiaban todo. Escuchó los gritos de ese hombre llamándolo, y al ver que no podría cumplir con lo que se había propuesto, decidió actuar de otro modo. Miró hacia atrás. El palurdo se había detenido, al parecer indeciso. Y estaba la joven mujer que lo descubrió en la playa la primera vez, pero en ella no había indecisión sino pena. Más atrás, un tumulto de personas, luces parpadeantes y caracoleo de caballos. Los gritos se hacían más potentes a medida que acortaban la distancia.

Era entonces o nunca.

Adolfo se irguió, se envolvió en su capa y atravesó la espuma que se arremolinaba a sus pies. Antes, dirigió una mirada solemne a las dos únicas personas que encarnaban el mundo todo en ese momento, y se despidió en murmullos.

—No valió de nada. Será mejor así.

Enfiló contra las olas que la tormenta alzaba en crestas imponentes, y caminó, seguro de que el océano se abriría ante él como el Mar Rojo ante Moisés.

—¡No!

Era la voz de Julián, que había llegado a tiempo de darse cuenta de todo. Se quitó el esmoquin y lo dejó caer sobre la arena húmeda, dispuesto a socorrer a su antiguo amigo, al que había salvado otras veces de su propio delirio.

—Doctor, no haga una locura —dijo a su lado una voz apagada mientras con mano firme lo sujetaba del brazo.

Era el juez de paz, que formaba parte del ejército de búsqueda. Ese día, la tranquilidad de la villa balnearia se había trastocado desde temprano, cuando recibió la denuncia de que el asesino de un caudillo político de Buenos Aires se encontraba entre ellos.

—Es imposible no ahogarse en una noche como ésta —agregó.

Fran llegó para acompañar a Julián en su desasosiego.

—Amigo, hay cosas que no dependen de uno.

Lo tomó de los hombros para contenerlo y darle fuerzas. Las necesitaría para explicar a Dolfito que su verdadero padre era un hombre desdichado que elegía morir antes que luchar por su hijo. Tendría que recorrer un largo camino, pero ahí estaban ellos, los amigos incondicionales, para brindarle su apoyo. Elizabeth la primera.

Como si el mar hubiese esperado esa ofrenda para calmar su furia, los vientos amainaron, llevándose las nubes hacia el horizonte.

La noche volvió a lucir serena, y la luna asomó con timidez. Ni rastro de Adolfo quedaba en las aguas. Aquella horrenda visión parecía no haber existido. El silencio se hizo más evidente porque la gente que llegó hasta la orilla y supo lo ocurrido mantuvo un mutismo respetuoso, por el ahogado y por la familia del niño, que acababa de vivir una experiencia aterradora. Muchos se santiguaron, pensando ya en el alma del pobre hombre.

Manu recordó la canción del mar de la que le hablaba el pescador. Pronto tendría una nueva estrofa aquel fúnebre canto. Miró a Violeta, que a cierta distancia seguía contemplando el oleaje, y en su interior se despidió de ella también. Él no iba a buscar el abismo como lo había hecho aquel sujeto, tenía responsabilidades y, además, su muerte podía arrancarle a ella lágrimas de dolor, lo último que él iba a permitir.

—*Kuñataí* —pronunció con voz quebrada—. No sos para mí.

Los sucesos de aquella noche aguaron el festejo del carnaval, aunque no impidieron que al día siguiente la Rambla recobrase su esplendor bajo un sol radiante, en especial porque la multitud anhelaba comentar sobre la misteriosa figura del poeta y la situación del niño de los Zaldívar, un tema que siempre había concitado la atención de los círculos sociales.

Todos entendieron que Julián y Brunilda preparasen su partida con precipitación. Mal podían continuar disfrutando de las delicias del balneario después de presenciar la muerte del padre de Adolfito. En cuanto al pequeño, su extraña madurez lo volvía impredecible. Cualquier otro niño se encontraría abrumado, quizá llorando; él se mantenía sereno y concentrado, buscando en su interior las razones de lo que había ocurrido. Brunilda no acababa de consolarse. Su gran temor había sido perder a su hijo, y la muerte de Adolfo la enfrentaba al dolor de un padre que lo pierde todo. Con eso se podía identificar muy bien, ya que ella misma había quedado huérfana de sus progenitores, y luego de sus padres adoptivos, siempre en episodios desgarradores. El mar que la noche anterior se llevó la tristeza del poeta se había tragado la angustia del verdadero padre de Brunilda muchos años antes en la costa adriática, y ella tuvo que hacer frente a la orfandad con la misma entereza que Dolfito. Si ella había podido, él también lo lograría, aunque debían redoblar sus esfuerzos para que sufriera lo menos posible.

Violeta se enfrentaba a un dilema. Deseaba aclarar las cosas con Manu, y a la vez sentía responsabilidad hacia los Zaldívar, debía acompañarlos en su regreso y permanecer un tiempo en la casa para aliviar la soledad de Dolfito. Lo haría después de encontrarse con su amigo en la gruta, como se habían prometido. Tenían mucho para decirse. Ninguno de los dos había sido franco con el otro, y ésa era la causa de las sensaciones encontradas que ella tenía. Violeta debía decirle que se había dejado besar por Cristóbal. Y Manu tendría que contarle cómo había sido su vida en el intervalo de los años pasados.

No podía haber secretos entre ellos.

Dejó a Huentru al cuidado de Cachila, que no era remilgada con los animales, y faltó al almuerzo con el pretexto de que no había dormido lo suficiente a raíz de la impresión recibida. Era una excusa femenina que todos creerían con facilidad.

Después de la tormenta nocturna, el mar se hacía perdonar lamiendo la orilla con tímidas olas cargadas de espuma. Un reguero de algas delineaba el límite de la marea cuando Violeta llegó al sitio. Caminó pensativa sobre las conchillas incrustadas en la arena, bebiendo el aire salado que coloreaba sus mejillas. La gruta estaba sumida en extraño silencio. Violeta se sentó sobre una piedra y sacó de su bolso la caracola que le había regalado el pescador. Por arte de magia, el mar se había alojado en su interior.

La búsqueda de los restos de Adolfo Alexander continuaba; desde allí podían verse las barcas empeñadas en dar con el infeliz poeta. Sin embargo, los conocedores de las mareas decían que era probable que el cuerpo apareciera mucho más lejos, donde el mar quisiera dejarlo, porque las corrientes tenían su propio rumbo.

Violeta se estremeció. La desgracia que acompañaba sus visiones la espantaba. Mientras era niña, fue una especie de juego. De adulta, detestaba saber los hechos antes que los demás, y, peor aún, sentirse en parte culpable de ellos.

Pasaron los minutos, luego las horas, y Manu no aparecía. Algo debía de haberle ocurrido, o él le habría avisado. Temerosa, recorrió los alrededores. Ignoraba dónde vivía su amigo, él nunca quiso decírselo, y ella creyó que jamás se vería en la situación de rastrearlo. Se llevó dos dedos a la boca y chifló de manera poco femenina. Si Manu la escuchaba, sabría que lo estaba aguardando, era una señal entre ellos. Nada. El batir de las olas contra los acantilados acallaba cualquier otro ruido. Caminó hacia la punta desde la que se veían los lobos marinos. Estaban tranquilos, no como la vez anterior. Algunos mostraban marcas de batallas sangrientas en sus pieles, recuerdos que no afectaban la relación de los miembros de la colonia. Se aceptaban a pesar de todo, y los rivales que a dentelladas se habían arrancado trozos compartían la misma roca en una ruidosa modorra. Los animales demostraban una sabiduría que el hombre nunca terminaba de alcanzar.

"¿Dónde estás, Manu?"

Caminó hacia el interior, donde la arena se tornaba blanda y caliente y los matorrales sobresalían entre los médanos. ¡Qué bello lugar entre el mar y el campo! Ella jamás había perdido de vista el agua, ya fuese el río, la laguna o el océano que se abría como una eternidad. Pensaba que no podría vivir sin ese respiro para el alma, sin que sus ojos se perdiesen en horizontes azules. Su mundo había sido siempre acuático, por eso eligió vestirse de sirena cuando se despidió de Venecia. Saber que volvería a su amado río y a las aguas encantadas del Iberá le había dictado la idea del disfraz.

La tardanza de Manu le hizo fruncir el ceño. Era un desconsiderado si la dejaba plantada. Siguió el derrotero de una cuchilla que anticipaba la serranía lejana, y caminó largo rato bajo bandadas de gaviotines que chillaban al unísono. Disimuladas bajo ondulaciones del terreno, unas lechucitas custodiaban su cueva. Violeta sintió sus ojos amarillos fijos en ella, para asegurarse de que siguiera de largo. Unos teros volaron en círculos para amedrentarla, con gran escándalo. Las aves sabían defenderse. Violeta caminó entre ellas y se detuvo a la orilla de un zanjón. El agua que lo recorría se había secado, dejando un fondo cenagoso en el que saltaban ranas diminutas. Había huellas. Violeta se inclinó y tocó el suelo removido. Un caballo, que podía ser Matrero. Algo alentada por el descubrimiento, siguió el rastro a través de la zanja y encontró un cortaderal. Los penachos se balanceaban al viento que silbaba con suavidad. Allí la vida marina se trocaba por la campestre, mostraba la entraña conocida: los cardos altos, las hierbas que desgranaban semillas para los pájaros, algunos árboles desperdigados y la tierra generosa alfombrando de flores silvestres su aspereza.

—¿Qué hacés acá?

Manu la observaba ceñudo, llevando de la brida a Matrero, que resoplaba. Duende, a su lado, miraba sin entender por qué no se hallaba Huentru en esa reunión. Al fin, perdió interés y se marchó a toda prisa, dando la espalda a los amigos. Manu ató a

Matrero a una rama y se volvió hacia Violeta. Parecía no encontrar las palabras.

—Dijiste que vendrías —le reprochó ella.

Él se alzó de hombros.

—Estuve ocupado.

Violeta detectó el tono y se crispó. ¡Ella había pasado una noche terrorífica y él se limitaba a decir que había estado ocupado!

—¿Es por lo del señor Alexander?

Manu la miró unos segundos, y al fin dijo:

—Sí, eso me hizo pensar.

—¿Qué pensabas, Manu, qué?

—Que no debemos comportarnos mal.

—Por supuesto que no. ¿Qué hicimos de malo?

Él comenzó a jugar con una hierba hasta desmenuzarla entre sus dedos.

—Te he besado.

—Manu, sobre eso quería hablarte.

El interés hizo que volviera la cabeza, y de nuevo la encaró.

—¿Sí? Yo también.

—El caso es que me gustó que me besaras, pero quiero que sepas que no has sido el primero.

La confesión tomó a Manu por sorpresa. Imaginaba que ella tendría pretendientes, él mismo los había visto desde afuera, pero la confirmación de un contacto íntimo de Violeta con otro le asestó un puñetazo en el estómago.

—Besé a Cristóbal de Casamayor, un marino al que conocí en Venecia. Antes de eso, nunca tuve interés en ningún hombre.

Se acercó más y tomó la mano callosa de Manu entre las suyas.

—Porque nosotros no contamos, hemos sido amigos siempre.

—Soy un hombre también —respondió Manu con lógica irrefutable.

—Sí, pero yo hablo de los otros, los que ambicionan casarse, engendrar hijos, tener un oficio o una profesión y figurar en sociedad. Nosotros nunca nos preocupamos de esas cosas, ¿no es cierto, Manu?

Él retiró la mano y miró hacia otro lado. Cómo decirle que en cierto momento había soñado vivir todo eso con ella, y que lo obtuvo de otra persona sin quererlo. Aunque no tenía hijos, podía contar en su haber con esposa, casa propia y oficio. Algo de lo que ella enumeraba. ¡Qué distinto, sin embargo, al sueño acariciado! Su desdicha no tenía fin.

—Eso es porque te fuiste, Violeta. Y porque tuve que huir de allá, donde nunca debimos ir.

—Manu —murmuró ella acongojada—, me reprochas mi viaje a Europa, pero era algo que debía hacer. Yo soy como estas aves —y señaló a una calandria que escarbaba la tierra—, necesitaba volar un poco, probar mis alas. Ahora que lo hice, puedo refugiarme en mi palacio. ¿Te acuerdas, Manu, del Palacio de las Aves de los esteros? El que Rete construyó.

—Era nuestro refugio.

—Y puede volver a serlo. Este beso que nos dimos, Manu, significó mucho para mí. Yo siento —y Violeta se llevó la mano al pecho para identificar la sensación que acompañaba sus palabras— que estamos unidos a pesar del tiempo y de la distancia. Nunca sentí eso con nadie. Quiero que volvamos al río, Manu. Dejemos este lugar, que es bonito pero no nos pertenece, y regresemos adonde nos esperan las garzas, los caimanes y los camalotes. Por favor, Manu. Yo debo partir mañana mismo a Buenos Aires con los Zaldívar.

Esa noticia cambió la expresión dura del hombre. ¡Ella se iría!

—Julián y Brunilda no desean que Dolfito permanezca en el lugar donde su padre se suicidó. Lo entiendo, aunque me duele irme tan pronto. Yo les debo mucho y ayudaré en lo que pueda. Eres parte de eso, Manu, fuiste la persona que distrajo a Adolfo mientras llegaba la ayuda, todos tienen que saberlo, no pueden ignorar que la seguridad de Dolfito dependió de ti.

—No importa.

—Importa mucho, y tendrá que saberse. Yo se lo diré a todo el mundo. Julián podrá ayudarte a instalarte en otro sitio. Y luego, cuando se resuelva mi regreso definitivo, nos iremos juntos.

—Violeta, no puedo irme.

—¿Por qué, Manu? ¿Alguien te retiene?

Él respiró hondo para soltar la frase final, la que destruiría todas sus esperanzas y las de Violeta también, cuando de pronto la joven se arrojó a sus brazos, llorando.

—¡Me has olvidado! Después de exigirme que te pensara siempre, me olvidaste por fin.

Las lágrimas brotaban como lluvia fina y mojaban el rostro de Violeta y las manos de él, que la sostenía pese a su resistencia.

—No, no es eso. Basta de llorar, no te olvidé nunca.

—¿Entonces, Manu? ¿Por qué ahora me dices que algo te retiene a la orilla del mar? Éste no es tu mundo. ¿Qué podría ser más importante que volver a nuestra tierra?

Manu contempló los ojos anegados, las pestañas húmedas, el sollozo retenido en sus labios, y un cántaro de dolor se rompió en su pecho.

¡Violeta era suya! Aunque hubiese bailado con otros, besado a un desconocido y aprendido cientos de cosas en el extranjero, ella le pertenecía de un modo que sólo él sabía. Ese lazo no podría romperse, y si no podían vivir como Dios mandaba, de todos modos sabrían que se tenían el uno al otro.

La arrastró hacia una hondonada y se echó de espaldas con ella en el regazo, para consolarla. Violeta hipaba y se aferraba a él con vehemencia. En el fondo seguía siendo una niña, y Manu agradecía ese pozo cristalino que el mundo no había llegado a enturbiar. Acarició con torpeza los cabellos enredados, tironeando de las hebras oscuras con sus manos ásperas. Violeta respiraba hondo, intentando calmarse; su calor traspasaba la camisa ordinaria de él, que sintió cómo despertaba su hombría bajo las ropas.

—Ya está. No puedo verte llorar, Violeta.

—Entonces dime que vendrás conmigo.

Ella aguardaba una respuesta con el corazón en los ojos. Sin palabras que pudiera decir, Manu bajó la cabeza y rozó sus labios con dulzura. El toque leve lo encendió como si hubiese acercado un tizón encendido. Violeta aceptó el beso como respuesta y le rodeó el cuello con sus brazos. Ella también lo besó, oprimiendo con fuerza su boca hasta que Manu se rindió. Él abrió los labios de la joven con los suyos, y la lengua embistió en el interior, dominante y poderosa, barriendo con cualquier vestigio de cordura. La necesidad de beber el uno del otro era tan intensa que no les bastaba tocarse, había que fundirse, perderse por completo en el otro hasta desaparecer. Violeta se encaramó sobre el regazo de Manu con osadía y le arrancó besos nuevos, que ni él mismo conocía. Ella absorbió la lengua del hombre y la degustó, para después entregarle la suya con ardor. Estuvieron un buen rato amándose sólo con la lengua, gozando del intercambio, hasta que el calor y la pasión les exigieron quitarse las ropas. Violeta llevaba un sencillo vestido con lazos en la pechera y falda liviana. Las manos de él levantaron el ruedo hasta desnudar los muslos, y se introdujeron bajo la tela en busca de zonas íntimas. Violeta echó la cabeza hacia atrás, en éxtasis. Cerró los ojos y sonrió. Manu clavaba la vista en ese rostro amado y ansiaba proporcionarle el placer más grande que pudiese conocer. Estaba seguro de que ella era virgen, pero no quería pensar en eso, no deseaba comparar ese momento con el vivido junto a Lucrecia años antes. Su esposa también había sido virgen y, sin embargo, ser el primer hombre no lo hizo más feliz. Violeta podía haber pertenecido a otros, que eso no cambiaría lo que sentía por ella. El vínculo estaba escrito en el cielo desde que ambos nacieron.

—Más… —susurró ella.

Manu intensificó la caricia, deslizó sus dedos bajo la ropa interior y tocó por primera vez la humedad femenina de Violeta. Era exquisita. La abrió un poco más e introdujo dos dedos en el hueco de su sexo, los dejó un momento y volvió a besarla, lamiendo su boca como los animales cuando se reconocen. Un torrente de calidez mojó su mano, y supo que debía satisfacerla más aún. Con un brazo la sostuvo por la cintura, y con la otra mano se abrió la bragueta de los pantalones de campo. El miembro de Manu se alzó con tal ímpetu que casi se introdujo en el interior de la muchacha. Él lo untó con los jugos femeninos para evitarle dolor, y comenzó a penetrarla sólo con la punta, para salir de inmediato y besarla en profundidad. Alternaba embestidas con la lengua y embates con su sexo, una y otro, una y otro, hasta que Violeta se convirtió en una muñeca de trapo a la que podía mover a voluntad. Ella aceptaba el juego con placer, aferrándose primero a sus hombros, luego rodeándolo con sus piernas, abriéndose más ante él, ofreciendo todo lo que tenía sin pudor ni reservas. Si ese otro hombre que la había besado una vez lograba entrar en su mundo íntimo, ella sería de Manu de todas maneras. Nada borraría su sello del cuerpo de Violeta.

—Mi Violeta —susurró con la boca abierta sobre la de ella.

Dejó que le quitara la camisa por la cabeza y la acunó sobre su pecho sudoroso. La lengua cálida de la joven lamió sus pezones, que se endurecieron.

—Basta. Aún no.

Violeta rió por lo bajo. Era endemoniada cuando quería. Sin haber aprendido las artes amatorias, el instinto le dictaba caricias que lo elevaban a alturas insoportables. Suspiró mientras la alzaba sobre su miembro erguido.

—Estás lista —le dijo, por toda advertencia.

Y la penetró hasta el fondo.

Violeta se dejó caer como una pluma sobre el agua, con suavidad.

Ni siquiera sintió el dolor del primer desgarro, mantenía la vista fija en los ojos oscuros de Manu, que la retenían como un imán. Por fin conocía el amor completo, el que intuía con los besos. Una vez que se sintió llena de la masculinidad de Manu, comenzó a mecerse. Ambos se contenían, esperaban el momento culminante con temor de que llegara demasiado pronto, pues querían disfrutar de la primera vez. El viento marino los envolvía en su olor salado que se mezclaba con el almizcle de sus cuerpos. El sol caía a plomo sobre sus cabezas, sin que notaran sus efectos. Estaban inmersos en la pasión que había ido creciendo a su sombra, lenta y segura, día tras día, año tras año, alimentada por los silencios compartidos, las travesuras y el dolor de la separación.

Manu era Violeta y Violeta era Manu, todo era como debía ser.

El estallido los unió en un solo grito que se elevó sobre el médano y los sacudió con estertores prolongados. Violeta contempló el rostro de Manu con cierta sorpresa matizada de reproche, como si le dijese: "Nunca me contaste sobre esto". Y el hombre, firme en su entrega, la adoraba con los ojos, haciendo acopio de esos momentos sagrados que no sabía si volverían a vivir. Poco a poco, necesitaron acurrucarse uno contra el otro. La hondonada los protegía del viento que pasaba por sobre sus cabezas, pero la cercanía del mar enfriaba sus cuerpos y se abrazaron en silencio, degustando lo sucedido.

—Ahora todo será distinto, Manu —dijo por fin Violeta.

La realidad hizo un tajo en el ensueño del hombre. Había que decir la verdad, aunque le costase la honra. Lo sucedido era inevitable, se pertenecían el uno al otro, pero las convenciones exigían separarlos. Si ella comprendiese…

El alarido les llegó como un eco. Aturdidos, se incorporaron para encontrar, a cierta distancia, a una mujer que los observaba como si hubiesen sido demonios del averno.

Lucrecia.

Llevaba el mandil del hotel; sin duda ese domingo, debido a la partida de algunos huéspedes, habían requerido sus servicios, y ella tomaba ese atajo que tan bien conocía. Manu se levantó con lentitud, cuidando que Violeta no quedase expuesta ante los ojos de su esposa. Inútil intento. Lucrecia estaba ansiosa por ver quién era la amante de su marido que confirmaba la sospecha que desde hacía tiempo tenía: Manuel se acostaba con turistas del Bristol.

—Puerco.

La forma en que pronunció la palabra fue escalofriante. Violeta se cubrió con los restos de su vestido y alcanzó a Manu la camisa. Temía que aquella mujer fuese una criada de alguna familia principal que luego corriera a llevar el cuento. No por ella sino por Manu, que ahora tenía la oportunidad de recibir reconocimiento por su intervención en el asunto de Dolfito.

—Asquerosos los dos. Esto es lo que hacías por las noches cuando venías tarde, ¿no?

Violeta frunció el ceño. ¿Quién era aquella mujer?

Lucrecia dirigió su mirada hacia ella.

—Y usted, puta pretenciosa, que se las da de fina. ¡Revolcándose con un peón del saladero!

—Lucrecia, callate.

—Manu, ¿qué pasa, quién es ella?

Lucrecia reaccionó como si le hubiesen pateado el estómago.

—¡Cómo! —chilló—. ¿No le has dicho a la señorita puta que eres un hombre casado? ¿No le contaste del hijo que perdimos, y que acarreó mi desgracia? ¡Qué conveniente! Hacer el papel galante, si es que se puede decir eso de alguien como tú, que apenas sabe comer con cuchara, y luego engatusar a las señoritas de buena familia, que al final se casan con herederos ricos después de divertirse. ¡Qué torcido está el mundo!

Manu apretó los puños para contenerse. Las palabras ofendían, pero eran ciertas. Él la había engañado, y lo que más le dolía era no haberlo dicho antes de que su esposa apareciese. Había estado a punto, pero era demasiado el peso de la tristeza que echaría encima a Violeta para hacerlo de modo brutal. Él quería prepararla, decirle de a poco lo que tanto le costaba admitir.

—Andate. Yo hablo con ella.

—¿Sí? ¿Y qué vas a decirle, que te casarás para cubrir su honor? ¡Ya lo hiciste conmigo, zángano! ¿Y qué saqué yo con eso? ¡Nada! Un esposo que apenas cumple con su papel. De haberlo sabido... ese hijo podría no haber nacido nunca.

—¡Lucrecia!

—¡Mejor que haya muerto! ¡No quiero que tenga por padre a un desgraciado!

Lucrecia se tapaba los oídos para no escuchar las respuestas de Manu, y porque tampoco soportaba lo que acababa de saber, que así como ella se entregaba a otro a escondidas, también su esposo disfrutaba de lo que le negaba noche tras noche. Lo odiaba, prefería verlo ahogado antes que en brazos de otra. ¡A ella le debía las caricias que prodigaba a esa mujer hermosa que se atrevía a robarle el marido!

Violeta miraba a Manu con enormes ojos tristes. ¿Era cierto lo que oía? Al principio esperó a que él desmintiese tamaña sarta de barbaridades, pero su actitud rígida le recordó la manera en que eludió hablarle de sus planes aquel día lejano, cuando debía acudir a una reunión política en el suburbio de Buenos Aires. Él no había querido confiarle nada y evitó mirarla, como en ese momento. Manu mentía. Le había mentido. A ella, que era parte de él y que acababa de confiarle su amor y confesarle que había besado a otro antes. Ahora entendía la razón de sus sueños esquivos, su incapacidad para penetrar en el corazón de él. Manu mentía. Y ella no había querido verlo, por eso se negaba a usar su don.

Esa mujer rubia que blandía su lengua como una azada le estaba diciendo que Manu era su esposo y desde hacía mucho, si hasta habían tenido tiempo de perder un hijo. ¡Un hijo!

Y ella, que con ingenuidad le había dicho que ésos eran sueños de otros hombres…

Violeta se puso de pie y se vistió en silencio. Manu la contemplaba con el corazón deshecho. Quería explicarle que nada de eso habría ocurrido si él hubiera sido fiel a su recuerdo, que si Lucrecia no hubiese quedado encinta tal vez no habría sido necesario el matrimonio, y que si ella no lo hubiese perseguido tampoco se habría dejado llevar por el torrente de sus sentimientos. Imposible. Estaba en su sino unirse a Violeta, pero el error era haberlo hecho cuando él ya había torcido el rumbo del destino.

Comprendía la desesperación de Adolfo cuando se hundió en el abismo. Él sería capaz de hacerlo en ese mismo instante.

Duende ladró a lo lejos. Sin querer, el perrito había precipitado los sucesos, ya que al verlo merodeando Lucrecia buscó a Manu en los alrededores, segura de que si estaba Duende estaría él también.

La mujer no se contentaba con lo dicho, quería dañar la reputación de Violeta, a la que consideraba una dama de alcurnia.

—Esto se sabrá, créalo. Porque no es poca cosa robarle a otra el marido. Y aunque usted sea una ricachona tendrá que cargar con la injuria de deshonesta. Revolcarse en la arena con un hombre casado no es lo que se dice una conducta decente. Me oirán en el Bristol.

—Lucrecia, volvé a casa, que te seguiré.

—Sí, claro, como si pudieras ordenarme después de lo que has hecho. Hago lo que quiero.

—Andá a casa.

—¡Ésa que llamas casa es un estercolero! Razón tuvieron mis padres al rechazarte, ellos sabían que a tu lado sólo tendría desdicha. ¡Ay, qué ilusas somos las mujeres, Dios mío! Salvo una como usted, que bien sabe atrapar hombres —y de pronto, impulsada por un genio malévolo, avanzó con la mano en alto dispuesta a cachetear a Violeta.

Antes de que la joven atinase a defenderse, Manu se abalanzó sobre su esposa y la sujetó por ambos brazos con furia.

—¡A casa! ¡Ya mismo!

Él jamás maltrataría a una mujer, pero no sabía de qué era capaz si alguien dañaba a Violeta.

Lucrecia los miró a ambos con desprecio y escupió:

—Espero que no le haya hecho un hijo como a mí.

Se dio vuelta y se marchó.

El calor del mediodía pesaba en esa franja de arena y piedras. Duende se puso alerta al escuchar unos gritos lejanos, y tanto Manu como Violeta comprendieron que se acercaban turistas. De seguro vendrían en grupos alborotadores, munidos de cestas de merienda y deseos de explorar. Había que irse. Manu actuó de prisa.

—Tomá esto —y le dio una manta que quitó del lomo a Matrero—. Dirás que hace frío y tuviste que volver del paseo.

—Manu, ¿esa mujer es tu esposa?

—Sí, lo es.

Manu seguía acomodando la manta sobre los hombros de Violeta, sin mirarla.

—¿No me lo ibas a decir?

—Estaba por decírtelo hoy.

—¿Y todos los días anteriores?

Él dejó caer los brazos.

—No pude, Violeta, no pude. Lucrecia… es mi responsabilidad.

Ella lo contempló como si por fin viese lo que él era: un hombre. Uno como tantos, capaz de engañar, de manipular, de fingir cosas que le convenían. El Manu que ella conocía tan bien había muerto en el desierto, lanceado por los indios.

Ésta era una mala copia.

—¿Y ese hijo que murió?

Él la miró por primera vez desde que irrumpió Lucrecia en la hondonada.

—Fue en el primer año de casados. Me casé con ella porque estaba gruesa.

—¿No la quieres?

Manu denegó con lentitud, fijando sus ojos tristes en Violeta.

Ella pronunció entonces la sentencia:

—Le mentiste también. Nos has mentido a las dos.

Densas nubes ocultaron el sol, y el día se tornó opaco.

Una melodía brotó del mar, un lamento hecho canción.

Venía del fondo del abismo.

TERCERA PARTE (1888)

Mar de fondo

☙❧

La proa del *Fortuna* surcaba las aguas iridiscentes del gran río. El timonel comenzó a remontar el Paraná con los primeros rayos de sol. El puerto del Rosario donde habían calafateado el barco quedaba envuelto en la niebla del amanecer.

Hacía rato que Cristóbal observaba en silencio, acodado sobre estribor, los prodigios de la tierra en la que se había criado Violeta. Podía entender el espíritu silvestre de la joven al contemplar tanta maravilla. Una bruma dorada envolvía la espuma que corría a los lados del casco. Cristóbal nunca había visto semejante caudal en un río, ni tampoco ese color pardo tan extraño. El Paraná era un monstruo cuyo lomo gigantesco corcoveaba al paso del buque. "Tiene vida", pensó admirado, "y finge dormir".

—Qué tierra más feraz —dijo a su lado Pedro.

Era el primer comentario amistoso que le dedicaba desde que dejaron el estuario del Plata. El contramaestre parecía digerir un entripado, y Cristóbal no sabía cuál ni tenía interés en averiguarlo. Para deudas con el pasado, él se bastaba y sobraba.

—Haz sitio en la bodega para las cargas que subiremos, quiero llegar rebosante de mercadería.

Habían llenado a medias el *Fortuna* con especies del puerto de Buenos Aires, previendo completar el espacio con lo que encontraran al paso. El plan de Cristóbal era presentarse ante Rete Iriarte como un próspero comerciante, para causarle buena impresión. En la capital había recabado datos precisos sobre el Emperador de los Esteros; comprendió que era un hombre vinculado y poderoso, y que no sería fácil impactarlo a menos que se condujese con acertado fingimiento. De eso dependía su suerte, tanto la económica como la amorosa. Si deseaba tener a Violeta, debía calcular bien sus jugadas.

Pedro se retiró a cumplir la orden y Cristóbal volvió a quedar solo con sus reflexiones.

El río devoraba las orillas de barro rojo, socavándolas a tal punto que los árboles parecían suspendidos en el aire. En todos sus años de navegación no había visto una tierra más encantadora. Ni en sus más extravagantes sueños. El verdor profundo alternaba con manchones amarillos que como lluvia fina iban a parar al río, formando mágicas islas. Aquí y allá, corolas rojas y azules denunciaban la presencia de árboles cuyo nombre Cristóbal ignoraba, y que se prodigaban con generosidad, al igual que los helechos que rozaban las aguas. La ribera era un rosario de matices. El capitán sospechaba que había más de lo que se veía, que aquella tierra escondía tras sus trinos y gorjeos un tesoro de maravillas aún no descubiertas.

—Podría recalar aquí el resto de mi vida —murmuró, y se asustó de su propio pensamiento.

El clíper sorteaba sin dificultad los bancos de arena que aparecían a cada momento. La pericia de Paquito, sumada a la liviandad del casco, les eran favorables. De todos modos había que estar atento. Como bien pensó Cristóbal, el Paraná era capaz de tragarlos de un solo bocado.

La primera parada fue en Goya, una localidad donde compraron tabaco, yerba y azúcar. Fondearon en un riacho de frondosa ribera, y al partir de nuevo llevaban los obsequios de los pobladores: pieles de carpincho y huevos de avestruz. La gente de la costa estaba habituada al paso de los barcos; era una forma de vida volcada al río, que los hacía proclives al cambio y a las novedades. Le siguieron otras escalas: Bella Vista, Saladas, Empedrado, en todas hallaban la misma alegre disposición. Cargaron naranjas, conservas, quesos, cueros y géneros del país. La tripulación se hallaba de buen humor, el clima era benigno, la abundancia relajaba los espíritus. Cristóbal saboreaba un cigarro de hoja perfumada mientras su mente vagaba entre los islotes que se cruzaban en el camino.

Había notado esquiva a Violeta la última vez. Se debería sin duda a las responsabilidades del cotillón, aunque él había visto varios pares de ojos fijos en ella, en especial los del porteño de aire paquete. Cristóbal suponía que Violeta se dejaría seducir más por la promesa de la aventura que por un futuro dedicado a ser esposa y madre, sin embargo la experiencia le indicaba que no debía menospreciar al rival. Por eso se había empeñado en tomar un atajo, yendo directo hacia los que manejaban los hilos de la vida de la joven.

Metió la mano en el bolsillo y sacó el broche de sirena, que lanzó destellos bajo el sol mañanero. Era un símbolo del brillo de su dueña, una pieza única con miles de reflejos distintos, imposibles de capturar. Lo giró entre sus dedos, bebiendo de la rutilante joya como si a través de ella pudiese absorber el espíritu de la mujer que lo había usado.

—¿Un tesoro pirata?

De nuevo Pedro, más amigable que antes.

—Puede ser. En todo caso, no ha sido robado… todavía.

—Me alegra saberlo. ¿Y qué posibilidades hay de hacerse con él?

—Bastantes, si juego mis cartas con habilidad.

—Entiendo. Supongo que el dueño del tesoro sabrá que andas tras él.

—Si debo acatar mis instintos, sí.

—Entonces, buena suerte. Por mi parte no tengo prendas que atesorar, aunque he puesto mis ojos en un botín jugoso.

—¿Ah, sí? —y Cristóbal miró a Pedro con agudeza.

—Allá, en el hotel, había una niña que me dio esperanzas.

—Qué bien. Cuando regresemos podrás comprobar si eran ciertas.

Pedro se echó hacia atrás el sombrero y miró al cielo.

—¿Y cuándo será eso?

—Impaciente. A partir de ahora, mi amigo, el tiempo se cuenta por avances y retrocesos, no por las lunas que se sucedan.

—Cristóbal, debes pensar en los hombres. Ellos esperan beneficios de esta empresa, y si se vuelven ansiosos…

—Los contentaremos con vino, mujeres y algunas baratijas. Ellos no son pretenciosos.

Pedro suspiró y se acodó sobre la borda.

—Si tú lo dices…

—Lo digo y lo repito. Se hará lo que yo ordene, ahora y siempre.

La dureza del tono no admitía réplica, Pedro lo sabía.

En el puerto de Corrientes se demoraron vendiendo algo de lo que llevaban y comprando frutos del país. En la costa se movían las lavanderas, con los bultos en equilibrio sobre sus cabezas, una imagen repetida en el Bajo del Retiro, en Buenos Aires. Más lejos, en una franja de tierra lodosa, caravanas de carretas bamboleantes, tiradas por bueyes, revelaban el intenso tráfico entre la ribera y el interior.

El río les era propicio.

Al doblar Paso de la Patria y dejar atrás Itatí, la ribera se tornó penumbrosa y solitaria, velada por un misterio que a Cristóbal se le antojó premonitorio. Por alguna desconocida razón, ese recorrido lo obligó a recordar quién era él, y a costa de qué había sobrevivido, para darse ánimos. Aquel territorio barrancoso no parecía hollado por el hombre y, sin embargo, algunos humos aislados hablaban de chozas ocultas entre el follaje. La vida desbordaba las orillas: carpinchos, monos, yacarés, hasta una serpiente gigantesca onduló a la vista de los tripulantes. El río lo devoraba todo en silenciosa creciente. El *Fortuna* amainó su velocidad para evitar encallamientos, dada la espesura que flotaba alrededor, montes acuáticos donde la vida bullía sin raíces que la ataran a la tierra. Podía olerse la humedad de la selva, palparse la fetidez de raíces descompuestas. Chillidos escalofriantes partían de algún palmar lejano, o bien se oía el chasquido de un cuerpo al caer al agua.

El clíper era un intruso que amenazaba la armonía salvaje de las riberas.

Por instinto, Cristóbal palpó su pistola. Debían estar atentos a cualquier movimiento sospechoso, ya que la frondosidad se tornaba acechante por momentos.

Las jornadas de viaje se alternaban entre el ataque de los mosquitos y el vuelo rasante de aves de plumosos coloridos. La majestuosidad del río, ajeno a las veleidades humanas, encogía el corazón. "Éste es el mundo de Violeta", pensó Cristóbal. Y tomaba nota de la similitud que veía entre el carácter de la joven y esos matorrales. Las noches se poblaban de sonidos espeluznantes. Una vez los despertó una risa que parecía humana al principio, y luego se desencadenó en una especie de cacareo aterrador. Otra, escucharon el apagado rugido de un felino y, por más que atisbaron con el catalejo ayudados por linternas, nunca pudieron descubrir de dónde provenía ni qué era. Del follaje se desprendían ruidos amenazantes, aunque bien sabían que podía tratarse de un insecto, que en la penumbra silenciosa retumbaba como si estuviese bajo sus narices. Algunos hombres empezaron a alarmarse, como temía Pedro. Aquella excursión no tenía fin, y ellos no le veían la ventaja a internarse en páramos temibles sin una meta precisa. Por más que Cristóbal les habló del comercio en la confluencia de los ríos, esos marineros rudos sabían que podían lograr iguales beneficios en lugares más civilizados. Habían creído que en Corrientes pararía la navegación, y de pronto se vieron inmersos en una aventura que se les escapaba. Debían fondear a distancia de las márgenes, por miedo a que los animales salvajes pudiesen subir al barco, y siempre quedaba alguien de guardia, muerto de miedo ante lo desconocido. Eran hombres de avería que temían a lo intangible, a lo que no deja huellas ni puede preverse. Cristóbal, pese a su aplomo, comprendía esos temores. No existía ser humano que no inclinase el alma ante la grandiosidad de la naturaleza en su máximo esplendor.

—Aquí todo es agua o muerte —dijo entre dientes el Sueco, una tarde en que presenciaron cómo un yacaré engullía a un ave desprevenida.

—El agua misma es muerte —lo corrigió el timonel, un hombre esmirriado que guardaba parecido con los monos que gesticulaban desde las copas de los árboles burlándose de la osadía de los marinos.

Por momentos el Paraná corría encajonado entre altos murallones oscuros que se estrechaban hasta quitar el aliento al timonel, siempre temeroso de encallar. En esas ocasiones, la humedad que se desprendía de la tierra los calaba hondo, aumentando la zozobra de los marineros. Cristóbal solía encerrarse en su camarote a estudiar el mapa que le habían dibujado en el puerto de Buenos Aires. Una y otra vez analizaba el recorrido del gran río para asegurarse de que no habían equivocado el rumbo. En algún recodo encontrarían la entrada a los esteros.

Una noche sin luna, Paquito tocó el silbato que llevaba colgado del cuello para dar aviso.

—Algo flota allá abajo —dijo.

Todos miraron en la dirección señalada, y vieron una plataforma mecida por las aguas. Podría haber sido una isla, un trozo de tierra arrancada por la fuerza del río o un animal muerto. La oscuridad engañaba la vista.

—Me parece que hay alguien a bordo.

Las linternas oscilaron sobre la cubierta, y los tripulantes del *Fortuna* divisaron una figura pequeña que hacía señas desesperadas.

—Cuidado —alertó Pedro—. No sabemos quién es.

Cristóbal tapó el farol con la mano para crear un lenguaje improvisado, y el sujeto respondió con más señas.

—Que suba. Es uno solo y va cargado, tal vez con mercancía valiosa. Puede sernos útil —dijo.

El timonel maniobró con prudencia para acercarse a la mancha flotante, y al cabo de un rato la luz de las linternas mostró la faz retinta de un hombre que emergía de un montón de bultos. Viajaba en una balsa de troncos liados con fibras vegetales.

—Se me perdió la pala —gritó el sujeto— y estoy a la deriva, *chamigo*.

Le arrojaron una pértiga que el negrito ató a un gancho. Se dejó arrastrar hasta casi tocar la quilla y después, sin aguardar ayuda, trepó como un mono por las cuerdas hasta pasar por la borda.

—¡Puf! —resopló de manera cómica—. Creí que me quedaría como irupé toda mi vida.

Ocho pares de ojos lo miraron con desconfianza.

—Anselmo, para servirle, patrón —dijo el recién llegado con astucia, pues comprendió enseguida que el mandamás era aquel hombre de aspecto distinguido y horrenda cicatriz en el rostro. La dureza de la mirada gris no dejaba duda alguna.

—¿Cómo es que perdió el remo, y por qué navega de noche?

—Por eso mismo las dos cosas, patrón. Como es de noche me quedé dormido, y algún maligno me jugó la mala pasada. Por fortuna me encontré con su mercé, tan amable.

El negrito se inclinó en una reverencia burlona.

—¿Y adónde va, si puede saberse?

Anselmo revoleó los ojos mientras evaluaba si era conveniente franquearse ante esos desconocidos, por más que les debiera gratitud. Su intuición le decía que eran hombres de peligrosa calaña, y quizá fuese mejor fingir ante ellos.

—Vengo de la otra orilla —y señaló la ribera oscura de la que partían gemidos y aleteos perturbadores—. Se me hizo tarde para cruzar, y para colmo me dio el pasmo de sueño por haber bebido de más. ¿Su gracia, señor?

Cristóbal disimuló una sonrisa. El tunante lo divertía, y de paso distraería a la tripulación, que venía ensombrecida por los temores.

—Soy el almirante Casamayor.

—Ah, un marino en toda regla —se admiró Anselmo, y no le creyó una palabra.

Si ese hombre era de la marina real de alguna parte, él podía ser un jeque de los que tenían docenas de hembras.

—Vamos hacia El Aguapé —dijo de pronto Cristóbal—. Quizá pueda guiarnos, si es de la zona.

Anselmo se quedó boquiabierto. ¡Iban a lo de Rete Iriarte! ¿Y el patrón los esperaría, o irían a cobrarle alguna cuenta? Menudo problema. Decidió que tenía que vigilarlos de cerca.

—Mire usté qué casual, yo vivo por allí mesmo. Y claro que los puedo orientar, cómo no, si me sé de memoria todos los recodos del río.

—Será recompensado.

—Ni falta que hace, señor, ya me pagó subiéndome a bordo. Aunque no se desprecia una oferta generosa tampoco.

Los hombres del *Fortuna* rieron. Vivo era el negrito, y coincidían con sus opiniones.

Reforzaron los tientos que unían la balsa al clíper, y continuaron su odisea río arriba. Anselmo bien pronto se adaptó a la compañía. Habló hasta por los codos, desentrañó secretos de la ribera para aquellos marinos extranjeros, y les enseñó los nombres de los animales que habían visto hasta el momento. Le gustaba crear ambiente, y al cabo de un rato los tuvo sentados alrededor de la linterna, escuchando con los ojos dilatados de asombro y cierto temblor en la boca al conocer los peligros que acechaban en la espesura.

—Así fue como aquella vez me enfrenté a una *curiyú* yo solito, *chamigo*. Menos mal que llevaba mi faca al cinto, que si no… Primero le asesté un tajo en la frente lisita, con esos ojos mirándome fijo. Luego le di cien puñaladas para acabarla. Quedaron los trozos flotando en el agua.

—¿Y no le quedó marca?

—Qué no… miles de marcas, pero con el tiempo, vio, se me fueron yendo.

—¿Esa serpiente es venenosa?

—No, pero sí amorosa, lo abraza a uno hasta que le roba el último suspiro. Porque lo que quiere es deglutirlo, ¿sabe? Se le hincha la panza así —y Anselmo inflaba su propio vientre hasta casi hacer estallar el saco azul que le quedaba chico.

—También supe pelear contra el yaguareté, pero a ése le tengo mucho respeto, mire. Rara vez se deja ver, y cuando lo hace hay que encomendarse a la Virgen, porque quiere decir que lo eligió a uno.

—¿Qué clase de animal es?

—Un tigre, de los peores que se pueda imaginar. Silencioso como pasito de santo. De golpe, ¡zas! Se arroja sobre la presa con sus zarpas y ya no queda nada.

Cada anécdota era peor que la anterior, y los hombres se sentían cautivados por el modo de contarlas, a pesar del miedo que les infundían. Sólo Cristóbal miraba a Anselmo con indiferencia. Tanta destreza era poco probable en un tipo tan menudo. Más lo veía huyendo de los peligros que enfrentándolos, pero sus mentiras eran una distracción importante en esas horas muertas.

Al toparse un día el *Fortuna* con un enjambre de islas y remolinos, Anselmo solito se encaramó sobre el alcázar para guiar al timonel. "Por aquí no, por allá, más al costado, derechito siempre", eran las advertencias con que iba manteniendo a salvo la quilla del clíper. Unos controlaban con la sonda la profundidad, mientras que otros manejaban las jarcias y el velamen. Así, concentrados todos en la navegación, sortearon las trampas del río, que se vestía de niebla para despistar.

Arribados a Ituzaingó, Anselmo decidió que era hora de separarse.

—Tengan ustedes muy buen viaje, señores. Este cuerpito se vuelve a la balsa, que tengo mi responsabilidad con las mercancías. Espero que la suerte los guíe de ahora en más.

—¡Cómo! —exclamó Pedro, contrariado—. ¿Nos deja justo cuando necesitamos internarnos en esa laguna llamada Iberá?

—Es que es fácil encontrarla, señor. Eso sí, si hay luna, nunca miren el reflejo en las aguas.

—¿Y por qué? —quiso saber Paquito, que tenía la cabeza llena de fantasías desde que subió el negro a bordo.

—Porque hay un hechizo, señores. Y la luna sola no puede, pero si se refleja, ahí está jodida la cosa. Se forma una especie de niebla y uno empieza a ver hasta a los muertos.

En ese instante, un velo sutil pasó por los ojos de Anselmo; parecía que miraba hacia adentro, hacia sus propios recuerdos, y esa mirada provocó escalofríos en la tripulación.

Paquito se santiguó, y Pedro maldijo en voz baja. Lo último que precisaban era alentar supersticiones en los hombres.

—Vayan nomás —les señaló con el brazo extendido—, que llegarán seguro. Por aquí se entra a los esteros, la tierra de los brujos.

Saltó sobre su balsa, y antes de que pudieran evitarlo cortó con su famoso cuchillo las cuerdas que la sujetaban. Se perdió en el río con ayuda de una tacuara que había conseguido en una de las paradas, y que su habilidad transformó en remo.

—Maldito truhán —masculló Pedro.

Cristóbal observaba divertido desde su puesto.

—Déjalo, ya no nos hace falta como al principio. Nos fue útil para salir bien parados de los remolinos. Ahora podemos arreglárnoslas.

Anselmo navegó a toda prisa, buscando las corrientes que podían adelantarlo al *Fortuna*. Quería llegar antes a El Aguapé para informar a su patrón de la visita que iba a recibir.

⚭

El día que partían los Zaldívar hacia Buenos Aires, don Sinforoso Ramírez acudió a la Terminal del Norte acompañado de su hijo Benjamín. Llevaba el rostro congestionado y la mandíbula apretada, como intentando contenerse. A su lado, Benji era una imagen lastimosa de arrepentimiento mezclado con rencor. Padre e hijo aguardaron a que la familia acabase de cargar baúles y despedirse de los amigos que habían acudido a la estación.

—Si me permite un momento, doctor —le dijo el padre a Julián cuando entendió que podía acercársele.

—Cómo no, dígame qué se le ofrece.

Sinforoso carraspeó, incómodo. Hubiera preferido hablar antes con el doctor Zaldívar, explicarle con detalle la situación y no abordarlo sobre la marcha, pero hubo que lidiar con la porfía de Josefina, que no estaba de acuerdo con la decisión que tomaría el esposo. Y sin embargo, Ramírez estaba convencido de que hacía lo correcto al separar a Benjamín del vicio de la ruleta. Su hijo era de carácter débil, se dejaba arrastrar por los amigos y mostraba veleidades incongruentes con su papel de heredero de una firma comercial. Se creía un dandi, y no daba la talla.

—Vea, lo que tengo que pedirle me avergüenza, pero no sé a quién más recurrir en estos momentos, con la familia de vacaciones y mis compromisos con la gente amiga.

—Hable con franqueza, don Ramírez, no se ande con vueltas.

—Este hijo mío es una lástima de muchacho. Usted habrá visto que tuvimos que sacarlo a rastras del casino de la Rambla más de una vez, y mis bolsillos no daban abasto con las deudas, por miedo a que se embarcase en algo más grave, como un duelo o algo así. Mi esposa y yo hemos pensado que si Benjamín pudiese volver en su compañía a la capital, al verse lejos de la tentación y el jolgorio, y obligarse a responder a otros que no sean sus parientes, usted sabe... estas cosas... —y el infeliz padre hizo un gesto vago, dando a entender que había cierto fatalismo en la calavereada de un hijo.

Julián observó a Benji, que pateaba piedritas con obcecación, a cierta distancia. Era un muchachito díscolo, inseguro del lugar que debía ocupar, como muchos otros que tenían todo servido. Como él también, aunque en su caso la firmeza de la educación que le brindó su madre inglesa había evitado los excesos. Doña Inés Durand no permitió que el amor por su único hijo lo pervirtiera, y Julián le estaba agradecido por el temple de su carácter.

—¿Quiere que venga con nosotros a la casa? —se anticipó a decir, para no verlo abochornarse más.

Sinforoso le devolvió una mirada de animal golpeado.

—Si no es mucho pedir. Sería sólo hasta dentro de quince o veinte días, porque no me quedaré más que eso en estas playas. Aunque mi esposa me plante cara.

—Descuide usted. La mía se alegrará de contar con más compañía para cuidar de Dolfito. Quizá ayude a despejar la tristeza del corazón de mi hijo. Benjamín es bienvenido a nuestro hogar.

Sinforoso parecía no encontrar las palabras justas para agradecer tamaño favor. La decisión había sido precipitada, fruto de la desesperación. ¡Haber criado a un hijo con tanto amor, poniendo en él tantas aspiraciones, para luego verlo perderse en la fatuidad y el vicio! El hombre sabía que con eso sólo postergaba la solución, pero al menos quitaba del camino los peligros que el juego y la mala junta ocasionaban. Ya vería en qué emplear a Benji en Buenos Aires para aplacar sus ínfulas y enderezarle el paso.

—Además, él es muy amigo de Violeta, y ella también nos acompaña.

Esa nueva información acabó de tranquilizar al atribulado padre. Benji estaría bien rodeado, no tendría ocasión de cometer fechorías en su ausencia. Estrechó la mano de Julián tan fuerte que los nudillos se le pusieron blancos. Hubiese querido abrazarlo, mas no se atrevió a tanto.

Brunilda acogió con simpatía al muchacho de los Ramírez Aldao. Julián sabía que su esposa poseía un natural apacible en el que todos los que la trataban encontraban un remanso, así que no se sorprendió, ni juzgó necesario imponerla antes de la decisión. Aun así, siempre se maravillaba del carácter bondadoso de la mujer que había sanado sus heridas cuando él era un hombre con el corazón y el alma rotos.

Violeta arribó al terraplén minutos antes de que el tren se pusiese en marcha. La locomotora escupía humo azul en el aire límpido de esa mañana, pues habían solicitado desde el Bristol un servicio agregado al rutinario. Era algo que podía hacerse cuando se trataba de satisfacer las necesidades de las familias principales.

Joaquín Carranza la acompañaba, muy formal y serio. La joven también estaba seria, sobre todo pálida, con una expresión distante poco frecuente en ella. Un changarín arrastraba sus baúles sudando bajo la gorra de lana. Joaquín se ocupó de la propina y también de supervisar la colocación de los bultos en el vagón del equipaje. Luego regresó adonde el grupo de amigos se despedía de los viajeros. Elizabeth, junto a su hijo mayor, Santos, departía con Brunilda y Rini, la polaquita. Francisco Balcarce y Julián habían incorporado a Benji a la conversación que mantenían con Dalmacio, mientras que Dolfito miraba con ansiedad hacia el llano, aguardando algo. La aparición de Violeta iluminó su rostro delgado.

—¡Ah, aquí estás! Me tenías preocupado —dijo Julián con alivio al verla.

La cara de Joaquín decía a las claras que Violeta había hecho de las suyas antes de ir a la estación.

En efecto, la joven quiso despedirse de los lobos marinos antes de volver, y no avisó a nadie de su decisión, lo que motivó retrasos y la consiguiente alarma de Joaquín, que después de los macabros sucesos vividos se hallaba sobre ascuas.

Violeta había acudido a la cresta rocosa donde día tras día avistaba la colonia en compañía de Manu. Había sentido el llamado de las bestias como si taladraran su cabeza con sus rugidos. En cierto modo, despedirse de los lobos marinos era el adiós final a Manu. Él estaba ligado a la vida de esos seres acuáticos que permanecían en el borde del abismo. Violeta se había acostumbrado a compartir los momentos en la cueva como si Manu fuese uno más de aquellos mamíferos imponentes, que descendía de la cresta para estar con ella. Aunque jamás supo dónde moraba él, en su mente lo veía balanceándose a orillas del mar, alternando la vida en la tierra con los chapuzones en el agua, sintiéndose a gusto en esa doble pertenencia. Manu poseía el espíritu de los lobos, se daba cuenta.

Ella, en cambio, tenía el suyo roto en pedazos.

Bebió del aire salobre con avidez, hinchó sus pulmones hasta marearse, y luego soltó un grito que atravesó las rocas y se hundió en el mar. Un *sapukai*. Los lobos enderezaron sus cuellos llenos de pliegues y otearon el viento, alarmados. ¿Qué animal horadaba la calma de esa mañana? Al verla ahí, a pocos pasos, de pie sobre una saliente incrustada de mejillones, reconocieron a la que tantas veces habían visto acercarse, siempre con paso silencioso y sin atisbo de crueldad hacia ellos. Ignoraban que le debían la vida, al menos por esa temporada. Tampoco sabían que aquella joven se encontraba suspendida en un precipicio de dolor y confusión. Ellos sólo captaban la armonía que formaba junto a los gaviotines, los chorlos y la espuma, una más en el paisaje de la costa oceánica.

Violeta regresó con el traje celeste lleno de arena, las pestañas húmedas y los zapatitos mojados. Nadie dijo nada de su aspecto cuando subió al cuarto del Bristol para despedirse de Martita.

—Te voy a extrañar —le dijo la jovencita con nostalgia.

A pesar de los contratiempos por los que tuvieron que atravesar por causa del temperamento de Violeta, Martita sentía que sin ella la temporada perdía brillo. De algún modo, los pasajeros de los hoteles bebían de los pequeños escándalos como de un elixir imprescindible para gozar las vacaciones.

La Rambla sin Violeta era como la Rambla sin Pellegrini, sosa y falta de gracia.

Se abrazaron y prometieron visitarse en la capital cuando empezara la temporada de invierno, repleta de compromisos sociales: la ópera, el teatro, las veladas en las casas de apellido, las vueltas en carruaje por Palermo y las caminatas por el Paseo de Julio mientras el viento y el frío lo permitieran. Había mucho que hacer en Buenos Aires en esos días. Y el corazón de Martita latía de ansias por la presencia de un caballero español desconocido que le había prometido volver por ella. Quizá diese a su madre el batacazo cuando la viera desposada y rumbo a un cortijo en Sevilla. Como sus hermanas.

A diferencia del viaje inaugural, aquella vuelta en tren tuvo visos de tristeza. Tanto Violeta como Dolfito rumiaban sus propias cuitas. Iban sentados en el mismo sillón, uno junto al otro, como náufragos de una tempestad que buscaban confortarse entre sí. Enfrente iban Brunilda y Rini con una de las niñas, la rubia Betty, que miraba con curiosidad al niño achinado. Su papá, Dalmacio, también tenía ojos rasgados y oscuros, pero era moreno y fuerte como un toro, mientras que ese niño parecía un fantasma, pálido y alargado. Sólo la mirada brillaba, y a la niñita no le gustaba ese brillo.

—¿Qué le pasa al nene, mamita?

Rini acarició los bucles de su hija y murmuró con dulzura.

—Es así, calladito. Le gusta pensar.

—¿Y piensa todo el tiempo?

—Pues sí, casi todo el tiempo.

Al ser amiga y socia de Brunilda, Rini conocía bien la situación del hijo de los Zaldívar, había vivido las alternativas de su nacimiento y luego el amor con que criaron a ese mestizo abandonado. A su juicio, los padres adoptivos habían sido demasiado blandos con Adolfito. El niño poseía una inteligencia superior, y una rara intuición para adueñarse de la voluntad de los demás. Ella misma se había sentido intimidada por su mirar penetrante y su sonrisa ladeada. Prefería que sus hijos no jugasen con él, aunque ocultaba muy bien ese temor por cariño hacia Brunilda, que era tan buena, incapaz de un sentimiento mezquino.

Violeta pegaba la nariz al vidrio, absorta en sus pensamientos. La última imagen de Mar del Plata fue el rostro de Joaquín con los ojos fijos en ella mientras el tren se sacudía para emprender la marcha a través del campo. Le había dicho en un aparte, al tomarle la mano para despedirse:

—Te visitaré en Buenos Aires.

Sin permiso ni súplica, era casi una advertencia.

La mirada de la joven se detuvo muy lejos, donde el horizonte cortaba el cielo con su planicie ondulada, amarilleando al sol del verano.

Manu.

Violeta no entendía cómo había podido cambiar tanto si su corazón permaneció con él todo el tiempo que estuvo en Europa. Las palabras que le dijo a Celina Bunge acudieron en tropel para martirizarla. "Lo que no soporto es la mentira." Doña Celina se había mostrado escéptica. Quizá pensaba que el amor lo perdonaba todo. Y tal vez fuese así para otros, no para Manu y ella, porque ambos eran de la misma cepa, poseían la misma savia, y resultaba inconcebible que se trampearan el uno al otro. Violeta no lo juzgaba, ya que no juzgaba a nadie nunca, pero el dolor le traspasaba el pecho y le impedía ignorar lo sucedido.

Manu era un hombre casado, que le había hecho el amor en la arena con libertad.

Sintió un tacto frío que la sobresaltó. Era Dolfito, tocando su mano con timidez.

—Yo también estoy triste —le dijo.

Violeta miró al niño que acababa de perder al padre que nunca tuvo, y un arrebato de ternura le colmó el pecho. Aunque Dolfito gozaba del amor de los Zaldívar y de seguro contaría con las oportunidades de ese apellido, era huérfano. Y por voluntad de sus padres, que no lo habían querido lo suficiente. Ese hueco en la vida del niño era imposible de llenar, lo acompañaría siempre como un abismo al que podía caer cada vez que la desgracia lo rozase. Pobre Adolfito. Al final de cuentas, era el que peor se hallaba. Debía hacerse fuerte para él y suplir las carencias de su alma. Tomar esa decisión la reconfortó. Violeta no era proclive a la melancolía, su espíritu encontraba siempre un rumbo, pasara lo que pasase, y en ese momento acababa de descubrir el que convenía a la situación: salvar a Dolfito. Cerró la puerta de la remembranza y se volvió hacia el niño con una sonrisa.

—Vamos a pensar lo que haremos al llegar. ¿Tienes papel de barrilete en tu casa?

❦

Un torrente de desdicha se desencadenó en el corazón de Manu. El dolor causado a su amada Violeta era una saeta incrustada que no paraba de sangrarle el pecho. Ni siquiera la forzada separación ocurrida tantos años atrás le había producido semejante devastación, porque en aquel entonces la esperanza de verla de nuevo seguía intacta, mientras que ahora la había perdido para siempre. Por su culpa. La conciencia de su deshonestidad lo acometía con el mismo ímpetu que la tristeza. Violeta se le había entregado con naturalidad y pasión, se había reservado pese al cortejo de tantos pretendientes, y él le había respondido con la traición y la mentira. Era un mal hombre, indigno de una mujer como ella. Por eso mató en la pulpería, y por eso aceptó la vida de frontera casi con alivio. Su espíritu estaba manchado desde el nacimiento. Se preguntó con fugaz interés de quién sería hijo, ya que sólo la mitad era de Rete Iriarte. Quizá de algún íncubo de la laguna, uno de esos seres mágicos que toman forma humana para engatusar a los mortales y hacerlos concebir hijos.

Él era un demonio con aspecto de hombre.

Después del desafortunado encuentro con su esposa, Manu comenzó a frecuentar con asiduidad la playa de los pescadores. Ya no lo hacía para aprender el oficio, sino para huir. Volvía al rancho de tanto en tanto, lo indispensable para procurarle sustento a Lucrecia, sin pernoctar en él. Se había trasladado a la ensenada con Duende y Matrero, y desde ahí se hacía a la mar, pasando jornadas enteras entre las olas, a veces muy lejos, desde donde no se avistaba la costa, gozando de la soledad absoluta que lo separaba del resto de los mortales. El océano le proporcionaba una paz que nunca creyó volver a encontrar desde que dejó los esteros. La barca que con la guía de Marcos Salvi construyó se llamaba *Sirena*, pues aquel relato de las mujeres hermosas que cautivaban a los marinos se le había quedado grabado en el alma. Con Duende a bordo y sus redes de pesca, Manu se perdía en solitarias horas de contemplación de aquella masa siempre en movimiento, a veces azul zafiro, otras verde como la palma, o plateada como la luna sobre el Iberá. El mar cambiaba con las emociones de su corazón. El mar lo comprendía.

También Marcos Salvi cambiaba. Desde que lo conoció, el pescador había modificado su fisonomía, dejándose crecer la barba que, por una rareza, le salía roja en lugar de morena, de modo que resultaba pintoresco con la cabellera oscura y la barba de zanahoria. Había construido otro barco que no botaba para la pesca sino que reservaba quién sabía para qué propósito. Y su carácter había mudado, ya no era conversador sino taciturno, lo que lo asemejaba más a Manu y le permitía a éste compartir tardes enteras pescando sin cruzar una sola palabra. Ambos disfrutaban del silencio que se llenaba con los aleteos de las gaviotas que seguían la estela de los barcos, o el batir de la espuma contra los acantilados. La vida se había tornado simple y ruda, templando sus espíritus atormentados.

Una tarde, cuando el sol ya cedía frente al atardecer, Marcos Salvi le confió:

—Me voy, amigo. Para no volver.

Y como Manu permaneció callado, a la espera de alguna explicación, siguió:

—Tengo cuentas pendientes y pocas ganas de resolverlas. Tarde o temprano darán conmigo, pues no se puede fingir tanto durante tanto tiempo. Al final, y aunque no hice daño a nadie, me usarán de escarmiento.

Aunque Manu no entendía a qué se refería, estaba acostumbrado a las confesiones desde los tiempos del desierto, y no necesitaba saber qué crímenes había cometido aquel hombre solitario. Él tenía los suyos, que le pesaban bastante, como para preocuparse por los de otros.

—Tal vez te convenga irte —sugirió Marcos pensativo—. Me parece que cargas una deuda también.

Manu levantó la mirada de las redes que estaba zurciendo y respondió con una sentencia, algo que aquel pescador jamás había escuchado de sus labios:

—Aunque me vaya, la deuda que tengo no se paga nunca.

—Si así es la cosa, adiós entonces. No paso de esta noche. Te pido que calles que me viste, no por mí sino por ti, para que no te busquen para sonsacarte verdades que no conoces. Es mejor que por un tiempo te alejes de la playa, por si acaso.

Manu asintió. Se había vuelto dócil a los vaivenes de la vida. Si el mar estaba arisco, aguardaba otro momento para salir; si se tornaba manso, *Sirena* lo llevaba sin rumbo hasta profundidades ignotas. Cuando en la pulpería había entrevero, se alejaba con su ginebra para beber en soledad. Dejó de frecuentar el hotel por no ver a la misma gente que acompañaba a Violeta en los días de felicidad. Y si le tocaba retornar al rancho, lo hacía con la misma mansedumbre con que se había casado para darle nombre al hijo que nunca vino. Así eran las cosas, y él no tenía autoridad para cambiarlas.

En esos momentos, el pescador le decía que debía alejarse y él lo haría, hasta que el viento le anunciase que el peligro, aunque no entendía cuál, había pasado.

La noche trajo una brisa suave, ideal para hinchar las velas, y Marcos Salvi botó al agua por primera vez el barco que había construido con ese propósito. Lo llamó *Libertad*. Las letras fosforecían en la penumbra mientras se alejaba, mecido por las olas, con rumbo incierto. Salvi no había dicho adónde iría, y por la envergadura de la barca Manu entendió que no se trataba de una jornada de pesca por otras orillas, sino de cruzar el límite de la libertad, como su nombre lo indicaba.

—Suerte —murmuró, y se sintió más solo a partir de ese momento, pues aunque el pescador no había sido un hombre locuaz en los últimos tiempos, él se había acostumbrado a compartir las horas de faena y las noches al calor de la lumbre, mientras calentaban un caldo o bebían mate cocido.

Más que nunca, Duende y Matrero fueron sus compañeros de infortunio. El cuzquito se procuraba su propio alimento. Salía de cacería y volvía siempre relamiéndose. Sin embargo, hasta el perro resentía la ausencia de Violeta, pues con ella había partido su amigo Huentru, con el que congeniaba como si hubiesen sido de la misma camada.

Fiel a su amo, soportaba con entereza su nostalgia, y le entregaba su devoción.

Una noche, pensando en el consejo de Marcos, Manu resolvió regresar al rancho por dos o tres días. Si le resultaba insoportable la presencia de Lucrecia, podía dormir afuera o buscar refugio en las cuchillas, un recurso que más de una vez lo había tentado. Se calzó el facón al cinto, cargó sobre el lomo de Matrero su único bulto, una mochila de cuero con algo de abrigo, un plato y un vaso de hojalata, y emprendió la marcha hacia adentro.

La noche regalaba estrellas a puñados. La Cruz del Sur, nítida, señalaba inexorable el rumbo a los navegantes, y junto a ella las dos puntas de lanza que Manu tantas veces había contemplado en las noches del desierto, con ese frío lacerante que obligaba a distraer la mente para no sucumbir a la desesperación. La noche era un pozo de sombras, y a medida que el ojo se acostumbraba una claridad lechosa emergía, repleta de puntos de luz. Era el encanto reservado a los hombres pacientes, que permanecían mirando fijo sin cansarse. Matrero iba al paso, disfrutando también del fresco nocturno. Jamás hacía calor junto al mar en las noches, aun siendo verano.

Manu se sintió traspasado por el remordimiento. Lucrecia no se merecía el engaño. Por más que se hubiese vuelto amargada y rezongona, y aunque él no la amara, era su esposa y debía cuidarla. Con el corazón partido en dos, su deber era protegerla y brindarle el cariño de un esposo atento y considerado. A pesar de haber sido ella la que provocó la desilusión de Violeta, Manu entendía que la culpa no era de Lucrecia sino de él, y que ningún otro había causado el dolor que se abrió entre ellos.

Sumido en esos pensamientos, llegó hasta el círculo de luz que rodeaba el alero. Un farol de querosén se balanceaba sobre el patio de tierra. Desmontó, palmeó el anca del caballo para animarlo a que se procurase sustento y se quitó las botas, dispuesto a entrar en silencio para no perturbar el sueño de Lucrecia.

Lo detuvo un ruido desacostumbrado, un jadeo extraño. Atisbó desde afuera, y creyó ver a alguien forcejeando con su esposa. Peló el facón y entró pateando la puerta con ferocidad.

El ruido separó a los amantes, que consumaban su pasión sobre la colcha al resplandor de la lumbre. Toñito miró espantado la faz oscura de Manu, apenas delineada sobre el marco de la entrada. El brillo de la hoja le hizo correr frío por el cuerpo. Toda su fogosidad se hizo añicos al ver de cerca la muerte. Debajo de él, Lucrecia sobresalía como una muñeca de trapo vieja, la ropa deshecha y el cabello húmedo. Tenía la boca amoratada por sus besos, y estaba llena de mordiscos que a la luz del farol lucían verdosos. La escena era imposible de desmentir, y un marido ultrajado era lo último que Toñito deseaba enfrentar, sobre todo uno como Manu, poco dado a las palabras y hasta brutal, si debía hacer caso de los rumores.

Se deslizó por el borde del camastro, balbuceando algo que nadie escuchó.

Manu contemplaba el rostro de Lucrecia sin atinar a decir nada. De pronto, la enormidad de lo ocurrido le dictó su conducta. Su esposa era una mujer indigna del matrimonio, como también lo había sido él, pero la afrenta venía por el lado de aquel hombre pecoso de nariz chata que aún en esa circunstancia poseía cierto aire de desafío. Sin importar lo que ocurriese entre Lucrecia y Manu, aquel desgraciado merecía castigo.

Manu blandió el cuchillo y se abalanzó sobre Toñito con un alarido estremecedor. Eso hizo reaccionar a Lucrecia, que parecía atontada.

—¡No! ¡No! —gritó, despavorida.

Temía presenciar un asesinato, y también ser la víctima, una vez que Manuel hubiese acabado con Toñito. El instinto le dio la fuerza para interponerse y dar tiempo a que su amante huyese por la ventana trasera, ya que la puerta estaba bloqueada.

Manu apartó a su esposa como si fuese un fardo, sin importarle nada, buscando un hueco donde asestar su golpe. Ya no se trataba sólo de vengar el ultraje, sino de descargar toda su frustración e infelicidad acumuladas a lo largo de los años. La desgracia aquella que lo obligó a huir, la necesidad de matar para sobrevivir, el mal paso que lo llevó a un matrimonio no deseado, la muerte del hijo, y por fin, el peor golpe de todos: la pérdida del amor y la confianza de Violeta, la única persona que hacía de él un hombre entero.

—¡Manuel, déjalo! —y Lucrecia se cruzaba en el camino del esposo para entorpecerle la salida.

—¿Por qué? —gritaba él, poseído por la furia—. ¿Por qué?

Eso acicateó a la mujer.

—¿Quieres saber por qué? ¿Y me lo preguntas, después de haberte revolcado con una putita del hotel? ¿O crees que no me importó verte semidesnudo en brazos de esa golfa que seguro ya te ha olvidado para irse con alguien de su condición? ¡Infeliz! Me has hecho desgraciada y nunca te lo perdonaré.

Lucrecia se echó a llorar, en parte debido a la ansiedad del momento, y también fingiendo un despecho que no sentía, ya que sus amores databan de bastante tiempo atrás.

Manu quedó exangüe, con los brazos caídos y el cuchillo apenas sostenido entre sus dedos. Miraba el aspecto deplorable de Lucrecia, con esas marcas de pasión en su piel lechosa, la ropa desgarrada y el olor que inundaba la casa, un aroma repugnante que le dio arcadas. Qué distinta una mujer de otra… Violeta transida por la pasión era hermosa y delicada, aun con las ropas revueltas. Lucrecia, en cambio, era un despojo de lágrimas y olores.

El recuerdo del olor le devolvió la cordura. Él había sentido ese aroma pegajoso antes, una noche, al regresar y tenderse en el catre. Seguía siendo revulsivo, y sólo podía significar una cosa: aquel hombre había estado allí antes, mucho antes de que Violeta y él hubiesen intimado. Lucrecia no era la esposa despechada que reclamaba venganza, era una adúltera.

Si no hubiese comprobado la virginidad de ella, quizá hasta podría dudar de que el niño muerto hubiese sido suyo.

—Sos mala mujer, Lucrecia —masculló, mirándola con ferocidad.

—No peor que tú, que me abandonas para irte en busca de otra. ¿Por qué crees que caí en brazos de él? Es por tu indiferencia.

A Manu le repiquetearon las palabras de doña Cecilia, cuando aceptó a regañadientes que Lucrecia fuese buena.

—Pero el mandadero de la fonda era tu novio antes. Lo dijiste, el elegido de tu madre.

—¿Y qué? Yo te elegí a ti. Ahora reniego de eso, ojalá lo hubiese preferido a él.

—Ojalá, sí.

Lucrecia se erizó de furia. Las mejillas le ardieron y los ojos se le inyectaron de sangre al escucharlo.

—¡Maldito! Te atreves a insultarme cuando no eres más que un bruto indiferente. Para hombres como tú no existen sino los azotes y la cárcel.

Manu palideció.

—De no haber sido por el niño…

—¿Qué niño? —bramó Lucrecia, más allá de toda prudencia—. ¡Hasta en eso eres torpe! ¡No hubo ningún niño, lo fingí todo, estúpido!

Por un instante ambos quedaron congelados bajo el resplandor del farol que el viento balanceaba con más fuerza, formando aros de luz en las paredes de adobe. Iba y venía el foco amarillento, mostrando los ojos de Lucrecia, asustados de su atrevimiento, y la mirada dura de Manu, que apenas podía contener la espiral de rencor que le subía por el cuerpo. Mentira. Todo había sido mentira. Casarse con Lucrecia dejó de ser un deber para convertirse en una burda parodia. Lo habían cazado, como a un animal de presa al que le tienden trampas. El círculo se cerraba en torno a él, asfixiándolo. Todo lo que había perdido fue en vano, nada impedía que mantuviese la palabra de esperar a Violeta. Como un tonto, cayó en la red de una mujer inescrupulosa. Cuánta razón tenía doña Cecilia en dudar de Lucrecia… Lástima que no se lo dijo de entrada.

—No me verás más —replicó rotundo, la mandíbula apretada y la mirada centelleante.

Lucrecia sentía algo de temor, pero su malignidad pugnaba por salir.

—Mejor, no quiero verte. Ve a dormir con los lobos marinos, que a lo mejor te satisfacen más que una mujer.

Manu se dio vuelta y salió en busca de Matrero. A zancadas recorrió el pastizal que rodeaba la casa y montó de un salto, sin siquiera buscar sus cosas en el interior del rancho. Necesitaba poner distancia entre esa vida desdichada y la nueva vida que le aguardaba en la soledad del mar, adonde pensaba retirarse hasta que la muerte se lo llevara.

Duende trepó a la grupa y lanzó un postrer ladrido que Lucrecia apenas escuchó, ocupada como estaba en golpear los cacharros de la cocina y patear el suelo, destrozada por la rabia y el dolor de perder a Manuel.

—Ojalá te mueras —escupió—. Que el mundo caiga sobre tu cabeza y no puedas ser feliz jamás.

La maldición quedó flotando en el aire corrupto de la habitación, mezclada con el olor empalagoso de la colonia de Toñito y el del guiso que se enfriaba en el cazo de metal.

Manu galopó como centauro lejos de allí, rumbo a otra orilla alejada del poblado, un sitio salvaje donde la ventisca azotaba las rocas y las mareas cubrían la playa dejando huellas del fondo marino en las grutas que el mar socavaba con paciencia infinita.

Se alejó de la zona Bristol y de los campos aledaños. Recorrió la costa hacia el sur, buscando un recodo donde aislarse de todo lo conocido. Solos él y el mar, frente a frente.

El dolor por la pérdida del ser amado unido a la rabia que quemaba su pecho al saberse engañado lo carcomían. Una y otra vez meditó sobre el rumbo a tomar. Volver a los esteros estaba descartado. La incógnita sobre su origen era otra mentira que debía digerir.

Todos le habían mentido en su vida. Todos, salvo Violeta y el coronel Levalle.

Le vino a la memoria una frase que el militar les había dicho en medio de las penurias del desierto: "Camaradas de la División del Sud, no tenemos yerba, no tenemos pan ni recursos, en fin, estamos en la última miseria, pero tenemos deberes que cumplir".

Eran palabras que los habían fortalecido en tiempos de desaliento, y Manu se esforzaba por aplicarlas a su situación, para redimirse también ahora. Sin embargo, no encontraba obligaciones que le exigiesen entregar su alma. ¿A quién debía proteger? ¿Por quién luchar? Ya todo lo que le importaba estaba perdido.

En eso enredaba su pensamiento cuando la lengua áspera de Duende sobre su mano lo distrajo. El cuzquito se había echado junto a él, de cara al mar, bebiendo con fruición el aire fresco, y le dedicaba una muestra de cariño agradecido. Ese pequeño gesto enterneció el corazón de Manu. Si entre los hombres no hallaba su lugar, al menos tendría un sitio al lado de las bestias. Siempre había sido así en su tierra, mientras sesteaba en los pajonales, navegaba los ríos y buscaba huevos en los nidos. Los animales no mentían. Podían ser bravos pero no crueles; ese matiz estaba reservado a los humanos, que actuaban con intención.

Recogió a Duende y lo acunó en su regazo.

—Solos de nuevo, *chamigo* —murmuró con voz cascada—, vos y yo.

Matrero relinchó desde lo alto de un médano, como si quisiera recordarles que él también formaba parte de ese trío de desamparados nómades.

Un estruendo sobre la restinga señaló el comienzo de la retirada del mar. El océano se devoraba a sí mismo, sin ocultar la furia que le producía retroceder una vez más, vencido por la marea. Manu fijó su mirada en aquel remolino que arrancaba pedazos de playa para llevárselos lejos, y recordó una de las enseñanzas del pescador que solía retumbar en su cabeza cada tanto: "Nadie muere con la marea alta. La gente muere durante la bajante".

❦

$\mathcal{U}$na vez que se enjugó las últimas lágrimas de rabia, Lucrecia decidió no sufrir más por Manuel. Aquello había tenido mal principio, desde que ella fingió aguardar un hijo para comprometerlo. "Lo que mal comienza, mal acaba", solía decir su padre. Lo aprendió en carne propia y de la peor manera. Sin embargo, ella era joven y podía rehacer su vida. Sin ir más lejos, tenía un empleo con visos de futuro, y estaba Toñito para cuando lo requiriese. Aunque no lo amaba, él satisfacía los anhelos de su cuerpo joven, y mientras no apareciese otro mejor, se conformaba. Poco a poco se fue endureciendo y volvió a sentirse dueña de su vida.

Esa mañana se puso a limpiar el interior del rancho con ahínco, como si con ello borrase los restos del pasado. Sacudió las cobijas con un palo, dio vuelta del revés las esteras del suelo y abrillantó las cacerolas. Hacía calor. Se arremangó la blusa y abrió el escote hasta el nacimiento de sus pechos blandos. En la casa no usaba faja ni corpiño, le gustaba sentirse suelta de cuerpo. Levantó el cabello sobre la coronilla y por puro despecho se echó unas cuantas gotas del perfume que le había regalado Toñito. Por lo menos, el hombre había sido galante, aunque fuese con un artículo robado. Mientras barría la tierra de la galería pensaba en lo que dirían sus padres al saber que ya no vivía con el hombre que ellos habían repudiado. Quizá fuese el comienzo de una reconciliación. Dios sabía que le pesaba ese distanciamiento. Claro que nunca les confesaría que tenía un amante, pues eso habría sido cavarse la fosa para siempre. Sus padres entendían la vida de un solo modo: el casorio.

Una cancioncilla picaresca brotó en sus labios. Pensándolo bien, salía beneficiada con la ausencia de Manuel. Ya no tendría que soportar al perrito entre los pies, ni dejar preparados esos guisos que le repugnaban. Podía comer en el hotel antes de regresar, y facilitarse la tarea. Un hombre que sólo venía a dormir y a cenar no era el esposo que ella precisaba.

—Hola, buena moza, te veo contenta.

Toñito. Muy guapo con su camisa azul, un pañuelo al cuello y el pelo rojizo aplastado a fuerza de agua y cepillo. Le sonreía a través de la ventana, y sus pecas parecían más acentuadas bajo la luz matinal.

—¿Puedo pasar?

—¡Claro! Estoy adecentando un poco esto.

El muchacho entró con desenvoltura, como solía hacer, sabedor de que Manu se iba temprano y volvía muy tarde. A decir verdad, en los últimos días no lo había visto ni siquiera en el tajamar. Lucrecia se movía con libertad, como si no tuviese miedo de ser descubierta, y eso a él le daba alas.

—Te traje unas flores —y le presentó un ramo hecho de margaritas que de seguro habría arrancado en el camino.

—Gracias. Ponlas ahí.

Lucrecia no apreciaba esos regalos casuales que no requerían esfuerzo.

Él la observó trajinar un rato, y por fin se le acercó y rodeó su cintura desde atrás.

—Mmm... estás calentita, mi amor —le dijo zalamero.

Lucrecia se lo sacudió con impaciencia. Iba a estropearle la mañana si empezaba con halagos. Ella prefería que la tomase sin rodeos. Por fin Toñito lo entendió y deslizó sus manos hacia el hueco entre sus piernas, frotándolo con fervor mientras le lamía la oreja.

—Deja... —protestó ella, permitiéndoselo.

Por toda respuesta, Toñito abrió sus propias piernas y la sentó sobre su endurecido miembro, para que comprobase cuánto la deseaba. Lucrecia se dejó hamacar un rato, hasta que ella misma tomó una de las manos del hombre y la metió adentro de su blusa para que acariciase sus senos. Toñito se relamió. Pronto las manos masculinas exploraban el cuerpo de la mujer bajo las ropas, estaban en todas partes, sobando, pellizcando, preparando el momento culminante. La volvió de frente y abrió del todo la blusa, exponiendo sus pechos al aire. El resplandor que se filtraba por la ventana teñía de suave rosa la piel de Lucrecia; sus pezones lucían enhiestos, pidiendo ser besados. Él satisfizo ese reclamo sorbiendo de cada uno, mordisqueando. Sabía que a Lucrecia le gustaba cierta brutalidad. La mujer echó la cabeza hacia atrás al sentir los primeros síntomas del abandono, pero Toñito quería impresionarla. La empujó hacia la mesa y con un brazo barrió las servilletas que ella planchaba para el hotel mientras que con el otro la recostaba sobre la madera. Levantó la falda y soltó un gemido de satisfacción al ver que no había más que unos calzones debajo.

—Así me gusta, desnuda para mí —gruñó.

—Cállate —lo recriminó ella.

—¿Qué quieres que te haga?

—Cierra la boca.

Toñito rió por lo bajo.

—Si la cierro, no podré hacer lo que tengo planeado.

Sus dedos hurgaron en la entrepierna y abrieron el tajo de la tela para introducirse en la humedad vellosa. Se detuvieron con malicia, provocando la ansiedad de la mujer.

—¡Ahora! —gritó ella, frenética.

—No todavía, mi hembra caliente, no todavía.

Hundió la cara entre los muslos que se abrían con descaro para él, y comenzó a sorberla y degustarla con ruidosos besos. El viento que traía el sonido de las olas lejanas movía la cortina y dejaba ver retazos del paisaje campestre: las cortaderas meciéndose, los zorzales cantando entre los pastos, una tijereta en raudo vuelo... Adentro, las pasiones desatadas creaban otros sonidos: jadeos, gemidos, palabras soeces.

—Puta —murmuró Toñito entre los labios carnosos del pubis.

Ella no escuchaba, estaba perdida en el marasmo de su deseo. Por primera vez, pensaba en Toñito y no en Manu cuando él la tomaba. Ese truco de besarla ahí, donde nunca antes...

Se estremeció con los primeros temblores, y entonces él se retiró.

—¡Más! —gimió ella.

—No, hasta que me digas algo.

—¿Qué, qué?

La desesperación lo hizo sentir poderoso.

—Que te vendrás conmigo, muy lejos de aquí.

Lucrecia apenas entendía la propuesta, sólo deseaba que continuase con aquel placer infinito.

—¿Adónde? —balbuceó.

—Adonde nadie pueda seguirnos, para que seas sólo mía. Te amo, Lucrecia.

—Basta. Bésame de nuevo.

—¿Te vienes conmigo?

Fastidiada, Lucrecia gritó:

—¡Sí, sí!

—Dilo de nuevo.

—Iré contigo.

Entonces Toñito volvió a besarla. Introdujo su lengua hasta el fondo y la retiró varias veces, simulando el acto de penetrarla, mientras con ambas manos apretaba sus senos y la masajeaba con los pulgares. Lucrecia estaba en llamas. Ya no veía ni escuchaba nada, sólo el rugido de su propia pasión en el interior de su cabeza. Toñito la elevaba hasta cumbres de placer insospechadas. Cuando se balanceó al borde del éxtasis, él la atrajo hacia el borde de la mesa y sustituyó la lengua por su miembro. La penetró con ímpetu brutal, sus vientres se confundieron, revolvió en ella hasta que la escuchó gritar, y recién entonces derramó su semen aullando también, victorioso.

Volaron los pájaros y el viento se aquietó. Los cuerpos sudorosos de los amantes palpitaron un rato más, unidos por la carne voraz. Lucrecia no atinaba a moverse, estaba exhausta.

Toñito se separó y la contempló orgulloso, con las piernas abiertas y a medias excitado.

—Ahora te toca a ti.

Y como ella no reaccionaba, la tomó de los brazos y la obligó a incorporarse. Luego se colocó él contra la mesa y puso a Lucrecia frente a su miembro de nuevo erguido.

—Bésame como yo lo hice —ordenó.

Lucrecia lo miró con pavor. Ella no concebía esa posibilidad. Toñito, impaciente, la sujetó por los hombros y la puso de rodillas.

—Así —y sin miramientos le introdujo el miembro en la boca.

Lucrecia forcejeó, pero él la sostenía con firmeza. Al fin, ella fue cediendo, en parte para conformarlo y terminar pronto con eso, pero a medida que Toñito entraba en el paroxismo, Lucrecia sentía que se ahogaba. La curiosidad y la pasión dieron paso a la repugnancia, y la joven comenzó a alejarse, gimiendo. Él se puso furioso y la tomó de los cabellos para retenerla, pero Lucrecia era una mujer fuerte también y consiguió liberarse.

Se limpió la boca con el antebrazo, asqueada.

—¡Puerco! ¿Cómo se te ocurre?

Toñito soltó una carcajada amarga.

—Te gusta recibir pero no dar, ¿eh? Pues tendrás que acostumbrarte, así es entre los amantes.

Lucrecia tuvo una visión fugaz del acto de amor con Manu en la playa, cuando él la tomó bajo el sol y a la vista de los lobos marinos, y después la acarició con ternura. Intentó no derramar lágrimas ante el recuerdo.

—Así será entre las bestias, querrás decir. No vuelvas a imponerme esto, o…

—¿O qué, querida? Tendrás que aprender a satisfacerme ahora que viviremos juntos.

Por primera vez captó Lucrecia la dimensión de lo dicho.

—Te equivocas, no viviremos juntos. Yo trabajo aquí, no puedo irme a otra parte, y no estaría bien visto que compartiéramos este rancho sin estar casados.

—Tarde piaste —dijo rabioso Toñito—. Ya me lo has prometido.

—Una promesa que arrancaste en un momento de debilidad. No iré contigo.

Las facciones de Toñito se endurecieron de pronto y cobraron un filo antipático, mostrando una faceta de su personalidad que quedaba encubierta por sus sonrisas galantes y su verborrágica pasión.

—Una promesa es una promesa —insistió con voz quebrada por la rabia—, y tendrás que cumplirla.

—Pues no se me da la gana.

Lucrecia intentó recomponer su aspecto, volver a sus quehaceres e ignorar al hombre, pero éste se hallaba fuera de sí. Había creído conseguir lo que ansiaba y no iba a volverse atrás. En su mente, la victoria completa era robarle la mujer a Manuel Iriarte. Eso, y la denuncia que días atrás había hecho ante los oídos del comisario serían más que suficiente castigo para ese sujeto que lo convirtió en el hazmerreír de sus amigos. La venganza se había posesionado de su espíritu. Además, Lucrecia era suya desde antes, cuando la cortejaba con el beneplácito de sus padres. Había razones en su exigencia.

La tomó del brazo y la hizo girar hasta enfrentarlo.

—Te vienes, y no se hable más. Ahora mismo —la desafió.

Lucrecia se sintió de pronto harta de él, de sus manipulaciones y hasta de su contacto. Le gustaba saberse deseada y había gozado en sus manos, pero nada justificaba perder la libertad que acababa de encontrar. Sola y joven aún, podía aspirar a un pretendiente con posibles y mejor aspecto que Toñito.

—Vete, Toño, no me fastidies más. Y no vuelvas hasta que te llame. Estoy ocupada en estos días.

La furia coloreó las mejillas del hombre que se tornaron hinchadas, la boca se le torció en un gesto de desprecio y apretó los puños hasta que le dolieron los nudillos.

—Eres una puta, una cualquiera que se entrega al primero que aparece. Tu esposo tiene razón al dejarte sola, no vales la leche que se gasta en ti.

La rudeza del lenguaje, el insulto, calaron hondo en Lucrecia, que pese a lo bajo que había caído conservaba retazos de la educación recibida de sus padres, y por ese resto de decencia fue que lanzó el sopapo que impactó en la cara de Toñito. Casi al instante, él soltó el suyo, que la arrojó contra la mesa. Todavía se sobaba el golpe cuando volvió a zamarrearla.

—¡Vendrás, o te mato! —bramó.

Lucrecia atinó a aferrar el palo de la escoba y con él quiso darle en la cabeza, pero ya Toñito estaba sobre ella. Veía sus ojos marrones dilatados, iluminados por un extraño brillo que no le conocía, y un miedo helado subió por su pecho. Lo había desafiado más de la cuenta. Y en ese rancho aislado no había nadie que pudiera oírla si gritaba. De todos modos lo hizo, y Toñito le tapó la boca con tal fuerza que sus dientes se clavaron en los labios, haciéndolos sangrar. Las manos nudosas del hombre, que momentos antes la habían hecho subir al cielo de los goces, ahora apretaban su carne hasta amoratarla. Los dientes de Toñito rechinaban, y una expresión tozuda deformaba su rostro.

Ella supo el instante en que estaba perdida. Fue cuando él tuvo una idea súbita y se quitó el pañuelo para anudarlo en sus manos. Con él hizo un cordel y rodeó el cuello de Lucrecia. Una sonrisa malvada le cruzaba la boca. Lucrecia sujetó el pañuelo para evitar que se hundiese en su carne, pero a pesar de su fuerza, la del hombre era superior y sus dedos quedaron inertes ante la presión que él ejercía. Una oleada de sangre le subió al cerebro, y como entre algodones escuchó la voz masculina que recitaba:

—Puta, puta, puta.

Entonces todo fue suavidad. El rayo de sol en el que bailaban los mechones de cardo Castilla, el gorjeo de una golondrina, el aire cálido que entraba por la ventana.

La mañana era dulce y Lucrecia se deslizaba en ella etérea, una flor al viento, incorpórea. Hubo un zumbido final, como si se elevase hasta el cielo demasiado rápido, y luego la cortina de la vida se cerró ante sus ojos, sobrevino la oscuridad silenciosa y su cuerpo cayó desmembrado sobre las esteras recién lavadas.

Ya no vio la expresión anonadada de Toñito que, pasado el rapto de furia, comprendía la dimensión de su acto. Tampoco pudo saber que, un poco más lejos, el hombre al que había traicionado y vilipendiado tantas veces llegaba de una jornada de pesca a una playa desierta, arrastraba su barca *Sirena* hasta las rocas y se echaba al sol para pensar en la tristeza de una vida sin amor.

Toñito huyó despavorido. Todo ocurrió demasiado pronto, no tuvo oportunidad de refrenarse. Lucrecia lo había sacado de quicio con sus burlas, tan luego a él, que ya cargaba con la mofa ajena y por culpa de ella, precisamente.

Unas gaviotas sobrevolaron el rancho en dirección al mar. Al disiparse sus chillidos, el silencio envolvió el arenal. El único ruido que se dejaba oír en la pesadez del mediodía era el golpeteo de la puerta abierta, a merced de viento.

Lucrecia yacía descalabrada entre las servilletas del Grand Hotel, con una expresión de desconcierto en sus ojos celestes.

La tarde alargó sus sombras sobre el cadáver, cubriéndolo con piadosa mortaja.

❧

Rete Iriarte observaba al hombre que cenaba frente a él en la gran mesa de El Aguapé.

Lo había recibido con la hospitalidad proverbial de la región, aunque su natural desconfiado lo mantenía alerta. El forastero decía ser comerciante de ultramarinos, haber viajado por los siete mares y albergar la intención de recalar en el litoral. Rete estaba acostumbrado a hospedar a hombres de negocios, políticos y hasta a aventureros de dudosa reputación. Su estancia se hallaba bien custodiada y no temía ser sorprendido. La regla de oro de su vida, sin embargo, era no creer en nada de lo que se le decía, al menos de entrada. Prueba de ello había sido Rosa Garmendia, su mujer. Él desoyó los rumores que corrían acerca de esa madre sin esposo, y la peligrosa cercanía de las cachorras de La Loba Roja, que acechaban a Rosa como si ella ya formara parte del lupanar de la ribera. Desde mucho antes de tomarla, Rete la había hecho suya en su pensamiento, cuando ni siquiera la propia Rosa lo sospechaba. Ése era otro rasgo de su carácter: la planificación de sus actos. Detestaba la improvisación y los impulsos que conducían a cometer errores. Un solo error en su vida le había bastado para prevenirse en el futuro. Una falta que le pesaba hasta el presente.

—Ha de ser agotador mantener todo esto sin contar con un administrador —decía Cristóbal con prudencia, ya que a él tampoco se le escapaba que se hallaba frente a un hombre formidable. Optó por presentarse con su nombre auténtico, pues la dura mirada de Rete decía a las claras que no toleraba los engaños.

Rosa, a la derecha de su esposo, tomaba la sopa con delicadeza y sin levantar los ojos. A pesar de su matrimonio, seguía siendo una mujer reservada. El suceso que cambió su vida cuando en la flor de la juventud quedó encinta de un soldado anónimo que pasó por la ribera la había marcado para siempre con relación a los hombres. Evitaba mirarlos a los ojos y eludía sus galanterías, así fuesen parte de la convención social.

Cristóbal de Casamayor le produjo escalofríos con su cicatriz rugosa y sus ojos grises.

—Al contrario, me encuentro más cómodo sin delegar funciones —contestó Rete mientras sorbía del vino de su copa—. Mis hombres saben que sólo deben recurrir a mí, y eso me tranquiliza.

Pedro de Alcántara también comía en silencio. Se daba cuenta de que en ese duelo de palabras y miradas ni él ni la esposa del dueño de casa tenían parte.

Habían dejado a la tripulación del *Fortuna* anclada en Ituzaingó, ya que Cristóbal prefería disimular la traza de sus hombres ante el señor de El Aguapé.

La inmensa estancia los había deslumbrado. Jamás imaginaron que alguien pudiese levantar semejante imperio con sus manos, venciendo a la naturaleza salvaje de aquella región de ríos y aguazales. El Aguapé se extendía sobre islas y camalotes, praderas y pantanos, como un reino sin disputa. El trono era aquel mirador redondo desde el que Rete Iriarte dominaba gran parte de sus tierras. A Cristóbal la casa le resultó sencilla, con su galería embaldosada, su alero cubierto de floridas trepadoras, sus jacintos y sus dormitorios con muebles macizos. Dos toros tallados en madera custodiaban la entrada, y ese detalle tan hispánico le arrancó una sonrisa de satisfacción. Era una casa solariega sólida y austera como su patrón. La mano femenina se veía en los detalles de las cortinas, los almohadones bordados y las labores de ganchillo que cubrían mesas y sillones. En la finca no había más mujeres que la esposa de Iriarte y Justina, una suerte de ama de llaves y doncella personal. Las demás criadas venían durante el día. Cristóbal reparó en la belleza serena de Rosa, en sus ojos oscuros de venado. Supuso que el padre de Violeta, del que nadie hablaba, debía de haber sido el autor del color añil en los ojos de la joven. Al presentarse como marino y viejo conocido de Violeta en Europa, percibió la oleada de inquietud que embargó a Rete. Pronto estuvo al tanto de que el "padrino" era en realidad su padrastro, que la madre había concebido a tan hermosa hija con otro, y que en aquella unión tan despareja se mezclaba la pasión de un hombre posesivo con la dulzura de una mujer hambrienta de amor. Una buena combinación, a decir verdad. ¡Qué no daría él por vivirla en carne propia! Si quería llegar a buen puerto, sin embargo, debía medirse en sus pretensiones. Detectaba que Violeta era especial en el cariño de todos, y que cualquier cortejante sería sometido a las más duras pruebas.

—Mi segundo y yo agradecemos la hospitalidad, señor. Nos gustaría poder corresponderle en nuestra casa, si alguna vez viaja.

—¿Y dónde sería eso?

Podía sentir la mirada de Rete desde el otro lado de la mesa.

—Por lo pronto, tengo finca en mi patria, Cádiz —respondió—. También algunas propiedades en los sitios donde he pasado temporadas, como las islas Baleares.

—Tierra de piratas —comentó Rete con acidez.

Rosa se sobresaltó, y Pedro alzó la mirada con estupor. Cristóbal, en cambio, soltó una carcajada.

—Es cierto, han sido cueva de piratas en tiempos antiguos. Por fortuna, eso ha ido cambiando. De todos modos, sospecho que ningún sitio le producirá impresión, señor Iriarte, una vez que ha vivido aquí, rodeado de tantos misterios. Un hombre al que recogimos en el camino nos estuvo narrando algunos.

Rete lo sabía de boca del propio Anselmo, pero nada dijo.

—Entonces, usted conoce a mi ahijada.

—A ella y a la dama que la acompañaba —se apresuró a decir Cristóbal, para despejar cualquier duda sobre su relación con Violeta—. Es una joven sorprendente por su inteligencia.

—Y su belleza.

—Sí, es indudable. Sobresalía en los salones europeos sin ninguna dificultad.

Rosa miró por primera vez de frente al visitante. Los comentarios sobre su hija la alarmaban. Ella hubiera deseado tenerla bajo su ala, a resguardo de todo, pero sabía que Violeta estaba destinada a volar, era su cualidad, como la de las aves que tanto amaba.

Trató de leer en la mirada de aquel hombre impactante la razón del interés en la joven.

Cristóbal, astuto, no la defraudó.

—La felicito, señora, por haber criado a una muchacha tan bella como virtuosa. Ella me honra con su amistad.

—Bueno, ya hemos tenido suficiente de halagos —dijo de pronto Rete, y se puso de pie, obligando a los hombres a imitarlo—. Mujer, ve que Justina prepare los cuartos de estos señores, que yo debo ir a mi despacho a concluir unos asuntos urgentes. Luego me reuniré contigo.

Y sin dar respiro, se dirigió a Cristóbal.

—Usted, caballero, sírvase seguirme.

Rete caminó delante del capitán rumbo a la habitación que le servía de escritorio en el piso de abajo, que olía a lustre y a cuero, repleta de pergaminos y mapas distribuidos por doquier. Cristóbal notó que entre los muebles había un catre, y supuso que ese hombre pasaría quizá algunas noches ensimismado en sus negocios.

—Siéntese.

Rete abrió una caja y ofreció al invitado un puro antes de acomodarse en su sillón. A través de la espiral de humo estudió con atención el rostro del marino.

—Parece haber recibido un sablazo en algún momento —dijo sin vueltas.

—Espero no haber incomodado a la dama con mi cicatriz —fue la respuesta evasiva.

—Rosa no se asusta con facilidad, pese a lo que pueda usted pensar. Ha presenciado hechos de sangre y tiene las agallas para superarlos. Jamás sometería a mi esposa a una experiencia desagradable para ella.

—Es un hombre afortunado, señor Iriarte. Muchos lo envidiarían.

—No le quepa duda. Soy precavido con los que me estiman. Lo llamé aparte porque tengo alguna inquietud respecto de sus tratos con mi ahijada. Verá, ella es una dama especial: independiente, original, impulsiva y generosa.

—Buena descripción.

—Y confía en sus instintos. Supongo que si le ha brindado su amistad ya habrá juzgado que usted la merece, aunque mi pálpito me dice que está lejos de pretender sólo una amistosa charla con ella. ¿Me equivoco?

Cristóbal prefirió ir de frente. Con aquel hombre no había que jugar demasiado. Suspiró y miró la punta chamuscada de su cigarro mientras decía:

—No, no se equivoca. Como comenté durante la cena, es difícil sustraerse al atractivo de la señorita Garmendia.

—Hablaré sin rodeos. Violeta no es mi hija, la he criado como tal y como tal la amo y la protejo. La enviamos a Europa para pulirla y, de paso, darle la oportunidad de hacer un matrimonio acorde con sus cualidades, que aquí en estas tierras sería difícil. Mi esposa no albergaba tanta ilusión, ha de conocerla mejor que yo. El caso es que ella volvió como vino, pulida, eso sí, pero sin esposo ni candidato. Entiendo que no le han faltado propuestas. Mi pregunta es: ¿quiere usted desposarla? Porque si es así, y posee fortuna para ofrecer, yo apoyaré su cortejo. Siempre que anteponga usted a sus intereses los de ella, que la ame sin condiciones y prometa estar a sus pies cada día de su vida.

Cristóbal se sorprendió. Hasta las primeras frases, Rete decía lo que él estaba preparado para escuchar: hablaba de bienes, respeto, y esas cosas que un padre busca en el futuro esposo de la hija, pero cuando lo escuchó referirse al amor con mayúsculas, el capitán entendió que allí no debía dar nada por sentado, que aquellas personas eran más de lo que aparentaban y que, al igual que Violeta, llevaban el sello de esa tierra mágica que los había recibido pletórica de perfumes y murmullos.

—Acepte usted mi promesa —respondió muy serio— de que amaré a su ahijada cada día de mi vida, a más de mantenerla como a una reina, no sólo en mi corazón sino en mi casa, que será un palacio sólo para su capricho.

Rete dio una larga pitada mientras pensaba y al fin soltó:

—Lo que usted diga es sólo un paso. Me atendré a lo que vea y averigüe. Y al fin todo quedará en manos de Violeta, o mejor dicho, en su corazón. Cuenta con mi hospitalidad y mi interés en sus asuntos, pero en cuanto al cortejo, deberá responder también al tío de Violeta, Bautista Garmendia. Y sospecho que al doctor Julián Zaldívar, que la ha tomado bajo su protección desde hace años.

A Cristóbal le resultó suficiente. Confiaba en su arte para conquistar corazones, así como en su habilidad para hacer negocios, ambas cosas indispensables para mantenerse en el Iberá. Por otro lado, su intención no era vivir allí sino navegar con Violeta en una eterna aventura, como sabía que a ella le gustaba. Eso lo aclararía cuando las cosas llegasen más lejos.

—Me alegra que nos entendamos —dijo, complacido, y tendió la mano por sobre el escritorio.

Rete la estrechó y luego, como si aquello hubiese sido un trámite indispensable, lo invitó a que formulara propuestas concretas sobre sus planes de inversión en los esteros.

Pedro había salido a la galería y fumaba también, bajo la enramada. El denso perfume que embargaba la atmósfera confundía los sentidos. En esa noche azul su pensamiento volaba hacia la pequeña amiga de la sirena, la niña voluptuosa que le daba y le prohibía, como un hábil pescador que da y retiene su cordel según el vaivén de las olas. Martita era un cogollo tierno y pícaro, y eso a él le gustaba. Sus intenciones hacia ella eran más difusas que las de Cristóbal hacia Violeta. Él sólo quería tenerla en sus brazos, aunque en su fuero íntimo anhelaba hacerlo durante mucho tiempo, pues la idea de volverse a Europa o a cualquier otro sitio sin ella le escocía. Aquel rincón rodeado de aguas era ideal para perderse en la ensoñación. Caminó hasta salir del aro de luz de los faroles y las sombras lo acogieron con frescura y nuevos aromas. Más lejos, sobre la laguna, brillaba la luna deshecha en mil pedazos entre los camalotes. Había visto esas islas fantásticas mientras navegaban en la canoa alquilada hacia El Aguapé. Poseían el encanto de lo efímero. Un día eran extensos lechos de blancas flores, al otro yacían entretejidas en los juncos de la orilla. El Iberá sufría transformaciones, como un hado maligno que busca confundir a los hombres. Sólo alguien nacido allí podía desentrañar sus trampas.

Lo sobresaltó un ruido doméstico mientras apagaba el cigarro bajo su bota. Era Justina, la mujer del servicio, que arrojaba fuera el agua de los cacharros. Las peinetas que sujetaban su cabello canoso relucían bajo la luz del alero. La mujer también se sobresaltó al verlo.

—¡Jesús! Lo hacía adentro, señor. *Chake*, los mosquitos aquí son temibles.

Pedro se aproximó sonriente.

—Mi patrón y yo estamos acostumbrados a peores pestes. Y todo aquí es muy bonito, pese a los mosquitos.

—Así es. Esta tierra está encantada. El que la pisa no la olvida jamás.

—¿Es nacida aquí, Justina?

—Desde mis abuelos. Pero no soy de raza india, no, señor. Por mis venas corre sangre española, por eso el patrón Iriarte me tomó para ama de cría.

Pedro se cruzó de brazos y se apoyó contra uno de los pilares.

—¿Ah, sí? ¿Tiene otros hijos el señor Iriarte?

Un poco arrepentida de haber hablado, Justina quiso enmendar la infidencia.

—Pues sí, uno, pero ya no vive acá.

—Aunque ha de volver si, como usted dice, nadie puede olvidar este sitio.

La mujer miró hacia la negrura donde las ranas alborotaban y los yacarés dormían en la vegetación ribereña.

—Un día volverá, creo yo. Disculpe, he de preparar el té de hierbas a la patrona.

Suspiró y volvió a la cocina.

—Más misterios —susurró Pedro.

—¿Qué hablabas con ese hombre? —indagó Rosa mientras tomaba de manos de la criada la bandeja.

—Nada, señora. Cosas al vuelo, como quien dice. Es un *ava* simpático ese tal Pedro, mucho más que el otro, con ese surco que le divide la cara en dos —y Justina se santiguó.

—Pobre hombre, quién sabe qué le ha causado esa deformidad. Debo reconocer que me impresionó al principio, pero luego me acostumbré, y como no es mal parecido…

—Más diablo aún por eso, mi señora. Debe desconfiarle más.

—Lo que temo es que haya puesto los ojos en mi Violeta.

—No se aflija, mi ama, que don Iriarte no le sacará la garra de encima.

—Mi esposo se equivoca con mi hija, Justina. Él cree que debe entregarla a un hombre poderoso para quedarse tranquilo, y yo lo veo diferente.

—¿Y cómo lo ve usted, señora?

—Con los ojos del corazón, Justina. Violeta es fuerte, no necesita romper lanzas para ser feliz, ella sólo busca un alma gemela.

—Vaya una a saber dónde se encuentra eso —resopló la criada mientras esponjaba las almohadas.

—Donde menos se lo espera. Mi hija no es como yo, que necesité apoyarme en alguien para resistir los embates de la vida. Ella nació libre, y su instinto la mantiene alerta. A mí también me gustaría que hallara a un hombre bueno, aunque sospecho que no será el que todos piensan.

—Raro que allá en la capital no haya encontrado a ninguno.

—Es que no lo busca, Justina, por eso no lo encuentra. Es él quien debe encontrarla.

—Iré a ver si Ignacito duerme arropado o si tiró las mantas por la borda, como siempre.

Rosa sorbió el té con una sonrisa.

—Este hijo mío me necesitará mucho más que Violeta. Es un santo, Justina. Temo que le hagan daño cuando se haga hombre.

—Mire, señora, cuando un muchacho se hace hombre ya su madre nada puede hacer para evitarle sufrimientos. Sólo aguantarle la cabeza si llora, sólo eso.

La criada se movía con parsimonia, pues le pesaban algo los años. Rosa la miró con cariño.

—Justina. ¿Te acuerdas la primera vez que Rete me trajo aquí, me diste ropa limpia y me preparaste un baño? Yo me sentí como una reina, la Reina de las Aguas, como dijo él.

La mujer rolliza se detuvo y juntó las manos sobre el regazo con expresión melancólica.

—Ay, querida Rosa, cuántas cosas han pasado, buenas y malas… Y de las buenas, la mejor de todas ha sido tenerla aquí, en El Aguapé, para endulzar el carácter del patrón y regalarnos la dicha de criar a Violeta y a Ignacito. Dios los guarde.

—Tal parece que el estanciero tiene un hijo mayor que no vive aquí.

Cristóbal se entretenía en hojear un libro de estampas donde aparecía la fauna y la flora de la región. Al pie de cada figura, una palabra en otro idioma revelaba la identidad de la especie retratada. Había animales que resultaban inverosímiles.

—En El Aguapé no hay sitio para dos patrones, Pedro. El hijo habrá entendido que sólo yéndose podría ser dueño de algo. No lo culpo.

—Es extraño, sin embargo, que no lo haya mencionado, ¿no te parece? Orgullo de padre, le dicen.

Cristóbal le dirigió una mirada dura.

—No todos los padres están orgullosos de sus hijos.

—¿Y al final tienes carta blanca para acechar a la sirena?

—Carta no tan blanca, aunque eso no me preocupa. Todos aquí valoran la opinión de Violeta, de modo que debo concentrarme en ella. Una vez que cumpla mi papel regresaremos a Buenos Aires para encarar la misión de abordar a la dama.

—Al abordaje.

—Así es. Si no te molesta, Pedro, desearía dormir ahora. Mañana recorreré las tierras de Iriarte y sospecho que no será en carruaje.

El contramaestre salió rumbo a su habitación, una dependencia al fondo de la casa mucho más modesta que la que habían destinado a Cristóbal. Ya reinaba el silencio en los pasillos, aunque los ruidos nocturnos se filtraban a través de los postigos entornados. El paisaje entraba a la casa como si formara parte de ella. Pedro se sentó en el camastro para quitarse las botas y se frotó la nuca, pensativo. Llegaba el día en que un hombre necesitaba recalar en algún sitio, aunque para Cristóbal eso no parecía ser así, al contrario, cada vez que hallaban un lugar amable él se empecinaba en echarse a la mar con renovado ímpetu. Pedro se preguntaba hasta cuándo sería él capaz de seguirle la corriente. Le debía mucho, pues Cristóbal lo había recogido de la taberna donde lo obligaban a trabajar noche y día bajo el yugo del látigo, tanto el de cuero como el de la lengua del tabernero, un hombre brutal que parecía gozar con los castigos. A Cristóbal eso lo había enfurecido al punto de que no sólo se lo llevó con él al *Fortuna*, sino que dejó al dueño de la taberna maltrecho a fuerza de golpes. Fue una de las pocas veces en que Pedro vio a Cristóbal perder el control de sus sentimientos.

—¡Pst!

El chistido provenía del exterior. Pedro abrió el postigo y miró bajo la ventana. Vio al hombre que habían recogido en el río, el negrito charlatán. Ya no vestía la chaqueta azul, sino ropa de paisano, la que ellos habían visto en la gente de la zona: pantalón ancho de colores vivos, zapatillas de esparto y camisa con faja en la cintura. En esa figura pequeña resultaba presuntuoso el atuendo, que se completaba con una boina de paño.

—¿Qué haces aquí? ¿Estás en peligro de nuevo?

Anselmó sonrió y mostró dientes manchados de tabaco.

—Ah, no, señor. Yo acá me encuentro como pez en el agua, es mi ambiente. Sólo quería decirle que si su patrón necesita algo, cualquier cosa, me tiene a su servicio. Yo voy y vengo, llevo mercancías y hago encargos de lo que sea.

—Para don Iriarte.

—Y para todo el mundo, don, que no tengo dueño. Veo que su amo es hombre de fortuna, y quizá quiera honrarme con algún pedido bien compensado, ¿vio?

Pedro sonrió. Le gustaba el negro, era astuto. Quizá fuese buen tripulante también, aunque sospechaba que Cristóbal no le tendría tanta paciencia.

—Por lo pronto, tengo una misión que encomendarte, pero es secreta.

—Soy una tumba cuando quiero, señor.

—Averíguame quién es el hijo del patrón y dónde está ahora.

—¿Dónde va a estar sino en su cama? Se llama Ignacio Iriarte, y es un niño que todavía anda colgado de las faldas de su mamá.

—Ése no. No me tomes por tonto. Sé que don Rete tiene otro hijo más grande que ya no vive acá. ¿Sabes por qué?

Anselmo, que desde el primer momento había entendido la pregunta, no quiso dar información sobre Manu. ¿A qué venía el interés en él? ¡Si ni siquiera el propio Rete averiguaba dónde estaba su hijo!

—Uh… vaya uno a saber qué se hizo. Hace tiempo que no se deja ver.

—Qué raro. Bueno, eso es lo que te encargo, y te recompensaré cualquier dato que me traigas —y Pedro sacó de su faltriquera una joya de las que solía comprar en Venecia.

Los ojos de Anselmo brillaron más que la pieza.

—*Añá memby*, qué linda piedrecita. Veré qué puedo sacar, entonces.

Y se marchó, dejando a Pedro más intrigado que antes.

Poco tenía para hacer mientras el capitán tendía sus redes en aquella región, de modo que se propuso obtener provecho de lo que pudiera, por si acaso. La información siempre era valiosa moneda de cambio.

Cristóbal no daba crédito a lo que veía. Bien ganado tenía el título de Emperador de los Esteros aquel hombre fibroso de mirada penetrante. Hasta donde sus ojos alcanzaban, distinguía arrozales, huertos repletos de frutos, montes rebosantes de buena madera, rodeos de calidad, y hasta una exótica construcción con el pomposo nombre de Palacio de las Aves, el preferido de su Violeta cuando niña.

"Su" Violeta, le gustaba pensar. A medida que iba penetrando en ese mundo que ella amaba se daba cuenta de por qué era tan especial comparada con otras mujeres que había conocido. Nadie que hubiese vivido en aquel paraíso podía parecerse al común de la gente. Hasta se sentía celoso de no pertenecer al Iberá, porque eso lo alejaba de Violeta.

Rete le mostraba con orgullo sus dominios, y no ocultaba su poderío. Era un hombre sin miedo el vasco, capaz de afrontar cualquier peligro sin un temblor. Cristóbal se encontró admirándolo antes que envidiándolo. Si él hubiese contado con alguien así cuando se hacía hombre, otra habría sido su vida. Tuvo que huir a la corta edad de ocho años y pasar las penurias indecibles que habían forjado su temple a toda prueba, sólo que en vez de obtener ese imperio como resultado final, lo suyo era la libertad que dan los mares. Y no se arrepentía. Pensaba, no obstante, que a la hora de reclamar la voluntad de una mujer quizá un barco y una bitácora no fueran suficiente precio.

Pasaron los días, y el vínculo entre el hacendado y el marino se fue estrechando. A pesar de la desconfianza inicial, Rete encontraba un espíritu afín en aquel hombre que no regateaba su bolsa cuando proponía inversiones. El vasco respetaba la prudencia tanto como la audacia, cada una en su medida y ocasión. Cristóbal, por su parte, no tuvo necesidad de fingir interés, ya que El Aguapé era suficiente incentivo para atraer a cualquiera que tuviese dos dedos de frente para ver la oportunidad, y doblones para usarla.

Pedro, mientras tanto, se dedicaba a navegar con Anselmo, y también gustaba de conversar con Rosa, cuando la mujer hacía sus labores bajo el enramado del porche, en compañía de Justina y vigilando las correrías de Ignacio. La dulzura de la esposa del vasco lo tornaba melancólico. Podía considerarse afortunado si alguna vez conquistaba a una dama como ella. Quizá Martita fuera el refugio que su alma necesitaba.

Cierto día, Anselmo le ofreció mostrarle un sitio recóndito que pocos visitaban.

—Es la laguna del Diamante, donde vive el *paje* José.

—¿Quién es ése, otro de tus seres mágicos?

El rostro de Anselmo se puso serio por primera vez.

—No, señor, éste es el que me salvó. Hice la promesa de visitarlo cada año, para esta época. Si me acompaña, bien, y si no… igual me voy solo.

Pedro contestó que, ya que no tenía nada mejor que hacer, aceptaba ir de visita.

La canoa los llevó por ríos y riachos que tejían un laberinto entre los lirios y las totoras. De haber ido solo, Pedro se habría perdido sin dudas. El sol arrancaba chispas sobre las aguas, de las que sobresalía el lomo picudo de los yacarés. Era una tarde radiante. Aquí y allá se veían nidales de aves enormes, que Pedro jamás había visto ni en dibujos. Anselmo se complacía en señalárselas, con aire sabihondo.

—Ése que parece un pollo gigante es el chajá. Cuando grite verá por qué se lo llama así.

Y arrojó un guijarro al pajonal que provocó los chillidos del mencionado.

—Mire arriba, ésa es una garza mora.

Las aves de laguna se deslizaban al ras del agua, o bien levantaban vuelo hasta las copas de los sauces, donde se balanceaban hasta que la piragua pasara de largo. Bullía tanta vida en los esteros que Pedro la sentía como una presencia única y total, que abarcaba todo.

—¡Uh! —gritó de pronto Anselmo, y señaló con la pértiga hacia un reducto boscoso.

Pedro miró y no vio nada. El negro había quedado mudo de pavor.

—¿Ha visto, don? ¿Lo ha visto?

—No, hombre, qué…

—¡El *aguara*, pues! —y Anselmo se persignó varias veces, frenético.

—¿Es malo?

—Más que eso, anda merodeando los cementerios. Dicen... —y calló de repente, como si develar el misterio acarrease desdicha.

—¿Qué dicen?

Anselmo se encogió de hombros.

—Nada, eso nomás.

El resto del viaje transcurrió en silencio. El chapoteo del remo en las aguas, los trinos de las aves entre los juncos, alguna escaramuza en la orilla o los carpinchos arrojándose a la laguna llenaban ese extraño mutismo que había impuesto Anselmo. Al fin, cuando Pedro ya pensaba que estaban dando vueltas en círculos, el negrito viró y la canoa penetró en una laguna de misteriosa quietud, a la que parecían ajenos los ruidos anteriores. Poseía la chatura de un lago helado, y el color resultaba artificial comparado con el azul profundo del Iberá. La laguna del Diamante era de metal. Pequeñas cruces blancas orlaban su ribera, y la piragua se guiaba por ellas para arribar al sitio buscado, la choza del *paje* José.

El lugar parecía muerto, y Pedro sospechó que ya no viviría aquel personaje que mentaba el negrito. Estaba a punto de decírselo cuando Anselmo se llevó los dedos a la boca y soltó un chiflido. Al punto, un ser casi diminuto salió de debajo del alero chamuscado. Un duende, o un esperpento de los que narran las fábulas antiguas. Un poco impresionado, Pedro tocó el pistolón que siempre llevaba al cinto.

—*Aguyje, paje* José.

El hombrecillo aguardó a que tocasen tierra, y se limitó a indicarles la entrada a su tapera.

Un olor nauseabundo rodeaba la choza, aunque adentro se respiraba el aroma de las hierbas y de las cenizas de un fuego. El techo era tan bajo que Pedro se vio obligado a permanecer sentado sobre un tocón. Anselmo y el miserable hombrecito chapurrearon en una lengua que él no conocía, y luego se sentaron frente a frente para compartir un mate. Pedro ya había rechazado varias veces esa bebida amarga que en el país se consumía con fanatismo, pero cuando el tal José le tendió la calabaza, tuvo que aceptarla.

El *paje* José era una reliquia de la tribu *mbya* guaraní. Aquellos indios montaraces habían resistido la influencia de los españoles, aun la de los Jesuitas, de modo que en ellos pervivían las tradiciones ancestrales sin barniz cristiano. A juzgar por las arrugas y el encogimiento de su cuerpo, podía tener cien años, pero un espíritu poderoso lo mantenía de pie, aunque fuera sobre piernas tan combadas que resultaba un milagro que caminasen.

Pedro chupó la bombilla soportando con estoicismo el sabor del brebaje, y lo devolvió con una mueca. Eso pareció divertir a José, que se echó a reír como un niño, golpeándose la rodilla y balanceándose. "Al menos, le caigo bien", pensó Pedro, aliviado. No las tenía todas consigo en ese viaje. Más relajado, se dispuso a escuchar la conversación entre los otros dos. Poco a poco, Anselmo sacaba el tema del hijo del patrón, y miraba de reojo a Pedro.

El viejo indio respondía en su propia lengua, aunque entendía a la perfección el castellano, y el negro traducía en beneficio de Pedro.

—Así que anda medio perdido. Se disgració allá por la ciudad capital. Y el padre, que no sabe nada —explicaba, y luego agregaba de su cosecha—: ¿Qué dirá la madre si se entera?

Nuevo chapurreo del indio, y Anselmo seguía traduciendo:

—Que la madre ya no lo sufre, se jué con los espíritus. Igual lo protege todo lo que puede, es una de las cruces que se ven al borde del camino.

Si bien Pedro escuchaba con escepticismo, el entorno creaba una sensación irreal que se le adentraba en las venas. El indio hizo unos gestos y Anselmo aclaró:

—Pobre mujer, quiso ahogarse con su cría. José la salvó y la hizo tener a su hijo acá mesmo, un machito fuerte que luego le llevaron al patrón.

—¿Quién es esa mujer? —preguntó Pedro, interesado a pesar de él.

—Dice José que la esposa de un cacique. Linda mujer, se volvió loca al tener al hijo y al final, lo que no pudo hacer con el niño lo hizo sola, y se jué al fondo de las aguas, atada a una piedra.

—Entonces no hubiera podido casarse con el vasco, si ya estaba casada.

—Uh, si el patrón hubiese sabido, a lo mejor... pero parece que ella se ocultó, con vergüenza.

Pedro pensó que Rete Iriarte tenía razones para no mencionar al hijo mayor si había sido fruto de una unión clandestina y con final trágico.

Ya Anselmo le refería al viejo la visión del animal en el camino, como si eso le preocupase, y el *paje* José escuchaba con la mirada perdida en un punto invisible de aquel rancho. Al cabo, negó con énfasis y Anselmo sonrió.

—Estoy salvado —anunció a Pedro—. No es por mí que venía el *aguara guasu*.

Antes de que Pedro pudiese inquirir a qué se refería, el viejo indio se volvió a mirarlo con sus ojillos velados por nubes de ceguera, y con voz firme le dijo:

—*Aña ra'y. Ára pane* hoy.

Anselmo abrió grandes ojos.

—Dice que hoy es un día desdichado. Lo llamó "endemoniado", pero no sé si a usted, o a alguien más.

—¿Es adivino?

El negrito respondió solemne:

—Lo que José dice se cumple, señor. Siempre. Él tiene *paje*, la magia que le permite ver.

—¿Aunque esté ciego? —se burló Pedro.

—Más cuando está ciego, porque mira pa' dentro. Usté a lo mejor no sabe de estas cosas, pero yo tuve algo muy malo que me hacía vivir en la sombra, y este viejito me lo sacó de las entrañas con su *paje*. Yo no me andaría tan suelto de cuerpo cuando José me mira deste modo. Algo pasó, sí, señor, algo muy feo, y por eso vimos al *aguara guasu* en el monte.

Volvieron más callados aún que al llegar, y al pasar por la ristra de cruces el negrito miró a Pedro a los ojos y extendió una mano.

—La paga, don. Por la información que me pidió.

—¡Pero si no averiguaste nada! Todo lo dijo el viejo.

—Así jué como lo averigüé, y ahora usté me paga.

Pedro tuvo que admitir que el negro era listo como él solo. Abrió su bolsa y sacó el trozo de piedra que relumbró en el atardecer.

—Ten, que te aproveche.

Mas se quedó de una pieza al ver que Anselmo no la guardaba, sino que la depositaba con solemnidad a los pies de la maltrecha cruz donde, se suponía, moraba el cuerpo de la madre del hijo del patrón.

Recién cuando la canoa atracó en la rampa que bajaba al río desde la casa de Rete Iriarte, Anselmo le contó a Pedro, en voz baja y mirando hacia todos lados, que en un tiempo él había sido el *luison* que acechaba en el monte bajo la luna, y que después de mucho sufrir José lo había liberado de aquel demonio de cuatro patas.

El crepúsculo pincelaba de carmín las aguas del Iberá cuando subieron por el sendero de tierra gredosa hasta la galería iluminada. Las estrellas comenzaban a parpadear, y el sol se despedía con un estallido de oro que se fue apagando tras la boscosa orilla de enfrente.

En la cabeza de Pedro repiqueteaban las palabras del viejo brujo del Diamante.

"Hijo del diablo", "día desgraciado".

Él practicaba poco la religión, pero en ese momento un Avemaría le subió a los labios, y deseó encontrarse en medio del cotillón del Bristol en compañía de Martita, sin cuidarse de espíritus ni de aparecidos.

❧

La profecía del *paje* viajó por sobre ríos y planicies, surcó el cielo nuboso y, al fin, su sombra siniestra descendió sobre la costa de Mar del Plata.

En la víspera del entierro del carnaval se ofreció un banquete en homenaje a Carlos Pellegrini, que abandonaría al otro día la villa rumbo a Buenos Aires, dispuesto a preparar su viaje a Europa, junto a su fiel esposa y un sinfín de recomendaciones para seducir a los banqueros de Francia y de Inglaterra. El gringo pidió a su hermano que durante su viaje le enviara con regularidad los diarios del país, a fin de mantenerse informado mientras estuviese en el extranjero. Previsor como era, no quería dar un paso en falso, su misma credibilidad estaba en juego. Su salud se había quebrantado. Sus amigos, tanto los que dejaba en el Río de la Plata como los que lo acompañarían, y aun los que lo aguardaban en Europa, se hallaban preocupados. Parecía imposible pensar en Pellegrini debilitado, un hombre tan sólido, con un vozarrón revelador de su poderoso carácter. Doña Carolina estaba preocupada también.

El Bristol desplegó su mantelería más fina y la vajilla importada, la orquesta ejecutó las piezas preferidas del vicepresidente, y las damas lucieron sus mejores prendas, pues la fecha marcaba el final de la temporada para la mayoría de los veraneantes. Poco a poco, el tren se iría llenando de pasajeros agotados de tanta diversión, presurosos por retomar la misma vida en la capital, que los aguardaba con sus veladas y tertulias.

Echado hacia atrás en su sitial, las manos huesudas cruzadas sobre el mantel, la mirada sagaz que todo lo abarcaba y el pecho atlético, Pellegrini escuchaba complacido el discurso que su amigo Roque Sáenz Peña pronunciaba en su honor, con esa natural simpatía que le acarreaba aplausos y palmadas afectuosas. Todo en el vicepresidente denunciaba la férrea voluntad que lo animaba: la frente amplia, los pómulos salientes, la mandíbula fuerte, los ojos que sobresalían del espesor de las cejas con brillo oscuro; no había un atisbo de blandura en sus rasgos, Pellegrini era una estatua de varonil estampa y heroica fortaleza.

La declamación de Roque Sáenz Peña, una mezcla de exaltación de las virtudes del amigo y esperanza en su habilidad negociadora, ya proverbial, añadía pinceladas de patriotismo y efervescencia política, muy al tono entre los correligionarios. Pellegrini, impaciente por tomar la posta del discurso, se puso de pie y conmovió a los presentes con su voz llena de matices, conocedora de las pausas necesarias y las miradas admonitorias.

El comedor aplaudió a rabiar, y hubo mocitos que se atrevieron al silbido y al palmoteo sobre las mesas, pese a la presencia de las damas. El gringo había perfeccionado el arte de la oratoria con los años, y poseía una cualidad innata: la captación inmediata del momento. Se adaptaba con rapidez a cualquier giro de la situación y la volvía favorable.

Como esa noche, en que agradeció el obsequio que se le hacía y a la vez alertó sobre la dificultad de la misión encomendada, sin que ello menguase la confianza en la solución al problema. Él lo lograría.

Francisco Balcarce escuchaba y observaba las reacciones de los presentes. Si bien la alocución era íntima, Pellegrini no podía dejar de aleccionar, sobre todo a los jóvenes. La mayoría se enfervorizaba, dejándose llevar por la verba.

—Yo confío en sus soluciones, aunque no sé si logrará atraerlas al país —comentó Joaquín Carranza.

—Ya no eres tan joven, entonces —bromeó Fran, y le señaló una mesa donde los más entusiastas brindaban con champán a cada palabra del vicepresidente.

—Espero ser lo suficientemente joven como para que la señorita Garmendia me acepte.

Francisco nada dijo. Se preguntaba qué se habría hecho de aquel hombre parco que acompañaba a Violeta desde su niñez. El amor siempre sería un enigma. Él, un bastardo enfermo decidido a morir en soledad, había logrado cautivar el corazón de una dama culta y refinada. Su amigo Julián, que desde niño tuvo todas las cualidades que un varón podía esgrimir en la conquista de las féminas, había sido infeliz en ese plano hasta que conoció a Brunilda, una huérfana que cargaba con un pasado tenebroso. Nada era como se esperaba. Quizá en ese albur radicase la esencia del amor romántico, destinado a romper todas las barreras y a torcer los rumbos trazados.

Hubo baile al finalizar la cena, y las parejas de mayor edad se retiraron a la terraza para conversar a la luz de las farolas. La noche despuntaba cientos de estrellas, diáfana y fría, ideal para beber ponche y sentarse junto al ser querido, tomarle la mano y disfrutar de ese prefacio que anuncia la unión de los cuerpos.

Elizabeth se acurrucaba en el hueco del brazo de Francisco.

—Ya se termina esta temporada —comentó con nostalgia—, y a pesar de que amo el trabajo que me espera, siento pena al dejar este sitio tan bonito. Me recuerda un poco los médanos de la laguna donde nos conocimos. ¿No te parece, querido?

Fran la miró con ojos desbordantes de amor. Cómo olvidarlo. Aquellos primeros encuentros, cuando la maestra irrumpía en su retiro forzoso con descaro y él deseaba estrangularla para después darse cuenta de que no podía vivir sin ella. Cuántos años transcurridos, cuántos sueños cumplidos, y cuántos sinsabores soportaron juntos. Sería capaz de bajarle la luna si ella se la pidiera. Claro que Lizzie jamás pediría algo tan disparatado, era sobre todo una mujer práctica. Sonrió y la estrechó más contra su cuerpo.

—Me parece que deberíamos retirarnos y dejar a los niños a cargo de Cachila hasta mañana.

—Compórtate.

—Soy un santo. ¿O no recuerdas cuál era mi nombre cuando me conociste?

Elizabeth se echó a reír ante el recuerdo, y se sintió algo vieja al darse cuenta de que habían vivido tantas cosas desde entonces. El tiempo era cruel, pasaba demasiado rápido.

—Prométeme algo, amor mío.

—Lo que sea, mi ángel.

La Rambla ondulaba bajo el sol, con las capelinas airosas de las damas y las galeras de los caballeros en continuo movimiento.

—Si yo me voy primero, no quedarás solo en esa casa inmensa, llorando recuerdos. Quiero que busques a alguien que te cuide y te devuelva la alegría de vivir.

Los ojos dorados de Fran se achicaron bajo el impacto de ese pensamiento sombrío.

—Nunca. No me pidas algo que jamás cumpliré.

—Pero...

—No. Y no se hable más. El ponche se te subió a la cabeza si crees que te dejaré morir antes que yo. Ven, retirémonos, diremos que estás indispuesta.

—¿Y por qué debo ser yo la enferma?

—En ese caso... —y Fran fingió desmayarse sobre la silla, ante el apuro de Elizabeth, que tironeaba de él.

—¡Fran, por Dios! Todos dirán que estás bebido.

Él se puso de pie, riendo, y la rodeó con su brazo, cuando de repente alguien irrumpió en la terraza solicitando su presencia. Era el comisario y juez de paz, que traía cara de pocos amigos.

—¿El señor Balcarce?

—El mismo. ¿Sucede algo?

—Un reo que detuvimos hoy lo mencionó para que abogue en su favor. Le ruego me disculpe, no es necesario que acuda, sólo que me diga si este nombre le dice algo.

Un mal presentimiento recorrió el pecho de Fran antes de que el comisario pronunciase el nombre de Manu. De algún modo, aquel breve encuentro que sostuvieron le había dejado la sensación de que volvería a saber de él.

CUARTA PARTE (1888-1889)

Marea alta

❦

La casona porteña de los Zaldívar fue aireada, se retiraron las fundas de los muebles y se adornaron las habitaciones con ramos de flores frescas. Brunilda quería que recobrara lo más pronto posible el calor de hogar. Se alegraba de contar con la compañía de Violeta, pues confiaba por completo en sus capacidades para distraer a Dolfito del mutismo en que los sucesos de la playa lo habían inmerso. La presencia de Benji era también una ayuda. El muchacho poseía un talante descarado que arrancaba sonrisas al niño.

Julián hizo por su cuenta algunas averiguaciones sobre el paradero de Pétalo sin resultado. Después de lo ocurrido, temía que se repitiese la historia más adelante, y sospechaba que la mujer china no optaría por suicidarse si no conseguía su objetivo.

En pocos días se instaló la rutina.

Buenos Aires bullía bajo el aparente optimismo del gobierno nacional, que no veía o no quería ver el descontento de la población. Tal como comentó Julián en Mar del Plata, cada local, cada casa y cada esquina se habían convertido en foco de insurrección. La gente murmuraba en corrillos, y la policía solía dispersar a los hombres que se detenían a fumar o a conversar en la calle. La amenaza del motín flotaba en el aire.

A esa agitación se sumaba la mezcolanza de la población gringa, una fauna incomprensible para la mayoría de los argentinos. Españoles analfabetos, italianos desclasados y rebeldes, turcos, rusos, distorsionaban el proyecto acariciado por las autoridades, el de un país europeo y progresista. A pesar de las leyes que favorecían a los inmigrantes, o quizá debido a ellas, los argentinos manifestaban cierto rechazo a ese aluvión que cambiaba las costumbres a pasos agigantados, sin darles tiempo a asimilarlo.

—¿Adónde iremos a parar? —le decía Marcelino Carrasco a Julián una mañana, mientras tomaban café en un intervalo de trabajo en el estudio jurídico de la calle Rivadavia.

—Los cambios son siempre resistidos. Recuerdo a mi padre criticando la política agropecuaria de Sarmiento, sus ideas de aparcelar la tierra. Al fin, eso no le impidió seguir criando ganado y mejoró la vida de algunas provincias, sin contar con que brindó alojamiento a muchos inmigrantes europeos. Otros, en cambio, están medrando en la ciudad, y es lo que provoca roces y recelos.

—También están las desigualdades, Julián, las jornadas de trabajo largas y sin descanso, los salarios bajos, la mala salud debida a la falta de asistencia y al hacinamiento. Dicen que en Mar del Plata estuvo a punto de desatarse una huelga de camareros. Lo habrás notado, puesto que acabas de llegar de allí.

—Y se desbarató con la misma rapidez. A punta de pistola del gerente del hotel, podría decirte. Ahora se rumorea que los obreros del Riachuelo y los fundidores de la casa Basch hacen reclamos parecidos, por no mencionar a los de las fábricas de cigarros.

—Yo creo, amigo mío, que acabaremos siendo un crisol de razas —y Marcelino iba a bromear sobre la situación del propio Julián, criollo casado con una mujer de la isla de Hvar en la costa dálmata, cuando recordó justo a tiempo que no habían tenido hijos, y por prudencia obvió el comentario.

—Coincido contigo, Marcelino. Dejando de lado a algunos extremistas, aquí estamos habituados a la novedad, y ya ves, se prefiere la socarronería y la burla antes que la crueldad. Los gringos tendrán que pagar ese derecho de piso. Lástima la falta de visión del gobierno para mejorar las condiciones de vida.

Unas voces en la calle los distrajeron de su charla. Julián abrió de par el par el postigo y vio a un canillita rodeado de gente que hacía aspavientos. Alertado por la situación crítica del país, temió un levantamiento repentino, pero pronto distinguió los rostros apesadumbrados y comprendió que se trataba de alguna infausta noticia.

—¡Extra! —voceaba el niño con acento piamontés—. ¡El presidente *e morto!*

Marcelino casi se arroja por la ventana al escuchar eso.

—¡Eh, muchacho! ¡Ven acá! —e hizo tintinear las monedas en su mano.

Leyeron con avidez los titulares y descubrieron la noticia: había muerto Sarmiento.

En su casa del Paraguay, adonde se retiró para cuidar de su deteriorada salud, el presidente más reformador que había tenido la Argentina acababa de expirar. ¿Cómo sería la patria sin Sarmiento, sin su aguda crítica en los periódicos, sin sus pintorescas filípicas ni sus ceños adustos? Julián y Marcelino no lo podían imaginar, al igual que la gente que se aglomeraba en las esquinas para comentar la mala nueva.

—Vuelvo a casa —dijo Julián cerrando la ventana—. Quiero enviar un telegrama a Francisco, que sigue en Mar del Plata. Será duro de aceptar, en especial para Elizabeth.

La noticia golpeó en todas las puertas y llegó a la casa antes que Julián.

Brunilda se encontraba en el segundo patio, revolviendo en un viejo arcón lleno de retazos para ayudar a Violeta a fabricar un retablo de títeres. Con buen criterio, la joven había decidido incentivar a Dolfito a través de historias y diálogos fingidos, antes que someterlo a conversaciones adultas que sólo lograrían inhibirlo más. Habían hecho pocos avances desde el arribo, y por más que Benji se esforzaba con el asunto de los barriletes, el niño ya no parecía interesado en ese deporte.

—¡Señora! —exclamó la criada con el semblante ensombrecido—. Mire lo que están diciendo.

Brunilda se rodeó la garganta con una mano, afligida. Aunque no había tenido la oportunidad de tratar a Sarmiento, como Elizabeth y Livia, a través de ellas pudo captar la grandeza del espíritu que lo animaba.

—Qué gran pérdida —murmuró.

—Veo que ya lo sabes —dijo Julián, que recién entraba a la casa.

—¿Cómo sucedió?

—Su corazón se agotó. Había ido al Paraguay en busca de un clima más benigno para sus bronquios que el de Buenos Aires. A él le gustaba Asunción, decía que era parecida a su tierra de San Juan, pero más linda y más vieja. Ya era un hombre mayor.

—Deberíamos telegrafiar a los Balcarce.

—Ya lo hice, aunque deben de saberlo a estas alturas. El Bristol posee oficina de telégrafo.

¿Qué es todo esto? —y Julián miró el desorden de géneros a sus pies.

—Voy a coser ropita para títeres. Violeta quiere distraer a Dolfito con obras de teatro.

—Buena idea —musitó Julián, admirado de los recursos de la joven.

Recordaba que ella había ayudado a Adolfo Alexander, sugiriendo que escribiese una poesía con lo sucedido la noche en que lo detuvieron por un crimen que no cometió. ¿Era cosa del destino que tuviese en sus manos la salvación del hijo también? A Julián siempre le había resultado un misterio el destino, que movía a los hombres como juguetes de una obra que no eran conscientes de representar. Como títeres.

Al saber lo ocurrido, Violeta se apenó por el viejo Sarmiento y por las maestras norteamericanas que habían llegado al puerto de Buenos Aires el mismo día que ella.

¿Cuál sería su suerte al desaparecer el mentor del plan educador del país?

Mientras seleccionaba los trozos de tela, en su mente tomaba forma un artículo sobre el tema. Quizá Joaquín Carranza accediera a leerlo y tal vez, sólo tal vez, a publicarlo.

Esa tarde, el salón de los Zaldívar se llenó de gente que acudía a compartir la pena por el deceso y, de paso, a evaluar las posibles repercusiones. Todo se sostenía con alfileres, y cualquier episodio parecía capaz de desencadenar hechos violentos.

Muchos negocios pusieron crespones negros en sus vidrieras, anticipándose al sepelio que llegaría. Se comentaba que los restos de don Domingo viajarían río abajo, para que su cuerpo reposara junto a su amado Dominguito, muerto en Curupaytí.

A decir verdad, en la familia de Sarmiento ya se temía el desenlace. Días atrás, su nieto Augusto Belín había recibido un telegrama de su hermano en la vieja casa de la calle Cuyo, anunciando que el abuelo estaba grave y había poca esperanza. "Pero la hay", agregaba, aferrado al deseo de que Sarmiento fuese tan inmortal como sus ideas.

Corrientes fue la primera en enterarse, por los pasajeros del vapor *Río Paraná*, y de ahí al Plata fue cosa de horas nomás. El presidente de la Nación dispuso la partida de un buque de guerra en pos de sus restos, y Carlos Pellegrini levantó la sesión de la Cámara.

Los directores de todos los diarios de Buenos Aires se reunieron para coordinar un homenaje en conjunto. Joaquín Carranza ya estaba viajando de regreso a la capital. También Elizabeth volvía, envuelta en la tristeza, sin poder creer que ya no escucharía el vozarrón querido, ni podría visitar a Sarmiento para comentarle los progresos de las maestras que tenía a su cargo. Era tan corto el tiempo transcurrido, y sin embargo parecían siglos por el esfuerzo empleado.

Buenos Aires preparaba una gran recepción en el puerto, todo parecía poco para el postrer homenaje. La Legislatura votó una ley para levantar un monumento de mármol en el parque Tres de Febrero.

Al llegar a la Estación del Sud, Joaquín tomó el *tranway* para ir directo a la redacción. Elizabeth se dirigió a su casa a compartir la pena con Livia. Francisco y los niños viajarían al día siguiente, pues ella no quiso demorarse ni un minuto más. Las vacaciones habían perdido el encanto. Además, era portadora de otra noticia que no podía sino dar en persona a los afectados.

"Duelo americano", tituló la prensa paraguaya. La dulce tierra de las naranjas y los palmares acunó el último suspiro del hombre que vivió en ella con energía desbordante. Tres días de bandera a media asta en el Paraguay, y luego la partida rumbo al "país de abajo", como le decían los paraguayos a la tierra argentina. Si Elizabeth y Livia hubieran visto la multitud de niños de todas las escuelas que despedían al maestro en el muelle de Asunción se habrían sentido henchidas de orgullo y felicidad por ese reconocimiento. Y habrían reído entre lágrimas por la revancha de aquel hombre que, sin poseer títulos académicos de ninguna clase, era saludado con honores, escoltado por una guardia militar y conducido por una comisión de caballeros a la cañonera paraguaya que lo trasladaría en el viaje final, envuelto en banderas de varios países americanos.

Los diarios iban dando cuenta del periplo que seguía la *Alto Paraná* en su fúnebre trayecto. Primero se detuvo en Formosa, donde el gobernador Fotheringham recibió los restos y los traspasó al pailebote *San Martín* de la armada argentina. Luego, el féretro fue descendido en Corrientes y depositado en la catedral, mientras el pueblo correntino le rendía un funeral cívico en el teatro Vera. Allí se sustituyó el ataúd de cedro por otro, y el viaje siguió a bordo de la cañonera *General Alvear*. Una capilla ardiente en la cámara de popa era velada por una guardia de honor permanente. En la ciudad de Paraná, un sencillo homenaje arrancó lágrimas de emoción a todos: una canoa se acercó al buque portando una corona de flores selváticas, atadas con una cinta y una dedicatoria. En el puerto del Rosario nuevos honores y discursos, y allí abordó su nieto Augusto Belín, que subía desde Buenos Aires para encontrarse con su abuelo. Después de pasar por San Nicolás, donde habló Agustín P. Justo, el Gran Maestre de la masonería argentina, la cañonera se encontró con la torpedera *Maipú*, y en medio de un zafarrancho de combate se arriaron las banderas y se dispararon salvas acordes a la categoría de capitán general.

—¡Gloria al maestro! —gritaron algunos con voz enronquecida por la emoción.

En cada parada subían más pasajeros: autoridades, amigos, familiares, era una procesión tumultuosa y triste que demoraba el momento del último adiós, el definitivo.

Al pasar frente a la isla Martín García, una salva de veintiún cañonazos saludó el paso de la torpedera desde la fortaleza del muelle.

Las aguas del Paraná se agitaron, comenzaba a hacer frío y el clima se descompuso.

La lluvia torrencial se desató sobre el puerto de Buenos Aires al arribar la flota fúnebre. Una comisión de oficiales del Colegio Militar y la Escuela Naval que el mismo Sarmiento había creado soltó cinco cañonazos de la batería de plaza en el instante en que el buque tocó el muelle de pasajeros. En la escalera aguardaban Juárez Celman y Pellegrini, junto al ministro de guerra, Racedo, una comisión del Congreso y otros ministros de gobierno.

La voz estentórea de Pellegrini rasgó la cortina de lluvia.

—Estamos congregados para invocar el espíritu excelso del general Domingo Faustino Sarmiento —dijo, emocionado—, para fortalecer nuestro patriotismo con el ejemplo de su vida y poner los destinos de la patria bajo los auspicios de su luminoso recuerdo. Fue el cerebro más poderoso que haya producido la América.

El público se estremeció. Era una marea humana meciéndose al compás de los movimientos del sepelio. Elizabeth, tomada del brazo de Livia y sostenida por Brunilda, que con serenidad contemplaba ese momento histórico, lloraba en silencio. Ella no sabía por qué, si Sarmiento había tenido la vida que deseaba, llena de aventuras, desafiante y productiva. ¿Qué le quedaba por hacer? Lo había hecho todo: fue minero, maestro, periodista, escritor, militar, director de escuelas, ministro, senador, presidente, diplomático... hijo, padre, hermano, abuelo... Era un hombre que se multiplicaba por cien, por mil. Sin embargo, esa quietud que lo aguardaría a partir de ahora le resultaba incongruente a la maestra de Boston. No podía imaginar a Sarmiento encerrado en ese ataúd de manijas de bronce, y a menos que su espíritu flameara indómito, como las banderas que saludaban sus despojos, ella no lograba vislumbrar una vida sin Sarmiento.

La carroza fúnebre repleta de colgajos de terciopelo negro con las iniciales del maestro bordadas en oro lo aguardaba en el Paseo de Julio. En la Recova estallaba la muchedumbre, que apenas permitió pasar a los doce caballos que tiraban del carro hacia la Plaza de Mayo. Allí se había congregado gente desde muy temprano. De la catedral metropolitana, donde se escuchó el estampido de nuevas salvas, se siguió camino hacia el cementerio del norte, el de los padres Recoletos. Los Zaldívar avanzaban apretados entre la multitud, codeándose con viejos conocidos. La polaquita también estaba, pese a la intensa lluvia; iba del brazo de Dalmacio y alzando a Betty.

De pronto, la niñita levantó la mirada y sus ojos, diáfanos como los de su madre, descubrieron algo que llamó su atención.

—¡Mirá, mamita! Una "siñora" llorando, pobre.

Varios adultos levantaron también sus cabezas, para descubrir en un balcón corrido la figura atribulada de Benita Martínez Pastoriza, la esposa separada de Sarmiento desde hacía más de treinta años, sumida en un llanto sin consuelo. El dueño de la casa de altos la había dejado pasar y, merced a la infidencia de Betty, la señora quedó a la vista del público con su dolor a cuestas.

Al llegar al cementerio se multiplicaron los discursos, en tanto que el ataúd reposaba en un catafalco rodeado de columnas con cintas negras. Finalmente, Sarmiento fue dejado donde él quería estar, en el sepulcro de Dominguito, en un lote donado por su amigo José María Muñiz. Durante todo ese día, cada cuarto de hora, un cañonazo recordó a los habitantes de Buenos Aires que el más grande educador del país ya reposaba en suelo patrio.

Para siempre.

La velada se prolongó en casa de los Zaldívar. Brunilda insistió para que tanto Elizabeth como Livia se quedasen hasta que volviese Francisco de Mar del Plata con los niños.

—Hay sitio de sobra —les dijo con una autoridad que había ido conquistando con los años—, y me sentiré mejor si podemos compartir la pena entre todos.

Se hallaban tomando mate cocido y bizcochos en la sala reservada a la intimidad familiar.

Refucilo, que al principio mostró su despecho hacia los amos que lo habían dejado solo en la casona, se frotaba contra las piernas de los invitados con descaro. Disfrutaba de su protagonismo, ya que Huentru estaba confinado al cuarto de Violeta.

Joaquín se anunció un rato más tarde. Llevaba bajo el brazo una pila de periódicos, entre nacionales y extranjeros, donde se relataban los últimos días de Sarmiento y se manifestaban las condolencias de innumerables figuras públicas.

—Miren, los residentes norteamericanos se reunieron en la calle San Martín para acompañar los restos. Y acá está lo que dicen el *Herald*, el *Standard* y el *Southern Cross*.

—Pensar que tanto quiso ver construido el puerto de esta bendita ciudad —comentó con melancolía Elizabeth—, y al final no pudo.

—¿Por qué no? —intervino Violeta, sorprendiendo a todos, que la creían en compañía de Dolfito—. No se ve sólo con los ojos.

Joaquín la contemplaba con una mezcla de deleite y frustración. Había vuelto a la ciudad por el suceso, pero también por ella, porque no soportaba saberla lejos. Tramaba interesarla en los asuntos periodísticos para mantenerla a su lado. Violeta le sostuvo la mirada con esa franqueza desprovista de intención, tan propia de su carácter, y Joaquín vio algo distinto, un velo que enturbiaba los ojos de raro azul. Lo primero que pensó fue que había algún entripado amoroso, quizá arrastrado desde Mar del Plata. ¿Quién? ¿Cuándo? Él había captado cierto entredicho entre ella y un hombre enmascarado de porte alto y distinguido la noche del cotillón de carnaval. Aquel episodio lo había encrespado, pero Violeta no le dio importancia y luego aquel hombre no apareció más.

"Me estoy volviendo loco", pensó con fastidio, y sacudió la cabeza para aclarar sus ideas. Violeta era una mujer diferente a todas, él no podía actuar de manera convencional con ella o la perdería.

—Mañana a primera hora concurriré a la redacción para entregar un artículo sobre los sucesos de hoy. ¿Quieres acompañarme? Trae a Dolfito —agregó enseguida—, le gustará ver cómo se escribe un diario.

La propuesta interesó a Violeta, que así podría sacar al niño a ventilarse. Si Benji iba con ellos, la salida tendría visos de salvación para todos: también para ella, que sufría por dentro sin poder expresarlo.

Elizabeth miraba el intercambio desde lejos, y aprovechó la distracción de Violeta para susurrar unas palabras que hicieron palidecer a la esposa de Zaldívar.

—¿Cómo pudo suceder? —balbuceó Brunilda, sin poder evitar lanzar un vistazo furtivo a Violeta.

—Lo que nadie sabe. Y me temo que hay antecedentes en su contra.

—Violeta deberá enterarse.

—Que no sea hoy, por favor. Ya tenemos suficiente con el duelo.

Violeta se refugió en su cuarto, el que daba al jardín de atrás, para garabatear su nota sobre la muerte de Sarmiento. Se arrrellanó en un confidente y cubrió sus piernas con una manta de retazos obra de la madre de Elizabeth. A medida que el lápiz trazaba los primeros rasgos, la imaginación iba por otro rumbo, y se encontró escribiendo un texto sobre los amores desencontrados.

La mujer que ama toca el cielo con sus ojos y besa la tierra con sus labios. Y entre el cielo y la tierra, vaga perdido su corazón. Amar es perderse, olvidarse, entregarse, y tal vez condenarse.
Educar a la mujer es educar al hombre, pues ella será la guía del hijo que vendrá. De ella aprenderá el pequeño a respetar, a cuidar, a perdonar, en suma: a amar.
Por esto es que una joven casadera debe mirar siempre a la madre del hombre que la corteja: de tal madre, tal hijo. ¿Qué hacer cuando eso no es posible? Amar a ciegas. Balancearse sobre el abismo de la incertidumbre. Creer en la dicha y luego entender que es falsa. Morir de amor.
Educar a la mujer debe ser también enseñarle a vivir sin un hombre que la respalde, como las leonas viven rodeadas de sus cachorros y los defienden a dentelladas de los machos prepotentes. Se ayudan entre ellas, y cuando las crías están crecidas, las alejan para que aprendan lo que sólo se aprende en la soledad. Sabia es la leona, que sabe amar y dejar ir.
La mujer debería aprender eso también. Dejar ir, en bien del otro y de ella misma.

Y arrancarse los ojos si no le han servido para ver en el cora-
zón del hombre. La ceguera del amor es la más cruel, porque
arrastra la culpa.
La mujer que ama sufre. El hombre que ama exige.
El amor es un maldito enigma.

Releyó lo escrito y, presa de la furia, hizo un bollo con el papel y lo arrojó lejos. Se arrebujó en la manta y bajo los retazos de colores derramó lágrimas ardientes.

Pena por ella misma, por Manu y por la desdicha que a partir de ese momento los acompañaría a ambos.

El cansancio de los últimos días acabó por adormecerla y pronto se deslizó en un sueño turbio y pesado. Huentru se levantó de su rincón y olisqueó el bollito de papel con curiosidad, lo tomó entre sus dientes y lo llevó a su cama de trapos. Se echó encima y cerró los ojos con un suspiro.

Esa tarde, Joaquín aguardó en vano a que Violeta apareciera. Por más que se asomó con disimulo al patio del aljibe y carraspeó para que su voz se oyese desde el cuarto, la joven no dio señales. Al fin, resignado, se dispuso a pasar de nuevo por la redacción antes de volver a su casa cuando descubrió a Huentru, que lo miraba desde un macetón de malvones. El perrito se sentaba de ese modo suyo tan peculiar, sin apoyar el anca, como si estuviese listo para salir disparado al menor aviso.

—Por lo menos, alguien viene a saludarme —murmuró.

En eso, vio que el animal llevaba algo entre las fauces.

—A ver, qué tienes ahí. Dámelo.

Se inclinó y chasqueó los dedos, invitándolo a acercarse. Huentru lo miraba con sus ojos achinados y desafiantes. Joaquín se aproximó con cautela y descubrió que el botín del perro era un papel arrugado. Pensó que tal vez lo habría robado del escritorio y decidió recuperarlo. Hurgó en su bolsillo y encontró el pequeño anotador que solía llevar; arrancó una hoja y la hizo un bollito que arrojó contra la pared. Huentru soltó el papel que mordía y corrió detrás del otro, avaricioso. Joaquín leyó con rapidez las líneas.

"Lo ha escrito ella", pensó admirado. Eran rasgos elegantes y decididos, y el contenido muy propio de una mujer apasionada. Acababa de descubrir un secreto: Violeta sufría por amor. De quién, estaba por verse. No tardaría en averiguarlo.

Guardó la hoja arrugada y sucia y se encaminó a la sala. Ya no se iba con las manos vacías.

∞

Francisco Balcarce se apersonó en la estancia que oficiaba de comisaría y juzgado de paz a un tiempo, y encontró en Belisario Ojeda a un hombre aplomado que no se había dejado obnubilar por las denuncias contra Manu.

—Vea usted que de pronto todos los males de por acá lo tienen de protagonista —le había dicho, mostrándole la foja del acta de detención—. Dejemos de lado a los padres de la occisa, que sus razones tienen para odiarlo. Resulta que también lo acusan de ser la mano que disparó contra el doctor Pellegrini la otra vez en la Rambla, y el matón que ultimó a un caudillo mitrista tiempo atrás.

Fran sabía que esto último era cierto y calló.

—¿Hay pruebas que lo incriminen en el asesinato de su esposa?

—Ni una. Salvo que sus cosas están allí, como que es su casa y él el marido. Sin embargo, necesitaríamos más precisiones, testigos, un motivo… Porque él argumenta que estuvo pescando mar afuera, una costumbre de sus últimos tiempos. Perdón, señor Balcarce. ¿Cuál es su relación con el reo?

—Es amigo de una persona muy allegada a mi familia.

—Bien. Ya han pasado por aquí los Luro y los Peralta Ramos, todos deshaciéndose en elogios hacia este hombre. Nadie hay de su familia que pueda atestiguar lo que él dice, ya que su oficio no es la pesca, por lo que pude deducir. Y entre los pescadores no lo conocen tampoco. Si es cierto que sale a la mar, lo hará por otro sitio, no por la ensenada.

—La familia vive en Corrientes y estoy seguro de que nada sabe.

—Ya veo. A mí las cuestiones familiares no me importan. Los hechos son los hehos. Pero los suegros le tiran la bronca. Al parecer, el sujeto les provocaba tirria.

—¿Podría verlo?

—Por supuesto. Todavía estamos en averiguaciones. Adelante, señor Balcarce, todo suyo.

Avanzaron por un pasillo que conducía a un patio sembrado de limoneros. Varias habitaciones se abrían alrededor, y en una de ellas montaba guardia un soldado que combinaba el chiripá con el quepis militar. El hombre se hizo a un lado ante la seña del comisario y abrió la pesada puerta con una llave de hierro. Del interior emanó un olor a orines que casi hizo retroceder a Francisco.

—Disculpe, hoy no vinieron a limpiar —dijo Ojeda al notarlo.

Manu se hallaba arrinconado en el suelo, la frente apoyada en las rodillas. Su aspecto era de tal desamparo que Fran sintió un puntazo de compasión. Aunque no lo conocía tanto como Julián, si su amigo le brindaba confianza le bastaba para ofrecerle apoyo también.

En el cuarto sólo había una estera cubierta por trapos, un orinal y una jarra con agua. Al carecer de ventanas los muros, el detenido vivía sumido en la penumbra, de modo que ante el rayo de luz que entraba sus ojos pestañearon, enceguecidos. La silueta de Fran le resultó desconocida al trasluz.

—¿Cómo te tratan, viejo? —escuchó que le decía una voz grave.

Manu carraspeó e intentó ponerse de pie, pero ya Fran se había agachado a su altura.

—Te has metido en problemas. Yo sólo puedo dar fe de tu fidelidad hacia los Garmendia, ignoro cuánto pueda valer eso.

Manu clavaba en él una mirada ardiente.

—Por mí no lo sabrán, quédate tranquilo —le aseguró—. A menos que sea eso lo que desees.

Manu tragó con dificultad y su voz salió extraña, monótona.

—Que no lo sepa ella.

—¿Violeta?

Él asintió y luego volvió al mutismo.

A Fran lo conmovía la devoción que aquel hombre sentía por la joven. Ya no era un muchacho, y a pesar de eso los sentimientos que demostraba parecían pueriles, propios de un primer amor desesperado.

—Le enviaré noticia al doctor Zaldívar —y al ver el gesto, agregó—: hará falta que cuentes con su ayuda.

El guardia no se movía de su sitio, y el juez comisario permanecía en el patio, fumando. Fran hubiese querido hablar sin testigos, pero la situación no era la mejor. Bajó la voz.

—Escúchame bien. Si hay algo que puedas decirme para que se lo transmita, ganaremos tiempo. Sin nadie que sepa de tu salida de pesca y con el agravante de que tus suegros te juegan en contra, será difícil. Por lo general se busca dar enseguida con el culpable, y si no media otra cosa que siembre dudas…

—Yo no la maté. Ni siquiera lo pensé.

—Imagino que no, pero tenemos que convencerlos de eso. ¿Dónde está anclada tu barca?

Manu le refirió la ubicación del sitio donde pescaba, así como la preocupación por Duende y Matrero. Lo habían ido a buscar con dos guardias de a caballo y no le dieron tiempo de decidir qué hacer con sus animales, que eran todo lo que tenía. También le contó en pocas palabras que su matrimonio no funcionaba a causa de haber perdido su esposa un bebé. Era una mentira, pero en Manu no cabía la venganza sobre la memoria de una mujer muerta. Ya Dios se encargaría de su alma. Fran suspiró. Al parecer, emplearía esos días en resolver cuestiones prácticas. Por fortuna, aunque Elizabeth se hubiese marchado, contaba con la ayuda invalorable de Cachila. La mujer se amañaba con todo.

—Está bien. Por ahora tenemos esto. Veremos si Julián puede encontrar pronto argumentos en tu favor. Estoy seguro de que lo logrará —dijo con rapidez, al percibir un velo de tristeza en los ojos oscuros del hombre.

En Manu no había dolor ni furia, sólo una infinita resignación a lo que el destino le deparara. Fran se habría admirado del fatalismo que reinaba en su corazón, de haber podido penetrar en él. Se incorporó y, antes de salir, le preguntó si precisaba alguna otra cosa. Al ver la pobreza del cuarto, supuso que cualquier ayuda le vendría bien. Manu sólo dijo:

—Que alguien se ocupe de mis animales.

—Así se hará.

En un último impulso que ni él mismo supo a qué obedecía, le tendió una mano que el detenido oprimió con fuerza. Al salir, Fran se sorprendió pensando que aquel hombre podía quebrar un cuello femenino con la misma facilidad con que doblaría el tallo de una flor.

—¿Y? —quiso saber Ojeda mientras lo acompañaba a la puerta—. ¿Qué me dice del tipo? Medio medio, ¿no? —y con su dedo índice se tocó la sien.

Era algo que a Fran también se le había pasado por la cabeza. Manu parecía algo corto de entendederas, o al menos no demostraba conocer los alcances de su situación. Quizá eso obrase en su contra; si se empeñaban en decir que era un opa que actuaba sin conciencia ya no buscarían otros posibles criminales. Claro que resultaba difícil pensar que una mujer joven, educada en el seno de una familia honesta y trabajadora, hubiese aceptado a un hombre tan limitado. Había algo incongruente en todo aquello.

—Vea usted —seguía diciendo el comisario—, éste ha sido un sitio tranquilo hasta ahora, cuando de pronto empiezan a llegar de la ciudad y de otros lados también, buscando trabajo. Yo no digo que la culpa sea de los que vienen, pero ayuda que haya gente de distintos pelajes. Cada uno trae su cultura y su pasado. Fíjese en los informes, el crimen aumentó, sobre todo los delitos de sangre, y no sólo es más violento, sino que hay más reincidentes.

—Este hombre no parece violento, y su historia en Mar del Plata es la de un trabajador honrado.

Ojeda se detuvo a la salida.

—Ahí es donde entra a tallar la ciencia, señor. La mente del criminal es un laberinto.

Se despidió con esa frase que sin duda juzgó rimbombante, y Fran echó a caminar rumbo al coche que lo aguardaba en el camino. Telegrafiaría a Julián desde el Bristol y luego saldría en busca de los animales que Manu le había dicho, para cumplirle el pedido.

Era lo único que podía hacer por él.

◕◕

Los hombres se acercaron en masa, blandiendo garrotes y piedras, aullando eufóricos, como si se dispusiesen a gozar de un delicioso chapuzón en las aguas espumosas. La vista de los acantilados repletos de lobos marinos los enardeció. Ya se imaginaban el vértigo de la aventura y hasta cómo alardearían de ella más tarde en la Rambla, durante el aperitivo previo a la cena. Wilheim von Burmeyer los lideraba. Allá en su Renania natal solía cazar jabalíes, y aducía poseer el secreto para liquidar más animales en menor tiempo.

El resto de la comitiva era una veintena de jóvenes alocados que se creían en un safari y buscaban impresionar a sus enamoradas en el baile del Bristol. Algunos empezaron a arrepentirse no bien distinguieron a los enormes lobos marinos tendidos al sol y arrullados por las olas. El alemán los incitaba con su vozarrón.

—¡Adelante, camaradas! ¡Sin dar tregua!

Los amigos de Benji lamentaban que el muchacho estuviese ausente; de seguro con su carácter alegre habría atemperado un poco la crueldad de lo que estaban por hacer.

Comenzó la lluvia de piedras. Las primeras, con mala puntería, fueron a parar al abismo que rugía bajo la restinga. Hasta que una dio de lleno en el macho que acababa de erguir su pescuezo ante la algarabía. La piel rugosa y dura impidió que el proyectil lo hiriese, pero de todas formas el impacto provocó la ira del animal, que alzó su nariz y profirió un bramido. Las hembras de alrededor, alertadas, comenzaron a desplazarse para proteger a sus crías.

—¡Un trofeo al que me traiga un cachorro vivo! —gritaba el marido de Finita.

Varios aventureros quedaron a medio camino, inseguros sobre el éxito de la excursión. Otros, al ver que habían causado pavor entre los animales, retrocedieron pensando que con haberlos alcanzado ya tenían suficiente. El alemán, en cambio, había hecho de aquel episodio una cuestión de honor y no pensaba ceder. Avanzó resuelto, con el garrote alzado y una expresión de furor en su rostro redondo. Los ojillos claros brillaban afiebrados, y los cabellos se le pegaban a la frente perlada de sudor. Con dos mandobles del palo se abrió paso entre las bestias; quería llegar al gran macho, medirse frente a frente con el que juzgaba el mayor desafío. Hubo un silencio detrás, entre los que aún lo seguían.

El mar sobrepasaba las rocas, pues la marea estaba alta, y un olor repugnante a pescado podrido inundaba el aire.

—Yo me rajo —dijo uno de los hombres, al ver que los lobos en lugar de huir se mantenían expectantes.

Retrocedieron paso a paso, hasta conseguir un rincón seguro desde donde poder observar. El viento que venía del mar mojaba sus rostros.

El alarido de Burmeyer se elevó en el aire como un clarín de guerra. El hombre se disponía a dejar caer el garrote sobre el enorme macho, que erguido le llevaba un buen palmo de altura, cuando de debajo de las rocas emergió un perrito blanco y negro ladrando frenético. Resultaba tan incongruente en el panorama del acantilado que muchos rieron. Burmeyer se sintió burlado y le lanzó una patada para alejarlo, furioso con la interrupción. Duende seguía ladrando a aquel hombre ruidoso al que identificaba como un peligro para la paz de su gruta. Desde que Manu desapareció, el perrito había vivido guarecido en aquella cueva que durante mucho tiempo fue el sitio del encuentro con su compañero de juegos, el que también había desaparecido de repente. Con su instinto, entendía que allí era donde debía aguardarlos a todos para que las cosas volviesen a ser como antes.

Fue inútil que a piedrazos y patadas intentaran alejarlo: Duende podía ser molesto como un moscardón. Bien lo sabía el gigantesco macho que, al hartarse del ladrido que tantas otras veces lo había fastidiado, sacudió su cuello como si fuese un látigo, y con un gruñido formidable dejó tendido al cazador alemán cuan largo era sobre el resbaladizo suelo. Una ola le pasó por arriba, desatando el grito de sus acompañantes, horrorizados al ver el giro que tomaba la partida de caza. Por fortuna para Burmeyer, el lobo marino se tranquilizó al ver que el perro volvía a su escondite bajo las rocas, y volvió a tenderse un poco más lejos, en el borde recortado sobre la marisma. Las demás bestias también se habían alejado para echarse arracimadas bajo el sol. Fue la oportunidad que aprovecharon los otros para rescatar al alemán, que permanecía inconsciente después de semejante golpe. Entre todos lo cargaron sobre el carro en el que habían llegado hasta allí y, como si se tratase de un cortejo fúnebre, en silencio emprendieron el regreso al hotel. Ya se arrepentían de la empresa, pues habían salido como héroes victoriosos y regresaban derrotados sin siquiera haber dado batalla.

Violeta despertó con un grito. Se enjugó las lágrimas que corrían calientes por sus mejillas y saltó del sillón donde se había quedado dormida. El sueño era tan real… Podía escuchar todavía los bramidos de los lobos y hasta oler el viento marino. En su cabeza, la ordalía tenía un final sangriento: un cadáver quedaba tendido sobre los desperdicios y la sangre formaba charcos burbujeantes, mientras que alguien huía entre los cuerpos pesados de los lobos marinos. El macho había sido malherido, y sus gritos de dolor se confundían con los rugidos del oleaje que azotaba el acantilado. El animal se arrastraba hacia el borde y con un alarido agónico se dejaba caer en el mar, donde se hundía hasta lo más profundo. En un silencio de muerte, la marea bajaba de pronto, llevándose el cuerpo del lobo y el recuerdo mismo de lo sucedido.

Violeta se frotó los ojos y se balanceó adelante y atrás, desesperada.

—¡No, no puede haber pasado nada malo, no, no! —sollozó.

Unos golpes en la puerta la sobresaltaron.

—Querida —decía la voz de Brunilda—. ¿Estás bien? Ya es la hora de la cena.

Violeta compuso su cabello y alisó su vestido antes de abrir.

—Me quedé dormida —repuso con sencillez, como si la esposa de Julián no pudiese ver su rostro descompuesto ni apreciar el desorden del cuarto, con las mantas por el suelo, papeles pisoteados y la lámpara apagada.

—Es natural, has viajado mucho y estarás cansada. Benji dice que Dolfito se ha enterado de la sorpresa de los títeres y quiere participar en la confección. ¿No es una buena noticia?

—¡Sí, claro que lo es! Esta noche le daré algunas cabezas para que las pinte.

—Bien, pero no te esfuerces. Da lo mismo que sea mañana. Además, tienes una invitación que no querrás rehusar —y le tendió una tarjeta donde una letra familiar para la joven había garabateado unas líneas:

Querida, me encantaría saber de tus aventuras marineras y contarte las mías, que son mucho más prosaicas. Espero que tengas tiempo para esta vieja achacosa, que sólo puede ofrecerte un té y unos pastelitos.
Te quiere siempre

Celina Pardo de Bunge

—Iré mañana por la tarde —aseveró Violeta, entusiasmada por volver a reunirse con la viuda.

Necesitaba salir un poco y, sobre todo, recuperar la alegría de los primeros tiempos, cuando recién llegada a Buenos Aires sentía que habían reservado el mundo sólo para ella.

La viuda de Bunge ocupaba un departamento en el bajo de un edificio cercano a los cuarteles del Retiro. Era un lugar aireado que recibía los efluvios del río según los vientos.

Violeta la encontró tendida en la cama, apoyada sobre almohadones, y le impactó la palidez de su piel apergaminada. La dama la recibió con una sonrisa que iluminó por un momento su faz decrépita. A su lado, sentada en un taburete, una mujer alta y delgada sostenía un libro que habían estado leyendo juntas.

—Querida niña —dijo emocionada doña Celina, y le ofreció sus manos.

Violeta le dedicó una amplia sonrisa y besó la mejilla calenturienta.

—¿Cómo ha estado? Disculpe que no la haya visitado antes, volvimos con algo de apuro y recién nos estamos organizando.

La anciana asintió y echó una mirada significativa a su acompañante.

—Lo supe. Ya me han llegado las noticias de Mar del Plata, los sucesos buenos y los malos. Es de no creer el designio divino, que se cumple inexorable. Violeta, quiero presentarte a una buena amiga, Esmeralda Mazur. Hemos sido inseparables... ¿Cuántos años, Esme?

La mencionada miró a la viuda con dulzura y luego dijo con una voz demasiado grave para su condición femenina:

—Toda una vida. Desde los doce años.

A Violeta le extrañó que doña Celina jamás la hubiese nombrado, ni cuando se veían a diario en los tiempos del inquilinato en Buenos Aires ni durante su viaje juntas. Como si le leyese el pensamiento, la extraña dama agregó:

—Soy muy viajera, y me detengo poco en cada sitio.

—Siéntate, hija, al otro lado de mi lecho. Ya paso más tiempo aquí que de pie. Cosas de la vejez. Por fortuna, he podido hacer mi último viaje, antes del definitivo que nos aguarda a todos.

—¿Te preparo un té, Lina?

Violeta contemplaba con admiración a la desconocida. Era una mujer mayor también, aunque se veía que gozaba de salud espléndida, pues además de poder asistir a la viuda tenía deseos de ocuparse de ella misma, como lo evidenciaba el coqueto arreglo de sus cabellos negros sin una sola cana, el delineado de sus cejas y el toque de color en sus mejillas. Más alta aún que la propia Celina, que ya lo era, al ponerse de pie reveló su distinción y su clase.

—Permiso, daré unas órdenes a la chinita en la cocina.

Quedaron a solas, y doña Bunge aprovechó para parlotear de los cotilleos en común.

—Anda, cuéntame de ese perro bandido, si se ha adaptado a la vida porteña. ¿Y los Zaldívar? ¿Cómo han tomado este giro en la situación del pequeño Adolfo? Se han dicho tantas cosas... No les perdonan la rareza de adoptar a un niño de otra raza, hijo de una mujer perdida, además. Mira, hija, a estas alturas y con un pie en el umbral, te digo que poco me importan estas convenciones. Si la madre del niño quiso abandonarlo, un ángel tocó el corazón de Juliancito para que decidiera criarlo como propio. Y el de su adorable esposa, por cierto. Sin ella, no habría sido posible. Espero que no tengan otros sobresaltos de esta índole. Pero háblame de ti. ¿Te has divertido? La temporada fue por todo lo alto, según se dice por acá.

—Estuvo muy bien.

—¡Vaya con la discreción! ¿Sólo eso? Pues aquí se murmura que fuiste la atracción del Bristol y la Rambla.

—Si se refiere al episodio del artículo que escribí...

—Me refiero a tu belleza, niña, a tu encanto que jamás pasa desapercibido. Si lo sabré yo, que pude presenciarlo en Europa. Príncipes podrías haber conquistado entonces.

Violeta sintió aquello como si se tratase de un pasado lejano, ajeno a la realidad que vivía en esos momentos. Un dejo de nostalgia por el tiempo feliz la abatió.

—No estás contenta, hija, puedo sentirlo. ¿Qué ocurre contigo?

De pronto, la posibilidad de confesar a su vieja amiga lo que pesaba en su corazón se le atascó en la garganta. Todavía no había hablado con nadie sobre Manu, en parte por no perjudicarlo, pero ahora que él estaba fuera de su vida...

—Guárdeme el secreto de lo que voy a decirle, doña Celina.

—Será entre las dos.

Poco a poco, eligiendo las palabras para que resultase menos grave a los ojos de la viuda, la joven le refirió sus aventuras en la costa y su encuentro con el amigo añorado que doña Celina ya conocía, pues en los tiempos de su llegada a Buenos Aires Manu vivía y trabajaba en una tienda cercana al edificio que compartían ella y Violeta. La anciana escuchaba con el corazón en un puño, pensando angustiada que aquella historia podía haber acarreado consecuencias indeseadas. Desde un principio, la relación entre ese muchacho y la niña que habían dejado a su cuidado en la ciudad le había resultado inapropiada. Un hombre tan rústico no podía estar a la altura de una joven de tantas cualidades. Claro que tratándose del hijo del mismo Rete Iriarte ella no podía hacer nada al respecto. Se alegró de que tuviese que irse de Buenos Aires, si bien lamentó las circunstancias. Lo que Violeta le refería confirmaba sus pálpitos. Era preferible que cada uno siguiese su camino. Le afligía que la muchacha sufriese por culpa del mozo, pero era mejor que fuese ahora, cuando aún no habían sucedido cosas irreparables.

Tomó la mano lánguida de la joven.

—Querida, una vez te dije que no hay amor sin sufrimiento.

—Ahora me doy cuenta —repuso triste ella.

—Y también sabrás que todo pasa en la vida, que no hay dolor eterno, ni siquiera la pérdida del ser amado, como me ocurrió a mí.

—Quisiera creerlo.

—Lo creerás cuando suceda. Poco a poco, tu corazón joven se irá fortaleciendo y recobrarás la alegría. Presiento que un hombre te la devolverá. ¿Me equivoco?

Antes de que Violeta pudiese responder que no le interesaba depender de un hombre para ser feliz, Esmeralda regresó de la cocina portando una bandeja con tres tazas de té y un platillo de masas de hojaldre.

—Esa chinita que tienes es una maravilla con la pastelería, Lina. Supongo que la has educado a tu modo. Siempre tuviste mano para las cosas dulces.

—Es mi secreto, que no quiero llevarme a la tumba. Se lo ofrecí a Lorenza como legado, así tendrá un oficio al que dedicarse cuando yo no esté. Bastante ha sufrido al verse separada de su tribu y de su familia. Decir que ahora ya no se hacen estas cosas, Dios mío...

Esmeralda repartió las tazas y colocó la bandeja a los pies de la cama de su amiga. Sus movimientos eran fluidos, silenciosos, y Violeta sentía sus ojos verdes posados sobre ella la mayor parte del tiempo. Al fin, luego de algunas trivialidades, la mujer comentó:

—Creo que tu joven amiga padece el peso de un don que le fue otorgado y no entiende bien.

Violeta la miró con sorpresa, sin disimulo.

—No te asustes —terció doña Celina—, pues Esme es algo bruja. Lo ha sido siempre, y a pesar de mi empecinado raciocinio, en algo llegó a convencerme.

—Piedras más duras he horadado —fue la enigmática respuesta de Esmeralda.

—Dile lo que sea para devolver la risa a esta niña de mi alma, que no puedo verla triste.

—Ella se entristece por lo que no comprende —repuso la mujer—, pero debe saberlo por sí misma. Sólo puedo sugerirle paciencia y ejercicios espirituales.

Violeta había dejado en suspenso la taza ante sus labios, aguardando la respuesta, y al escuchar que debía cumplir rituales pensó que la dama se refería a la iglesia.

—Voy a misa, señora, los domingos y días de guardar.

Esmeralda sonrió y dejó su taza con un tintineo.

—Eso también. Pero me refiero a otra cosa, que se ha tejido en el cielo antes de que nacieras, y que se te ve en los ojos, querida niña. Te rodea un resplandor que sólo puede significar una cosa: has sido elegida para poseer un don en esta tierra, y el no saberlo o no aceptarlo te trae infelicidad, cuando debería ser fuente de dicha.

—Mi madre dice que lo que me pasa es una maldición.

La dama contuvo un gesto de horror.

—Nunca, óyeme bien, reniegues de lo que te ha sido dado. Es tu misión angelical, no puedes rechazarla. Tu madre tampoco lo sabe, por eso habla así. Tienes que infundirle valor para que te acepte como eres. Las personas como tú no encuentran con facilidad quienes las entiendan, sólo un alma afín puede hacerlo, y es tan rara de encontrar que puedes pasar la vida entera sin hallarla. Sin embargo, no te han dado el don para que lo desperdicies ni para que lo padezcas. Es para que lo ejerzas. Si lo haces, las almas afines vendrán a ti. Recuerda cómo eras cuando niña. ¿Usabas esa facultad que posees?

—Soñaba mucho, y a veces los sueños se volvían realidad.

La mujer sacudió la cabeza, enérgica.

—Nada de eso. Tus sueños revelan que vives en el tiempo completo: el pasado, el presente y el futuro. La magia de la infancia es aceptar todo eso sin cuestionarlo, y sin temores. Cuando nos volvemos adultos, perdemos esa inocencia. Aparece el miedo al qué dirán, a nuestras propias revelaciones. Debes cultivar aquel sentimiento de la niñez, el que te permitía convivir con tus sueños con familiaridad.

—Han vuelto a mí ahora.

—Entonces vas por buen camino, les abriste la puerta de tu mente otra vez. Déjala así, que entren y salgan a su antojo. Nada malo vendrá, te lo aseguro. Aunque parezca malo, no lo será al final de todo.

Violeta intentaba comprender lo que aquella mujer extraña le decía, y se encontró sumergida en una sensación ya familiar de los tiempos en que vivía en El Aguapé, una fortaleza nacida de la confianza en el futuro, que le había permitido aguardar tranquila el regreso de Bautista de la guerra y el encuentro con su madre, secuestrada por el ejército paraguayo durante una redada. Poco a poco, su pecho se entibiaba con la ilusión de que todo cuanto ocurría se resolvería al fin. Por su memoria desfilaron imágenes de Manu huyendo de la pulpería, su vigilia en el desierto, la pena al encontrarse con ella estando casado, y la despedida agria después de la intervención de la esposa traicionada. A pesar de que en aquel instante Violeta creyó que la mujer sufría, esta nueva sensación a la que su mente se entregaba le decía algo distinto, la consolaba con la idea de que la esposa de Manu no era del todo inocente. De pronto, el sueño de la tarde anterior irrumpió: la sangre de los lobos marinos mezclada con la espuma y ese grito horrendo de la bestia herida cayendo al abismo.

—Has soñado —dijo Esmeralda, interesada.

Violeta se pasó la mano por la frente.

—Tengo miedo, no sé lo que significa.

—No temas, es algo que debes saber, por eso se te presenta. Tranquila.

El efecto hipnótico de esa voz grave apaciguaba a Violeta. Doña Celina sorbía su té en silencio, con los ojos bajos. Quizá no compartiese las fantasías de su amiga, pero sin duda la dejaba hacer, puesto que no la interrumpía.

—¿Has oído hablar de Madame Blavatsky? —y ante la negativa de Violeta, Esmeralda prosiguió—: Es una dama rusa que ha escrito una doctrina sobre estas cuestiones. Ella misma poseía la revelación de que existen lazos misteriosos del espíritu, y ha sido maestra de muchos iniciados.

Violeta sospechó que Esmeralda habría sido discípula de la dama mencionada. Aunque jamás había oído su nombre, el hecho de que fuese rusa le hizo pensar en Nikolai, el cadete del Bristol, y una corriente de simpatía le iluminó el rostro.

—¿Ves? Ya empiezas a sentir los beneficios del pensamiento —dijo la dama—. No los ahuyentes, déjalos pasar por tu mente.

La tos seca de doña Celina distrajo a Esmeralda, que de inmediato tomó un frasco de la mesita, y mojando un paño con el líquido comenzó a frotarlo sobre el pecho enjuto de la anciana. Había tal devoción en la manera en que Esmeralda atendía a su amiga que Violeta percibió un matiz hasta el momento desconocido. Esa revelación la sorprendió. Sin duda, era fruto de su renovada disposición a las cosas del espíritu.

Dejó la casa envuelta en un ánimo esperanzado. Podía regresar a la felicidad de antaño si se abandonaba a ella como lo había hecho siempre. Tantos años frecuentando salones y personas la habían atontado, le impidieron mantener el íntimo contacto con su propio espíritu. Y al encontrarse lejos de la tierra donde aquellos misterios se develaban sin tapujos, acabó por cerrarse del todo. Esa dama que el destino le puso por delante a través de su querida amiga Celina le había devuelto la llave para sentir otra vez.

Ligera como pluma, subió al coche que la aguardaba y enfiló hacia el Paseo de Julio. Quería ver el Plata, embeberse de su horizonte y soñar con el regreso a su otro río, el indómito Paraná.

Después de que Violeta salió, doña Celina cubrió con su mano huesuda la de Esmeralda, repleta de anillos de extrañas formas.

—Gracias —murmuró conmovida—. Me faltó vida para recompensarte, querida mía.

—Tendremos otras vidas, Lina. Es de lo que hablábamos recién.

El rayo de sol abandonó la ventana y la habitación quedó en sombras. Esmeralda arropó a su adorada con una mantilla de lana y encendió la mecha de la lámpara. Cuando la luz dejó de temblar, recogió el libro y retomó el párrafo donde lo había dejado. Su voz bien modulada leyó para Celina con un amor que superaba el tiempo, la distancia y las convenciones de los hombres.

❧

*L*os días en los esteros tocaban a su fin. Cristóbal ya había hecho todo lo posible por interesar a Rete Iriarte y caer bien a la familia, ahora sólo cabía esperar que la semilla diese frutos. Contra todo lo que pensó al llegar a esa tierra encantada, la raíz más dura de socavar fue la madre de Violeta.

Rosa era una mujer extraordinaria. Bella en su madurez, silenciosa y de mirar profundo, engañaba con su pasividad al observador superficial. Podía parecer sumisa junto al esposo, pues jamás lo interrumpía, y a menudo se apresuraba a reprender al hijo para evitarle al padre un disgusto; sin embargo, cierta altivez heredada de su sangre española la aureolaba. Cristóbal era muy intuitivo cuando de mujeres se trataba, y veía en Rosa Garmendia una delicada flor que disimulaba su perfume con la sencillez de su corola. Su discreción y su suavidad eran una defensa contra los intentos de penetrar su intimidad.

La última noche que pasaron en El Aguapé se encontraban degustando un licor de naranjas que la propia Justina elaboraba cuando Rosa irrumpió para decir algo que contrarió a Rete. El vasco se levantó como movido por un resorte y salió sin ofrecer disculpas a los invitados. La esposa se sintió obligada a quedarse para atenuar el efecto del desplante. Pedro comenzó a decir sandeces, elogiando el licor de la casa y también la frescura de la galería, que recibía las brisas provenientes de la laguna. Cristóbal pensó que estaría enamoriscado de la mujer del patrón, o muy necesitado. Les había resultado difícil hallar compañía femenina en aquel sitio; las jóvenes que acudían a los trabajos eran esposas o novias de los peones, y por decoro ellos no habían querido frecuentar el rancherío donde los hombres solos gastaban sus jornales.

Rosa contestaba con aplomo y gentileza las galanterías, pero se la notaba incómoda y algo distraída. Cristóbal silenció a Pedro con una mirada, y el contramaestre se disculpó con el pretexto de salir a fumar. Una vez a solas, el capitán atacó:

—Me temo que su esposo ha recibido alguna mala noticia.

—Siempre hay problemas —contestó Rosa mientras se retorcía las manos en el regazo.

—Más cuando se ha montado semejante imperio. Habrá que tener mano dura para dirigirlo, algo que a don Iriarte no le falta, sin duda. Si puedo serles útil, sólo dígalo, por favor.

La mujer parecía batallar con ella misma; la pugna se revelaba en su mirada trastornada.

—Los malos tragos hay que apurarlos —siguió diciendo Cristóbal—, lo digo por experiencia.

—Usted no sabe. Mi esposo es un hombre muy comprometido con todo lo que hace. Cualquier disgusto, el mínimo inconveniente…

—Lo ponen nervioso, imagino. Somos iguales. Yo dirijo un barco, menor superficie que El Aguapé, aunque quizá más peligroso. Mis hombres son proclives a amotinarse ante el más leve contratiempo, y ni se diga de las galernas que debemos afrontar.

Rosa se volvió de pronto hacia Cristóbal con una decisión pintada en el rostro.

—Dijo usted que en la villa de Mar del Plata estuvo con mi hija.

—Así es, muy grata compañía.

—¿Cómo la veía? ¿Feliz? ¿Preocupada?

Cristóbal fingió no notar el descarnado interés de la madre, ni la falta de tacto al indagar de modo tan abierto sobre Violeta. Sospechó que la ausencia de Rete la animaría a saltearse las convenciones.

—Pocas fueron las veces en que pude conversar con ella, aunque la última fue...

—¿Sí?

El capitán hizo una pausa teatral, pensando bien lo que diría, y luego soltó:

—Distinta.

—Explíquese, por favor.

—Nada perturbador, tratándose de una joven rodeada de amigos. Quizá algún desaire, o tal vez una pequeña disputa con motivo de un vestido o un paseo.

—Así no es mi Violeta, ella no da motivos para las disputas ni se preocupa por las nimiedades.

—Tiene usted razón —se corrigió Cristóbal, admirado de la firmeza con que Rosa defendía a su hija—. Debo de haber equivocado la razón de su nerviosismo.

La mujer contuvo la respiración y luego exhaló el aire, resuelta a seguir hasta el final.

—¿Sabe usted si en el tiempo que pasó allá se encontró con alguien?

"Vaya", pensó el marino, "podría decirle que se encontró conmigo y que fue un encuentro bastante íntimo".

—Si se refiere a los conocidos, debo decir que...

—Señor Casamayor, voy a ser sincera con usted —y Rosa miró de soslayo, para asegurarse de que Rete no estuviese cerca—. Mi esposo acaba de recibir la noticia de que su hijo ha caído preso en Mar del Plata, acusado de un crimen. Manu es como un hermano para Violeta, se han criado juntos, podría decirse, y él la quiere y la cuida con locura. Sé que es incapaz de matar a nadie, a menos que sea en su propia defensa; mi miedo es que algo relacionado con Violeta lo haya provocado, y que ella se vea involucrada.

Cristóbal tuvo que hacer uso de todas sus máscaras para no dejar traslucir el impacto que le causó saber la noticia y sus consecuencias. ¿Sería posible que la actitud distante de Violeta durante el último baile se debiese a un entuerto con el hijo de Iriarte y otro hombre? Ella había bailado con más de uno en el cotillón.

—Con franqueza, señora —atinó a responder—, no diría que vi algo comprometedor, sólo la noté un poco confundida, pero tratándose de una noche de baile pudo deberse a cualquier cosa. No sabía que ustedes tenían otro hijo, aparte del pequeño Ignacio —mintió.

—Manu es hijo de Rete, y un hombre ya. Se crió con Justina, ya que su madre murió. Es un alma pura y buena, no acierto a entender qué pudo haber ocurrido. Tanto más cuanto que hacía años que no venía por acá.

Eso dio pie a Cristóbal para saber lo que deseaba.

—¿Estaba entonces de viaje ese hijo?

Rosa no midió sus palabras. El afán de proteger a Violeta la privó de sagacidad frente a ese hombre acostumbrado a manipular a los demás.

—Un viaje forzado. Acompañó a mi hija mientras ella estudiaba en Buenos Aires, pero al parecer un altercado lo obligó a irse, y ahora esto… Ignorábamos dónde habría pasado los últimos tiempos, y mucho menos que tuviese problemas. Violeta debe de estar desesperada si es así; ella lo adora.

"Ella lo adora." De inmediato vino a la mente de Cristóbal el recuerdo del pañuelo azul en la arena y la reacción de la joven al verlo con él. ¿Habría equivocado la dirección de sus sospechas? Quizá ese tal Manu fuese el sujeto misterioso que causaba desazón a Violeta. Lástima que no se quedó lo suficiente como para comprobarlo.

—Es extraño que su padre no haya tenido noticias durante todo este tiempo. A menos que el muchacho tuviese motivos para ocultar su paradero.

Rosa miró sus manos, que no cesaban de moverse, y replicó angustiada:

—Rete es un hombre duro. Y su hijo no responde a sus expectativas. Aunque es un muchacho noble de espíritu, su entendimiento se malogró desde su niñez por unas fiebres desconocidas. Justina lo crió con mucho cariño, pero siempre fue algo salvaje. Creo que sólo Violeta pudo entrar en su corazón.

Aquellas revelaciones espolearon los celos de Cristóbal más que si el aludido hubiese sido un noble de alcurnia con una fortuna en castillos y tierras. Sabía, por su infalible intuición, que el punto débil de Violeta era ése: el corazón. Que la joven no miraría abolengos ni tesoros, y se volcaría de lleno al que padeciese una injusticia o una desgracia. ¿Cómo no lo había advertido entonces?

—Lamento oír eso. Yo no he sido padre aún, y sin embargo puedo entender la discrepancia entre un progenitor y su descendencia.

"Vaya si puedo", se dijo, cada vez más molesto con el tema de conversación.

—Señor, usted ofreció antes hacer lo que fuese para ayudarnos.

—Lo dije y lo sostengo.

—Bien. Le ruego que a su regreso averigüe lo que pueda sobre esta situación. Y en especial le pido que vea por Violeta, si ella está bien, si sabe lo ocurrido y si piensa volver a casa. Temo que esta desgracia recaiga sobre su futuro.

—Haré todo lo que esté a mi alcance, y más. Quédese tranquila, Rosa. Permítame que la llame así, usted me recuerda mucho a Violeta, ambas poseen fortaleza, aunque de maneras diferentes.

La familiaridad del tono le recordó a Rosa que, salvo Bautista y Rete, los hombres eran seres peligrosos cuando rondaban a una mujer. Pensar en Cristóbal de Casamayor cerca de su hija la hizo temblar.

—Espero que entienda que esto es un pedido de madre, nada más. Mi esposo no debe saberlo, o se enfurecerá conmigo. Nunca permite que se tomen decisiones sin su acuerdo.

—Seré una tumba. Y daré mi vida por Violeta, si hace falta.

—Ella es mi tesoro. No sé qué haría si algo malo le sucediera. Y me refiero también al daño que puedan hacerle otras personas —dijo, en un tono más distante que el anterior.

"Se refiere a mí", pensó Cristóbal, y de nuevo la tranquilizó.

—Velaré por ella como un padre, señora.

En ese momento, Justina entró con el semblante congestionado y una taza de té en la mano.

—Señora Rosa, le traigo su manzanilla.

—Lo tomaré en mi cuarto, Justina. ¿Le alcanzaste a mi esposo su té también?

—El señor prefirió uno de sus licores esta vez— y la mirada de la criada fue significativa.

—Entiendo. Mis disculpas, señor Casamayor. Lo dejo en libertad de disfrutar de su última noche en El Aguapé. Espero que haya sido todo de su agrado. Gracias por su confianza.

—A usted y a su esposo, señora, por su gentileza.

La partida de las mujeres dejó a Cristóbal sumido en un mar de confusiones y anhelos. Él era un hombre experimentado en cortejos. Poco a poco, había ido tejiendo la trama que convenía a una mujer como Violeta: conversaciones veladas de misterio, insinuaciones, un beso como anticipo de lo que vendría, una carta de despedida... Ahora todo ese andamiaje que pensaba sostener con una relación comercial con el vasco corría el riesgo de desmoronarse ante la presencia incómoda de un amigo íntimo en problemas. Porque no se engañaba en absoluto, la diferencia entre el trato que le dispensó Violeta en el primer encuentro de la playa y los otros no se debía a la competencia de los petimetres del Bristol, como él creyó al principio. De pronto se le presentaba en su verdadera faz: existía un hijo al que Rete no deseaba tener cerca. Ya fuese por su limitado entendimiento, como decía Rosa, o por su mala entraña, el padre renegaba de él. Pedro le había contado que fue engendrado en un vientre prohibido, el de una mujer indígena casada con un cacique de la zona. Si aquella versión era cierta, Manu sería un hijo al que no podía presentarse en sociedad, e Iriarte un padre indiferente que cargaba con el peso de esa mancha.

Un recuerdo ingrato invadió su mente y Cristóbal lo disipó con un juramento.

Debía volver de inmediato a Buenos Aires y de allí a Mar del Plata, si es que la joven todavía residía en la villa balnearia.

Mientras caminaba hacia el muelle en la oscuridad tuvo la fugaz visión de un niño corriendo por callejuelas siniestras, llorando a mares y enarbolando un puñal de hoja ensangrentada. Detrás, voces airadas y gritos acompañaban la huida.

Fue aquélla la última vez que vio a sus padres.

El edificio del diario *La Nación* lindaba con la propia casa de su fundador, en la vieja calle San Martín. Hacia allí se dirigió una mañana Violeta, en compañía de Benji y llevando de la mano a Dolfito, que persistía en su apática actitud pese a todos los esfuerzos.

Joaquín Carranza los aguardaba en el umbral, con su chaqueta negra y los antebrazos cubiertos por fundas de género encerado. Había logrado su propósito: tentar a la joven con la posibilidad de publicar en alguna columna.

Desde el interior de la casa se escuchaba el repiqueteo de las máquinas y el murmullo de las voces. Un olor a tinta y a goma embargó los sentidos de Violeta al adentrarse en la redacción. Junto a las prensas a vapor de los primeros tiempos, planas y rotativas sencillas convivían con nuevas viñetas, variedad de tipos y otros adelantos técnicos, ya que el diario sostenía sus tiradas y su prestigio, acrecentándolo incluso con el correr de los años. Como un emblema, en

El capitán sospechaba que había más de lo que se veía…

un recuadro figuraban las palabras de Bartolomé Mitre: "*La Nación Argentina era un puesto de combate. La Nación será una tribuna de doctrina*", aludiendo al reemplazo del antiguo diario que él había creado en los violentos tiempos de las luchas civiles.

—Éste es mi rincón —les dijo con orgullo Joaquín, y señaló un escritorio de pino con una butaca de esterilla igual a todas las que ocupaban el recinto.

Violeta miraba con avidez, reteniendo la imagen de los sellos de tinta, los tarros de goma, las plumas recortadas; se imaginaba ella misma acodada en una de esas mesas, con las mangas de la blusa enrolladas y leyendo las noticias del telégrafo. Sin darse cuenta, arrastraba a Dolfito en su entusiasmo y lo hacía tropezar con sus pies. El niño no acababa de entender la gracia de aquella excursión. Benji, por su parte, fingía afectación ante un oficio tan pedestre: redactar, entintar, imprimir. Para enmascarar su ignorancia de aquel mundo tan caro a la población que vivía pendiente de las noticias, el joven simulaba aburrimiento con un bostezo.

Joaquín cubrió con una pila de hojas la página sobre la que estaba trabajando, y luego se dedicó a enseñar a los visitantes el pulso de una redacción. A medida que los guiaba entre las mesas, los dependientes lo saludaban con bromas a las que él respondía con las manos en los bolsillos, sonriendo como si guardase un gran secreto. Esforzados operarios engrasados con el hollín y la humedad mantenían en constante actividad las máquinas, mientras que los copistas, los entintadores y los redactores se hacían a un lado con galantería al paso de la beldad que los visitaba. Aparte de su belleza, Violeta causaba sensación por su auténtica curiosidad, ajena a cualquier intento de coquetería. Al finalizar el recorrido, y viendo la expresión de Benji, sobre todo, Joaquín propuso un alto para tomar un refrigerio. Salieron rumbo a una confitería vienesa que ofrecía leche merengada y deliciosas tortas a las que el joven se dedicó con afán.

—¿Qué te ha parecido? —quiso saber Joaquín, mientras contemplaba con obsesión una miga de vainilla en el labio de Violeta.

—Estoy impactada —reconoció ella—. Podría trabajar todos los días en un lugar así, con esa claraboya gigante y las paredes llenas de anuncios. Es lo que me gustaría hacer. Lástima que no admitan mujeres.

—Nunca dije eso —retrucó Joaquín con viveza—. Me refería a que son minoría, pero sus artículos salen publicados al igual que los de los demás.

—¿En serio? —exclamó Violeta, admirada.

—Habrás oído hablar de Rosa Guerra. Ella publicaba años atrás con el pseudónimo de "Cecilia" en este mismo diario, cuando se llamaba *La Nación Argentina*. Primero hay que pasar por un tamiz de crítica, pero si lo tuyo es bueno…

Violeta recordó que doña Celina le había leído una vez un editorial de aquella mujer. La coincidencia la alentó. El nuevo camino parecía abrirse llano ante ella.

—¿Y podrías presentarme ante el crítico de las colaboraciones?

—Por supuesto, será un placer. Dame algo de tiempo. Hay otras publicaciones en boga, quizá más proclives a aceptar un artículo femenino. Se trata de revistas de interés general. La *Revista Nacional*, por ejemplo. La dirige mi tío, Adolfo Carranza, y admite colaboraciones sobre el pasado argentino. Estoy pensando si te animarías a mandar unas impresiones de la guerra contra el Paraguay, tus percepciones de niña. Creo que encajarían con el perfil de la revista. Yo mismo incursiono a veces con algún que otro artículo. A decir verdad —y bajó la voz en ademán conspirativo—, no siempre estoy de acuerdo con la tendencia política del diario.

—¿Y te permiten seguir aquí, pese a eso? —se interesó Violeta, cada vez más entusiasmada.

—Por supuesto. Ellos saben lo que valgo. Por otro lado, el blasón de don Bartolo es la libertad de prensa. Y su hijo Bartolito lo sostiene. *La Nación* es el diario más grande que se publica en Sudamérica, jamás desdeñaría formar parte de él.

Tanta cháchara fastidió a Benji, que se veía reducido al papel de niñero y escolta.

—¿Nos iremos por fin de este lugar de perdición? —comentó con aire socarrón.

Violeta lo miró con simpatía.

—Siempre y cuando esta tarde me ayudes a clavetear los paneles del teatro de títeres.

—A sus órdenes, *Mademoiselle* —y el joven besó la mano de Violeta con reverencia.

Ese contacto provocó un cosquilleo de rabia en Joaquín. Pese a darse cuenta de que Benji era sólo un muchachito y que Violeta lo trataba como a un hermano menor, saber que la tenía a su lado todo el tiempo que quisiera en casa de los Zaldívar lo fastidiaba. ¿Cuándo volverían los padres de aquel hijo pródigo?

—Puedo acompañarlos en el coche —ofreció.

—Caminaremos un rato —dijo ella—, para que Dolfito haga ejercicio. Pasar tanto tiempo encerrado en la casa no es bueno para un niño.

Joaquín miró el rostro delgado de Dolfito y vio que lo estaba contemplando con sagacidad, pensando algo que guardaba en secreto. Era, sin duda, un niño difícil. Le maravillaba lo bien que lo conducía Violeta, como si para ella aquel engendro no significase un desafío. Se preguntó si ese modo de ser tan distinto al de todas las mujeres que conocía se debería a su crianza en un medio salvaje como el de la ribera, a sus vivencias de la guerra o a su propia naturaleza. Violeta era un enigma que él deseaba descifrar.

Joaquín volvió a su puesto de trabajo, que era también un ámbito de diversión, ya que las prolongadas vigilias propiciaban salidas nocturnas y visitas a lugares *non sanctos* de la ciudad. A veces se terminaba con una comilona en algún restaurante, ostentando la pertenencia a lo que se solía llamar "la farándula periodística". Ésa fue la propuesta que Joaquín recibió de sus camaradas esa noche. Justo antes de salir, dio con una noticia que lo inquietó de manera extraña: en una columna de sucesos de la temporada en Mar del Plata se daba cuenta de un crimen aberrante cometido por el esposo, un hombre al que todos tenían por manso y trabajador. Su nombre era Manuel Iriarte, oriundo de la provincia de Corrientes. Ese nombre removió recuerdos enterrados en la memoria de Joaquín.

Manuel, de Corrientes. Manu, del Iberá. ¿Podrían ser la misma persona?

Aquel hombre que acompañaba a Violeta le había dicho que trabajaba en Mar del Plata. Y el apellido Iriarte… ¿Tendría que ver con el famoso hacendado?

Joaquín recortó el periódico y se guardó la infausta noticia en el bolsillo. Luego salió al fresco nocturno con la mente dividida en dos.

Algo le decía que el futuro de Violeta estaba en sus manos.

La velada de títeres contó con la audiencia de Brunilda, los niños Balcarce, que habían arribado ya de Mar del Plata, y Cachila, que los acompañaba. Refucilo espiaba desde lo alto de un aparador, pues Huentru había acaparado la primera platea con petulancia.

Benji y Violeta manejaban los muñecos y simulaban las diferentes voces de la obra. Era un cuadro sencillo, basado en una idea del propio Dolfito. El niño se hallaba sentado en el suelo, mudo y atento, controlando que todo se cumpliera según sus designios.

Un pirata de afilado bigote cojeaba frente a una aldeana de sonrisa boba, muerta de miedo. Las expresiones pintadas en esos rostros de papel maché resultaban grotescas, pero los espectadores aplaudían divertidos. Al ver aparecer a un mariscal de guerra de fieras cejas pobladas, Francisquito gritó un "hurra", eufórico por verlo enfrentarse al pirata. El más pequeño de los Balcarce era un demonio, siempre dispuesto a correr aventuras.

—Cállate —le espetó el hermano mayor.

—Déjalo tranquilo —saltó Juliana—, yo también quiero ver sangre.

Todo el tiempo era así entre los hermanos: Juliana apañaba las diabluras de Francisquito e irritaba a Santos, que se sentía demasiado grande para esos juegos. Dolfito, que por su edad debería ser el compañero del menor, se encontraba en cambio atraído por el temperamento del mayor. El hijo de Pétalo y Adolfo no encajaba en ninguna parte.

En un momento dado, Benji se salteó el parlamento e hizo actuar de manera impensada al pirata. El títere se apoderó de la aldeana que Violeta manejaba con pericia y la sacudió.

—¡Vendrás conmigo! —gritó— Serás mi esclava, y fregarás la cubierta de mi barco.

Violeta salió rápido del trance inventando su propio diálogo:

—¡Nunca, malvado! Antes prefiero morir.

Con su otra mano activó al mariscal, que acudió en defensa de la aldeana, aunque a último momento Violeta decidió que era tiempo de que aquella tonta reaccionase por sí misma, y le propinó un moquete al atrevido pirata. Se escucharon risas tras la cortinita de cretona, y el retablo se movió un poco. Sin duda, aquellos dos titiriteros estaban gozando de sus interpretaciones.

Cuando nada lo hacía esperar, Dolfito se puso de pie y señaló con rabia la escena.

—¡Eso no pasó! ¡Yo no dije eso! ¡Hagan lo que está escrito!

Se produjo un instante de silencio entre los espectadores, y los muñecos detuvieron sus movimientos. Violeta leyó con rapidez las líneas garabateadas, y vio con horror que el niño había escrito que el pirata debía castigar a la aldeana hasta reducirla a un despojo. Una y otra vez se leía la onomatopeya de los golpes que debía recibir, y al final de todo el gemido agonizante de la mujer destruida. Ella no había completado la lectura de la obra, suponiendo que a medida que avanzaran en la actuación la podría ir siguiendo. Por supuesto, no acataría esas instrucciones. ¿A quién representaban esos personajes en la mente de Dolfito?

Hizo señas a Benji de que debían continuar, y que le siguiera la corriente.

—Usted, señor pirata, se cree dueño del mundo porque navega los siete mares, pero yo soy la dueña de una granja y para mí ése es mi reino. Acá mando yo, no usted.

Benji, un poco atontado, decidió que el pirata bien podía discutir un poco.

—Echémoslo a la suerte, entonces.

"Ya salió a relucir el vicio", pensó Violeta, pero le pareció buen argumento para encarrilar la escena, y continuó:

—Que el señor mariscal piense un número y diga si es el que tengo en mente.

Hizo la parodia de mostrar con los dedos de la aldeana el número que pensaba, así los niños podrían participar, y luego se inició la tómbola. Después de dos desaciertos, el mariscal dijo el número que liberaba a la aldeana y condenaba al pirata a volver a la mar. La función terminó con la canción del pirata, que Violeta inventó en ese mismo momento.

Todos aplaudieron, salvo Dolfito.

—¡Otra, otra! —gritaba el pequeño Francisco batiendo palmas como loco.

Los títeres saludaron inclinándose por fuera del tablado hasta tocar con sus cabellos de lana el suelo, y por fin los artífices salieron a saludar también. Hubo rueda de bizcochos al final, y al rato los niños Balcarce partieron rumbo a su casa.

Mientras acomodaba los muñecos en el baúl de su cuarto, Violeta percibió una presencia tras la puerta. Dolfito la aguardaba en el patio.

—¿Por qué tuviste que cambiarlo todo? —le reprochó.

—No me di cuenta de que la trama era tan cruenta. A último momento quise darle al pirata una oportunidad de ser bueno.

—No es bueno sino estúpido.

—¿Por qué, Dolfito? Un hombre que acepta su destino no es tonto sino sabio.

—Yo quería que ella muriera.

Alarmada por el cariz de los pensamientos del niño, Violeta lo tomó de la mano y lo obligó a sentarse junto a ella sobre la colcha de retazos.

—No debes desear la muerte de nadie, es pecado. Además, si matas a alguien no le dejas la oportunidad de aprender que está equivocado.

Dolfito la miró con la rabia desbordando sus ojos rasgados.

—No me importa que no aprenda, quiero que muera.

—Entonces, el pirata iría preso y pasaría el resto de sus días comiendo pan y agua en una celda.

Esa idea hizo dudar al niño, que al fin dijo:

—Haremos un muñeco que lo rescate, así podrá ser libre para siempre.

—Lo que haremos será otra obra. Hoy mismo pensaremos una nueva. ¿Qué te parece?

El labio inferior del niño empezó a temblar y pronto las lágrimas brotaron de sus ojos, pese a que él intentaba enjugarlas antes de que corriesen.

—Dolfito, no llores, es sólo una historia inventada. Haremos otra que nos guste a todos, ya verás.

—¡No entienden nada! —gritó el niño con voz aguda, y echó a correr hacia el jardín.

Violeta lo siguió, con la falda arremangada para evitar las espinas de las coronas de Cristo que crecían en grandes racimos. Lo halló acurrucado sobre el muro externo, con el cabello lacio sobre el rostro ocultando su llanto. Ella se arrodilló y lo abrazó sin decir nada, acunándolo en su seno con paciencia. Un balanceo monótono fue calmando los hipos de Dolfito poco a poco. Al fin, Violeta se sentó a su lado y, con la espalda apoyada en el muro también, comenzó a hablarle.

—¿Sabes? Manu, tú y yo, los tres nos parecemos bastante. Ninguno de nosotros tiene a sus padres por completo. Venimos de personas ausentes a las que no conocimos, pero igual somos afortunados por tener a otras que quisieron cuidarnos.

—¿El hombre que ayuda a llorar no tiene padres?

—Tiene un padre que le dio su apellido, pero no conoce a su madre. Ni siquiera sabe quién es. Yo tampoco sé quién es mi padre, me crió mi tío Bautista en la ribera. Mamá nunca me dijo ni yo le pregunto, pues acá —y la joven se tocó el lado del corazón— siento que esa pregunta le causaría mucho dolor. A ti te criaron Julián y Brunilda, que no pueden tener hijos propios. Lo sabes, ¿verdad?

Dolfito se quedó impactado con la noticia.

—¿Nunca tendré hermanos como Francisquito?

—"Nunca" es demasiado decir. Por ahora no los tienes, y no sabemos qué les depara Dios a tus padres en el futuro. Lo que sí sabemos es que te aman mucho, Dolfito, y que eres la luz de sus ojos. Piensa que hay sitios adonde llevan a los niños abandonados, y ellos no han querido usarlos, prefirieron cuidarte y amarte. Brunilda también perdió a sus padres, y fue criada por personas buenas que la amaron.

—Mis padres verdaderos se odiaban.

—Creo que no. Ellos se amaban a su manera, y tal vez ese modo no alcanzó para hacerlos felices. Si tu padre volvió por ti es que no te había olvidado. Era amigo de Julián, eso lo sabes. No había de ser mal hombre entonces.

Dolfito trataba de digerir la información y mantener al tiempo una actitud intemperante.

—¿Por qué no le preguntas a Julián sobre tus padres? —dijo de pronto Violeta—. Él los conoció a ambos, incluso viajó al país de tu mamá. Es un sitio muy antiguo donde hubo maestros de mucha sabiduría. ¿Sabes una cosa? Yo hubiese querido visitarlo, porque hay allí aves hermosas y extrañas que nosotros nunca vimos. Estoy segura de que Julián se aliviará al poder hablarte de eso, Dolfito, y si no lo hizo hasta ahora fue porque pensó que te causaría pena. Depende de ti hacerle entender que no es así.

—¿Qué lugar es ése? —inquirió el niño, pues le picaba la curiosidad con lo de "sabiduría y extrañas aves".

—La China, un país lejano y misterioso. Hubo navegantes que lo recorrieron en tiempos en que era desconocido, y llevaron en sus barcos toda clase de tesoros. El más importante fue el conocimiento. Ven, te mostraré algo.

Se levantó, instando a Dolfito a seguirla a su cuarto. Allí revolvió entre sus pertenencias y sacó una de sus carpetas de dibujo. Dio vuelta con rapidez las hojas ante la mirada escrutadora del niño, que fiscalizaba la importancia de lo que vería a continuación, y se detuvo en una lámina copiada de una vieja enciclopedia. La sostuvo sobre la cómoda como si fuese un cuadro.

—Ésta es la grulla inmortal, uno de esos tesoros que te digo.

Dolfito observó la estampa del ave zancuda de blanquísimo plumaje, con una pincelada roja en la cima de su cabeza pelada. Luego contempló la expresión admirativa de Violeta.

—¿Puedo quedármela para mirarla mejor?

—Si prometes ser cuidadoso con las hojas. Son mis trabajos de la escuela de dibujo.

Dolfito cargó en sus brazos la carpeta y se quedó sin saber qué otra cosa decir. Una oleada de preguntas se le amontonaban en la garganta. Por primera vez podía expresar lo que llevaba clavado en el corazón, esa rabia mezclada con miedo, una desolación que ni siquiera el cariño de Brunilda y Julián conseguía disolver. Con Violeta podía ser sincero, ella no temía a las palabras ni ocultaba cosas.

—Quiero ver láminas de ese país —dijo, resuelto.

Por toda respuesta, Violeta tomó una hoja en blanco de otra carpeta y, abriendo un cajoncito donde guardaba los carboncillos, trazó en pocas líneas un paisaje ante la mirada atónita del niño. Eran imágenes labradas en su mente, que reflejaban la belleza de un lago cruzado por puentes colgantes y un fondo de montañas; en primer plano, un pajarillo se sustentaba en ramas florecidas, y en la lejanía, una barca liviana con un barquero que usaba un sombrero cónico y se valía de un largo remo.

—¿Quién es?

—Un chino que vuelve a su casa luego de una jornada de pesca— respondió Violeta.

La pequeña sonrisa que curvó el labio del niño la animó a proseguir.

—Y aquí lo espera su esposa, la bella Li Nieve.

Dolfito miró con atención el rostro que surgía de la mano hábil de Violeta: un óvalo donde la boca era un botón de flor y los ojos apenas unas líneas oscuras.

—Es como yo —murmuró.

La dama china aguardaba al marido en la puerta de una casita de troncos, rodeada de flores. Llevaba una taza de té en las manos, y miraba hacia el lago en actitud expectante.

Algo profundo se removió en el interior del niño al verse por primera vez interpretado. Violeta le acababa de dar una imagen de un mundo del que él provenía sin saberlo. ¡Existían entonces esos ojos oblicuos que causaban murmullos entre la gente que lo miraba pasar de la mano de Julián! Había otros seres de cabello lacio y rostro pálido como el suyo. Y ese barquero, que atravesaba el lago para tomar el té con su esposa, quizá fuese callado como él y no desease jugar ni hablar con otros sino remontar su cometa en un cielo donde se divisaban nubes largas como el humo.

Violeta hizo un rollo con la hoja y lo ató con una cinta que se quitó del cabello.

—Es tuyo, para que lo mires cuanto quieras. Más adelante podrás pintarlo, si prometes ser cuidadoso también con los crayones. Hay de todos los colores, mira.

Dolfito salió del cuarto de la joven como en un trance. Ignoró el rostro preocupado de Brunilda al verlo pasar rumbo a su dormitorio, y apenas notó que en el despacho de Julián se abría la puerta. Tenía mucho en que pensar, no quería tomar la cena ni dormir hasta que no hubiese agotado ese pensamiento. Y más tarde, cuando estuviese listo, exigiría que le contasen la historia de la China.

Por fin podía aferrarse a algo, como sus barriletes al hilo que él sostenía, para no perderse en la infinitud del cielo.

Después de la visita a la redacción, la presencia de Joaquín Carranza en la casa de los Zaldívar se hizo más frecuente. Julián se veía complacido por los encuentros y Brunilda, aliviada al ver que Dolfito volvía a ser el niño sensible de antes, se desvivía por agasajar al cortejante de Violeta. La misma joven se sentía a gusto en compañía del prometedor candidato, no sólo debido a que la animaba a escribir notas para el periódico, sino porque su carácter jovial lo convertía en un compañero de aventuras. Para completar la armonía, la familia Ramírez Aldao había regresado por fin y Benji partió a su hogar un poco cabizbajo, pues sospechaba que su padre lo pondría en cintura, obligándolo a decidir entre trabajar en la empresa familiar o estudiar alguna profesión. Su natural indisciplinado prefería optar por el trabajo. Sin duda, ser el hijo del patrón tendría sus ventajas.

Joaquín se animó a confesar sus inclinaciones políticas ante Violeta, y ella lo escuchaba absorta, penetrando en ese mundo masculino que le resultaba excitante. ¡Si hasta corría la pólvora en defensa de las ideas!

—Soy hombre de Leandro Alem —le dijo un día, y se explayó sobre las lides autonomistas, la voluntad popular, las injusticias que reclamaban rápida solución. Todas razones que Violeta entendía y apoyaba, pues era mandada a hacer para las causas que parecían imposibles.

También Joaquín se embebía de los proyectos de Violeta. Iba descubriendo, a medida que la trataba, las capas profundas de una personalidad fascinante, alejada de cualquier fingimiento o estrategia femenina. Miradas pícaras, sonrisas cómplices, el roce de una mano o el leve contacto al subir a un coche nunca conllevaban intenciones secundarias, aunque de todos modos Joaquín suspiraba cada vez que ocurrían. "La conquistaré", se decía, y las veladas compartidas se le hacían tan placenteras que por momentos no existía otra cosa en su mente que esa casona del centro donde ya era parte de la familia Zaldívar.

La propia familia de Joaquín era gente bien, de la que se mencionaba en las tertulias, se saludaba a las puertas del teatro o se encontraba en las confiterías de la calle Florida.

Un día, avanzando más en su propósito, invitó a Brunilda y a Violeta a casa de su madre, que vivía con su hermana soltera en un piso de la calle Maipú. Él se había independizado hacía tiempo, y alquilaba la parte alta de un edificio destinado a galería de negocios de joyas y relojes.

—Ya les dije que irían esta tarde, y están ansiosas. Han preparado toda la repostería que conocen, así que les recomiendo no almorzar hoy —les anunció la mañana del jueves.

Allá fueron los tres, horas más tarde, a bordo del carruaje de los Zaldívar.

La rama de los Carranza de Joaquín provenía de Aragón, y el muro de su casa ostentaba el escudo heráldico que reproducía en la piedra el antiguo blasón de los infanzones, hidalgos rurales que protagonizaron la reconquista de aquel reino. En vida de su padre, Joaquín había escuchado muchas historias que destacaban la nobleza de sus ancestros, probada con la certificación de sus armas oficiales por el Decano Rey de Armas. La prosapia familiar se advertía también en el mobiliario y en la austeridad de las dueñas de casa.

La madre de Joaquín las recibió sentada en una silla nazarí, junto a un bargueño repleto de cajones y pilastres, en una habitación ocupada por una alfombra morisca e iluminada por ventanucos alargados. La anciana extendió las manos hacia las invitadas.

—Bienvenidas, y hónrenme con sus disculpas. Hace tiempo que no salgo de esta silla, mis huesos no me lo permiten, salvo para acostarme en el lecho.

Doña Joaquina era una mujer hermosa, aunque en su rostro se habían tallado líneas de sufrimiento, y de la peor clase: el dolor físico. Pese a eso, sus ojos conservaban la claridad y, sobre todo, la bondad del que se eleva por encima de las miserias humanas.

Tanto Brunilda como Violeta simpatizaron con ella de inmediato.

—Hijo, haz que nuestras invitadas se sientan a gusto. La casa es algo sombría, pues vivo sola con mi hermana, y no hay quien desacomode todo como a mí me gustaría.

La sonrisa que le dirigió a Violeta parecía decir que confiaba en ella para que en algún momento llevase a esa casa motivos para desordenarla.

Joaquín hizo el papel de anfitrión con soltura. Al haberse criado como único hijo varón, poseía la confianza del que nunca ha sido cuestionado. Doña Joaquina, por su parte, admiraba el porte de aquellas dos damas que formaban el círculo de amistades de su hijo. Brunilda, de quien mucho se hablaba debido a su *maison* de costura, le pareció exquisita. Ella apreciaba el don de lucir bella sin abalorios, y esa mujer rubia de cabello corto, vestida con un sencillo traje de seda color lavanda, daba clase de elegancia y estilo con sus pendientes de perla y sus zapatos de tacón con pequeños moños en el empeine. En cuanto a la más joven, doña Joaquina se deleitaba contemplando la gracia que emanaba de sus gestos, la naturalidad con que manejaba su falda de muselina y su pamela con cintas de raso. El sello de la *maison* Bruni estaba presente en ambas. Violeta usaba la nueva blusa de cuello alto y mangas abullonadas que hacía furor en Europa, cubierta por una chaqueta corta. Aquel atuendo hablaba también de una elección personal, el deseo de liberar los movimientos. Aprobó en su interior aquel rasgo de carácter.

—Mi hijo dice que escribes —comentó apenas Violeta se acomodó en su silla.

—Me gusta mucho, sí, aunque todavía no sé si haré algo con eso.

—En lo que de él dependa, seguro que sí. Además, mi cuñado está vinculado al mundo de las publicaciones.

—Ya le hablé del tío, madre —intervino Joaquín, temeroso de que le aguaran la sorpresa que tenía reservada a la joven en esas cuestiones.

—Estás en buenas manos —concluyó la anciana.

—Su hijo es muy apreciado en la redacción —dijo entonces Violeta—. Me llevó a conocer su lugar de trabajo. Es fascinante. Si pudiese trabajar en un sitio así me sentiría muy feliz.

—Poco a poco. La juventud tiene prisas, pero la vejez es sabia. Joaquín te guiará de la mano para que no caigas, estoy segura. Mi hijo tiene un alma noble.

—Mamá...

—Deja que me vanaglorie un poco. Qué otra cosa me queda, a mi edad. Y a usted, señora de Zaldívar, debo felicitarla por el éxito de su negocio. En Buenos Aires no teníamos muchas casas de moda que fabricasen tan buena ropa; la mayoría de las damas de la ciudad traen las prendas de sus viajes.

—Bueno, creo que lo siguen haciendo. Y me sirven como modelos para coser nuevos trajes con detalles distintos. Lo más difícil es mantenerse al corriente de las novedades, pero tengo buenas colaboradoras —contestó Brunilda.

—Mi difunto esposo nunca quiso que hiciese nada, y eso que estudié piano y llegué a tocar enfrente de algunas personalidades. Admiro a los hombres que apoyan a las mujeres en sus deseos de perfeccionarse. Vivimos una época de cambios, ya no es como cuando yo era joven. Las niñas debían aprender sólo para el lucimiento personal y hasta el matrimonio, pues luego el saber se archivaba. Ah, si hubiera podido nacer de nuevo... distinta sería mi historia. Te ríes —agregó, mirando a Joaquín con ternura.

—No, madre, es que no quiero espantar a mis invitadas todavía —y guiñó un ojo a Violeta.

—¿Y qué le habría gustado hacer, señora? —inquirió ella.

—¡Estaba esperando que lo preguntaras! Pues me hubiese gustado volar en globo.

Joaquín hizo un gesto de rendición.

—Ya está —soltó con fatalismo.

—¿De verdad?

Los ojos de Violeta no podrían haberse abierto más. La joven casi resbaló de su silla de tanto que se inclinaba sobre doña Joaquina.

—Es que mi padre fue un aventurero. El abuelo materno de Joaquín podría haber escalado montes en el África o vivido en la Legión Extranjera. Recuerdo a mi madre rezando en las noches cuando tardaba en regresar. Ella sabía que tal vez lo perdería por varios días y hasta meses. Reconozco que ésa no era forma de vida para ella, la pobre. Yo siempre comulgué con el espíritu de mi padre. Joaquín, en cambio, heredó la vena paterna, él sigue los pasos de mi cuñado, que es doctor en jurisprudencia y coleccionista, ama la historia y la literatura. No me quejo, casi hasta me alegro, puesto que mi pobre madre vivió siempre a salto de mata. Mi hijo se avergüenza de mis ambiciones, dice que soy un hombre en un envase de mujer.

—A mí me parecería formidable volar en globo, sería sentir lo mismo que las aves que tanto me gustan.

—¿Ven por qué no deseaba que saliera a relucir todo esto? Ahora se olvidarán de mí, y dejaré de tener el privilegio de atenderlas.

El lamento de Joaquín provocó risas, y en ese instante Violeta experimentó un cosquilleo de predestinación. Por eso no se sorprendió tanto al ver entrar a Esmeralda Mazur al cuarto.

—Ah, acá está mi hermana. Por fin llegaste, querida. Te aguardaba para servir el té.

Hicieron las presentaciones, y si bien la anciana amiga de Celina Bunge no pareció sorprendida del encuentro, tampoco comentó que se hubieran visto antes.

La llegada de Esmeralda introdujo un giro en la conversación.

Mientras la criada morena desfilaba con bandejas colmadas de exquisitas confituras, Joaquín miraba a las invitadas con aire de quien ya les había advertido del despliegue. Los hojaldres, los almíbares y las cremas eran tan tentadores que se dejaron arrastrar por la gula. El té con especias favorecía la degustación. Violeta sentía los ojos de Esmeralda fijos en ella durante la charla. Después de un rato, y aprovechando que Brunilda tomaba nota de un encargo que doña Joaquina le hacía, la dama se inclinó sobre la joven y le comentó en confianza:

—¿Has vuelto a tener esos sueños reveladores?

—No, pero estoy más tranquila que antes. Le agradezco que me haya mostrado que puedo convivir con ellos sin temer nada.

—Sin embargo, no debes desatenderlos tampoco. En especial si vives situaciones inconclusas. Tal vez te convendría propiciarlos.

Esas palabras retuvieron el interés de Violeta.

—Cada vez estoy más convencida de que eres portadora del Espíritu —dijo Esmeralda—, y eso te otorga una misión, querida niña. Ver lo que otros no pueden, soñar o presentir son manifestaciones que reclaman tu atención. Quizá no fui clara cuando te dije que no te alarmaras con tus percepciones. Nunca te recomendaría dejarlas a un lado. Hay seres que vienen a este mundo con algo elevado a cuestas. Y no estás sola en esto —agregó con un atisbo de simpatía.

—¿Cómo puedo conocer esa misión?

Violeta se mostraba abiertamente intrigada, y Esmeralda se entusiasmó.

—Hay señales. Saber verlas es parte del aprendizaje. Algunos vienen a sanar heridas, otros a conducir a las voluntades o a enseñar cosas esenciales. El don se manifiesta desde temprano, lo que sucede es que los demás nos obligan a reprimirlo. Es natural que al volverte adulta los sueños se hayan retirado, sobre todo si viviste rodeada de gente de mundo. En realidad se adormecieron, en un letargo del que sólo tú puedes despertarlos. Y si no lo logras, almas compañeras de la tuya vendrán en tu ayuda.

—Quisiera conocerlas ya mismo —repuso Violeta con aire soñador.

—Ya las conoces, estoy segura. Las almas que comparten ese designio se buscan durante toda la vida.

—¿Siempre se encuentran?

—Sí, aunque a veces se necesitan otras vidas para eso. Pero sospecho que no es tu caso, el resplandor que veo en ti me indica que has sido afortunada.

Violeta estaba maravillada. Esmeralda Mazur poseía un magnetismo que tornaba verosímil todo cuanto decía. Y ella nunca descartaba las ideas, antes bien, las absorbía como parte del universo que la rodeaba. La mente de Violeta era un círculo en el que todo giraba en armonía. Para la tía de Joaquín, aquella joven era un hallazgo. En su largo camino de búsqueda del conocimiento, sólo sus maestros se le habían revelado como seres superiores, de ellos había aprendido el arte de desprenderse de lo superfluo, la compasión y el don de perdonar. Ahora se le presentaba esa joven preciosa que poseía todo eso junto sin siquiera ser consciente de ello. Era un tesoro que no podía dejar escapar. Su misión, si es que le tocaba alguna, sería iluminar el camino de Violeta Garmendia.

—¿Un pellizco de merengue?

Joaquín le ofrecía el dulce en un platillo de porcelana. Su rostro viril ostentaba una media sonrisa; sin duda pensaría que acudía al rescate de la dama. La tía sonrió enigmática, y la conversación volvió a revestirse de normalidad.

Cuando regresaban a la mansión Zaldívar, Joaquín se sintió obligado a disculparse:

—Espero que mi tía no te haya martirizado mucho.

—Al contrario, me encantó conversar con ella, sabe cosas interesantes.

—Así se dice de los que caminan en el borde —respondió él haciendo un gesto vago con la mano—, aunque debo reconocer que es una mujer encantadora cuando quiere.

—Conmigo ha querido, entonces.

La respuesta de Violeta lo convenció de que no le convenía criticar las extravagancias de la tía Esmeralda. Otra señal de la originalidad de la joven, que no había visto nada raro en las divagaciones de la mujer mayor.

Esa misma tarde Violeta tuvo la prueba de que Esmeralda Mazur estaba en lo cierto cuando le decía que debía prestar atención a las señales.

Apenas supo de la situación de Manu Iriarte, Julián se puso en campaña para reunir elementos en su defensa sin dar parte a Violeta, por temor a que la joven decidiese acudir en su ayuda, como cuando sucedió lo de la pulpería del arrabal. Su profesión le permitía conocer a muchos especialistas en diferentes asuntos, así que mientras su protegida tomaba el té en lo de los Carranza él recurría a un jurista de renombre que dedicaba su labor a la ciencia criminal. Feliciano Herrera Nieto tenía su despacho en un cómodo departamento de la calle Talcahuano, cercano al propio estudio jurídico de Julián.

La bonhomía del jurista se mantenía inalterable. El doctor Herrera se había formado en el Colegio Nacional de Catamarca, su provincia natal, y había hecho sus primeros años de Derecho en la Universidad de Córdoba, hasta que circunstancias familiares lo llevaron a instalarse en Buenos Aires, donde los finalizó con honores. Era un hombre delgado y enérgico, pura fibra e intelecto.

Recibió a Julián con un fuerte apretón de manos y de inmediato lo condujo a su escritorio, donde le presentó a un caballero de bigotes y aspecto respetable.

—¿Conoce ya al doctor Ramos Mejía?

Si se trataba del médico que contribuía con su ciencia a enriquecer los estudios legales, Julián lo conocía de sobra, aunque no había tenido el honor de estrechar su mano. Creyó providencial el encuentro, ya que esos dos especialistas, cada uno en su área, podrían brindarle un panorama más completo de su caso. El doctor Herrera pidió a su amanuense que fuese al bar de la esquina a encargar café y unas roscas, y se dispuso a departir en amigable charla con sus visitantes.

—El asunto parece sencillo —dijo, al escuchar el relato de los hechos por boca de Julián—. Habrá testigos que declaren que su defendido se encontraba en otro sitio a la hora del crimen. Salvo que alguien desee perjudicarlo y se niegue a testificar.

—Me temo que Iriarte es un hombre de pocos amigos, aunque eso no significa que sea inadaptado, sólo que no suele entrar en confianza. Por lo que sé hasta ahora, estaba viviendo lejos de su casa y dedicado a la pesca. Para peor, los suegros declararon que él había arruinado la vida de la esposa al embarazarla de un hijo que luego ella perdió.

—Mal asunto —dijo entonces Herrera, pensativo—. La policía atina siempre a desconfiar de los esposos y los novios, porque eso abona la teoría del delito pasional, tan en boga en estos tiempos. Tiene en su contra que es un poco hosco, según dice usted, y que se ha conchabado en distintos trabajos.

—Disculpe, doctor —terció Ramos Mejía, que escuchaba con atención—, ¿cómo es el aspecto de ese hombre?

Luego de oír una descripción sucinta de Manu, el médico apretó los labios y sacudió la cabeza.

—Reúne también algunas cualidades sospechosas en ese sentido: físico corpulento y del litoral, un sitio en el que los estudios clínicos han detectado mayor virulencia en el carácter, una irritabilidad extrema. Veo que usted, de todos modos, confía en su inocencia.

—Han pasado años desde que lo vi por última vez, y en circunstancias que lo comprometerían aun más, pero pese a todo sé que no es un hombre violento, y que cuando actuó así lo hizo motivado por causas ajenas a él.

—Mire, doctor, el que delinque actúa muchas veces por impulsos ocasionales; no siempre se es delincuente profesional. Así y todo, la peligrosidad puede ser la misma. Sobre todo en estos delitos de sangre, donde se mezcla la idiosincrasia del actor.

—Insisto en que merece que lo defiendan creyendo en su inocencia.

—Estoy de acuerdo —intervino Herrera Nieto—, es su derecho y nuestro desafío.

Julián respiró aliviado al entender que el jurista estaba haciendo suya la causa de Manu. Era la colaboración que había ido a buscar.

—Me he dedicado en especial a las enfermedades nerviosas, que muchas veces desembocan en una conducta criminal —seguía diciendo el médico—. En el peor de los casos, usted podría argumentar que este hombre sufre de una anomalía en el encéfalo, que no tiene por qué ser definitiva. Actuó movido por un instinto que no pudo reprimir. Hay distintos tipos de neurosis, pero todas tienen en común cierto extravío. Fíjese en los poetas, por ejemplo.

Julián prestó atención. Pese a que el caso de Adolfo Alexander estaba finiquitado y por voluntad del mismo protagonista, era un tema que le resultaba doloroso todavía, ya que la muerte abrupta del antiguo amigo lo había puesto en la disyuntiva de preguntarse si lo que había hecho por él años antes no habría empeorado su situación, de por sí inestable. Ni el doctor Herrera ni el doctor Ramos Mejía podían imaginar el grado de responsabilidad que pesaba siempre en el corazón de Julián Zaldívar, un hombre que parecía nacido para solucionar los problemas de los demás, aun sin proponérselo.

—Siempre parecen hastiados de la vida y lo proclaman en sus versos, pero no conozco entre nuestros poetas a ningún suicida. Mienten un cansancio de la vida terrena, fraguan una personalidad. La neurosis es en ellos delirio de persecución.

—Lamento decirle que se equivoca en eso, doctor. Yo mismo fui testigo del suicidio de un poeta que, además, era mi amigo.

—¡Caramba, hombre, cuánto lo siento! Entonces será un caso hereditario de predisposición a la melancolía. Eso se comprueba con la histología.

—El doctor Ramos Mejía ha escrito muchos libros sobre las patologías que influyen en la conducta. Nosotros, los que seguimos la corriente de la Scuola, tomamos en cuenta sus apreciaciones, aunque es cierto que todo está en un plano experimental y continuamos en la línea clásica. Mi proyecto es contribuir a que la ley que nos rige recoja estas nuevas corrientes que apuntan al estudio del delincuente, al hombre, para poder comprender la causa del delito. El código de Tejedor se ocupa del acto sin tomar en cuenta al que lo comete. Imagínese, doctor, al juez le basta con abrir el código y aplicar la pena, sin saber nada del pasado del hombre que cometió ese crimen, si es un delincuente casual o profesional, si obró por locura moral o hay causas ocultas en su proceder. ¿Puede una ley así evitar que ese delincuente reincida? Yo creo que es la manera de hacer de un delincuente primario uno que castigará a la sociedad sin respiro.

Julián estaba por el momento más interesado en salvar a Manu, si bien entendía que el conocimiento de la personalidad psíquica de los delincuentes podría ayudar a crear establecimientos donde se intentase corregir esas anomalías. Lamentaba que su apuro en conseguir elementos de juicio no le permitiese disfrutar a gusto de aquella conversación doctrinaria. Estaba al tanto de que el presidente Juárez Celman propiciaba la revisión del Código Penal, y sin duda Herrera estaría en contacto ya con Rodolfo Rivarola, Norberto Piñero y Nicolás Matienzo, los juristas que analizaban el tema. En esos días muchos se apegaban a la escuela penal italiana, de la que habían recibido novedosos enfoques. Reinaba el optimismo en torno a las ideas que prometían avanzar en el tratamiento de los delincuentes al tiempo que sanear a la sociedad. Los crímenes habían aumentado, y no siempre se explicaban con el argumento de la inmigración. Tal vez, cuando contaran con estadísticas y se creara un registro central de reincidentes pudiesen elaborar políticas adecuadas.

—Pero usted ha venido en pos de una defensa, mi querido colega, y no se irá de aquí con las manos vacías. Ah, aquí llega el café. Preparemos nuestro cerebro para el pensamiento, entonces. ¿Qué me dice, doctor Ramos Mejía? ¿Es lícito hacerlo?

El médico sonrió, comprensivo.

—De vez en cuando. También en la alimentación reside el secreto del buen funcionamiento del encéfalo. Luces y sombras, razón y locura… Hay un delicado equilibrio del que aún no sabemos lo suficiente —repuso, conciliatorio.

Decididos a trabajar en conjunto para lograr lo mejor que se pudiera, los tres hombres se arrellanaron en sus sillas para degustar el refrigerio antes de enfrascarse en el análisis del caso de Manu.

Les salieron al encuentro los niños y Violeta se arrojó del carruaje antes de que Joaquín pudiese atajarla. Juliana Balcarce llevaba en brazos a un perrito blanco y negro, y no hizo falta que dijeran nada, Violeta supo que se trataba de Duende. Cómo había llegado allí, aún no lo sabía, pero el latido de su corazón le indicaba que había sucedido algo terrible.

—¡Miren lo que nos trajo papá! —gritaba Francisquito corriendo tras su hermana.

Dolfito miraba la escena desde el umbral. Vio a Violeta abalanzarse sobre el perro, tomarlo en sus brazos y entrar a la casa como una ráfaga. La siguió porque intuía que se refugiaría en su cuarto, donde la aguardaba Huentru. Los niños venían detrás, excitados. Dolfito se volvió hacia ellos con fiereza.

—Quédense acá —les dijo— hasta que ella salga de nuevo.

—¿Por qué? —lo desafió el pequeño Fran—. ¡Nosotros teníamos al perrito!

—Porque pasó una desgracia —contestó Dolfito, que sospechaba lo que no le decían.

Un poco impresionado, el niño retrocedió y Juliana ocupó su sitio.

—Que nos lo diga Violeta, entonces. Hazte a un lado.

La niña resultaba intimidante con su ensortijado cabello de cobre y sus ojos dorados, pero Dolfito acababa de recibir una dosis de entereza con los sucesos vividos y lo que cada día aprendía sobre el país de su madre, cuna de guerreros sanguinarios y maestros iluminados. Una mujer no iba a vencerlo tan fácil.

—Pasarán sobre mi cadáver.

La frase provocó una exclamación admirada de Francisquito y una convulsión de risa en Juliana. Por fortuna, Brunilda irrumpió en el patio y el encono de Dolfito se disolvió.

—Niños, dejen a Violeta tranquila hasta que podamos hablar con ella. Vayan a la cocina, que Cachila les dará las pastas que preparó María.

Los tres se marcharon a regañadientes, y Brunilda se acercó con cautela a la puerta cerrada. Ella no había hablado con Violeta del suceso por pedido de su esposo, que quería evitar las reacciones de la joven en favor de su amigo, y ahora se sentía culpable, pues la verdad salía a relucir tarde o temprano, y lo que no se decía en el momento justo saltaba en el menos adecuado. Joaquín aguardaba en la sala, con el mismo talante preocupado.

—Querida, ábreme, debo hablarte.

Violeta apretaba a Duende contra su pecho ante la mirada atónita de Huentru que, subido a la colcha, intentaba meter su hocico entre la piel de su ama y el conocido olor de su compañero de juerga. Un remolino de pensamientos de toda índole giraba en la mente de la joven mientras las lágrimas que no había vertido en su momento rodaban por sus mejillas. "¿Por qué?", "¿por qué?", se repetía en su interior.

Violeta había crecido con Manu. Él fue sus manos, sus ojos, su fortaleza de piedra en medio de la convulsionada guerra. Ella, a su vez, había sido el consuelo y la alegría del muchacho que no tuvo otra guía que la naturaleza. Manu era salvaje, como también lo era ella en alguna medida. Ambos poseían un fuerte arraigo en el mundo natural que los educó en los tiernos años. Al encontrarlo después de la dolorosa separación, ella había creído recuperar aquel tiempo maravilloso, por eso sufrió tanto el disimulo, la mentira. ¡Si ella era Manu y Manu era ella! ¿Cómo había podido engañarse tanto? Descubrir un doblez en alguien que formaba parte de su propia alma fue una herida asestada donde más le dolía. Para ese hueco no había cura, salvo cerrar el corazón al recuerdo. Ahora, sin embargo, cuando ese mismo corazón latía alocado, temblando de pavor ante la posibilidad de que algo malo le hubiese sucedido a Manu, no podía negar que haría cualquier cosa con tal de ayudarlo, si es que aún cabía pensar en una ayuda. Manu jamás se hubiese separado de Duende. Al dejar a Huentru en sus manos, lo hizo bajo la promesa de que ella lo cuidaría siempre. Él era así con los animales. Había logrado que no mataran ese día a los lobos marinos, y también ideó la forma de espantar a las palomas para frustrar la cacería. Manu jamás abandonaría a su perro. Por ende, algo le había ocurrido.

—Quédate aquí —susurró, mientras depositaba al cuzco en la colcha, cediendo al fin a los intentos de Huentru por alcanzarlo.

Se quitó los botines y caminó descalza hacia la puerta, donde sabía que Brunilda aguardaba.

—Me siento cansada —le dijo a media voz—. Hoy no cenaré.

—Violeta, debo decirte algo.

—No quiero saberlo, no todavía.

—Está bien. ¿Qué le digo a Joaquín, entonces?

—Que vuelva mañana. Y que le agradezco la invitación, me alegró conocer a su madre.

Los pasos indicaron que Brunilda se alejaba, y Violeta se dejó resbalar hasta el suelo, donde dobló las rodillas y descansó la cabeza agobiada en la misma postura que lo había hecho Manu sin que ninguno de los dos lo supiese. Los perritos se revolcaban sobre la colcha, ajenos al sentir de la joven mujer que derramaba lágrimas de presentimiento. Más que nunca, la necesidad de volver a tener esos sueños la acuciaba. Recordó las palabras de Esmeralda Mazur e intentó forzar la mente para alcanzar alguna iluminación. Nada.

De pronto, se levantó y buscó entre sus recuerdos de las vacaciones la caracola y la acercó a su oído. Enseguida recuperó el sonido, la canción del mar que la arrullaba en la gruta. Cerró los ojos e invocó aquellas escenas anteriores al desengaño, cuando eran felices y ella creía que acababan de encontrarse para siempre. Ese rumor apaciguó sus latidos. Ya podía sentir el aroma salado de la espuma, el calor del sol sobre su cabeza, la arena ardiente bajo sus pies, el chillido de las gaviotas… y las manos de Manu sobre su cintura, aprisionándola en un abrazo que la conmovió entera. "Almas compañeras", había dicho la tía de Joaquín. Violeta abrió los ojos y miró hacia la puerta. Alguien se hallaba afuera, y no era Brunilda.

—Dolfito, ¿eres tú?

El niño permaneció callado, con su rostro pálido y serio.

—Entra. Hoy estoy triste, no deseo jugar ni leer historias.

—Ya lo sé. Vengo a acompañarte.

El pequeño se instaló sobre la cama, pese a los gruñidos de Huentru, y apoyó su cabeza en el almohadón de retazos.

—Padre me dijo que hubo un problema con el hombre que ayuda a llorar.

—No me lo digas, Dolfito. No quiero saberlo.

—Padre se está ocupando.

Violeta se tapó los oídos con ambas manos.

—Mamá dijo que deberían habértelo dicho antes —insistió el niño.

Violeta separó las manos y lo miró con el alma en vilo.

—¿Todos lo sabían menos yo?

—Yo no sabía nada. A mí tampoco me dicen las cosas.

El argumento enterneció a Violeta, que se sentó junto a él y acarició distraída el lomo de Duende.

—Manu no está muerto, eso lo sé. Los adultos somos muy torpes, Dolfito, hacemos daño a las personas que más queremos.

—Padre le dijo a mamá que hay que evitar decir las cosas a veces —siguió diciendo el niño, como si el recitado le permitiese entender mejor lo que a él tampoco le resultaba claro.

—No es así. Tu padre se equivoca, hay que decirlo todo aunque duela, para que no surjan malentendidos. Julián es buen hombre y hace lo que juzga mejor para todos, pero no siempre acierta— y pensó por primera vez en el matrimonio de Adolfo el poeta y Pétalo, la meretriz del Oriente. Quizá no deberían haberse unido nunca. Aunque la presencia consoladora de Dolfito en su cuarto la desmintió enseguida. Todo debía de suceder por algo, ese niño mestizo abandonado no existiría de no haberse mezclado la sangre de sus padres, y aquello no podía ser un error sino un designio, como los que mencionó Esmeralda. El asunto era adivinar cuál.

Violeta se enjugó de prisa las lágrimas y se arrodilló junto a Dolfito.

—Mira, vamos a hacer algo juntos. Yo no puedo salir ahora porque no me siento bien, pero tú vas a ayudarme. Quiero que averigües lo que puedas sobre Manu, qué le ha pasado, dónde está y qué va a hacer Julián. Luego vienes y me lo dices en secreto. Y de paso traes sobras de la cocina para Duende. Se quedará aquí conmigo.

Dolfito sonrió triunfal.

—Ya les dije a Francisquito y a Juliana que el perro se quedaría. Ellos no me creyeron.

—Bueno, al menos por ahora será así. Pero no les cuentes nuestro plan.

—Ni con una daga me sacarán algo.

Las lecturas sobre las costumbres orientales estaban haciendo efecto en esa mente sensible, pensó Violeta.

Encendió la lámpara y mantuvo bajo la bujía la imagen de la Virgen de Itatí, que jamás la abandonaba. Recordaba haber visto de niña al tío Bautista rezándole en el nicho del patio por las noches. La religiosidad de su gente en la ribera era parte de ella misma, como lo eran las aves y los sueños. En otros tiempos habían debido soportar los rigores de una guerra, y habían salido adelante con ayuda de Dios y de la Virgen.

En el presente, Dios y la Virgen también los ampararían.

Joaquín regresaba esa noche a su casa en un coche de alquiler, después de un breve intercambio con Julián Zaldívar, que le había explicado su plan de defender a Manu.

Joaquín tenía sentimientos encontrados al respecto. Era culpable de callar sobre la noticia en el periódico, aunque por lo que veía no había sido el único en guardar el secreto. El doctor Zaldívar participaba de la idea de mantener a Manu Iriarte alejado de Violeta. Por la razón que fuere, prefería que aquel hombre rudimentario no merodeara en torno a la joven.

Joaquín ignoraba el rol que Manu desempeñaba en la vida de ella. Comprendía ahora que la familiaridad en el trato, así como la importancia que Julián asignaba al caso, se debía a que, en efecto, se trataba del hijo del hacendado. Y también a lo que se decía del doctor Zaldívar, que era un abogado de causas perdidas.

Mientras los cascos de los caballos repiqueteaban en el adoquinado, palpó su bolsillo y extrajo el papel arrugado que llevaba desde hacía días. Lo desplegó ante la débil lucecita del carruaje y volvió a leer aquella nota apasionada que la joven habría descartado, de seguro, en un arranque de furia.

—Ya sé a quién se la daré —se dijo satisfecho, y se recostó en el respaldo de cuero, soñando con la impresión que causaría en Violeta la sorpresa que le preparaba.

❧

Lo primero que hizo Cristóbal al llegar a Buenos Aires fue dar franco a sus hombres, para evitar que se hartasen y empezaran a cuestionar sus idas y venidas. Con la paga en sus bolsas y unos días de jarana los tendría a sus órdenes cuando quisiera. Aunque insistió a Pedro para que siguiese los pasos de los demás, el contramaestre se negó. Al parecer, tenía sus propios designios.

Se alojaban en un hotel cercano al puerto y alejado de la calle de los prostíbulos. Cristóbal no deseaba encontrarse con ninguno de sus tripulantes bebidos o enzarzados en disputas por las mujeres que compraban con sus dineros. Había contratado a un valet para que lo asistiese con sus ropas, a fin de presentarse como caballero ante Violeta Garmendia.

Era hora de que aprovechase los vínculos que había creado con su padrino.

Cristóbal encontró la ciudad distinta de como la recordaba al partir. Se acababa de inaugurar la Dársena Sud del puerto, y la calle Brasil todavía conservaba gallardetes y banderines, restos del festejo. A pesar de esa muestra de progreso, un clima de descontento burbujeaba en los bares y negocios del centro; en las esquinas más concurridas algunos grupos discutían en voz alta, hasta que la policía los dispersaba. Por doquier se escuchaban frases sueltas que alertaban sobre las causas de la discordia: "la Bolsa es un garito", "no hay crédito", "se viene la huelga", "gente sin oficio", "no pagan". El marino ya había visto los signos antes de viajar río arriba. En el puerto del Rosario se había creado una Bolsa también, pues el empleo del momento era la especulación. El gobierno comenzaba a dar pasos en falso, uno tras otro. El ministro de Hacienda fue sustituido, en un intento de bajar la cotización del oro, y ante un nuevo fracaso el flamante funcionario renunció, cuando ya no existía el oro y el papel moneda flotaba en el aire. Cristóbal se daba cuenta de que nada le quedaba por hacer allí, debía apurar el trámite de llevarse a Violeta, pues los negocios que pretendía se evaporarían como lo hacían el crédito y la confianza.

La quiebra de la moneda argentina era inminente.

Él era un náufrago, nada lo asustaba. A temprana edad supo del horror y el suplicio. La única cosa capaz de atravesarle el corazón en esos momentos era perder a la mujer que, por primera vez, le bajaba la guardia.

Eso no podía ocurrirle jamás.

La tarjeta reposaba en la bandeja de plata de la mesa de recibo.

Brunilda la recogió, junto con la correspondencia, y se dedicó a separar y clasificar los sobres. Carmina, la fiel compañera de costura de los tiempos de Modas Viviani, la acompañaba. Era su socia y amiga.

—Éste es para Violeta —dijo Carmina, y le extendió el sobre de papel manila.

Brunilda lo miró del derecho y del revés y no encontró mención alguna del remitente. Era frecuente que llegaran invitaciones de las distintas familias, pero todas llevaban el monograma de los apellidos, incluso hasta una fotografía de la fachada de la casa, a modo de identificación.

—Se lo daré si viene a desayunar.

—¿Todavía se recluye?

—Hemos cometido un grave error, Carmina, al decidir por ella. Violeta es muy sensitiva, hubiera sido imposible ocultarle algo relacionado con su amigo del alma.

—Pero todos dicen que ese hombre es muy poca cosa para ella.

Brunilda dejó los papeles que estaba mirando y suspiró.

—Yo también era poca cosa para Julián. Si algo aprendí de la vida es que no debemos juzgar, mucho menos por los parámetros de la sociedad. Además, nadie dice que estén enamorados, sólo se quieren de modo entrañable. Manu ha sido su amigo y su protector.

Carmina jugueteó con el sobre dirigido a Violeta.

—Esta carta será de él, entonces.

—Lo dudo. Ni siquiera sé si sabe escribir. Por eso es que resulta improbable un interés romántico entre ellos, yo veo más bien un amor fraternal, y puedo comprender que Violeta sufra tanto, ya que es fiel a sus afectos.

Carmina se quedó pensando, con el papel entre las manos. Una de ellas estaba atrofiada por una parálisis sufrida durante su infancia. La disimulaba con mangas coronadas de puntillas y con guantes, pero a la hora de coser o realizar alguna otra tarea manual el defecto que había marcado su vida quedaba expuesto con crudeza. Aquella imperfección la había favorecido en un momento dado, cuando eran las costureras de la *maison* de Florida. Los proxenetas que secuestraron a Brunilda y a Rini no repararon en ella debido al fallo de su mano. Y si bien a estas alturas ya no importaba, en aquel entonces fue una bendición no padecer lo que habían sufrido sus compañeras. A su edad, Carmina ya descartaba encontrar un esposo. Pese a sus ojos castaños de dulce mirada, y a su cutis pálido y aterciopelado, aquel defecto la volvía fea ante las exigencias de la sociedad. Quizá por instinto de clase, los caballeros se fijaban mucho en los rasgos que heredarían sus hijos, y la mano tullida de Carmina era una mala carta de presentación. Brunilda lo sabía y sufría por su amiga. Había intentado promover encuentros de los que resultase algún amorío, pero fracasó en todos. Y no quiso insistir por temor a ofender la sensibilidad de la mujer.

Después de todo, Violeta tenía algo de razón: casarse era también una imposición social.

—Si no viene a desayunar, lo pasaré por debajo de la puerta —concluyó.

En ese momento, Dolfito se escabullía por el pasillo que daba al patio portando la noticia.

El niño se había convertido en espía para Violeta. Cada noche, antes de ir a su cuarto, pasaba por el de ella con una nueva información que de manera casual pescaba aquí y allá durante el día. Eran retazos de conversación que luego ambos hilaban para dar forma a la trama. Así fue como Violeta supo que Fran cumplía el encargo de Manu al llevar a Duende con él a Buenos Aires, que Matrero había quedado al cuidado del comisario, y que Julián se encargaría de defender a Manu de la acusación injusta. Porque ella no creyó ni un instante que él hubiese matado a su esposa, y no sólo debido a que lo consideraba incapaz de semejante violencia, sino por ese sexto sentido que Esmeralda le había aconsejado cultivar y que a los gritos le decía que aquella mujer que irrumpió en la felicidad de ambos escondía oscuros secretos. También supo que todos, incluido Joaquín, estaban al corriente de lo sucedido en Mar del Plata y que se lo habían ocultado quién sabía por qué propósito. Violeta se sentía frustrada y dolida. Pensarían que era una cabeza hueca, incapaz de hacer frente a una mala noticia. Ella no solía alimentar rencores y no lo hizo esa vez tampoco, pero guardaba silencio, no tomaba las comidas en el comedor, y ya no buscaba la compañía de los moradores de la casa como lo había hecho desde su llegada. Dolfito era su eterno paladín, y con él salían a recoger piedritas para el campamento que el niño armaba en su propio cuarto, en una maqueta donde pegaba trozos de helechos y cortezas de árbol, a la espera de los anhelados soldaditos que había pedido para la Navidad.

—Si no son guerreros chinos, no me servirán de nada —había dicho.

—En ese caso los disfrazaremos, no te preocupes —había respondido Violeta.

La confianza que ella le inspiraba era total, así que Dolfito ya soñaba con su ejército de soldados imperiales de barbas largas y armas curvas.

Saber que una carta la aguardaba picó la curiosidad de Violeta, que salió de su dormitorio rumbo a la sala. Allí encontró el sobre, el único que quedaba en la bandeja del recibidor. Lo rasgó de inmediato, y supo que Cristóbal volvería a la carga. En cierto modo, su presencia significaría una distracción, ya que la vida se le había tornado agria bajo las nuevas circunstancias. Violeta era una persona acostumbrada a actuar; le costaba permanecer callada sobre las muchas cosas que pasaban por su mente. El recuerdo del marino de la cicatriz removió algo en su fuero íntimo. Ella le había permitido un beso, y el hombre lo interpretó como un adelanto de su parte; después de eso, Violeta se había entregado a otro, de manera espontánea e irreflexiva. ¿Qué le diría a Cristóbal de Casamayor cuando la visitase? Ella no se arrepentía de haber otorgado a Manu su inocencia, como no se arrepentía de nada por lo general, ya que los sucesos de la vida eran eso, sucesos, y rara vez los humanos podían dirigirlos como en el teatro de títeres. Sin embargo, y a pesar de no haberse detenido demasiado sobre el tema, después de saber que Manu le había mentido cuestionaba su decisión de abandonarse a sus brazos. Lo había hecho por puro instinto, alegría y deseo de adentrarse más en él, hacerlo suyo para siempre. Sobre las cuestiones amorosas Violeta no poseía reglas, como no las había tenido para juzgar a las cachorras de La Loba Roja en el lupanar de la ribera, ni para las cortesanas que había conocido en los salones de Europa. Para ella contaba el espíritu y, si era puro, nada más importaba. Sabía, pese a todo, que las normas sociales exigían comportamientos precisos y que la distancia entre hombres y mujeres era la regla máxima en el mercado matrimonial. ¿Qué pensaría Cristóbal si la pidiese en matrimonio y supiese que se había entregado a otro antes?

Casi deseaba decírselo, para evaluar el tipo de hombre que era, ponerlo a prueba. Se acordó de la recomendación de doña Celina de evitar los escándalos, y sonrió con tristeza. ¡Qué lejos estaba en ese momento de aquella conversación premonitoria!

Que las cosas siguiesen su rumbo. Atendería a las señales, como le había dicho Esmeralda, y sólo entonces tomaría decisiones.

Espero que me hayas olvidado, para tener el placer de volverme a presentar ante ti, como la primera vez.

Tuyo, Cristóbal

Muy íntimo, muy atrevido, como era él.

Violeta se dejó caer sobre la cama y miró el techo acanalado de su cuarto. Pronto volvería a los esteros, lo presentía. Esa sensación la colmó de paz y, sin darse cuenta, se quedó dormida con la tarjeta entre las manos.

El sueño se abrió paso de a poco, de manera sutil.

Estaba en la playa sola, con el acantilado a sus espaldas. El sol relumbraba sobre las aguas. Era pleno mediodía. De repente, sin que nada lo anticipara, un muro de agua se levantó a lo lejos. Era tan alto que el cielo mismo podía verse a través de él. Ella se hallaba clavada en la arena, imposibilitada de moverse. Pensaba en Duende y en Huentru, si se hallarían a salvo, pero no podía girar la cabeza para comprobarlo. Tampoco hablar, la lengua la tenía pegada. Adentro de la ola se distinguía algo, confuso al principio, luego nítido, que avanzaba hacia la orilla inexorable. Una barca. Y en ella, Manu, atado de pies y manos. Sus ojos oscuros la miraban azorados, sin comprender la razón de todo aquello. Violeta quería gritar y no podía. Se daba cuenta de que la barca se haría pedazos contra las rocas, y que la ola la aplastaría también, y una insólita serenidad se apoderó de su corazón. "Lo que ha de ser, será", se dijo. Cerró los ojos para evitar el pánico y entonces, despertó.

—¡Violeta! ¿Estás bien? Querida, ábreme, por favor.

Estaba empapada como aquella vez en Venecia, cuando tuvo el

otro sueño aterrador. Se levantó temblando y descubrió la tarjeta de Cristóbal deshecha entre sus dedos.

—¡Violeta! ¡Abre!

Era Julián, con su voz de mando, la que rara vez utilizaba y que por eso mismo causaba obediencia inmediata. Violeta caminó vacilante hacia la puerta y destrabó la tranca. El postigo se abrió con fuerza y los esposos Zaldívar aparecieron como cancerberos, Brunilda preocupada y Julián furioso.

—Basta, se acabó. Vendrás a comer con nosotros y de ahora en más volverás a la vida social. Nada de esto habría pasado si hubieses permitido que te explicáramos las cosas. Ya no habrá secretos en esta casa.

—Déjame con ella —intercedió Brunilda—. Luego iremos al comedor.

Julián miró su reloj de leontina.

—Media hora. Las estaré esperando.

Brunilda cerró de nuevo el postigo de la puerta y se volvió hacia Violeta con la dulzura y la comprensión pintadas en su rostro.

—Querida, déjate ayudar como lo hiciste conmigo. Sé que estás triste por lo sucedido, y enojada con nosotros por habértelo ocultado. De lo primero nadie es culpable. En lo segundo, reconozco que obramos mal, creyendo que era por tu bien. Julián se está encargando del asunto, que lo tiene muy agotado, pues hay que lidiar a la distancia con oficios judiciales, y a eso se suma la preocupación por tu salud. Estás desmejorada, y no comes lo suficiente. María te dejó ya dos bandejas que no tocaste.

Al no recibir respuesta, prosiguió con otro tema que supuso la haría salir del mutismo.

—¿Recibiste alguna invitación?

Violeta contempló el papel hecho trizas, y suspiró.

—Cristóbal de Casamayor, el hombre que conocimos en Venecia con doña Celina, quiere visitarme esta tarde.

—Pues no nos ha dejado mucho tiempo para prepararnos —comentó Brunilda, exasperada, y ante el asombro de Violeta comenzó a revolver entre los vestidos colgados en el ropero.

—Habrás bajado dos kilos al menos, así que olvidemos lo que trajiste de Europa. Veré si puedo adaptar uno de los trajes que llevaste de aquí. Veamos… el azul de Prusia te queda precioso con tu cabello y tus ojos. Sólo con que tome una pinza aquí y otra aquí…

La esposa de Julián parecía olvidada de su presencia, y Violeta captó la intención: que luciese bella a los ojos del hombre que la sacaría de su tristeza.

La dejó hacer. Que fuese como en el sueño de la ola, lo que el destino decidiera.

Joaquín Carranza salió del caserón de la calle Bolívar donde funcionaba la redacción de *Sud-América,* el diario político y literario de la tarde que Pellegrini había fundado y que se mantenía con las contribuciones de Paul Groussac, Roque Sáenz Peña, Delfín Gallo y Lucio López, todos grandes amigos del gringo. Ahora sólo quedaba dejar correr el asunto, y darle la sorpresa a su dama. Aún no lo era en el verdadero sentido de la palabra, pero con el aval de los Zaldívar y su propio empeño, lo lograría dentro de poco tiempo. Se le ocurrió que era un día apropiado para visitarla, aunque no hubiese anunciado su presencia. Después de todo, él era bienvenido allí cada vez que quisiera.

Encaminó sus pasos hacia el barrio de la Catedral. En el camino se detuvo ante un florista y compró un ramo de claveles. Dudó en el color al principio. ¿Le gustarían los rojos, símbolo de la pasión, o los blancos, de la pureza? Un rapto de inspiración lo decidió por los rosados. Eran la conjunción perfecta de la dulzura y el romanticismo. Con su ramo y el corazón floreciente, guió sus pasos hacia la casona de los Zaldívar. Al pasar por la esquina de Perú y Victoria vio salir del Club del Progreso al hombre que desde hacía tiempo frecuentaba, llevado por las pasiones tumultuosas del momento.

Francisco Barroetaveña desentonaba un poco en el ambiente del club, y Joaquín sabía que iba allí en busca de la elegancia que su crianza campesina en Gualeguay le había privado de tener. Era un joven de rasgos duros y porte achaparrado, que a fuerza de tesón se había recibido de abogado y que se hacía respetar por su solemnidad y su dedicación al estudio. Le habían dado el mote de "Carancho" debido a la aspereza de su carácter, pero Joaquín lo apreciaba, veía en él un espíritu fuerte y sincero que no temía granjearse antipatías con sus proclamas anticlericales ni sus denuncias.

—¡Doctor Carranza! ¿Adónde iba usted, al club? Vengo de encontrarme con el doctor Alem.

—Hoy tengo otro tipo de compromiso. Visitaré la casa donde vive mi novia —alardeó Joaquín.

El Carancho asintió. Él también andaba de novio, y por ella se esforzaba en obtener lustre.

—Estuve conversando con el general Mitre los otros días —contó—. Fui a consultarlo por esto del descontento popular.

—¿Y qué le dijo don Bartolo?

Barroetaveña hizo un gesto despectivo.

—Me resultó confusa su respuesta. Insiste en la prudencia y la constitucionalidad de los actos. Éstos son tiempos de jugársela, como dice el doctor Alem. Él sí capta la seriedad de la cosa. Está en contra del acuerdismo que impera ahora. Pactos con el diablo, los llama.

Joaquín se sentía incongruente con la severidad de la charla llevando el ramo en la mano, así que lo mantuvo colgando hacia abajo, como si fuese un pial.

—Lo mismo sostiene el doctor Zaldívar —apuntó—, que debemos medir las reacciones, porque la época de las luchas ha pasado y todo ahora se resuelve con la República.

—¿Qué República? ¡El Unicato, querrá decir! Acá se hace lo que dice el Único, que para colmo no sabe bien qué hacer con lo que está sucediendo. Lo que más me corroe es ver cómo cierta juventud partidaria se inmola, ofreciéndose al oficialismo. ¿No ven que pierden sus libertades cívicas al hacerlo? El aplauso servil a los atropellos es indignante. Me hierve la sangre al ver que mis contemporáneos son incondicionales.

—Bueno, no todos.

—Es cierto, no todos. Ahí está el doctor Alem, ya con cuarenta y pico, más rebelde y libre que cualquiera de mis condiscípulos de la carrera de leyes.

Joaquín compartía esa admiración que despertaba Leandro Alem, con su chambergo y su traje negro, el porte atlético que hablaba de duelos y entreveros pasados, y ese aura de misticismo que lo tornaba tan atractivo como trágico. Todos mentaban sus tiempos de caudillo de Balvanera, cuando con las armas se disputaban las urnas. Era un hombre imperioso y arbitrario, pero hasta sus defectos adquirían visos de virtud en él, porque nada lo halagaba, ni la fortuna ni las mujeres. Hasta la vida misma parecía no importarle demasiado.

—¿Y él qué dice en estos días? —quiso saber.

—Pues que se viene el tiempo de la acción. Habrá un mitin en el Jardín Florida. ¿Irá usted?

Joaquín miró la hora pensativo. Podía caer más tarde en lo de los Zaldívar. De paso, tendría tiempo de enviar un anuncio de visita y evitarse el mal trago de encontrar a Violeta desprevenida. Detuvo a un muchachito que lustraba botas y le puso unas monedas y una tarjetita en la mano.

—Llévala a esta dirección, y de prisa. Si lo haces bien, mañana a esta hora te pagaré doble.

El chico corrió a todo lo que daban sus piernas flacas, y Joaquín se sintió en libertad de cumplir con sus pares. Junto a Barroetaveña se dirigió al potrero cercado por las calles Florida, Maipú, Córdoba y Paraguay. Era un recreo donde acostumbraban a reunirse, y donde Alem había hablado más de una vez.

Henchido el pecho de ideales, Joaquín arrojó el ramo sobre un carro de frutas. Ya compraría otro igual al regresar del mitin partidario. No iba a presentarse como un patético romántico en medio de una discusión política. Ignoraba que, debajo de las apariencias barbadas y solemnes de sus correligionarios, en todos ellos palpitaba un corazón amante.

Después del almuerzo, que Violeta compartió con la familia para complacer a Julián y evitar disgustos, todos se retiraron a descansar. Brunilda empleó su tiempo en ajustar el vestido azul con ayuda de Carmina, mientras que Julián dedicó una hora al estudio de sus asuntos en el despacho de la vivienda.

En el soleado patio del medio, el gato gris caminaba sobre el brocal del aljibe vigilando el nido que los horneros construían bajo el alero. Huentru y Duende hacían su propia ronda, contemplando a su vez a Refucilo desde la sombra fresca de los malvones. Se habían vuelto inseparables desde el reencuentro, hasta dormían apelotonados el uno contra el otro.

Violeta se refugió en su cuarto con una pila de periódicos. Llegaban a la casa de manos de Joaquín y se amontonaban en el zaguán, a la espera. Julián solía leer alguno antes de salir rumbo a su estudio y llevarse otro bajo el brazo, en tanto que Brunilda los hojeaba durante el desayuno. Luego pasaban a cumplir otros servicios más indignos: fregar los cristales, atizar el fuego o limpiar la grasa en las ruedas del carruaje.

Violeta se sentó sobre un escabel y comenzó a hojear los dos grandes vigías de la vida nacional, *La Nación* y *La Prensa*.

La Nación desplegada ocupaba más de un metro de suelo. "Una sábana de papel", como bromeaba el propio director, Bartolito Mitre.

Las primeras noticias se referían al desastre económico:

A nuestra Atenas del Plata no le queda más que vegetar. El oro sube, igual que la desconfianza, mientras que las deudas se pagan con más deudas, y la vida política se deprime.

La Prensa no se quedaba atrás:

Vamos demasiado rápido, sin meditar sobre el mal uso que hacemos de la riqueza, ni sobre los extravíos de la vida institucional.

Se fijó en las noticias que reflejaban el clima que se vivía en la ciudad, y que ella apenas percibía por estar inmersa en su propio sufrimiento. Una realidad punzante fue desfilando ante sus ojos y tomó conciencia de la dimensión que cobraba la vida ciudadana, algo que se palpaba sólo en Buenos Aires y que a ella siempre le había parecido extraordinario.

"Tu quoque juventud" titulaba un artículo un tal Francisco Barroetaveña que, al parecer, había agitado a los grupos juaristas que apretaban filas en torno al gobierno en el Operari Italiani. En ese escrito, el autor fustigaba a los llamados "incondicionales", y deploraba que los jóvenes pusiesen sus ideales al servicio del candidato que de manera anticipada proponía Juarez Celman: Ramón J. Cárcano.

"Una cabalgata hacia el éxito indigna de la actitud desinteresada que debe tener la juventud", decía Barroetaveña.

La Nación mencionaba también que los cívicos opositores se reunían alrededor de la figura de Alem en el Café de París. En esos días, los ánimos caldeados habían provocado manifestaciones de gran muchedumbre.

"Fervoroso mitin en el Jardín Florida", rezaba un titular, y Violeta leyó que reclamaban el sufragio sin fraude. Otro daba cuenta de una concentración multitudinaria en el Frontón Buenos Aires de la calle Córdoba, donde Mitre y Alem fueron ovacionados.

Violeta absorbía las noticias candentes y tomaba nota del estilo de cada diario. Si aspiraba a publicar sus propios artículos, debía comprender el rumbo editorial.

En *La Nación*, el preferido de los intelectuales, se cultivaban el lenguaje intencionado y el pensamiento prudente. *La Prensa* era más osada, su verbo resultaba contundente, sin duda habría un público adecuado a esa espontaneidad. Ambos periódicos, sin embargo, cumplían con el mismo cartabón: primero la doctrina, luego la nota de fondo, la crónica escueta y algunas veces el suelto, que era lo que llamaba la atención de la joven; ese estilo desenfadado, la brevedad del comentario, la diversidad de temas que lo caracterizaba, se avenía bien a lo que ella gustaba de hacer: reflexiones breves sobre algún aspecto de la realidad, aventurando opinión. Esas glosas anónimas entre columnas eran un buen material para ensayar sus primeras contribuciones.

Y fue revisando los sueltos de los dos grandes diarios que dio con la reseña que menos deseaba encontrar:

Una muerte que dice muchas cosas:

La villa balnearia de Mar del Plata, que de habitual se ve sumida en la pacífica rutina, salvo la temporada de vacaciones, sigue conmovida por el brutal asesinato de una hija de inmigrantes, joven y bonita, por el que era su esposo. Nadie intenta comprender este crimen por otra razón que no sea la pasional. Los jueces parecen conformes con este móvil, cuando salta a las claras que hay turbiedad en los motivos. El sospechoso, que está a punto de ser trasladado a la villa de Dolores, es un trabajador golondrina procedente de Corrientes, pero que en el ínterin sirvió en la frontera del modo habitual, el enganche por vago y malentretenido. Resulta que le convino el servicio para disimular otro crimen anterior: el asesinato del caudillo mitrista Cruz Ramírez, apodado Sietemuertes. ¿Cuántos de estos hombres culpables de crímenes impunes seguirán dando vueltas por los rincones del país? ¿Cuándo demostrarán su eficacia los jueces y la policía para acabar con esta lacra heredada del gauchaje matrero y la inmigración anárquica? Es tiempo de modernizarnos, señores, si queremos presumir de ser una Nación como las de la Europa y los Estados Unidos. Que sirva de escarmiento ejemplar el castigo de este brutal hecho perpetrado por un hombre que aparentaba mansedumbre, cuando en su interior alojaba a un monstruo.

Una lágrima borroneó las líneas que acababa de leer. Luego otra, y otra más, hasta que la lectura del diario se le tornó imposible. Violeta desgranaba su pena sobre las páginas y el torrente de dolor le ahogaba el pecho. Pobre Manu. Aun mentiroso y desleal como lo fue con ella, su desgracia la sacudía hasta lo más íntimo. Aquel hombre con el que había crecido la había poseído con pasión y acariciado con ternura, en una combinación de sentimientos que calaba hondo en su ser femenino. Ella había descansado sobre su pecho, absorbido su calor después del arrebato que los unió. Manu era su amigo, su paladín y compañero de aventuras, el que a menudo se quedaba sin palabras y dependía de ella para entender cosas que a otros les habrían resultado elementales.

Era el hombre que la había hecho mujer.

Cortó el trozo de papel, lo dobló diez veces hasta formar un minúsculo cuadradito, y lo guardó en su bolso de mano. De ese modo, la desdicha de Manu seguiría con ella, pasara lo que pasase.

A la hora convenida, Violeta se apareció en la sala con su vestido azul.

Encontró a Carmina nerviosa, su atención dividida entre las flores del jarrón de la repisa y la figura de un caballero que se encontraba junto a la ventana.

El hombre de levita gris que daba la espalda a la puerta conservaba en sus manos la galera de felpa. Violeta no tuvo que hacer gran esfuerzo para adivinar que se trataba de Cristóbal. A pesar de la indumentaria desacostumbrada, su altura y su cabello sobre los hombros lo delataban, incluso antes de volverse hacia ella. Ahí estaba el sello de su pasado, la cicatriz que él ocultaba y revelaba a placer. En esa ocasión había querido ostentarla, pues se había afeitado el bigote, con lo que su rostro quedaba al desnudo en su belleza estropeada.

Un brillo de admiración y algo más chispeó en los ojos grises.

—Señorita Garmendia, por fin se ilumina mi día.

Violeta avanzó y le tendió una mano, pues sospechó que él quería desempeñar ese papel galante ante los demás.

—Encantada de volver a verlo, capitán.

—Por favor, llámeme Cristóbal.

—Sentémonos, Cristóbal. Cuénteme de sus viajes. Me dice en su nota que fue a mi provincia.

Ocuparon sendos silloncitos, frente a frente, mientras Carmina, aún temblorosa, se mantenía muda. Violeta se extrañó de que Brunilda no hubiese aparecido para hacer los honores al invitado. Estaba claro que su amiga la sustituía en esas funciones.

Cristóbal escudriñaba a la joven con disimulada atención. La encontró más delgada, por no decir desmejorada. La palidez le confería un aire etéreo embellecedor, aunque él añoraba los colores dorados del sol de la playa en sus mejillas. Esta Violeta lucía hermosa y frágil, y despertaba en él deseos de protegerla y de matar a quien le causara daño.

Conversaron de banalidades, hasta que Brunilda entró a la sala, un poco atribulada.

—Mis disculpas, hubo un imprevisto y debí ocuparme. Violeta querida, espero que hayas entretenido al señor de Casamayor. En un momento serviremos la merienda.

Cristóbal miraba a una y a otra mujer con aire calculador. Había algún entripado, no le cabía duda. Los ojos añiles de Violeta poseían un velo de tristeza, mientras que la mujer rubia reflejaba en los suyos negros una contrariedad. Ignoraba si ambas padecían por la misma causa.

De pronto, la aldaba de la puerta sonó con fuerza, y Brunilda casi saltó en su silla. Violeta misma la contempló con extrañeza. ¿Qué le sucedía? ¿Por qué estaba tan nerviosa?

La razón se le reveló apenas entraron Joaquín Carranza, con la soltura que le era característica, y un hombre joven de aspecto tosco.

—Bueno, aquí estamos, por fin —dijo Joaquín al pasar en dos zancadas a la sala.

La visión del invitado lo detuvo en seco. Francisco Barroetaveña casi tropezó con él.

—Caballeros —dijo entonces Brunilda con una serenidad que no poseía—, permítanme presentarlos.

Cualquiera, y no sólo Violeta, habría podido percibir la tensión creada entre los dos hombres que se estrechaban las manos. Ninguno esperaba toparse con el otro, y ambos creyeron ver en el contendiente la causa de los males que afectaban a Violeta.

Joaquín salió del paso entregando el nuevo ramo de flores a Carmina.

—Para la dueña de casa —mintió, y sonrió a Brunilda, que le pedía perdón con la mirada.

Ella había recibido la tarjetita con el anuncio de la visita de Joaquín cuando era demasiado tarde para cambiar de planes, y la sola idea de que se encontrasen en la misma sala dos hombres que pretendían a la joven la había aterrorizado. Brunilda sabía de Cristóbal, y lo que no sabía lo intuía con su percepción femenina. En cuanto a Joaquín, era el candidato que tanto Julián como ella aprobaban y deseaban para Violeta. Lo primero que atinó a hacer al recibir el anuncio fue enviar a una criada de la cocina en busca de más compañía, para que aquella tertulia tuviese visos de reunión de amigos, en lugar de visita de cortejo.

En efecto, antes de que Joaquín se acomodase ya comenzaron a llegar los improvisados convidados: Elizabeth y Livia primero, y más tarde Josefina Aldao con Martita. Brunilda anunció que Francisco Balcarce y Julián llegarían un rato después, pues ambos se hallaban reunidos en el Club del Progreso, dadas las contingencias políticas que mantenían a todos en vilo.

Joaquín miraba a Violeta con intensidad. Ella había entablado conversación con Francisco Barroetaveña, interesada al saber que era el autor del artículo que acababa de leer en *La Nación*: "Tu quoque juventud".

—¿Y es cierto que se está reuniendo el ejército al mando del coronel Levalle? —le preguntaba, ya que conocía el nombre del militar de boca del propio Manu, que lo mencionó al pasar cuando habló de la frontera.

—Así dicen —respondió Barroetaveña, un poco aturullado al ser objeto de atención de una mujer que no respondía a los cánones tradicionales y hablaba de política y sublevaciones.

Y luego, al saber que Violeta había crecido en medio de la fragorosa guerra contra el Paraguay:

—El doctor Alem estuvo en esa guerra —le dijo con orgullo.

—Todos estuvieron en ella —comentó con acidez Joaquín.

Su ánimo se encontraba enturbiado por la presencia de aquel hombre de levita gris.

—¿También usted, señor Carranza? —preguntó con ironía Cristóbal, divertido por el encono del joven pero también picado por su eventual papel en la vida de Violeta.

—La edad no me lo permitió, señor. Tengo entendido que usted ha visitado aquellos escenarios hace poco.

—En efecto, estuve en El Aguapé con su dueño, Rete Iriarte.

La exclamación de Violeta concitó la atención de todos. Ella sabía que Cristóbal había remontado el río, pero ignoraba que hubiese mantenido tratos con su padrino. En realidad, Violeta suponía que a Rete le importaría un comino lo que aquel marino tuviese para ofrecer.

—Es lo que pensaba contarte, Violeta —y Cristóbal la tuteó a propósito, con aviesas intenciones—. Tu padrino me mostró su hacienda, impresionante por cierto, y allí pasamos muy buenas jornadas mi segundo, Pedro de Alcántara, y yo.

Le tocó el turno a Martita de sobresaltarse. El nombre de Pedro, dicho al pasar, casi la ahoga. Su madre la miró con reproche.

De manera inesperada, fue Livia Cañumil la que introdujo de nuevo el tema para ponerle punto final. Era una mujer callada y seria, que no llamaba la atención en principio, aunque al observarla era inevitable reparar en la belleza exótica de sus ojos verdosos en contraste con la piel aceitunada y el cabello de matices claros. Vestía siempre con faldas oscuras y blusas cerradas cubiertas por chaquetas de botones. El pelo recogido en simples rodetes bajos, sujetos por peinetas. En esa ciudad tan cosmopolita podría haber pasado por una inmigrante más, pero todos sabían que ella descendía de araucanos, y que a fuerza de tesón y con la ayuda de Elizabeth, su primera maestra, había logrado salir de la pobreza y la ignorancia en que vivía su gente en la laguna. Su abuela, antes de morir, tuvo la emoción de contemplar a su nieta convertida en una maestra normal, algo que en secreto había acariciado desde que la niña quedó huérfana y a su cargo.

—Olvidemos la guerra —dijo Livia con su voz apagada, de sonoridades extrañas—, que ha sido muy triste para todos. Es mejor pensar en el futuro del país.

—Livia tiene razón —aseveró Elizabeth—. Ya hemos tenido bastantes luchas, de toda índole. Ha llegado el tiempo de colgar las armas y empuñar las plumas. De tinta —añadió, provocando risas en todos.

Joaquín aprovechó la distracción para preguntar a Violeta en un aparte:

—Quería visitarte para darte una sorpresa.

—¿En serio? Dímelo ahora.

—Hay demasiada gente. Cuando quedemos a solas.

—¿Es algo relacionado con lo que ya sabes?

—Mmm… ya veremos.

Cristóbal captó el interludio y se puso de pie, en un golpe de efecto.

—Señoras, ha sido un placer compartir esta tarde encantadora con vosotras. Me temo que para mí llegó la hora de partir. Mi barco aguarda en el puerto y debo revisar que todo esté en orden a bordo.

Martita se puso nerviosa al escuchar eso.

—¿Zarpará usted, señor capitán? —se animó a preguntar, ante el asombro de su madre.

—Todavía no. Hay asuntos serios que me retienen —y los ojos grises se posaron en Violeta.

Brunilda saltó de su asiento como impulsada por un aguijón.

—Es una lástima que mi esposo se haya retrasado, señor de Casamayor. Supongo que la reunión en el club se prolongó más de lo debido.

—Sin duda. Preséntele mis respetos. Tendremos otra ocasión de conversar. Señores…

Cristóbal inclinó la cabeza en dirección a Violeta, y esa despedida distante tuvo el efecto de intranquilizarla. Ella aún no salía de su conmoción por lo sucedido en Mar del Plata, y enfrentarse a otro género de situaciones le resultaba agotador.

La partida de Cristóbal, el único de los invitados que no era conocido por todos, desató una marea de comentarios y distendió los ánimos. Se encontraban de nuevo en confianza, pues Barroetaveña era parte de la juventud que se reunía a diario en los cafés porteños. Cuando al rato llegaron Francisco y Julián, pasaron a comentar los sucesos políticos y la tensión vivida un rato antes quedó olvidada.

Salvo para Joaquín.

—¿Quién es ese hombre? ¿Aquél con el que bailabas en el Bristol? —inquirió—. No le conocía la cicatriz.

Violeta, ansiosa por saber qué sorpresa le reservaba Joaquín, contestó al descuido:

—Un amigo de Venecia. Quiso entablar negocios aquí y visitó a mi padrino.

—Qué casualidad. No le bastaban los comerciantes de Buenos Aires, tenía que irse tan lejos a buscar socios.

Ella se alzó de hombros.

—Cuando supo que mi padrino tenía vínculos con los países vecinos, se entusiasmó.

—Sí, claro.

—Joaquín, por favor, dime algo bueno. Estoy un poco deprimida en estos días.

—¿Y por qué, Violeta, qué razones tienes? He notado que sales poco y nada te tienta como antes. Ni siquiera visitar la redacción.

—Se trata de Manu.

—¿Manu? —se desconcertó Joaquín—. Ah, el hombre que te acompañaba aquella noche en el pabellón de los niños...

—Sí. Sabrás que está acusado de matar a su esposa. Lo dijeron los diarios.

Joaquín suspiró con rabia.

—¿Acaso te preocupas por un hombre acusado de asesinato?

Violeta se irguió con rapidez.

—Él no es capaz de asesinar —retrucó.

—¿Cómo lo sabes? Son cosas que pasan en la intimidad. Quizá la esposa lo descubrió engañándola.

Esa idea hizo palidecer a Violeta. No se le había ocurrido que la esposa de Manu, después de descubrirlos juntos, pudiese haber provocado una disputa que llevara a su amigo a la violencia. Aun así, se resistió a creer eso. Conocía a Manu, él sólo había matado en defensa propia. Por supuesto, no le diría eso a Joaquín.

—Todos me ocultaron el hecho. Seguro que también estabas al tanto, como los demás. Nadie sale en su defensa, a pesar de haberlo conocido y comprobar que no es un asesino.

—Yo no puedo comprobar eso sólo con verlo. Habría que tener trato. Y hablando de todo un poco, me pareció inadecuado que él te tratase como a una igual, cuando salta a la vista que está muy por debajo de tu condición, Violeta. ¿Qué clase de relación tienes con ese sujeto?

Violeta sintió la ira trepidar por su sangre. Si la idea de que sospecharan de Manu la sublevaba, esa otra concepción, la de medir a las personas por su apariencia, lograba enfurecerla.

—Manu es mi amigo y no necesito que lleve una medalla para quererlo.

—Medalla no, aunque un poco de lustre no le vendría mal. Entiendo que es hijo del hacendado Iriarte de Corrientes, pero eso no lo hace merecedor de tu absoluta confianza. ¿Cuánto sabes de un hombre, Violeta? Los hombres a veces no decimos todo lo que hacemos.

—Eso lo veo con claridad ahora mismo —replicó con dureza Violeta.

—Yo he sido honesto contigo siempre.

Era cierto, ella lo sabía. Joaquín había sido transparente, el único fallo que le reprochaba era haberle ocultado la noticia del episodio de

Mar del Plata, pero aun eso podía ser fruto de la consideración, o bien de la ignorancia de Joaquín sobre el interés que ella tenía en Manu. Calculó que se quedaría helado si supiese que habían intimado sobre la arena. De nuevo se sintió tentada de decirlo, para saber de una vez por todas qué clase de hombre era Joaquín Carranza, un abogado con ínfulas de diputado nacional. En lugar de eso, sacó de un pliegue del vestido el papel de diario doblado y lo desplegó ante él.

—Mira lo que dicen aquí. Ya lo acusan de anarquista y matón.

Joaquín leyó lo que ya había leído antes, y pensó bien lo que diría a Violeta. Estaba claro que para ella la suerte del hombre era importante. Quizá fuese como un hermano de leche, o algo así.

—Reconozco que se lo está juzgando por anticipado. Esto requiere recabar pruebas.

—¿Podrás ayudarlo también?

—Violeta, no me pidas que abogue por un personaje siniestro.

—Julián se está ocupando y él no piensa que sea siniestro.

—Entiendo que el doctor Zaldívar tiene interés en este caso debido a que Manu Iriarte fue recomendado por su padre y quizá se sienta comprometido. Espero que no se arrepienta de sacar la cara por alguien que después resulte ser un crápula.

Violeta se mordió el labio para no replicar que el crápula era él si pensaba de ese modo, y volvió a guardar el pedacito de papel. Se levantó para retirarse, y Joaquín la interceptó.

—No me dejes, Violeta. Entiende mi situación. Todo obra en contra de tu amigo. Incluso los padres de la esposa lo condenan. Eres la única que cree en su inocencia.

—¿Qué dirías, Joaquín, si supieses que yo me vi involucrada en un episodio turbio?

—Pues que alguien te tendió una trampa. Eres incapaz de hacer nada malo.

—¿Cómo lo sabes?

—Salta a la vista.

—Creo que es muy mal abogado, doctor Carranza, si se fía sólo de las apariencias. Para que lo sepa, he sido una mala mujer —y se fue, dejando a Joaquín mudo y paralizado junto a la mesa donde habían compartido la merienda. Casi ni escuchó los comentarios que le dirigía Barroetaveña acerca del resultado del mitin.

Violeta volvió a sumergirse en sus cuitas. No podía contar con el testimonio de Joaquín, que no había sabido ver en Manu al hombre sin dobleces. Él, al igual que la mayoría de los pobladores de la ciudad, creía que en los trabajadores golondrina y en la inmigración, tanto del extranjero como del interior del país, residía parte de los males del momento. Más allá de su propia desilusión con respecto al proceder de Manu, ella le debía una ayuda. Cuando ocurrió lo de la pulpería del arrabal, no había podido hacer nada por él. Ahora enmendaría eso. Alguien habría que pudiese testimoniar en favor de su amigo, alguien que hubiese estado en Mar del Plata y fuese creíble, para abogar por la inocencia de Manu.

Una imagen le vino a la mente de improviso. ¡Por supuesto! ¿Cómo no lo había pensado?

Entusiasmada, se sentó frente a la cómoda y escribió un breve mensaje. Luego echó arenilla sobre la tinta. Esperaría a que todos se retirasen para asomarse al umbral y pedirle al primer mocito que pasara que llevara ese sobre al puerto y lo dejase en manos del capitán del *Fortuna*.

Esa noche, mientras se cepillaba el cabello frente al espejo de su tocador, Brunilda contemplaba la figura abatida de su esposo, que caminaba de un lado a otro envuelto en su bata de seda.

—No te tortures, querido. Estás haciendo lo más que puedes.

—Es que todas las causas se ven atrasadas, no es sólo este pleito. Necesitaría un secretario que me aliviase con las presentaciones, alguien que haga los trámites. Pierdo un tiempo valioso al ocuparme de los detalles nimios de los expedientes.

Brunilda quedó pensativa mientras veía el rostro fatigado de Julián. Lo amaba tanto que deseaba evitarle el más leve inconveniente. Un hombre tan sufrido y noble como él merecía que la vida lo acunase con dulzura hasta el día final.

—Ya sé a quién puedes recurrir —le dijo, en una súbita inspiración.

Julián le dedicó una sonrisa burlona.

—No te rías. Es alguien en quien debimos haber pensado antes. Él solucionará tu problema y sospecho que, de paso, tú le solucionarás el suyo.

Intrigado, Julián se acercó y puso ambas manos sobre los hombros de su esposa. El tenue *négligé* le permitía sentir la tibieza de su piel.

—Benjamín Ramírez Aldao.

Julián la miró en el espejo, incrédulo.

—¡Benji! ¿No es un tiro al aire, según su padre?

—Eso mismo. ¿No lo ves, Julián? —y Brunilda se volvió hacia él, radiante—. Es el típico mocito que busca escandalizar y juega a la rebeldía para fastidiar al padre. Si se viese comprometido con alguien que no es de su familia, a quien él respete, sería distinta su conducta. No es mal muchacho, no necesita demostrarte nada a ti, y su padre vería que es capaz de hacer algo por sí mismo. Creo que todos saldrían beneficiados. ¿Qué puedes perder?

"El vencimiento de un plazo", pensó Julián, no muy convencido. Minutos más tarde, cuando ambos reposaban en el lecho bajo la tenue luz de la luna que filtraban los postigos, la idea no le pareció tan disparatada.

—Querida —susurró en el oído de Brunilda.

—¿Sí?

—Creo que diste en el clavo con tu propuesta.

—Me alegra saberlo.

—Pero me he quedado muy nervioso, no puedo dormir.

—¿En serio, Julián? —se preocupó ella, incorporándose.

—Hay sólo una cosa que me calmaría.

—Dime qué es.

—Una caricia tuya.

—Julián, eres un bandido, me engañaste por un momento.

—¿Yo? ¡Si es cierto lo que digo! ¿Ves?

Tomó una mano de Brunilda y la apoyó sobre su ingle, que ya empezaba a palpitar.

La esposa sonrió en la penumbra. A pesar de no poder concebir, sus relaciones íntimas eran frecuentes. A diferencia de otros hombres, que sólo veían en sus mujeres un medio de traer hijos al mundo, Julián la veía sólo a ella, la necesitaba y la colmaba de dicha sin motivo alguno. La amaba.

Y ahora que la posibilidad de perder a Dolfito era remota, debido a la trágica muerte de Adolfo Alexander en Mar del Plata, Brunilda podía empezar a disfrutar de esa felicidad sin tapujos. Por añadidura, el niño prosperaba a ojos vistas, se lo notaba más contento y confiado que nunca.

Una vez más, Violeta se había convertido en el hada que disipaba las tinieblas de su vida.

La villa de Dolores alardeaba de ser la primera población fundada al sur del río Salado, una atalaya en el desierto. Constituía el asiento del Departamento Judicial del Sud, y allí dictaba sentencia uno de los pocos jueces letrados con que contaba la campaña bonaerense.

Julián Zaldívar tomó el tren que lo conducía a la villa, y mientras viajaba repasó las notas que había escrito con la colaboración del doctor Herrera y el inestimable apoyo del coronel Levalle.

Nicolás Levalle acababa de ser convocado para la acción, en vista de los tumultuosos mítines que hacían sospechar un ataque contra el gobierno nacional. Julián lo había visto un par de veces desfilando su macizo pecho condecorado a lomos de un caballo. Era una figura popular y querida. Aunque su política consistía en no hacer política y sólo aspiraba a ser soldado, las circunstancias lo obligaban a prestar servicio en los avatares que nunca faltaban. Julián lo visitó en los cuarteles, y por intermedio del doctor Herrera Nieto consiguió entrevistarlo. Le explicó la difícil situación de Manu, sabedor de que había servido en sus filas en la frontera, y el militar lamentó mucho que su antiguo soldado se viese involucrado en semejante episodio. Apreciaba a ese correntino de callado valor.

—Vea usted, doctor, nunca lo he conocido reculando ni quejándose de la malaria que vivíamos. Todos estábamos en la misma, pero bien podría haber desertado y no quiso. Que quede claro que él se fue del campamento con mi consenso, no vaya a saltar alguno diciendo que se ha fugado.

—Sería una buena cosa que figurase en su foja de servicio.

—A sus órdenes. ¡Papel y pluma! —vociferó Levalle, y ahí nomás firmó su testimonio de la hidalguía de Manuel Iriarte.

No era poco, tomando en cuenta que el país se debatía entre los incondicionales y los opositores, en un duelo del que resultaría el futuro gobierno. El aval de un hombre fiel a la Nación podía significar mucho si Julián conseguía hacerlo valer lo antes posible.

Al partir, había dejado el papeleo de su estudio en manos de Benjamín, después de consultarlo con Sinforoso Ramírez. El hombre poco menos se había arrodillado a sus pies para agradecerle tamaño favor. Sólo temía que el hijo no estuviese a la altura de la misión encomendada, y a eso Julián respondió que no actuaría sin respaldo, ya que Joaquín Carranza controlaría sus asuntos mientras él estuviese de viaje. Benji debía formarse, y un abogado joven y talentoso le serviría de guía. Algo más aliviado al saber que sus otros casos no dormirían mientras tanto, Julián se abocó a la tarea de defender a Manu de una probable condena. Francisco lo había puesto al tanto de lo que observó durante su visita al comisariado de Mar del Plata, aunque dado que se trataba de un caso criminal correspondía que lo juzgasen en Dolores. A Julián le parecía mejor así, ya que los jueces de paz solían estar demasiado inmiscuidos en las cuestiones locales, eran cabeza de policía también, y ese cúmulo de funciones entorpecía la necesaria imparcialidad de la Justicia. Sabía, por otra parte, que Manu contaba de entrada con un defensor público, de modo que vería si era conveniente o no prestar sus servicios. Había logrado también que los Luro testificasen acerca del buen comportamiento de Manu. Allí mismo, en Dolores, se encontraba la estancia Dos Talas que don Pedro Luro había fundado, de modo que contaban con el prestigio de los pioneros de la villa. Con el auxilio de todos los que lo apreciaban, quizá lograsen esclarecer el asunto.

Lo primero que encontró al llegar al palacio de los Tribunales de Dolores fue que el sumario realizado presentaba un sinnúmero de defectos. Los jueces de paz carecían de formación jurídica y se les notaba la falencia.

—Qué quiere usted que haga, doctor —le decía con aire resignado el juez letrado—. Siempre es así. Faltan o sobran datos, o aparecen los mismos testigos testimoniales para diferentes actuaciones. Me temo que pasará tiempo hasta que la administración de justicia adquiera la envergadura con que soñaba Rivadavia. Diga que ahora contamos con el Código Penal, que si no… ¿Y qué dice el doctor Herrera Nieto? Lástima que no se haya allegado él también por acá. Fuimos condiscípulos en la carrera.

El juez Saavedra era un hombre bonachón y sencillo. La circunstancia de haber conocido de antes a Feliciano Herrera Nieto era fortuita y le había servido a Julián para obtener una audiencia de inmediato.

—En lo que va del año han aumentado los delitos contra las personas —seguía diciendo el juez—, y hay una cifra oscura de los que no tenemos noticias. Me temo que cada vez son más profesionales. Eso habla de una lamentable especialización en los malhechores.

—No es éste el caso —se apresuró a decir Julián.

—Sí, sí, bueno, ya veremos. Por ahora, tenemos un sumario deficiente y un reo poco dado a hablar. ¿Quiere usted verlo? Mi secretario le indicará cómo llegar.

Manu se hallaba recluido en una celda del propio tribunal. Un guardia armado controlaba la punta del pasillo. Julián se armó de valor para enfrentar la desdicha del prisionero, pues era consciente de que la vida no le había sonreído más que de lado al pobre Manu.

Casi no lo reconoció. La barba crecida, el rostro cetrino, los ojos hundidos y la ropa desgarrada ofrecían una imagen peligrosa de un hombre que, por lo que él sabía, era simple y bondadoso.

—Manu, he venido a ayudarte.

El reo lo contempló desde su esquina, desconfiado. A Julián se le apretó el corazón al pensar que podían haberse alterado sus facultades mentales. Era tan frágil la cordura… Él mismo podría haber sucumbido años atrás, cuando fue hecho prisionero de los indios en la laguna. Aquel sufrimiento indecible que había dejado huellas en su salud y lo condenó a la esterilidad bien pudo volverlo loco.

—¿Me recuerdas? Soy Julián, amigo de Violeta.

El adorado nombre desveló las tinieblas que atontaban a Manu. El hombre se irguió por instinto, como si tuviese que defenderla de algo.

—Violeta… —murmuró con voz pastosa.

—Vengo porque ella está muy preocupada por tu suerte. Debemos hablar, para ver qué se puede hacer por ti. Tendrás que contarme lo sucedido y ser sincero en todos los detalles. Acá se dice que mataste a tu esposa —y Julián miró su carpeta—. Lucrecia Anaya.

Otro nombre que despertó reacción en el prisionero, que se encogió contra la pared. La mente de Manu había entrado en un laberinto de culpas y errores. Poco a poco, mientras transcurrían los días aciagos, él fue sintiendo que merecía aquello, por traidor a Violeta y por mentiroso. Como bien dijo su amada, había mentido a ambas, y debía pagar por eso. Por ende, no hacía nada para aliviar su castigo: no hablaba, no se defendía, no intentaba buscar ayuda. La presencia de Julián Zaldívar era una suerte de aparición misteriosa. ¿Qué hacía ese abogado allí, cuando lo correcto era que todo el peso de la condena recayese sobre su cabeza? Julián debía apartarse, no obstaculizar ese designio.

—Manu, escúchame con atención. Nadie puede contarme lo sucedido ese día en tu casa. Eres el único, y si no fuiste tú debes decirme lo que sea para armar la defensa.

Julián buscó un sitio donde apoyar sus papeles y sentarse, pues intuyó que aquella conversación sería difícil. Él también comprendía que Manu Iriarte no era como el común de los hombres, aunque se había desenvuelto en la vida y logrado salir adelante pese a eso. Por otro lado, Violeta sentía verdadero cariño por él, y no podía pensar que ella no fuese cuerda. Algo habría en Manu capaz de incitar un afecto tan constante. A juicio de Julián, era un caso típico del pobre diablo que se ve enredado en cuestiones de las que no es responsable. Julián sabía, por su experiencia en el foro, que algunos hombres caían presos por razones ajenas a su voluntad.

Recién al cabo de unos minutos captó la presencia de otro hombre en la celda, un reo de edad incalculable, alto y de aspecto ruinoso, que calzaba sucias chinelas y vestía una bata raída de rayas azules casi borradas. Percibió el humo de un cigarrillo que se encendía, y luego la silueta recostada sobre la pared. El viejo preso lo observaba desde el principio de su llegada, y había guardado silencio a propósito. Ahora era el momento de hacerse ver.

—Buenas —dijo con voz arrastrada.

Julián sólo movió la cabeza de manera imperceptible. Ya que Manu era tan hosco, iba a resultar imposible que hablase de los hechos en presencia de un extraño.

—El chico se va a malograr acá, don —seguía diciendo el preso—. Se lo digo yo, que sé mucho de estas madrigueras. Ya lo pasaron de celda dos veces. Es de buena laya, aunque… —y el hombre se dio dos golpecitos con un dedo en la sien. Acá va a sufrir, ¿vio? Porque la mayoría estamos de visita permanente.

El preso soltó una risotada áspera a la que Manu reaccionó con viveza. Julián se preguntó si alguna vez habría hablado con el otro.

—¿Usted está procesado?

—Y condenado, y vuelto a condenar —respondió el reo con jocosidad—. Y ahora el mercachifle de mi abogado me dice que tengo que volver a declarar. Todo para qué. Ni ganas tengo de ver el mundo de ajuera, ya me jodieron bastante.

Dio dos fuertes pitadas y arrojó el cigarro al suelo, para pisarlo con vehemencia. Julián lo dejó desahogarse, quizá su labia fuese un aliciente para que Manu hablase también.

—Lo mío es pura sangre, ¿sabe? Pero en justicia, eso sí. ¡Nada de traiciones! Bah, algunas puede ser, pero de baraja nomás. Cuando me buscan me encuentran, y si no me encuentran los busco yo. Ahora es distinto, acá tengo mi respeto. Serán las canas.

Rió de nuevo, complacido con lo que decía. Después miró a Manu con seriedad.

—Sáquelo, patrón. Que no se quede acá, que éste vale algo. Yo sé lo que le digo.

—En eso estamos —respondió Julián.

—Sí, usté también es de buena cepa. No como mi abogado —y volvió a reír—, el muy hijo de puta.

Luego, el comedido se giró hacia la pared y buscó con las manos una manta que había enrollada en el suelo. Se la echó encima y se envolvió hasta la cabeza, como indicando que ya podían conversar tranquilos, él no sería testigo de sus confidencias.

Julián observó que Manu lo estaba mirando fijo. Aquella mirada oscura poseía una luz febril, y en la penumbra del calabozo refulgía, en extraño contraste con el blanco de los ojos.

—¿Cómo te han tratado, Manu?

Él se encogió de hombros.

—No tan mal. Se come y se duerme.

—Eso puede cambiar si te llevan a una penitenciaría. Lo entiendes, ¿verdad? Tu situación es endeble, pero tenemos algo para luchar. Van a hablar en tu favor algunos hombres que te aprecian —y Julián le mencionó los testigos con que contaba. Ninguno aseveraría nada sobre el hecho en sí, aunque mencionarían las cualidades del imputado.

Manu lucía sorprendido, en especial cuando Julián nombró el apellido Luro. Aquella vida en la costa, cuando él era respetado y valorado por las mejores familias, le resultaba lejana como un cuento de niños.

—Dime ahora cómo fue que encontraste muerta a tu esposa.

Los ojos se clavaron en los celestes de Julián con una expresión agónica.

—Ella me faltó, doctor.

Julián sintió un estremecimiento correr a lo largo de su espalda. Sería eso todo, entonces: un crimen pasional, como se sospechaba. Si era así, nada podía hacer por Manu, salvo argumentar emoción violenta para atenuarlo.

—¿La mataste al saber de su traición?

El hombre tragó saliva, como intentando asimilar los hechos del pasado.

—No la maté, otro lo hizo por mí.

Julián respiró, algo aliviado.

—¿Sospechas de alguien? Tu esposa trabajaba en el hotel de Luro, quizá algún turista…

—El del perfume.

—¿Qué dices?

—El que le regaló el perfume que olía cada vez que volvía a la casa.

—Entonces, tienes sospechas de alguien en particular.

Manu sacudió la cabeza.

—No sé quién la mató. El del perfume puede ser Toño, el mandadero. Con él la encontré. Pero doctor, no se desgracie conmigo, yo estoy bien así, pagando la culpa.

—Manu, entiende esto: si no eres culpable no debes pagar nada. Y cuanto antes salgas en libertad, mejor para todos. Mejor para Violeta, que sufre pensando en ti.

Como la primera vez, al oír su nombre la expresión de Manu cambió.

—Dígale que se olvide de todo, doctor, que no valgo la pena. Ella es buena y yo no.

—Pues ella piensa todo lo contrario.

—Por eso, porque es buena.

Fue difícil para Julián insistir. Él también, en el fondo de su ser, pensaba algo parecido, que el amor de Violeta por su amigo provenía de la naturaleza compasiva de la joven, y que Manu no le hacía honor. Sin embargo, no podía dejar de ayudarlo si era inocente, aunque de eso se derivasen complicaciones. El propio Rete Iriarte le había encomendado la protección de su hijo. Julián guardaba ese as bajo la manga para cuando la situación lo requiriese. Sabía que el vasco era un hombre influyente, con muchas vinculaciones.

—Quiero que me relates todo con lujo de detalles. Desde que empezaste a sospechar del engaño de tu esposa hasta el momento en que la encontraste muerta en tu casa. Haz memoria, Manu, que de esto depende no sólo tu libertad, sino la felicidad de Violeta. Por ella harás el esfuerzo de colaborar conmigo, ¿verdad? Además, me lo debes. Gracias a mí pudiste huir aquella tarde, y luego mi padre te brindó su confianza. Ésas son deudas, Manu, y hay que pagarlas. De lo contrario, te perseguirán el resto de tu vida y aun cuando estés muerto, más allá de este mundo.

Julián no sabía de dónde había sacado tamaña inventiva para convencer a Manu, y al parecer el viejo preso tampoco, ya que se percibió un movimiento del bulto bajo las mantas.

Dio resultado, sin embargo. Al cabo de unos segundos de lucha con su propia conciencia, Manu empezó a hablar. Sin darse cuenta, Julián iba tejiendo en su mente argumentos de defensa centrados sobre todo en el imputado: su persona, su pasado, sus inclinaciones morales, las razones por las que en su alma no cabía semejante delito.

La chispa de doctrina que había encendido el doctor Herrera comenzaba a arder en su pecho.

Ansiosa y a la espera de una respuesta a su pedido, Violeta decidió leer para entretenerse. Ya no le importaba que Joaquín le consiguiera una colaboración en un diario, lo obtendría por ella misma. Necesitaba llenar su cabeza de ideas, aprender a redactar como lo haría un periodista de opinión. La biblioteca de la antigua mansión Zaldívar estaba repleta de libros, pero la mayor parte habían quedado allá, y los que completaban la estantería del despacho de Julián en esta casa eran de temas jurídicos. De todas formas, Violeta procuró encontrar alguno que la ilustrase sobre lo que andaba buscando. Dio con una serie de artículos encuadernados en un volumen de cuero negro con iniciales doradas. Lo abrió en una página al azar, y la primera frase la cautivó enseguida:

La misión de la pena debe ser noble y elevada, y no agregar un mal al que ya causó el delito. Hay países donde se aplica la pena condicional, que deja en suspenso el castigo por un tiempo de prueba. Si el delincuente mantiene la buena conducta, la pena se le descuenta como si realmente la hubiese cumplido. Los Estados Unidos son un ejemplo de eso.

Más interesada a medida que leía, Violeta quiso saber más de esa institución tan beneficiosa. Salió del despacho con el libro entre los brazos y descubrió a Elizabeth O'Connor en la salita de costura, en compañía de Livia. Ambas hojeaban unos figurines y comentaban en voz baja.

—Querida —dijo Elizabeth al verla de pie en el marco de la puerta—. Pasa, te extrañamos en el almuerzo de hoy.

—Preferí quedarme en el cuarto. No siento mucho apetito.

—Lo entiendo. Ven, prueba estos bizcochos que preparó Cachila. Los traje hoy de la casa, recién horneados.

La invitación era imposible de rechazar, sobre todo por el aroma de los bizcochos. Livia la recibió con una sonrisa y un ademán afectuoso. Violeta se sentó entre ellas con el libro apretado sobre el pecho.

—¿Estabas leyendo alguna novela?

—En realidad, estaba estudiando sobre las penas y los delitos.

—Válgame, qué tema tan audaz —rió Elizabeth—. Me parece bien, es útil saber de todo un poco.

—Encontré una referencia a un sistema que parece ser muy bueno allá, en Norteamérica.

—Dime cuál es, aunque no sé si estaré a la altura de tu curiosidad. Lo mío es el castigo en la pizarra, más bien.

—Se trata de la pena condicional.

—¡Ah, sí, la *probation*!

—Exactamente así la llaman acá —y Violeta dio una palmadita al libro.

—La inventaron en Boston, hace varios años, y luego pasó a Nueva York y a Pensilvania. Es para los que cometen delitos leves.

—Ah...

La desilusión de Violeta le dijo a Elizabeth de dónde provenía el interés de la joven en los asuntos criminales, y lamentó no poder ser de ayuda.

—Querida —repitió, y tomó una mano de Violeta entre las suyas—, confiemos en que Julián hará todo lo posible por demostrar la inocencia de tu amigo. Si es inocente, se sabrá.

—Lo es. Manu es incapaz de matar así, a sangre fría.

Elizabeth pensó que un crimen pasional era lo opuesto a obrar con sangre fría, pero nada dijo.

—Creo que debemos confiar —insistió.

Aunque no le reportaron gran consuelo, Violeta permaneció un rato en compañía de aquellas mujeres que siempre se veían sosegadas. Ella no sabía hasta qué punto aquella imagen era distinta de la realidad, pues Elizabeth O'Connor era todo un temperamento, por algo había emprendido la epopeya de educar en las pampas salvajes, y luego se atrevió a dominar el carácter de un hombre tempestuoso como Francisco Balcarce. La vida y los años le habían conferido un aspecto dulce y maternal, y sin duda tenía bien ganado el apodo de "Misely, la maestra de Sarmiento", como se la conocía.

Livia miraba con interés a Violeta. Ella también, a su modo, era perceptiva y veía en la joven un espíritu demasiado brillante para el mundo profano. *Rupancó*, habría dicho su abuela, lo que significaba "el fluir de las aguas". Así era Violeta Garmendia, agua en movimiento, y por eso brillaba con reflejos iridiscentes.

Al aparecer Brunilda la conversación derivó hacia otros temas, y Violeta pasó un rato entretenida, olvidada un poco de sus preocupaciones.

Al volver al cuarto encontró la respuesta que anhelaba:

Pídeme la luna, que te la daré. No lo dudes nunca. Tuyo, Cristóbal.

Emocionada, besó el papel donde figuraban las palabras salvadoras.

¡Por fin tenía un adalid para librar a Manu del yugo de la prisión!

Cristóbal había encontrado el talismán de sus deseos. Sacó la piedra de sirena que siempre llevaba con él y la dejó chisporrotear a la luz de la llama.

—Eres mía —murmuró extasiado.

Podría no haber ido a los esteros a conocer a Rete Iriarte, que de todos modos la oportunidad se le habría brindado. Violeta necesitaba de sus servicios, y él se los cobraría. Nunca había hecho nada gratis, y no habría excepciones.

Llamó a Pedro y en breves palabras le indicó que zarparían otra vez hacia el amarradero de Mar del Plata, en procura de información sobre el hijo del vasco.

—¿Otra vez? —exclamó Pedro, sorprendido—. Si ya supimos...

—Esto es distinto, tendremos que recoger datos que nos sirvan para sacarlo de galeras. Ya te iré contando por el camino.

—Los hombres no querrán volver, están acostumbrándose al Plata —y Pedro no quiso aclarar que eso corría para él también, que desde su llegada se veía a escondidas con Martita Ramírez Aldao. La aventura del verano estaba cobrando una seriedad insospechada.

—Que se desacostumbren. Es fácil, un tiempo acá, otro allá, y ningún puerto nos reclama. Ya saben cómo es. El que desee negarse puede decirlo y aquí se queda, librado a sus propios medios. Su paga la tendrá, no más que eso.

—Cristóbal —suspiró Pedro—, alguna vez deberías escuchar a los otros. Son personas que tienen sus ideas y sus metas.

—Son truhanes que he sacado de escondrijos inmundos —escupió el capitán, furioso porque se le contradijese—, y si no gratitud, al menos me deben obediencia. También tú.

—Lo sé bien. Lo que ocurre es que en los últimos tiempos no ven sentido a las idas y vueltas que nos impones, son más bien la obra de un capricho enamoradizo.

—Cuidado, Pedro.

—Yo cuento entre los que tienen derecho a encapricharse también.

—¡Qué! ¿Acaso te han echado el anzuelo aquí, en esta tierra de inmigrantes? —y Cristóbal rió con malicia.

—El mismo anzuelo que te hizo picar a ti, supongo.

La refutación de Pedro lo hizo montar en cólera. Cristóbal disimulaba su carácter cruel bajo la fría apariencia de hombre controlado. Pedro lo sabía, aunque rara vez lo veía en su desnudez moral completa; el capitán era muy cuidadoso y echaba llave a su camarote si entraba en un período de flaquezas. El contramaestre venía observando los indicios de una conmoción desde el momento en que Cristóbal cedió a todos los impulsos tras la sirena del baile de los Foscari. Aquella beldad había tendido un hilo bien poderoso para lograr que el corazón de un hombre tan prepotente cayese en sus redes sin probar el néctar siquiera, pues de eso estaba seguro Pedro: Violeta Garmendia no había entregado sus favores al capitán del *Fortuna*. Lo sabía de buena fuente.

—Ten cuidado —advirtió Cristóbal con el filo en la voz—. No te conviene predisponerme mal.

—Me quedo.

—¿Qué dices?

—Me quedo aquí, en el estuario. No necesito volver a la villa balnearia ni aprender nada sobre el hijo de Iriarte. Son asuntos que no me incumben. Lo que de verdad me interesa está aquí, y lucharé por eso.

—¿Con qué armas, si puede saberse?

—Con las que me haya dado Dios, o el diablo —y Pedro levantó sus brazos, indicando que poseía fuerza suficiente como para estibar en el puerto si quería.

Cristóbal contuvo a duras penas la rabia que le carcomía el pecho. ¡Tan luego Pedro, al que había rescatado de un destino de penurias, le daba la espalda! Lo tenía merecido por confiar en alguien. La vida le había enseñado a valerse solo y a costa de lo que fuese, pero siempre había algún punto débil donde lo vencían. No volvería a suceder.

—Puedes irte al infierno —dijo en voz baja y temible.

—No me des tu bendición. Por última vez, Cristóbal, reflexiona. Es inútil que porfíes, tienes la responsabilidad de llevarnos por buen rumbo.

—Sal de mi vista.

—Volveré luego.

—¡Vete y no regreses! ¡Nunca!

Pedro permaneció un instante suspendido entre la furia y la pena, y por fin cerró la puerta de la habitación. Hizo un hato con sus pocas pertenencias y pagó él mismo los gastos del hotel que le correspondían. Luego, con la bolsa al hombro y el ánimo cabizbajo, se encaminó al *Fortuna*, a dar la noticia al resto de la tripulación. Que cada uno hiciera lo que quisiese. A partir de ese momento, no se haría cargo de ninguno; ni de su capitán, al que había llegado a querer como a un hermano mayor. Al ascender por la rampa, el remordimiento le atascó la respiración. Él le debía todo a Cristóbal de Casamayor. La vida, en primer lugar, ya que en aquella taberna de mala muerte no hubiese valido nada. Cristóbal lo amparó y le enseñó lo que sabía sobre navegación y comercio. Él no podía darle la espalda con tanta facilidad, debía intentar al menos una vez más convencerlo de proseguir juntos, en otros términos. Quizá si le hablase con franqueza de Martita Cristóbal se aviniese a confesar sus planes con Violeta y comprendiese sus expectativas.

Ilusionado con esa idea, Pedro volvió sobre sus pasos y se encaminó de nuevo hacia la calle Brasil. Nadie respondía a su llamada y decidió entrar. Estaría ofuscado, o tal vez dormido. El fuerte olor a brandy lo impactó, parecía que habían regado el piso con el contenido de la botella. La cama estaba intacta, y la ventana abierta. Un poco trémulo, Pedro se acercó para asomarse. El viento de la tarde llevaba los efluvios de la brea y el ruido de los anclajes chocando entre sí, un panorama igual al de todos los puertos del mundo.

—¿Se te olvidó algo?

Cristóbal se hallaba detrás de él en mangas de camisa, con el pecho descubierto y la mirada vidriosa. Había salido quién sabía para qué y dejado la puerta sin llave.

—Cristo, tenemos que hablar —comenzó Pedro, con el trato afectuoso que le dispensaba desde niño.

—Ya dijiste todo. Largo.

—No puedes ser tan necio. Sabes que no tienes razón.

—Es cuando más la tengo, cuando no pongo a nada ni nadie por delante, sólo mis intereses.

—Creí que el *Fortuna* y su tripulación eran parte de esos intereses.

—Ya no. Tengo otros propósitos.

—Casarte con la mujer de Venecia.

—¿Casarme? Puede ser, pero sobre todo deseo hacerla mía.

—Y al igual que conmigo, no le has consultado nada.

Cristóbal se dejó caer sobre la cama con un bufido. Estaba algo ebrio, aunque no del todo. Jamás bebía hasta perder el sentido, era un modo de sobrevivir. Colocó la cabeza sobre los brazos y miró el techo con aire fatigado.

—Eres mayorcito, Pedro, te devuelvo la libertad para que hagas lo que desees. No me fastidies más. Si tienes a una mujer en la mira, ve tras ella. Te calentará los pies por las noches, algo que nunca tendrás conmigo —y rió de su propia grosería.

—Es cierto, existe una mujer que me interesa, pero no quiero irme sin antes decirte que no te abandonaría si no fueses tan obcecado.

—Es mi especialidad —respondió con indiferencia el capitán, mientras se quitaba de la camisa una partícula de tierra.

—¡Por Dios, Cristóbal! —y Pedro cayó de rodillas, exasperado—. Por una vez en tu vida sé sincero y dime qué es lo que estás buscando.

Sin dejarlo terminar la frase, el capitán se incorporó y levantó a Pedro de las solapas del saco. Los ojos grises helados de furia, la mandíbula contraída y la cicatriz vinosa, sobresaliente y brutal. Una máscara de maldad que Pedro no recordaba haber visto.

—¡La muerte, Pedro! ¿Acaso lo ignoras? ¡Busco la muerte, el final de los recuerdos, el final de todo!

El estallido hizo enmudecer al contramaestre. Cristóbal seguía hablando; aunque la mirada traspasaba a su segundo, parecía vuelta hacia adentro, enfrentada a sus propios demonios.

—Lo que busco se me niega siempre. Y cada vez que me creo capaz de lograrlo, algo se interpone. Esta vez, una mujer con la que cualquier hombre soñaría despierto. Por ella no me hundo en el abismo, Pedro, y siento miedo. Miedo de creerme esa ilusión, porque todo es al fin ilusión, nada tiene existencia permanente.

—¿Por qué? No lo sabes, quizá ella sea diferente.

La carcajada sarcástica le dio escalofríos.

—Diferente es, sí, para mi mal. Aunque no del modo que crees. La perversidad tiene muchas caras, Pedro, y la sonrisa de la mujer es una de ellas. ¿Crees que soy ingenuo? No, amigo mío, he visto el peor rostro de la maldad en mi propia madre, la que me parió. Ella, antes que ninguna otra hembra, supo enseñarme la escoria humana.

Lo dicho dejó mudo a Pedro. Nunca antes Cristóbal había hablado de su familia, y el contramaestre suponía que estarían muertos, o bien que el hijo al crecer se habría mandado a mudar para vivir por su cuenta, quizá por desinteligencias con el padre, cosas comunes entre los jóvenes que crecen. Jamás sospechó que Cristóbal cargase con el estigma de una madre desnaturalizada.

—La muy infeliz —proseguía él—, creyendo que yo era la causa de sus trifulcas con mi padre, me despreciaba. Lo único puro que pudo haber tenido lo ensució, lo arrojó al estiércol. Creo que de haber podido me habría matado al nacer. Y mi padre... —de nuevo la carcajada, más amarga aún que antes—. Ese bruto que sólo vio en el hijo la oportunidad de ganar dinero con inmundicia.

Cristóbal se detuvo, al advertir que no había soltado a Pedro. Con hastío, lo dejó caer y volvió a la aparente indiferencia.

—Soy un hombre prostituido, Pedro, por voluntad de mi padre y complacencia de mi madre. Ambos se amaban a su modo, el de los enfermos egoístas. Eso ya pasó. Ahora yacen juntos, como ellos querían, y sospecho que en las lenguas del infierno.

Pedro se incorporó y se mantuvo inmóvil frente a la ventana, donde las sombras ya se adueñaban de la calle. La inesperada confesión de su capitán lo había tomado por sorpresa y lo dejaba atónito. Cualquier villanía que él hubiese padecido antes de que Cristóbal lo rescatase era nada comparado con lo que acababa de escuchar. Pero nunca hubiese podido sospechar lo que vendría a continuación.

—Puedes irte, amigo. Ya sabes con quién has navegado todos estos años.

—La verdad, por dolorosa, no cambia nada, Cristo. Somos socios y amigos, haya pasado lo que haya pasado por nuestras vidas.

—Lindas palabras —murmuró Cristóbal, pensativo—, y banales. Nada de lo que pienses llegará nunca a la negrura de mi alma, Pedro, no te esfuerces. ¿Sabes cuál es en verdad mi tribulación actual? ¿Entiendes el conflicto que se ha suscitado en mí?

Cristóbal lo miraba con un brillo platinado en los ojos grises.

—No podrías. Porque ni tú, con todo tu sufrimiento, has podido imaginar siquiera cuál es el nudo de todo esto. Violeta Garmendia es un capricho, un botín, algo que deseo y que no puedo dejar de tomar. Soy un pirata, después de todo. Sin embargo, odio la debilidad que surge en mí cuando pienso que la mancharé con mi contacto. Todo lo que toco lo arruino, y con ella será lo mismo. Debo hacerlo, debo tenerla, y a la vez siento pena por esa joven.

—Cristóbal, ella entenderá tu padecimiento…

—¡No! No quiero que lo entienda. Sería peor, me volvería vulnerable que lo entendiese. Ella debe odiarme, y yo debo tomarla pese a eso, así sería lo correcto. Ella no puede amar a un asesino.

—¿Asesino?

De nuevo la risa diabólica.

—Ésa es la parte que ni te imaginas, Pedro, pero ya que nos despedimos para siempre, voy a contártela. ¿Qué crees que pudo haber hecho un muchachito desvalido con un padre satánico y una madre perdida? —y Cristóbal sacó de su faja el puñal del que jamás se desprendía—. Fue duro, Pedro, pero lo hice. Acabé con sus miserables vidas. Tan sencillo y tan tremendo, ¿verdad? Un hijo que asesina a sus padres. Un monstruo a los ojos de los demás y, no obstante, un ángel salvador a mi modo de ver. Claro que el ángel, al cumplir el designio, cae para siempre en el averno. Se condena. Ésa es mi vida, Pedro, la de un hombre condenado. A esa vida quiero arrastrar a Violeta, y no deseo arrepentirme de ello. ¿Entendiste por fin cuál es mi dilema? ¡No quiero sentir piedad de esa dama!

El contramaestre contemplaba estupefacto el rostro dañado del capitán, y por su mente pasaban imágenes brutales de un niño acuchillando a sus padres, tal vez mientras dormían, o quizá en medio de la unión carnal, cuando los instintos brutales se manifestasen más crudos. Imaginó el rostro infantil transfigurado de rabia y dolor. Por primera vez, la dimensión del calvario de Cristóbal se le revelaba, y sucedía en el momento menos esperado, en una habitación de hotel en el Río de la Plata, un lugar al que habían considerado pasajero e intrascendente. Una burla del destino para aquel pirata y también para él, ya que se sentía atrapado entre el amor y la amistad, entre la fidelidad al hombre que le dio todo, y la mujer que le prometía sosiego en su vida trashumante.

—Cristóbal —susurró—, debes dejar atrás todo eso y reponerte. Sé que es terrible, pero justificado el acto por la maldad de tus padres. Eras un niño.

—Ocho años.

—Ya ves, ni siquiera sabías lo que hacías.

—Oh, sí, no te engañes, Pedro. Nunca fui niño en realidad. Mi crianza me lo impidió. Pero no creas que reniego de eso, no. Me enseñó a valerme solo, y a progresar sin obstáculos de ninguna clase.

—Hasta ahora, que conociste a Violeta.

El rostro de Cristóbal se deformó en una mueca de dolor.

—Es mi Némesis.

—Deja que ella cure tus heridas, Cristo.

—La otra opción es causarle heridas yo mismo.

—Eso sólo te traerá más sufrimiento.

—¿No lo entiendes? ¡Es mi naturaleza, Pedro! Provengo de esa sangre envilecida, no puedo ser otra cosa. Por más que me vista de caballero o finja ser un comerciante interesado. Mis intereses esconden la brutalidad de mi verdadero ser. Para recordarlo, tengo esto —y se tocó la cicatriz, que había recobrado el color habitual—. El regalo final de mi padre. Con su látigo até sus pies antes de arrojarlo al mar.

—Todos tenemos la oportunidad de salvarnos, Cristóbal —insistió Pedro, horrorizado al escuchar lo último.

—No deseo salvarme. Quiero morir. Y Violeta me lo impide.

—Temes ser mejor por ella, entonces.

Los ojos torturados del capitán se tiñeron con un matiz de impotencia.

—La muerte me es esquiva, Pedro. La busqué una y mil veces, y nunca llegó. Ahora viene a mí la posibilidad de elegir, y no quiero. No quiero desear vivir como los demás, no deseo la oportunidad de ser bueno, sólo quiero hundirme y ser capaz de hundir conmigo a los otros.

Pedro se mesó los cabellos con impotencia.

—¿Por qué, Cristóbal, por qué?

—Porque sí, Pedro.

El capitán se tendió sobre la cama y volvió a mirar el techo, enfrascado en sus pensamientos, sin decir nada más ni demostrar interés en lo que el contramaestre hiciera en adelante. Le dejaba el camino libre para alejarse de él, para intentar ser mejor, como le había dicho. Por su parte, las cartas ya habían sido echadas sobre la mesa.

Pedro salió del cuarto acongojado. La verdad era mil veces peor que cualquier fábula que hubiera podido tejerse sobre Cristóbal de Casamayor y, a la vez, ella lo volvía digno de lástima, de toda la compasión humana y divina. Sólo que el capitán no lo entendía así, y gozaba torturándose. Ahora comprendía ese afán por navegar de un lado a otro sin más propósito que la aventura, con la osadía de desafiar al mar en sus peores momentos. Cristóbal solía lanzarse a la borrasca con alegría, como si la posibilidad de perder la vida no fuese parte del destino. Pedro entendía la razón a partir de ahora: el capitán deseaba hundirse en el abismo por toda la eternidad, y nunca había podido lograrlo.

Cruel castigo para un alma perdida.

Pedro abandonó el hotel con el corazón comprimido de dolor. Debía tomar una decisión, pero no aún, tendría que pensar mucho y ahogarse en el alcohol antes, para que no le doliese tanto.

∞

En el hotel del Boulevard des Capucines, Carlos Pellegrini revolvía un café con leche mientras hojeaba los periódicos que en forma de rollo le llegaban desde la Argentina. Era su obsesión estar informado palmo a palmo de lo que sucedía, ya que él se encontraba en Europa como extensión de los problemas sudamericanos, para obtener el crédito que podría aliviarlos. Parecía que la única política económica posible era pedir fiado. El país no sólo vivía de prestado, sino que siempre el empréstito acababa en estafa, puesto que se gastaba a sabiendas más de lo pedido, para satisfacer el rastacuerismo de la clase argentina.

En eso pensaba cuando descubrió un suelto en la revista *Sud-América* que él mismo presidía. Era un artículo breve y contundente sobre el papel de las mujeres en el amor. Le extrañó ese tema en el periódico, y volvió a leerlo a conciencia. Casi sin querer, la imagen de una joven hermosa y desenvuelta le vino a la mente, junto a la presencia de Joaquín Carranza, en un baile de carnaval en Adrogué.

Sacudió la cabeza, divertido por la audacia de ambos.

—Mira, querida —dijo a su esposa, que a su lado hojeaba otro diario—, esto te va a interesar, es de tu género.

Carolina Lagos se acomodó los lentes de fino armazón y leyó las líneas que el dedo de su esposo señalaba de modo insistente. Al cabo, murmuró sorprendida:

—Un espíritu libre. ¿Será de alguien conocido?

—Sospecho que recordarás ese nombre.

De nuevo la esposa leyó el artículo, y al final la autoría.

—Aquella jovencita que nos hizo reír y reflexionar en el baile de carnaval de Adrogué. ¿No la recuerdas? Creo que hasta te pusiste un poquito celosa.

La mujer recordó de inmediato la escena. Una joven de increíbles ojos y silueta espigada, conversando con soltura de temas en los que las mujeres rara vez se interesaban. ¡Claro, sólo ella podía ser la autora de ese suelto que su esposo admiraba! Porque no se engañaba, Carlos Pellegrini era un marido cariñoso y devoto que tenía ojo para las hermosas damas.

—Parece que es colaboradora de tu diario —replicó con sequedad.

—Me acabo de enterar, como de muchas otras cosas —refunfuñó, mientras mostraba las columnas donde se mencionaban los disturbios y la abundancia de boinas blancas de los cívicos más radicales en las calles.

—La verdad —comentó luego, más para sí que para ser oído—, es una lástima ser gobierno y no poder andar en esas patriadas. Me gustaría ver a Leandro como regenerador.

Doña Carolina sabía que su esposo estaba recordando los tiempos en que con Alem participaba de las luchas entre mitristas y alsinistas, y creyó que el comentario exigiría un cambio de planes repentino.

—¿Tendremos que volver, entonces?

—Primero iremos a la Exposición Internacional de París, que es otro de los propósitos de este viaje. Nuestro amigo Casares pasará a buscarnos en el coche de alquiler dentro de una hora.

Carolina Lagos suspiró. Pellegrini no se detenía, a pesar de haberles dado un susto mayúsculo durante el viaje en barco. Su salud se deterioraba día a día, y ese viaje largo, junto con los disgustos que aparejaba, no ayudaba en absoluto.

Como bien decían sus amigos más cercanos: "Es el más fuerte de todos". Sin embargo, hasta la rama más dura podía quebrarse alguna vez. Doña Carolina temía que llegara ese momento.

La cita era en la explanada del Paseo de Julio. Cristóbal no quiso que Violeta fuese a la zona portuaria, ni tampoco presentarse él en la casa de nuevo. Prefería que su entrevista pasara por un encuentro casual. De todos modos, pensaba cambiarse de hotel y tomar habitación en uno de los seis principales de la calle Maipú. En esa segunda etapa de sus planes era más conveniente situarse entre las casas de la élite porteña.

Violeta, por su parte, disfrazó la cita como una salida con Dolfito, de las que solían hacer cuando el clima lo permitía.

Él la esperaba con un pie apoyado en uno de los canteros arbolados, mientras contemplaba con supuesta indiferencia los buques lejanos que aguardaban su turno fuera del estuario. Había caminado a lo largo de la costa, observando los vagones de carga sobre las vías muertas, los elevadores de granos y el hormigueo de los estibadores que subían y bajaban de las grúas. Ese mundo le era dolorosamente familiar. Su padre lo había introducido en él para sus pérfidos fines, y después de haber revivido ante Pedro lo más sórdido de su vida los recuerdos lacerantes hervían bajo su piel. Rabia, dolor, humillación, un arsenal de sentimientos que apenas podía contener sin denunciarse con una mueca. Se contuvo por Violeta; ella no debía sospechar.

La vio apenas sobrepasó la esquina. Lo alivió comprobar que no venía con chaperón, sólo con el niño de la casa, que prendido de su mano miraba hacia el cielo donde desfilaban nubes plácidas. Era el mismo que solía remontar barriletes en la playa.

—Hermosa y puntual —la saludó.

—Tenemos poco tiempo —dijo Violeta sin reparar en el saludo—. Brunilda quiere que Dolfito almuerce temprano, ya que por la tarde organizarán un paseo con los Balcarce.

—A lo nuestro, entonces —abrevió Cristóbal, y dirigió al niño una mirada de soslayo, pues no deseaba hablar del tema en su presencia.

—Ve donde aquellas gaviotas —ordenó Violeta—, y no las espantes, así podrás dibujarlas.

Dolfito llevaba un manojo de cuartillas y un lápiz en su pequeña mochila.

—Qué niño extraño —comentó Cristóbal mientras lo veía caminar a los tropezones entre los guijarros.

—Es distinto, no extraño.

—Te preocupas por todos, Violeta, me maravilla esa dedicación a los demás. ¿Seré alguna vez objeto de tu interés?

—Ahora mismo eres mi tabla de salvación.

—¿Ah, sí? —Cristóbal parecía paladear esa respuesta.

—Dijiste en tu mensaje que actuarías en favor de Manu. No sé cómo, pero te lo agradezco.

—Sentémonos —y Cristóbal la llevó del codo hacia un banco de mármol coronado de arbustos.

Una vez instalados, se tomó su tiempo para encarar el asunto. Aunque ya lo tenía planeado, convenía ir tanteanto el terreno.

—Me dices que el hijo de Rete Iriarte se ha metido en apuros por un asunto de faldas.

—La mujer muerta era su esposa.

—Estuve pensando que lo mejor será imponerme de los detalles del caso, ya que voy a dejar el cuero en eso.

Violeta le tendió el recorte del diario y aguardó impaciente a que lo leyese.

—¿Irás a Mar del Plata? —preguntó ansiosa—. Dime cuál será tu estrategia.

—Antes, debemos acordar un precio —dijo Cristóbal, guardando el papel en el bolsillo.

Ella compuso una expresión de desconcierto. No había pensado dar nada a cambio. Respiró hondo, y por fin soltó:

—Pide lo que quieras, mi padrino lo pagará.

Cristóbal entrecerró los ojos mientras estudiaba cada gesto de la joven.

—A veces, el oro no lo es todo. Hay precios que no se calculan del modo tradicional. Me gustas, Violeta, creo que no es una sorpresa para ti. He seguido tus pasos desde que dejaste Europa, y quise compenetrarme de tu vida y de tu familia porque me importas.

El hombre desvió la mirada hacia el río, donde las gaviotas sobrevolaban a Dolfito, sentado sobre un madero.

—Este interés va más lejos que una atracción como las que habrás conocido en las noches del Bristol. Tengo planes contigo.

Volvió la cabeza de manera repentina, para capturar el instante en que asimilase esa declaración.

—Deseo que me acompañes.

Violeta lo miró de frente, sin eludir la intención, aunque respondió de modo cauteloso.

—Irás a Mar del Plata, entonces. Puedo arreglar ir contigo, si es lo que quieres.

—O no me has entendido, o finges no hacerlo. Lo que digo es que te unas a mí. Ése es mi precio.

El trepidar de los carruajes sobre los adoquines, las gaviotas y el eco de la sirena de algún barco que partía se convirtieron para Violeta en una nube lejana. Lo único que escuchaba era su propio latido en los oídos, la tumultuosa sangre subiendo con rapidez.

—¿Me propones matrimonio?

Cristóbal sonrió con cinismo.

—Si así lo prefieres. Entiendo que otra cosa sería poco menos que imposible para ti, y en especial para tu familia. Yo no me avengo tan fácil a los requerimientos sociales, es más, no tengo ninguno. Sin embargo, haría esa excepción. Podríamos casarnos.

—Pero no me amas.

Un poco desconcertado, el capitán respondió:

—Los sabios dicen que el amor no existe, es una ilusión. Eres muy joven para haberlo aprendido, pero ya te darás cuenta de que en la vida de los humanos todo consiste en satisfacer el interés personal. Amar es satisfacerse.

—Qué horrible pensamiento.

La carcajada de Cristóbal llamó la atención de Dolfito, que giró para observarlos.

—Tal vez yo sea un hombre horrible, Violeta. ¿Lo has pensado?

—No, porque no lo creo así. Si estás ofreciendo ayuda para Manu, tu corazón no es tan helado.

—Lo hago con esta condición —replicó él con dureza—, pero tampoco me malinterpretes. Siento por ti algo que nunca antes. Si quieres llamarlo amor, hazlo. Lo que me importa es tenerte a mi lado. Y estoy dispuesto a mentir para lograrlo.

—¿Mentirás por Manu?

—Lo haré para tenerte. Serás una princesa en mi reino, Violeta, eso puedo asegurártelo. Nada te faltará. Soy un hombre poderoso, y la mujer que vaya a mi lado compartirá mis riquezas y los honores que conozca.

Una profunda pena se adueñó del corazón de Violeta. Qué tonta había sido al suponer que alguien tendería su mano sólo por compasión o fidelidad. Joaquín Carranza le había negado el apoyo porque no creía en la inocencia de Manu y no deseaba comprometer su prestigio. Ahora, Cristóbal de Casamayor se arriesgaba, pero a cambio pedía su libertad, y ni siquiera afirmaba que lo moviese la pasión, sólo el interés o el capricho. ¿Tan insensibles podían ser los hombres? Ella había creído ver en sus amigos almas afines, como le había dicho Esmeralda Mazur, espíritus que la acompañaban para resolver sus asuntos en la vida, y en cambio encontraba mezquindad y falsedades. ¿Acaso Julián Zaldívar había actuado del mismo modo con Brunilda? ¿Y Francisco Balcarce? ¿Habrían comerciado sus matrimonios? Ella nunca supo los detalles íntimos, sólo conocía lo que se mostraba. Y se negaba a creer que entre Rete y Rosa hubiese mediado algún intercambio, aunque su padrino llevase el comercio en las venas.

—Me parece que estás pidiendo algo que no puedo darte —arriesgó.

—¿Acaso no es tu vida por la de Manu? Los precios han de ser justos. ¿Cuánto vale la libertad de ese hombre que aprecias? Quizá no tanto como la tuya, puede ser. Eso deberás medirlo, sirena, porque estoy dispuesto a pagar para liberarlo, pero también a cobrar el equivalente.

—Todavía no me dijiste qué harías.

—Simple. Diré que Manu trabajaba para mí en el *Fortuna,* y que a la hora de la muerte de la esposa estaba cumpliendo tareas en el barco. Estuvimos fondeados en la bahía.

—¿Sólo eso bastará?

—Ellos no tienen nada aún, ¿no es así? Por lo que leo aquí —y se palpó el bolsillo—, todas son especulaciones.

Un torbellino de ideas cruzaba la mente de Violeta. Le parecía un ardid poco convincente, pero era cierto que nada había que comprometiera a Manu, no encontraron testigos en su contra, así que presentar testimonio en su favor podía inclinar la balanza.

¿Cuánto valía esa mentira? Para Violeta, era una mentira blanca. Ella sabía que Manu era inocente; se trataba sólo de encontrar la manera de demostrarlo.

—Lo que no entiendo es cuánto perderías al decir eso —comentó.

—Puede ser nada, o puede serlo todo. Si al final él resulta culpable, me juzgarán por falso testimonio. Hasta podrían creer que fui su cómplice.

—Entonces puedes quedarte tranquilo, que Manu es inocente.

—Quisiera que con el tiempo llegaras a confiar en mí como lo haces en ese hombre. Estoy algo celoso del interés que despierta en ti.

Violeta se ruborizó. Se levantó el cuello de la capa y se puso de pie.

—Tendrá su paga, capitán —dijo con altivez—, pero cuando haya liberado a Manu, no antes.

—Cuidado, Violeta. No soy un hombre al que se pueda enredar o dar dulces para confundirlo —y se incorporó también, alto y firme, una sombra ominosa junto a ella.

La mañana se tornó desapacible de pronto, reflejo del ánimo de Violeta, que apenas podía distinguir el horizonte a causa de las lágrimas que abultaban sus párpados.

Había decidido sacrificarse por su amigo del alma. Las palabras de Esmeralda seguían en su mente. Si existían esos espíritus afines o compañeros, a ella le había tocado conocer a uno en su querido Manu. Nadie más que él era capaz de dar la vida sin pedir algo a cambio, era el único que podía dormir a la intemperie sólo para velar por ella, o soportar las injurias y las burlas con tal de no abandonarla. Recién ahora se daba cuenta de cómo eran las cosas. Amaba a Manu. Ya no cabían excusas ni dudas. Entendía por qué, durante su largo viaje por Europa, su corazón no había sucumbido ante ninguno de los pretendientes que se apiñaban a su alrededor. Y por qué, en la temporada marplatense, tampoco sintió interés por los flirteos y los bailes, más allá de la diversión que le brindaban. Con meridiana claridad se le figuró la camaradería de Joaquín, la tierna admiración de Nikolai, los avances de Leandro Paz y el descarnado interés de Cristóbal. Nada de eso era amor.

Por ignorancia, por olvido o por haber perdido el rumbo, lo auténtico no se le había revelado, a pesar de toda su videncia. Tendría que haber permitido que los sueños le hablasen como lo hacían de niña. Manu, en su simpleza, poseía un corazón inmenso que latía al compás del suyo. Separados, los latidos sonaban huecos.

Un alma compañera. Un ángel. Manu.

Violeta corrió a la orilla y tomó de la mano a Dolfito. Casi sin mirar a Cristóbal recuperó su voz para decirle de pasada:

—Avíseme cuando haya logrado su propósito, capitán. Estaré en mi casa de los esteros.

—Un momento.

Cristóbal la sujetó del brazo para impedir que se alejara como una ráfaga.

—Violeta. Mírame.

Ella alzó sus ojos arrasados en lágrimas y el marino tuvo que contener el impulso de enjugárselas con sus besos. De todas las reacciones, era la que menos esperaba. Creía que Violeta lo insultaría o le gritaría, y estaba dispuesto a resistir todo con su cinismo habitual. Verla llorar resignada, como si la propuesta significase ir al cadalso, lo trastornó.

Estaba tan bella con su capa azul y sus botines orlados de piel, el cabello desprendido de las peinetas a causa del viento del río que lo adhería a sus mejillas sonrosadas.

Cristóbal sintió flaquear su voluntad.

—Tampoco soy un monstruo —mintió, pues lo era—. Concédeme al menos un mínimo de la confianza que das a otros. Soy sólo un hombre que desea tenerte.

—Lo hubieras pedido antes —contestó ella con rabia contenida—, sin necesidad de dar nada a cambio.

Se sacudió el apretón y echó a correr arrastrando a Dolfito, que lo crucificaba con sus enigmáticos ojos.

Cristóbal se quedó viendo el sitio por donde desaparecieron. La calle recobró el bullicio suspendido un rato antes: las voces de los vendedores, los carros arrastrando fardos hacia el muelle, la gente que desafiaba las ruedas de los carruajes, toda esa animación le resultaba ajena. En su interior bullía otra clase de agitación. Su alma pendía de un soplo, como si estuviese parado al borde de un precipicio, a punto de caer al vacío.

Se estaba enamorando de Violeta Garmendia.

La decisión de Violeta de volver a su casa en El Aguapé causó conmoción. Brunilda no entendía el motivo, justo cuando Julián se hallaba de viaje y Dolfito aún la necesitaba. Presentía algo grave, y por más que indagó de todas las maneras no pudo arrancar de la joven una confesión. Ella sostenía que su tiempo allí estaba cumplido, que extrañaba a su familia, y que de cualquier modo se enteraría de la suerte de Manu por su padrino.

De nada valió que Elizabeth y Livia ofreciesen ayuda, ni que Joaquín, alertado por Brunilda, acudiese de inmediato.

—Dime por qué así, de repente —le decía, entre ofuscado y dolorido.

—Es tiempo de volver —contestaba ella, serena y decidida.

Joaquín no las tenía todas consigo. En el fondo de su alma le había fallado a Violeta al ignorar a Manu. Se dejó llevar por los celos o la indiferencia, y ahora era tarde para remendarlo. Acababa de aprender que Violeta, con toda su dulzura, era firme como roca cuando actuaba convencida. Su sonrisa no menguaba ni un poco mientras le respondía:

—Allá también hay periódicos donde publicar mis notas. Sé que tarde o temprano haré de esto mi profesión.

En ella no cabía el encono. Las cosas eran así, y punto.

Joaquín deseaba estrellarse contra la pared, impotente para convencerla. Tenía proyectos profesionales y también personales. Por prudencia, no le mostró el ejemplar de *Sud-América* donde aparecía su escrito sobre el amor en las mujeres. Temeroso de que echase leña al fuego, decidió que era mejor ocultarlo.

—Al menos dame un motivo que pueda creer. Hasta hace dos días no extrañabas lo suficiente como para irte. ¿Hubo algo aquí que te trastornara? Mira a Dolfito —agregó, en un recurso desesperado—. Te necesita. Todavía se conduele de la muerte de su padre, y justo ahora el doctor Zaldívar está ausente. Creo que deberías esperar su regreso.

—Joaquín, no me voy al otro lado del mundo. Vuelvo a mi casa, que no está tan lejos. Puedes visitarme, si quieres.

—Lo haré —afirmó el joven con rotundidad—. Prométeme que escribirás.

—Me dedicaré a eso y a recobrar a mis primas, a mi hermanito, y a mis aves también. Los extraño mucho a todos.

Había verdad en lo que Violeta decía. Más allá de sus ambiciones y anhelos de conocer mundo, la patria chica la reclamaba con fuerza. Ella era del río, como otros eran del desierto o de la vida urbana. Su mente aún no deseaba detenerse en cómo sería la existencia cuando desposase a Cristóbal, si es que él liberaba a Manu. Era algo que resolvería cuando se presentase. Por el momento, sólo deseaba dormir bajo las estrellas y gozar del murmullo de las aguas, abrazar a su madre, a Batú y a las niñas. Ser la misma que partió una vez tanto tiempo atrás y, sobre todo, volver a soñar. En eso cifraba sus esperanzas. Cuando soñaba la vida cobraba sentido, ahora lo descubría.

La despedida más difícil fue la de Dolfito.

El niño tampoco entendía la razón de la intempestiva partida, aunque no hubo reproches de su parte. Violeta llenaba sus baúles mientras decía:

—¿Sabes? Allá en El Aguapé estarán los otros niños. Tití ya es un hombre, pero Ignacito te aguarda para jugar con él en la orilla de la laguna. Elisa y Dorita viven en la Punta del Tigre, y van a menudo a visitar a su tía Rosa. Batú las lleva en barco y después en carreta. Eso te encantaría.

Dolfito dibujaba concentrado en su hoja. Se le había hecho costumbre usar los carbones de Violeta, y ya había gastado varias cuartillas. Ella se inclinó sobre la pintura con ademán cariñoso.

—Dime, Dolfito, ¿vendrás al Iberá algún día? Puedo decirle a tu mamá que te lleve.

El pequeño seguía dibujando cada vez más rápido y oprimía con fuerza el lápiz, hasta agujerear el papel.

—¿Qué es eso que hiciste? A ver…

Los trazos infantiles habían recreado una playa donde los barriletes cubrían el cielo como si fuesen nubes. Los hilos colgaban sobre el mar tempestuoso. En medio del oleaje sobresalía una especie de boya a la que el niño había rellenado con furia. Violeta supo que se trataba de Adolfo Alexander, el padre suicida. Suspiró acongojada. Faltaba todavía para que ese niño recuperase la felicidad que merecía tener. Ella había ayudado, pero no era suficiente. Quizá el tiempo fuese el mejor aliado, o tal vez… De nuevo pensó en Manu. Él representaba una fortaleza en la mente de Dolfito, podía presentirlo. El niño lo nombraba y se interesaba por su suerte. Si Manu estuviese libre… El pensamiento de Violeta voló hacia su amigo y el corazón se le encogió de angustia. Lo perdonaba. Le perdonaba la mentira, el disimulo, el sufrimiento causado. Manu era sólo a medias responsable de lo que le sucedía. Las gentes resultaban demasiado viles para su naturaleza sencilla y buena.

El semblante de Violeta se iluminó.

—Dolfito, tus dibujos pueden ser muy útiles. ¿Harías algo bonito para el hombre que ayuda a llorar? Está sufriendo mucho, y sé que se alegrará al verlo.

El niño levantó la vista por primera vez y un relámpago cruzó su rostro delicado. Con presteza desechó la hoja en la que trabajaba y tomó otra. Su manita de dedos largos y delgados se movió para delinear otras figuras: una isla, el mar, una sirena sobre la roca, lobos marinos, y en el cielo, un barrilete inmenso.

—Déjame agregar algo —sugirió ella, y dibujó unas golondrinas que dirigían su vuelo hacia el norte—. Él lo entenderá.

*J*ulián Zaldívar descansaba en su cuarto de hotel en la villa de Dolores. Frente a él se abría la plaza donde estuvo expuesta la cabeza de Pedro Castelli, uno de los terratenientes de la revolución de los Libres del Sur contra Rosas. Reflexionaba sobre las tragedias de la vida, envueltas en las del país. La historia adoptaba distintas formas, pero el fondo de crueldad era el mismo. Si bien ya no existía el drama de la frontera en el desierto, otros ocupaban su sitio: en lugar de ser el indio el enemigo, lo era el inmigrante o la banca extranjera, a la que se amaba y odiaba a la vez. La semilla del descontento germinaba en cualquier parte. Julián se preguntaba si conocerían algún tiempo de bonanza sin sobresaltos, pues ya desesperaba de poder hacerlo. Él se mantenía con su trabajo, y con su parte en la hacienda de su padre. La herencia de la madre estaba a resguardo y destinada a él, su único heredero. Tampoco le preocupaba demasiado. Tenía lo que más valoraba: el amor de Brunilda y un hijo que dependía de él para su futuro. La vida podía ser buena.

Los golpes en la puerta lo distrajeron. Supuso que sería el gerente del hotel y abrió.

El hombre que se erguía en el vestíbulo le resultaba familiar, aunque no recordaba la cicatriz, y eso era algo imposible de olvidar.

—Doctor Zaldívar, vengo desde Buenos Aires por un asunto que puede interesarle, en relación a su defendido, Manuel Iriarte.

Cristóbal se movía con soltura en ese tipo de negociaciones que eran su especialidad: dar para recibir, ofrecer sin dar, eso era lo suyo.

Julián lo hizo pasar, intrigado.

—Antes debo entregarle esto, que me encomendaron mucho —y el capitán le extendió un sobre en el que figuraba escrito el nombre de Manu.

—Ábralo, tiene derecho a saber —agregó Cristóbal, que en realidad ansiaba conocer el contenido.

Ante los hombres se desplegó la hoja de dibujo coloreada con el paisaje de Dolfito. Al pie, los nombres de los autores conmocionaron a Julián.

Era obra de Violeta, que no soltaba la mano de su hijo. Bendita fuera.

—Se lo daré. Gracias por esto.

—Doctor, vengo a ofrecer una alternativa en su caso. Si usted desea escucharla, quizá la valore como posible.

Y Cristóbal relató su propósito de testificar en favor de Manu con la anuencia de Violeta, aunque ocultó los oscuros fines que él perseguía con todo eso y también, después de apreciar el carácter de aquel abogado de una sola ojeada, escondió lo principal: la falsedad del testimonio. Sospechaba que la rectitud del doctor Zaldívar le impediría aceptarlo.

—Mi defendido aún no ha hablado. Se ha podido saber que en los últimos tiempos pescaba con una barca de su propia hechura, y que antes de eso trabajó para las familias principales de Mar del Plata como peón. Es un hombre impenetrable, me pregunto a veces si no deseará morir en prisión.

Cristóbal supuso que, si así era, no había por qué negarle el gusto, pero la necesidad de llevar a Violeta la buena noticia para así cobrarse el precio le impedía desearle mal a Manu.

—Usted verá, doctor. Sólo quiero colaborar.

—Hoy mismo me pondré a trabajar en el ofrecimiento de la prueba. Le agradezco todas las molestias que se ha tomado, señor Casamayor. Lo invito a cenar, si dispone de tiempo. La comida es buena, aunque sin pretensiones.

—Con todo gusto.

Difícil hubiera sido encontrar dos hombres más disímiles que Cristóbal y Julián. Uno arrogante, desconfiado y de palabra filosa; el otro apuesto, de mirada franca y cordial. Ambos cenaban en amable conversación, cual compañeros de viaje, en el salón comedor contiguo al hotel. La lámpara que se balanceaba sobre la mesa resaltaba el rubio del doctor Zaldívar, y el metal de los ojos del capitán.

Manu apoyó la cabeza sobre el muro recalentado por el sol. Su cabello tieso y abundante había sido recortado de cualquier modo, lo que aumentaba la imagen de desamparo que lo envolvía. En el pabellón de encausados de la cárcel departamental se acostumbraba a cortar el cabello de los que ingresaban como medida preventiva de higiene, y un poco también para estigmatizar a los reos. Se encontraban en el patio interno, para desentumecer los músculos y aliviar las tensiones producidas por el encierro. Manu vivía en una espiral de días sin sentido: comía, dormía, deambulaba, sin pensar ni esperar nada. Aún no vestía el uniforme, ya que no se hallaba procesado y, además, había que esperar la llegada de las remesas desde la ciudad. Un ayudante de primera vigilaba el comportamiento de los internos con ceño feroz, aunque ni se dignaba mirar a Manu; ese hombre jamás le daba trabajo, se avenía a lo que fuera y hasta parecía desvanecerse ante su vista.

Por eso le llamó la atención que solicitaran su presencia en la alcaidía.

Manu acudió, llevado por otro ayudante que compartía la responsabilidad del patio, y fue introducido en un recinto desnudo y frío, hasta que el ayudante mayor lo fue a buscar.

En el despacho del juzgado la luz del sol se filtraba por los altos ventanales. Sobre el escritorio reposaban cajas de sellos y botes de tinta, y algunos cuadros de honorables del pueblo lucían en las paredes blanqueadas. Una silla de torniquete vacía esperaba al juez.

Había llegado el momento. Manu miró ante sí la plaza soleada, los árboles meciéndose a lo lejos, escuchó la campana de la iglesia y creyó, por un instante, avistar la brusquilla que cubría esos campos duros y hostiles. Obra de su mente perdida, hasta los relinchos de la caballada llegaron a sus oídos. Recordó a Matrero.

En su pecho no latían el temor ni la rabia; la pena lo cubría por completo. Los sucesos de su vida se entremezclaban como las fotografías de un revuelto baúl, sin orden ni sentido: Lucrecia, Rete, Huentru cachorrito, Duende, los islotes de la laguna, el cardenal con su copete rojo, el coronel Levalle en su montado, la boca de Violeta sobre la suya.

Violeta. Una Maga del Iberá que lo rondaba en sueños y le impedía dormir tranquilo. Más de una vez, sus compañeros de celda lo patearon para que dejara de gemir y de moverse. Era cuando soñaba con ella. Se frotaba la frente con el brazo entonces, como si pudiera borrarse el sueño para siempre. Manu sabía que era ilícito pensar en Violeta, pues él había mancillado ese recuerdo. El doctor Zaldívar velaba por él ignorando que merecía el castigo de sufrir hasta que todo terminase. Por suerte había llegado ese final, y don Julián podría volver a su casa tranquilo y olvidarse de su existencia. Manu no quería importunarlo más.

—De pie —dijo la voz estentórea del guardia.

El juez Saavedra entró al despacho munido de un cartapacio lleno de papeles. Sin mirarlo, se sentó frente a él y desplegó su arsenal de escritos, después de calarse unos anteojos de grueso armazón. Por la puerta lateral ingresó Julián Zaldívar, con una sonrisa que desconcertó a Manu.

—Entonces —dijo el juez mientras apoyaba los codos sobre la maraña de papeles—, no se le han encontrado a este sujeto pruebas que autoricen a dejarlo detenido, doctor. Su defendido queda libre por falta de mérito.

Julián intercambió con el magistrado unas palabras que Manu apenas percibió, y luego el ayudante lo tomó del brazo.

—Vamos —lo conminó—, que te rajás de acá.

Atontado, Manu no se movía. Julián captó su indecisión y se acercó a él.

—Manu, amigo mío, has quedado en libertad. No se ha podido demostrar tu culpa en el crimen que se te imputaba. Ve por tus cosas, te aguardo a la salida para sacarte de aquí.

Libre. La mente del reo no captaba el sentido de la palabra ni la dimensión de lo sucedido. Aquél era el día en que debía morir. Manu pensaba que en aquella plaza que vislumbraba a través de los cristales habría un poste de ejecución, como en los fortines. Sus compañeros de celda solían hablar de la tortura, la muerte lenta, el refinamiento del castigo que se les infligía a pesar de las prohibiciones. Todo eso le parecía natural, era lo que cabía. Aunque nunca habló con ninguno de ellos, escuchaba retazos de las conversaciones e iba hilando lo que podía. ¿Cómo resultaba ahora que lo arrastraban de un brazo para liberarlo? Julián debía de haberse equivocado, o quizá lo engañaban. Manu prefería que se fuera, para que no presenciase su final. De ese modo, lo libraría de un recuerdo molesto que quizá se sintiese en obligación de contar a Violeta. Ella no debía saberlo.

Se volvió de pronto, y halló la expresión sorprendida del juez.

—¡Vamos, hombre, váyase! ¿Qué espera?

A los tropezones lo sacaron del despacho, lo condujeron por los pasillos del juzgado y de allí al patio, donde un ayudante segundo lo empujó hacia la reja sin darle ocasión de preguntar nada, como si quisiera sacárselo de encima. La cerraron con estrépito detrás de él, y Manu quedó sobre la calle de tierra sin saber qué hacer.

—¡Manu, acá!

Julián Zaldívar lo llamaba desde la plaza de enfrente. Manu contempló los altos muros del sitio donde había aguardado la muerte con la conciencia atribulada, y cruzó la calle ensimismado. La mente se le aturdía de tanto pensar en el futuro. Caminaron unos metros, y al fin Julián rompió el silencio.

—¡Alégrate, Manu! ¡Estás libre! ¿Entiendes eso? ¡Libre! Hubo dos testimonios decisivos: el del coronel Levalle, que firmó una impecable foja de servicios a la patria, y el del capitán de Casamayor, para el que trabajaste mientras estuvo en Mar del Plata.

Las tinieblas del olvido se diluyeron y Manu registró los primeros síntomas de reconocimiento. Lágrimas de gratitud para el militar que fue su padre en la frontera, y extrañeza hacia ese otro nombre que no recordaba en absoluto.

Julián estaba tan exultante que no le dio tiempo a nada.

—Iremos primero a descansar un poco. Por mi parte, necesito dormir en una cama blanda y mandar aviso a Buenos Aires. Mañana decidiremos qué hacer. Podemos tomar el tren de regreso juntos, si lo deseas, y puedes volver al Iberá. Pasaremos por Mar del Plata antes, debemos agradecer a los Luro su aporte, y dar cuenta de tu inocencia. Violeta estará encantada cuando lo sepa.

Manu ahogaba la angustia en su pecho. Él no podía volver a verla nunca. Le había faltado. Y aunque ya no tuviese esposa, ese error lo marcaba para siempre. Sólo una cosa lo carcomía, una que no podía preguntar a don Julián: ignoraba si de aquel único encuentro íntimo habría resultado un hijo. Lo mismo le sucedió con Lucrecia, y temblaba de pensar que podría haber colocado a su amada en idéntica situación.

Un nuevo temor había ocupado el lugar de sus lúgubres pensamientos anteriores.

—Me olvidaba —dijo de pronto Julián, y le dio un sobre ajado—. Es de Buenos Aires, para ti.

Recién después, alojados en el hotel, abrió Manu en soledad aquel sobre, y la lágrima contenida durante tanto tiempo borroneó los trazos coloridos de las golondrinas que migraban. Él sabía bien adónde se dirigían.

Partieron temprano hacia Mar del Plata, en un coche tirado por cuatro caballos. El bamboleo y la polvareda que enturbiaba el campo, sumados al cansancio que acarreaba, fueron sumiendo a Manu en un sueño pesado. Nunca supo que, cuando su cabeza cayó vencida sobre el cojín del respaldo, Julián lo miró con un gesto de pesar y preocupación.

La intervención de Cristóbal de Casamayor, aquel hombre enigmático que salía de la nada y parecía resolverlo todo, había resultado providencial. Julián no se engañaba, empero: la falta de pruebas fehacientes había colaborado bastante, así como la imposibilidad de encontrar en Buenos Aires a nadie que recordase al autor del crimen de Sietemuertes. Se habían cometido tantos de esa índole... El oficio librado al Departamento Judicial de Capital había quedado en nada. Y la denuncia de Toñito cayó en saco vacío cuando se supo que mantenía relaciones clandestinas con la esposa de Manu, pues su obrar bien podía deberse a los celos o a la intención de sacarlo de en medio. Aunque nadie pudo atestiguar quién abandonó la casa de Lucrecia aquella mañana, varios vecinos aseguraron estar al tanto de los amoríos de la joven esposa con el mandadero. Esa información fue crucial.

Lo que en ese momento preocupaba a Julián Zaldívar era el destino de Manu, pues de él dependía en cierta forma el de Violeta Garmendia. Ahora que se encontraba en libertad, el hombre podía ambicionar volver a su puesto de escolta o, peor aún, intentar convencer a la joven de regresar a los esteros, todas decisiones que perjudicaban el plan de Julián de conseguir un buen partido para ella.

Y no estaba tan seguro de que Violeta no siguiese los pasos de Manu Iriarte.

Arribaron a Mar del Plata en una tarde ventosa y fría. El mar castigaba la rocalla con fuerza denodada, y las arenas desiertas poco y nada recordaban a los tibios días de la temporada estival. Pedro Olegario Luro les salió al encuentro y se mostró conmovido al ver que Manu había recuperado la libertad. Era un hombre respetado en el pueblo, que compartía con sus hermanos el legado del padre y, entre otras cosas, soñaba con dotar a Mar del Plata de un puerto de ultramar. Manu se sentía algo cohibido pese a la efusividad con que era recibido. Al igual que le sucedía con Violeta, sentía que había fallado a todos los que confiaron en él. Lejos de imaginar ese pensamiento, el hijo de Luro le ofreció continuar en las tareas que se emprendían en el balneario. Quedaban pendientes grandes obras, y Manu había adquirido práctica después de tantos años de servir a las familias.

—¿Y bien? —le preguntó Julián más tarde, mientras caminaban por la calle del Bristol—. ¿Has pensado algo con relación a tu futuro? Al parecer aquí te aguardan trabajos, aunque no sé si no querrás volver a tu casa después de lo sucedido. Puedes hacer lo que desees. Eso lo entiendes. ¿verdad?

Manu volvió los ojos hacia el mar, formidable en su furia. Las olas grises rompían con estrépito y arrastraban en su retirada pedazos de playa. Recuperar aquel paisaje que se le había adentrado en el alma era un prodigio difícil de creer. Sólo él conocía los vericuetos de su tristeza, cuando pensó que moriría sin pedir perdón por el mal causado. La vida le daba esta oportunidad, sin embargo, y si bien le estaba vedado ser feliz, podía alcanzar cierto sosiego, lejos de todos y sin depender de nadie.

—Me quedo —dijo con una decisión que sorprendió a Julián.

—¿No vuelves a tu casa?

Manu denegó.

—Allá no. Me quedo acá, en la orilla. Seguiré pescando como antes.

Julián se sintió miserable por el alivio que sintió. No obstante, quiso ser sincero:

—Será una vida dura, Manu. Ni siquiera tendrás vivienda fija. Cada vez que empiece la temporada te obligarán a correrte, como hacen con todos los pescadores. Ya sabes que los veraneantes no quieren que les afeen la vista de la costa.

Él lo sabía. Por eso los *barraquieri*, como llamaban a los que habitaban cerca de la barraca Luro, nunca construían casas demasiado firmes, sólo de chapa y madera. Así haría la suya.

—Me las arreglaré, no me importa —dijo, resuelto.

Julián sabía que Manu era de cepa dura, lo había demostrado desde su desgracia y tras los años del desierto. Si había podido sobrevivir a todo aquello, bien podría lograrlo en ese sitio que parecía destinado a progresar cada año.

—Está bien, como gustes. Sabes que puedes contar conmigo, basta con que telegrafíes a mi casa. Te dejaré los datos. Parto esta noche, Manu, si quieres darme un mensaje para alguien… —y Julián no mencionó a la única persona que sabía capaz de interesarlo.

Manu debatió con su conciencia. Anhelaba ese último contacto con ella, que le había dado el regalo final de las golondrinas dibujadas, pero se resistía a ilusionarse. Violeta era buena y sabía que él estaba preso, por eso lo había hecho, nada más.

—Una sola cosa, doctor.

—Dímela.

El hombre respiró hondo antes de decir lo que latía en su corazón.

—Que ella sepa que fui inocente. Nada más.

—Lo sabrá, quédate tranquilo.

—Y dígale que si alguna vez… si necesita decirme algo… bueno, acá estoy.

—Sabrá todo lo concerniente a ti, lo prometo.

—Y si puede, que me perdone.

—No tiene necesidad de hacerlo, puesto que nada hiciste, pero se lo diré.

Luego, a modo de despedida, Julián le ofreció su mano y tras el apretón, un abrazo. Después de todo, Manu era casi como de la familia, había estado presente en sus vidas siempre, aun con sus ausencias.

La partida del doctor Zaldívar lo dejó huérfano como nunca antes. Era el último vínculo con Violeta, y a pesar de que confiaba en su palabra, dudaba de que su mensaje llegase a ella con la misma emoción que él había sentido al enviárselo.

Siguió caminando hacia la orilla y a partir de allí, en línea recta hacia el sur. Buscaba con la mirada un sitio adecuado donde levantar su nueva casa.

Ni siquiera contaba con la compañía de su fiel Duende.

Su soledad era completa.

QUINTA PARTE (1889-1890)

El remanso

✧

El Aguapé, Esteros del Iberá

$\mathscr{L}$os preparativos de la boda de Violeta avanzaban con rapidez. Cristóbal había expresado su deseo de llevarla de luna de miel a tierras exóticas, para luego instalarla en la ciudad que la flamante esposa eligiese. Él ponía un reino a sus pies, declaración que satisfizo a Rete Iriarte y afligió a Rosa, que temía perder a su adorada hija durante largo tiempo.

Al retornar a Buenos Aires después de su intervención ante el juzgado de Dolores, Cristóbal visitó a Violeta, que aún residía en casa de los Zaldívar, cediendo al pedido de Brunilda. La joven sólo le exigió una condición: que la boda se llevase a cabo en su provincia, en presencia de su familia. Jamás se le hubiese ocurrido faltar a su palabra. Una vez que supo los detalles de la liberación y recibido el mensaje de Manu por boca de Julián, se dedicó a organizar su partida y, más adelante, su nueva vida de mujer casada.

Por eso se encontraban reunidos en El Aguapé, envueltos en una vorágine de proyectos y sentimientos. Violeta era la más serena de todos. La proximidad de la boda no parecía alterarla como le habría sucedido a cualquier mujer que hubiera sobrepasado la edad casadera. Ella colaboraba con los preparativos sin perder el aplomo y sin encapricharse con nada.

—Querida, deberías saber cuál de los dos ramos prefieres —le decía Muriel, instalada en la hacienda desde que se supo la fecha de la boda.

—Me gustan las azucenas tanto como las orquídeas.

—Pues son bien distintas. Además, no sé si conseguiremos orquídeas blancas.

—Que sean azules, también me gustan.

—Violeta, estoy por pensar que te gusta todo, y si es así, es porque no te gusta nada.

—Como si la viera, mi ama, cuando usté era igual de niña —comentó mordaz Dalila, mientras plegaba visos y camisolines para guardarlos en el arcón del ajuar.

—¿Y a ti qué te pasa, negra? ¡Bien contenta que estaba yo cuando me casé con Bautista! Decir que el novio entonces no tenía tanto real como este otro, que la va a poner por las nubes, viajando por el mundo y vestida de princesa. No me quejo —agregó de prisa al ver el gesto de la criada, presta a replicar—, mi marido sólo tiene ojos para las niñas y para mí.

—Tá güeno.

—Lo que yo digo es que hay que ponerle un poco de ganas, no todos los días se casa una, y menos con un príncipe de los mares.

Violeta sonrió ante el mote que aplicaban a Cristóbal. Que fuese navegante no sorprendía a nadie en un país de ríos y arroyos, lo que deslumbraba era que hubiese surcado mares y conocido sitios de los que ni siquiera habían oído hablar. Él se ocupaba de referirles toda clase de relatos subyugantes, que la propia Violeta amaba escuchar. Cristóbal era un seductor, vencía la desconfianza inicial con sus modales caballerescos, su sonrisa cautivante y sus pausas teatrales. La cicatriz pasaba entonces a segundo plano, y el auditorio se dejaba embelesar por la voz profunda que lo conducía por senderos ignotos.

—Las azucenas —dijo por fin, para acabar con la discusión.

—¡Era hora! ¿Y qué dices de las peinetas? Con éstas vas a parecer las *kygua vera* que venden baratijas en mi tierra —dijo Muriel con dos broches de brillantes piedras en la mano.

La esposa de Bautista conservaba el dulce decir de las mujeres paraguayas, a pesar de llevar tantos años en tierra argentina.

—Mamita dice que me peinará como lo hacía ella antes, cuando vivíamos todos juntos.

—Está bien, Rosa sabrá lo que hace. Podrías haberte casado en la capital, o en la ciudad de Corrientes, al menos, donde hubiera negocios finos. Acá, en medio de los pajonales, difícil será conseguir lo que falte.

—Ya tengo todo, y Cristóbal me trajo algunos regalos cuando vino.

—Qué hombre tan gentil... Prometió ir a Goya si había necesidad. Hay tiendas elegantes allí.

—Mi padrino llamará al cura que conoció a Batú de chiquito.

—El mismo que nos casó a nosotros. Me sorprende que pueda viajar aún, el pobre estaba bastante achacoso. ¡Dalila, no amontones así la puntilla, que luego habrá que plancharla y puede estropearse!

La criada resopló y miró con intención a Violeta. Hacía tanto que servía en casa de los Garmendia que era una más de la familia; tomaba mate con los patrones, se sentaba con ellos a la mesa, y se quedaba largas horas departiendo con Muriel sobre las niñas, o comentando los chismes de los alrededores. Dalila era un personaje por todos respetado, con sus ojos de caramelo siempre vivaces, la respuesta pronta y sus turbantes de colores que ocultaban la mota de su cabello africano. Aunque se había quedado "para vestir santos", como decía ella misma, debido a la promesa incumplida de un soldado de la Legión que había quedado en el Paraguay durante la guerra, no perdía la esperanza de encontrar a su media naranja. "Si no es ahora, será mañana", solía decir. Y sin perder un ápice de su natural coquetería, a la hora de hacer los mandados arrancaba piropos de los atrevidos mozos.

Violeta se acodó sobre el alféizar de la ventana y contempló el atardecer. Era la hora de la melancolía en su espíritu. Durante la jornada, el bullicio de la vida silvestre y la algarabía de los niños en la casa la distraían, mas cuando las aves regalaban sus últimos trinos antes de refugiarse entre el follaje o en los juncales, su corazón languidecía. Por primera vez en toda su vida, era feliz a medias. Mientras vivió en Europa, esperaba siempre el regreso como una fuente de futura dicha. Al volver y recuperar a Manu, la felicidad se completó. Hasta que un hado maligno la quebró, como el espejo de agua cuando la roza el pico del rayador.

La brisa recogía los perfumes del monte y los desparramaba sobre la tierra húmeda. Un resplandor lejano coronaba los graznidos de los macá. Violeta contempló al chingolito, que aguardaba el afrecho del maíz que Justina apisonaba en el mortero. Fiel custodio del patio, su gorjeo la acompañaba desde la mañana. ¿Qué haría ella sin la compañía de las aves que tanto amaba? Eran su vínculo con Manu. Sabía que en la orilla del mar él contemplaría los cormoranes, quizá los mismos que ella en la laguna, y las gaviotas seguirían la estela de su barca. Estaban unidos por los cantos de las aves, como un puente etéreo que atravesaba el aire.

—Qué primor —decía Muriel, y levantaba un camisón de satén color marfil que Cristóbal había comprado para el ajuar de novia.

En realidad, Muriel adivinaba sombras en Violeta, y por eso trataba de infundirle alegría con sus exclamaciones y sus asombros. Ella no era ninguna tonta, entendía los resquemores que podía albergar el corazón de una joven a punto de casarse, y estaba dispuesta a ofrecerse como confidente.

—Dalila, ve por un té de hierbas. Hoy estuvimos muy atareadas, y nos vendrá bien relajarnos un poco.

Apenas salió la criada, Muriel se acercó a Violeta y contempló junto a ella la caída de la noche.

—Pensar que dentro de muy poco, a estas horas, estarás navegando bajo otras estrellas, o tal vez disfrutando de una recepción en algún salón de Europa. Pocas novias tienen tu suerte.

Violeta asintió.

—Soy afortunada.

—Hija, lo dices como si fuese una condena. Sé que casarse supone un gran cambio, y a lo mejor no deseas separarte de nuevo de tu familia, Violeta, pero junto al hombre elegido la vida te sonreirá distinto, ya verás. Cristóbal te trata como a una reina, te ofrece el mundo. Veo cómo te mira también, adora el suelo que pisas. Aunque otros hayan caído bajo tu hechizo, éste es el que se lleva la palma, me parece.

—Cristóbal es un hombre que sufre.

—¿En serio? ¿Y por qué? Tiene todo lo que desea, incluyéndote. Yo lo veo muy dueño de sí.

—Hay un peso en su corazón que no quiere develar, y cree que soy el remedio para ese mal.

—¿Te lo ha dicho?

—No hizo falta.

—Violeta —suspiró Muriel apenada—, sé que tienes la facultad de ver cosas que a otros les son negadas, me lo contó tu madre. Trata de no dejarte llevar por los presentimientos y disfruta de lo que la vida te ofrece, que es mucho. Pronto tendrás tus propios hijos, y ellos te harán olvidar cualquier temor. Si Cristóbal tuvo tristezas, a él también se le pasarán con las alegrías de la vida matrimonial. Porque la convivencia con un hombre tiene sus méritos, lo sabes —y le sonrió con picardía, alentándola a que preguntara lo que quisiera.

—Lo dices porque te casaste con Batú.

—Bueno, debo reconocer que tu tío es un hombre especial. Tiene la paciencia de soportarme, y sigue siendo tan amante como cuando nos conocimos. Quiero decir… cuando nos casamos.

Violeta la miró con desconcertante franqueza.

—¿Ustedes se unieron antes del matrimonio?

—¡Violeta, qué pregunta! —se sonrojó Muriel.

—¿Qué tendría de malo, allá en la guerra, sin saber si morirían al otro día? Yo también me hubiese entregado.

Muriel la contempló con atención.

—Violeta, dime la verdad. ¿Cristóbal y tú…?

La joven miró hacia las aguas espejeantes y respondió con desgano:

—Él sólo me ha besado.

—Ah, bueno. Entonces, puedes confiar en mí para lo que sea. Las mujeres no recibimos una educación adecuada, y esa ignorancia puede ser la causa de muchos infortunios. Confieso que siempre fui curiosa al respecto, y si bien estuve casada antes con otro hombre, él no… digamos, no podía consumar el matrimonio, así que mi primer hombre, en la plenitud de la palabra, fue tu tío Bautista.

—Cuando llegue el momento sabré qué hacer —respondió Violeta con sencillez.

—Tu esposo te guiará. En eso, los hombres tienen experiencia acumulada. Cristóbal es hombre de mundo, pero si tienes dudas, Violeta, puedes confiarte a mí. Tu madre se horrorizaría, y a mí no me molesta iniciarte en el conocimiento de lo que sucede entre esposos. Ojalá hubiese tenido alguna guía cuando me llegó el momento. Sólo poseía el instinto, y la confianza en Bautista.

Violeta giró hacia ella, sonriente.

—Eso ya es mucho, Muriel. No te preocupes, que todo irá bien.

—¿Entonces no es eso lo que te aflige?

—Nada me aflige.

En ese instante, Dalila entró con una bandeja que depositó sobre la mesilla del dormitorio.

—El suyo tibiecito, como a usted le gusta, mi amita. Con miel. El mío y el de la niña Violeta, calentito y con azúcar quemada.

Se sentaron entre los baúles abiertos y las prendas desparramadas, como tres amigas en la víspera de un viaje. Violeta parecía haberse desprendido de la tristeza que motivó los comentarios de Muriel. No obstante, a ella no se le cocía el pan. Hablaría con Rosa más tarde, para prevenirla.

En El Aguapé, los niños comían junto a sus padres, una costumbre entrañable que Rete toleraba con indulgencia, porque sabía que a Rosa le gustaba, y ahora que se encontraban de visita las sobrinas, con mayor razón. La larga mesa de mantel amarillo lucía la vajilla importada y los cubiertos de plata; en el centro, la mano de Rosa se advertía en los cuencos rebosantes de flores y helechos. La brisa que levantaba las cortinas permitía avizorar la magia de la noche correntina: retazos de cielo y un rayo furtivo de luna sobre los naranjos, que se colaban con impudicia en el interior del salón. Cada tanto, un santo y seña de los guardias apostados en las afueras del corredor, y la luz vacilante que los acompañaba. Rete jamás descuidaba sus dominios, custodiados por hombres que darían la vida por el patrón.

Ignacito y Elisa conversaban como adultos. Eran grandes, a su modo. Dorita, en cambio, conservaba los berrinches de pequeña. Todos decían que salía a su madre, y que la mayor heredaba el natural sereno del padre. Violeta les había contado las aventuras de Dolfito en la ciudad, y ellas anhelaban conocer a ese muchachito capaz de remontar barriletes y dibujar pagodas. Se extrañaba a Tití, el niño que Dalila salvó durante la guerra y que Muriel y ella criaron juntas. Ya era todo un hombre que colaboraba con los negocios de la familia y trabajaba duro, como un peón más. Ese muchacho avispado había ocupado el lugar que debió ser de Manu y que Rete siempre le negó. Por esos días, el patrón lo había enviado al Rosario para contratar un envío de semillas, y se esperaba su regreso de un momento al otro.

—Debería llegar a tiempo para la boda —se lamentaba Rete—, a menos que allá haya encontrado problemas, que nunca faltan.

—Todavía quedan días, y mientras tanto, las mujeres tenemos mucho que preparar. Es mejor que los hombres se dispersen, así no molestan.

Rete miró a su esposa con intensidad y extendió una mano para tocar la de ella, en tácita comunión con sus ideas. La serena aceptación de Rosa siempre lo conmovía.

—Mami, ¿cuándo iremos a Buenos Aires? —preguntó Elisa, que se había quedado mortificada la vez anterior, cuando sus padres viajaron sin ella.

—Prometo llevarlas cuando Violeta regrese de Europa, para recibirla y festejar juntos.

Dorita quiso agregar algo también:

—Y para conocer a Dolfito Zaldívar.

—Yo lo conocí —dijo entonces Ignacio, que solía mirar mucho y hablar poco—, no sé si se acordará de mí.

—Por supuesto, Dolfito tiene buena memoria. Además, yo le conté de ustedes, para que cuando viniese aquí no le resultasen extraños.

—¡Entonces vendrá él! —exclamó Dorita—. Hay que prepararle un cuarto, tía.

Rosa sonrió con dulzura.

—Todos los que quieran. Esta casa es de los niños, los que están ahora y los que vendrán.

La referencia a la maternidad futura de Violeta era evidente en el comentario, y Muriel miró de reojo el sitio donde Cristóbal comía con displicencia.

El hombre se alojaba en unas dependencias para huéspedes que Rete había hecho construir para cuando recibía a ocasionales viajantes que no deseaba mezclar con su familia. No le pareció pertinente que el novio viviese bajo el techo de la novia, así que decidió ofrecerle ese sitio alejado sin consultarlo con nadie, según su costumbre.

Cristóbal compartía con impecable cordialidad esos momentos con los Iriarte y los Garmendia. Como sus planes eran alejar a Violeta de todo aquello, toleraba la irrupción de tantas personas, previendo que eso acabaría una vez que estuviesen casados. Había cumplido su promesa de dejar en libertad a sus hombres para decidir si querían esperarlo o hacer sus vidas. Ignoraba con cuántos se encontraría al volver a Buenos Aires, y no le importaba demasiado. Los que quedasen le bastarían, y repondría los que faltasen a lo largo del viaje. Sólo lamentaba la ausencia de Pedro, al que consideraba un amigo más que un empleado, pero si él había querido alejarse, lo entendía. Su consigna era no esperar nada de nadie, un salvoconducto para la tranquilidad del espíritu. La única persona de la que esperaba algo era Violeta. Ella se erguía ante él como un ángel salvador, y a pesar de que sabía que en sus manos la echaría a perder, no podía dejarla ir. Cristóbal contaba además con la gratitud de Iriarte, quien después de saber que había atestiguado en favor de su hijo lo miraba con otros ojos. Era una mirada inquietante, sin embargo. Cristóbal no estaba seguro de lo que el patrón pensaba sobre los pesares de Manu. La extraña relación entre padre e hijo le molestaba. Si bien podía entender que el muchacho no cumpliese las expectativas del padre, el silencio que pesaba sobre él en aquella casa le hablaba de una especie de repudio solapado. Eso lo sublevaba. Cualquier abuso o desprecio hacia un hijo tocaba el nervio sensible de su propia vida.

Como si hubiese seguido el derrotero de sus pensamientos, Violeta dijo:

—Dolfito hizo un dibujo muy lindo para Manu mientras él estaba en la prisión.

Dalila entraba con una fuente de naranjas y se detuvo en seco.

—¿Dibujó un barrilete? —preguntó Dorita.

—Uno muy grande —respondió Violeta con tranquilidad—, con el mar y los lobos marinos también. A Manu le encantó.

Bautista, que había permanecido callado durante la cena, miró a su sobrina con extrañeza. Era un hombre poco afecto a las reuniones, y aunque comprendía que era razonable compartir la mesa con el novio en esas circunstancias, hubiese preferido mantener la privacidad de la familia. Pescó también la mirada furtiva que Muriel le lanzaba, y respondió con un movimiento imperceptible de su cabeza. Había algo que tratar. Ya su esposa se encargaría de alertarlo por la noche. Él gozaba de la charlatanería de Muriel, que lo alegraba y le permitía contemplarla a su gusto. Su esposa seguía siendo la muchacha traviesa que él había conocido en tiempos difíciles. De no haber tenido ese espíritu, ella no habría sobrevivido. Muriel era audaz y valiente, y aunque al principio a él le había chocado su carácter algo desvergonzado, en el presente agradecía a la Virgen que la había puesto en su camino. Él necesitaba de esa vivacidad para conjurar sus demonios de culpa y tristeza.

—A Dios gracias, Manu ya está libre —acotó Rosa sin mirar al esposo.

—Sigan ustedes con el postre, que yo iré a ver si el muchacho ha llegado. Quizá haya ido directo a su cuarto —dijo Rete Iriarte, visiblemente trastornado con la mención de Manu.

Continuaron la cena en medio de triviales conversaciones, hasta que Rosa ordenó a Justina que sirviese licor a los hombres e invitó a las mujeres de la casa a colaborar con la tarea de mandar a la cama a los niños, que a raíz de ser ya grandes se hacían rogar.

—¿Podemos dormir con los perros? —preguntó Dorita.

—¡Válgame, no! Semejantes bestias…

—No, Justina, los de papá no —aclaró Elisa—. Ella se refiere a Duende y a Huentru.

El permiso fue concedido, y así consiguieron conformar a los jóvenes.

Una vez recluidos en sus cuartos, Muriel se sentó sobre la cama para descalzarse.

—Me matan estos zapatos —dijo, masajeándose los pies—. No son para llevarlos puestos todo el día, apenas se aguantan durante una tertulia.

—Te parecieron bonitos cuando los encargaste.

—Bonitos sí, pero incómodos a más no poder. ¿O será que los pies se deforman después de los partos? —se alarmó.

Bautista se echó a reír, y se agachó para tomar los pies de su esposa en sus manos.

—Déjame a mí —sugirió—, verás que mañana tus piececitos quedarán como nuevos.

Mimosa, Muriel se recostó y dejó que él entibiase con sus grandes manos la piel amoratada.

—Mmmm... —ronroneó, mientras cerraba los ojos.

Bautista recorrió las pantorrillas bien torneadas hasta llegar a los bordes de la ropa íntima; desató con habilidad los cordones y acarició los pliegues de las ingles. Muriel se arqueó para permitirle el acceso, y Bautista se arrodilló ante las piernas abiertas. Levantó la falda y bajó los calzones hasta las rodillas.

—Creo que los zapatos te han hecho daño aquí —musitó, tocando con suavidad el pubis.

Muriel siempre estaba dispuesta, sin importar el tiempo que pasara, ni que tuviesen ya dos hijas. Era la misma mujer apasionada y sensual que había conocido en la Asunción, y que se atrevió a visitarlo en su prisión militar.

—Y aquí —seguía diciéndole, mientras uno de sus dedos penetraba con suavidad en su interior.

Ella se abandonaba con languidez exquisita, y a él la sangre le latía con fuerza suficiente como para hervir, así que abrevió el momento y se incorporó para librarse de los pantalones. Al poner en contacto sus cuerpos, la reconocida sensación de pertenencia los invadió a ambos. Bautista deslizó las manos bajo las nalgas de Muriel y la alzó un poco para penetrarla en profundidad. Antes, hundió la boca entre sus pechos y lamió el hueco tibio con avidez.

—*Kuña paje* —susurró con ardor.

Él siempre la había considerado una hechicera, y le encantaba recordárselo.

Entró en ella con una sola embestida que lo llevó al centro mismo de Muriel. Permanecieron quietos, mirándose a los ojos, sintiéndose una sola carne, hasta que el deseo les exigió moverse y Bautista la cabalgó con suave ritmo al principio, con más apremio luego, y al fin con desmesura, jadeando y balanceándose al borde de un precipicio de emociones. Muriel enroscó sus piernas en torno a él y llegaron juntos al éxtasis, en un grito que tuvieron que sofocar por prudencia. Se desplomaron el uno sobre el otro, deshechos por las ansias y conteniendo risas. Muriel acarició durante largo rato el cabello denso de Bautista, en el que apenas asomaban algunas canas entremezcladas. Con sus dedos recorrió las cejas oscuras, los labios gruesos, los pómulos pronunciados, y salpicó el rostro amado con pequeños besos. Él la dejaba hacer, con los ojos cerrados y el pecho aún palpitante.

—Querido, ¿crees que Violeta será feliz con Cristóbal?

Los ojos se abrieron con precaución.

—¿Por qué, sucede algo que no hayamos visto?

Muriel conocía la debilidad de Bautista por su sobrina, de modo que no la sorprendió.

—Para mí es el candidato ideal —siguió diciendo—: buen mozo, con una marca de coraje en la cara, ni tan joven que no pueda comprenderla ni tan viejo que se crea su padre. Rico, aventurero, capaz de darle todo lo que ella desee.

—Me estás provocando celos.

Muriel rió con aire travieso.

—Es lo que mereces, por tomarme así, sin caballerosidad.

Bautista se volvió de lado y la capturó por la cintura.

—Eres una gata —le dijo fingiendo rencor—, me tienes alzado todo el tiempo.

—Qué horror... Por eso digo que este hombre es todo un caballero. No lo imagino diciendo esas cosas.

—Más vale que no las diga —refunfuñó Bautista que, a pesar de saber que sería inevitable, no quería pensar en Cristóbal haciendo suya a Violeta.

—Lo que pregunto es si ella lo verá del mismo modo. Hoy me pareció algo triste.

Eso despejó del todo a Bautista, que se levantó y se puso a caminar por el cuarto, desnudo y nervioso.

—Si está triste, es que algo ha pasado. Averigua qué es, Muriel. Violeta ha sido siempre una niña feliz.

—El asunto es que ya no es una niña, amor mío, y bien puede tener cuitas que no sabemos.

—Ella resiente mucho lo que ha sufrido Manu —opinó él—. ¿Crees que puede influir eso?

Muriel se quedó pensativa.

—Le hablaré a Rosa. Es su madre y quizá tenga noción de sus sentimientos.

—Hazlo —y Bautista volvió a la cama para envolver a su esposa en un nuevo abrazo—, que te premiaré si consigues una respuesta.

—Presuntuoso.

Él la besó hasta desarmarla de nuevo, y ella le echó los brazos al cuello.

—Dos veces seguidas no se puede —lo azuzó, pues era el reproche que le había hecho una vez en el campamento patrio, cuando ella era su prisionera.

Él lo recordaba bien y sonrió con aire feroz.

—Verás que sí.

El aire de la mañana se poblaba de trinos. Rosa había amanecido muy temprano, como era su costumbre, y se dedicaba a pespuntear manteles sentada en el porche, ataviada con el mandil que usaba para las tareas hogareñas. A pesar de ser la patrona, le gustaba compartir esos menesteres con Justina, que a esas alturas ya era una amiga más que una criada.

Muriel se le acercó con su vestido rosa, sus bucles recogidos y una sombrilla en la mano.

—Iré a dar una vuelta para tomar el fresco. ¿Vienes?

Rosa sonrió con los ojos fijos en la tela.

—Hoy no, quiero dejar listo el ajuar de Violeta para disfrutar tranquila de los últimos días.

Muriel aprovechó el pie que le brindaba.

—Rosa, noto a tu hija un poco apocada con la idea del matrimonio. ¿Has hablado con ella? Temo que haya un entripado que no quiera comentar.

Rosa dejó la labor sobre el regazo y miró con alarma a Muriel.

—¿Entripado? —y se llevó una mano al pecho con angustia—. Lo he notado, sí. Pensé que con el tiempo me diría lo que le pasa, pero no lo ha hecho y me preocupa. ¿Crees que será algo relacionado con ese hombre?

—"Ese hombre" es un modo extraño de referirte a tu futuro yerno, Rosa. ¿No te agrada Cristóbal? —susurró, inclinándose un poco sobre su cuñada.

Rosa dejó la labor en un canasto a sus pies, y con la mirada indicó a Muriel que la siguiese. Entraron a la despensa, un cuarto en penumbras donde Justina conservaba los escabeches y secaba las hierbas. La madre de Violeta se quitó el mandil y lo colgó de un gancho.

—Lo sentí desde el primer día, pero Rete no se da cuenta. Para él, mi hija es afortunada por haber conocido a un hombre próspero que la consentirá y le dará lo que sea. Yo no veo esa necesidad en Violeta, aunque tampoco puedo reprocharle a Cristóbal, nunca he notado nada impropio.

A decir verdad, el comportamiento de los novios era demasiado propio, ya que jamás se los veía rozarse siquiera. Rosa comprendía que estando en la casa familiar y con la presencia de los dos hombres más importantes en la vida de Violeta, cualquier acercamiento era difícil, pero aun así le llamaba la atención la ausencia de miradas cómplices entre ambos.

—Deberás indagar, entonces —afirmó Muriel—, porque no es natural que un carácter como el suyo se opaque justo antes de casarse. Yo quise hacerlo ayer y no obtuve respuesta.

La pobre Rosa, al escuchar eso, se llevó la mano a la frente.

—Es mi culpa —dijo—, por no acudir a tiempo para borrarle esos sueños que tiene y le amargan la vida. Seguro que ha tenido anuncios y no quiere preocuparnos con ellos. La conozco.

Muriel hizo girar la sombrilla entre sus dedos mientras pensaba.

—Si se trata de eso, tienes que recurrir a alguien que sepa interpretarlos. Quizá no sea algo malo y nos estemos haciendo cruces por una nimiedad.

—Sé de alguien —repuso Rosa con un temblor en la voz—, pero no he querido volver nunca allí.

—Te acompañaré si quieres.

—¿Lo harías?

—Rosa, las mujeres debemos ayudarnos. Los hombres no entienden ni la mitad de lo que nos pasa. ¿Crees que debería ir Violeta también?

—La llevé cuando era recién nacida, y él me vaticinó cosas terribles. Todas se cumplieron.

—Pero no acabaron con vosotros, ¿no es así? Por lo tanto, no eran tan terribles. Creo que debemos ir ya mismo y proponer a Violeta que nos secunde. Si no lo desea, iremos solas.

—Gracias, querida, siempre pude contar contigo.

Rosa abrazó a Muriel entre los estantes repletos de frascos y ramilletes olorosos.

Apenas supo de la visita al brujo de la laguna del Diamante, Justina se deshizo en recomendaciones y se quedó encendiendo velas y orando para que el patrón no advirtiese la ausencia de la esposa, ya que montaba en cólera si no la veía a su regreso. Rete había salido en partida de reconocimiento junto a Bautista y Cristóbal, y dejado la casa y sus moradores al cuidado de los guardias.

A Violeta le encantó la idea de navegar ríos y arroyos hasta la recóndita laguna de mala fama. Cuando ella y Manu vagaban por la ribera, era el sitio prohibido al que nunca les permitían ir, y ese recuerdo atizaba su mente fantasiosa en aquel entonces.

El Diamante se extendía más allá de los esteros, en un lugar misterioso rodeado de apretados montes, al que sólo arribaba el conocedor, y después de atravesar sinuosos canales. Rosa pidió ayuda a Anselmo, ya que no se atrevía a dirigir la empresa sin un guía esa vez. Era una larga y penosa expedición, y hasta el propio Anselmo dudó antes de aceptar.

—Iremos en el barco, una piragüita no nos basta, *semos* muchos —decidió.

La flota de Rete contaba con un par de vaporcitos que le permitían surcar las aguas con más rapidez que las canoas o los botes.

Antes de que el barco despegara del muelle, desde la casa se escuchó un grito y apareció Dalila a todo correr, con las faldas arremangadas y su turbante amarillo.

—Lleve esto, amita —y se sacó del cuello un cordel con una medalla que entregó a Muriel.

Era la imagen de San Baltasar, el santo de los negros del que se había hecho devota al pasar a Corrientes con su ama.

—Que la proteja y la haga volver temprano, que éstos no son sitios p'andar de noche.

Con la frente alta e ignorando la mirada de Anselmo, Dalila regresó a la casa.

El barco se abría paso entre inmensas alfombras de pirí, el junco de los esteros. Aquí y allá los pajonales se sacudían y un chajá alzaba el vuelo entre gritos de alerta, o una bandada de tordos de cabeza colorada rozaba las aguas. A medida que surcaban el majestuoso silencio del Iberá, ligeros chapoteos denunciaban la zambullida de los carpinchos o la lucha de una lampalagua que desafiaba el sueño de los yacarés.

Violeta henchía su espíritu en aquel dominio que sólo los mariscadores se atrevían a penetrar. Iba en la proa junto a Anselmo, y ambos competían en el avistaje de los dormideros de las garzas o el nido de las cigüeña en lo alto de un aliso. El motivo de aquel viaje no la preocupaba; su madre le había dicho que le debía al brujo una visita después de sus vaticinios anteriores a la guerra, y esa explicación le era suficiente.

Muriel también disfrutaba. Pese a no ser ya una jovencita díscola, el ansia de aventuras no la había abandonado, y si bien el talante calmo de Bautista la había apaciguado un poco, nunca tanto como para no gozar del peligro de aquel viaje incierto.

—¿Cuándo se verá la laguna del Diamante? —preguntó ansiosa.

—Te darás cuenta porque todo quedará en silencio —replicó Rosa, que desgranaba entre los dedos un rosario de nácar.

—Más silencio… —murmuró Muriel admirada.

Llegaron a la hora de la siesta, ese tiempo muerto en el que los espíritus acechan. Anselmo apagó la caldera y cruzaron en imponente quietud el tramo que faltaba antes de divisar la choza del *paje* José. Allí la laguna se tornaba agorera, sin aves que la sobrevolaran ni otras señales de vida. Sólo un *caburé-í* los miraba desde un poste seco bajo el alero quinchado. "Cluc", "cluc", "cluc", repitió varias veces a su paso.

—Acá estamos —susurró Anselmo.

Parecía pecado levantar la voz. Ayudó a las mujeres a descender en la orilla cenagosa, y amarró el barco a una estaca con un grueso cabo. Rosa temió que el brujo del Diamante hubiese rendido ya el último suspiro, debido a la soledad y el abandono del lugar. Violeta seguía las cruces que conducían a la tapera brincando detrás de Anselmo, que se persignaba sin parar. Un humo sutil los llevó al viejo brujo, que removía un cocimiento de olor penetrante, sentado sobre una estera de juncos. Rosa había acertado en su premonición: el tiempo de partir se aproximaba, y el *paje* lo sabía. Intentaba conjurar los achaques de la tos con ese emplasto de *ambai*. Los recibió con naturalidad y les ofreció asiento en los tocones dispersos. Él continuó aspirando el humo y revolviendo el mejunje durante largo rato.

Al fin, levantó la cabeza y fijó sus ojillos en Violeta.

—Has venido de nuevo —le dijo, y tosió un poco.

Violeta se sentía intrigada por aquel viejo que parecía no verla a pesar de dirigirse a ella, y también inquieta por la sensación de haber vivido antes ese momento junto a las aguas muertas de la laguna. Pensó que serían recuerdos del relato de su madre.

El *mbya* extendió una mano sarmentosa y tocó la coronilla de la joven. Luego asintió, satisfecho:

—Ah, ahí está. ¿Qué quieren? —preguntó a Rosa—. Tenés a tu hija.

—Quiero saber si puede borrarle los sueños —soltó la mujer, ante el espanto de Violeta.

—¡No, mamita! No quiero que se borren, los necesito.

—Es por tu bien, hijita, no te dejan en paz y son de mal agüero.

—No es así —porfió Violeta—, a veces dicen cosas útiles, si los sé interpretar. Sin sueños no me siento completa, madre. Están volviendo, y quiero saber para qué.

La desdicha en el rostro de Rosa era tan palpable que Muriel, conmovida, la tomó por los hombros.

—A lo mejor este señor puede explicarte eso, Violeta —se animó a decir.

El *paje* José, que parecía haberse olvidado de todos, se dignó mirar a la hermosa mujer.

—A lo mejor, pues. ¿Qué quiere la *kuñatai*?

—Sólo entender qué significa soñar y presentir —afirmó con soltura Violeta.

El *paje* sabía que ese momento llegaría alguna vez, pues cuando Rosa Garmendia le llevó tanto tiempo atrás a su bebita envuelta en un lienzo, él se limitó a profetizar la guerra y el sufrimiento que sobrevendría, sin mencionar la predestinación que nimbaba la cabeza de Violeta. Ahora que sus propias fuerzas menguaban y aquella niña era toda una mujer, bien podía terminar el vaticinio. José no sólo poseía el don de curar con medicina, podía también ejercer el hipnotismo narcótico, sacar provecho de los ensueños de los pacientes y conducirlos a la sanación. En ese caso, su misión consistiría en señalar a Violeta la senda que su espíritu reclamaba, para que no se echase a perder en el mundo. Sería su última contribución antes de fundirse con los *jarýi*, los númenes, para siempre.

—Costará un poquito.

—No trajimos dinero —comenzó Muriel, y el anciano la atajó:

—Costará tiempo. La *kuña* debe venir cada día de esta luna que empieza, para aprender.

—¡Imposible! Ella se casará en menos de un mes.

Violeta encaró a Rosa con vehemencia:

—Mamita, quiero hacerlo. Un mes no es mucho esperar, y si Cristóbal no acepta será porque no debía casarme con él. Yo se lo explicaré y entenderá.

De pronto, se le antojaba que toda su existencia dependía de esa instrucción que el *paje* le daría. Aunque ella jamás había hecho nada por hilar sus sueños ni comprender sus pálpitos, las conversaciones con Esmeralda adquirían en ese instante la fuerza de un huracán que la dominaba con tal intensidad que hubiera sido imposible convencerla de nada. Era imperioso recibir la enseñanza del *paje*, y nada más contaba. Se volvió hacia Anselmo y el negro retrocedió, asustado por el ímpetu que leyó en los ojos violáceos.

—Me traerás hasta aquí cada día, Anselmo. Esperarás a que terminemos y me llevarás de regreso. Le diremos al padrino que tengo que curarme de algo. Él también entenderá.

—No estaría yo tan seguro, niña —masculló el negro, descontento.

Muriel contemplaba a uno y a otro con el asombro demudándole el rostro.

—¿Y quién va a explicarle a Bautista que su sobrina andará solita por estos pantanos sin otra compañía que un criado?

—Eso te toca a ti, Muriel —le espetó Violeta.

Sin saber de dónde sacaba la decisión de contrariar a medio mundo, la joven se empeñó en llevar adelante ese propósito: descubrir qué había en su mente y en su cuerpo que la hacía presa de una realidad diferente, la separaba del resto de los mortales y le causaba tanto debilidad como fortaleza.

—¿Puedo empezar ya mismo? ¿Estamos en la nueva luna de agosto?

El *paje* le dedicó una sonrisa desdentada y con un gesto la alentó a traspasar el cuero que ocultaba la entrada de su precaria choza.

Los demás quedaron afuera, a solas con su desconcierto y el temor a las consecuencias de aquel plan descabellado.

Tal y como temían Justina y Dalila, los hombres arribaron antes que los viajeros.

Rete pidió a voces que le preparasen un baño caliente, y mientras se quitaba los arneses y el cinto de las armas miró a su alrededor un poco sorprendido.

—¿Y Rosa? ¿Está con los niños?

El ama de llaves se afanaba ordenando a los criados que cumpliesen las órdenes del patrón y eludía responder. Al fin fue imposible negar la realidad, y el vozarrón del vasco retumbó por toda la casa. Hasta Cristóbal sintió escalofríos ante la furia del hombre con el que acababa de recorrer media hacienda sin descanso. Bautista, más acostumbrado a esos arrebatos, salió a la galería a fumar mientras aguardaba a las mujeres. Tendría que actuar como un eslabón entre ellas y Rete para amortiguar el choque.

Caía la noche, y el croar de las ranas subía hasta la luna naciente. El último resplandor se llevó los trinos de las aves, y el melancólico grito del caráu se perdió en las sombras. Quedaron los aleteos furtivos y algún que otro aullido lejano. El humo del cigarro embalsamaba el aire frío.

—¿Les habrá sucedido algo?

Bautista respondió a Cristóbal con toda la indiferencia que pudo reunir, pues él tampoco estaba tranquilo:

—Han de haber ido de excursión. Anselmo sabe manejarse en estos pajonales.

—¿Son seguros? Hoy me pareció que hacía falta ir armado siempre.

—Nadie se meterá con un grupo de mujeres solas. Aquí los hombres defienden a las damas, no las atacan.

—Si así lo dice… usted es el que sabe. Yo sólo observo. Salvajes hay en todas partes, no hace falta ir muy lejos.

Bautista no deseaba pensar eso, así que resolvió cambiar de tema.

—¿Ya tienen decidido dónde vivir cuando se casen?

—Dejaré a Violeta esa decisión. Yo soy nómade, voy y vengo sin descanso. Creo que me hará bien echar el ancla a esta altura de mi vida. Si ella lo desea, nos instalaremos en mi villa de Cádiz.

Bautista se volvió a mirarlo. El rostro de Cristóbal tenía un sesgo cruel que el resplandor lunar acentuaba.

—Quizá sea mejor esperar para alejarse tanto. Violeta ama su patria y a su familia, sería doloroso para ella desprenderse de nuevo.

—Suceden cosas dolorosas en la vida, señor Garmendia, imagino que lo sabe mejor que muchos. Viajar con el esposo no sería la peor de todas. Por lo pronto, lo más urgente es recuperarla. Ya es noche, y el humor del patrón me inquieta. ¿Cree que esto es sólo una travesura de las damas?

—Si está dispuesto a casarse con Violeta, señor Casamayor, le viene bien algo de entrenamiento previo. Travesuras como ésta abundarán en su vida, se lo aseguro.

Bautista arrojó el cigarro lejos y entró a la casa, satisfecho de haberle dado en qué pensar a ese hombre que se atrevía a llevarse a su sobrina con tanto descaro.

Anselmo se escabulló apenas tocaron tierra. Mientras las mujeres enfrentaban solas la furia de Rete y el velado reproche de Bautista, el negrito pasó por la cocina para procurarse algo de comida.

—¡Demonio! —le gritaba Justina con un repasador sobre la boca, para evitar ser oída— ¡Culpa tuya el patrón está que arde! Tendrían que colgarte de las patas.

—¡Eh, la boca se le haga a un lado, doña! Las señoras quisieron ir, y bien que me negué, pero ya se sabe, donde manda capitán…

—Acá el único capitán es don Rete. Y no hay peor marinero que vos, negro ladino. Ya te conozco toditas las mañas.

—Ni se moleste, Justina. Hay gente que lleva y trae, como las viejas.

La mordacidad de Dalila enfureció a Anselmo.

—¡Ahora soy yo el malo de la leyenda! Brujas tenían que ser… ¡Todas! —y se marchó antes de que el latigazo del repasador de Justina le diese en la cabeza.

Rosa sabía que era culpable de haber inquietado a su esposo, a su hermano y al novio, quien los miraba a todos como si calculara la conveniencia de unirse o no a esa familia. Sin embargo, le agradeció con los ojos cuando él intercedió en favor de las damas.

—Propongo que brindemos por el feliz regreso —solicitó Cristóbal con la copa en alto— en lugar de pensar en lo que pudo suceder. Las señoras han perdido la noción del tiempo, algo muy frecuente en las de su sexo.

Violeta le dirigió una mirada extraña, como si lo pescase por primera vez en falta, y agregó:

—Brindemos por la luna nueva.

Bautista la miró de soslayo y decidió que esa noche Muriel debería darle algunas explicaciones. Rete sólo dejó escapar un gruñido y devoró la carne.

Se fueron a dormir temprano, sin sobremesa ni licores como acostumbraban. El horno no estaba para bollos. Dalila se dedicó a controlar las puertas y ventanas, mientras pensaba que en cada cuarto de esa casa debía de librarse una batalla campal. Trataba de imaginar quién sería el ganador, y apostaba por Violeta, la única que todavía podía esgrimir la ventaja de ser novia en lugar de esposa.

Cristóbal se movió con silenciosa rapidez, antes de que la joven llegase a su dormitorio.

—Creo que debemos hablar, querida —dijo con voz acerada—, después del susto que me he llevado.

—Mañana, Cristóbal. Hoy me duele la cabeza y estoy cansada.

—Para mañana tendrás una historia inverosímil, mi adorada sirena, y no me gusta esperar.

La tomó de un brazo y la sacó por una puerta lateral que daba a la galería del norte.

Violeta se zafó y lo encaró.

—No tengo que explicar lo que hago adentro de mi casa —repuso.

—Eso depende de lo que hagas, siendo yo tu futuro esposo. Desaparecer así, sin dejar aviso, es un comportamiento desconsiderado, te guste o no.

—Le dijimos a Justina, sólo que se nos hizo tarde porque al anochecer el barco debe ir más despacio para no enredarse con los camalotes.

—El asunto es adónde iban.

—Eso es cosa nuestra.

Cristóbal contempló el rostro de Violeta bajo el resplandor del farol. La joven había cambiado desde que regresó de Buenos Aires. Volver a su tierra le había dado ínfulas que él no le conocía, por eso anhelaba casarse y llevársela de allí cuanto antes. Si bien le atraía de Violeta su belleza unida a su original carácter, estaba acostumbrado a mandar y no sabía lidiar con asuntos que no dominaba. Las palabras de Bautista repicaron en su mente en ese instante: "Entrenamiento previo".

—Entiendo que viviste muchos años sola, Violeta, quizá te falte alguna preparación sobre el papel que cumplen las mujeres cuando están comprometidas.

—¿Cuál papel, señor?

—Nada especial, sólo atender razones, dar respuestas, ofrecer consuelo, en fin… lo que un hombre espera al final del camino.

—Yo no estoy al final del camino, esto recién comienza, y por lo que sé, tampoco es tu caso. No eres un viejo. Tenemos que aclarar algo, Cristóbal: yo acepté casarme para cumplir una promesa, de lo contrario no habría querido perder mi libertad tan pronto.

—Yo no te privaría de la libertad, sirena, sólo me gusta saber que cuento con tu confianza.

—Si confías en mí, deberás creer en mi explicación.

—No hay ninguna, salvo que se te dio la real gana de largarte todo el día para volver a horas intempestivas.

Cristóbal se estaba impacientando. Nunca le había gustado sentir que le tomaban el pelo.

—Mañana te explicaré lo que sucede. No es nada malo, sólo requiere una charla larga y distendida.

—Tanto tu madre como tu tía están rindiendo cuentas en este momento. ¿Por qué no lo harías también?

—¡Porque no quiero! —gritó Violeta.

Cristóbal reaccionó como si le hubiesen lanzado un puntazo: se echó hacia adelante, la sujetó con ambas manos y forcejeó con ella hasta apretarla contra una de las columnas del patio. Pegó su cuerpo al de la joven, ciego de ira y de deseo, y buscó sus labios con frenesí.

Violeta lo esquivaba, pero el peso y la fuerza del hombre eran superiores, y sentía que perdía palmo a palmo la distancia que había conseguido.

—¿Llamabas, Violeta?

Cristóbal se volvió como rayo hacia la voz, con una mano en el cinto donde llevaba siempre su daga. A pocos metros, apoyado sobre la otra columna de la galería, se encontraba un mocetón alto y fornido, de cabellos rubios y ojos claros, con la tez tan curtida que podría haber pasado por uno de los tripulantes del *Fortuna*.

Violeta se frotó los codos mientras respondía:

—Hola, Tití. ¿Volviste recién?

—Hace un rato. Fui a cambiarme de ropa antes de presentarle mis respetos al padrino. ¿El señor es algo tuyo?

—Cristóbal de Casamayor es mi futuro esposo, Tití. Estábamos discutiendo porque esta noche llegamos muy tarde y todos se preocuparon. Él ya se retiraba, mañana será un día largo.

El muchacho lo miraba con sorna y desafío. Cristóbal tuvo que contenerse para no abofetear ese rostro hermoso, como pudo ser el suyo de no haber recibido el latigazo de su padre.

—Así es, ya me retiro. Buenas noches, señor… Tití.

Los dejó solos, a sabiendas de que su desprecio había caído en suelo fértil y que se granjeaba un enemigo en ese joven que hacía el papel de mano derecha de Rete Iriarte. Lo odió por eso, y por ver en él al hombre que había dejado de ser hacía mucho, tanto que ni lo recordaba.

Violeta se acercó a Tití con una sonrisa.

—Creo que me las hubiera arreglado sola, pero igual te doy las gracias —le dijo.

—Ese tipo no es de fiar, Violeta. ¿Cómo vas a casarte con él?

—Tengo que hacerlo —suspiró ella.

El hombre la miró con una expresión incisiva, y ella se apresuró a decir:

—Es una larga historia. Mañana te la cuento, Tití.

—Me parece que mañana no nos alcanzará el día.

Se alegraba de haber llegado a tiempo. En adelante vigilaría al tal Cristóbal, no le gustaba en absoluto. Su cicatriz hablaba de una vida marcada también, no entendía cómo Rete y Rosa le abrían las puertas de la casa y de la familia a un tipo así. Violeta era como su hermana mayor, a pesar de que le llevaba pocos años. Se había criado como hijastro de los Garmendia, y luego quedó bajo la tutoría de Rete Iriarte, que lo educó y le dio responsabilidades. Poco a poco, a medida que se iba haciendo adulto, le refirieron la historia de su orfandad a raíz de la guerra, y sabía que le debía la vida a Dalila en primer lugar, que lo había rescatado del mismo suelo donde su madre cayó, lanceada por una requisa paraguaya. A pesar de eso, no albergaba ningún resentimiento. Era tanto el amor recibido por ambas familias que se consideraba dichoso. Su único resquemor era que estaba ocupando el lugar de Manu Iriarte, y aunque él no era culpable de eso, se sentía un usurpador. Ojalá Manu volviese al fin y pudiesen llevar la hacienda adelante entre ambos.

Mañana sería un buen día para hablarle a Violeta de ese deseo, ya que ella era íntima amiga de Iriarte. Al parecer, sería una jornada de explicaciones.

Cada día del ciclo lunar de agosto Violeta emprendía viaje hacia la choza del *paje* José, acompañada por Anselmo y por Dalila, que a regañadientes aceptó la orden de Muriel en ese sentido.

—Para que su tío le dé el visto bueno, negra. ¿No lo ves?

—Al final, soy yo la que saca las papas que queman —había respondido Dalila, a pesar de que se sentía orgullosa de que don Bautista confiase en ella.

Por otro lado, la oportunidad de zaherir al presumido de Anselmo no le disgustaba.

Rete creyó la fábula del tratamiento prenupcial, en parte porque su conocimiento de las cuestiones íntimas femeninas era precario y no quiso quedar como un bruto ante Rosa, que con firmeza desconocida le explicó sobre las tradiciones, que exigían una preparación espiritual profunda en las novias. Bautista, en cambio, comprendió desde el principio que había gato encerrado. Los argumentos de Muriel le recordaron mucho los enredos del tiempo en que la conoció en tierra paraguaya, y como él había vivido la mayor parte del tiempo rodeado de mujeres, sus ardides y su sensibilidad le resultaban familiares. En lugar de oponerse, prefirió mantenerse atento y observar, era una estrategia que había salvado su pellejo durante la guerra. Y tratándose del universo femenino, los lances podían ser sangrientos.

Mientras Violeta permanecía en el interior de la choza, Anselmo y Dalila tomaban mate con tortas fritas, jugaban a la baraja, o se aventuraban en busca de cardos y yerbabuena.

En medio de sus pullas, iban estrechando lazos y disfrutando de su rivalidad.

—¿Qué te anda pasando a vos? —dijo un día Muriel, al oír a Dalila cantar una copla picaresca.

—Pues nada, que viene llegando la primavera.

El canasto de víveres era más abultado en cada ocasión; Dalila añadía confituras de su propia mano, deseosa de restregarle en la cara a Anselmo sus virtudes hogareñas. El negro ya soñaba con el día siguiente, para degustar esas exquisiteces y chancear con aquella loca que lo divertía y le despertaba el deseo de pavonearse un poco.

El Diamante se fue convirtiendo en un sitio familiar para todos, y aunque ya no les imponía temor, la notoria ausencia de vida en esa época de renuevos de la naturaleza era inquietante. Las aguas de la laguna jamás se movían. Anselmo decía que abajo moraban las Magas del Iberá, que habían debido guarecerse allí porque las costas de la laguna grande se habían poblado de colonos y mariscadores.

A medida que recibía la influencia del *paje*, Violeta se sentía fortalecida. La iniciación era una sencilla repetición de rituales, pero lo que iba dejando huella en su espíritu era la convicción de que todo lo que le sucedía tenía un propósito. Su natural percepción se agudizaba, y lo más extraordinario eran los sueños. El *paje* le pedía que le relatase lo que soñaba y, mientras, aventaba humo y asentía con los ojos cerrados. Al referirle el sueño de la inmensa ola, el anciano le dijo que no dejaría de soñarla hasta que la viviese, que los sueños eran insistentes y por eso se le representaban de distintas formas, para alertarla. El viejo *mbya* le abrió más la fontanela, ese hueco blando en la coronilla por donde el espíritu de Violeta salía a viajar por el tiempo y el espacio. Ella había nacido con ese don, pero era menester mantenerlo. Con su modo rústico y mezclando palabras guaraníes, aquel viejo dotado de sabiduría ancestral le fue refiriendo las maravillas que acechaban tras la puerta del pensamiento. Le dijo que la mayoría de las personas soñaban hacia adentro, visitaban su propio pasado, y que a ella le había sido dada la magia de soñar fuera de su tiempo presente, fuera de ella misma y de su realidad, que esos ensueños atravesaban la puerta de su nacimiento. Aquellas enseñanzas, amenizadas con brebajes y sahumerios, coincidían con las palabras de Esmeralda Mazur, y de manera misteriosa Violeta comenzó a sentirse dueña de su destino como nunca antes. Ella, que había vivido su don como juego al principio, luego como curiosidad y por último como desdicha, empezó a encontrarle sentido y a gozar de él. Debía ofrecerlo, como hacía el *paje* con su arte de curar.

La confianza, llave maestra de la felicidad, inundó el interior de Violeta.

El último día, el *paje* José le dijo que existía un centinela, el Guardián de los Sueños, que apuntalaba su don, alguien que compartía su mismo espíritu y sin el cual Violeta iba a la deriva. Le dijo también que todos los seres necesitaban al centinela, como se necesita el reflejo o la sombra. Violeta no precisó conocer su nombre, era lo mismo que Esmeralda le había dicho al referirse a los espíritus afines.

Era Manu.

Aquella revelación, presentada en medio de la humareda y el arrullo monótono del viejo curandero, la golpeó con la contundencia de un rayo, en especial cuando José soltó su frase final:

—No se sueña solo, *kuñataí*, se sueña de a dos.

El gran descubrimiento fue saber que un sueño verdadero siempre es un mensaje entre dos almas. A partir de ese momento, Violeta no podía contener sus ansias de poner en práctica el arte de soñar, tal como se lo había indicado el anciano. Anhelaba invocar a Manu a través de un ensueño, decirle que ella no estaba enojada con él, y que su corazón se alegraba de saberlo libre y dueño de su destino.

En el día de la última luna de agosto, cuando Violeta dejó la choza, el viejo *mbya* se quedó viéndolos partir desde la orilla, rodeado de sus cacharros, sus cueros tendidos y sus sonajeros de pezuñas. Era una figura triste y sola entre la paja y la tierra colorada. Desapareció de la vista al doblar el recodo del primer canal, y Violeta supo que se estaba despidiendo, que no lo verían nunca más. *Paje* José acababa de cumplir su última misión en la tierra de los vivos. En adelante moraría como *jarýi*, y su rancho sería devorado por la maleza como si nunca hubiera existido.

—Querido.

Rosa irrumpió en el mirador del piso alto, donde Rete guardaba sus secretos, el sitio en el que se aislaba cuando debía reflexionar sobre asuntos graves. Nadie subía allí a menos que fuese imprescindible y siempre con el permiso del patrón. Era la guarida del vasco.

Ella contempló su espalda fibrosa, cubierta con el poncho que usaba para sus andanzas un poco echado hacia atrás, el cabello crecido que ya peinaba canas, y sintió un arrebato de ternura por ese hombre fiero que la tomó casi por la fuerza la primera vez, obligándola a sentir de nuevo, enseñándole a entregarse al amor sin reservas, cuando Rosa era todavía una mujer herida por el abandono y la desgracia, sin esposo y con una hija fruto de una pasión ingenua. También era Rete el verdugo del hombre que la había mancillado, aunque eso era un secreto para todos, hasta para la propia Violeta, que nunca supo quién fue su padre.

Amaba al vasco como nunca creyó poder amar alguna vez. Él lo era todo para ella, pero había aprendido a ponerle límites, pues Rete Iriarte era un hombre avasallador, que no reparaba en las voluntades ajenas, hacía sólo la suya, costara lo que costase. Como en ese momento, en que planeaba un matrimonio a expensas de la felicidad de Violeta porque pensaba que era lo mejor para ella. Rosa estaba dispuesta a luchar por la dicha de su hija.

—Quisiera hablarte.

El vasco giró en su silla y la contempló ceñudo. Había estado armando en su cabeza un plan de expansión de sus cultivos de arroz usando el agua de los esteros, y a la vez tratando de expulsar de su mente un molesto pensamiento que lo acechaba cada vez con más fuerza.

—¿Qué quieres, Rosa?

—Tenemos que hablar de un asunto importante.

—Elegiste un momento difícil, estoy muy ocupado con varios "asuntos importantes".

—Éste lo es, quizá más que todos.

Rete suspiró. Le costaba negarse a los acercamientos de su mujer, aunque sospechara que llevaban intención de sonsacarle algo.

—Pasa, pues.

Rosa se deslizó con cautela y apoyó una mano sobre el hombro de su esposo.

—Querido, se trata de Violeta. Debemos reflexionar sobre ese matrimonio.

—¿Por qué? ¿El tratamiento prenupcial no funcionó como debía? —se mofó.

—En cierta forma sí, nos abrió los ojos sobre algo que no estaba bien.

—Sin vueltas, Rosa.

—Violeta no ama a Cristóbal.

Rete soltó un bufido.

—¿Eso es todo? Ya vendrá el amor, cuando experimente la vida con un hombre que la mantendrá por todo lo alto y le dará hijos en los que ocuparse.

—Sabes bien que no será así. Al menos, no con Violeta. Ella es muy sensitiva, sabe lo que quiere, y no es este matrimonio.

—Tu hija ha pasado media vida sin saber qué quiere, Rosa. Doña Celina me confió que tuvo a sus pies a los mejores pretendientes europeos y los rechazó. Tuvo que venir este hombre desde allá para finalmente encontrar a alguien que la despose, y no vamos a dejar pasar la oportunidad.

—"¿Vamos?" Casarse es algo que le concierne a ella, Rete, no a nosotros.

—Estás muy moderna, Rosa, con esos pensamientos. De donde yo vengo, casarse es un asunto de familia y la novia poco decide, sobre todo si es soñadora y díscola, como es el caso de Violeta.

—Rete, bien sabes que el amor es la clave de la felicidad. Confío en el corazón de mi hija, si ella dice que no ama a Cristóbal...

—¿Cuándo ha dicho que no lo ama?

—Esta noche misma, al volver de la laguna del Diamante, hemos tenido una breve conversación. Su corazón está confuso. Pienso que si duda es quizá porque ama a otro.

—¿Otro? —y el vasco casi la empujó al incorporarse de súbito—. ¿Quién es ese otro?

Rosa sintió algo de temor ante la reacción intempestiva, pues intuyó que tenía que ver con un tema que él eludía siempre.

—Aún no lo sé. Por eso digo que sería mejor posponer la boda, al menos hasta que ella nos diga lo que siente.

—Jamás. No voy a echarme atrás frente a un hombre al que di mi palabra de entregarla en matrimonio. Cristóbal de Casamayor es un caballero, a su modo, y en esto yo también lo seré, aunque no me quepa el sayo en otras cosas.

Rosa supo que si quería librar a Violeta de un mal matrimonio debía jugarse entera y enfrentar a Rete.

—Has sido un padre para ella y un amante esposo para mí, pero eso no me impedirá defender a mi hija cuando su dicha está en juego. Nada perdemos con esperar un poco. Después de todo, Cristóbal pensaba llevársela enseguida, y eso es algo que me costará mucho superar. Te pido que reflexiones, Rete, y le des a Violeta la ocasión de aclarar su corazón. Ella es leal, no la condenes a la desdicha por esa virtud que tiene. Libérala, amor mío, y que ella decida cuando ya no pese sobre su cabeza la condena de casarse. Quién te dice, quizá al cabo sea Cristóbal el elegido, pero entonces será su voluntad, no la nuestra —iba a decir "la tuya" y se reprimió a tiempo.

Los ojos oblicuos del vasco la recorrieron con frialdad.

—¿A qué viene tanto secreto? —espetó—. ¿Por qué esas idas y vueltas a mis espaldas? ¿Qué es lo que busca en la laguna del Diamante? No me escondas cosas, Rosa, o no respondo.

—Lo que Violeta fue a hacer allá no tiene que ver con esto, son cuestiones espirituales que siempre estuvieron presentes en ella, pero también ayudan a ver más claro. Me ha dicho que prefiere postergar la fecha de la boda, y no puedo negarme a un pedido así.

—¿Se lo has dicho a Bautista?

—Sí, y opina como yo. Para casarse hay tiempo, y no cuesta nada esperar.

—Se han confabulado.

—¡Claro que no! Rete —agregó de pronto Rosa, arrodillándose ante él—, nunca te he pedido nada, me lo has dado todo. Ahora, por primera vez, te ruego que lo consideres. La vida nos brinda oportunidades que a veces desconocemos. ¿Qué dirías si Violeta huyese? Sin embargo no lo ha hecho, prefirió ser sincera y decir lo que siente. Eso merece una respuesta cariñosa de nuestra parte. El tiempo dirá si tuvimos razón o no.

—Levántate.

—Hasta que me contestes.

—¡Levántate, Rosa! No quiero verte rogando. Está bien, hablaré con Cristóbal y le concederé a tu hija un plazo para pensarlo. Corto, eso sí. No podemos pretender que el hombre permanezca varado toda su vida a la espera de la respuesta de una chiquilla. Díselo, Rosa. Y ahora ven aquí —la levantó de un tirón y la sentó sobre su regazo.

Las discusiones con Rosa eran escasas, y tenían el efecto de producirle un ansia de ella incontenible, como si acarreasen la posibilidad de perderla, algo que no toleraba pensar.

—Bésame.

El vasco recorrió la boca de su mujer con avidez, entrando en ella con la fuerza de su despecho. Le disgustaba que lo pescasen con la guardia baja, y se cobraba su revancha. Rosa le permitió que la acariciara con brusquedad, y se ablandó en sus brazos. Sabía que su entrega producía en él deseos de protegerla y las caricias se tornarían más suaves. Rete hundió su lengua hasta poseer su boca por entero, y con su mano recorrió el cuerpo de su esposa bajo el vestido. Rosa llevaba una falda liviana y no le costó llegar a sus recovecos íntimos.

—Espera —gimió ella—, la puerta no está cerrada.

—Está cerrada, y el que la traspase sin golpear sabrá de mi furia.

La besó de nuevo con más dulzura y la giró frente a él, para quedar abrazado por las piernas de la mujer. Entonces, con ambas manos levantó la falda hasta dejar expuesta al aire la piel tibia. Se levantó, sosteniendo las nalgas de Rosa, y la acostó sobre el escritorio del despacho, sin importarle los papeles ni los mapas desplegados. La tenía así, abierta ante él, indefensa y ansiosa a la vez, como le gustaba. Hubiese rasgado sus ropas, pero temió que le costase salir luego con las prendas hechas jirones, de modo que se contentó con enrollar la falda y abrir la blusa para ver sus pechos rosados. El cabello oscuro de Rosa era su mayor tesoro; él nunca permitió que se lo recogiese, le agradaba verlo caer sobre su espalda y por las noches, enredarse en él mientras la amaba. Lo tomó para colocarlo sobre los pezones y los succionó uno a uno a través de las hebras sedosas. Cuando los senos quedaron erguidos y palpitantes, su lengua descendió hasta el ombligo y se detuvo allí también, insidiosa, para luego bajar hasta el vientre redondeado. Rosa respiraba de manera entrecortada, con los ojos cerrados y las manos sosteniendo la cabeza del vasco, en un inútil intento de impedir que la besara donde sabía que él la besaría.

—Quieta —le ordenó con ternura, y bajó la boca hasta la raja de los calzones, abriendo la tela con la lengua.

Degustó la esencia de Rosa casi hasta secarla, y después, con el deseo de someterla al menos en eso, levantó sus piernas para colocarlas sobre sus hombros.

—¡Rete!

—Shhh, te lo mereces.

Así inmovilizada, Rosa no pudo evitar que su esposo volviese a besarla, hasta que fue presa de temblores y acabó por entregarse, en medio de los espasmos y oleadas de placer mezcladas con vergüenza. Nunca la había tomado de ese modo, y la novedad la asustaba y la excitaba.

—Para que aprendas —le dijo, mientras la enderezaba y le acomodaba la ropa.

Rosa acabó la tarea con rapidez, mirando de reojo la puerta y pensando si la madera sería tan gruesa como para amortiguar sus gemidos.

Antes de que ella saliese, Rete volvió a sus papeles y le lanzó como al descuido:

—A la noche me devolverás el favor.

Arrebujada entre las sábanas, Violeta se dejaba llevar por sus pensamientos, en una vorágine de emociones recién descubiertas. La última jornada en el Diamante había despejado sus dudas de un modo que la exaltaba. Más allá de la promesa hecha a Cristóbal, podría haber imaginado una vida a su lado. Era un hombre atractivo pese a su cicatriz, seductor y experimentado; otras habrían suspirado por yacer junto a él, y ni hablar de ser sus esposas. Era rico, viajado, poseía un don de mando que subyugaba a las mujeres, y Violeta sabía que despertaba en él sentimientos, aunque no supiese con certeza de qué índole. Quizá, tan sólo quizá, si no hubiese entre ella y Manu un vínculo tan profundo, y si no acabase de entender con tanta claridad a qué se debía ese lazo, podría haber aceptado ese matrimonio sin amor pero con atracción y algo de comunión en pos de la aventura. Cristóbal de Casamayor era un aventurero, como lo era ella en muchos aspectos.

Estaba Manu, sin embargo, y sobre todo estaba por delante su propia honestidad, algo que Violeta jamás podría soslayar. Odiaba la mentira y detestaba ser simuladora, aunque fuese por un momento. Debía sincerarse ante Cristóbal. Él entendería su derecho a verse con Manu una última vez, que sería la decisiva. De ese encuentro dependería su vida entera.

Repitió como un salmo: "Hasta que vea a Manu", y se durmió.

∞

Mar del Plata

La faena era dura, y el invierno la hacía más difícil aún. El frío del agua alejaba a los peces de la costa, y al carecer de fondeadero, salir a alta mar resultaba arduo. Se necesitaban cuatro o cinco caballos para arrastrar las pesadas barcas sobre la playa. Era agotador. Esas inclemencias, sumadas a la escasez de venta fuera de temporada, empujaban a los *barraquieri* a procurarse otros empleos: arreglaban carruajes, se conchababan en estancias vecinas o trabajaban en hospedajes. La pesca se convertía en una actividad secundaria entonces. Algunos partían a Buenos Aires, a la Boca del Riachuelo donde practicaban el mismo oficio, o al Tigre a cosechar fruta, y regresaban en el verano como golondrinas.

Los botes dormían su abandono sobre las arenas desiertas durante meses.

Manu no era de esos. A pesar de las ofertas de trabajo de las familias fundadoras, prefirió vivir de cara al mar. Jamás volvió al rancho del arenal. Con el mismo esfuerzo empleado antes, comenzó a levantar una casilla de madera en la periferia de la barraca Luro, donde se arracimaban los pescadores. La *Sirena*, aquella barquita que construyó con la ayuda de Marcos Salvi, se había despedazado durante un temporal, pues nadie se ocupó de ella, de modo que hubo de fabricar otra más liviana, con la que le resultaba fácil navegar contra las corrientes. El nuevo oficio lo absorbía por completo, le daba algo en qué pensar y lo purificaba de sus males del alma.

Recuperó a Matrero de la oficina del comisario, una vez que pagó con trabajo lo que le debía por la manutención durante su ausencia. Al menos no estaba solo, aunque extrañaba a Duende. Sus diabluras lo hubieran hecho sonreír más de una vez. Ignoraba qué habría hecho con él don Francisco Balcarce, pero confiaba en aquel hombre. Lo que hubiese hecho con el cuzquito, estaría bien hecho.

Manu no buscaba compañía, sin embargo aceptaba la que de forma espontánea le ofrecían. Era el caso de Genaro Di Lernia y su esposa Ligia, un matrimonio de sicilianos que contaban con dos barcas bautizadas en honor a su terruño: *Eolia* y *Stromboli*. Gentes simples y bondadosas, habían debido emigrar a causa de la crisis económica que les impedía laborar tierras en su patria, y como allá vivían rodeados de mar, les resultó fácil adaptarse, pese a que las aguas marplatenses eran más frías e impetuosas. Mientras Manu construía su nueva casa, ellos lo albergaron en la propia, que era modesta pero de buen tamaño. Los pescadores eran sicilianos en su mayoría, y también los había de Génova, de Liguria o de Capri. Muchos habían llegado para trabajar en el trazado de la vía férrea y decidieron quedarse, atraídos por la posibilidad de ejercer su oficio ancestral en el país. Eran tan rudos como Manu, lo que facilitó las relaciones. Hablaban poco y se entendían. Los más alegres solían cantar mientras remendaban las redes, y en esos momentos Manu sentía que aquellos hombres interpretaban como nadie la canción del mar.

—¿Ha visto que Giuseppe trae *molto pesce* con la *lampadara*? *Osté* debería hacer una —decía Ligia a su esposo, pues la novedad de la delicada red de pesca con linterna atraía la atención de todos.

—*Piano piano se va lontano* —respondía un poco picado Genaro.

Le costaba reconocer la ventaja de aquel invento ingenioso de los napolitanos.

—Es para *il mare cazurro* solamente. ¿*Non e vero*? —agregó en dirección a Manu, que le sonrió, pensativo.

Él estaba atento a las novedades que pudiesen mejorar su rendimiento, y se daba cuenta de que en esos días de mar gruesa la lampadara no resultaba eficaz. Salvo, pensó luego, que se la fabricase con hilos más resistentes y se la utilizase de día, no de noche. Podía ser.

—Voy a probar una cosa, Genaro —dijo al cabo de un rato—, y si sale bien vamos a ganarle a Giuseppe.

Eso bastó para alegrar al siciliano, que anduvo de buen humor el resto del día.

Manu se identificaba con las turbulencias, así como sentía afinidad con los lobos marinos. Su espíritu sosegado tenía una veta salvaje, y eso explicaba por qué en la vida había caído más de una vez, víctima de sus impetuosas acciones. Aquel pensamiento le brindaba una razón lógica que le permitía aceptar con resignación el ostracismo al que se confinaba.

El fatalismo indígena corría por sus venas con igual fuerza que la voluntad hercúlea de su padre vasco. Potente combinación de razas de la que ni él mismo era consciente.

Genaro lo convenció de asociarse y sumar su barquita a las dos que él ya tenía, pues el esfuerzo mancomunado rendía mejores frutos.

—Le pondremos *Mesina* —dispuso con aire soñador.

Aquellas gentes guardaban su terruño en el lado más sensible del corazón. Manu accedió. A él le daba lo mismo, ahora que no poseía más la *Sirena*, su primer amor.

Sus estados de ánimo variaban con el mar: a la calma serena le sucedía el furor desatado. Su vida se deslizaba en un tiempo sin tiempo, medido por las jornadas de pesca, de las que regresaba pasado el mediodía con la bodega a medio llenar. Los días que permanecía en tierra eran los más duros para Manu, pues debía enfrentar a sus demonios: la culpa y el dolor de las pérdidas.

Fuera de temporada, Mar del Plata volvía a ser el paraje casi desierto que él había conocido al llegar: arenas barridas por los vientos, la espuma suspendida de las rocas, las gaviotas flotando en grupos sobre las olas, carretas repletas de fardos, y los habitantes yendo y viniendo entre las casas y los almacenes de ramos generales. Ya no quedaba entre esa gente nadie que pudiera señalarlo con el dedo, pues los padres de Lucrecia, destrozados por la pérdida de su hija, habían regresado a su patria, y el infeliz de Toñito había desaparecido del mapa. Las pesquisas orientadas en su busca, luego de saberse que Manu no era culpable de aquel crimen, cayeron en saco roto. Así, pues, él podía crearse una vida junto a los pescadores, dando la espalda a la tierra donde una vez creyó que podría ser un hombre nuevo. Cuando las ansias lo gobernaban, se alejaba de la barriada y se sumergía entre las olas, nadaba hasta que ellas lo vencían y regresaba exhausto. Así lograba dormir con pesadez, sin soñar con Violeta. Porque la soñaba. A pesar de sus esfuerzos por borrar de su mente todo recuerdo y vivir al día, sin otra ambición que llenar su barca de pescados, ella se filtraba y azuzaba sus sentimientos. En esas ocasiones, Manu apretaba la mandíbula hasta hacerse daño, o visitaba Santa Cecilia para rogar a la Virgen que le otorgase el olvido.

Las alegrías diarias eran sencillas: el festejo de una jornada productiva, las bromas al comparar las bodegas de uno y otro barco, o alguna ronda de ginebra en la pulpería. Manu no precisaba más. Cada vez que había intentado otra cosa, ilusionado con aprender, o alcanzar aunque fuese la cuarta parte del rango de su padre, había fallado, y las consecuencias fueron mil veces peor. Lo suyo era la supervivencia, apenas existir.

A veces pensaba en Rete, un pensamiento también doloroso. Él representaba aquello que Manu nunca llegaría a ser, y aunque esa certeza no le doliera, le afectaba la sensación de desamparo que lo había acompañado siempre. Gracias a Justina primero y a Violeta después, la vida de Manu había sido menos infeliz.

Como en su corazón no cabía el rencor, jamás renegaba de su condición ni culpaba a nadie. Él era siempre el único responsable ante sus ojos, y esa convicción le ayudaba a soportar las consecuencias de sus actos. Sólo lamentaba no haber podido pedirle perdón a Violeta; era la deuda que le faltaba cumplir para serenarse por completo.

En cuanto a Rete Iriarte, él enfrentaba a sus propios demonios sin que el hijo lo supiese.

Su matrimonio con Rosa, que le había dado a Ignacito, no conseguía apaciguar la culpa que lo atormentaba por desentenderse de Manu. Aquel hijo era un estigma en su vida, una carga que él pudo delegar en otros durante la infancia del niño, y que se le fue haciendo más pesada a medida que Manu crecía con un apego casi salvaje a la naturaleza. Era cosa corriente entonces que saliesen a buscarlo cada noche que no regresaba y lo encontrasen durmiendo entre los pajonales o subido a un árbol como si fuese un mono. La misma fidelidad del niño hacia su persona disgustaba a Rete, pues no la consideraba normal. Justina hizo lo posible por la pequeña bestia mientras pudo, mas no cabía pedir peras al olmo. Aquellas fiebres que Manu padeció siendo bebé, a poco de separarlo de su madre muerta, debían de haberle nublado la mente. Rete no sabía si eso era posible. La madre había sido una mujer hermosa que llevaba impresa la resignación propia de la gente de su raza, algo que él despreciaba. Su sangre vasca lo impulsaba a mover montañas si era preciso, jamás se arredraba ante nada y hasta se complacía en desafiar las metas imposibles. Ver crecer a ese niño despojado de ambiciones, callado y hosco, era un puñal clavado en su orgullo. ¡Tan luego de su estirpe! Confiaba en él, sin embargo, por esa misma cualidad obtusa que llevaba a Manu a dar la vida por lo que se le pedía. Por eso puso la seguridad de Violeta en sus manos durante la guerra, y también más tarde, cuando la joven viajó a Buenos Aires para educarse. Rete sabía que no existía nadie capaz de desempeñar ese papel mejor que Manu. Pero lo que constituía su virtud era también su mayor defecto: el temor reverencial que Rete despertaba en él así como la entrega absoluta a los deseos y caprichos de Violeta constituían a su juicio la prueba de una voluntad enfermiza.

Ahora que habían pasado los años, y lo único que sabía de Manu era que debió huir a raíz de un entrevero en una pulpería bonaerense y que después del exilio en la frontera protagonizó otro episodio violento en Mar del Plata, Rete se sentía culpable. Él parecía ser el único que advertía la debilidad de Manu; los demás lo trataban con normalidad, como si el joven no padeciese ninguna tara. Violeta, en primer lugar. También Bautista y hasta Rosa, que había convivido bastante con él y tenía a su hijito como punto de comparación. Ignacio era un niño pacífico, pero con sus facultades bien puestas.

Rete se preguntaba si el suyo sería un complejo de padre insatisfecho. Se acercaba a la edad en que los hombres ponen la mirada en sus hijos para saber si estarán a la altura de continuar con el rumbo trazado por ellos, y él no tenía a Manu a su lado. Ignacio era pequeño y Tití no llevaba su sangre. A pesar de que contaba con él, no era lo mismo.

El remordimiento lo carcomía. Y su orgullo le impedía reconocerlo.

❧

Si había un hombre en el límite de su resistencia, ése era Cristóbal de Casamayor.

Los últimos días en El Aguapé habían colmado su paciencia. Ya se veía venir la hecatombe, a medida que los preparativos de la boda adquirían un ritmo más lento y los ánimos de la familia se iban templando. Ya nadie corría detrás del arreglo en un vestido, ni había conciliábulos femeninos en torno a tal o cual detalle fundamental para la novia.

La mismísima novia no tenía reparos en salir a navegar con su tío, o llevar a los niños a un islote para recoger frutos de pasionaria. Todo era disfrutar al aire libre y distenderse.

Y él estaba tenso como un tiento de cuero mojado.

Nadie le daba explicaciones, ni él las pedía tampoco. Observaba los comportamientos con indiferencia calculada, para caer como un halcón cuando llegara el momento. La única que cada tanto le dirigía una mirada conmiserativa era Rosa. La mujer tendría su reserva, pero no podía ocultar que algo sucedía, era transparente. Y Cristóbal sabía leer en esas almas cristalinas. La boda se había cancelado. O suspendido, lo que era igual de malo.

Lo único que retenía la explosión de su carácter era la actitud de Rete Iriarte. El patrón era hombre de palabra, eso era seguro. Si había ocurrido algo nuevo, o bien no lo sabía a ciencia cierta, o estaría meditando sobre la manera de decírselo. Caso distinto al de Bautista Garmendia, incondicional de la sobrina. Cristóbal suponía que Bautista era capaz de matar por Violeta.

Para su sorpresa, la confirmación de su sospecha vino de la mano del propio Bautista, que lo abordó mientras desayunaba en el pequeño jardín que rodeaba la casita de huéspedes.

—Siéntese —ofreció Cristóbal con amabilidad fingida.

—Disculpe, pensé que estaría…

—¿Holgando? Bueno, en cierto modo. Mientras espero a que mi prometida se acuerde de mí. Me tiene olvidado en los últimos días, aunque tomaré revancha cuando estemos rumbo al Mediterráneo.

Ese comentario picó a Bautista, pero tomando en cuenta que iba a decirle que se olvidase por el momento del casorio, reprimió la réplica.

—Hay algo que debo decirle, señor Casamayor, y me tomo el atrevimiento de hacerlo en nombre de mi sobrina. Ella es joven, y es natural que tenga sus dudas y temores.

—¿Dudas? ¿Temores? Creo que no le entiendo.

Bautista resolvió no andar con vueltas.

—Violeta prefiere postergar la fecha de la boda.

A pesar de que lo intuía o casi lo daba por cierto, Cristóbal fingió sorpresa y disgusto.

—¿Cómo es eso? ¿Y por qué, en nombre de Dios? Don Rete Iriarte me dio su palabra.

—Y la sostiene, pero en otra fecha más adelantada.

—Exijo que la propia Violeta me diga las razones.

—Lo hará. Me tomé la libertad de anticipárselo sin que ella lo sepa porque quiero dejar algo en claro. En el momento en que hable con usted, ella pondrá su corazón en lo que le diga. Violeta es así, sincera y también compasiva, tratará de no herirlo, aunque le cueste creerlo. Poco lo conozco, señor Casamayor, y sin embargo entiendo que es usted un hombre acostumbrado a mandar y a que le obedezcan. Sepa que Violeta no está sola, ella cuenta con su familia que la respalda, y por si eso no le parece suficiente, yo mismo soy capaz de desgraciarme si alguien la ofende o la daña de algún modo.

—Ignoro qué opinión le merezco, señor Garmendia. Jamás haría daño a una mujer, menos a la que será mi esposa. El que me ofende es usted.

—Prefiero pasar por grosero antes que dejar dudas sobre esto que le digo. Violeta es mi sangre y haría por ella cosas que usted ni se imaginaría.

"Vaya que sí", pensó Cristóbal. No se había engañado sobre aquel hombre. Lo manso no quitaba lo valiente.

—Esperaré a que ella misma me explique sus razones, entonces.

—Muy bien. Rete no estuvo de acuerdo, supongo que querrá saberlo.

—Gracias por decírmelo, lo suponía. Él y yo nos parecemos bastante.

—Entonces, lo dejo terminar su desayuno —"y ojalá le caiga como piedra", se dijo Bautista al darle la espalda.

Después de haber hablado con Tití, Cristóbal de Casamayor le resultaba insoportable.

Cristóbal rumió su rabia y paladeó la venganza. Violeta se reía de él. La había cortejado como un joven lampiño porque sabía que era la única forma de obtener el beneplácito de la familia. Ahora, hasta la parentela veía con naturalidad que se deshiciese de su palabra sin otra explicación que el deseo de postergar la fecha. A otro perro con ese hueso. Él estaba curtido en amores y desamores, conocía el alma femenina y se daba cuenta de que Violeta se había arrepentido, por alguna razón poderosa que iba más allá de su lealtad hacia la palabra empeñada. Pensó en reclamarle y hacer valer su participación en la libertad de Manu Iriarte incluso ante el propio padre, pero lo detuvo la incertidumbre hacia el ánimo del patrón. No estaba seguro de que Rete desease recuperar al hijo pródigo. Le recordaba la situación de su padre, indiferente hacia él desde que tuvo uso de razón. Lo que distinguía a Rete del esposo de su madre era que aquél no parecía ser violento ni sádico, al contrario, era un hombre patriarcal que extendía su manto protector sobre todos los que vivían en El Aguapé. Pensándolo bien, él mismo podría haberse considerado afortunado de tener como padre al vasco. Aun con su malhumor y sus desplantes autoritarios, era mil veces mejor que su progenitor, y Cristóbal no habría tenido que ensuciarse las manos acabando con su miserable vida.

De pronto, su mente comenzó a elucubrar un plan. Podía sacar provecho de la debilidad de Violeta. Ya se imaginaba por dónde corría la intención de la joven. Vendría a pedirle largas para ocuparse del liberado Manu. Cristóbal suponía que aquella amistad reposaba en bases más profundas de lo que aparentaba, y a pesar de que allí todos parecían ignorarlo, Violeta estaba unida al hijo de Iriarte por un vínculo que sólo la muerte de uno de ellos rompería.

—Le daré lo que me pida —masculló mientras la veía acercarse desde la orilla de la laguna, con su vestido lila y los zapatos en la mano, el rostro sonrosado bajo el ala de una capelina.

"Bruja", murmuró entre dientes, y su sonrisa ocultó ese pensamiento con habilidad.

Se dispuso a recibir a la novia incauta con el mejor talante. Se mostraría dolido, lo suficiente como para que ella lamentase su obrar, y luego ansioso por complacerla en su pedido de volver a la ciudad. Porque eso, y no otra cosa, era lo que Violeta Garmendia traía oculto bajo su radiante sonrisa.

—Querida.

Violeta se sentó en la silla contigua, bajo el enramado de una tipa, sobre la alfombra de pétalos amarillos. De a poco, con su voz seductora, fue desgranando ante el hombre su pedido de indulgencia para viajar a Buenos Aires a interiorizarse de la suerte de su amigo y a brindar su agradecimiento a Julián Zaldívar. Cristóbal coronó aquel alegato con una estudiada y caballerosa lamentación, para al fin rendirse con el encanto del hombre que no puede resistir ni una sombra en el corazón de la amada.

—El *Fortuna* está a tu disposición. Y todo cuanto desees, amor mío. Desde el momento en que aceptaste ser mi esposa, mi voluntad es la tuya.

—También debo decirte algo —siguió ella— que no te gustará.

—Nada de esto me gusta, querida. Postergar la boda es postergar mis ansias de hacerte mía para siempre. ¿Hay otra cosa, además?

—Se trata de la palabra empeñada, que no puedo negar, y que se contrapone con mis sentimientos actuales. Cristóbal —y Violeta se mordió el labio ante la mirada sagaz del hombre—, temo que mi propia voluntad flaquee cuando llegue el momento.

—¿A causa de este amigo tuyo?

—A causa de todo lo que me está ocurriendo en estos días. Quiero que lo sepas.

Cristóbal sonrió a medias y se miró las uñas con displicencia.

—Soy paciente, Violeta. Entiendo las veleidades de un corazón joven. No te preocupes, confío en mis capacidades para convencerte.

Con esas palabras nada tranquilizadoras, el marino puso punto final a la conversación.

Cristóbal no se salió con la suya en todo, sin embargo. Tuvo que admitir la compañía de Dalila como chaperona, la ayuda indeseada de Anselmo en calidad de tripulante avezado, y la escolta de un vaporcito de la flota de Iriarte para no encallar en los bancos de arena que pudiese encontrar hasta el Río de la Plata. De sus antiguos hombres sólo quedaba Paquito, que se hizo cargo del timón en silencio. Cristóbal padeció un último disgusto: Tití, que iba al estuario por encargo del patrón, también acompañaría a los viajeros. Él creyó vislumbrar una sonrisa triunfal en el rostro del joven rubio en el momento de zarpar.

El *Fortuna* era un barco capaz de recorrer en corto tiempo las distancias, pero carecía de comodidades suficientes. Hubo que acondicionar el camarote del capitán para las mujeres, y soportar que Anselmo durmiese en el piso, custodiando la entrada. El grotesco criado, con su cuerpo magro y su vestimenta cocoliche, manejaba un facón más grande que un bagre y se movía tan rápido como un áspid. En cuanto al otro guardián, no podría haber resultado más antipático. Se apostaba a babor o a estribor, vigilando que la nave no se enredase con las hojas sumergidas de los islotes. Hasta Paquito se malhumoraba al sentir que su pericia estaba sujeta a un continuo examen.

Al dejar atrás la laguna de Itatí y penetrar en el río Corriente, densos montes de maleza y palmeras los escoltaron en ese último tramo bordeado de lomadas arenosas. Peces de cresta dorada chispeaban al sol, y aves de plumaje iridiscente despidieron al *Fortuna* antes de que las correntadas del vigoroso Paraná lo llevaran cabalgando en su lomo rojizo hacia donde el destino de su capitán se vería enredado, una vez más, en los tumultuosos avatares de la vida argentina.

❦

—¡Fran, querido!

Elizabeth irrumpió en el despacho de su esposo como solía hacer, llevada por el entusiasmo típico de su carácter emprendedor. Francisco se hallaba inmerso en unos papeles de negocios del ingenio azucarero al que dedicaba sus esfuerzos.

—¿Qué sucede, amor mío? —preguntó con ternura mientras se echaba atrás en su sillón.

Para ella jamás estaba demasiado ocupado.

—Acá dice tu madre que tiene pensado venir para la temporada de verano en Mar del Plata. ¡No podemos faltar! —y le extendió un papel de carta tenue como la seda, en el que la letra grande y prolija de Dolores Balcarce se destacaba con la noticia.

—Puedo acompañarlas con los niños y luego volver al trabajo —aventuró Fran.

—¡Y dejar a tu madre con las ganas de compartir un veraneo contigo! Fran, debemos pensar que nuestro padres se hacen viejos y que su mayor felicidad consiste en encontrarse con sus hijos y ver cómo crecen sus nietos.

—Está bien, prometo pensarlo y resolverlo cuando llegue el momento. Mi madre debería quedarse unos días con nosotros, y así disfrutaría mucho más.

—Es lo que le he respondido. Podría instalarse aquí desde Navidad, y así viajaríamos juntos a Mar del Plata. Sabía que la idea te gustaría, esposo mío.

—Conoces todos mis pensamientos. A veces me da miedo eso.

—¿Por qué, acaso tienes malos pensamientos? No lo creo. A ver… —y Elizabeth tomó entre sus manos el rostro amado para fingir que lo escudriñaba con atención.

Al cabo de unos momentos, la mirada perturbadora de su esposo la incitó a reír.

—Estate quieta.

—Julianita es digna hija de su padre. Me mira con los mismos ojos traviesos. En cambio Santos…

—Ese niño tendría que hacerse hombre en El Duraznillo. Podríamos enviarlo una temporada con Francisquito, que todavía sueña con ser peón de don Armando.

Elizabeth suspiró.

—Me preocupa un poco Francisquito. No demuestra ninguna afición por el estudio. Creo que lo hemos consentido por ser el menor y estamos pagando el precio.

—En casa de herrero, cuchillo de palo —se burló Fran.

—No me culpes. Hice todo lo que estuvo a mi alcance, pero a veces creo que existen fuerzas superiores a una. ¿Será que nuestros hijos vienen a enseñarnos algo que debemos saber?

—Mi cabeza no resiste tantas ideas, querida esposa. Prefiero pensar que el pequeño Francisco es un tarambana y que su carácter díscolo le ha dado buenos resultados con las mujeres. Todas lo miman y perdonan sus travesuras.

—La tiene conquistada a Livia. Y eso que ella es muy severa con los alumnos. Todos le temen, menos Francisquito.

—Bien por él. No hay que dejarse amilanar por el sexo femenino.

—Cuidado con infundirle esas ideas al niño. Si vas con nosotros a Mar del Plata podrás compartir más cosas con él, que está creciendo rápido. Dolfito no le sigue el tren, es mucho más tranquilo.

—Deberás ser más convincente con tus argumentos, Lizzie. Por ejemplo, sentarte aquí —y Fran señaló su regazo mientras la traspasaba con sus ojos felinos.

—Ahora no puedo. Iba a…

Elizabeth se tragó lo que estaba a punto de decir cuando cayó sobre las piernas de su esposo. Él la atrapó por la cintura y hundió la nariz en el pliegue tibio de su cuello.

—Mmm… ese aroma tan tuyo —susurró, extasiado.

—Es la colonia de lilas de siempre.

—Me conquistaste con ese perfume. ¿Recuerdas cuando te pregunté a qué olías y te ofendiste?

Elizabeth resopló.

—¿Qué clase de pregunta era esa? Como yo si fuese un cerdo, o algo así.

Fran la miró perplejo.

—Sólo a una granjera podría habérsele ocurrido eso, jamás a una maestra.

—Ha de ser mi sangre irlandesa, entonces.

—Bésame y calla.

Ella hizo ademán de resistirse, pero ya Francisco había tomado su boca con maestría, obligándola a derretirse en sus brazos. Se detuvo a explorar cada vestigio de la mujer, inventando formas nuevas de poseerla, para excitarla. Elizabeth se convertía en una muñeca de cera en sus manos, él podía moldearla a gusto, aunque sabía que esas concesiones no limaban las aristas de su carácter, y que sin importar lo que hubiese pasado entre ellos durante la noche su esposa era capaz de pararle el carro en cualquier momento.

Separaron los labios con el aliento entrecortado y el corazón palpitando.

—Ven al dormitorio. Ahora —exigió.

—No podemos, Fran. Es pleno día, y acaba de llegar Violeta de visita. Sólo quería avisarte lo de tu madre, para darte tiempo de tomar decisiones.

—¿Violeta Garmendia? ¿No había viajado a Corrientes para casarse?

—Ése es el punto, aún no se ha casado. Y ya que están próximas las vacaciones de verano quiere pasar allí parte de la temporada, para despedirse antes de embarcar rumbo a Europa. Es comprensible.

Fran se guardó su opinión para no arruinar el instante que vivía con su esposa, pero intuyó que aquel proyecto repentino debía de obedecer a razones más profundas que el mero anhelo de vivir la última temporada de playa. Julián le había comentado que después de saber que Manu Iriarte se quedaba en la villa Violeta tomó la decisión brusca de partir a su tierra para casarse con un hombre al que poco y nada conocía, plantando al candidato que tenía mejor chance: Joaquín Carranza. Eso disgustó mucho a Julián y desconcertó a todos.

—Ve, entonces, pero acuérdate del asunto que dejamos pendiente.

—¿La visita de tu madre?

Fran la retuvo por las muñecas y le lamió la piel del escote como si fuese un puma hambriento.

—Nuestro encuentro, amor mío. Ya te eché el ojo, no cederé hasta atraparte. Eso te pasa por menearte ante mi vista. Despiertas mis instintos cazadores, Lizzie.

—¡Eres igual a Francisquito!

—Dichoso el que a los suyos se parece —rió Fran, divertido al ver la velocidad con que ella desaparecía tras la puerta de la biblioteca.

Violeta se encontraba a gusto entre sus amigos, a los que había abandonado de manera intempestiva al regreso de Julián Zaldívar. El apuro de Cristóbal tuvo que ver con eso; aunque también ella estaba presurosa por alejarse, no quería dar demasiadas explicaciones sobre su partida, y mucho menos propiciar un encuentro embarazoso entre Cristóbal y Joaquín. La conmovió comprobar que, sin importar lo que hubiese sucedido, el joven Carranza se había mantenido fiel a su promesa de ayudarle a publicar sus notas, y hasta le pidió con cierta formalidad que le enviase futuros proyectos para ver de qué manera y en qué oportunidad podía hacerlos circular entre los editores. Entendía que él no alentara los encuentros y que evitara la casa de los Zaldívar en esos días, pese a que era huésped habitual en ella. La misma Brunilda la miraba con cierto reproche en los ojos, y aunque Violeta comprendía todo y a todos, no podía contar lo que había sucedido entre ella y Cristóbal, el pacto que la ligaba a ese hombre al que no deseaba unirse.

La generosa recepción que le brindaron los Zaldívar la acongojó más aún, pues no se sentía merecedora de ella. Si hubiese podido hablar, sincerarse ante ellos...

Dolfito quiso saber dónde habían quedado Duende y Huentru, y por qué Violeta no los llevaba con ella como siempre. También preguntó por Ignacio, algo que alegró mucho a Brunilda, pues el niño continuaba siendo solitario. Violeta encontró sin embargo algo diferente en Dolfito: seguía a su padre adoptivo a todas partes. Se había convertido en su sombra, y hasta le pedía ir al estudio para acomodarle los papeles, en los que a veces Julián encontraba algún dibujo chinesco hecho a lápiz, muy suave, como para no estropear el trabajo del abogado. También había crecido en los últimos tiempos, era un muchachito delgado que casi rozaba el hombro del padre con su cabeza. Otro detalle que pudo observar fue que, pese a su proverbial seriedad, Dolfito sonreía con más frecuencia, y su relación con los niños Balcarce era más estrecha que antes. Ya no le molestaban los arranques de Francisquito, ni se erizaba ante las pullas de Juliana. Parecía haber encontrado un lugar cómodo entre todos y disfrutar a su manera del hallazgo.

También los acompañantes de Violeta tuvieron su sitio en la mansión Zaldívar, tan grande como para albergar a muchas almas. Las habitaciones del patio trasero que daba al jardín y donde antes ella tenía su cuarto se destinaron a Tití y a Anselmo. Dalila dormía en una salita contigua al nuevo dormitorio de Violeta, en el patio de la palmera.

La casona contaba con servicio de luz eléctrica, pues se beneficiaba de una usina que habían instalado hacía poco en la zona céntrica de la ciudad.

Cristóbal, que no esperaba compartir el techo con su novia, había decidido pernoctar a bordo. Paquito y él no precisaban mayores comodidades. Cada noche daba vueltas por las calles del puerto simulando buscar entretenimiento, cuando en realidad lo que deseaba era toparse con Pedro. Ignoraba qué habría sido de él.

Su ánimo se fue apaciguando a medida que urdía el plan que dejaría a Violeta a su merced. La clave era representar bien su papel. Por el momento le salía a la perfección, pues las familias amigas de la joven lo consideraban un novio indulgente que permitía ciertos caprichos a la novia. Al escuchar de labios de Violeta la intención de ir a Mar del Plata antes de que comenzase la temporada, tuvo que recurrir a su arsenal de disimulos para no denunciar la furia que le provocó la idea. De inmediato resolvió que ejecutaría su plan apenas llegados al balneario. Sin esperar un día más.

Violeta partió en uno de los convoyes que hacían el viaje semanal, junto a Livia Cañumil y Dalila, con Tití y Anselmo como guardianes de las tres. Cristóbal tomó de inmediato la decisión de ir también, sólo que por mar. Ya que resultaba imposible que los cancerberos de Violeta se hiciesen a un lado, optó por agregarse a la comitiva. A cada momento debía cambiar los términos de su plan, pero, pensándolo bien, alejarse de la influencia de las familias no era malo para el éxito de su empresa.

Martita Ramírez Aldao, de modo imprevisto, consiguió de su madre el permiso para acompañarlos. La joven se encontraba algo alicaída en los últimos tiempos, y doña Josefina pensó que un cambio de aires le vendría bien. Una criada de la familia se unió a la comitiva, pues Benji estaba cumpliendo horario en el estudio jurídico de Julián Zaldívar y su padre no quiso oír mencionar siquiera que pidiese licencia para secundar a su hermana.

Muchas familias comenzaban las vacaciones en noviembre, y eran varios los hoteles que abrían sus puertas en el balneario desde entonces, algunos de prestigio y sin necesidad de cobrar los precios del Bristol. Los que se adelantaban para disfrutar de las delicias que ofrecía Mar del Plata eran los nostálgicos de la primera temporada, que añoraban los paseos agrestes a la gruta de Egaña, las visitas en coche hasta la Punta de Piedras, o los atardeceres en la playa despojados de voces humanas y de muchachos pendencieros.

Violeta y sus amigos se alojaron en la modestia del hotel Marítimo, situado cerca de la antigua Fonda del Huevo, convertida en el Hotel del Globo y regenteada por la viuda de Bonnet, su fundador. El Marítimo era un hotel sin pretensiones, aunque coqueto y limpio. Ya contaba con huéspedes, la mayoría de la vecindad, y algunos pasajeros de Buenos Aires que buscaban huir de las multitudes. El conductor del *vis à vis* que los había llevado junto a sus baúles hasta la puerta aún aguardaba, inseguro acerca de la decisión de aquellas gentes, pues había supuesto que la hermosa señorita tan bien acompañada elegiría el Bristol y no un hotelito poco renombrado. La intención de Violeta había sido pasar desapercibida.

La que se quejó fue Martita, que siempre deseaba estar en el candelero.

—Ay, no sé dónde voy a lucir mis nuevos trajes. En este sitio ni siquiera han de organizar cotillones, Violeta, no sé por qué insististe en venir a este hotel.

—Estaremos tranquilas, Martita. Todavía no han venido todos, así que mucho alboroto no habrá.

—Pero cuando lo haya, estaremos hundidas aquí, en este chalecito de mala muerte.

Dalila la escuchaba refunfuñar mientras sacaba la ropa de los baúles para acomodarla y fruncía el ceño ante el cacareo de la desagradecida. Ella estaba habituada a los caprichos de su ama, pero sabía que Muriel tenía buen corazón y que sus desplantes eran más bien fruto del deseo de divertirse.

—Mira qué hermosa vista, Martita —decía Violeta, acodándose sobre el alféizar.

El día era ventoso y fresco, y la bruma no permitía distinguir la línea donde el cielo se tocaba con el mar. Martita apenas le echó un vistazo; su atención se concentraba en un vestido de bombasí color crema que había pensado estrenar durante la cena.

—¿Te acuerdas de nuestra primera temporada, Violeta? ¡Ésa sí que fue soberbia!

—La recuerdo bien —murmuró la joven con nostalgia.

El secreto que no compartía con nadie era que ella estaba allí para encontrar a Manu. Martita ignoraba todo acerca de él, y Violeta contaba con la ayuda de Anselmo para localizarlo. Él no le negaría el apoyo en un asunto tan importante. En cuanto a Livia, su presencia se debía más bien a la necesidad de contar con una chaperona adecuada, ya que Dalila y la otra criada, Quintila, no les habían parecido suficiente a los Zaldívar ni a los Balcarce. A Violeta le caía bien Livia, era una mujer de carácter que se mantenía callada, observando. Sus ojos verdosos poseían un brillo de sabiduría raro de hallar en las mujeres jóvenes. La mayoría chispeaba por diversión. Livia, en cambio, denotaba calar hondo en las personas. Y sólo por contar con la amistad de Elizabeth ya era digna de valoración.

—Saldremos a recorrer un poco —anunció Violeta mientras se colocaba una pelliza sobre el ajado vestido de viaje.

—¿Así, sin cambiarte? ¡Violeta, estás hecha una mendiga!

—¿Quién va a verme? Con un día tan frío los pasajeros estarán metidos en sus cuartos, o quizá en la sala bebiendo té.

—Me duele un poco la cabeza —pretextó Martita, desilusionada.

—Está bien, bajaré sola.

—Ah, no, mi niña, eso sí que no. Ya mismito me acomodo y la acompaño.

—Dalila, sólo quiero ver el mar.

—Es justo lo que pensé, por eso la acompaño.

Las habitaciones del Marítimo daban a una galería que circundaba un patio en el que un pequeño viñedo se colmaba de pájaros. Violeta se detuvo a contemplarlos y luego siguió a través del salón, secundada por Dalila. Atravesaron el comedor revestido de reluciente roble de Eslavonia, y salieron por un pasillo abarrotado de percheros hasta la puerta principal. Era el momento de llegada de los proveedores, que buscaban la entrada de servicio. La calle se mostraba tranquila, y los pocos transeúntes iban a sus trabajos o salían, como ella, a contemplar el panorama. Uno de ellos era Livia Cañumil.

La joven mujer vestía su habitual ropa de maestra y una capa gruesa para protegerse del frío. Llevaba el cabello sujeto en la nuca, de modo que sus pómulos indios y sus extraños ojos resaltaban. Al ver a Violeta sonrió.

—Es hermoso el mar —dijo con su voz ronca.

—Acerquémonos —propuso Violeta—. Es distinto cuando se lo ve de lejos.

Dalila las seguía a corta distancia, para permitirles conversar.

Caminaron hasta la barranca del arroyo Las Chacras, un tajo en la fisonomía del lugar, y desde allí gozaron de la bravura del océano en silencio. La expresión embelesada de Livia le dijo a Violeta que aquella mujer sentía lo mismo que ella en la contemplación, una afinidad que no podía explicarse. Livia también escuchaba la canción del mar.

A lo lejos, detrás del muelle, las barquitas de vela luchaban contra el arenal. Una vez en el agua, las olas las alzaban cual cáscaras de nuez y las arrojaban entre la espuma como si jugaran con ellas. Su color azafranado se destacaba con nitidez en el panorama gris.

Algunos chalets despuntaban en la loma sur.

Mar del Plata poseía un encanto distinto en esa temporada temprana, el vigor de lo agreste combinado con la belleza de la arquitectura que empezaba a lucir el balneario. El contraste entre las casetas pobres de los pescadores y las fachadas palaciegas de los hoteles impactaba la vista. Livia lo advirtió enseguida.

—Pronto quitarán ese barrio —dijo, señalando la abigarrada presencia de las barquitas—. Oí decir que para la próxima temporada los turistas no quieren que la pesca estropee sus paseos.

—Qué injusto —exclamó Violeta—. ¡Si ése es su oficio! Y los pescados se venden aquí, en los hoteles.

—Aun así, quieren hacer un puerto más alejado. Para que haya dársena y los pescadores no interfieran con los veraneantes. Ya hay proyectos que todavía no se concretaron. Misely lo comentaba en la casa.

—Ojalá nunca se concreten.

Livia sonrió ante la rotunda afirmación.

—Usted es una luchadora, Violeta, pero hay que dominar las armas con que se lucha. Mi pueblo no supo hacerlo, y ahora está desmembrado. Los tiempos cambian, hay que entender las nuevas formas de vida. El río nunca se detiene, y si la piedra resiste, la arrastra y la destroza. Hay que ser como el sauce, que cede ante la corriente y se mantiene en pie.

—A veces, las corrientes nos destruyen de todos modos.

*Violeta sintió que pertenecía a esa naturaleza salvaje
tanto como a la de su ribera amada.*

El comentario intrigó a Livia, que con su natural reserva no dijo nada. Volvieron sobre sus pasos, gozando del viento salado y la compañía de las gaviotas alborotando sobre sus cabezas.

Lejos de allí, Manu regresaba de una jornada provechosa. "A río revuelto, ganancia de pescadores" era un refrán que se cumplía también en el caso del mar. Cada vez que el oleaje se tornaba impetuoso, su bodega se llenaba de peces. El mar los escupía y él se limitaba a atajarlos. Genaro estaría contento. Se había quedado en la casa, afectado por un pertinaz resfrío. Ligia le preparaba ponches de vino caliente con huevo. Esa rutina sencilla de atenderse y prodigarse mimos lo impulsaba a salir en busca de aire. Él había querido compartirla con Lucrecia, pese a que no la amaba, había pretendido cumplir con ella y con su conciencia, y el intento resultó vano. Quizá no estuviese hecho para ser amado. Su madre, quien hubiere sido, lo abandonó; su padre lo eludía; Lucrecia lo despreciaba; Violeta, con justa razón, lo castigó por su falsedad. Manu estaba condenado a ser un paria de los sentimientos. Sólo algunos lo habían valorado: el coronel Levalle, el matrimonio Di Lernia, y aquel hombre misterioso que atestiguó en su favor, diciendo una mentira y jugándose el pellejo por él, que ni lo conocía. Lo intrigaba, pero nada podía hacer con eso, salvo disfrutar sus consecuencias.

Silbó para llamar a Matrero y saltó al agua. Debía enganchar la barca al tiro del caballo, para sacarla en medio del oleaje. Era una tarea ímproba. El cielo se tornó amenazante, con un brillo metálico que anunciaba tormenta. Manu nadó con la soga enroscada en torno al cuello hacia Matrero, que aguardaba en la orilla. Una vez que consiguió atarlo, volvió a la barca para empujar desde atrás. Los músculos de los brazos se le hinchaban hasta casi reventar con el esfuerzo. Él era el único que lograba sacar la barca con la ayuda de un solo caballo. Ya lo consideraban un fenómeno, y solían apostar por él o por el mar, según los días. Aún no había perdido una sola apuesta.

Al llegar a la arena mojada, renovó las fuerzas para que la barca no se encajase. ¡Qué falta le hacían los ladridos de Duende para animarlo! Cerró los ojos y empujó como un poseído.

Por fin pudo arrimar la embarcación al muelle y atarla en los ganchos dispuestos a ese fin. Colocó maderos detrás, para frenar cualquier deslizamiento, y se echó cuan largo era para descansar. El frío sobre el cuerpo mojado no le hacía mella, estaba curtido por la vida al aire libre. Ese día su espíritu inquieto lo acicateaba. La gruta de los encuentros con Violeta le vino a la mente una y otra vez, como un relámpago que sacudía sus emociones. Decidió ir por la tarde, para romper el hechizo y ver de nuevo aquel lugar que por breve tiempo acunó su felicidad. A lo mejor, si hacía eso se libraba de las pesadillas que lo acechaban.

Convencido, desató a Matrero y lo montó para conducirlo hacia la loma, donde lo dejaría pastar a gusto hasta que lo necesitase de nuevo.

Cristóbal observaba con su catalejo el discurrir en la costa. Ya regresaban los pescadores, y los pocos turistas que había paseaban con sus abrigos y sus chales por la Rambla todavía desierta. Le pareció distinguir a Violeta en compañía de otras mujeres, pero la imagen duró poco, pues se retiraron pronto. Él sabía dónde se alojaba, aunque no quería irrumpir allí. Su idea era mantenerse atento y solícito, dar la impresión de que podían contar con él siempre.

Descubrió a una figura fornida lidiando con su barca entre las olas, y se admiró de su fortaleza. Debía de ser un gigante para enfrentar solo al mar en esas condiciones. No le vendría mal como tripulante del *Fortuna*. Sonrió con cinismo. Él solía buscar a sus hombres entre los desahuciados, en parte porque era uno más entre ellos, y en parte porque así sentían que le debían algo. Para lo que le sirvió… pensó después con el ceño hosco. Hasta Pedro, casi un hermano, lo había abandonado. Y por una mujer. Pues él haría lo mismo, aunque en su caso no dejaría todo por Violeta, sino que la añadiría a su lista de bienes. Era lo que ella se merecía, después de su desplante.

Anselmo aguardaba desde hacía rato sentado sobre el alero rocoso de aquella inhóspita caverna adonde Violeta se empecinó en mandarlo. Lo único divertido era mirar a los lobos marinos que se pavoneaban con ridículas poses y soltaban bufidos estrepitosos. Él jamás había visto nada semejante. Los lobitos de río del Iberá no se parecían a esos torpes mastodontes hediondos. Por diversión, Anselmo chifló para perturbarlos. Respondieron al sonido alzando sus cuellos y oteando el aire.

Manu reaccionó de manera parecida. Alzó la cabeza, desconcertado, y luego se arrastró fuera de la gruta para ver quién había usado el mismo código secreto que tenía con Violeta.

Al erguirse, divisó la figura del hombre mirando a lo lejos y una sensación indefinible que corrió por su espalda le indicó que había una razón para que aquel sujeto estuviese allí, en su refugio, contemplando los lobos.

—¡Eh! —gritó, y su voz resonó por sobre el estruendo de las olas.

Ver a Manu y saltar de alegría fue todo uno para Anselmo. ¡Ni siquiera había debido rastrearlo!

—¡Hermano!

Manu tampoco daba crédito a sus ojos. ¿Qué hacía el peón de su padre en Mar del Plata? Por un instante, la intuición de algo malo lo llevó a exigirle una respuesta inmediata.

—¿Violeta está bien? —reclamó—. ¿Y mi padre?

—Todos están bien —contestó el negro mientras saltaba desde la altura donde estaba montado.

—¿Qué pasó entonces?

—Que la niña me manda preguntar por vos, y como no dabas señales, pues… acá estoy, de vigía. Pero ya apareciste, vivito y coleando.

—¿Violeta está aquí?

—Estás más pasmado de lo habitual, che. ¡Claro que está, si vino para eso, para verte!

—¿A mí?

Anselmo había olvidado lo lento que era Manu, aunque entendía también que debía de haberse sorprendido al verlo después de tantos años.

—Ah, caray. Vení que te cuento.

Lo arrastró hacia el interior de la cueva y lo obligó a sentarse.

—¿Tenés tabaco?

Manu denegó, y entonces Anselmo se acodó sobre las rocas húmedas para narrarle los últimos acontecimientos en el Iberá. Su natural perspicacia le indicó obviar la referencia al matrimonio de Violeta con Cristóbal, pues intuía que la necesidad de la joven de encontrar a Manu obedecía a algo relacionado. Le habló del viaje de Violeta, de la vida con los niños, de la visita de un tal Cristóbal de Casamayor, y ante la reacción de Manu frente al nombre, Anselmo supo que había dado en el clavo de algo.

—Es el tipo que me salvó de la cárcel —le confesó Manu.

—Vaya uno a saber por qué, ¿no? Él también anduvo preguntando por vos.

—¡Si no lo conozco!

Anselmo se encogió de hombros.

—Será un milantropo, entonces.

—¿Un qué?

—Un pilontropo, algo así, un tipo que ama a todo el mundo.

Para Manu cualquier palabra podía significar cualquier cosa, así que no siguió inquiriendo.

—¿Sabe Violeta que ese hombre me salvó?

—Pues sí, lo sabe.

En la cabeza de Manu la confusión era tal que le latían las sienes de sólo pensar. Si tanto don Julián como Violeta conocían al tal Cristóbal y confiaban en él debía de ser porque era un amigo de las familias. Y muy bueno, si se atrevía a mentir ante el juez. Le sorprendía la actitud del doctor Zaldívar, a menos que... ¡Que fuese un ardid de Violeta! La conocía, era capaz de todo. Entonces, ella... ella sabía de su sufrimiento y quiso ayudarlo. En cierta forma, era como perdonarlo. Manu alzó la vista hacia el cielo nublado que se le borroneaba por las lágrimas.

—Gracias —musitó.

—¡Si todavía no hice nada! —protestó Anselmo, confundido.

—¿Qué manda ella que haga?

—Si serás zonzo... En fin, a cada uno lo que le toca. La niña quiere verte, pero antes saber dónde estás y cómo te va, no vaya a ser que la metas en un lío.

—Ella no debe venir aquí.

—Ya lo decía yo.

—No debemos vernos —insistió Manu mesándose el cabello.

—¿Entonces para qué te afligís, hermano? Quedate acá, y le digo que no te encontré.

Manu se volvió hacia Anselmo con la angustia dibujada en el rostro.

—¿Cómo está Violeta? ¿Qué te dijo?

—Ahí va otra vez. Ella está bien y quiere saber de vos. ¿Qué le digo, entonces? ¿Que te devoraron estos monstruos? —y le señaló a los lobos.

—No sé, tengo que pensar. Yo no soy bueno, Anselmo.

El negro miró al hombre que había conocido desde niño, y a pesar de que nunca le prestó demasiada atención, ya que la vida en los esteros era un diario sobrevivir y cada uno lo lograba como podía, un atisbo de ternura le punzó el corazón.

—No más malo que otros —dijo, y le puso la mano sobre el hombro—. Le digo a la niña que estás bien y que no sos bueno, ella sabrá.

—Sí, ella sabe.

—Tá bien, ahora me voy. Yo también tengo mis cosas.

—¿Dónde se alojan?

—En un paradero bien lindo, que mira al mar. Por allá —y señaló la zona Bristol, que era donde se situaban casi todos los hoteles.

Anselmo prometió llevarle noticias y desapareció después de encaramarse al alero.

Manu quedó por mucho tiempo atraído por el mar y ensimismado en sus pensamientos. Recién cuando empezó a llover de manera torrencial recordó que debía conducir a Matrero a un sitio resguardado.

Martita miraba caer la lluvia con aire aburrido. A Violeta se le había dado por cuchichear con el criado, y ella debía conformarse con la compañía de las doncellas o de la maestra, que era de pocas palabras. Esa temporada pintaba desoladora. Llevaba puesto su vestido crema, por si surgía algún paseo, pero al parecer se habían olvidado de ella. ¡Tanto que necesitaba un poco de distracción! Aquel hombre del que se enamoró, para su mal, le había dicho que él no estaba a su altura y que no quería desilusionarla. ¡Después de los besos que le dio! Si su madre se enteraba, era una mujer perdida. La encerraría en el convento, o la mandaría como institutriz de los niños de otros al extranjero. ¿Qué culpa tenía ella de que él se le hubiese cruzado en su camino? ¡Bien que coqueteó cuando la vio en el Bristol! ¿Justo ahora se acordaba de su condición? Los hombres eran, como decía Mili, la de los Ortiz, unos engañadores. Pedro había gozado con sus besos, porque nada más que eso logró sacarle, y alguna que otra caricia osada de las que luego le servían para suspirar durante una semana, y ahora que la cosa podía presentarse más seria le decía que no podía aspirar a pretenderla. ¡Ingrato! Martita había sufrido. Dejó de comer, se puso pálida y ojerosa, hasta que doña Josefina decidió que le hacía falta un poco de aire marino. Ya todos sabían de las propiedades curativas del mar, se hablaba de las abluciones terapéuticas del agua fría, del yodo, de la espuma que traía jugo de algas… y de que las enfermedades contraídas tierra adentro se curaban en la orilla. Era la nueva convicción que imperaba entre la gente bien.

Bueno, ahí estaba ella, sola como una ostra, ya que del mar se trataba.

Suspiró y bajó la vista hacia la entrada de la calle. Un hombre alto y apuesto la estaba contemplando con descaro. Vestía como un trabajador, pero no llevaba insignia del hotel. Su cabello rubio relucía en esa tarde tormentosa, y sus ojos… ¡Era Tití! ¡Madre de Dios, qué ojos más azules tenía esa tarde! Casi no lo reconoció. No dejaba de observarla, a pesar de haberse encontrado sus miradas. Ella desvió la suya con altanería. Miró hacia otro punto, donde se veía a Violeta conversando con Dalila y ese Anselmo. ¡Uf, qué gente! Volvió la vista hacia la entrada del hotel, y allí estaba todavía Tití mirándola. Durante el viaje en tren, los hombres habían ocupado los asientos del vagón y ellas el camarote; sólo se habían visto en la volanta que los buscó en la estación. En ese momento, apurada por vivir la euforia de la nueva temporada, Martita no había reparado en Tití. Era más apuesto de lo que le pareció al principio. Pero era un criado, a fin de cuentas, o un empleado del padrino de Violeta, no sabía bien. De todas formas, era inapropiado que posara los ojos en ella. ¡Qué diría su madre!

Tití se regodeaba incomodando a la damita amiga de Violeta. Le gustaba, era pechugona y tenía la altura ideal para acomodarla bajo su brazo. También era presuntuosa, se creía alguien, y aunque a él no le importaban esos remilgos, se divertía provocándola. En un tiempo, mientras crecía, se había enamorado de Violeta. Los años pasaron, ella viajó a Buenos Aires, lejos de su alcance, y él maduró. El amor por Violeta se transformó en un cariño filial. Tití era un hombre en todos los sentidos y entendía la diferencia entre la pasión y el amor. Martita Ramírez Aldao era una niña aún, se le notaba en el temperamento. Le venía como anillo al dedo para ensayar sus avances. Después de todo, si bien él trabajaba en El Aguapé, su familia postiza le había dicho que allá en el Paraguay era el hijo de una señora aristocrática a la que un malvado lugarteniente de Francisco Solano López le quitó las joyas y la vida. Quizá por sus venas corriese sangre más azul que la de la propia Martita. Era un pensamiento esperanzador.

En el vestíbulo del hotel Marítimo se ofrecía a los huéspedes ejemplares de los periódicos del balneario. El pionero era *El Bañista*, obra de la pluma de Justo López de Gomara. Salía los domingos, durante la temporada estival, e informaba sobre crónicas sociales y cuestiones de vecindad. Tanto podía anunciar un compromiso entre los hijos de dos familias como el problema de los perros sueltos en los pastizales. La consigna de su autor era mantenerse alejado de la cosa pública, ya que las arenas de Mar del Plata eran también arenas políticas, y en la Rambla se debatían las posibles candidaturas. De los aperitivos y cafés con leche surgían fórmulas espumantes que luego competían con ferocidad en Buenos Aires. El periodista anhelaba marcar un rumbo distinto, limar esas asperezas con la amable tertulia y la vigorizante brisa marina. Y de paso, informar a los veraneantes de la realidad del balneario donde pasaban parte de sus vidas. Debajo del título figuraban las palabras *Novedad, Amenidad, Progreso,* para dar una idea del espíritu de la publicación.

Violeta lo leía con interés. El tema de los pescadores la atraía, aun antes de saber que Manu se dedicaría a ese oficio. Las noticias que le llevó Anselmo la colmaron de alegría. Había puesto todo su pensamiento en ese encuentro, sólo quedaba combinar el día para verse en la gruta, pues pensaba decir a Manu todo lo sucedido desde que se vieron por última vez. Él debía conocer sus sentimientos. Aunque Violeta sentía un desafortunado amor por la verdad y no podía mentir, estaba dispuesta a comprender si alguien mentía para evitar un daño. Era lo que le había sucedido a Manu, él no quiso herirla, y a fuerza de esperar el momento adecuado se encontró superado por las circunstancias. Estaba segura de que si esa tarde Lucrecia no hubiese aparecido de improviso él le habría hablado de su precipitado matrimonio. Violeta no consideraba que haberla tomado en la gruta fuese un ardid de Manu; él era incapaz de eso. Si se habían fundido el uno en el otro era porque ambos se amaban. Lo único que no alcanzaba a resolver todavía era la promesa dada a Cristóbal.

—¡Violeta! ¡Apresúrate, vamos a la playa!

—¿Ahora?

—Vamos, deja eso para después. ¡Se está armando un pericón nacional! Los pasajeros del Grand Hotel lo organizan, y debemos llevar algo para la merienda. Ya puse en la cesta unos bollitos muy ricos que hacen aquí en el hotel. Quintila los tiene.

—Pensé que llovía.

—Eso ya pasó. En la costa las nubes corren rápido. ¡Mírame, podré al fin estrenar el vestido! —y Martita giró para lucirlo.

Violeta dobló el semanario y se resignó a acompañarla. Dalila las aguardaba con la capa en una mano y la sombrilla en la otra, pues el sol había vuelto a asomar.

—Esa tonta de Quintila —susurró al oído de Violeta mientras la ayudaba a cubrirse—, no distingue un calzón de una enagua. ¡Puso todo al revés!

Salieron, y el resplandor tras las nubes las encegueció. Caminaron hacia la explanada de la Rambla, donde algunos ya se habían reunido. Martita avanzaba dando saltitos. Detrás de las mujeres, Anselmo y Tití caminaban con parsimonia. Cada tanto, Martita fingía arreglarse el ruedo para mirar hacia atrás.

Aquella merienda improvisada era la ocasión que Cristóbal estaba aguardando. Presentarse como un turista más para participar del encuentro social no llamaría la atención, ni Violeta podría negarse a conversar con él. Desde su llegada, la joven no había dado señales de querer verlo, y él iba a remediar eso. Tampoco los cancerberos podrían impedir que se le acercara, era su prometido aún, y la propia Violeta otorgaría legalidad a su presencia. Hasta el momento, el joven Iriarte no había dado muestras de vida, y era probable que ya ni estuviese en el balneario. Era lo que él hubiese hecho, en caso de verse involucrado en un crimen: huir a la región más alejada posible. Era lógico que el hombre obrase así.

Violeta divisó a Cristóbal apenas puso el pie en la playa. Iba vestido de marino, con altas botas y chaqueta cruzada. Miraba todo por encima de las cabezas de los concurrentes, dada su altura y también su desprecio por todo aquello. Se dio cuenta de que Cristóbal nunca se integraría a la sociedad a la que ella pertenecía, que era ajeno y lo seguiría siendo, y que ese pasado turbio que tan bien sabía ocultar era una barrera no sólo entre él y los otros, sino entre ambos. Violeta nunca penetraría en el corazón de Cristóbal de Casamayor. Lo veía con claridad.

—Sirena —le dijo él con modulada voz al verla acercarse.

—¿Sabes bailar el pericón, Cristóbal?

—Ni idea de lo que será eso, pero confío en ti, querida.

—Vas muerto —replicó Violeta—, bailar no es lo mío.

—Has bailado bastante en otra temporada.

—Sí, pero lo hago mal.

—En ese caso conversemos, ya que si nos pisamos el uno al otro haremos el ridículo.

Martita les dirigió una mirada intencionada, y acompañó a Livia al centro de la playa, donde se formaban las parejas. Las matronas que no bailaban disponían los manteles y la vajilla para la merienda. Anselmo guiñaba un ojo a Dalila, que fingía no verlo, aunque al final cedió y aceptó bailar tras las rocas, donde nadie los mirara. Tití, para espanto de Martita, la reclamó como pareja de baile. ¡El muy atrevido! Sin embargo, se dejó llevar a la arenosa pista.

Cristóbal condujo a Violeta hacia la orilla, rozando la espuma con sus botas. La joven se quitó los zapatos, algo que hubiese horrorizado a su amiga, y probó el agua helada.

—¡Brrr! —tiritó—. Hoy los peces estarán escarchados.

—Ven, sentémonos en estas rocas —sugirió él, y la llevó tras un médano.

El viento amainaba en ese rincón, y Violeta disfrutó de contemplar el mar al abrigo de las inclemencias. Los días soleados tras las tormentas solían ser muy fríos. Cristóbal se moría por abrazarla y obligarla a aceptarlo por fin, pero se reprimió a fin de que su plan fuese perfecto.

—Te gusta el mar —aventuró, para sacar un tema de conversación.

—Sí. Cuando cruzamos el océano con doña Celina no pude disfrutarlo, ya que ella se descompuso, pero a la vuelta me turné con una amiga para que la cuidase, y lo gocé mucho.

—Imagina lo que sería viajar en el *Fortuna*. Es una nave ligera como pluma, parece danzar sobre las olas, y hay momentos en que sientes que no existe otra cosa más que el océano.

Violeta lo miró con interés.

—Eres un verdadero marino, Cristóbal, amas la aventura.

—¿Acaso no es también tu sueño, sirena? Te conozco, y sé que gozas con los viajes.

—Hasta ahora ha sido así.

—No me digas que te estás aburriendo.

—Tengo otros sueños. Me gustaría escribir para algún diario, y estoy practicando.

—Supongo que ese abogadillo porteño te ha dicho que puede colocarte.

—Joaquín es un periodista que sabe su oficio. Si puede, me nombrará ante quien sea, pero no voy a depender de él, seguiré intentando enviar mis notas a otras publicaciones. ¿A ti te importa que tu esposa trabaje de periodista?

Cristóbal utilizó el argumento en su favor.

—Por supuesto que no. Es más, tengo para mostrarte algo que leeríamos juntos durante nuestra luna de miel pero, ya que se ha pospuesto, creo que sería bueno enseñártelo, está vinculado a los tiempos antiguos de este sitio.

—¿De veras? ¡Nunca lo dijiste! ¿Qué es?

—Un diario personal de un antepasado que anduvo perdido entre estas rocas en el siglo dieciocho, y casi fue comido por los indios.

—Cristóbal, los indios de por aquí no comían a las personas.

—Eso no es lo que dice mi antepasado. Hay cosas que te sorprenderían en ese libro. Lo guardo como un tesoro bajo llave, en mi gabinete.

—Me encantaría leerlo.

—Lo supuse. Si escribieras sobre eso justo en este momento de esplendor de Mar del Plata darías el golpe.

Los ojos de Violeta comenzaron a brillar de entusiasmo. Se le brindaba la oportunidad de hacer una nota llamativa, quizá para *El Bañista*, que podría ser leída por cientos de veraneantes. Olvidó sus precauciones por un momento.

—¿Lo traerías al hotel? —preguntó, ansiosa.

—Me temo que correrá peligro sacándolo del barco, es muy antiguo y la humedad puede perjudicar sus hojas. Lo trato con cuidado, sólo lo leo cuando estoy a solas en mi camarote.

—Entonces, deberé subir al barco para verlo —conjeturó ella.

"Ya está", pensó Cristóbal relamiéndose, "directo a mi cubil".

—Si lo deseas, puedo pasar por ti esta misma noche.

—¿Por la noche?

—Mi barco está fondeado lejos, no tengo permiso para usar el muelle. Por ahora lo escondo en un recodo de la bahía, pero por las noches puedo acercarme sin temor de ser visto. Ven con tu criada, si prefieres.

Esa propuesta tranquilizó en algo a Violeta. Se moría por leer el documento antiguo que podía ofrecerle material para una nueva nota, y a la vez le preocupaba dar alas a Cristóbal en su pretensión de conquistarla. Todavía no sabía cómo resolver la contradicción entre la palabra empeñada y su corazón. La cautela volvió a su espíritu.

—Creo que no es un momento apropiado —comenzó a decir.

Cristóbal ya tenía listo el contraataque.

—Si lo decides así, será nuestra última noche. Pensaba mostrarte el libro, pero también deseaba hablar contigo, Violeta. Me debes una respuesta, y creo que yo te debo una explicación.

—¿Sobre qué? —se sorprendió ella.

—Hay cosas que tienes que saber sobre mí, y después decidirás si pese a todo quieres ser mi esposa. Verás, ambos necesitamos ser sinceros hoy. Esperar no nos conducirá a mejor puerto.

—Está bien —contestó Violeta—. Iré esta noche con Dalila, Tití y Anselmo.

Cristóbal tuvo que fingir que aceptaba la presencia de los otros, cuando en realidad hubiese querido ahogarlos con sus propias manos. Se las arreglaría, de todas formas. En peores circunstancias se había visto.

—Traeré una linterna —le dijo en cambio, con un guiño de complicidad.

—A las diez de la noche.

—A las diez en punto, sirena. Me alegra colaborar con tu sueño de convertirte en periodista.

El pericón nacional estaba en su apogeo cuando Violeta regresó de las rocas. Dalila también salía de entre las suyas, acomodándose el turbante y con aire de inocencia. Juntas encontraron a Martita compartiendo un sándwich de pollo con Tití. La única que no se divertía era Quintila, a ella nadie le prestaba atención.

Esa noche, Dalila repitió por centésima vez a Violeta que no pensaba subir a ningún barco, ni permitir que ella lo hiciese tampoco.

—Sobre mi cadáver, que no valdrá mucho, salvo para impedirle cometer esa locura.

—Te ruego que entiendas, Dalila. Yo podría haberme colado por la ventana y estar ahí ahora mismo, pero no quise darte un disgusto.

—¿Y yo le tengo que dar un premio por ser cuerda? ¡Vaya con la niña, si salió peor que ña Muriel!

—Entonces, iré con Anselmo.

—Ése, que no asome la negra trompa por la playa, porque lo destripo como a un escuerzo. ¡Valiente escudero! Es capaz de todo.

—¿Por qué, Dalila, qué hizo él?

—No me haga hablar, niña, que saldrán sapos y culebras de mi boca.

—Si no me das razones…

—¡La razón es que don Cristóbal no debió pedírselo, niña! No es decente.

—Está bien, entiendo —se resignó—. Vamos a hacer esto, Dalila: nos encontraremos a la hora convenida para decirle que subiremos al barco durante el día, cuando se pueda organizar una excursión. ¿Estás conforme?

La negra refunfuñó y al fin accedió. Si había logrado convencer a Violeta de algo, podía darse por cumplida.

—Vamos a buscar a Anselmo —dijo, mientras se quitaba el mandil.

—¡Cómo! ¿No dijiste que era un tal por cual? —se burló Violeta.

—Y lo afirmo. Para algunas cosas sirve, sin embargo. Que venga detrás.

—Ve a llamarlo, anda.

Dalila buscó por todos los rincones del hotel, e incluso salió a pispear los alrededores, muerta de frío, y no vio rastros de Anselmo. Ya volvía rezongando a decírselo a su ama cuando se le cruzó Tití en el pasillo de las habitaciones.

—¿Qué hacés acá? —lo increpó.

El mozo tuvo el tino de ruborizarse, y Dalila entendió que era un asunto de faldas. Eso y suponer que Anselmo andaba con él en el mismo chanchullo fue todo uno. Enojadísima, echó a Tití a cajas destempladas y corrió a decirle a Violeta que ella solita se bastaba para acompañarla, que los hombres nunca estaban cuando se los necesitaba, y que mejor harían en olvidarse de ellos, Cristóbal incluido.

Acudieron a la cita emponchadas en sendos abrigos de lana. Soplaba un viento que calaba hasta los huesos. La luna, fría y distante, centelleaba sobre las olas.

Era una noche espléndida.

Violeta distinguió el parpadeo del farol junto a las rocas y sacudió el suyo, que con previsión había empapado de grasa antes de salir.

—Allí está —gritó, para que Dalila la escuchase a través del rugido del mar.

La negra la seguía, mascullando.

Cristóbal no podía creer su suerte, al ver que Violeta venía sola con la criada. Temió que fuese una trampa, pero enseguida se convenció de que ese engaño no era propio de ella.

—Nos ha tocado una noche mágica para leer el libro —le dijo al tenerla cerca.

Violeta compuso una expresión triste.

—Cristóbal, debo decirte que me será imposible subir al barco hoy.

—¡Cómo! Lo he traído a la bahía sólo por ti. Y me ha costado mucho, con la falta de mi tripulación. Además, teníamos un trato.

—Perdóname. Los demás no pudieron venir, y no me parece justo dejarlos así, sin que sepan adónde fuimos. Se preocuparán. Podemos abordarlo mañana durante el día, si quieres, o en algún otro momento.

Cristóbal sintió arder la mecha de la ira en su interior. Ella jugaba con él como con un títere viejo. Era una harpía, una bruja... una sirena, en fin, que lo atraía con su canto para después desecharlo. Respiró hondo y miró hacia el *Fortuna*, que se balanceaba como un fantasma.

—Qué lástima —musitó de modo imperceptible, y con la misma rapidez con que había dicho esas palabras giró sobre sí y golpeó a Dalila en la cabeza con la cachiporra que llevaba atada al cinto. La negra cayó sin soltar ni un gemido.

—¡Qué hiciste! —gritó Violeta, consternada, y se inclinó sobre la criada.

Cristóbal la tomó desde atrás y, pese a sus patadas y sus gritos, que el mar ahogaba con furia, consiguió amarrarla y cubrir su boca con un pañuelo azul, el mismo que espoleó sus celos aquel día que lo encontró en la arena.

—Me hartaste —le dijo al oído con rabia—. Todo hombre tiene un límite, y has encontrado el mío.

Luego la arrastró hacia la chalupa que lo esperaba en la orilla y arrojó adentro a la joven. Con una habilidad que Anselmo hubiera admirado, usó un remo para alejarse de la costa y remontar las olas como un ladrón que huye, sin mirar atrás ni preocuparse por la mujer que dejaba tendida sobre la arena.

Violeta estaba consciente y la rabia la consumía. ¡Ése era el hombre con el que había prometido casarse! Un vulgar secuestrador y asesino, puesto que Dalila podía estar muerta en ese momento. Se ahogaba con su furia y su dolor. Nada de lo que Cristóbal de Casamayor hubiera vivido, por terrible que fuese, justificaba su proceder. Se alegraba de saberlo, de verse librada de su promesa, aunque temía las consecuencias de aquel acto descabellado. Mientras avanzaban hacia el clíper, intentó concentrarse con su mente en alguien, para que la escuchasen sin oírla, con la voz del espíritu. Recordó las enseñanzas del *paje* José y pensó con firmeza en Manu. Si estaba allí, en Mar del Plata, sólo él podía salvarla. Era su alma compañera, su espíritu afín, su amor más allá del tiempo.

Manu salió de la caseta, impedido de dormir. A veces le sucedía, sobre todo si soñaba con Violeta, pero esa noche ya no era un sueño, era la certeza de que ella se encontraba allí, bajo el mismo cielo, mirando la misma luna. Hacía poco que disponía de su propia vivienda, una sencilla casa de chapa y madera que había construido mirando al mar, pese a las prevenciones de sus compañeros, que le advertían del frío que entraría por la puerta cuando soplase el viento del sudeste. Manu prefirió pasar frío y ver el mar cada mañana, al despertar. Esa noche se encontraba inquieto. Si hubiese tenido a Duende, el cuzquito se habría arrellanado en su regazo y con su cuerpito tibio le habría dado consuelo.

Se frotó las manos y sopló en ellas para calentarlas. Luego entró a la caseta y procuró encender el brasero. Fue en ese instante cuando escuchó algo. Se irguió, estupefacto.

"Manu", había oído con claridad; pero no podía asegurar que ese llamado no hubiese salido de su propia cabeza. ¿Cómo podía ser eso? Volvió a contemplar el océano, impresionante en su negrura, un monstruo que jamás dormía. Recordó que en una noche parecida había desaparecido entre las olas aquel hombre triste. En esa época, Manu llegó a pensar en desaparecer también, como solución a su tormento, y luego su conciencia se lo impidió. Qué suerte que no lo había hecho.

"Manu."

Estaba clarísimo, era su nombre. ¿Quién lo pronunciaba, y por qué lo escuchaba tan nítido? Se le ocurrió que podía ser una voz de ultratumba y pensó en Lucrecia, que se vengaba por no haberla hecho feliz. Entonces reparó en que ella jamás le decía "Manu", siempre lo llamaba "Manuel", y sintió alivio al saber que no se trataba de ella. Le remordía en la conciencia la muerte de su esposa, a pesar de no ser el culpable.

Caminó hasta el muelle donde amarraba su barca y atisbó la lejanía. En una noche así, la luna permitía ver hasta el brillo de las conchillas sobre las rocas que la espuma acariciaba. Por eso vio la luz titilante de un bote que navegaba mar adentro.

Era raro que los pescadores saliesen de noche. Por lo general, salvo aquellos que se jactaban de sus ingeniosos inventos para encandilar peces, evitaban los riesgos de la pesca nocturna, de quedarse dormidos a bordo y a merced de la marea. Sin embargo, había algunos que lo intentaban, y con éxito. Pensó en Giuseppe, y luego en Genaro.

Aquella luz lo atrajo con un magnetismo que no podía eludir. Toda la noche se concentraba en ella, le resultaba imposible separar su vista del débil resplandor. Obró por impulso, y sin pensarlo dos veces chifló a Matrero, que dormitaba cerca, y realizó las maniobras habituales para botar la barca, más complicadas en la oscuridad. Llevó a bordo un farol que siempre tenía cargado y la red que acababa de reforzar. Sujetó en ella la pequeña linterna.

Si se trataba de un pesquero, lo sorprendería con la competencia. Y si no, sabría a qué atenerse. Provisto de su *lampadara*, Manu salió al mar.

El viento mojaba su rostro a medida que la *Mesina* corcoveaba sobre las olas. La vela se hinchaba y le costaba mantenerla en la posición correcta, pues a pesar del farol se le dificultaba darse cuenta de la dirección que llevaba. Pescar en el mar no era igual a pescar en la laguna o en el río.

—Virgencita de Itatí —murmuró al sentir el estampido del oleaje sobre la proa—, protégeme, ahora que puedo volver a verla una vez más.

Cristóbal se detuvo al encontrarse a pocos metros del casco del *Fortuna*. Hizo señas con la linterna a Paquito, para que arrojase un cabo que pudiera amarrar, y maldijo en todos los idiomas por la tardanza del timonel. De seguro se habría quedado dormido el palurdo. Quizá hasta estuviese bebido. Violeta se sacudía en el fondo del bote de tal modo que Cristóbal tuvo que oprimirla con su bota para mantenerla quieta. Tenía miedo de que cayese al agua maniatada.

—¡Paco! Por mil demonios… ¿Dónde estás? ¡Te voy a arrancar el pellejo!

El chapoteo le hizo volver la cabeza. Había algo en la oscuridad, algo que no alcanzaba a distinguir.

Manu se había acercado con la intención de descubrir al pescador y se encontró con un desconocido de aspecto demoníaco, con los cabellos mojados adheridos a una cicatriz que le cruzaba el rostro. Ese hombre huía, estaba seguro. ¿De qué? La respuesta le llegó en un gemido de mujer. Alguien se quejaba en ese bote. Manu había apagado el farol antes de aproximarse, confiando en su vista, y la treta le dio resultado, pues tomó por sorpresa al sujeto.

—¡Atrás! —le gritó Cristóbal al verlo.

Era una amenaza acompañada de un pistolón que le apuntaba directo al pecho. Manu hizo un movimiento adrede, y la bala casi rozó su cabeza cuando se agachó a tiempo. Sin importar quién fuese aquel hombre, su actitud era la de un bandido, de modo que Manu obró con rapidez. Usó la *lampadara* como si fueran las alas de una mariposa de los naranjos, y la arrojó sobre el otro, que trastabilló y casi cayó al agua. Mientras el tipo luchaba por desprenderse de la red, Manu saltó al bote y levantó el cuerpo que yacía en él.

Sólo con tocarlo, supo que se trataba de Violeta.

Cristóbal estaba fuera de sí. Sacó su daga y cortó la red en mil pedazos, ya que no podía desenredarla, a tiempo de ver a Manu cargando a Violeta y presto a saltar sobre el otro bote. Le asestó un mandoble que hubiera derrumbado a alguien menos fornido que él. Manu resistía los embates y trataba de pasar a la *Mesina* para evitar que Violeta fuese herida.

Cristóbal se balanceaba con las piernas abiertas a ambos lados de la chalupa, y calculaba la distancia a que podría lanzar el cuchillo para traspasar a ese hombre sin perder a Violeta. Esos segundos valiosos le hicieron perder la oportunidad, pues Manu saltó al abismo y cayó en medio de las olas.

—¡Violeta! —bramó Cristóbal, que la creyó perdida.

Se asomó por la borda y sólo vio la masa oscura y reluciente.

—¡Violeta! —volvió a gritar.

En eso, una voz le respondió desde el clíper.

—¡Capitán, aquí!

—Mal rayo te parta, imbécil —masculló Cristóbal, y tomando el remo comenzó a impulsar la barca hacia la costa de nuevo. A pesar de que corría riesgos, ya que podían haber descubierto el cadáver de la criada, era la única manera de revisar las aguas y encontrar a Violeta. Le importaba un comino la suerte del otro, pero ella... estaba atada de pies y manos, librada a una muerte espantosa.

Manu nadaba como si el hilo de la vida lo tirase desde la costa. Llevaba a Violeta en brazos y la impulsaba hacia arriba, para que respirase; luego la hundía junto a él, a fin de evitar que el asesino la viese. Ella entendía la dinámica de esa huida, y colaboraba. Manu no había tenido tiempo de quitarle la mordaza, pero apenas pudo mordió él mismo el pañuelo y le arrancó el velo que le impedía hablar.

—Manu.... —balbuceó ella enseguida—. Me escuchaste.

—Shhh —jadeó él—. Guardate el aliento, *che kuña*, que ya llegamos.

Nadaba con la misma facilidad que los lobos marinos, girando sobre su cuerpo para permitir que ella respirase hondo, luego volvía a la posición inicial y avanzaba varios metros. Las olas los zarandeaban en todas direcciones. El mar desatado era temible. Manu comenzó a pensar en él como en un amigo, la dulce compañía de sus horas de tristeza, hasta rememoró en su cabeza la canción del mar, tal como él la entendía. Ese encantamiento le dio fuerzas para seguir luchando contra la corriente que se empeñaba en llevarlos más al sur, adonde ya no había casas ni nadie que pudiese auxiliarlos.

—Respirá, Violeta.

Ella inhaló, y Manu se sumergió, apretándola contra su pecho como si fuese su propia alma.

Bucearon juntos hasta que por fin la marejada cesó y el oleaje recuperó su ritmo normal. Habían cruzado la línea de la rompiente. Ahora quedaban las olas, inmensas, voraces, pero regulares y acompasadas, que les permitirían flotar y cortar las cuerdas que inmovilizaban a Violeta. Sacó de la funda su cuchillo y puso a la joven sobre su cuerpo, vueltos ambos boca arriba. La luna blanqueaba sus rostros.

—Levantá las manos, Violeta, voy a cortar la soga.

Ella alzó sus puños hasta colocarlos bien visibles ante Manu, y se inclinó un poco, dejándole lugar para maniobrar. Con que le soltase las manos bastaría.

No fue fácil la faena de cortar una soga mojada, pero Manu era tan hábil con los cuchillos como con los remos, de modo que al cabo de varios intentos fallidos lo logró. La tomó de una mano y la arrastró para que nadase con él. Violeta se ayudaba con la otra, que le dolía hasta las lágrimas debido a las llagas que le dejó la cuerda, y así, como dos seres míticos surgidos de las aguas, llegaron a tocar el suelo arenoso por fin.

Manu se incorporó y levantó a Violeta, para correr ofreciendo el pecho a las olas hasta la orilla, donde se desplomó con ella en brazos. Boqueaban como peces en la red. Apenas se repuso un poco, Manu cortó las cuerdas de los tobillos y se inclinó sobre la joven para evaluar su estado. Con un dedo rozó el contorno del rostro amado.

—Querida.

Los ojos de Violeta se abrieron mucho.

—Creo… que voy a vomitar —balbuceó, y se volvió de lado para arrojar fuera toda el agua salada que había tragado.

Permanecieron echados en la orilla, lamidos por la espuma y cubiertos por la arena que traía el viento, hasta que Manu pudo reunir la fuerza para levantarse y llevarla con él.

—Vamos a la gruta —le dijo.

No quería que la viese ninguno de los pescadores, mucho menos Genaro y Ligia. Ya les explicaría lo sucedido a la luz del día.

—Manu, espera. Tengo que buscar a Dalila. Ella…

—¿Dalila? ¿Estaba con vos?

Violeta asintió en medio de sollozos. Manu temió lo peor.

—Cristóbal le pegó en la cabeza, y ella cayó…

¿Cristóbal? ¿Aquel ser despreciable que estaba a punto de secuestrar a Violeta era el mismo hombre que declaró su inocencia? Manu se sintió aturdido. Sin embargo, no era el momento de aclarar nada, lo principal era buscar a la pobre Dalila. La alzó como si nunca hubiese nadado a brazo partido en medio de las olas durante casi una hora y caminó con ella hacia el sitio que Violeta le indicó.

En el lugar donde Dalila había caído redonda ya no había nada. Por sus propios medios, o tal vez llevado por los que lo encontraron, el cuerpo ya se había marchado de allí.

—Habrá que preguntar en el hotel, Manu, y dar aviso a la policía —lloraba Violeta.

—Ya que estamos, que sirva para denunciar dos muertes —dijo una voz rasposa detrás de ellos.

Cristóbal se erguía con furia, la maldad de su ser desnuda en la mirada de acero y la cicatriz morada. La sonrisa que les dirigía era una mueca diabólica que Violeta nunca le había visto. Un recuerdo fugaz de los labios del hombre sobre los suyos la estremeció.

Manu la colocó detrás de su cuerpo para protegerla, lo que motivó la risa del hombre.

—Así que éste es el palurdo que tuve que ayudar para lograr que aceptaras mi propuesta. ¿Vale tanto, querida? A mi juicio, ni la décima parte de mis molestias, pero en fin, son cosas que no se discuten. Diste tu palabra y deberás cumplirla, con o sin la vida de tu Manu de por medio.

La torpeza de Manu no le impidió comprender, en ese mismo instante y a pesar de la conmoción sufrida, que aquel hombre al que acababa de reconocer como el marino pendenciero de la fonda era también el que había atestiguado en su favor, llevado por alguna moneda de cambio que Violeta le habría ofrecido. Ella se sacrificaba por él. La mirada lasciva y cruel le decía que el precio era la propia Violeta.

—Si la toca, lo mato —rugió, levantando el brazo para impedir que Cristóbal se acercase.

—Ha llegado el momento de las decisiones finales, sirena. Si te vienes conmigo, prometo dejar vivo a tu enamorado. Porque él te ama, ¿no es así? Se le ve en los ojos. Estúpido o no, te ama. Como yo. Sólo que yo tengo para ofrecerte un reino, querida, y él sólo te arrastrará hacia la pobreza miserable, la que conocí muy bien, la que se te clava en las carnes y te deja su huella pestilente.

La voz crecía a medida que el hombre hablaba, llevado por sus propios recuerdos. El pasado empezaba a vislumbrarse. Manu estuvo a punto de avanzar, y Violeta lo retuvo.

—Una vez que caigas, ya no te levantarás —seguía diciendo Cristóbal con los ojos encendidos—. Esto —y se tocó la cicatriz con el filo del puñal— es mi seña de identidad. Soy un hombre marcado. Mi marca no está oculta, como en la mayoría. La mía es visible, para mi escarnio. Es la herencia de mi padre. Maldito. Tú puedes entenderlo —agregó señalando a Manu—, ya que tu padre te desprecia también.

—¡Mentira! —gritó Violeta.

—Es así. Yo estuve en El Aguapé y nunca se te nombraba. Ahora entiendo por qué. Eres un imbécil, y tu padre se avergüenza de ti. El mío, en cambio, iba más lejos: me odiaba. Me entregaba a hombres del puerto por dinero, porque no podía prostituir a mi madre, que estaba demasiado enferma. ¡Mi madre! —y soltó una risa escalofriante—. La muy infeliz nunca pudo darse cuenta de nada, ni levantar un dedo para defenderme. Era igual o peor que él. Eso se acabó.

Manu había retrocedido ante la revelación de que su padre lo despreciaba; era como si le hubiesen arrojado una boleada de avestruz en el pecho. Violeta lo respaldaba, le rodeaba la cintura con sus brazos.

—Cristóbal —dijo ella, templando la voz—. Ningún padre puede odiar a su hijo. Sin duda él tenía otros sentimientos.

—¡Cállate! Me odiaba. Y yo también a él. Aguanté sus azotes durante toda mi infancia, así como soporté la indiferencia de mi madre. Ella era un burro de carga. Y él la usaba de desahogo. Yo nunca conté para ellos. Nunca. Pero ya está, todo terminó. Yo mismo lo terminé, con esto —y levantó ante sí el puñal, como si lo viese por primera vez—. Me recibí de asesino a mis ocho años.

El horror de la revelación congeló a Manu y a Violeta. Nunca hubiesen sospechado algo así

La voz se había ido apagando a medida que Cristóbal se encontraba con sus recuerdos. La expresión alucinada revelaba el estado en que se hallaba, más allá de la cordura.

—Eso no importa ahora —dijo de pronto, en un tono casi amable—, puesto que me ha hecho lo que soy, un hombre invulnerable. Nada puede herirme, Violeta, ni siquiera tu desprecio.

—Yo no te desprecio.

—¡Cállate, no finjas! No deseo que me compadezcas, sólo que cumplas tu promesa. Si no, volveré las cosas atrás, haré lo que debí hacer entonces, dejar que este idiota se pudriera en la cárcel hasta morir. Te vienes conmigo o lo ensarto aquí mismo. Elige.

—Yo puedo elegir por mí —dijo entonces Manu.

—¡Bravo! El demente puede decidir. Aplausos —y movió las manos fingiendo aplaudir.

Fue el momento que eligió Manu para arrojarse sobre él con la potencia de un jaguar.

Cayeron ambos al suelo, entre los gritos de Violeta, y rodaron sobre la arena. Por momentos, el cuchillo centelleaba a la luz de la luna y caía con violencia, sin encontrar la carne. Violeta intentaba intervenir, pero los movimientos los entrelazaban de tal modo que le resultaba imposible distinguirlos. Pronto ambos quedaron cubiertos de arena por completo. El forcejeo silencioso era impresionante. Cristóbal era más ágil, pero Manu era fuerte como un toro y no le hacían mella los golpes. Violeta concibió una idea. Ahuecó las manos sobre la boca y profirió un grito imitando el bramido de los lobos marinos. Estaban tan cerca que Cristóbal giró la cabeza, creyendo que alguna de las bestias se les echaba encima. Entonces Manu le asestó tal golpe con la culata de su propio puñal que el hombre no alcanzó a saber qué le había ocurrido. Manu se volvió hacia Violeta, encaramado sobre el cuerpo de Cristóbal. La miraba jadeante, entre asombrado y divertido.

—¡Manu! —y Violeta se arrojó sobre él, apretándole fuerte la cabeza contra su pecho.

—¿Qué hacemos?

La voz le salía como un graznido.

—Llamaremos a la policía. Primero átalo con sus propias cuerdas.

Manu hizo lo que le decía y luego arrastró al inconsciente Cristóbal hacia las rocas, donde lo ocultó para que nadie lo viese antes de que el comisario llegara.

En ese momento, cuando se disponían a volver, vieron que Anselmo corría hacia ellos como un loco. Detrás, una Dalila sin turbante y con la cabeza vendada.

—¡Dalila! —exclamó Violeta, y corrió también para alcanzarla a medio camino.

Las dos se abrazaron con desesperación. Dalila hablaba a los borbotones.

—Este negro inútil me dijo que se ocuparía de todo, y yo le creí. Válgame, niña, debimos haber llamado a la policía. Mire cómo me dejó ese hombre la bocha, y eso que tengo una pelambre… Quizá eso me salvó, ahora que lo pienso. ¿Y usté, niña? ¿Le hizo algo el malnacido? ¡Mire que casarla con ése!

Manu contemplaba a Violeta con la pena reflejada en sus ojos oscuros.

—Te ibas a casar —murmuró.

—No, Manu. Vine a Mar del Plata para decirte que no podía casarme sin que supieras…

—¡Niña! Que tenemos un muerto acá —interrumpió asustada Dalila.

—Cristóbal no ha muerto, Dalila. Está desmayado. Y ahora que sabemos que no estás muerta tampoco…

—¡Qué! No diga que lo va a perdonar también.

—¿Qué dices, Manu?

El hombre miró al bulto que yacía entre las rocas y luego a la mujer que amaba más que a sí mismo.

—Lo que digas, Violeta.

—No, Manu. Eres el héroe, mi salvador. La suerte de Cristóbal está en tus manos. Lo que decidas estará bien para mí.

Manu volvió a mirar al suelo y tragó saliva, angustiado. Odiaba a Cristóbal, no sólo por lo que pensaba hacer con Violeta sino por lo que le había dicho sobre su padre. Sin embargo, si estaba libre era gracias a él, a su intervención, aunque hubiera sido interesada. Favor por favor. Había códigos que él respetaba, leyes no escritas que regían su conducta, al igual que en el desierto con el indio. Él había perdonado vidas sin que nadie lo supiera, así como había tomado otras que debía tronchar, obedeciendo esas normas que estaban escritas en el cielo y en la conciencia de los hombres. Violeta lo entendía, por eso le daba la ocasión de decidir. De nuevo ella lo trataba como a un igual, no como lo hacían los demás.

Respiró profundo, y respondió:

—Que se vaya. Bastante castigo tiene con sus recuerdos.

—Gracias, Manu —le sonrió Violeta con ternura.

Buscaron el bote en el que Cristóbal había alcanzado la orilla, lo desataron y lo echaron adentro, acomodándolo bien para que pudiese respirar. Manu empujó la embarcación con ayuda de Anselmo, que despotricaba por tener que mojarse en esa noche fría, y luego pusieron a bordo la linterna que les quedaba, la de Violeta, para que desde el barco lo avistasen. Lo peor que podría pasarle era que flotase a la deriva, y siendo como era un eximio navegante eso no significaría nada para él.

—Ve con Dios, Cristóbal —dijo Violeta al ver la barquita alzarse sobre las aguas.

—Usté es mu rara, niña, mu rara. Más de lo que esta pobre cabeza puede entender.

Violeta se echó a reír y abrazó a Dalila.

—Tenemos que revisar esa cabeza, negra, a ver si se te averió.

Volvieron juntos hasta el punto en el que Manu acostumbraba a amarrar su barca.

—Ya no la tienes —se acongojó Violeta.

—La corriente me la devolverá. Hay que esperar.

De todas formas, habría que dar explicaciones a Genaro. Faltaban pocas horas para el amanecer, y pronto se advertiría la falta de la *Mesina*.

En cuanto a los demás, elucubraban el modo de entrar al hotel por la parte de servicio, para eludir las miradas del personal de la gerencia.

Antes de dejar la playa, Violeta se volvió y saludó en dirección a Manu. Pese a que ya no se lo divisaba, sabía que él estaría parado viéndola alejarse, y que su corazón latiría al compás del suyo. Le había dicho que mandaría a Anselmo a avisarle cuándo podrían verse en la gruta. Tenían mucho que decirse.

Más tarde, desde la ventana del cuarto atisbó una tenue luz titilando a lo lejos. Violeta supo que era el bote de Cristóbal, que flotaba en torno al *Fortuna*.

Esa noche, antes de dormir, elevó una plegaria por el espíritu del capitán, para que en algún tiempo él encontrase un alma compañera como la que le había tocado a ella.

La mañana se ofrecía límpida, suave y fresca. El horizonte se había tragado las nubes tormentosas y se esperaba una jornada excepcional. Cada vez llegaban más pasajeros a los hoteles, y se reanimaba la Rambla. Mar del Plata aguardaba a toda la porteñería con gran expectativa. Los sinsabores de la política nacional no impedían la diversión ni aguaban los cónclaves sociales. Al contrario, la efervescencia contribuía a hacerlos más excitantes.

El Bristol había añadido un edificio que causaba admiración, pues se anexaba al anterior formando una herradura que encerraba un jardín en el medio, como un palacio francés. Se habían construido túneles, además, para pasar de uno al otro sin importar las contingencias del clima. La concurrencia aumentaba cada año, y los precios del Bristol también. Por esa razón, los huéspedes de los otros hoteles eran también numerosos. Algunas familias ambicionaban construir sus propios chalets, dando un ejemplo que todos quisieron seguir. La sensación de vivir el progreso palmo a palmo resultaba un elixir para aquellas gentes que frecuentaban los balnearios europeos. Mar del Plata sorprendía en cada nueva estación, y los veraneantes, que pasaban gran parte de su vida en la villa, se sentían protagonistas de esos cambios, puesto que eran propiciados y amasados en los círculos de Buenos Aires durante todo el año.

Aquella temporada prometía ser excepcional, pese a las conspiraciones y los rumores de revolución. Aunque no se esperaba que las autoridades nacionales pudiesen asistir, otras figuras públicas lo hacían, y generaban tanto polémicas como simpatías. Las rivalidades, sin embargo, cedían ante un interés que los arracimaba a todos: la pasión por el dinero. Salvo algunos que veían con claridad bajo la superficie, nadie advertía que ese materialismo estaba dejando vacante el sitio reservado a las personalidades políticas.

—Ya no habrá otro Mitre —decía Fran esa mañana, sentado en la Rambla con un periódico en las manos.

—Para alguien será una bendición —replicó Julián con sorna y pensando en los acólitos del Partido Autonomista Nacional.

—Esto va más allá del partidismo que ya carece de sentido, amigo. Hace rato que no se debaten ideas, todo es especular y pedir prestado. No sé, me vienen ganas de entrar en política para remover algo. Si Lizzie se entera, me mata.

—¿Lo crees? Al contrario, te diría que tendrías que atajarla, no vaya a ofrecerse de secretaria.

Ambos rieron.

Fran frunció el ceño de pronto al ver que un mozalbete se acercaba a Juliana, que caminaba por la Rambla de regreso de una de las tiendas. Se tranquilizó al ver que Cachila se interponía y el atrevido reculaba. Le estaba costando mucho ser el padre de una niña que ya llamaba la atención con su cabello ensortijado y sus ojos ambarinos. A decir verdad, cada uno de sus hijos era un dolor de cabeza, y eso que él ya no los padecía como antes.

—Eres afortunado por no tener que custodiar a ninguna señorita —le comentó a su amigo.

Julián se echó a reír.

—Aunque no te parezca, considero a Violeta mi responsabilidad, y me trae bastante preocupado.

—Supe que ya no se casará con aquel sujeto.

—Haces bien en llamarlo así. Es un desalmado. Haberla comprometido para después retirar su palabra es imperdonable. No sé cómo don Rete Iriarte no sale a buscarlo con un chumbo.

—Pero ella no parece muy afligida.

—Es que Violeta se toma las cosas de otro modo. En eso coincido, se la ve más rozagante que nunca.

Las miradas de ambos hombres se dirigieron de manera espontánea hacia el grupo de damas que, sombrilla en mano, conversaban junto a la baranda. En él resaltaba el cabello oscuro de Violeta, que no llevaba sombrero, y sobresalía su risa cristalina. Martita, colgada del brazo de su amiga, intentaba convencerla de seguir el rumbo, en tanto que dos fotógrafos competían para ofrecer su servicio a tan adorables señoritas.

—El doctor Carranza no ha querido venir este verano —dijo Julián mortificado—, y sé que es para no toparse con ella. Lo lamento más de lo que puedo decir, ya que era el hombre ideal para una mujer como Violeta.

Fran meditó un rato y luego dijo:

—Julián, esto del hombre ideal me está inquietando. ¿Acaso nosotros éramos los ideales para alguien? Bueno, en tu caso puede ser, pero en el mío... supongo que Elizabeth ha sido una especie de mártir.

—Ella tampoco se ve tan afligida.

—Es cierto. Me has devuelto la confianza. Creo que soy su hombre, después de todo.

Nuevas risas, y se pusieron de pie al ver que se acercaban Elizabeth y Brunilda.

—Querido, estamos organizando un té danzante y necesitamos tu autorización para que Julianita oficie de bastonera.

—¿Con quién? —dijo de inmediato Fran.

—El candidato es Benji, que está aquí gracias a la amabilidad de su patrón —y Elizabeth sonrió a Julián con picardía.

Fran no parecía muy de acuerdo.

—Déjala. Estará bajo la mirada de los halcones —dijo Julián.

—¿Quiénes son esos?

—¿No lo sabías? Acabamos de constituir una sociedad secreta tu esposo y yo —repuso Julián con descaro—. Alguien debe ocuparse de las niñas descarriadas.

—Y de los gavilanes que andan de cacería.

—De ésos he conocido algunos —replicó Elizabeth con intención.

Brunilda se acercó a su esposo en ese instante.

—Querido, tenemos que hablar de un asunto importante.

—¿Qué pasa? —Julián se alteró, pensando que se trataba de Dolfito.

Desde que el niño se comportaba con normalidad siempre temía que eso fuese una ilusión.

—Es sobre Violeta. Ella y yo hemos hablado, y quiero que sepas de sus planes.

—¿Qué te decía? —suspiró Julián, mientras se levantaba para seguir a su esposa, y agregó en dirección a Fran—: cría cuervos.

Violeta se deshizo apenas pudo del corrillo de amigas y salió en busca de Anselmo. Él debía de tener ya la respuesta acerca del encuentro con Manu. Hasta el momento le había dado largas con diferentes excusas: que estaba reparando la lancha con ayuda de Genaro, que habían salido al amanecer en una larga jornada de pesca, y así. Ella se desvivía por verse de nuevo con él y no entendía las razones de tanta dilación.

¡Habían pasado dos semanas!

Habló con Brunilda sobre sus sentimientos. Le dijo, pues eso era lo que deseaba que se creyese, que Cristóbal había partido a Europa y deshecho la promesa de matrimonio. Si bien aquello no lo favorecía, era un modo de lograr que nunca más se apareciese por el Plata ni intentase conquistar a ninguna otra dama. Su verdad era demasiado dura para los oídos de la sociedad, de manera que optó por un método que evitara a otras mujeres caer bajo la influencia de aquel hombre que llevaba en su alma tanto peso. Ninguna miraría a un candidato que destruía compromisos, y a ella no le importaba jugar el rol de mujer despechada. Violeta le contó también que amaba a Manu y que pensaba volver con él a los esteros. Esa noticia conmocionó a Brunilda, y de seguro dejaría a todos consternados. Nadie pensaba en Manu como su esposo. Tampoco Violeta lo había pensado, hasta que volvió a verlo luego de tanta ausencia y descubrió la razón de sus remolinos internos. Estaba convencida de que su vida se completaba con Manu y que él debía de sentir lo mismo, ahora que ya no estaba obligado a un matrimonio infeliz.

—¿Y bien? —reclamó, apenas el negro apareció ante ella.

—Los pescadores no han vuelto a la playa.

—¿No lo viste anoche?

—Pos… sí, pero como estaba con esa gente… la doña y el hombre que pesca con él…

—Anselmo, si no me dices la verdad voy ahora mismo a la gruta.

—¡Que no está en la gruta, digo!

—¿Y dónde, entonces, en la playa? Voy también.

—Niña, me va a volver loco. Dígale mejor a la presumida esa que la acompañe. Yo no quiero líos.

—Dalila no sabe nada.

—Pos por eso, que lo sepa.

Anselmo se fue ofuscado, y Violeta se quedó mordiendo el polvo, enfurecida. ¿Qué estaba pasando? Miró hacia atrás, hacia la Rambla reluciente de sombrillas y galeras de felpa en movimiento perpetuo, y luego al otro lado, donde la playa se ensanchaba hacia lo desconocido, una región inexplorada a la que nadie se animaba aún, salvo ella cuando quería avistar los lobos marinos. Y Manu.

Empuñó la sombrilla y arremetió hacia el sur.

Manu acababa de desembarcar. Arrastraba un canasto repleto de anchoítas y mojarras. Al vaciarlo sobre los tablones, varios cangrejos que se habían colado en la red huyeron con rapidez. Genaro también volcó su pesca junto a la del hombre, y comenzaron a clasificarla con ayuda de Ligia, que para esos menesteres solía acercarse a la playa. Allí mismo los limpiaban, tronchaban las partes inservibles y las arrojaban a las gaviotas que acechaban. Violeta supo dónde se hallaban por el revuelo de las aves en torno a la comida.

—Aquí estás —dijo, a modo de saludo.

Manu se quedó tieso. Volvió la vista y contempló la imagen pulcra bajo la luz dorada del sol. Genaro se incorporó y se limpió las manos en los pantalones raídos.

—*Bongiorno, signorina. ¿Pesce?* —y le hacía señas a su esposa para que apresurase la operación.

Era habitual que los turistas acudiesen a observar las maniobras de pesca, importunando a veces, pues miraban a los pescadores como si fuesen monos de un zoológico. Claro que si compraban después… Esta joven tan bella, sin embargo, no se asombraba de lo que veía. Y Manu parecía pasmado; ni siquiera le mostraba la mercancía.

—Eh… —dijo Genaro para espabilarlo—. Anda, hombre.

Manu se levantó con lentitud. Al igual que el otro, se limpió las manos mojadas en los pantalones y, sin decir palabra, tomó a Violeta de un brazo y la sacó de allí, ante el asombro del matrimonio Di Lernia y de otros pescadores que empezaban a llegar a la playa. La arrastró más allá del muelle, buscando un sitio donde pudieran hablar fuera de la curiosidad de los demás. Violeta se dejaba llevar, aunque por la firmeza de sus músculos bajo su mano Manu supo que no con agrado. Al llegar al lugar donde en otra época había descubierto al padre de Dolfito acosando a su hijo, se volvió hacia ella y le espetó:

—No debiste venir.

—¿Por qué? Si no venía nunca hubieses cumplido tu palabra de vernos.

—Yo no dije que nos veríamos.

Violeta pensó unos segundos, y sí, en verdad él no había dicho nada, pero los sucesos de la vez pasada indicaban que tenían un encuentro pendiente.

—Entonces lo digo yo. Tenemos que vernos —porfió.

Manu suspiró, mirando el mar.

—Violeta, dejame hacer mi vida, la que me queda.

—Eso es lo que vengo a decirte, Manu, que hagamos nuestra vida, sin importar lo que digan otros ni lo que haya sucedido antes.

Estuviste casado contra tu voluntad. Yo iba a casarme también, sin desearlo. ¿No lo ves? Estamos destinados el uno para el otro. Somos iguales, Manu. Los dos amamos las mismas cosas, tenemos los mismos sentimientos. Y si no te sientes cómodo entre la gente bien de la sociedad, a mí no me importa, puedo prescindir de ellos. Lo que hiciste el otro día por mí…

—No me lo agradezcas —dijo Manu con dureza.

—¡Me salvaste la vida, Manu! No sabemos qué hubiera podido ocurrir. El hombre con el que prometí casarme no estaba en sus cabales, y aunque era sólo un niñito cuando se torció su vida, ese crimen pesa sobre su alma más de lo que podemos suponer. Cristóbal fue capaz de secuestrarme, después de golpear a Dalila, y sin saber si estaba viva o no, se marchaba. Me devolviste el favor que te hice al lograr que atestiguara en tu causa.

—Por eso. Ya estamos a mano. Ahora cada uno debe seguir su camino.

Violeta se quedó helada. El Manu que ella conocía no la miraba con esa frialdad, ni era capaz de responderle con palabras duras. Algo había cambiado en él, y ella no entendía qué.

—¿Seguirías solo, Manu? ¿Sin mí?

Él regresó la vista al mar y tardó unos segundos en responder.

—Sí.

Un puñal rasgando su carne no habría podido causar más dolor en el pecho de Violeta. Abrumada, retrocedió, tropezando con las piedras, y sintió el rugido de las olas en sus oídos como si fuese el batir de su propia sangre.

—¿Por qué? —susurró.

Si él la oyó, nunca lo supo. Se mantenía erguido, inexpugnable como las rocas que resistían los embates del mar. Violeta reprimió sus lágrimas y le dio la espalda. Despacio, quizá esperando que él la detuviese, comenzó a caminar en dirección opuesta, de regreso a la Rambla, el hotel, los corrillos, los tés danzantes, los caballeros y los cotillones del Bristol. Cada paso que daba era un mundo que interponía entre ella y Manu.

Pasó ante los pescadores sin reparar en las miradas que le dirigían, y enfiló hacia la explanada como sonámbula. Martita, que la saludaba desde lejos, se sorprendió de que no la viese, y Cachila, que compartía con Dalila la vigilancia de los niños, hizo señas a la negra en esa dirección. Violeta era una figura trágica y solitaria en la inmensa playa.

Un hombre que pintaba una marina bajo la Rambla se apresuró a delinear esa silueta magnífica que completó su cuadro. Lo tituló "La despedida".

Dos golpes sonaron en la puerta del cuarto de Livia. La maestra se ocupaba en escribir cartas a sus colegas que residían en provincias. Elizabeth y ella acostumbraban compartir experiencias para lograr la difícil unificación de los criterios en la enseñanza.

El rostro demudado de Dalila se le apareció en el marco.

—Perdone, señorita, pero no sé a quién recurrir. Mi ama está muy mal, y creo que es mejor que la vea.

—¿Un médico? —se preocupó Livia, mientras se arrojaba un chal sobre los hombros y seguía a la criada por el pasillo del Marítimo.

—No, no es ese tipo de malestar. Verá usté, mi ama tiene mal de amores.

Sorprendida, Livia se dejó llevar ante Violeta. La joven se encontraba en la cama cubierta por edredones, con el rostro vuelto hacia la ventana por la que entraba la diáfana luz de la tarde. La maestra se acercó con cautela. Fuera de la triste expresión, no había en aquel bello rostro nada que denunciase una enfermedad, ni pústulas, ni enrojecimiento, ni sarpullidos.

Livia tomó una de sus manos y verificó que estaba fresca. No tenía fiebre. Acostumbrada a lidiar con niños, estaba familiarizada con los síntomas de distintos males.

—Violeta, ¿se siente mal?

La joven respondió con un leve asentimiento.

—¿Hay algo que pueda hacer yo?

Violeta miró a Livia, su cara morena de ojos verdes, su semblante tan serio en una mujer joven, y se preguntó si ella también habría amado y sufrido por ello.

Movió apenas los labios para decir:

—Me quitaron el corazón.

"Qué linda forma de expresarlo", pensó la maestra, que no podía evitar fijarse en la retórica.

—¿Sufre una desilusión, Violeta? Es más común de lo que cree. Confíe en mí, si quiere desahogarse. ¿O prefiere que llame a Misely?

Violeta le oprimió la mano con afecto. Le gustaba Livia, no era necesario recurrir a nadie más para vaciar su pena. Con Dalila no había podido hablar porque la negra sólo se retorcía las manos murmurando: "Ay, Dios mío, ay, Dios mío". En ese mismo instante lo estaba haciendo.

Como si lo advirtiese, Livia ordenó con suavidad:

—Vaya por una taza de té, Dalila. Le hará bien a su ama.

—¿Y para usté, señorita?

—También para mí. Gracias.

Al encontrarse a solas, Livia acercó una butaca al borde de la cama y, sin soltar la mano de Violeta, la instó a hablar.

—Si el corazón le pesa es porque es grande, y usted una buena persona. No debe afligirse por eso. Es imposible pasar por esta vida sin sufrir, Violeta. Tarde o temprano, a una le toca.

Y ante el silencio de la joven, agregó:

—Supe que se había cancelado su compromiso, pero no sabía cuánto le afectaba.

—No me importa casarme, Livia. Quizá no lo haga nunca. Sufro porque el único hombre que puede vivir conmigo no quiere hacerlo.

Livia se admiró de la confesión. Entre su gente, los casorios no eran formales. El padre de la novia solía cambiar a su hija por caballos u ofrendas, e incluso los novios convivían antes, sin que eso escandalizara a nadie. Los jóvenes podían visitar a las novias en sus toldos, porque conocerse de manera íntima antes de oficializar era natural y lógico. Le sorprendía que aquella joven de buena familia, educada en las convenciones sociales del recato y la decencia según se las entendía allí, hablase de convivir y despreciase el casamiento.

—Supongo que será un hombre tonto —aventuró.

Violeta la miró con algo de chispa en los hermosos ojos.

—Eso es lo que todos piensan de él. Y él llegó a creérselo. Para mí, en cambio, es un hombre bueno que entiende las cosas importantes. Él y yo somos iguales. Ignoro por qué no me quiere.

—Si me permite, Violeta, creo que es imposible no quererla. Sin conocer al caballero, adivino que quizá no se sienta a su altura. Si se cree tonto, como dice, sin duda pensará que no es digno de su amor. ¿Le ha dicho usted cómo lo ve?

—Él debió saberlo, no necesitaba que se lo explicara.

Livia sonrió con tristeza.

—Las personas de pocas palabras somos temibles, señorita Violeta. Lo poco que decimos cae como una piedra porque, al no estar acostumbrados a hablar, a veces elegimos mal.

Violeta frunció el ceño ante eso. Se incorporó de pronto y encaró a Livia:

—¿Cree que Manu quiso decirme algo que no dijo? ¿O que dijo algo que no pensaba?

Livia disimuló el hecho de que acababa de saber el nombre del causante de aquel disgusto, y contestó:

—Es probable. Si es tan bueno y entiende lo fundamental, debió comprender bien sus sentimientos. Y si los niega, lo hará por su bien, no por el de él. Quizá crea que su compañía la perjudica.

—¡Eso es! —exclamó Violeta con repentina energía—. ¡Manu me está alejando a propósito! Entonces, él sufre a solas. Qué tonto... y qué tonta yo al no darme cuenta. Livia, usted es una maga también, como las del Iberá. Quisiera abrazarla.

—Hágalo —sonrió Livia, y le tendió sus brazos, conmovida.

Dalila entró con una bandeja y se cortó al ver a las dos mujeres llorando una en brazos de la otra. Casi sin saber lo que hacía, empezó a llorar también mientras servía el té en las tazas.

—Ay, Dios mío... —murmuró por centésima vez.

Atardecía cuando Manu recogió sus pocas cosas y las ató al lomo de Matrero.

Había tomado la decisión luego de la partida de Violeta. Al principio debatió con su conciencia el camino a seguir, y al fin, después de muchas vueltas, resolvió que lo mejor era poner distancia y desaparecer sin dejar dicho adónde. Nadie lo reclamaría aparte de Violeta, y ella era la menos indicada para seguirlo. Él no podía arruinar su vida. Él era lo que era, un hombre involucrado en más de un episodio criminal, que mató indios en la frontera y que apenas sabía desempeñarse en un oficio. Genaro y Ligia intentaron convencerlo, sin conocer a ciencia cierta qué ocurría, aunque imaginaban que su decisión estaría relacionada con la llegada de aquella muchacha a la playa de los pescadores. Los ruegos del matrimonio no alcanzaron a disuadirlo. Manu podía ser limitado, pero tenía clara visión de los problemas que aparecían en su horizonte, sólo que no era tan hábil para eludirlos, a veces.

Partió cuando supuso que todos estarían dentro de sus casas, pues no le gustaban las despedidas. Por ese día ya había tenido bastante de ellas. Ver a Violeta alejarse con el corazón destrozado por la desilusión fue demasiado hasta para él, que estaba endurecido por las penas.

Esa mañana, mientras la joven se iba, Manu la miró con tanta intensidad que podría haberle quemado las espaldas. Ella nunca sabría de las lágrimas que surcaron su rostro curtido, ni de la manera atroz en que apretó los puños hasta sacar sangre de sus manos. Dejarla ir fue lo más doloroso que padeció en su azarosa vida.

Era mejor sufrir en ese momento, sin embargo, a tener que hacerlo después. Tarde o temprano, Violeta pagaría las consecuencias de confiar en un tonto como él. La amaba demasiado para someterla a eso. Los Garmendia, los Iriarte y los Zaldívar serían custodios de su felicidad. Ella ya no lo necesitaba. Manu había cumplido su papel cuando hizo falta, ahora estaba de más.

Cabalgó por la orilla como lo hacía siempre que buscaba pensar y alejarse de todo. Matrero parecía reconocer ese ritmo y trotaba eufórico, llevándolo hacia la gruta desde la que se veían los lobos. Jamás hubiese podido irse sin despedirse de ellos. Al menos, sabía que los animales seguirían allí y no lo extrañarían; estaba en su naturaleza aceptar las cosas como eran.

El poniente invadía el cielo y un resplandor anaranjado tiñó el risco de los lobos. Bajo esa luz lucían fantásticos, como seres salidos de alguna fábula. Por contraste, el tono violáceo del horizonte marino destacaba el contorno de esas moles relucientes que bufaban y lanzaban al aire sus vahos húmedos.

El atardecer le recordó los ojos de Violeta y añadió angustia a su dolor.

Se detuvo a pasos de la gruta, contemplando aquel sitio donde hacía tiempo había soñado plantar un hogar definitivo. Antes Manu ignoraba por qué se resistía a regresar a El Aguapé, y aquel sujeto depravado acababa de darle la respuesta. En su interior, él sabía que decepcionaba a su padre. Rete nunca se sentiría orgulloso de un hijo como él, y preferiría saberlo lejos a tener que verlo cada día y recordar que era fruto de su carne. Tal vez tampoco le gustase recordar de quién más era hijo Manu, y aunque de eso él no era culpable, de todos modos pesaba sobre su cabeza. Huir de la vista de Rete y de Violeta era lo indicado. De sólo pensar lo que diría su padre al verlo cerca de la joven se le erizaba la piel.

—¡Manu!

Otra vez el llamado, aunque en esa ocasión situado fuera de su mente.

Se le congeló el aliento al ver a Violeta encaramada en lo alto de la restinga, con la falda flameando al viento marino y los brazos en alto.

—¡Mira lo que hago! —gritó ella, ahuecando las manos en torno a su boca para que él la oyese.

—¡No!

Violeta lo miraba fijo, y Manu podía captar la intensidad de esa mirada, pese a la distancia y al reflejo del sol en el agua. Podía intuirla. Era una mirada de reproche y de desafío, la misma con que lo convencía de hacer o deshacer, segura de gobernar su voluntad. Manu experimentó una rabia tal que hubiese podido zurrarla como a una niñita. Acicateó a Matrero para trepar sobre las rocas, y cuando ya no pudo más saltó y se metió entre los lobos marinos para alcanzarla.

—¡Manu, tienes que escucharme!

—¡Violeta, bajá!

Ella sonrió. Luego miró hacia abajo, y a Manu se le aflojaron las rodillas. Un instante después, ya no estaba en esa roca saliente.

—¡Violeta!

Corrió como loco, resbalándose en las piedras, cayendo una y otra vez, hasta alcanzar la punta donde ella había estado. El remolino de espuma que se formaba abajo le impedía ver. Sólo podía hacer una cosa. Y se dispuso a arrojarse de cabeza.

—Manu.

Alguien lo aferraba por el tobillo. Violeta emergía de debajo de la rocalla. Trepó como ardilla y lo abrazó. Él, conmocionado más allá de su resistencia, la separó y la sacudió con violencia.

—¡Loca! ¡Casi me matás!

Luego la levantó y volvió a traspasar la barrera de los lobos marinos a todo correr. Cuando llegó hasta el final, saltó sobre la arena y cayó con Violeta en brazos. Jadeaba, exhausto por el susto y el agotamiento.

—Me vas a matar —repetía, y en la manera como la aprisionaba entre sus brazos Violeta leyó el verdadero sentimiento que lo conmocionaba.

—Ahora ya no estamos a mano, te debo una —le dijo, también conmovida.

A medida que él iba recuperando el ritmo de la respiración, ella lo acariciaba con ternura. Sus manos se enredaban en los cabellos espesos, rodeaban sus mejillas y tocaban sus labios. Manu abrió los ojos, pues no había querido mirarla. Encontró tanto amor en ellos que se supo perdido.

—Perdón —atinó a decir.

Pensaba que su rendición llevaría aparejados males de los que él sería el único culpable.

Sus músculos se relajaron bajo las caricias de Violeta, y otra tensión de la que él había huido como de la peste fue invadiendo su cuerpo. La joven yacía de espaldas, con la pechera del vestido abierta y el nacimiento de los senos a centímetros de su boca. Manu se dejó caer sobre ese hueco recalentado por el sol y dejó que su lengua lamiese la sal y la arena que albergaba. Degustó el sabor de la piel de Violeta y siguió el rastro hasta uno de los pechos. Con los dientes bajó el escote de ese lado, y quedó al descubierto la camisola tenue. Violeta se anticipó a sus deseos y desnudó el otro pecho. Los pezones rosados se erguían como flores al atardecer. Manu los tomó en su boca una y otra vez, pasaba de uno al otro y los succionaba con desesperación. Sorbía el néctar que alguna vez tendría ella cuando concibiese hijos. Sus hijos. Violeta se incorporó a medias y buscó los labios de Manu. Quería que él la besara como aquella otra vez, antes de que la desgracia se cerniese sobre ellos; quería borrar el mal recuerdo de su única cita de amor. El beso fue prolongado y hondo, él se adentró en su boca con ímpetu y, cuando la tuvo a su merced, comenzó a recorrerla con morosa lentitud, a jugar con la lengua femenina, a tocar el borde de esos dientes perfectos que siempre sonreían, a penetrar hasta lo más recóndito, los lugares que ella jamás había otorgado a nadie. Ni siquiera al hombre que la había besado antes.

—Manu… —la oyó suspirar en forma entrecortada.

Por toda respuesta, él la recogió de la arena y la llevó hacia la gruta, envuelta en su abrazo protector. Allí se quitó la camisa y la extendió sobre el suelo pedregoso. Luego se echó con ella en brazos y volvió a besarla, para que no tuviese tiempo de enfriarse. La lengua de Manu entraba y salía de la boca de Violeta cada vez más rápido, en un juego intenso de penetración anticipada. Mientras la distraía con eso, la despojaba de la parte superior del vestido. Desnuda hasta la cintura, Violeta se ofreció a sus ojos como una verdadera sirena.

Él la recostó sobre la tela de la camisa y le quitó los zapatitos y las medias. Levantó su falda y acarició con ternura las ingles a través del género de los calzones. Buscó la entrada y con sus dedos rozó apenas esa sensible carne vibrante. Violeta se extasiaba, lo dejaba hacer y se sentía ansiosa por devolverle algo de lo que él le daba. Sus manos palparon el pecho de Manu y se deslizaron por la espalda. Cada pequeña caricia era un estímulo tan intenso que él debía controlarse a cada momento. Y cuando ella se atrevió a rozarle el bulto entre las piernas tuvo que sujetarle la muñeca para detenerla.

—Pará.

—¡Manu!

—De a poco, así —y volvió a engatusarla con más besos, redoblando las caricias en sus piernas.

Violeta era en el amor como había sido siempre en todo: espontánea, decidida, sin dobleces. Manu le quitó la falda después de luchar con lazos que no entendía bien, y al verla expuesta en su plenitud se le secó la boca. Era más hermosa de lo que él pudo imaginar. Su belleza estaba hecha de nácar y perlas. En lugar de poseer redondeces como la mayoría de las mujeres, Violeta era de una increíble firmeza. Sus pantorrillas de muchacho, sus muslos suaves y delgados, el vientre plano, los pechos pequeños y tensos, el triángulo oscuro entre las piernas reluciente por las gotas del deseo.

—*Che kuñataí* —susurró, enternecido, y la besó en ese lugar íntimo, despacio al principio para no asustarla, luego tocando con la lengua el vello delicado, al final entrando con fuerza hasta invadir el cáliz.

Ella echó los brazos hacia atrás y arqueó el cuerpo bajo esa caricia. Pedía más. Manu le abrió las piernas hasta el límite y hundió la boca entera en esa entrada palpitante que lo invitaba. "Todavía no", se dijo, deseoso de saborear más detalles de la mujer que se le brindaba de esa forma tan completa. Sorbió de Violeta todo lo que pudo obtener hasta que sintió que venían los espasmos. Dejó que ocurriera. Era el primero de muchos que pensaba darle. Violeta se estremeció una y otra vez, y cuando acabaron los temblores él la estrechó más contra su cuerpo. Al sentirla blanda entre sus brazos, volvió a abrirla y la acarició con su miembro, que ya estaba listo.

Afuera, las estrellas ya despuntaban en la noche serena.

Manu se frotó contra Violeta largo rato, volviendo a despertar en ella el deseo. La vio abrir los ojos de nuevo y sonreírle con picardía. Había comprendido el juego. Él le sonrió también, la primera sonrisa franca que le regalaba en mucho tiempo.

—Ya pronto serás mía, Violeta —le dijo con voz ronca.

—Hace mucho que lo soy, Manu. Desde antes de nacer.

Él no entendió a qué se refería, pero la respuesta lo llenó de gozo. Acunó los pechos en sus manos y con los pulgares abrió los pezones otra vez. Después recorrió las costillas y la cintura hasta llegar al bajo vientre. Los dedos presionaron las ingles con suavidad. Con los ojos clavados en los de Violeta, la carne de Manu se fue adentrando en la de ella, lenta y firme. Al llegar a medio camino, él se detuvo.

—Decime algo.

—Sí...

—Prometeme que si soy bruto o torpe vas a dejarme. No te sientas obligada.

—Sólo si me prometes otra cosa.

—La que quieras.

—Que si soy mala o caprichosa vas a dejarme también.

Manu sonrió. Era una promesa.

—Lo juro.

—Ahora terminemos, Manu. ¡No puedo más!

Entró en ella con un vigor nacido de la liberación, de la felicidad recuperada y de la esperanza. Tal vez no fuese inteligente como otros, pero poseía algo que Violeta necesitaba: fuerza y coraje. A lo mejor a ella le resultaba suficiente. Y si no, le había dado su palabra de dejarlo. Confiaba en Violeta.

Cabalgaron juntos la noche entera bajo las estrellas, y durmieron acunados por las olas.

El mundo había quedado afuera. Adentro, estaban sólo ellos.

Violeta despertó con la extraña sensación de haber escuchado algo. Inquieta, se arrebujó más entre los brazos de Manu, que dormía como un bendito. El fragor del mar se hacía oír con fuerza y ella creyó percibir un grito. Se enderezó y atisbó afuera, donde la gruta recortaba la inmensidad del cielo sobre las aguas. ¿Qué podía haber? Hasta los lobos marinos dormirían a esas horas. Algo sucedía, sin embargo, y la joven se deshizo del abrazo de Manu con cautela. Caminó descalza sobre la fría piedra y se asomó.

La noche llegaba a su fin, y las sombras tomaban un tinte violáceo.

De pronto, vio con nitidez una niebla fantasmal que adoptaba la forma de un jinete. Se encontraba encaramado en el borde del risco, y su potro corcoveaba desbocado. Mientras ella contemplaba aquella extraordinaria figura, el jinete miró hacia abajo y sus ojos llamearon. Luego, espoleó al animal y se lanzó al vacío. El grito resonó otra vez en los oídos de Violeta, hasta que el mar lo convirtió en un estruendo de espuma contra las rocas.

Con lentitud, la joven retornó a su sitio junto a Manu. Él abrió los ojos al sentirla de nuevo.

—¿Qué hacías? —susurró.

—Nada, fue un sueño.

—¿Lindo?

Violeta no supo qué decir. Había sido como en otros tiempos, una visión disfrazada de sueño. Un suceso desdichado que la rozaba. Pensó en las palabras de Esmeralda Mazur y en las enseñanzas del *paje* José, y se dijo que, fuera lo que fuese aquella visión, ella no permitiría que se interpusiese en su dicha. Acunó su cabeza en el hombro de Manu, y antes de que cerrara los ojos un retumbar de galopes estremeció la tierra. Llegaban de la serranía y se agolpaban a lo largo de la costa. Aguzó el oído y percibió que los ecos se atenuaban para hundirse, por fin, en el mar.

"Se están yendo", se dijo.

Esbozó una sonrisa de alivio y se durmió.

El amanecer los encontró a lomos de Matrero, rumbo a la loma de Santa Cecilia, donde la capilla fundadora del pueblo relumbraba de blancura al primer rayo de sol.

Después de haber hecho el amor de nuevo al despertar, Manu le dijo que si querían vivir juntos debían casarse, y como Violeta no deseaba que eso se convirtiese en un obstáculo para su unión, decidieron hacerlo a su modo, ante la Virgen y con la bendición del cura.

La gente, los adornos, el traje o los confites vendrían después, si la familia así lo requería. Y si no, bastaba la capilla, que ya se alzaba ante ellos con sus paredes de piedra y cal. Encontraron al párroco, Sinforiano Gamallo, en medio de los preparativos de la misa, pues era domingo y las familias tradicionales acudirían a las once, como era habitual. El buen hombre se sorprendió de tener parroquianos antes de la hora, y más aún al ver que se trataba de una pareja joven de tan diversa condición. Reconoció a Manu, un hombre de la villa que solía acudir a rezar algunas veces, y se asombró al verlo con una linda y desaliñada joven que parecía haber sido rescatada de las rocas.

—¿Qué se les ofrece, hijos míos?

Manu respondió sin soltar la mano de Violeta.

—Queremos casarnos, padre. Ahora.

El cura abrió tamaños ojos.

—¿Ahora? Es imposible, estoy preparando la misa.

—No llevará mucho tiempo. Necesitamos casarnos ahora mismo, porque nos vamos.

—Hijos, el matrimonio es sagrado, no un trámite que deba hacerse por falta de tiempo. Veamos, hija. ¿Eres libre para casarte? ¿Este hombre te está forzando de algún modo? No me mientas, porque Dios todo lo ve.

—Amo a este hombre, padre. Y soy soltera. Puedo casarme con quien quiera.

El cura casi se atora al oír eso.

—Eso no es tan así. ¿Tu familia está en Mar del Plata? Sabrás que ha habido casos de padres que impugnan la boda de sus hijos.

—Mi madre lo aprobará, padre. Ella sabe lo que hay en mi corazón.

El sacerdote estaba empezando a desesperar. La hora de la misa se acercaba, y esos dos no atendían razones. ¡Y el sacristán que no aparecía! El cura Gamallo era un hombre cordial, que se llevaba con todos los vecinos y turistas de Mar del Plata, no deseaba quedar en medio de ningún conflicto familiar. Pensó en una solución que le daría tiempo para decidir:

—Si es así, les pido que compartan la misa con los feligreses y al terminar, si sus corazones persisten en este propósito, hablaremos del matrimonio.

Manu no las tenía todas consigo. A la misa acudiría la gente de la villa; muchos conocían a Violeta, y algunos también a él. Resultaría difícil aparentar que nada sucedía después de haber pasado juntos la noche en una cueva.

Violeta tomó la delantera.

—Padre, quisiera adecentarme un poco si voy a mostrarme ante la gente.

—Cómo no, hija. Sigue ese pasillo, encontrarás la sacristía y afuera el excusado.

Con el pulso agitado, Violeta salió al lateral de la capilla, desde donde se avistaba el antiguo cementerio en la loma. Tenía que pensar. Las opciones eran huir como si fuesen un par de fugitivos para evitar las explicaciones o afrontar los reproches de los amigos que tanto se preocupaban por ella. Ninguna de las dos la satisfacía, aunque su amor por la verdad le indicaba elegir la segunda. Después de todo, no era descabellado escuchar misa y recibir a Jesús antes de dar un paso tan trascendental. Respiró hondo, se sujetó el cabello con el lazo del vestido y usó el agua de la jofaina para borrar las huellas de la gruta en sus mejillas.

Manu la aguardaba de pie junto al sacerdote, que fiscalizaba los movimientos del recién llegado sacristán. El hombrecillo le echó una mirada asustadiza como la de un ratón. Sin duda, el cura lo habría puesto al tanto.

—Nos quedaremos a la misa, padre. Luego, usted nos casará.

Sinforiano respiró aliviado. Después de la misa, cuando las familias supiesen del matrimonio, con suerte alguno de ellos saltaría para oponerse y se haría cargo de esos impetuosos jóvenes.

De todos los feligreses presentes, Livia y Dalila eran las únicas que conocían los planes de Violeta de buscar a Manu y exigirle que expresara sus sentimientos. Ninguna, empero, sabía de qué modo pensaba hacer eso, y nada impidió a Dalila seguir encomendándose a Dios y María Santísima, rogando que aquella muchacha no la metiese en un lío. La ausencia de Violeta la noche anterior la había alterado a más no poder.

La criada acudió a la capilla en compañía de Livia, y abrió los ojos como platos al ver a la joven junto a Manu. La maestra, en cambio, no se sorprendió de encontrarlos allí, ni se escandalizó al verlos tomados de la mano.

Los demás estaban perplejos.

A medida que la concavidad del templo se iba llenando, el murmullo producido por la presencia inesperada de esa pareja que por su aspecto parecía haberse revolcado en el pastizal iba en aumento hasta convertirse en un zumbido atronador. El párroco alzó las manos para indicar silencio, y dio comienzo a la misa. Al llegar a la homilía, sus ojos se desviaban en dirección a los dos revoltosos.

Manu tenía los suyos puestos en la imagen de la Virgen vestida de arpillera dorada. Ella y sólo Ella entendía las turbulencias de su corazón, y podía ayudarlo en ese trance en el que todas las miradas de la portañería estaban fijas en él, dado que Violeta era una de ellos, alguien a quien rescatar de las garras del que se atrevía a reclamarla. Era lento, pero no estúpido. Esas reglas las conocía bien. A pesar de que por su sangre vasca podía exigir el reconocimiento de los pares de Rete Iriarte, la otra mitad que palpitaba en su ser lo arrojaba fuera de los círculos distinguidos. Él no sabía de quién más era hijo, pero sus rasgos, y aquellas palabras que lanzó la suegra tiempo atrás, lo situaron en su categoría de mestizo. Algo que jamás le hubiese molestado, salvo en lo que podía impedir que Violeta fuera suya, ahora que ella misma lo deseaba. Por eso dejaba su vida entera en manos de la Virgen; que fuera lo que tenía que ser. La consigna que marcó toda su existencia.

Violeta, en cambio, posaba sus bellos ojos en el altar y rogaba por que aquella misa terminara lo más pronto posible, para proclamar ante Dios que Manu y ella se pertenecían. Estaba tan convencida del paso que iba a dar, que en su mente no cabían dilaciones ni protestas. Aunque se daba cuenta del impacto que su decisión causaría, confiaba en la buena voluntad de los que la amaban. Si la querían a ella, querrían a Manu, así de simple. Él no era un desconocido, y tanto Julián Zaldívar como Francisco Balcarce lo habían ayudado, cada uno a su modo. Eso hablaba de cierto aprecio. Nada le importaba de las demás personas que pudieran objetar el matrimonio.

Julián casi no escuchaba las palabras del párroco, su atención estaba fija en Manu y Violeta. Esos dos le harían nacer las canas previstas para más adelante. Estaba en su destino tener que ocuparse de las cuitas de todos, aun de aquellos que no eran de su sangre. Violeta representaba el papel de una hermana menor en su vida, ya desde aquel día en que la descubrió alborotando la calle Florida en defensa de las costureras de Modas Viviani. Con mano de hierro la pudo conducir a lo largo de esos años para evitar que se causara daño al mantenerse fuera de las convenciones sociales, y ya después, durante su viaje, confió en que el pulimento que adquiriese en Europa lo eximiría de tener que seguir custodiándola. Se equivocó. Había personas que nacían para romper los moldes del comportamiento establecido, y Violeta era la reina de todas ellas. Tuvo a sus pies a los mejores candidatos de los salones europeos, fue solicitada por los jóvenes más lucidos del circuito marplatense, estuvo en un tris de comprometerse con Joaquín Carranza, que figuraba en los peldaños de los hombres con más futuro en el país, y ella elegía a Manu Iriarte, un mozo de escasas luces y heredero de una fortuna de la que no era consciente. Porque Manu sería, al fin y al cabo, uno de los dueños de El Aguapé, aunque por la vida que llevaba nadie pudiese suponerlo. El buen pasar de Violeta estaba asegurado, pero ¿qué decir de su diario batallar? ¿Podría una mujer tan perspicaz conformarse con un hombre de temperamento tan apocado? Otro enigma para resolver. Cuando Brunilda le confió lo que Violeta guardaba en su corazón, Julián creyó volverse loco. Por fortuna, su esposa se lo advirtió antes, de lo contrario en esa capilla le habría dado un soponcio.

Francisco Balcarce miraba a la concurrencia por encima de las cabezas, tan alto como era. La mayoría de los presentes ponía cara de circunspección, obligados a seguir el ritmo de la misa pero con la cabeza en otra parte, en la imagen de esa pareja despareja que parecía aguardar en el cadalso la condena y la ejecución. Antes de llegar esa mañana, Elizabeth y él habían conversado mucho sobre ese asunto que Julián y Brunilda les expusieron. Su esposa, una mujercita práctica, encontró que sobre lo hecho nada podía deshacerse, de manera que lo más conveniente era aceptarlo y seguir adelante, ofreciendo ayuda si la necesitaban. Fran pensó que para las mujeres era más fácil adaptarse, puesto que ellas ponían mucha ilusión en los hijos que vendrían, en los sentimientos que se les despertaría a los esposos en el cotidiano vivir.

Una frase de Lizzie lo conmovió especialmente:

"¿Quién puede decir dónde está la dicha de cada uno? Yo viajé muchas leguas para encontrarla", había dicho.

Fran se puso a prueba preguntándose cómo reaccionaría él si Julianita llegase de la mano de un hombre muy diferente a ella en su condición, y el pensamiento lo perturbó tanto que prefirió dejarlo de lado. Imaginaba la reacción de su esposa y le parecía escucharla diciendo: "¿Y quién sabe…?". Y se le erizaba el vello de la nuca.

Brunilda estaba feliz. Ella sólo deseaba el bien de Violeta, que había sido su primera amiga, la más fiel. En el rostro de la joven se leía la confianza que sentía junto a Manu. Una vez que consiguió convencer a su esposo de que en materia de amores nada podía hacerse, Brunilda se sintió más tranquila para expresar su propio sentir en ese asunto. A ella no le disgustaba Manu. Era un hombre que había pasado por muchas desgracias, y amaba a Violeta más de lo que cualquier otro podría amarla contando con un entendimiento superior. Dios sabía lo que hacía. Del mismo modo que puso a Dolfito en sus brazos. Brunilda, una huérfana condenada al fatal destino de las mujeres sin protección en un mundo descarnado, había sido bendecida con el amor de un hombre fuera de serie, que también supo enfrentar la crítica solapada de la sociedad, y dos veces: cuando la eligió para hacerla su esposa, y cuando decidió hacerse cargo de aquel bebé de exóticos rasgos, hijo de una prostituta y de un hombre desvariado.

Violeta amaba a Manu, y Manu amaba a Violeta. ¡Que fueran felices!

El resto de la concurrencia tenía sentimientos dispares, la mayoría condenatorios.

Martita miraba a Violeta con asombro y un poco de admiración. ¡Qué loca resultó ser su amiga! Se la notaba tan contenta, sin embargo... Con su nueva intuición, supo que Violeta ya era una mujer entregada al amor. Como ella. Y miró de soslayo a Tití que, impertérrito, seguía la misa con devoción. Aquella temporada resultó ser la más avasalladora de todas, pese a su inicio algo desabrido. Atrás quedó el recuerdo del caballero español que la engolosinaba con sus caricias. Por fortuna, había resistido sus avances. Estaba destinada a ese hombre rubio de ojos increíbles que en la intimidad la hacía sentir una reina en su trono. Aún no le había hecho una propuesta formal pero, al pertenecer al círculo de Violeta, Martita sabía que no la iba a desamparar. ¿Cómo sería vivir en los esteros? A su amiga le encantaba. Empezó a pensar en eso, soñadora, y se dejó llevar por derroteros ajenos a ese momento, que la transportaban a una vida alejada de los imperativos de su madre, las pullas de Benji y el espejo insoportable de los matrimonios de sus hermanas.

El párroco no quiso finalizar la misa sin dar a conocer el propósito matrimonial de aquellos dos. Era su oportunidad de poner en manos de otros la decisión. Estaba seguro de que saltaría más de uno.

—Mis queridos fieles, esta mañana, de manera inesperada, estos jóvenes que veis aquí me han manifestado su deseo de ser unidos en santo matrimonio.

La turbulencia de los zumbidos volvió a sentirse.

—Como es natural, habría que dar los avisos primero. Entiendo que algunas de las familias presentes estarán al tanto de esta voluntad.

Ya las voces resultaban atronadoras en el reducido espacio de la capilla. Nadie se había movido esperando ese momento, el de las explicaciones, y las cabezas iban en una y otra dirección para descubrir entre los presentes al indicado para resolver aquel entuerto.

De repente, un caballero se abrió paso entre los demás.

—Padre, en ausencia de la familia de Violeta Garmendia, y en representación de don Rete Iriarte, su tutor, me hago cargo del papel de padrino de la novia.

¡Julián!

Violeta se volvió con una sonrisa que derritió la última renuencia del hombre.

Brunilda cruzó los dedos en un ruego agradecido. Una vez más, su esposo no la defraudaba. Orgullosa de ser su mujer, miró hacia donde Elizabeth, también conmovida, dirigía a Livia una sonrisa. El amor siempre era fuente de alegría, fuera como fuese.

Dalila se limpiaba los ojos con un pañuelo, y se persignó una docena de veces.

El tumulto provocado por las palabras del doctor Zaldívar se aquietó ante los gestos del sacerdote que, aliviado al ver que alguien tan principal tomaba las riendas y se hacía responsable, invitó a los novios a acercarse.

El aspecto de la pareja era lamentable. Manu iba vestido de fajina, la misma ropa con que había salido de pesca el día anterior. Aunque se lavó y remetió su camisa bajo la faja, llevaba la traza de un pobre pescador. Violeta, con su *toilette* de tela clara y sin sombrero, los zapatos sucios de arena y el cabello sujeto por un lazo celeste, podía pasar por una campesina buena moza. Irradiaban una belleza que desviaba la vista de sus ropas, sin embargo. La felicidad en sus rostros era tan palpable y una espiritualidad tan profunda emanaba de ambos, que más de uno de los presentes pensó si no habría descendido el Espíritu Santo en medio de aquella escena tan original.

A la hora de dar el consentimiento, fue la voz de Manu la que resonó estentórea en los rincones del templo, y la de Violeta, más temblorosa, anudó para siempre los lazos de aquel amor.

Nadie olvidaría la boda de aquella temporada en Santa Cecilia, ni la prestancia del improvisado padrino, ni el apretado círculo que formaron las dos familias renombradas, los Zaldívar y los Balcarce, como una barrera contra cualquier intento de marginar a los nuevos esposos.

Al salir al atrio y antes de descender la escalinata, Brunilda estrechó los hombros de Violeta y le dijo:

—No te librarás de la fiesta ni del vestido. Esta noche, después del té danzante, habrá cena y baile en lo del intendente Fortunato de la Plaza. Allí festejaremos tu boda. Yo me encargo de todo.

❦

*A*jeno a la bulliciosa vida veraniega, recluido en su despacho de la redacción, Joaquín Carranza desplegaba un ejemplar de *El Censor*. Sus ojos buscaron las noticias de Mar del Plata. Después del anuncio de la obra *La casa de campo* en la Sala de Teatro junto al mar, el periódico porteño señalaba en letra chica una curiosidad de la temporada:

> *El pasado domingo se vivió en la villa balnearia un suce-so social inédito: sin amonestaciones previas ni proclamas de ningún tipo, y ante el beneplácito de las familias distinguidas cercanas a los novios, se efectuó la bendición del matrimonio entre la señorita Violeta Garmendia, oriunda de la provincia de Corrientes, y el señor Manuel Iriarte, del mismo origen, hijo de un conocido hacendado del Iberá.*
> *El suceso llama la atención por tratarse de un repentino ca-samiento y no del espontáneo compromiso al que nos tiene acostumbrados la sociedad en aquellas costas, tan proclives al confianceo entre los jóvenes que las frecuentan. Enhorabuena.*

Joaquín se levantó y recorrió el recinto con las manos en los bolsillos.

Violeta casada.

La había perdido.

Albergaba aún la esperanza de reconquistarla, confiado en que a su regreso ella comprendería la inutilidad de aferrarse a un ensueño, porque para él el apego de la joven al mozo de los Luro era sólo una fantasía.

Ya estaba hecho. Salió a caminar para desentumecerse, y sus pasos lo llevaron hasta el Paseo de Julio, un sitio que Violeta amaba por su cercanía con las aguas, y que tanto se la recordaba en ese momento.

El Río de la Plata se mecía con dulzura, fingiéndose manso. Flotaban las boyas que demarcaban los canales de acceso al nuevo puerto, y a lo lejos se divisaban las siluetas de los buques dirigidos por remolcadores. También algunos veleros asomaban entre las ondas, níveos como gaviotas. Era un bello día. Joaquín se sentó sobre un banco de piedra y estiró las piernas. Tenía una vida por delante, un futuro jalonado de oportunidades, y sin embargo ninguna de ellas le resultaba atractiva en ese momento.

En Violeta había encontrado no sólo a una mujer hermosa e inteligente, sino a una amiga, la compañera ideal para secundarlo en ese camino ascendente. Imaginaba que ella compartiría con él las ideas para engrandecer la República y que no se amilanaría ante las dificultades, antes bien, sería el pulso de su dedicación a la política. Él iba a iniciarla, a cambio, en la redacción de notas periodísticas, si ella lo deseaba.

Una sirena de barco cruzó el aire y Joaquín se puso de pie para seguir andando. Seguir andando. Era lo que todo hombre debía hacer cuando tropezaba con un obstáculo. Él lo haría, aunque le pesara el corazón. Si ya no podía recorrer el camino junto a Violeta como esposa, al menos no la perdería como amiga. Estaba seguro de que la joven aceptaría su consejo y su apoyo en la labor periodística. Y en el caso de necesitar su ayuda para algo más, allí estaría Joaquín Carranza poniéndole el hombro. Si ese matrimonio no resultaba después de todo, Violeta podía recurrir a él para consolarse. Con esa idea fugaz recorrió la orilla lodosa, aspirando la brisa dulce del río y tratando de recuperar el ánimo para lo que restaba de la jornada.

Algo más lejos, uno de los barcos que atravesaba el estuario hacia mar abierto enarboló su insignia a manera de despedida y dio la vela rumbo a España.

El *Fortuna* mostraba la popa a esa tierra llana y anchurosa en la que su capitán había conocido momentos de embriaguez y de amargura. Cristóbal de Casamayor se encontraba de pie en el alcázar, las piernas abiertas y un aire de desafío en la faz vuelta hacia la costa que se alejaba. Hasta que las cúpulas se difuminaron en la niebla del río. Entonces miró el castillo de proa, donde Paquito conducía con suma atención el clíper hacia la salida, anunciada por el movimiento tumultuoso de las aguas. Bajo la toldilla, Pedro de Alcántara lo observaba con disimulo. Cristóbal le hizo una seña y el contramaestre volvió a lo suyo.

Encontrar a Pedro a su regreso de Mar del Plata fue la mayor sorpresa de su vida. El amigo lo aguardaba con el alma en vilo, inseguro acerca de las decisiones que tomaría su capitán. Por medio de Martita supo Pedro que Violeta Garmendia planeaba regresar a la villa balnearia en esa temporada, y que la jovencita iría con ella. Imaginó entonces que Cristóbal debería enfrentar una encrucijada: luchar a brazo partido para obtener a Violeta, o aceptar por fin que aquél no era su destino.

Él tuvo también su momento de duda. Podía quedarse, como le había dicho a Cristóbal, y empezar una nueva vida junto a una mujercita deliciosa, o renunciar a ese encantamiento para mantenerse fiel al hombre que lo había salvado y continuar esa existencia de marinos errantes que nunca les permitía enamorarse de ningún sitio, pues siempre habría otro mejor para echar el ancla. Pedro ignoraba por qué se había decantado por lo último. Quizá hubiesen influido los melindres de Martita, que jamás le daba lo suficiente, o tal vez la conciencia de no ser el hombre adecuado para esa chiquilla inocente; o a lo mejor, el peso de aquel Moretto que había adquirido en la Ruga dei Oresi aquella tarde veneciana y que guardaba siempre en su bolsillo, el caso es que la decisión se le pintó sola una noche en que salió a recorrer el barrio del puerto con nostalgia de los días de navegante. Eso era, al fin y al cabo: un marinero. Tanto Cristóbal como él surcaban los mares siguiendo el rumbo de sus emociones. Por eso confió en el regreso del capitán, y por eso lo esperó, muerta ya la esperanza de recomponer su vida junto a una mujer definitiva.

En cuanto a Cristóbal, después de que Paquito lo rescató del bote a la deriva al vislumbrar el resplandor del farol en aquella noche maldita, se encerró en un mutismo inquebrantable. Un poco avergonzado por su triste papel en todo aquello, el timonel se dedicó a atender al capitán, y sin preguntar nada enfiló hacia el puerto de Buenos Aires, donde de seguro habría un lugar en el que el marino pudiera reponerse. La fidelidad de Paquito tocó una fibra que Cristóbal no creía poseer. El hombre, pese a su cortedad, supo restañarle la herida de la frente, buscar a un médico que lo revisase por si había otras que no se viesen, y hasta pagó de su bolsa el precio de la habitación del hotel donde se refugiaron por esos días.

Fue después, durante las tareas de acondicionamiento del *Fortuna*, cuando se encontraron con Pedro. La compañía de ambos hombres acabó por restablecer el ánimo de Cristóbal.

Volvían a los viejos tiempos. Atrás quedaba el tormentoso mar de la costa bonaerense donde había naufragado Isaac Morris. Frente a ellos, el vasto océano, peligroso y prometedor. ¿Cuántos nuevos tesoros podrían encontrar? No lo sabían, y eso era lo mejor de todo: vivir al día, ignorar la suerte, jugarla a los dados.

La brisa marina ya sublevaba la sangre en sus venas, el viento azotaba los faldones de las chaquetas, y las gaviotas se perdían en el oleaje que los recibía con estruendo, dejando su espuma en los flancos del navío.

—¡A toda vela! —bramó Cristóbal.

El clíper hizo un último corcoveo y salió, por fin, del Río de la Plata. Las aguas se azulearon, el frío atenazó los rostros curtidos, la emoción del momento embriagó los corazones de los tres hombres, y antes de borrar la estela del recuerdo Cristóbal sacó de su bolsillo la piedra que representaba para él la esencia misma de Violeta: el broche de sirena.

Los tonos verdiazules relampaguearon un instante, y el capitán tuvo el súbito impulso de guardarla en el cofre de sus pertenencias más íntimas, junto a la fotografía amarilla de su padres y el diario de su antepasado. Un arrebato de bravura acicateó su espíritu, y obedeció a ese desafío arrojándola al agua. La piedra se hundió, y él quedó mirando el punto donde la espuma la tragaba.

—Adiós, sirena —murmuró—. Vuelve adonde perteneces.

EPÍLOGO (1891)

Lo que dejan las olas

❦

Mar del Plata, verano de 1891

La recién estrenada Rambla Pellegrini ostentaba sus tablones nuevos, el barandal elevado sobre el nivel de la arena, y las paquetas casillas de baños más grandes y suntuosas que las anteriores. Los carpinteros "casilleros" habían volcado en la nueva plataforma todas sus fantasías: paramentos, mojinetes, crestones, cenefas, un sinfín de adornos de hierro y madera que dieron marco adecuado a la hilera de locales de comercio.

El año anterior, una tormenta descomunal había arrasado con el muelle, las casas de los pescadores y la antigua Rambla. El mar se había agitado como si en su vientre acunase a un demonio. El viento coronó de espuma altísimas olas que azotaron la playa y dejaron al retirarse monstruosos peces del abismo y curiosas conchas nacaradas.

Aquel infausto suceso no menguó los ímpetus de los amantes de Mar del Plata, al contrario. El actual presidente de la República, el doctor Carlos Pellegrini, no bien supo del vendaval que destruyó la Rambla original organizó una suscripción en Buenos Aires para reconstruirla con esos fondos. Así fue como todos bautizaron con su nombre a la nueva pasarela, en su honor. Lucía más elegante que la primitiva, y satisfacía mejor las ambiciones mundanas de sus visitantes. Sólo en La Perla quedaban restos de la vieja.

Del mismo modo que una ola gigantesca había arrasado la costa marplatense, así la revolución del año anterior había acabado con el gobierno juarista. Después de muchos dimes y diretes, Miguel Juárez Celman comprendió que sólo cabía su renuncia para apaciguar los ánimos, y fue Carlos Pellegrini, el motor de la vida política del país, el que ocupó su lugar. Un soplo de esperanza, un respiro de nuevos aires, embriagó a los porteños entonces. Salieron de vacaciones más eufóricos aún que antes, seguros de que la patria quedaba en buenas manos.

La algarabía de los niños llegaba a oídos de sus padres, sentados en los sillones de mimbre sobre la arena, de cara al mar. La jornada de playa era deliciosa. La mansedumbre de las olas y la diafanidad del cielo sin nubes auguraban horas de placer. Las damas protegían su delicada piel con grandes capelinas y mangas de suave batista, aunque las más jóvenes mostraban su rebeldía arremangándose la parte baja del traje de baño y descubriendo las pantorrillas. La caseta de los Balcarce estaba ubicada en un lugar central de la Rambla, flanqueada por otras dos de familias principales. En su vestíbulo de madera cubierto por un toldo de lona blanca conversaban varias mujeres en círculo. El sol filtraba rendijas de calor sobre sus cabezas cada vez que la brisa removía la lona. Otras damas que pasaban a ofrecer sus saludos se demoraban en breves interludios de cortesía. Josefina Ramírez Aldao era una de las visitantes. Llevaba la buena nueva de que una de sus hijas casadas acababa de tener a su segundo hijo, el varoncito que los ansiosos padres esperaban.

—¿Y Martita? —quiso saber Brunilda—. No la hemos visto este verano.

Josefina irguió el busto y pretendió restar importancia a la ausencia de la hija menor.

—Es hora de que esa niña siente cabeza —respondió—, ahora que sus amigas ya han formado un hogar. Su padre la ha malcriado, quizá porque no deseaba verla partir, pero los hijos deben hacer su nido. Es lo que siempre he dicho.

Se despidió con rapidez, sin duda para evitar cualquier pregunta al respecto, pues era por todos sabido que Martita pretendía casarse con un paraguayo rubio y apuesto, un huérfano recogido por los Garmendia y al que sus padres no veían con buenos ojos.

—No sé por qué nos empeñamos en creer que sabemos mejor que nuestros hijos lo que les conviene —comentó Brunilda, pensativa.

—Porque solemos saberlo, querida —acotó Elizabeth, aunque enseguida reconoció—: y también equivocarnos.

—Desearía ser más comprensiva cuando Dolfito se enamore.

—Lo serás, porque estarás secundada por Julián, que tiene un corazón de oro. Más me preocupa mi esposo, que mira con cara de verdugo a todo el que se acerca a Julianita.

—Mi hijo necesita romper lanzas primero —se escuchó decir tras las cortinas que velaban la segunda habitación de la casilla.

Una mujer de serena belleza, bastante mayor que las otras, se abrió paso entre los helechos y ocupó una silla junto a Elizabeth. En sus ojos oscuros se adivinaba la estirpe española de los primeros conquistadores, y en sus suaves ademanes la rancia aristocracia de su condición. Dolores Balcarce era una abuela formidable. Desde su llegada, los nietos se la disputaban. A pesar de que vivía en Flores, la zona de quintas de los suburbios de Buenos Aires, ellos la veían poco, pues acostumbraba pasar largas temporadas en El Duraznillo junto a Inés Durand, la madre de Julián Zaldívar. Entre ambas se había tejido una sólida amistad, reflejo de la que unía a sus hijos desde hacía años.

—Es un rasgo heredado de su padre, supongo —agregó.

Las demás sonrieron. Sabían que Dolores se refería a Quiñihual, el cacique que porfió en su decisión de no conformar la coalición de Calfucurá en tiempos de los malones en la frontera. Que aquella mujer espléndida hubiese sido una cautiva de las tolderías, y que de esa unión hubiese nacido Francisco Balcarce, un hombre tan apreciado como temido y al que nadie podía enrostrar el desprecio de ser mestizo a menos que quisiera vérselas con su ira, también era por todos sabido. Pocas cosas escapaban al conocimiento de la sociedad.

—Creo que mi esposo ha encontrado la horma de su zapato con esta hija —rió Elizabeth, pues Juliana no era lo que se decía una jovencita sumisa.

De la orilla llegó la mencionada, seguida de cerca por Dolfito y el pequeño Fran. Ambos tenían las manos llenas de almejas.

—¡Mamá! —exclamó Dolfito con una euforia desconocida en él—. ¡Hemos visto delfines! Quisiera dibujarlos ya mismo —y señaló hacia el horizonte, donde media docena de aletas cortaba el agua bruñida ante el regocijo de los paseantes.

Una pequeña multitud se apiñaba en la orilla, y en medio de gritos y aplausos festejaban las piruetas de los insólitos visitantes.

—¡Vamos! —los alentó Juliana—. Dejemos a éstas aquí y volvamos, que quiero ver de cerca los delfines.

—Hija, por Dios, pronto olerá mal toda esta pesca.

Pero ya Juliana corría hacia la orilla, con Dolfito y Francisquito pisándole los talones. Este último, apenas avanzó un trecho retrocedió para estampar un beso sonoro a su abuela, que soltó una sorpresiva carcajada, y luego siguió a los otros, reclamando que lo esperasen.

—Soy tan feliz al ver así a Dolfito, jugando como el niño que es...

—Ya no debes temer, Brunilda, tu hijo está protegido por el amor de ustedes —dijo Elizabeth.

—Es gracias a Violeta, ella hizo maravillas con él, Dios la bendiga.

—¿Qué se sabe de esa joven? —inquirió Dolores mientras se abanicaba, pues la efusividad del más pequeño de sus nietos le había subido los colores a las mejillas.

—La última noticia que tuvimos es que ella y Manu se encuentran en la casa de la Punta del Tigre, la que perteneció a los Garmendia y que ahora es para los recién casados. Bautista y Muriel se han trasladado a la ciudad de Corrientes, donde las niñas podrán asistir a la escuela. Mis colegas de allá me han escrito diciéndome que todo marcha viento en popa.

Las palabras de Elizabeth dejaron perpleja a Brunilda.

—Pero Violeta me comentó antes de partir que se quedarían en El Aguapé un tiempo, para acompañar a Rosa y disfrutar con tranquilidad de Ignacito.

—El casado casa quiere —terció Dolores Balcarce.

—Muy cierto —convino Elizabeth—. Recuerdo con amor nuestra primera casita en el monte. ¡Y eso que fue todo un desafío!

La suegra sonrió con la complicidad de adivinar a qué se refería su nuera. Conocía bien el paño, y sabía que su hijo le había puesto las cosas difíciles a la joven esposa.

Cachila entró en la escena con una bandeja de refrescos y fue recibida con alivio. El calor comenzaba a apretar.

En la Rambla, el doctor Carranza desplegaba ante sus compañeros de mesa un ejemplar de la revista *Sud-América*.

—Lean esto, señores, y juzguen por sí mismos —dijo en tono triunfal.

Julián se caló sus lentes y Francisco acercó su morena cabeza para compartir la lectura que les ofrecía Joaquín. También Santos, el mayor de los Balcarce que compartía esa tertulia varonil, se inclinó sobre el papel con aplomo de adulto.

En un editorial destacado en la cabecera de la segunda hoja, rezaba el título "Con sólo dos paraguas". Debajo, una crónica matizada de ironía en la que se relataba la experiencia de dos de las maestras bostonianas que habían desembarcado en Corrientes un domingo de carnaval, años atrás. Eran las mismas que Violeta había visto el día de su propio desembarco, las que compartieron la merienda en casa de los Balcarce.

La nota decía así:

Es todo lo que necesitan enarbolar estas mujeres que atravesaron el Ecuador para venir a estas pampas: dos paraguas. Para guarecerse de las lluvias de verano de nuestro río, así como para protegerse de los chaparrones de críticas de los que rechazan sus teorías.

Hoy recuerdan con cariño Jennie Howard y Edith Howe esas peripecias vividas en los comienzos de su estadía en la provincia de Corrientes.

Solas en medio de sus baúles y sus libros, condenadas a la incomodidad de una casa que no las aguardaba, con la fría recepción de la antigua directora de la escuela, que creyó ver en ellas rivales de falsa doctrina, las maestras bostonianas empuñaron sus paraguas y se lanzaron a la conquista. No de territorios ni riquezas, sino de mentes despiertas y anhelantes. Ahí fue donde sus desvencijados paraguas obraron toda su magia, al abrirse contra los rayos tempestuosos de la incomprensión y la ignorancia.

Sale el sol hoy en Corrientes, pues los paraguas, como varitas mágicas, sembraron jazmines y rosas en el malezal, vistieron de cretona y seda la tapera desolada y despejaron las neblinas de las mentes aletargadas.

El que suscribe, que las conoció cuando pusieron sus pies por primera vez en el puerto de Buenos Aires, puede decir con orgullo que la educación del país está en marcha.

YPEKÛ

—¿Quién lo escribe? —preguntó al fin Francisco.

—¿No lo adivinan? ¡Es Violeta!

Tanto Julián como Fran releyeron con avidez aquella nota que con su ubicación en la página de la revista evidenciaba su valor.

—Ha usado un pseudónimo.

—Bueno, sí, no me atreví a publicarla con su nombre todavía. Dejaré que se haga conocer un poco con éste que despierta curiosidad, para luego pedirle que se muestre en su identidad verdadera.

La expresión de Joaquín revelaba tanta satisfacción que Julián sintió una punzada de remordimiento por haber apadrinado la boda de Violeta y Manu. El joven abogado no parecía resentido, al contrario, se entusiasmaba con la idea de guiar las publicaciones futuras de Violeta.

—¿Ella lo sabe?

—Lo sabrá apenas reciba el ejemplar que le envié por correo —terminó diciendo el joven mientras doblaba la revista como un tesoro.

—¿Y qué dirá del hecho de que la convertiste en un varón? —comentó con sagacidad Julián.

Joaquín carraspeó y dijo con rapidez:

—Lo hice para favorecerla, es más fácil así, al menos mientras se labra un nombre. Déjenlo en mis manos.

El joven se marchó, dispuesto a mostrar su logro a las damas, que bebían los refrescos bajo la toldilla.

—Lo que puede hacer un hombre enamorado —comentó Fran mirándolo alejarse.

—Habrá que ponerse en campaña y buscarle otra novia. ¿Cuántos años tiene Julianita?

La mirada de Fran fue incendiaria, y Julián casi se atraganta con el aperitivo que estaba tomando.

El Aguapé, Esteros del Iberá, verano de 1891

Bajo otro cielo y frente a otras aguas, a muchas leguas de Mar del Plata, Violeta Garmendia releía la carta que doña Celina de Bunge le había enviado. La anciana señora se despedía de su protegida, a sabiendas de que no le quedaba mucho por vivir. Antes de emprender la vuelta a Corrientes, Violeta la había visitado en su casa, y comprobó que su estado de salud empeoraba. Doña Celina no se quejaba ni lamentaba hallarse a las puertas de la muerte.

—He vivido bien, querida, y los años suficientes —le dijo con una sonrisa ajada.

Esmeralda Mazur redoblaba sus cuidados y, cuando creía que no la miraban, enjugaba una lágrima traidora. Al besar su mejilla apergaminada, Violeta pudo oler la proximidad del final. No se angustió, sin embargo; la conciencia de lo que podía alcanzar con el pensamiento le garantizaba que el espíritu de doña Celina la acompañaría durante mucho tiempo. Lo que más la preocupaba en esos momentos era la audiencia que estaba teniendo lugar a puertas cerradas en el despacho de Rete Iriarte.

Había logrado arrastrar hasta allí a Manu, convenciéndolo de que no era cierto que su padre lo repudiase. Las malditas palabras que escupió Cristóbal aquella noche habían calado muy hondo en su esposo, y pese a que era un hombre manso y atento a lo que ella decía, ese sentimiento de rechazo lo había acompañado toda la vida. Por más que Violeta le explicó de mil maneras que una cosa era amar y otra demostrar amor, Manu se empecinó en no ver más a su padre. Había sido un triunfo completo llevarlo hasta allí, y ella rezaba por que aquel encuentro diese sus frutos.

Caminó hacia la orilla de la laguna, donde se mecían los botes entre los juncos. Después de una jornada maravillosa, en la que navegaron por los canales bajo el ardiente sol, chupando naranjas y arrojando las semillas a los patos, no podía arruinarse el día con la intemperancia de Rete. El padrino era un hombre duro, ella lo sabía, y a pesar de eso se sentía capaz de ablandarlo, pero otra cosa era Manu. Él, a su modo, era terco también. Digna rama del árbol, que no niega su savia. ¡Si eso solo bastaba para probar la herencia!

Una bandada de mirlos surcó el rosa del atardecer, rompiendo el silencio con sus trinos. Duende y Huentru cazaban cuises entre los arbustos, de los que asomaban sus colitas cortas meneándose. Reinaba un aroma almizclado y Violeta supo que merodeaban zorros también.

Respiró hondo y exhaló el aire contenido, para concentrarse en un propósito bueno.

Tenía que resultar. La felicidad de su esposo estaba en juego.

Recibir a Violeta casada con su propio hijo había resultado un golpe bajo para Rete. Su primera reacción fue tan violenta que hasta Rosa temió que se descargara con alguno de ellos. Por fortuna, en aquella ocasión estaban presentes Bautista y Muriel, que a pesar de la sorpresa supieron adaptarse de inmediato a la situación y brindarles su apoyo. Rosa abrazó a su hija y luego a su yerno, pero Rete… parecía que iba a darle una apoplejía.

Pasado el primer disgusto al enterarse de que Cristóbal de Casamayor no desposaría a Violeta, el vasco había comenzado a tejer otras posibilidades, en especial después de saber que allá en Buenos

Aires la rondaba un abogado amigo de Julián Zaldívar. Por eso, recibir de sopetón la noticia del casorio lo llevó a un estallido de furia sin precedentes. Por días se comentó en la hacienda el malhumor del patrón, y la gente iba como en misa, callada y con los ojos bajos, no fueran a levantar la perdiz ante la mirada de don Iriarte.

Después de aquella reacción desmedida, los esposos partieron al recodo, donde ocuparon la casita de la ribera que Bautista les cedió. Estaba hermoseada gracias a los esfuerzos de Muriel, y de todos modos a Violeta no le importaba si así no fuese; era el hogar donde se había criado y lo amaba. Allí permanecieron, viviendo como lo había hecho siempre su tío, de la construcción de canoas y la venta de frutos a través de Anselmo, que se convirtió en su fiel compañero. El negrito iba y venía por el río como tantas veces lo había hecho para Bautista, y a veces permanecía días enteros en la ciudad de Corrientes, quién sabía para qué asunto del que no se le podía arrancar palabra.

Violeta no se rendía, empero. Manu sólo podría alcanzar la dicha completa si se reconciliaba con su padre. Por eso fue que insistió hasta el cansancio con aquel viaje a los esteros. Y ahora aguardaba el resultado de su audacia con el alma en un hilo.

Se recostó sobre el pasto húmedo y cerró los ojos. Poco a poco, el sueño la fue envolviendo en una telaraña suave, y comenzó a ver la ola que tanto la asustaba en sus pesadillas: alta, azul y fría, se alzó ante ella con amenazante poderío, y estaba a punto de desplomarse cuando algo rozó sus labios. Violeta abrió los ojos y vio los de Manu muy cerca, brillantes como luceros, que la escudriñaban con atención.

—¿Estás cansada? —murmuró.

Ella se incorporó con rapidez.

—¿Qué pasó, qué te dijo?

—Quiere verte.

—¿A mí?

—Ahora.

Eran las órdenes de Rete, que Violeta bien conocía. Lo que le causó gracia fue que Manu las expresara del mismo modo, con naturalidad. Dejó un beso de mariposa en la boca de su esposo y corrió rampa arriba, hacia el porche, entró a la casa como una ráfaga y subió los escalones de a dos hasta llegar al despacho.

El vasco la aguardaba de pie junto al ventanal del mirador, con las manos tras la espalda y la vista fija en quién sabía qué. No se dio vuelta al escucharla entrar.

—Cierra la puerta —dijo.

El ruido del picaporte lo hizo volverse hacia la joven que lo miraba, expectante.

—Ven acá.

Violeta caminó con lentitud y se detuvo junto al patrón, que a esas alturas no le resultaba tan imponente como cuando era pequeña.

—Mi hijo dice que te ama.

—Así es, padrino. Y yo a él.

—¿Cómo fue que ocurrió eso?

—No me di cuenta hasta que regresé de Europa, aunque sentía que me faltaba algo cuando estaba allá…

—Lo que quiero decir es cómo pudiste enamorarte de un hombre como mi hijo.

Violeta compuso una expresión tan desconcertada que Rete creyó que ella se habría contagiado de la lentitud mental de su muchacho.

—Padrino, Manu es un hombre entero, con un gran corazón. Es valiente y ama las mismas cosas que yo amo. Los dos somos felices juntos. No precisamos de nadie más, aunque nos gusta compartir nuestra dicha con la familia. Con su permiso, es lo mismo que debió de preguntarse la gente al ver que usted desposaba a mi madre.

—Tu madre es una mujer de mucho valor.

—Igual que Manu.

—Violeta, te enviamos a Buenos Aires a educarte, y luego a Europa a pulirte. Pudiste haber elegido los mejores candidatos.

—Ninguno me interesaba, padrino. Yo añoraba a Manu. Desde el día en que usted me puso bajo su cuidado, él y yo fuimos uno. Crecí dando por sentado que jamás nos separaríamos, y cuando eso ocurrió, viví de manera incompleta hasta que lo encontré de nuevo. No me pida razones para amar, padrino, porque no las hay. Sólo se ama, sin saber por qué.

Rete digirió ese discurso con cara avinagrada. Había tenido una larga charla con su "muchacho", como lo llamaba en los últimos tiempos en su mente, y comprobó que el Manu que se fue del Iberá siguiendo los pasos de Violeta niña era muy diferente de este otro que le sostenía la mirada con una pizca de desafío contenido. Le había gustado esa mirada, había creído verse reflejado en ella en sus años mozos. También le satisfizo saber que se había desempeñado con honores bajo la comandancia de Nicolás Levalle, que fue hombre de confianza del vasco Luro, y que defendió a Violeta de las malas artes de Cristóbal. Comprobó cuán equivocado estuvo al insistir en ese casorio. De algún modo, los años y las palabras de Rosa lo habían ido apaciguando, y después de tanto alejamiento, la necesidad de tener un continuador para su hacienda y el deseo de ver feliz a su esposa influyeron para que le diese a ese hijo malquerido una oportunidad. Rete no era hombre de pedir disculpas, ni tampoco de cuestionarse sus actos. Él iba hacia adelante, no tenía tiempo de remediar sus desaciertos. Por eso fue en busca de la india a la que había dejado encinta y se hizo cargo de su hijo cuando ella murió. En esta ocasión, sin embargo, había cometido un error al descuidar a Manu. Una vanidad imperdonable le dictó una línea de acción de la que, por primera vez, se arrepentía. Lo que él rechazaba en aquel hijo era su herencia india, a la que atribuía la dejadez de su carácter y lo limitado de su pensamiento. Y ahí estaba su ahijada, la mujer más bella que él hubiese conocido, diciéndole que amaba a ese hombre plagado de defectos, y que lo único que la hacía feliz era estar a su lado.

¿Cuándo el universo se había puesto del revés?

—Padrino, ¿me está oyendo?

—Sí, hija, sí. Llama a tu esposo.

Violeta no preguntó nada, abrió por su cuenta la ventana del mirador y soltó un chiflido que erizó los nervios de Rete.

Manu se presentó momentos después, con expresión seria y las manos caídas a los lados del cuerpo.

—He tomado una decisión —dijo Rete.

El silencio habría podido cortarse con una pluma.

—Hace tiempo tuve la idea de montar un aserradero en la zona de la ribera, donde vivía tu tío. Iba a ponerlo a él al frente, pero ahora que se mudó a Corrientes con la familia esa idea se esfumó. Salvo que estés dispuesto a ocuparte de eso —y miró a Manu con firmeza mientras pensaba: "hijo".

Violeta se contuvo para no saltar sobre Rete como si fuese un mono, pues sabía que así le quitaría seriedad a lo que el padrino estaba diciendo. En lugar de eso, se aferró a Manu y lo miró con amor.

—Es una tarea endemoniada, pero contarás con el apoyo de Anselmo. De paso, me lo quito de encima por un tiempo. ¿Qué dices?

—Primero dígame cuánto ganaría mientras construyo el galpón —respondió Manu con la misma sequedad.

Una mueca curvó los labios duros de Rete al oír eso. "Su hijo", no cabía duda. Lo mismo habría preguntado él en su lugar. Reprimió la sonrisa que pugnaba por aflorar y carraspeó mientras revolvía entre sus papeles.

—Por acá tengo los planos, los que hice en aquel entonces.

—Deje, señor. Yo me amaño con eso.

—¿Ah, sí? ¿Y cómo, si puede saberse?

—Lo tengo acá —y Manu se tocó la sien con un dedo.

—Ajá. Bien, en ese caso…

—Violeta puede dibujar lo que yo pienso. Ella es buena en eso.

Rete miró a la joven, que le dedicaba una sonrisa encantadora. Esos dos acabarían con su calma.

—Entonces, está dicho. Tití irá a comprar los materiales en su próximo viaje.

—Yo mismo lo hago. Tengo ganas de llevar a mi esposa de paseo.

Violeta no cabía en sí de gozo. Las cosas estaban saliendo más que bien, y ella no podía esperar para abrazar a Manu apenas estuviesen solos. Tenía algo para contarle que coronaría esa dicha de un modo indescriptible.

—¿Cuándo partirán?

—Cuando Violeta esté lista.

—¡Ya lo estoy, Manu!

—Entonces, señor…

—Aquí está la nómina de cosas en las que pensé. Puedes agregar lo que sea. Te daré letras para los pagos. Tienes carta blanca.

—Gracias. Partiremos mañana a Corrientes, para que Violeta visite a su familia.

—¿Cómo es eso? ¿Y por qué?

—Creo que mi esposa tiene algo para decirles.

Violeta encaró a Manu con sus ojazos sorprendidos.

—Manu… ¿Cómo lo supiste?

Fue la primera sonrisa de ese día. Una sonrisa ancha, llana, de niño feliz que guarda secretos. ¿Cómo no advertir la redondez del vientre de esa mujer con la que dormía cada noche? ¿De qué modo ignorar el leve balanceo que la asaltaba al levantarse? ¿Y esa palidez que denotaba durante los desayunos? Sí, Manu lo sabía, quizá antes de que ella misma se diese cuenta. Y era el hombre más dichoso de cuantos pisaban la tierra. Éste sería su hijo, el primero, el que le brindaría la oportunidad de ser alguien, el que llevaría de la mano para enseñarle los secretos del río, carne de su carne y de la de su amada Violeta.

Rete enmudeció. Aquella entrevista había resultado más intensa de lo que él mismo pudo prever. Y no contaba con la destreza emocional de Rosa para afrontarla. Por eso abrió la puerta del despacho y vociferó su nombre.

—¡Rosa, sube!

A su espalda, Manu y Violeta se fundieron en un abrazo y sellaron sus labios.

Por la ventana comenzó a rodar la luna. Suspendida sobre las aguas, derramó su blancura engalanando los islotes de irupé, que brillaron como perlas y soltaron su perfume embriagador.

La noche del Iberá, pródiga en maravillas, les había regalado un beso de nácar.

Y el amor, nacido en los esteros mismos, la semilla que florecería esa primavera.

FIN

NOTA DE LA AUTORA

Los sucesos que se narran, así como los detalles de la vida cotidiana, son en su mayor parte verídicos y constituyen un valioso acervo para el conocimiento de nuestra sociedad, ya que Mar del Plata fue siempre un espejo del país. Tan vertiginosos fueron sus cambios, que cada verano ofrecía un panorama distinto a los turistas. Por esta razón no puse fecha precisa a cada acontecimiento, a fin de mantener la fluidez en la lectura, y preferí dividir la historia en "temporadas". No hay otro lugar en toda la República que haya suscitado más fantasías en la mente de los argentinos o que revele mejor nuestra idiosincrasia.

La pesadilla de la gran ola la heredé de mi madre, y quise otorgársela a Violeta. Aún no sé lo que significa, y todavía la sueño.

Ya saben que Huentru existe. Duende también.

AGRADECIMIENTOS

A los cronistas e historiadores de Mar del Plata, que me ilustraron sobre tantos detalles y me hicieron quererla más todavía: Roberto Barili, Julio César Gascón, Roberto Cova, Jimena Sáenz, Isaac Morris, Jorge Fernández Schenone, Fernando Fagnani, Elisa Pastoriza, Alberto Lagrange, Elvira Aldao, Juan José Sebreli...

A los estudiosos de la vida política argentina, pilares de ésta y otras novelas: Miguel Ángel De Marco, Félix Luna, Juan Balestra, Jorge Newton, Miguel A. Lancelotti, Octavio Amadeo, Edgardo Rocca, Paul Groussac...

A Virginia Valcarcel, mi amiga astróloga, que me orientó sobre el don de Violeta.

A mis queridas colegas Gabriela Exilart y Laura G. Miranda, que me acompañaron durante todo el proceso.

A mis lectoras marplatenses que hoy puedo llamar amigas, porque sin saberlo mantuvieron la llama encendida: Patricia Otero de Ramos, Fernanda Espinal, Adriana Chamberger, Emma García Cein, Clara Chocron, Ana Luján Panebianco y su hija Julieta.

A mi tío Quico (Francisco Casañas), mi padrino, porque durante años veraneamos en Mar del Plata gracias a su generosidad.

A Gelly, un alma gemela.

A mi editora, Florencia Cambariere, que me lee no sólo con ojo crítico sino con el corazón.

A Daniela Morel, mi constante y confiable interlocutora.

Y en especial quiero agradecer en esta novela, con la que cierro un largo período de nuestra historia, al equipo de trabajo de Random House Mondadori, que me acompaña siempre con alegría y esfuerzo. No sería lo mismo sin ustedes.

ÍNDICE